### Das Buch

Es könnte idyllisch sein: Ein entlegenes Tal im Bergischen Land, ein einsames Forsthaus und ein Aschram, in dem sympathische Aussteiger ihr Glück suchen. Da findet die junge Försterin Diana Westermann auf einem Hochsitz mitten im Wald eine von Krähen zerfressene Männerleiche. Der Fall wird der Kölner Kommissarin Judith Krieger übertragen – als letzte Möglichkeit, zu ihren einst legendären Fähigkeiten zurückzufinden. Seit Jahren trägt sie schwer an einer schrecklichen Erinnerung. Kettenrauchend und chronisch müde macht sie sich an die Arbeit, überzeugt davon, dass die Lösung des Falls im Yoga-Aschram »Sonnenhof« zu finden ist. Aber Judith macht Fehler, und so ist es ihr unerfahrener Kollege Manfred Korzilius, der die ersten Ermittlungserfolge vorweisen kann. Judith wird vom Dienst beurlaubt. Doch damit erwacht ihr Kampfgeist und sie beginnt auf eigene Faust zu ermitteln. Da wird im Wald eine zweite Leiche gefunden ...

### Die Autorin

Gisa Klönne wurde 1964 geboren. Sie studierte Anglistik, arbeitet als Journalistin und lehrt kreatives und journalistisches Schreiben. Mit *Der Wald ist Schweigen* gelang ihr ein von der Presse vielbeachteter Debütroman, mit dem sie sich eine große Fangemeinde schaffen konnte. Er wird gerade in mehrere Sprachen übersetzt und war für den Friedrich-Glauser-Krimipreis als bestes Debüt nominiert. Der zweite Roman mit der Ermittlerin Judith Krieger ist soeben als Ullstein Hardcover erschienen. Gisa Klönne lebt als freie Autorin in Köln.
www.gisa-kloenne.de

Gisa Klönne

# Der Wald ist Schweigen

Kriminalroman

Ullstein

Besuchen Sie uns im Internet:
www.ullstein-taschenbuch.de

Umwelthinweis:
Dieses Buch wurde auf chlor- und säurefreiem Papier gedruckt.

Ungekürzte Ausgabe im Ullstein Taschenbuch
1. Auflage Oktober 2006
3. Auflage 2006
© Ullstein Buchverlage, Berlin 2005/Ullstein Verlag
Umschlaggestaltung: Sabine Wimmer, Berlin
Titelabbildung: Corbis
Satz: Franzis print & media GmbH, München
Gesetzt aus der Sabon und Gill Sans
Druck und Bindearbeiten: Ebner & Spiegel, Ulm
Printed in Germany
ISBN-13: 978-3-548-26334-2
ISBN-10: 3-548-26334-8

*Für Michael*

## Sahar International Airport Mumbay, 8. Mai

Der kleine Mann trug staubige, abgetretene Gummilatschen, Adidas-Shorts und ein Hemd, das verblichen war. Er passte nicht zu den anderen in den gebügelten Fantasieuniformen, die mit ihren polierten Metallschildern neben ihm auf Urlauber warteten. »Darshan Klein« stand auf dem Stück Pappe, das sich der kleine Mann über den Kopf hielt. Die Glastüren vor den Gepäckbändern spuckten lärmende Menschen aus. Irgendwo plärrte ein Baby. Immer wenn jemand am anderen Ende des Flughafengebäudes die Türen öffnete, waberte ein Schwall feuchtwarme, abgasgetränkte Luft in die klimatisierte Halle. Sandra Hughes saß am British-Airways-Ticketschalter und beobachtete den kleinen unpassenden Mann mit dem Pappschild, weil sie sonst nichts zu tun hatte. Jetzt rannten ihn zwei Geschäftsreisende beinahe über den Haufen. Sie entschuldigten sich nicht, hasteten weiter zum Info-Counter, wo sie ihre Pilotenkoffer auf den hellen Steinboden knallten. Die Hostessen hinter der Theke pflegten ihr neutrales Lächeln.

Heute Nachmittag wollte offenbar überhaupt niemand ein Ticket kaufen, die Schicht zog sich in die Länge. Sie dachte an ihren Freund, der morgen aus Sydney zurückkommen würde. Diese Jenny arbeitete schon wieder auf demselben Flug wie er und das gefiel ihr nicht. Vielleicht sollte sie Anns Rat befolgen und die Sache beenden. Sie könnte sich wieder nach England versetzen lassen, aber der Gedanke an den ewigen Nieselregen war nicht gerade ermutigend. Vielleicht sollte sie einfach die Pille absetzen. Jetzt war auch American Airlines *gelandet. Eine Traube weißhäutiger, schwitzender Touristen in bunt gemusterter Freizeitkleidung quoll in die Halle. Sie zerrten ihre riesigen Hartschalenkoffer hinter sich her und wurden sofort von den Männern in den Fantasieuniformen zum Seitenausgang eskortiert. Nur der kleine Mann mit den Gummilatschen blieb übrig. Er hielt sein Pappschild noch etwas höher und ließ die Glastüren nicht aus den Augen.*

*Zwei Stunden später, als der glutheiße Nachmittag draußen sich zu einer weiteren Nacht verdunkelt hatte, die keine Abkühlung bringen würde, kam der kleine Mann mit zögernden Schritten auf ihren Ticketschalter zu. Das Pappschild hatte er jetzt unter den Arm geklemmt und seine gekrümmten Schultern gaben seinem Gang etwas Geducktes, Resigniertes. Was zum Teufel ..., dachte Sandra, aber dann stand er schon vor ihr und sie konnte sehen, wie sehnig und hager er war und dass sein Hemd am Kragen Löcher hatte. Er roch nach Curry und frischem Koriander. »Darshan Klein«, sagte er, und ein goldener Backenzahn blitzte auf. Einer seiner Schneidezähne fehlte. Er legte einen zerknitterten Zettel auf den Tresen. »BA 756, 5:05 pm, Darshan Maria Klein.«*

*»Die Maschine aus Frankfurt ist pünktlich gelandet und alle Passagiere sind längst durch.« Sie war nicht sicher, ob er verstand. »It landed at five«, wiederholte sie. »No more passengers here.«*

*»Darshan Klein.« Es lag etwas Drängendes in seinen Worten.*

*Seine dunklen Augen hielten ihren Blick fest. Er deutete auf ihren Computer. Eigentlich war er gar nicht so unsympathisch.*

*Sandra seufzte. »Okay, ich werde nachsehen.« Sie tippte die Flugnummer und den seltsamen Namen ein. Die Maschine war pünktlich gelandet, wie sie es gesagt hatte, aber eine Person namens Darshan Maria Klein war nicht an Bord gewesen.*

*»I'm sorry«, wiederholte sie. »Darshan was not on this flight.«*

*Der Mann schien nicht zu verstehen.*

*»Darshan not come«, radebrechte sie.*

*Der Mann nickte, machte aber keine Anstalten zu gehen.*

»Darshan?«, wiederholte er, zeigte erneut auf den Computer und dann auf die Uhr über dem Infoschalter.

»Oh, Sie meinen, ob es noch einen späteren British-Airways-Flug gibt? Nein, das war der letzte für heute.«

Nebenan am Air-India-Counter machten die Ticketverkäuferinnen Feierabend. Irgendwie musste sie diesen hartnäckigen Kunden loswerden. Sie rief das Buchungssystem auf und gab den Namen erneut ein. Bingo. Darshan Maria Klein war tatsächlich auf die Fünfuhrmaschine aus Frankfurt gebucht worden. Scheiß auf die Datensicherheit, dachte sie, drehte den Bildschirm ein Stück herum und winkte den Mann heran. Aufmerksam folgte er ihrem Zeigefinger.

»Darshan war tatsächlich auf die Maschine BA 756 gebucht.« Sie zeigte ihm den Namen im Buchungsmenü, wechselte dann zur Passagierliste. »Aber sie hat nicht eingecheckt, sehen Sie? In Frankfurt? Darshan not come.«

»Darshan not come«, wiederholte der Mann. Es klang traurig.

Sandra schenkte ihm ein professionelles Lächeln.

»Darshan not come. I'm sorry.«

»Tomorrow?«

Aufseufzend tippte sie auch diese Option in die Tasten.

»No. I'm sorry.« Sie stand auf und begann, die Prospekte vom Tresen einzusammeln.

Der Mann nickte zögernd und ging endlich zum Ausgang. Ein kleiner, gebeugter Schatten, der durch die Glastür glitt und mit der Nacht verschmolz, zielstrebig und lautlos wie eine Katze.

# I. Teil

# Das Vergehen

## Sonntag, 26. Oktober

Sie sehen die Frau, sobald sie die Lichtung erreichen. Sie kniet und erbricht sich. Die Wiese ist sumpfig, Grashöcker ragen daraus hervor wie strohige Perücken. Egbert Wiehl drückt seiner Frau das Pilzkörbchen in die Hand und versucht, so schnell wie möglich zu der Fremden zu gelangen, ohne nasse Füße zu bekommen. Ein sinnloses Unterfangen, es hat tagelang geregnet. Die Frau ist noch jung und hat einen blonden Pferdeschwanz. Sie schreit leise auf, als sie Egbert Wiehl wahrnimmt, und plötzlich weiß er nicht mehr, was er sagen soll. Ist Ihnen nicht gut? Brauchen Sie Hilfe? Beides ist offensichtlich, denn es ist ein kalter Morgen und trotzdem kauert die Frau mitten in einer schlammigen Pfütze. Eine Sportlerin. Er zwingt sich, nicht auf ihre langen, muskulösen Beine zu starren, die in einer engen schwarzen Trikothose stecken.

Die Frau versucht, etwas zu sagen, aber ihre Zähne klappern zu heftig. Es stinkt nach Erbrochenem. Die Frau hat sehr runde, grasgrüne Augen. Von ihrem Kinn hängt ein Spuckefaden, den sie offenbar nicht bemerkt. Jedenfalls macht sie keine Anstalten, ihn wegzuwischen. Egbert Wiehl hat das Gefühl, dass sie sich vor ihm fürchtet, und geht in die Hocke.

»Haben Sie etwas Falsches gegessen? Pilze vielleicht? Sind Sie gestürzt?« Er streckt die Hand nach ihr aus und sie zuckt zurück. Im selben Moment wird ihm bewusst, dass er das Fahrtenmesser noch in der Hand hält.

»Entschuldigen Sie, das Messer – wir sammeln Pilze, Helga und ich. Es war ja keine sehr gute Pilzsaison, zu kalt, und jetzt ist es schon spät im Jahr, aber ...« Er klingt wie ein Idiot. Hastig schiebt er das Messer in den Schaft an seinem Gürtel und lächelt.

»Kommen Sie.« Er streckt ihr wieder die Hand entgegen. »Können Sie aufstehen? Sie können doch hier nicht in der Pfütze knien. Sie holen sich ja den Tod.«

Statt einer Antwort beginnt die Frau erneut zu würgen, blass und hässlich sieht ihr Gesicht dabei aus, eine verzerrte Maske.

»Meine Frau ist dort drüben, wir wollen Ihnen helfen. Ich bin Arzt, wenn auch neuerdings pensioniert.«

Hört sie ihn überhaupt?

»Kommen Sie«, drängt er einmal mehr.

Jetzt setzt die Frau sich mühsam auf. Sie zittert immer noch, hebt aber den rechten Arm und zeigt auf einen Hochsitz, der am Südrand der Lichtung im Schatten der Bäume steht.

»D-d-da.«

Egbert Wiehl folgt der Linie, die ihr Zeigefinger beschreibt, mit den Augen. Ist sie dort runtergestürzt? Unwahrscheinlich, denn sie konnte laufen, ihre Fußspuren sind gut sichtbar ins nasse Gras gedrückt. Sie führen direkt vom Hochsitz zu der Stelle, wo sie kniet.

»Egbert! Ist alles in Ordnung?« Helgas Stimme scheint von weit her zu kommen, mit einer unwirschen Handbewegung lässt er sie verstummen. Er späht zu dem Hochsitz hinüber. Krähen flattern um den hölzernen Ausguck am Ende der Leiter, drängen sich durch die seitlichen Schießscharten, ja, es sieht aus, als ob sie sogar durch das Dach tauchen und sofort wieder herauskatapultiert werden, ein taumelndes, rastloses Auf und Ab. Irgend etwas stimmt nicht.

»Warten Sie hier.« Egbert Wiehl steht schwerfällig auf. Hitchcocks Vögel fallen ihm ein, er drängt die Filmbilder beiseite, fixiert den Hochsitz. Kein Grund, sich zu fürchten, sagt er sich. Die Frau macht eine Bewegung, als wolle sie weglaufen. Er tätschelt ihre Schulter. »Bleiben Sie hier, ich sehe nach.« Keine Antwort, nur ihr fliegender Atem. Er stapft auf den Hochsitz zu. Der Himmel ist pastellblau und wolkenlos, und die Sonne klettert soeben hoch genug, um die Baumwipfel im Tal rot und gelb aufleuchten zu lassen. Vor zwei Stunden hat

Helga Kaffee, Mineralwasser, belegte Brote, Äpfel, eine Tafel Nussschokolade und die Picknickdecke in den Rucksack gesteckt, den er auf dem Rücken trägt. Der Wetterbericht hat einen strahlenden Altweibersonntag versprochen. Die letzte Chance des Jahres, ein paar Reizker zu finden und die Aussicht vom Bärenberg zu genießen.

Egbert Wiehl erreicht den Fuß der Leiter und späht nach oben. Die Krähen haben überhaupt keinen Respekt vor ihm. Es sind viele, bestimmt 20 Stück.

»Schschsch«, macht Egbert Wiehl, »Schsch.«

Er stellt den Rucksack ins Gras und dreht sich um. Beide, Helga und die blonde Sportlerin, stehen nun nebeneinander und beobachten ihn. Es sieht aus, als ob Helga die Fremde festhält. Im selben Moment bemerkt er den Gestank. Süßlich. Faulig. Kranke und Sterbende riechen manchmal schlecht, aber doch nicht so. Verwesung, signalisiert sein Hirn. Vor 40 Jahren hat er das zuletzt ähnlich intensiv gerochen, als sie im Keller des Universitätsklinikums Leichen sezieren mussten. Es gab keine Klimaanlage und man konnte nie sicher sein, was einen erwartete, wenn man die Toten aus ihren Formalinbädern hob. Egbert Wiehl späht ins Unterholz, kann aber nichts Ungewöhnliches erkennen. Er versucht, möglichst flach zu atmen.

Der Gestank wird schlimmer, je höher er klettert. Die schwarzen Vögel stürzen krächzend aus dem Himmel und taumeln wieder empor. »Schsch«, macht er erneut, aber erst als er ganz oben angekommen ist, fliegen sie weg. Das Blut rauscht in seinen Ohren. Sein Mund ist trocken, die Zunge ein pelziges Tier. Das, was die Krähen zurückgelassen haben, liegt auf der hölzernen Sitzbank. Es stinkt gotterbärmlich. Es ist nackt und zerfressen. Schutzlos. Im Dach des Hochsitzes fehlen Bretter. Egbert Wiehl schluckt angestrengt. Nur das Haar der Leiche sieht noch menschlich aus. Es ist seidig und blond, wie das der Sportlerin.

❋❋❋

Kriminalhauptkommissarin Judith Krieger reitet wieder. Sie galoppiert durch einen Sommerwald, in weiten Sprüngen, die sie wiegen, bis sie vergisst, dass sie und das Pferd zwei Wesen sind.

Ein Schimmel. Er spricht zu ihr in einer Sprache, die sie intuitiv versteht. Eine dunkle Stimme, tief in ihr drin. Es tut weh, weil es so nah ist. Irgendein Ich von ihr weiß die ganze Zeit, dass sie nur träumt, und registriert das Telefon, aber sie hört trotzdem nicht auf, den Pferdehals zu liebkosen. Nicht aufwachen müssen. Niemals mehr. Geborgen sein, gewiegt werden wie ein Kind. Das Klingeln verstummt und wieder gibt es nur den weißen Rücken unter ihr, die Ahnung von Glück. Licht fällt durch die Baumkronen auf das Pferd und tanzt im Takt seiner Muskeln. Irgendwo tief in ihrer Brust lauert der Schmerz.

Als sie den Waldrand erreichen, will sie umkehren, aber das Pferd gehorcht ihr nicht mehr. Ich will das nicht, denkt ihr waches Ich. Will diesen Traum nicht, jedenfalls nicht dieses Ende, nicht wieder dieses Ende. Weit entfernt hinter den Feldern duckt sich ein Gehöft ins Tal. Plastikverschweißte Heuballen gleißen daneben, der Landschaft seltsam entrückt, wie eine Installation von Christo und Jeanne-Claude. Der Schmerz in Judiths Brust wird stärker, Panik mischt sich darunter, trocknet ihre Kehle aus. Du träumst, sagt ihre Vernunft. »Du musst suchen«, flüstert der Schimmel. Was denn, will sie fragen, aber da trägt er sie auf einmal vorwärts – so ist es jedes Mal –, schneller und immer schneller und es gibt keine Zügel, nur die Mähne, an die sie sich klammert, den Geruch nach Erde und Pferd und den Wind, der ihr die Tränen in die Augen treibt. Die Angst. Sie beginnt zu fallen. Halt an, ich will nicht zu diesem Hof, versucht sie zu rufen, aber die Einigkeit mit dem Schimmel ist jäh verschwunden und sie findet ihre Stimme nicht mehr, nur verzweifelte Sehnsucht und das überwältigende Gefühl von Verlust.

Im nächsten Moment ist sie allein, im Inneren des Gehöfts. Eine steile Treppe, Dunkelheit, die sie umfängt. Der Geruch ranzigen Drecks. Eine fleckige Matratze. Schmuddelige Tapeten. Irgendwo ist das Opfer. Fleisch und Knochen. Haare. Vergänglich. Zu vergänglich. Dann keine Tür mehr, keine Treppe, kein Entkommen, nur noch ein Raum mit zu niedriger Decke. Wo sind ihre Kollegen? Ein Geräusch vor dem Haus. Galoppierende Hufe. Panik. Das Pferd lässt sie allein. Sie ist allein.

Sie hat es nicht geschafft. Wo verdammt noch mal ist die Tür? »Warum bist du nicht gekommen?« Patricks Stimme. Warum kann sie nicht antworten? Warum wäscht diese Panik durch ihren Körper, in jede ihrer Poren? »Ich hab es einfach nicht geschafft.« Ein heiseres Flüstern. Ist das wirklich ihre Stimme? Ihre Lippen sind steif. Sie kann Patricks Antwort nicht hören, weiß nur, dass er da ist, irgendwo hier in diesem muffigen, dunkelbraunen Raum. Die Luft wird knapp und sie kauert auf dem Boden, wittert wie ein wildes Tier. »Patrick?«, flüstert sie. So viel Hoffnung in ihrer Stimme, so viel Sehnsucht. Sie muss Hilfe holen. Nach einer endlosen Zeit entdeckt sie ihr Handy. Es liegt auf einer Fensterbank, hinter der nicht mehr die Wiese mit den Heuballen ist, nicht mehr ihr Pferd. Sie rappelt sich auf und stolpert auf das Handy zu. Aber ihre Finger sind steif und nassgeschwitzt und gehorchen ihr nicht mehr. Katapultieren das Handy mitten in eine bodenlose Schwärze und sie weiß, dass sie verloren hat.

Auf dem Anrufbeantworter im Wohnzimmer tutet das Besetztzeichen. Offenbar hat der Anrufer aufgelegt, ohne eine Nachricht aufs Band zu sprechen. Judith Krieger liegt reglos und versucht, ihren Atem zu zähmen. Sie weiß nicht, was schlimmer ist, der Moment im Traum, wenn das Pferd mit ihr durchgeht, die nicht enden wollende Einsamkeit in dem dunkelbraunen Raum oder das Aufwachen. Sie versteht diesen Traum nicht, der sie seit Monaten wieder und wieder heimsucht. Versteht nicht die Sehnsucht und die Intensität. Versteht nicht, was das Pferd bedeuten soll. Von einer kurzen, unerfreulichen Phase in ihrer Pubertät abgesehen, ist sie nie geritten.

Sie braucht Kaffee und eine Zigarette. Musik gegen schwarze Gedanken an weiße Pferde und gegen die Stille in ihrer Wohnung, die Martin in der Nacht zurückgelassen hat. Sie setzt Espresso auf und geht zur Toilette. Aus dem Flur dringen die gedämpften Anfangsakkorde von Queens *Spread your Wings*. Sie findet ihr Handy in der Tasche ihres Ledermantels.

»Krieger.«
»Du bist da. Gut.« Axel Millstätt. Ihr Chef.
»Es ist Sonntagmorgen.«

»Du musst ins Präsidium kommen, sofort.«
Irgendjemand hat ihr neulich erzählt, die Abhängigkeit von Zigaretten sei ähnlich stark wie die von Heroin. Sie fischt ein Blättchen und einen Filter aus ihrem Tabakpäckchen.
»Im Bergischen Land haben sie eine Leiche gefunden. Ziemlich unappetitliche Geschichte. Identität nicht feststellbar. Wolfgang hat Angina. Die anderen sind mit dem Jennifer-Fall vollauf ausgelastet. Ich möchte, dass du ins Bergische fährst und dir das ansiehst.«
Sie zündet die fertig gedrehte Zigarette an und nimmt die gurgelnde Espressokanne vom Herd. »Heißt das, dass ich die Ermittlungen leiten soll?«
»So würde ich das nicht ausdrücken.«
Pause.
»Du weißt doch selbst, die letzte Zeit ...«
Judith trinkt einen Schluck Espresso, verbrennt sich, kippt den Rest in ein Glas und schüttet kalte Milch dazu. Red nicht darüber.
»Ja, ich weiß.«
»Mein Gott, Judith, das geht nicht, beim besten Willen nicht. Wir wissen doch alle, was du durchgemacht hast. Ich will ganz ehrlich sein mit dir. Du warst eine exzellente Ermittlerin, du weißt, dass ich von Anfang an auf deiner Seite war. Aber dann passierte diese unselige Geschichte – nein, lass mich jetzt ausreden. Diese unselige Geschichte mit Patrick also, und verdammt, jeder hatte Verständnis, dass du Zeit brauchtest.«
Red nicht davon.
»Aber jetzt sind zwei Jahre vergangen und dir fehlt immer noch der nötige Biss. Diese Sache im Bergischen ist eine Chance für dich.«
Nikotin und Koffein pulsieren in ihrem Kopf. Eine heiße Welle. Judith inhaliert tief, ist sich nicht sicher, ob sie eine Chance haben möchte. Ob sie sich einer Chance gewachsen fühlt.
»Manni. Du und Manni, ihr werdet das Kind schon schaukeln. Ihr berichtet an mich.«
»Manni?«
»Manni.«
Sie hört auch das, was er nicht sagt, nicht sagen muss: Friss

oder stirb, dies ist deine Chance. Deine letzte Chance. Sie kann ihm das nicht einmal verdenken.

»In einer halben Stunde in meinem Büro?«

Judith bläst Rauch Richtung Decke.

»Okay.«

Axel Millstätt hat Spanielaugen. Bitterschokoladenbraune Spanielaugen, die niemals zu zwinkern scheinen. Starren ihr Gegenüber einfach so lange an, bis es sich fühlt wie ein Schmetterling, auf den die Nadel eines Insektenforschers niedersaust. Früher hat Kriminalhauptkommissarin Judith Krieger den Ehrgeiz besessen, diesem Schokoladenblick etwas entgegenzusetzen. Wie Ikarus hat sie ihre Flügel gespreizt und versucht in die Sonne zu fliegen und Millstätt hat das durchaus zu würdigen gewusst. Jetzt senkt sie den Kopf, weiß nicht, wo sie hinsehen soll. Manni stürmt ins Büro, eifrig wie ein überdimensioniertes Füllen. Seine knochigen Beine stecken in modischen Cargo-Jeans, sein Blondhaar ist auf dem Kopf zu kleinen Stacheln hochgegelt. Erwartungsvoll rutscht er auf seinem Stuhl hin und her und zerbeißt Pfefferminzbonbons, während Millstätt die wenigen Fakten herunterbetet, die ihm bekannt sind. Judith kennt Manni nicht gut, sie mustert sein Profil verstohlen von der Seite. Wie konnte es so weit kommen, dass mir so ein grünes Kerlchen gleichberechtigt an die Seite gestellt wird, fragt sie sich. Manni ist erst seit einem Jahr im KK 11, arbeitet normalerweise in einem anderen Team als sie. Judith weiß, dass er die Wochenenden in Rheindorf verbringt, dem Kaff, in dem er aufgewachsen ist, in dem er eine unübersehbare Anzahl von Kumpels hat, was wiederum die Folge des vielschichtigen Vereinslebens ist, dem er sich mit Enthusiasmus hingibt. Schützenverein, Fußballverein, Junggesellenverein. Wenn er davon erzählt, bekommt er rote Backen. Vermutlich bringt er seiner Mutter auch noch seine Wäsche und lässt sich von ihr bekochen.

Sie ist froh, dass Manni sich dazu berufen fühlt, im Präsidium zunächst die Vermisstenmeldungen zu checken sowie Spurensicherung und Rechtsmedizin zu verständigen.

»Fahr ruhig schon vor«, sagt er zu Judith. Es klingt milde,

als sei er ihr Vorgesetzter und sie eine Praktikantin, die man möglichst schnell loswerden will. Judith zwingt sich, ruhig zu bleiben. Die Aussicht, den Tatort als Erste und allein zu inspizieren, ist allzu reizvoll.

Wenig später lenkt sie einen nagelneuen Ford Focus auf die Autobahn. Das absolute Filetstück des Fuhrparks der Mordkommission, das sie allein deshalb erwischt hat, weil Sonntag ist. Der Styroporbecher Kaffee, der zwischen ihren Beinen klemmt, bessert ihre Laune noch mehr. Kurz vor Lindlar sieht sie neben der Autobahn die ersten Fachwerkhäuschen mit den für das Bergische Land typischen grünen Fensterläden. Aber es gibt keine Landidylle mehr, an den Ortsrändern wuchern die unvermeidlichen Tempel der Neuzeit: Gewerbehallen, Autohäuser und Einkaufszentren. Ein paar Kühe fressen unmittelbar neben der A4 ihr Gras, vermutlich sind sie im Laufe der Zeit taub geworden oder sediert von den Abgasen. Ein Silo und in weiße Folie verschweißte Heuballen erinnern Judith wieder an ihren Traum. Sie schaltet das Radio an. Bei Bielstein verlässt sie die Autobahn und fährt über zunehmend schlechter ausgebaute Landstraßen, bis sie nach vielen Kurven und sehr viel gelbem Wald das Dorf Unterbach erreicht. Von hier sollen es noch etwa drei Kilometer bis zum Fundort der Leiche sein. Sie findet den Schotterweg, der einen Kilometer hinter dem Dorf rechts abzweigt, und das Holzschild, das ein Kollege aus dem Bergischen beschrieben hat. »Sonnenhof« steht in verschnörkelter Schrift darauf. »ZUM ASCHRAM« hat jemand mit violetter Farbe auf den Baumstamm gesprüht, an dem das Schild befestigt ist.

Der Schotterweg führt in Serpentinen ins Tal, hohe Nadelbäume verschlucken das Licht. Judith wirft einen Blick auf das Display ihres Handys – kein Netz mehr. Das Tal erscheint unwirklich, als stamme es aus einem dieser Bauernhof-Sets für Kinder. Es gibt Schafkoppeln und Wiesen mit alten Obstbäumen, zwei zottelige Esel und einen Bach. Hof, Scheune und Nebengebäude stehen unorthodox durcheinander, als hätte der kindliche Bauherr diese letzten Bauklötzchen willkürlich in die Mitte der Wiese gestreut. Dies ist nicht die Landschaft aus ihrem Traum, kein weißes Pferd ist zu sehen und doch erscheint die Erinnerung daran auf einmal wie ein böses Omen. »Sonnenhof – Welcome«, das Schild ist an einen Pfosten neben einem matschigen Parkplatz genagelt. Ein Mann lehnt am Zaun und sieht ihr entgegen. Er trägt weiße Baumwollhosen und ein orangefarbenes T-Shirt, das überhaupt nicht zu seinem roten Pferdeschwanz passt. Seine nackten Füße stecken in Badelatschen aus Plastik. Judith lässt das Fenster herunter.

»Hallo, ich will zum Erlengrund. Irgendwo muss ein Weg dorthin abzweigen. Können Sie mir sagen, wo?«

Er lächelt, was sein Gesicht wie eine Kreuzung von Boris Becker und Kermit dem Frosch aussehen lässt.

»Presse?«

»Kennen Sie den Weg?«

»Klar.« Er beugt sich zu ihr herunter. »Aber da ist alles abgesperrt. Die Bullen werden dich nicht ranlassen – und wenn du sie noch so nett anlächelst.«

Sie sieht ihm direkt in die hellblauen Augen. Wartet. Er gibt nach.

»Den Weg entlang, über die Brücke und vor den Teichen rechts. Ist ziemlich matschig dort. Sag nachher nicht, ich hätte dich nicht gewarnt.«

»Danke. Wissen Sie, was passiert ist?«

Er mustert sie. »Jemand ist tot. Keiner vom Sonnenhof.«

»Sind Sie sicher?«

»Hier fehlt niemand.« Er sieht jetzt überhaupt nicht mehr freundlich aus. Verschränkt die blassen Arme vor der Brust und tritt einen Schritt zurück.

»Warum tragen Sie eigentlich keine Socken? Ihre Füße sind ja schon ganz blau.«

Zu ihrer Überraschung scheint ihn diese Frage zu amüsieren. Er zwinkert ihr zu.

»Ciao, Presselady. Komm mal auf eine Yogastunde vorbei, wenn du noch mehr Fragen hast.«

»Ciao, ciao.« Judith gibt Gas. Yoga. Vielleicht wird sie Kermit beim Wort nehmen. Sie ist ziemlich sicher, dass ihm das nicht gefallen würde.

Am Ende des Tals entdeckt sie den Holzsteg und lenkt den Ford im Schritttempo darüber. Unmittelbar dahinter liegen die

Teiche, starr und glitzernd, wie aus flaschengrünem Glas. Rechts davon führt ein Weg in den Wald, der in der Tat äußerst matschig ist. Judith hält ihren Wagen exakt in der Spur, die andere Fahrzeuge vor ihr gegraben haben. Die Absperrung, die sie nach etwa fünf Minuten erreicht, besteht aus zwei jungen Beamten von der Schutzpolizei, die von einem Bein auf das andere treten und Judiths Dienstausweis sorgfältig kontrollieren. Der Erlengrund ist eine sumpfige Lichtung von etwa 100 Meter Durchmesser. Mehrere Polizeiautos und ein grün-weißer Bus stehen auf dem Waldweg am Rand. Judith parkt hinter einem Kombi und steigt aus.

Obwohl die Sonne direkt über der Lichtung steht, ist es kalt. Es riecht nach Pilzen und nach vermoderndem Laub. Aus den Polizeiautos dringt das gedämpfte Gezische und Gepiepse des Funkverkehrs. Ein grauhaariger Mann läuft auf sie zu.

»Hans Edling. Sind Sie vom KK 11?«

»KHK Judith Krieger, ja.«

Sie geben sich die Hand.

»Am besten schauen Sie erst mal selbst. Sieht ziemlich übel aus, der Knabe. Ich hab sofort bei euch in Köln angerufen.«

Er dreht sich abrupt um und springt über einen Graben auf die Lichtung.

»Sehen Sie den Hochsitz dort drüben? Da liegt er. Spaziergänger haben ihn gefunden. Die sitzen jetzt hier im Bus. Ein Kollege ist auf dem Hochsitz und passt auf. Soll ich mit rübergehen?«

»Danke, nicht nötig. Je weniger Spuren ... «

»Ja.« Er springt zurück auf den Weg. »Wir sehen uns dann gleich.«

Erlengrund, überlegt Judith, während sie durch das nasse Gras läuft. Vermutlich gibt es hier Erlen, aber wie sehen die eigentlich aus? Das Gedicht vom Erlkönig fällt ihr ein, die Deutschlehrerin mit den nervösen Haselmausaugen, die hinter ihrer Schildpattbrille hin und her flitzten. Sie hatte eine wunderschöne Stimme, ganz weich und melodisch, aber in der neunten Klasse hat ihr niemand mehr zuhören wollen und Judith hat sich nicht getraut, sich der Meinung ihrer Klassenkameraden zu widersetzen. *Wer reitet so spät durch Nacht und*

*Wind*, rezitiert Fräulein Meinert in Judiths Kopf. Verdammt, schon wieder reiten. Ein Kind hat Angst und stirbt, darum geht es in dem Gedicht. Der Erlkönig bringt den Tod. Erlkönig, Erlengrund. Jetzt reiß dich bloß zusammen, Judith.

Sie sieht sich mit neuer Aufmerksamkeit um. Fußspuren führen aus verschiedenen Richtungen zum Hochsitz, einen befestigten Weg über die Lichtung gibt es nicht. Sie werden klären müssen, von wem welche Spur stammt. Die Sonne steht hoch. Mit den bunten Herbstbäumen und den glitzernden Pfützen wäre die Lichtung ohne weiteres ein lohnendes Motiv für Landschaftsfotografen. Nichts deutet darauf hin, dass hier eine Gewalttat geschehen ist. Die Welt ist schön und die Menschen tun alles, um einander das Leben zur Hölle zu machen, denkt Judith. Der Hochsitz steht halb versteckt zwischen lichten Bäumen. Als sie ihn erreicht hat, klettert ein Polizist die Leiter herunter. Er hat einen Schal über Mund und Nase gebunden, den er mit einer schnellen Bewegung abstreift.

»Hallo, Kollegin, an *den* Geruch gewöhnt man sich nie.«

»Warum warten Sie nicht hier unten?«

Er deutet mit dem Daumen zu einem Baum, in dessen kahler Krone große schwarze Vögel sitzen.

»Geht leider nicht, wegen der Aasgeier.«

Er steckt sich eine Marlboro an und inhaliert gierig. Judith betrachtet den Hochsitz. Ihre Füße sind nass. Es riecht nach Tod. Das einzige Geräusch ist das heisere Geschrei der schwarzen Vögel. Sie zieht sich Latexhandschuhe und Schuhüberzieher an. Man stellt es sich jedes Mal schlimm vor, aber immer noch ist es doch anders, denkt sie, als sie oben angekommen ist. Dann zwingt sie sich, ganz genau hinzusehen.

❖❖❖

Er findet sie in der Scheune, wo sie das Futter für die Jungtiere mischt. Er nimmt sie in die Arme und hebt sie auf das Regal, in dem die Utensilien für die Schur liegen. Wie weich sie ist, wie fest ihr Körper sich trotzdem anfühlt. Warm und lebendig. Sie schlingt die Arme um ihn, dann die Beine. Ihre Körper wiegen sich sanft, atmen im Gleichtakt. Wie gut sie riecht. Ein bisschen nach Sandelholz, ein bisschen nach Patchouli, ein winziges bisschen nach Schweiß. Er zieht sie noch dichter an sich und schiebt seine Hand unter ihre Fleecejacke. Sie hat Muskeln bekommen, seit sie auf dem Sonnenhof lebt. Sanfte Wölbungen links und rechts des Rückgrats, dieser Lebenssäule, die so viel trägt und so zerbrechlich ist. Parawati, denkt er. Göttliche Gefährtin. Sie jetzt und hier nehmen, sich in ihr vergraben, wieder, schon wieder, immer und immer wieder.

»Warte hier, warte einen Moment.« Er küsst ihren Hals, löst sich von ihr und geht zur Tür. Er späht hinaus, sieht niemanden und schiebt den Riegel vor. Nimmt eine Sperrholzplatte und stellt sie in das Fenster über dem Regal. Sie passt in die Öffnung, als wäre sie eigens dafür gemacht. Der Geruch nach Heu, das Dämmerlicht und das Wissen, was sie gleich tun werden, erregen ihn noch mehr. Im Vorraum des Stalls gibt es ein Elektroöfchen. Er klemmt es unter den Arm, reißt eine Decke aus dem Schrank und geht zurück zu dem Regal, auf dem seine Göttin sitzt und ihn beobachtet.

»Ich will dich.« Jeder seiner Schritte ist jetzt ein Schleichen, ein Lauern, das die Spannung ins beinahe Unerträgliche steigert.

»Du meinst hier, jetzt gleich? Aber ...«

»Psst. Nicht sprechen.« Er stellt das Heizöfchen auf den Boden, findet eine Steckdose, schaltet es an. »Zieh dich aus.«

»Du meinst ...?«

Er nickt. Geht zu ihr und schiebt seine Hände wieder unter ihr Fleece. Findet ihre Brüste. Sieht, wie die Angst, entdeckt zu werden, und die Lust in ihrem Gesicht miteinander kämpfen, bis das Verbotene ein Reiz wird, dem sie nicht widerstehen kann.

»Du bist unmöglich!« Es klingt überhaupt nicht wie eine Rüge. Mit einer entschlossenen Bewegung zieht sie Fleece und T-Shirt über den Kopf und wirft sie auf den Boden.

Beeil dich, will er drängen, aber jetzt ist es an ihr, das Tempo zu bestimmen. Sie genießt seine Ungeduld, springt auf den Boden, dreht ein paar spielerische Pirouetten. Immer noch ist er erstaunt, dass sie, die sonst so spröde und unnahbar ist, so vollkommen ohne Scham und Verklemmtheit Liebe machen kann. Weil es so sein muss, weil sie die Richtige ist. Er zerrt sich die Kleider vom Leib, lässt sie dabei nicht aus den Augen. Sie lacht, als sie seine Erektion sieht. Kein böses Lachen, sondern ein fröhliches.

»Zieh dich aus«, wiederholt er.

Unendlich langsam zieht sie den Reißverschluss ihrer Cordjeans herunter, unendlich langsam streift sie die Hose von den Hüften, den Slip. Er breitet die Decke über die staubige Holzoberfläche des Regals, sie dreht noch eine Pirouette und lacht ihn an. Aber jetzt hält er das Warten nicht mehr aus, er geht mit drei schnellen Schritten zu ihr, packt sie, hält sie fest, hebt sie auf die Decke.

»Leg dich hin.« Er ist ihr so dankbar, dass sie sofort aufhört, mit ihm zu spielen, dass sie sein Verlangen begreift oder zumindest geschehen lässt. Dass sie seinem heiseren Flüstern gehorcht, sich hinlegt, stillhält, sich bewegt, so, wie er es will. Dass sie all das, was er mit ihr tut, genießt und ihm das zeigt.

Als sie fertig sind, setzt er sich neben sie und hält sie im Arm. Sie teilen sich eine Zigarette. Dann noch eine. Auch das ist längst eine Gewohnheit geworden, eine Sucht, ebenso verboten wie ihre Liebe.

»Wir müssen uns anziehen.« Ihre Finger kraulen seinen Nacken, seinen Hals, seine Brust. »Wir haben sowieso Glück, dass niemand gekommen ist.«

»Am liebsten würde ich gleich nochmal.«

»Jetzt ist erst mal Schluss, ich muss mich um die Schafe kümmern.« Sie setzt sich auf und sieht ihm gerade in die Augen. Zieht die Augenbrauen hoch und kneift die Lippen zusammen wie eine mieslaunige Gouvernante.

»Ts, ts, ts. Sie kennen überhaupt keine Scham, mein Herr. Man muss seine Begierde beherrschen lernen!«

Sie springt auf den Boden und angelt nach ihrer Unterhose. So unverschämt jung und unverschämt sexy. Die Begierde beherrschen lernen, denkt er. Du hast ja überhaupt keine Ahnung, wie schwer das ist.

❊❊❊

Der Leichnam hat leere Augenhöhlen und keine Lippen. Keine Nase. Sein ganzes Gesicht ist nur eine rohe, verdorbene Fleischmasse. Rund um die Augenhöhlen schimmern die Schädelknochen. Die Brust ist Blut. Aus der Bauchhöhle quellen bräunliche Gedärme, es sieht so aus, als wären sie Stück für Stück aus dem Unterleib gezerrt worden. Blonde Haare. Der Tote lehnt in der Ecke auf der hölzernen Sitzbank, einen Ellbogen beinahe lässig in die Schießscharte geklemmt, die andere Hand locker neben sich auf der Bank, die Beine weit ausgestreckt. Die Todesursache ist nicht zu erkennen. Kopf und Rumpf sind mit Wunden übersät. Aasgeier, hat der Polizist gesagt. Judith hat noch nie darüber nachgedacht, was Krähen fressen und dass das Sprichwort von den Krähen, die einander nicht die Augen aushacken, einen sehr realen Ursprung haben könnte. Sie schätzt die Körpergröße des Toten auf über 1,80 Meter. Sie geht in die Hocke und schiebt die Gedärme ein Stück aus der Lendengegend. Eindeutig ein Mann. Er muss mindestens seit einer Woche tot sein, wahrscheinlich länger.

Hat die Leiche eigentlich keine Kleider? Sie bückt sich noch tiefer und späht unter die Sitzbank. Dunkelverkrustete Flecken, etwa unter dem Körper des Toten. Ein paar ins Holz gedrückte Zigarettenkippen. Selbstgedrehte Zigaretten, sehr dünn, ohne Filter. Ganz hinten in einer Ritze liegt noch etwas. Ein Stück durchsichtiges Hartplastik. Sie pult es heraus, hält es ans Licht. Ein Splitter, etwa drei Zentimeter lang mit geriffelter Kante, vielleicht ein Stück Griffmulde von einer Kassette oder CD-Hülle.

»Frau Krieger, Ihr Chef aus Köln will Sie sprechen.« Hans Edlings Stimme schallt über die Lichtung.

»Ich rufe ihn gleich an!« Alles, was sie braucht, ist ein Moment der Ruhe. Zeit, ein Gefühl für diesen Ort zu bekommen, ein Gefühl, das sie später leiten wird, so war es jedenfalls früher immer. Es ist kalt. Sie schiebt die Hände in die Taschen ihres Ledermantels. Gleich wird Manni ankommen, die Spurensicherer und dann ist es zu spät für ungestörte Beobachtungen. Komm schon, Judith, beeil dich. Ihre Blicke fliegen.

Der Tote hat keine Kleidung, keine Schuhe, keine Papiere, keine Waffe. Das Dach des Hochsitzes hat ein großes Loch. Judith stellt sich auf die Zehenspitzen und lässt die Finger über die Kante der Öffnung gleiten. Vermutlich sind einmal Balken draufgenagelt gewesen, oder Teerpappe. Wo sind diese Balken jetzt? Sie schaut nach unten, sieht aber nur Gebüsch und den Polizeibeamten, der sich gerade eine weitere Zigarette anzündet. Eine Fernsehreportage fällt ihr ein, die sie vor einigen Wochen nachts gesehen hat, als sie mal wieder nicht schlafen konnte. Das Volk, um das es ging, bettet seine Toten auf Tragegestellen in Bäumen zur letzten Ruhe, bietet sie ungeschützt dem Licht und den Vögeln dar. Es hat etwas mit Ehrerbietung und den Wünschen der Götter zu tun, aber Judith hat nicht bis zum Ende zugeschaut, sondern weitergezappt. Überall klebt getrocknetes Blut in grotesken Spritzmustern. »L & A« hat jemand mit schwarzem Filzstift in ein großes Herz an die Rückwand des Hochsitzes geschrieben. Auch eine Sarah und ein Mick haben sich in einem Herz verewigt, allerdings ist dieses mit einem Messer ins Holz geritzt. »Tom, du geile Sau«, steht daneben und etwas weiter links »Meli was here«. Diverse Initialen und Daten – aller Wahrscheinlichkeit nach ohne Zusammenhang mit dem Mord. Sitzen Liebende aus der Umgebung in diesem Hochsitz, schmiegen sich aneinander auf der Holzbank, unsichtbar für die Welt zu ihren Füßen, den Blick durch die Schießscharten in die Baumkronen gerichtet? Vorsichtig bückt Judith sich so weit hinunter, dass ihr Kopf auf der Höhe des Toten ist. Was war das Letzte, was er gesehen hat? War es Tag oder Nacht, als er starb? Sie ist plötzlich sicher, dass es Nacht war, dass er allein war mit seinem Mörder. Kein Wanderer weit und breit, der ihn hätte retten können. Nur Wald, stoischer, stummer Wald und Dunkelheit. Judith steht ganz still. Wenn sie die Augen schließt, glaubt sie die Angst des Toten noch zu fühlen, ein rasendes, irrlichterndes Aufbegehren.

Sie klettert die Leiter hinunter. Dreht sich eine Zigarette. Der Polizist lässt ein silbernes Benzinfeuerzug aufschnappen und gibt ihr Feuer.

»Das mit dem Anrufen kannst du vergessen.«

»Wie bitte?«

»Vergiss es einfach, Empfang gibt's hier nur auf dem Hochsitz. Wenn du Glück hast.«

Judith fischt ihr Handy aus der Manteltasche und betrachtet das Display. »Netzsuche.« Er hat Recht.

»Ich werd dann mal wieder.« Er tritt seine Zigarette aus und schiebt die Kippe in die Zellophanhülle seiner Marlboro-Packung.

»Scheißjob. Ich hoffe, die Kollegen aus Köln beeilen sich.« Er nickt ihr zu, zieht sich den Schal wieder vors Gesicht.

Judith stapft zurück über die Wiese. Ihr rechter Fuß sinkt in eine Pfütze, kaltes Wasser kriecht ihr den Stiefelschaft hoch. Dann ist auf einmal das Gefühl aus dem Traum wieder da. Die Unwirklichkeit. Die Sehnsucht, die sich nie erfüllen wird. Bedrohung in Zeitlupe. Als liefe sie für immer durch flüssiges Glas. Sie rammt die Fäuste in die Manteltaschen und beschleunigt ihre Schritte. Wenn sie Glück hat, kann ihr irgendein Kollege Gummistiefel leihen.

❖❖❖

Die Luft in dem Polizeibus ist unerträglich stickig. Diana Westermann sitzt am Fenster, eingeklemmt zwischen der rosigen Frau mit dem leeren Pilzkörbchen und einem Klapptisch, der mit schauderhaftem Teakholz-Imitat aus PVC beklebt ist. Das Fenster lässt sich nicht öffnen. Sie kann die Beine nicht richtig ausstrecken. Sie friert immer noch, obwohl die Heizung weit aufgedreht ist, kein Wunder, ihre Hosen und Schuhe sind klatschnass. Sie schiebt die Hände unter die Wolldecke, die ihr ein Polizist gegeben hat. Sie will heim, weg von hier. Es riecht nach Schweiß, Kaffee und Salamibroten, lauter Gerüche, die sie nicht mag. Immerhin besser als dieser süßliche Gestank. Sie schluckt. Sie will sich nicht daran erinnern.

»Sie haben einen Schock, Sie müssen etwas essen und trinken.« Der Mann in der Kniebundhose, der sie auf der Lichtung gefunden und sich inzwischen als Egbert Wiehl vorgestellt hat, verhält sich wie ihr Adjutant. Warum musste er sie auch auf der Lichtung überraschen? Was hatte er dort zu suchen, frühmorgens, in ihrem Revier? Ohne ihn säße ich jetzt nicht hier, denkt Diana. Ich hätte mich gefangen, aufgerappelt, ich hätte einfach weiterlaufen können. Der Adjutant tupft sich die Stirn mit einem hellblauen Stofftaschentuch ab, lässt zwei Stück Würfelzucker in einen dampfenden Becher fallen und schiebt ihn zu Diana hinüber.

»Nehmen Sie ein Brot«, echot seine Frau zum wiederholten Mal. »Oder wenigstens ein Stück Schokolade.«

Nur damit sie endlich Ruhe geben, nimmt sie den Becher und trinkt. Der Kaffee schmeckt karamellig süß, aber sie kann fühlen, dass ihr Zittern nachlässt. Sie trinkt in durstigen Schlucken, das Ehepaar lächelt sich an. Sollen sie doch. Auf einmal hat sie sogar Hunger. Sie isst ein Salamibrot und trinkt noch einen Becher Kaffee.

»Danke. Ich wusste gar nicht, wie hungrig ich bin.«

Der Mann will den Becher nochmals füllen, aber sie schiebt ihn energisch von sich weg.

»Zwei Becher sind wirklich genug. Ich trinke sonst nie Kaffee.«

Sie sitzen wieder stumm und lenken die Blicke aneinander vorbei. Wie in einem Aufzug, denkt Diana. Man guckt sich nicht in die Augen, nie. Vor dem Fenster des Kleinbusses wuchern Weißdornsträucher und Schlehen, die Lichtung ist nicht zu sehen.

»Das schöne Wetter.« Die Stimme der Frau klingt nörgelig.

Ich will hier weg, denkt Diana Westermann. Es war ein guter Morgen, bis ich mich entschieden habe, zum Erlengrund zu joggen. Die Wildgänse sind geflogen. Der Wald war so still. Ich hätte nicht auf den Hochsitz steigen sollen. Nicht wieder, nicht heute. Ich hätte einfach weiterjoggen sollen. Warum mussten mich diese Pilzsammler finden?

»Das schöne Wetter.« Dies ist offenbar ein uraltes Klageritual, das keiner Verben und keiner näheren Erklärung bedarf.

Die Frau nervt. Die ganze Situation ist durch und durch unerfreulich und da tut es überhaupt nichts zur Sache, dass das Wetter wirklich schön ist. Herbst eben. Ein Bilderbuchtag. Das Laub so bunt, dass man ganz vergessen kann, dass dies ein millionenfaches Sterben ist, ausgelöst durch den temperaturbedingten Mangel an Chlorophyll. Der Himmel so durchsichtig, dass er etwas zu versprechen scheint. Natürlich weiß man es besser, aber man kann sich doch nicht entziehen. Läuft über die Wiesen, läuft durch die rotgelbe Farbenpracht, starrt in das hohe Blau und erwischt sich unwillkürlich dabei, dass man singen will. Und vielleicht ist das ja der eigentliche Grund, dass ich nach Deutschland zurückgekommen bin, überlegt Diana. Dass ich endlich wieder einen Herbst erleben wollte. Jahreszeiten. Und jetzt sitze ich hier auch in der Scheiße und muss einen Weg finden, wie ich wieder rauskomme.

Die Minuten schleppen sich dahin, quälend langsam. Die Luft wird immer stickiger. Es ist nicht fair, denkt Diana. Die Leute haben keinen Respekt vor dem Wald. Sie schmeißen ihren Müll ins Unterholz. Sie trampeln alles nieder. Sie schlagen sich ins Gestrüpp, wenn sie lebensmüde sind, weil sie glauben, dass es im Wald einsam ist. Sie hängen sich auf, erschießen sich oder fressen ihre Tabletten und kümmern sich einen Dreck darum, dass es Förster gibt, Jäger, Spaziergänger, die sie früher oder später finden müssen. Theoretisch wusste ich das immer. Die Toten im Wald sind gewissermaßen ein Berufsrisiko für mich. Aber ich habe das nicht ernst genommen, bis vor kurzem habe ich das einfach nicht ernst genommen. Ihr Herz rast und sie beginnt zu schwitzen. Ihre Zunge klebt am Gaumen wie Sandpapier. Das Koffein, denkt sie. Ich vertrage es nicht. Ich hätte den Kaffee nicht trinken sollen. Sie räuspert sich.

»Entschuldigen Sie, haben Sie zufällig noch etwas anderes zu trinken als Kaffee?« Ihre Stimme klingt heiser.

Der Adjutant fördert eine Büchse Mineralwasser aus seinem Rucksack hervor, die er zu Diana herüberschiebt.

»Danke.« Sie öffnet die Dose. Wasser schießt zischend aus der Öffnung. Achtlos wischt sie es mit dem Ärmel von der Tischplatte und trinkt, bis die Büchse leer ist. Es tut gut, aber ihre Gedanken jagen immer noch im Kreis. Ich will einfach meine Ruhe. Ich hätte nicht auf diesen Hochsitz klettern sollen. Scheiße, jetzt ist auch noch mein Ärmel nass. Ich will heim.

»Die Leiche hatte genau so blonde Haare wie Sie.« Die Stimme des Mannes klingt überrascht, als wäre ihm dies eben erst aufgefallen.

Halt den Mund, das geht dich überhaupt nichts an, will sie sagen, beherrscht sich aber.

»Viele Leute haben blonde Haare.«

Der Adjutant scheint nicht wirklich überzeugt zu sein, sagt aber nichts mehr. Seine Frau seufzt. Wieder schleicht die Zeit dahin wie eine Schnecke. Wie lange will die Polizei sie noch in diesem stickigen Bus warten lassen?

Das Ehepaar beginnt jetzt ebenfalls zu picknicken. Der Mann zieht sein Fahrtenmesser aus dem Gürtel und zerteilt seine Brote in kleine Häppchen, die er auf der Messerspitze in den Mund balanciert. Die Frau schmatzt leise. Ich will hier raus, denkt Diana. Ich sollte längst Ronja abgeholt haben. Ich will …

Eine Frau öffnet die Schiebetür des VW-Busses. Sie trägt einen schwarzen Ledermantel, der augenscheinlich nicht sehr neu ist, und verwaschene Jeans. Ihr Gesicht ist fleckig, über und über mit riesigen Sommersprossen übersät. Ihr Haar ist schulterlang und struppig, ein undefinierbares Hellbraun.

»Sie haben den Toten gefunden?« Sie sieht Diana auf eine Art an, die verrät, dass sie die Antwort schon kennt. Ihre Augen sind grau mit einem merkwürdig türkisfarbenen Rand um die Iris.

Diana nickt.

»Krieger, Kripo Köln.« Die Gefleckte lächelt ein Lächeln, das ihre seltsamen Augen nicht erreicht. »Ich weiß, es ist unangenehm, dass Sie warten mussten. Leider lässt sich das nicht vermeiden.« Sie hustet. »Ich möchte mich mit Ihnen unterhalten. Einzeln.« Sie zieht die Schiebetür ganz auf. »Ich schlage vor, wir beginnen mit Ihnen.« Sie wendet sich an das Ehepaar. »Wenn Sie bei meinem Kollegen warten würden?«

Ein uniformierter Polizist führt die beiden weg. Die Gefleckte klettert in den Bus und setzt sich Diana gegenüber. Der grauhaarige Beamte, der sich vorhin als Edling vorgestellt hat, schiebt sich neben Diana auf die Sitzbank.

»Sie heißen Diana Westermann? Wohnhaft im alten Forsthaus in Unterbach?«

»Warum wohnen Sie in dem Forsthaus?« Edling beäugt Diana misstrauisch. »Vermietet der alte Hesse jetzt Zimmer?«

»Ich wohne dort, weil ich das Revier leite. Alfred Hesse ist seit Februar pensioniert.«

»Sie sind Försterin?« Die sommersprossige Kommissarin hat den Wortwechsel mit schnellen Blicken beobachtet. Nun scheint sie entschlossen zu sein, das Gespräch wieder an sich zu reißen. »Dann kennen Sie das Gelände hier sicher gut?«

»Mein Revier ist über 1500 Hektar groß. Ich arbeite hier erst ein halbes Jahr.«

»Heißt das ja oder nein?«

»Das Schnellbachtal kenne ich einigermaßen.«

»Gut.« Ein sparsames Lächeln.

»Da ist der alte Hesse also auch pensioniert.« Der Grauhaarige ist offenbar nicht so schnell bereit, das Thema zu wechseln. Die Kommissarin hüstelt und zieht die Kappe von einem teuer wirkenden, dunkelblau marmorierten Füllfederhalter.

»Ich denke, es ist am besten, wenn Sie der Reihe nach erzählen, was heute morgen passiert ist. Lassen Sie sich Zeit. Jedes Detail kann für uns hilfreich sein.«

»Ich war joggen.«

»Wann genau sind Sie losgelaufen?«

»8.30 Uhr, ich war spät dran.« Das klingt beinahe entschuldigend. »Normalerweise laufe ich früher, aber gestern Abend war ich in Köln auf einer Party. Ich war spät dran und Ronja war nicht da, da habe ich verschlafen.«

»Ronja?«

»Mein Hund. Sie ist noch jung. Ich lasse sie im Sonnenhof, wenn ich in die Stadt muss.«

»Okay, Sie sind also um halb neun losgelaufen.«

»Ich hab mich für den Weg durchs Tal entschieden, weil ich Ronja unterwegs abholen wollte. Ich laufe die Strecke öfter, also hab ich nicht besonders auf den Weg geachtet.« Diana denkt an die Wildgänse und wie ihre Rufe geklungen haben, an den transparenten Himmel. Das wird die Polizei wohl kaum interessieren. »Am Erlengrund hab ich dann die Krähen gesehen.«

Sie beginnt wieder zu frieren.

»Was genau haben Sie dann gemacht?« Die Kommissarin lässt Diana nicht aus den Augen.

»Ich hab nicht wirklich nachgedacht. Bin einfach losgelaufen, um nach dem Rechten zu sehen. Es ist schließlich mein Hochsitz.«

Es ist ein Fehler, dass sie das gesagt hat, merkt sie sofort. »Ich meine, er ist eine forstliche Einrichtung und ich benutze ihn oft.«

Der Blick der Kommissarin fliegt für einen kurzen Moment zu ihrem Kollegen.

»Sie jagen also?«, fragt der, als hätte er ein Stichwort bekommen. Es klingt, als würde er fragen: ›Sie morden also öfter‹?.

»Es gehört zu meinem Job, mein Revier zu bejagen.« Diana verschränkt die Arme vor der Brust. »Das ist doch kein Verbrechen, oder?«

»Nun regen Sie sich nicht gleich so auf, mein Kollege hat Ihnen doch nur eine Frage gestellt.«

Vorhin haben dir die Fragen deines Kollegen doch selbst nicht gefallen, denkt Diana. Sie setzt sich ein wenig aufrechter hin.

»Ich will endlich heim.«

»Das kann ich verstehen. Aber leider sind die Umstände so, dass Sie zuerst unsere Fragen beantworten müssen. Und je eher Sie das tun, desto eher können Sie gehen.«

»Ich bin also zu dem Hochsitz rübergelaufen. Ich hab gar nicht nachgedacht, bin einfach hingelaufen, die Leiter hoch, und dann lag er da. Es war auf einmal wie ein Horrorfilm. Ich hab immer noch nicht nachgedacht. Bin einfach wieder runter und weggerannt, und dann ist mir schlecht geworden und ich hab mich übergeben. Das Nächste, was ich mitbekommen habe, war, dass dieser Mann, dieser Herr Wiehl, vor mir stand und auf mich einredete.«

Draußen erklingt Motorengeräusch, eine Autotür wird zugeschlagen. Ein Hund kläfft.

»Einen Moment bitte.« Die Kommissarin schiebt die Kappe auf ihren Füller, steckt ihn in die Manteltasche und springt aus dem Kleinbus. Diana versucht unauffällig zu entziffern, was sie bislang notiert hat, gibt aber schnell wieder auf. Die Schrift ist eckig und krakelig, absolut unleserlich. Der Polizeibeamte macht Habichtaugen.

»Warum lassen Sie Ihren Hund im Sonnenhof?«

»Ich kenne den Schreiner, ich liefere ihm manchmal ein paar Stämme Buchenholz. Laura, ein junges Mädchen, das ihm in der Werkstatt hilft, passt gern auf Ronja auf.«

»Holz, mhm, mhm.«

Aus dem Mund des grauhaarigen Beamten klingt das wie etwas Obszönes. Diana Westermann verschränkt die Arme vor der Brust und starrt konzentriert auf das Teakholz-Imitat.

❋❋❋

Hinter dem Polizeibus stehen Manni und die beiden Ks von der Spurensicherung. Sie treten von einem Fuß auf den anderen und sehen unternehmungslustig aus, wie Grundschüler vor einer Klassenfahrt. Manni wirkt mehr denn je wie ein Riesenfohlen. Judith kommt sich auf einmal uralt und ausgelaugt vor. Karin und Klaus, die beiden Ks, sind auch noch ziemlich jung, harmonieren aber so perfekt wie eine alte Streifenwagen-Besatzung, die jahrzehntelang Dienstwagen und Stadtteil geteilt hat, ohne das je in Frage zu stellen. Es gibt nur noch wenige solcher Teams, denn eine sich täglich wiederholende Tätigkeit passt nicht in eine Gesellschaft, die ständig den Kick sucht und darüber völlig verlernt hat, sich mit etwas zu bescheiden. Außerdem werden die Arbeitsbedingungen für Polizisten durch den ewigen Sparkurs nicht gerade besser. Einige Kollegen geben auf, weil sie die Überstunden satt haben. Andere wollen sich nicht länger von all denen anpöbeln lassen, für die keine Regeln gelten, weil sie nichts mehr zu verlieren haben. Erst letzte Woche hat wieder eine Kollegin von der Streife gekündigt, eine nette Rothaarige, die Judith für ziemlich fähig gehalten hat. *Es ändert sich ja doch nichts,* hat sie Judith im Fahrstuhl zugeflüstert und ist mit festen Schritten und einem Lächeln auf den Lippen in ein neues Leben geeilt. Judith hat sich dabei ertappt, dass sie sie beneidete.

»Also, wo ist der Kandidat, der uns den Sonntag gestaltet?« Karin pult eine Packung Juicy-Fruit-Kaugummis aus der Jackentasche und bietet sie an. Judith schüttelt den Kopf und dreht sich eine Zigarette, Manni schiebt sich eines seiner unvermeidlichen Pfefferminzbonbons zwischen die Zähne, die beiden Ks beginnen rhythmisch zu kauen. Beide haben einen blassen Teint, den die kalte Luft rosig färbt.

»Ich bring euch hin.«

Kurze Zeit später ist auch der Rechtsmediziner da. Karl-Heinz Müller, ein brathähnchenbrauner Mitvierziger mit Dreitagebart, der eine Wolke herben Aftershaves hinter sich herzieht, als er behände die Leiter zum Hochsitz erklimmt.

»Ihr wartet hier unten.« Müller liebt komplizierte Fälle und verfügt über ein äußerst stabiles Selbstbewusstsein. Er pfeift einen Boney-M-Schlager, während er den Leichnam in Augenschein nimmt.

»Wie lange ist er schon tot?«, ruft Judith nach einer Weile.

»Ihr ändert euch nie, oder?« Müllers Gesicht taucht einen Moment über der Leiter auf.

»Ungefähr zumindest?«

»Vorgestern hab ich mir noch am Nassau Beach frische Kokosnüsse aufschlagen lassen und wahrhaftig ganz und gar vergessen, wie lästig ihr sein könnt.«

Müller nimmt seine musikalische Darbietung wieder auf. *Daddy Cool.* Judith denkt an die Försterin im Bus. Etwas stimmt nicht mit ihr. Sie würde gern über dieses Gefühl sprechen, weiß aber nicht, wie sie mit Manni reden soll. Bei Patrick hätte sie es gewusst. Stumm stehen sie nebeneinander im nassen Gras an der Stelle, die Karin und Klaus ihnen zugewiesen haben. Ich bringe es einfach nicht mehr, denkt Judith. Der Tag ist noch nicht einmal halb vorbei und schon habe ich das Gefühl, dass mir die Ermittlungen entgleiten. Eine Chance, hat Millstätt gesagt. Aber ich tauge nicht zu einer Chance. Ich habe keine Chance verdient.

Sie sieht sich um. Von irgendwoher müssen Täter und Opfer gekommen sein. Wenn sie es nicht mit einem Selbstmörder zu tun haben. Aber auch der wird nicht splitterfasernackt durch den Wald gerannt sein. Irgendwo muss er eine Spur hinterlassen haben. Kleider. Eine Waffe. Ein Fahrzeug. Und wo, verdammt nochmal, sind die Bretter aus dem Dach des Hochsitzes?

»Kommt mal hoch, ihr zwei.« Müller winkt.

Es ist zu eng für drei Personen auf dem Hochsitz, Manni bleibt auf der Leiter, Judith presst sich an die Wand. Der Gestank des Todes senkt sich über sie wie eine Glocke. Ungerührt beugt Karl-Heinz Müller sich dicht über die zerstörten Überreste des Gesichts des Toten und drückt mit dem Ende einer Plastikpinzette vorsichtig in die rechte Augenhöhle. Etwas ist dort, ein Metallkügelchen. Müller richtet sich auf und deutet mit der Pinzette auf die Rückwand des Hochsitzes, wo mehrere dunkle Löcher erkennbar sind.

»Schrot!« Judith spricht lauter, als es nötig ist.

»Schrot.«

»Also ist die Tatwaffe ein Jagdgewehr.«

»Eine Flinte. Wenn der Schrot die Todesursache ist, ja.«

»Du meinst, jemand kann mit einer Ladung Schrotkugeln im Kopf auf einen Hochsitz klettern?«

»Das nicht, aber er könnte ja schon tot gewesen sein, als auf ihn geschossen wurde. Oder hier hochgetragen worden sein. Obwohl er ein ziemlich stattlicher Bursche ist.«

Müller beugt sich über die zerfressene Brust des Toten und macht sich auch dort mit der Pinzette zu schaffen. Nach kurzer Zeit sichert er ein weiteres Metallkügelchen.

»Da hat jemand nicht nur einmal abgedrückt.«

Hass, denkt Judith. Eifersucht. Leidenschaft. Wut. Die ganze unerfreuliche Palette. Aber wo sind die Kleider des Toten? Und wer hat das Loch ins Hochsitzdach gesägt? Das war keine Tat im Affekt. Jedenfalls war der Täter kaltblütig genug, dafür zu sorgen, dass wir sein Opfer nicht so leicht identifizieren können.

»Schrot«, sagt Manni. »Wer außer Jägern schießt mit Schrot?«

Müller hebt die kompakten Schultern und dreht die blutigen Handflächen zum Himmel.

»Braucht ihr noch lange?« Klaus' Stimme. Die beiden Ks haben ihre Gerätschaften aufgebaut und wollen anfangen.

»Wie lange ist er schon tot?«, fragt Judith.

Müller legt den Kopf schief.

»Etwa zehn Tage – aber nagel mich bloß nicht fest darauf. Diese Krähen haben ein verdammtes Chaos angerichtet.«

»Es besteht wohl keine Chance, dass man rekonstruieren kann, wie er mal aussah?«

»Vergiss es. Wir sind hier nicht in Amerika.« Müller kramt in seinem Instrumentenkoffer und beginnt wieder zu pfeifen. *Yesterday* von den Beatles.

❋❋❋

Juliane Wengert stellt ihren Koffer in die Diele und einen Moment lang wird ihr schwindelig. Die Tür zum Wohnzimmer steht offen. Die Luft, die ihr von dort entgegenschlägt, ist kalt und abgestanden. Unbewohnt, denkt sie und wundert sich, dass sie das wirklich und wahrhaftig riechen kann. Mein Haus ist unbewohnt. Sie ist eine Woche auf einem Kongress in Rom gewesen und hat sich ausschließlich aufs Dolmetschen konzentriert. Jetzt braucht sie dringend ein Schaumbad, ein leichtes warmes Essen, eine Flasche Wein. Vielleicht ein Klavierkonzert von Mozart und ein Feuer im Kamin. Jemanden, der ihre schmerzenden Schultern massiert. Sie fühlt sich leergeredet und zugleich bis an die Grenze des Erträglichen mit Worten und Stimmen angefüllt, die nicht ihre eigenen sind, wie immer nach mehrtägigen Kongressen.

Erst während des Rückflugs hat sie sich gestattet, wieder an Andreas zu denken. Sie behält den Kaschmirmantel an und tritt ins Wohnzimmer. Alles ist so, wie sie es verlassen hat, nur die Lilien in der hohen Vase vor dem Kamin haben ihre Blüten fallen lassen. Weiße Lilien, ihre Lieblingsblumen. Besiegt vom Zahn der Zeit. Sie trägt die Vase in die Küche und schüttet das faulige Wasser in den Abfluss, geht zurück ins Wohnzimmer und dreht die Heizung auf. Sie fegt die Blütenblätter vom Couchtisch in ihre Hand, sie sind transparent wie Seidenpapier. Etwas reißt in ihr, etwas, dem sie nicht nachgeben will, dem sie schon lange nicht nachgeben will, weil es nicht ins Leben der glücklich verheirateten Top-Dolmetscherin Juliane Wengert passt. Sie strafft den Rücken. Dieses Etwas will sie aufs Sofa ziehen und dazu bringen, dass sie weint und schreit und mit den Fäusten auf die Polster trommelt, aber sie wird sich nicht unterkriegen lassen, sie ist stärker als Es.

Das Obergeschoss ist kalt und leer. Im Badezimmerspiegel entdeckt sie eine neue Falte zwischen ihren Augenbrauen. Erst jetzt bemerkt sie, dass sie die Lilienblätter immer noch in der Hand hält. Sie öffnet den Toilettendeckel und lässt sie ins Becken rieseln. Die feinen Risse und Adern erinnern sie an welkende Frauenhaut. Wo ist ihr Leben geblieben? Was hat sie eigentlich erreicht? Bis vor Kurzem hat sie geglaubt, dass sie immer noch jung ist und deshalb die Macht hat, jederzeit zu wählen. Für wen sie dolmetscht, in welchem Restaurant sie essen will, welchen Mann sie nimmt, ja sogar ob sie ein Kind bekommt. Lange ist es immer nur aufwärts gegangen in ihrem Leben. Geld war in ihrer Familie immer reichlich vorhanden, sie konnte sich während ihres Studiums ausgedehnte Aufenthalte in Italien und Frankreich leisten und hat sich aufgrund dessen nach dem Diplom als Dolmetscherin schnell einen guten Ruf erarbeitet. Mit 31 hat sie die Jugendstilvilla ihrer Großmutter geerbt, ihre Burg, ihre sichere Basis, von der aus sie operieren kann. Und jetzt ist ihre Basis kalt und leer.

Juliane Wengert setzt sich auf den Rand ihrer Badewanne. Sie weiß nicht, was sie machen soll. Sie weiß nicht, wie sie die Kraft aufbringen soll, ihren Mantel auszuziehen, den Koffer auszupacken, die schmutzigen Kleider in den Wäschekorb zu stopfen und das Bad zu nehmen, auf das sie sich so gefreut hat. Sie starrt auf die Lilienblätter, die sich allmählich in der Toilettenschüssel verteilen. Wo ist der Sinn? Zum ersten Mal in ihrem Leben sehnt sie sich nach einem Kind. Das Kind, das sie niemals haben wird, weil sie zu lange gewartet hat. Ein Teil von Andreas, den sie behalten kann. Der noch da wäre. Der sie trösten könnte, in einem Moment wie diesem. Ein Teil von ihr selbst, auf die Zukunft gerichtet, weil er sie, Juliane, überleben wird. Zweimal hat sie eine Schwangerschaft abbrechen lassen, weil die dazugehörigen Erzeuger keinerlei väterliche Ambitionen zeigten. Außerdem liebt sie ihren Beruf. Ich habe ja noch Zeit, hat sie sich nach den Eingriffen getröstet, als dieses Loch in ihrem Bauch ins Bodenlose wütete. Und dann hat sie der Alltag wieder in Besitz genommen, mit seinen Terminen und Geschäftigkeiten, die ihr immer so wichtig erschienen sind. Diese maßlose Arroganz, das eigene Leben lenken zu können, ja unter Kontrolle zu haben, wenn man sich nur ein bisschen anstrengt – in dieser Hinsicht hatte Andreas perfekt zu ihr gepasst. Andreas, der Charmeur. Der ewige Spieler, den sie an ihrem 38. Geburtstag aus einer Laune heraus in einer Kitschkapelle in Las Vegas geheiratet hat. Sie haben sich nie um Verhütung gekümmert und als sich kein Nachwuchs einstellte, hat Juliane ihr Unbehagen immer wieder verdrängt. Partys, Urlaube, Theater- und Konzertabonnements, Übersetzungen für die UNO, rund um den Globus. Sie hat das Leben auf der Überholspur genommen und nicht wahrhaben wollen, dass jede Straße irgendwo endet.

Wo ist die Zeit geblieben, fragt sie sich jetzt. In ein paar Wochen wird sie 43 und ihr Mann wird nicht wieder heimkommen, dessen ist sie sich sicher. Heute nicht und auch nächste Woche nicht, wenn die Herbstferien vorbei sind. Und spätestens dann kann sie das nicht mehr verheimlichen. Die Direktorin wird bei ihr anrufen und fragen, wo Andreas ist, und was soll sie dann sagen? Sie drückt auf die Klospülung, aber ein paar der Lilienblätter wollen einfach nicht untergehen. Sie muss zur Polizei gehen und ihren Mann als vermisst melden. Tut sie das nicht, wird sie sich verdächtig machen. Sie drückt noch einmal auf die Klospülung, länger diesmal, aber ein paar Blütenblätter sind immer noch da. Juliane Wengert lässt sich auf den Badezimmerteppich sinken. Zu ihrem Entsetzen beginnt sie zu weinen.

❖❖❖

Diana Westermann denkt an Tansania, die Ebenen mit den staubigen roten Böden, das Hochland mit seinem überbordenden Grün, das auf eine Weise leuchtet, die weiter nördlich des Äquators niemals möglich wäre. Als ob die unbarmherzig grelle Sonne in Afrika alles so lange verbrennt, bis das, was übrig bleibt, eine Essenz ist, hat sie oft überlegt, während sie ihren Jeep durch den Busch lenkte, auf der Suche nach einem Dorf, einer Wasserstelle, irgendeinem Anzeichen von menschlichem Leben. Eine Essenz, so pur, wie sie in Deutschland niemals entstehen könnte. Werden und Vergehen, Maßlosigkeit und Hunger, Hitze und Kälte – all das ist in Afrika ein ständiges Wechselspiel, das nicht durch etwas so Allmähliches gemindert wird wie einen deutschen Herbst. Und ich brauche auch keinen deutschen Herbst, brauche die Überschaubarkeit eines seit Jahrhunderten bewirtschafteten Forsts nicht, in dem nichts einem Wanderer nach dem Leben trachtet, hat sie in Afrika gedacht. Wie sehr sie sich geirrt hat. Die Welt hatte sie verändern wollen, wenn sie frühmorgens das Moskitonetz über ihrer Hängematte zurückschlug und vor ihre Hütte trat. Dem Raubbau etwas entgegensetzen, mit ihrer ganzen Kraft, ihrer ganzen Energie. Es hat nicht funktioniert, war vielleicht von Anfang an nur eine Illusion. Und jetzt droht dieses kleine, überschaubare, deutsche Leben, für das sie sich entschieden hat, auch noch aus den Fugen zu geraten. Diana Westermann zieht die Decke enger um sich und starrt auf das Teakholz-Imitat. Ich will hier raus.

Die Schiebetür wird wieder aufgezogen und die Gefleckte klettert zurück in den Bus. Sie stinkt nach Zigarettenrauch. Der grauhaarige Polizist, der Diana stumm bewacht hat, macht plötzlich wieder Habichtaugen. Zu dritt ist es viel zu eng im Bus. Zu nah. Diana versucht, sich aufrecht hinzusetzen. Ihre Beine fühlen sich taub an. Die Plastiksitzbank ist scheußlich unbequem.

»Wann kann ich endlich heim? Ich warte hier und warte. Ich habe weiß Gott noch andere Dinge zu tun. Okay, ich habe eine Leiche gefunden. Aber das ist ja wohl kein Verbrechen. Ich will jetzt heim, auf der Stelle. Ich kann Ihnen nicht weiterhelfen.«

Die Kommissarin setzt sich Diana gegenüber und lässt sie reden. Es sieht so aus, als ob sie die Zähne zusammenbisse, um eventuelle Kommentare zurückzuhalten. Aber als sie schließlich zu sprechen beginnt, klingt ihre Stimme erstaunlich weich und freundlich.

»Ich bedaure, dass wir Ihnen solche Unannehmlichkeiten bereiten. Aber sehen Sie, wir können Sie nicht einfach heimschicken, bevor Sie eine Aussage gemacht haben. Wir müssen einen Mord aufklären.«

»Mord? Er ist also ...?« Diana fühlt, wie ihr Herz zu rasen

beginnt. Ihre Stirn wird feucht, sie wischt darüber, reibt die Hand an der Decke trocken. Fühlt, wie sich neue Schweißtröpfchen bilden.

Die Gefleckte blättert in ihrem Notizblock und kramt mit der Rechten ihren Füller aus der Manteltasche. Sogar auf dem Handrücken hat sie Sommersprossen. Sie lächelt Diana an.

»Haben Sie auf dem Hochsitz irgendetwas angefasst, irgendetwas weggenommen oder verändert?«

Diana schüttelt den Kopf.

»Sicher?«

»Sicher.«

»Gut.« Die linke Hand blättert in dem Notizblock. Wieder lächelt die Kommissarin dieses Lächeln, das ihre türkis geränderten Augen nicht erreicht.

»Sie haben gesagt, Sie benutzen diesen Hochsitz zum Jagen. Wann waren Sie denn zum letzten Mal dort, von heute einmal abgesehen?«

»Ich kann mich nicht erinnern. Ist schon eine Weile her.«

»Ungefähr?«

»Weiß ich wirklich nicht mehr. Vor ein paar Wochen.«

»Aber Sie joggen regelmäßig dort vorbei?«

»Nicht regelmäßig, nein.«

»Vorhin haben Sie aber gesagt«, die Kommissarin kneift die Augen zusammen, offenbar bemüht, ihre eigene Schrift zu entziffern, »dass Sie nicht auf den Weg geachtet haben, weil Sie die Strecke gut kennen, weil Sie sie öfter benutzen.«

»Das stimmt ja auch, aber in letzter Zeit nicht.«

»Warum?«

»Warum?«

»Warum haben Sie die Strecke zum Erlengrund in letzter Zeit nicht benutzt?«

»Ich mag es nun mal, die Route zu wechseln. Außerdem war ich in letzter Zeit von morgens bis abends im Kürtener Forst, wegen der Holzernte.«

»Und das ist der einzige Grund?«

Das Blut in Dianas Ohren beginnt wieder zu rauschen. Sie sieht der Kommissarin direkt in die Augen.

»Ja, das ist der einzige Grund.«

Doch damit gibt sich die Kommissarin nicht zufrieden. Sie fragt einfach immer weiter. Kann sich Diana nicht doch erinnern, wann genau sie das letzte Mal am Erlengrund gewesen ist? Ist ihr in den letzten Wochen wirklich keine Veränderung im Schnellbachtal aufgefallen? Wann war der Hochsitz noch intakt? Wann hat sie zuletzt gejagt? Was für Büchsen hat sie, was für Flinten? Schießt sie mit Schrot? Welches Kaliber? Wo bewahrt sie ihre Waffen auf? Die Fragen spulen aus ihrem Mund wie Fäden von einer überdimensionierten Garnrolle, verflechten sich zu einem Netz, hüllen Diana ein, weben sie ein, lähmen sie. Wann ist sie das letzte Mal auf dem Hochsitz gewesen? Wieder, und immer wieder diese Frage. Gebetsmühlenartig.

»Ich weiß es wirklich nicht!« Nach einer halben Stunde ist Dianas Selbstbeherrschung restlos aufgebraucht. Sie schreit.

Als wäre dies ein Einsatzbefehl gewesen, wird die Tür zum Bus erneut aufgeschoben und ein Mann schwingt sich herein. Er ist jünger als die Kommissarin, höchstens 30. Er trägt einen Blouson aus silbriger Fliegerseide und modische Jeans. Die Kommissarin wirft ihm einen ihrer messerscharfen Seitenblicke zu. Es sieht ganz und gar nicht so aus, als ob sie sich über die Verstärkung freut. Silberjacke scheint einen Moment lang unschlüssig, ob er wieder gehen soll, gleitet dann aber neben Diana auf die Bank. Er bewegt sich mit der nachlässigen Effizienz eines routinierten Sportlers. Mit seiner Gelfrisur sieht er jungenhaft aus, vermutlich ist er ziemlich eitel und empfindet sein Outfit als cool. Wenn Diana Glück hat, ist er auch empfänglich für weibliche Reize. Sie zieht das Haargummi aus ihrem Pferdeschwanz, neigt den Kopf und sieht zu ihm auf.

»Ich fühle mich überhaupt nicht gut, ich glaube, ich habe einen Schock. Wann kann ich endlich heim?«

❈❈❈

»Haben Sie irgendeine Idee, wer der Tote sein könnte?«

»Es ist also ein Mann? Das dachte ich mir schon.« Egbert Wiehl ist froh, dass die Warterei endlich ein Ende hat. Die Kommissarin sieht blass und verfroren aus. Angespannt. Wie alt sie wohl sein mag? Mitte 30, schätzt er. Erst eine Försterin und dann eine Kriminalhauptkommissarin, spezialisiert auf Mord und Totschlag. Was diese jungen Frauen heute alles für Berufe ausüben. Er würde ihr gern den Rest Kaffee aus der Thermoskanne anbieten, aber irgend etwas an ihrer Ausstrahlung lässt ihn zögern. Vielleicht wird sie das missverstehen und ... Helga tritt ihm unter dem Tisch ans Schienbein. Die Kommissarin sieht ihn aufmerksam an und hüstelt. Offenbar ist sie mit seiner Antwort noch nicht zufrieden.

»Entschuldigung, was wollten Sie wissen?«

»Ob Sie eine Idee haben, wer der Tote sein könnte.«

»Ich? Nein.«

»Denken Sie bitte genau nach. Ein Mann mit schulterlangem blondem Haar, etwa 1,85 Meter groß, wahrscheinlich um die 30 Jahre alt. Vielleicht gibt es jemanden in Ober- oder Unterbach, auf den diese Beschreibung passt. Vielleicht wird jemand vermisst?«

»Nein, ich glaube nicht.« Egbert Wiehl wendet sich an seine Frau. »Oder, Helga?«

»Ein Mann mit langen blonden Haaren? Nein, so einer wohnt bei uns nicht.«

»Vielleicht in einem Nachbarort?«

Die Kommissarin ist hartnäckig. Er würde ihr wirklich gern helfen, aber Helga hat Recht. Einen Mann, auf den die Beschreibung passt, gibt es in ihrer Gemeinde nicht.

»Vielleicht ist er nicht von hier.«

»Wenn, dann lebt so einer im Sonnenhof.« Helgas Stimme ist deutlich anzumerken, dass sie mit den Bewohnern des alten Gutshofs nichts zu tun haben will.

»Im Sonnenhof. Warum denken Sie das?«

»Na, wegen der langen Haare.«

Egbert Wiehl greift nach der kalten, weichen Hand seiner Frau und drückt sie. Besser, Helga sagt nicht zu viel. Die Kommissarin soll nicht denken, dass sie intolerant sind, bloß weil sie auf dem Land leben.

»Ja, das wäre wirklich eine Möglichkeit. Wir kennen die Leute vom Sonnenhof nicht so gut. Außerdem haben sie dort immer wieder neue Gäste.«

»Was genau ist der Sonnenhof eigentlich?«

Helga holt Luft, aber er kommt ihr wieder zuvor. »Ein Seminarhaus. Sie bieten dort Kurse an, soweit ich weiß. Meditation, Yoga, so was in der Art. Sie haben ein paar Felder und Teiche, die sie bestellen.«

»Ständig kommen neue Leute dorthin und machen die Gegend unsicher. Wandern hier rum und singen ihre komischen Lieder.«

»Lass mal, Helga, wenn Fremde kommen, fördert das den Tourismus hier in der Region.«

»Wenn ein paar verwahrloste Aussteiger unsere Wanderwege benutzen? Mach dich doch nicht lächerlich, Egbert! Als ob die jemals einer anständigen Gaststätte einen Besuch abstatten würden.«

»Na ja, lass mal gut sein. Ich glaube kaum, dass das für die Kommissarin interessant ist.«

»Einkaufen tun die bei uns auch nicht.« Helga kneift die Lippen zusammen.

»Was für mich interessant ist, das lassen Sie mal meine Sorge sein.« Die Kommissarin lächelt und kritzelt etwas in ihr Notizbuch. »Gibt es sonst noch irgendetwas, das Ihnen aufgefallen ist oder von dem Sie glauben, dass es für die Ermittlungsarbeiten wichtig sein könnte?«

Einträchtig schütteln Helga und er den Kopf. Die Kommissarin legt eine Visitenkarte auf den Tisch.

»Ihre Personalien hat mein Kollege ja bereits aufgenommen und verreisen wollen Sie in nächster Zeit auch nicht?«

Sie unterstreicht eine der Nummern und schiebt die Karte zu ihnen herüber. »Ein Kollege wird Sie nun heimfahren. Morgen müssen Sie dann noch eine offizielle Aussage machen. Sollte Ihnen doch noch irgend etwas einfallen, melden Sie sich bitte auf jeden Fall bei mir, egal, wie unwichtig es Ihnen auch erscheinen mag – und egal wann.«

Sie gibt ihnen die Hand und springt aus dem Bus. Schwerfällig folgen sie ihr. Die frische Luft lässt sie frösteln.

»Lass uns heimgehen, Egbert.«

Helga hat Recht. Für eine Wanderung zum Bärenberg ist es zu spät.

※※※

Das mit dem Haargummi und dem Kleinmädchenblick ist ein mieser Trick gewesen, aber er hat funktioniert. Augenblicklich hat sich Silberjacke bemüßigt gefühlt, Diana zu beschützen. Die Kommissarin ist deswegen stocksauer gewesen, hat sich aber beherrscht; Diana darf die restlichen Fragen am nächsten Tag beantworten. Silberjacke hat sich inzwischen als Manfred Korzilius vorgestellt. Jetzt sitzt er neben ihr auf der Rückbank eines Streifenwagens und wippt mit seinen langen Beinen zu einem Rhythmus, den außer ihm niemand hören kann. Sie fahren den langen Weg, an den Teichen des Sonnenhofs vorbei – der direkte Weg vom Erlengrund zum Forsthaus ist nur mit einem Jeep passierbar. Diana überlegt, ob sie darum bitten soll, anzuhalten, damit sie Ronja abholen kann. Aber sie hat keine Lust, sich mit ihren staatsdienernden Begleitern zu zeigen, und die Bewohner des Sonnenhofs sind sicher auch nicht gerade scharf darauf, dass in ihrem Aschram neugierige Polizisten herumtrampeln. Schweigend sieht Diana aus dem Fenster und hofft, dass der Streifenwagen den Anstieg zum Forsthaus bewältigt, ohne stecken zu bleiben.

Sie beherrscht sich, als sie endlich vor dem Forsthaus anhalten. Läuft nicht einfach grußlos weg, sondern blickt dem Kripo-Beamten Manfred Korzilius stattdessen in die himmelblauen Augen und schenkt ihm ein Lächeln. Er hat es verdient. Der Fahrer steigt aus und öffnet ihr die Tür.

»Also dann, vielen Dank fürs Heimfahren.« Sie klettert aus dem Wagen, winkt und läuft auf ihre Haustür zu. Endlich!

Aber sie hat sich getäuscht. Silberjacke ist mit zwei langen Sätzen neben ihr.

»Sorry, Lady, ich muss noch kurz mit reinkommen. Ich muss Ihren Jagdschein überprüfen. Und dann brauche ich Ihre Gewehre.«

※※※

Zu Anfang hat sie die Meditation gehasst. Alles hat sie gehasst, weil sie nicht hier sein wollte, sondern zu Hause. Laura nimmt sich ein Kissen und eine Wolldecke aus dem Regal und setzt sich wie immer ganz hinten an die Wand. Von hier hat sie einen guten Blick auf die anderen und zum Altar. Inzwischen ist es okay, hier zu sein. Mehr als okay, eigentlich. Die Schule, ihre Freundinnen, Bonn, die Altbauwohnung, in der sie mit ihrer Mutter gelebt hat, all das rückt immer weiter weg. Ein anderes Leben, eine andere Welt, unerreichbar jetzt. Abgenabelt. Abgehakt. Sogar die Erinnerung an *ihn* verblasst, auch wenn die Sehnsucht manchmal noch an ihr nagt und beißt. Immer seltener geschieht das inzwischen, denn sie hat ja kaum eine freie Minute. Es gibt so viel zu tun, so viel zu lernen.

Und dann ist da noch der andere, den sie nicht bei seinem richtigen Namen nennen darf, sondern so, wie er gern heißen möchte: Jey. Sie denkt an Andis Worte. *Es gibt so viele Spielarten von Sex, kleine Laura, so viel zu erfahren. Die Liebe ist etwas ganz anderes.* Liebe, denkt Laura, Andi, ich liebe dich, warum schreibst du mir nicht mehr? Wo bist du? Andi ist weit weg. Und deshalb ist sie, Laura, ihm zu gar nichts verpflichtet. Und wenn sie in der Zwischenzeit mit Jey schläft, muss Andi das verstehen, schließlich hat er ja seine Frau. *Ich kann nicht von dir verlangen, dass du mir treu bist, Laura,* immer und immer wieder hat er das gesagt. Andi. Aber bald ist das alles vorbei. Bald werden sie sich für immer in den Armen liegen und alle anderen werden unwichtig sein. Andis Frau, Jey, Lauras Mutter. Nächstes Jahr wird es so weit sein, wenn Laura 18 ist und endlich tun kann, was sie will. Fortgehen von hier und ein neues Leben beginnen, mit Andi. Sie denkt an letzte Nacht, an den Nachmittag im Schafstall, mit dem anderen. Mit Liebe hat das gar nichts zu tun, sagt sie sich. *Nur Sex, kleine Laura, nur guter, alter Sex,* hört sie Andis Stimme. Und niemand muss davon erfahren. Laura ballt die Fäuste. Diesmal wird sie es schaffen, diesmal wird sie ihr Geheimnis hüten. Diesmal wird sie nicht erlauben, dass irgendwer sie von etwas fortreißt, das sie braucht wie sonst nichts auf der Welt.

Heiner tritt ein und entzündet Räucherstäbchen und Kerzen. Dann löscht er das Licht. Beate setzt sich im Lotussitz auf die Empore und sie singen dreimal das Om. Danach wird es so still, dass Laura sogar das leise Zischen zu hören glaubt, mit dem die Kerzenflammen Wachs verbrennen. Lauras Mantra heißt anandoham. Das ist ein Sanskrit-Ausdruck und bedeutet ›ich bin Wonne‹. Gestern hat sie endlich ihren Mut zusammen genommen und um ein anderes Mantra gebeten, aber Heiner wollte davon nichts wissen. *Da, wo die größten Widerstände sitzen, steckt auch das Potential zur Heilung*, hat er ihr erklärt. *Wieso Heilung?* hat Laura gefragt, aber Heiner hat nur würdevoll genickt und sie so lange angesehen, bis sie es nicht mehr aushielt und den Kopf senkte. *Du musst Vertrauen haben, Laura*, und damit legte er die Handflächen vor seiner Brust zum Abschiedsgruß aneinander.

Vertrauen. Vertrauen ist gut, Kontrolle ist besser, hat ihr Vater immer gesagt. Aber ihr Vater ist tot, oder jedenfalls verschwunden. Anandoham, anandoham, wiederholt Laura stumm. Der Duft von Weihrauch und Kampfer schwebt durch den Raum. Was die anderen wohl für Mantras haben? Die Mantras werden vom Meister persönlich vergeben und sind streng geheim, man darf sein Mantra niemandem verraten. Aber vielleicht ist das nur ein großer Bluff und in Wirklichkeit sitzen sie bei jeder Meditation schweigend nebeneinander und wiederholen im Kopf alle dasselbe. Anandoham, anandoham, anandoham. Es ist so schwer, den Geist leer zu machen, nichts anderes zu denken. Chris vom Küchenteam, der neben ihr kniet, furzt leise. Jey hat raue, schwielige Hände, ganz anders als Andi. Anandoham, anandoham. Übermorgen hat sie ihren freien Tag. Sie muss in die Stadt, muss unbedingt ins Internetcafé. Laura zupft die Decke über ihren Knien zurecht und streckt den Rücken durch. Anandoham, anandoham. Vielleicht hat *er* ja geschrieben, und alles ist nur ein Missverständnis.

❋❋❋

Es ist schon dunkel, als Judith den Ford Focus zum Sonnenhof lenkt. Pfützen leuchten im Strahl der Scheinwerfer auf wie Irrlichter, Bäume und Unterholz verzerren sich zu schwarzen Schemen, die das Fahrzeug anzuspringen scheinen. Wieder hat sie das Gefühl aus dem Traum. Gefahr in Slow motion, wie in der Zeitlupenfrequenz eines Kinothrillers. Ihr Kopf ist betäubt von den vielen Zigaretten, die sie geraucht hat, in ihrer Brust sticht etwas. Ihre Finger sind eiskalt. Ich bringe es einfach nicht, denkt sie und fasst das Lenkrad fester. Der Nachmittag ist ein denkbar schlechter Auftakt für die Ermittlungen gewesen. Keinerlei Spuren haben sie gefunden und die Zusammenarbeit mit Manni steht unter keinem guten Stern. Gerade hatte sie diese Diana Westermann aus der Reserve gelockt, da platzte er dazwischen und gab den Rosenkavalier. Immerhin hat er es im weiteren Verlauf des Nachmittags geschafft, im Forsthaus die Waffen zu konfiszieren.

Sie erreicht die Brücke bei den Teichen, über deren Oberflächen ein milchiger Schleier schwebt. Ein paar hundert Meter weiter glimmt aus den Fenstern des Sonnenhofs ein anheimelndes Gelb ins Dunkel des Tals. Die Scheinwerfer eines Autos schieben sich im stetigen Zickzackkurs den steilen Weg zur Bundesstraße hinauf. Judith fährt auf den Parkplatz, wo am Vormittag der rothaarige Kermit stand. Jetzt wartet dort Manni neben einem dreckverkrusteten Vectra. In dem Moment, als sie aussteigt, dreht er sich um und sprintet mit langen Schritten eine Holztreppe hinauf, die zum Eingang des Haupthauses führt. Oben angekommen lehnt er sich lässig ans Geländer und sieht Judith entgegen.

»Du solltest nicht so viel rauchen, dann wärst du schneller.«

»Lass das bitte meine Sorge sein.«

Sie starren sich an wie zwei gereizte Kampfhundrüden. Nach einer Weile zieht Manni geräuschvoll die Nase hoch.

»Versuch's mal damit.« Judith hält ihm eine Packung Papiertaschentücher hin. Manni nimmt ein Taschentuch und steckt es unbenutzt in die Hosentasche, seine Augen sind blank und ausdruckslos. Der Schnellbach rauscht und gurgelt in seinem Kiesbett, hin und wieder schickt ein Windspiel tönerne Akkorde in die Nacht.

»Komm, bringen wir's hinter uns.« Judith fühlt sich unendlich müde. Viel zu müde, um mit Manni zu streiten. Sie drückt auf die Klingel. Sie stehen nebeneinander, verfroren und verspannt wie zwei Vertreter der Zeugen Jehovas.

Sie müssen lange warten. Erst nach dem dritten Klingeln öffnet sich die Tür. Ein schmächtiger junger Mann mit kahlgeschorenem Schädel winkt sie in eine Art Foyer, das hell und einladend wirkt. Er trägt weiße, weite Baumwollkleidung, was ihn beinahe durchsichtig erscheinen lässt. Links ist eine Empfangstheke aus Holz. »Welcome« ist mit bunten Steinen wie eine Art Intarsienarbeit in die Oberfläche eingelassen. Rechts entlang der Fenster befindet sich eine niedrige Sitzlandschaft mit Kissen aus buntem Satin, wie man sie in Asienläden kaufen kann. Auf einem Podest in der Ecke thront ein hölzerner Buddha zwischen zwei Vasen mit gelben Fresien. Die fernöstlichen Accessoires passen erstaunlich gut zu den Holzbalken des altdeutschen Fachwerkhauses. Es riecht nach Räucherstäbchen. Über dem Kopf des Buddhas hat jemand mit goldenem Lack verschnörkelte Schriftzeichen an die Wand gemalt. Der Computer hinter dem Tresen ist ausgeschaltet.

»Wir würden gern mit dem Leiter des Sonnenhofs sprechen.«

»Das geht nicht, wir meditieren gerade.« Der junge Mann hat eine volle, melodische Stimme.

Die Tür hinter dem Rezeptionstisch öffnet sich und Kermit, der Rothaarige, betritt die Diele. Immer noch trägt er keine Socken, aber seine Füße sehen nicht mehr so blaugefroren aus. Statt in schmutzigen Plastiksandalen stecken sie jetzt in ledernen Jesuslatschen mit Zehenriemen. Mit einem Gesichtsausdruck, der irgendwo zwischen Unglaubigkeit und Missvergnügen angesiedelt ist, baut er sich vor Judith auf. Der kahlgeschorene Junge duckt sich an seine Seite wie ein Schatten.

»Du schon wieder!«

»Ich schon wieder.« Judith ignoriert Mannis erstaunten Seitenblick.

»Ich hab dir doch gesagt, hier gibt's nichts für dich.«

»Tatsächlich? Ich dachte, du hast mich vor allem vor der Polizei gewarnt.«

»Stimmt auch wieder. Und ich hatte Recht, oder?«

»Ich fürchte, nein.«

»Sorry, Presselady, aber weil du bei den Bullen nicht weiterkommst, geben wir noch lange keine Interviews. Und für ein Yogastündchen ist es heute auch zu spät.«

Mannis Dienstausweis landet auf der Theke, Judith wirft ihren daneben.

»Judith Krieger, Kripo Köln. Mein Kollege Manfred Korzilius. Wir ermitteln in dem Mordfall, der sich hier im Tal ereignet hat.«

Wenn der Rothaarige erstaunt ist, verbirgt er es geschickt. Er nimmt die Ausweise und studiert sie sorgfältig.

»Judith Krieger von der Kripo. Was für ein martialischer Name für eine so schöne Frau.«

»Wir müssen mit dem Leiter des Sonnenhofs sprechen. Und mit allen Bewohnern – und mit Ihren Gästen.«

»Wir meditieren gerade.«

Der Kahlgeschorene ist offenbar unschlüssig, wie er sich verhalten soll. Sein Blick huscht von Manni und Judith zu dem Rothaarigen und dann zu der Buddha-Figur. Einen Moment lang sieht es so aus, als ob er sich einfach umdrehen und wegrennen will. Manni macht einen Schritt vorwärts.

»Es ist wichtig. Und es eilt.«

Der Rothaarige nickt dem Jungen zu.

»Gib Heiner Bescheid, ja, aber ohne die anderen groß zu stören.«

Augenblicklich dreht sich der Junge um und verschwindet durch die Tür hinter dem Tresen. Seine nackten Fußsohlen klatschen leise auf die Holzdielen. Der Rothaarige deutet auf die Sitzkissen.

»Wartet hier.« Er macht sich an dem Computer zu schaffen, weigert sich, ihre Fragen zu beantworten. »Fragt die Chefs«, ist alles, was sie ihm entlocken können. Nach einer Weile verschwindet auch er durch die Tür hinter der Rezeption.

Wieder schweigen sie und vermeiden es, sich in die Augen zu sehen. Manni zerbeißt ein weiteres Pfefferminzbonbon. Wie soll ich mit ihm umgehen, überlegt Judith. Ich war noch nie gut in Smalltalk. Vielleicht ist das hier tatsächlich eine Chance, aber ich nutze sie nicht, weiß nicht wie.

Die Tür hinter der Rezeption schwingt geräuschlos auf und eine magere Frau mit dünnem hennaorangerotem Haar steht vor ihnen.

»Beate von Stetten. Ich leite den Sonnenhof gemeinsam mit

meinem Mann. Sie sind von der Polizei und wollen mich sprechen.« Sie verzieht die Lippen zu einem freudlosen Lächeln. »Kommen Sie, aber bitte ziehen Sie Ihre Schuhe aus.«

Sie folgen Beate von Stetten durch einen schwach erleuchteten Flur eine Holztreppe hinunter. Ihre Kleidung – eine weiße, seidige Pluderhose, eine violette Tunika und eine Wollweste in der gleichen Farbe – sieht aus, als habe sie sie zwei Nummern zu groß gekauft. Sie trägt wollene Pulswärmer und Stulpen, obwohl es im Haus angenehm warm ist, als sei sie es gewohnt zu frieren. Am Ende eines weiteren Flurs öffnet Beate von Stetten eine Tür und winkt sie herein. Hinter einem Schreibtisch mit Flatscreen-Monitor steht ein Regal mit Büchern. Es gibt einen Altar mit einem bronzenen Buddha und einer Skulptur mit Elefantenkopf und einen Berg Sitzkissen in Orange- und Violetttönen. Ein kahlköpfiger Mann mit rundem Trommelbauch thront darauf und sieht selbst aus wie ein Buddha. In seinem Rücken drückt sich ein Schwarm bunter Fische an einer Aquariumswand entlang, als gäbe es auf der anderen Seite für sie ein besseres Leben. Beate von Stetten lässt sich im Schneidersitz auf einem Samtkissen nieder und bedeutet Judith und Manni mit ihrer mageren Hand, es ihr nachzumachen.

»Setzen Sie sich bitte. Mein Mann, Heiner von Stetten.«

Der Glatzkopf nickt und streckt die Hand aus. Ehepaare, denkt Judith. Es ist schwer vorstellbar, dass dieser vitale, rundliche Glatzkopf und die verhärmte Beate einander in Liebe oder gar Leidenschaft zugetan sind. Sie fühlt den Blick Heiner von Stettens auf sich ruhen, nicht indiskret, aber doch länger, als es ihr angenehm ist.

»Es geht Ihnen nicht gut«, sagt er zu ihr.

»Das steht hier wohl kaum zur Debatte.«

Er wendet seinen Blick nicht von ihr ab und sie hat plötzlich das Bedürfnis, aufzuspringen und sich zu verstecken. »Verzeihen Sie, das liegt an meinem Beruf. Ich sehe solche Dinge nun einmal.«

»Dinge«, echot Judith. Ein Gefühl unendlicher Schwäche droht sie zu überwältigen.

»Dinge, die mir etwas darüber sagen, wie es den Menschen wirklich geht. Hinter ihrer Fassade, gewissermaßen.«

»Heiner kann die Aura eines Menschen wahrnehmen«, erläutert Beate von Stetten. »Er ist ein international anerkannter Spezialist.« Sie spricht emotionslos. Vielleicht hat sie ihren Mann schon zu oft loben müssen. Vielleicht ist sie auch einfach nur müde. Sie sieht ungesund aus. Zwischen ihrer Nase und den Mundwinkeln haben sich tiefe Falten eingegraben. Ihr Scheitel leuchtet weiß.

»Hören Sie, meine Kollegin hat Recht. Ihre Aura steht hier nun wirklich nicht zur Debatte«, meldet Manni sich zu Wort. Überrascht sieht Judith ihn an, aber er weicht ihrem Blick aus. Auch Heiner von Stetten mustert ihn aufmerksam.

»Das sollte sie aber«, sagt er dann. »Sie ist nämlich gefährlich dunkel.« Er sieht Judith direkt in die Augen. »Sie sind traurig, ist es nicht so? Schon lange traurig.« Er nickt bedächtig, wie ein gütiger Großvater. »Ja, ich bin mir sicher, dass es so ist. Eine verschleppte Traurigkeit. Sehr gefährlich. Ihre Aura hingegen«, er wendet sich an Manni, »ist hell und unversehrt, ein transparentes Orange.«

»Das heißt, Sie sind vital und leidenschaftlich, müssen nur manchmal aufpassen, dass Sie nicht zu schnell vorpreschen und sich verbrennen.« Offenbar ist es Beate von Stettens Rolle, die Worte ihres Mannes zu interpretieren. Wieder verrät ihre Stimme nichts darüber, wie sie zu dem Gesagten steht. Judith fragt sich, wie Heiner von Stetten wohl die Aura seiner Ehefrau beschreiben würde. Sie versucht, sich gerade hinzusetzen. Es ist lächerlich, eine Befragung auf dem Fußboden kauernd durchführen zu müssen. Sie sehnt sich nach einem Stuhl mit Lehne. Sie probiert es mit dem Schneidersitz. Absurd ist diese ganze Situation. Ihre Socken sind ausgeleiert und über den großen Zehen dünngescheuert. Abrupt springt sie auf.

»Herr von Stetten, wenn wir eine psychologische Beratung brauchen, werden wir uns bei Ihnen melden. Jetzt aber ermitteln wir in einem Mordfall. Gibt es hier irgendwo einen Raum mit Tisch und Stühlen, wo wir dieses Gespräch fortsetzen können?«

»Was hältst du von den beiden?« fragt Judith, bevor sie auf dem Aschram-Parkplatz in ihre Autos steigen.

»Harmlose Spinner.« Manni wirft die Prospekte und die Adressliste auf den Beifahrersitz des Vectra. »Ich glaube nicht, dass die von Stettens einen ihrer Gäste oder Mitarbeiter erschossen haben. Warum sollten sie?«

»Ein Abtrünniger?«

»Abtrünnig wovon? Klar, wir müssen die Angaben noch überprüfen, aber soweit ich das verstanden habe, ist das keine Sekte, sondern eine offene Lebensgemeinschaft. Keine feste Konfession, man kann kommen und gehen, solange man sich an die Regeln hält.«

»Sagt Heiner von Stetten.«

»Sagt Heiner von Stetten. Aber überleg doch mal: Wenn jemand aus deinem Bekanntenkreis aus dem Sonnenhof einfach nicht wiederkommt – wo fängst du an zu suchen, was meldest du der Polizei? Den Sonnenhof natürlich. So doof ist Heiner von Stetten nicht, dass er sich die Leiche quasi vor die Haustür legt.«

*Überleg doch mal.* So weit ist es gekommen, dass ein Grünschnabel wie Manni derart von oben herab mit ihr spricht.

»Der Hochsitz ist immerhin zwei Kilometer entfernt vom Sonnenhof. Und weder dieser Rotschopf noch Beate von Stetten wirken auf mich sehr vertrauenswürdig.« Der Anflug von Harmonie mit Manni, den sie während des Verhörs mit den von Stettens gefühlt hat, ist verflogen. Judiths Stimme klingt aggressiv, was sie ärgert. Sie will sich gegenüber Manni keine Blöße geben. Vor allem will sie ihre Ruhe haben. Sie wünscht ihn weit weg. »Ist ja auch egal, was wir vermuten. Erst mal müssen wir die Identität des Toten klären.«

Manni schwingt sich in sein Auto.

»Klar müssen wir das. Aber wenn ich jemanden umgebracht hätte, würde ich schauen, dass ich die Leiche jemand anderem vor die Tür lege.«

❋❋❋

Diana Westermann läuft mit schnellen, wütenden Schritten vor ihrem Kamin auf und ab. Dieser Manfred Korzilius hat sie eiskalt gelinkt. Erst hat er den Kavalier gespielt und dann den knallharten Schnüffler rausgehängt. Und sie hat sich überrumpeln lassen. Den Waffenschrank in der Diele hat er komplett ausgeräumt: Schrotflinte, Mauser-Büchse, Munition – alles weg. Danach ist er, ohne auch nur zu fragen, in ihr Wohnzimmer getrampelt und hat ihre Kleinkaliber-Anschütz von der Wand gerissen. Gegrinst hat er dabei. Und dann musste sie ihn auch noch in ihr Büro führen. Am liebsten hätte er dort ihren Anrufbeantworter abgehört, da ist sie sicher, aber das hat er dann doch nicht gewagt. Sie gibt dem Korb mit den Holzscheiten einen Tritt. Sie kann einfach nicht still sitzen. Luft, sie braucht frische Luft, sie öffnet die Hintertür zum Garten und atmet in tiefen Zügen. Die Nacht scheint auf das alte Forsthaus zuzurobben, der Wald ist eine schwarze Wand.

Ob sie noch mehr Waffen besitze, hat er gefragt. Sie hat den Kopf geschüttelt. Die alte Hahndoppelflinte, die sie von Alfred Hesse geerbt hat, geht die Polizei nichts an. Sie hängt in einer Befestigung aus Lederschlaufen gut versteckt unter Dianas Bett. Ihr Amtsvorgänger hat diese Aufhängung geknüpft, lange bevor die Arthritis seine Finger verbog. Man muss gewappnet sein, wenn man allein mitten im Wald lebt, hat er gesagt. Die Hahndoppelflinte gehört nicht ihr, sondern dem Forsthaus, insofern hat sie den Beamten mit seiner albernen Silberjacke nicht einmal angelogen. Außerdem hat er es nicht anders verdient.

Sie läuft ins Schlafzimmer und zieht die Flinte aus ihrem Versteck. Erst vor drei Wochen hat sie sie gereinigt, geölt und geladen. Sie überprüft die Waffe. Nicht geladen. Dianas Herzschlag dröhnt in ihren Ohren. Die Nacht liegt über den Fenstern wie eine schwere Decke. Nie zuvor ist sie sich so sehr der Tatsache bewusst gewesen, dass sie keine Nachbarn hat und dass die Zimmer im Obergeschoss des Forsthauses leer stehen. Niemand außer ihr und dem alten Hesse weiß von dieser Flinte. Und Hesse lebt jetzt bei seiner Tochter irgendwo an der kanadischen Westküste. Das Mädchen, denkt sie. Laura, die so vernarrt in Ronja ist. Ständig liegt sie mir in den Ohren, dass ich sie schießen lasse. Immer wieder taucht sie hier überraschend auf. Vielleicht hat sie gesehen, wie ich die Flinte gereinigt habe, hat sie heimlich aus dem Versteck geholt und damit geübt. Sie öffnet die Hahndoppelflinte und starrt in den

Doppellauf. Rußpartikel. Also hat jemand damit geschossen? Aber wer? Hör auf, Gespenster zu sehen, befiehlt sie sich. Du hast die Flinte nachlässig geputzt und dann hast du auch noch vergessen, sie zu laden, so ist es. Sie angelt Patronen aus dem Nachttisch, lädt die Waffe neu und spannt den Hahn. Nimmt sie mit ins Wohnzimmer, legt Holz im Kamin nach, kocht eine Kanne Rooibos-Tee. Ronja liegt vor dem Kamin und zuckt mit den Pfoten, glücklich versunken in einen Hundetraum. Das Haus ist zu still.

»Komm, Mädchen.« Diana schultert die Flinte, nimmt die Teetasse und tritt auf die Veranda. Ronja strampelt und rappelt sich auf, drängt sich an Diana vorbei und jagt in übermütigen Sätzen durch den Garten, dass ihre Schlappohren nur so fliegen. Diana folgt ihr ein Stück und setzt sich auf den Gartentisch, lässt die Beine baumeln und atmet die frostige Nachtluft in tiefen Zügen. Das Pochen in ihren Ohren verebbt. Hier draußen fühlt sie sich leicht. Hier draußen haben ihre Gedanken den Raum, den sie benötigen. Der Mond ist halb voll und hat einen milchigen Hof. Sterne blinken kalkweiß über den Wipfeln der Bäume, ein paar Wolkenfetzen treiben über den Himmel. Hier draußen werden die Schatten erträglich. Der Hochsitz taucht wieder vor ihr auf, der Gestank, das rohe faulige Fleisch, die schreienden Krähen. Sie zwingt sich, immer weiter ein- und auszuatmen, die Bilder kommen und wieder gehen zu lassen. Andere Bilder kommen hinzu. Die Hochebenen Afrikas, zerfleischte Antilopen, Elefanten, denen man die Stoßzähne herausgebrochen hat, aidskranke Kinder. Die Schönheit, die es trotzdem gibt.

Als sie wieder ins Haus geht, ist sie sicher, dass sie gleich wird schlafen können. Plötzlich ist sie unendlich müde, schlimmer als nach einem Marathon. Sie verriegelt die Verandatür. Das Telefon beginnt zu klingeln, als sie sich gerade die Zähne putzt. Diana spuckt einen Schwall Zahnpasta ins Waschbecken, rennt ins Wohnzimmer und reißt, die Zahnbürste noch in der Hand, den Hörer von der Gabel.

»Jemand hat einen Bock angefahren, kurz hinter Oberbach, an der B 55«, sagt eine fremde Stimme. »Sie müssen ihn töten.«

Es kann eine Falle sein. Wer sind Sie, will Diana fragen. Von wo rufen Sie an? Aber bevor sie das erste Wort herausbringt, legt der Anrufer auf. Sie kann ihr Herz hören, harte Stakkatoschläge, bum, bum, bum. Ruhig, Diana. Sie klemmt die Zahnbürste zwischen die Zähne und ruft mit der Menü-Funktionstaste ihres Telefons die Anruferliste auf. Das Display charakterisiert ihren letzten Anrufer als »unbekannt«. Entweder hat er nicht mit einem ISDN-Anschluss telefoniert oder er hat die Anzeige seiner Rufnummer absichtlich unterdrückt. Sie hat die Stimme nicht erkannt. Eine Männerstimme, wieder einmal eine Männerstimme. Vor einiger Zeit hat sie im Forstamt vorsichtige Erkundigungen eingezogen, ob ihre Kollegen auch solche Anrufe erhalten. Allgemeines Kopfschütteln. Es gebe immer mal wieder anonyme Gefahrenmeldungen, und warum auch nicht, hat ihr Chef gesagt. Die Menschen hätten schließlich ein Recht, sich an die Revierförsterei zu wenden, wenn etwas im Wald nicht in Ordnung sei. Umgestürzte Bäume, Füchse mit Schaum vor dem Maul, zerstörte Umfriedungen, tote Rehe. Und manche Anrufer vergäßen in der Eile eben, sich mit Namen zu melden. *Stimmt was nicht, brauchst du Hilfe*, hat ihr Chef gefragt und Diana hat schnell den Kopf geschüttelt. Sie hat nicht gesagt, dass sich die anonymen Anrufe bei ihr in letzter Zeit häufen – und dass sie niemals das vorfindet, was die Anrufer ihr beschreiben. Sie weiß, dass einige ihrer Kollegen ihr das Revier des alten Hesse neiden. Dass sie jeden ihrer Mitbewerber lieber als Nachfolger gesehen hätten als sie, eine junge Frau, die die Zeit nach Studium und Referendariat im afrikanischen Busch verbracht hat und also unmöglich qualifiziert sein kann, ein deutsches Forstrevier zu leiten.

»Ich glaube, jemand will uns ärgern, Mädchen«, sagt sie zu Ronja, die sie nicht aus den Augen lässt. »Oder bin ich jetzt schon paranoid?«

Ich gehe einfach ins Bett, beschließt sie. Es hätte ja gut sein können, dass ich nicht da bin oder schon schlafe, den Anruf also gar nicht entgegen nehmen konnte. Und was, wenn sie nun tatsächlich mit einem aufgelösten Autofahrer telefoniert hat, der die Qualen eines verendenden Rehbocks möglichst schnell beendet wissen wollte und darüber ganz vergessen hat, seinen Namen zu nennen. Muss er sich halt an jemand anderen wenden, redet sie sich ein, die untere Jagdbehörde, die Polizei, den Schützenverein. Herrgott, ich habe auch ein Recht auf Feierabend. *Jemand hat einen Bock angefahren.* Die Stimme des Anrufers hat nicht aufgeregt geklungen, sondern merkwürdig beherrscht. Beinahe tonlos. Diana spült die Zahnpastareste aus dem Mund. Sie kann sich nicht erinnern, wann das mit den Anrufen angefangen hat. Vor ein paar Wochen? Monaten? Irgendwann im Spätsommer wahrscheinlich und zuerst hat sie sich nichts dabei gedacht. In letzter Zeit aber hat sie sich unbehaglich gefühlt, wenn sie nach solchen Anrufe hinaus in den Wald ging. Eine diffuse Verstörtheit, die sie nicht als Angst bezeichnen will. Manchmal sogar das Gefühl, beobachtet zu werden.

»Gehen wir schlafen«, sagt sie zu Ronja, aber ihr Körper gehorcht ihr nicht. Steht einfach immer weiter neben dem Telefon, die Zahnbürste in der Hand. Was, wenn jemand aus dem Forstamt hinter den Anrufen steckt? Beweisen will, dass sie ihren Pflichten nicht gewachsen ist, und also nur darauf wartet, dass sie solche Anrufe ignoriert? Sie könnte die untere Jagdbehörde selbst anrufen, dann kann ihr niemand vorwerfen, dass sie ihre Pflichten vernachlässigt. Jeder wird verstehen, dass sie nach einem Tag wie diesem nur noch ins Bett gehen will. Aber genau das ist das Problem. Vom Verständnis ist es nur ein klitzekleiner Schritt zum Mitleid.

»Wir schauen nach.« Diana streift ihren Parka über und schlüpft in ihre Gummistiefel. Auf gar keinen Fall wird sie sich unterkriegen lassen, in Afrika ist sie schließlich auch alleine klargekommen. Und Mitleid braucht sie ganz sicher nicht.

❀❀❀

Irgendetwas verbergen die von Stettens, da ist sich Judith sicher, auch wenn Manni diese Meinung nicht teilt. Wie Ölsardinen haben die beiden Judith und Manni angeglotzt, während Judith die mageren Fakten heruntebetete und ihre Fragen stellte. Ohne Ergebnis. Es gibt keine Konflikte im Sonnenhof, es ist ein Haus, das allen offen steht. Niemand wird zu etwas gezwungen, die Gäste fühlen sich wohl, viele kommen nicht zum ersten Mal. Ein Mann, auf den die dürftige Beschreibung des Toten vom Erlengrund passt, ist im Sonnenhof nie gewesen, schon gar nicht in den letzten Wochen. Judith fährt langsam, die Rücklichter von Mannis Vectra sind längst in der Dunkelheit verschwunden. Und trotzdem ist etwas in dem Tal, das spürt sie einfach. Ein Auto überholt sie, kurz vor einer Kurve. Offenbar ist der Flirt mit dem Unfalltod im Bergischen Land eine Art Volkssport.

Sie erreicht ein Dorf, dessen Häuser sich dicht an die Bundesstraße drängen. Aus einigen Fenstern flackert bläuliches Fernsehlicht auf den schmalen Bürgersteig, aber die meisten Bewohner schotten ihr Privatleben hinter heruntergelassenen Rollläden ab. Nicht einmal die Aral-Tankstelle hat noch geöffnet. Wir stellen uns das Leben auf dem Land immer freundlich vor, ein friedvolles Miteinander von Mensch und Natur, denkt Judith. Frische Luft, Rehe, die durch Vorgärten spazieren. Kinder, die in Bächen Rindenschiffchen schwimmen lassen und nach der Schule auf ihren Ponys spazieren reiten. Aber in Wirklichkeit besteht das Landleben aus der klaustrophobischen Enge zwischen Einbau-Schrankwand und Satelliten-TV, aus Argwohn gegen alles Fremde und aus Autolärm, weil die, die den Umzug aufs Land gewagt haben, nichts Besseres zu tun wissen, als sooft wie möglich wieder fortzufahren. Erneut überholt ein Auto sie mit hoher Geschwindigkeit.

Wer ist der Tote vom Erlengrund? Stammt er aus dem Bergischen Land oder ist er ein Fremder? Etwas an ihm ist zutiefst beunruhigend. Er wurde grausam zugerichtet, doch das ist es nicht. Etwas anderes nagt an ihr, etwas, das nichts mit der makabren Verwendung des Toten als Vogelfutter zu tun hat, sondern direkt mit ihrem Traum zusammenzuhängen scheint. Womöglich hat der Täter gar nicht an die Krähen gedacht, als er die Dachbalken des Hochsitzes entfernte. Doch warum sonst hätte er das tun sollen? Was ist passiert in den letzten Lebensstunden des Blonden, was ist geschehen, dass er nackt auf einen Hochsitz mitten im Wald geraten ist? Sie müssen die Vermisstensachbearbeiter einschalten. Sie müssen alle Waldparkplätze überprüfen, ob irgendwo ein Fahrzeug steht, dessen Besitzer blond und unauffindbar ist. Sie müssen rausfinden, wer den Hochsitz benutzt.

Sie lässt das Dorf hinter sich und legt mehrere Kilometer zurück, ohne einem anderen Fahrzeug zu begegnen. Bäume stehen dicht an dicht, aus dem Straßengraben steigen Nebelschlieren, die im Licht der Autoscheinwerfer über die Straße treiben wie Zuckerwatte. Ihre Großmutter hat ein Bilderbuch gehabt, in dem die Feen und Elfen genau solche Mäntel trugen, Mäntel aus Nebel. Als Kind ist Judith nicht müde geworden, die Bilder zu betrachten. Sie sehnt sich plötzlich zurück in die Ferien ihrer Kindheit bei den Großeltern in Mecklenburg. Die wohlige Wärme der Kirschkernsäckchen, die die Großmutter aus dem Ofen geholt und ihr mit unter das schwere Federbett gegeben hatte, denn die Schlafkammer war nicht geheizt. Der Geschmack von DDR-Kakao und selbstgebackenen Weihnachtsplätzchen. Der Arm der Großmutter um ihre Schultern, federleicht und doch so unerschütterlich in seiner Botschaft: Hier darfst du Kind sein. Hier wirst du geliebt. Bedingungslos.

Im Wagen ist es jetzt sehr warm und Judith merkt, dass ihr die Augen zufallen, obwohl ihre Füße immer noch eiskalt sind. Sie regelt die Heizung herunter. 25 Minuten später taucht die Senke der Kölner Bucht vor ihr auf. Der Himmel über der Stadt ist lachsfarben transparent, der Widerschein von Millionen Fenstern und Straßenlaternen. *Diese Stadt wird einfach nicht dunkel genug*, hat Martin in ihrem ersten Sommer geklagt, als sie die Nächte in Biergärten, an Lagerfeuern am Rheinufer oder eng umschlungen auf einer Matratze auf Judiths Dachterrasse verbrachten. *Dabei möchte ich so gern mit dir die Milchstraße ansehen.* Diesen Sommer sind sie nach Korfu geflogen und haben sich in einem abgelegenen Boarding House mitten in einem Olivenhain einquartiert. Nachts haben sie harzigen Landwein getrunken, den Zikaden zugehört und wenn sie die Milchstraße sehen oder Sternschnuppen zählen wollten, mussten sie einfach nur den Kopf in den Nacken legen. Es ist wunderschön gewesen und am Ende haben sie von Heirat gesprochen. Das Problem ist, dass ein gemeinsamer Blick in die Sterne nicht zwangsläufig genug Substanz für ein gemeinsames Leben bietet.

Der Rhein unter der Severinsbrücke hat leichtes Hochwasser, die Positionsleuchten eines Frachtkahns brechen sich rot und grün in der Strömung. Der Dom ragt aus der Altstadt, den anderen Gebäuden merkwürdig entrückt. Jetzt, von hier, aus dieser nächtlich distanzierten Perspektive, wirkt Köln schön. Nichts ist zu sehen von seiner vermurksten, schmuddeligen Nachkriegsarchitektur, nichts zu ahnen von der Gewalt, die die Existenz des KK 11 immer wieder aufs Neue rechtfertigt.

Vor Judiths Wohnung am Martin-Luther-Platz ist wie üblich kein Parkplatz frei, aber sie hat Glück und findet eine Lücke in einer Nebenstraße des Volksgartens. Das Geräusch von Menschen und Verkehr liegt über der Stadt, ein leises Summen, das sich an den fein modellierten Jugendstilfassaden der Häuser in der Volksgartenstraße bricht, die den Bombenhagel des Zweiten Weltkriegs überstanden haben. In Köln ist es deutlich wärmer als im Bergischen Land und ihr wird bewusst, dass sie den ganzen Tag gefroren und die Schultern verkrampft hat.

In ihrer Küche stehen noch die Reste ihres Frühstücks und die ungespülten Töpfe vom Vorabend. Auf dem Anrufbeantworter ist keine Nachricht. Judith schaltet den Backofen an, wärmt eine Spinatpizza auf. Sie duscht heiß, zieht zwei Paar Wollsocken an, eine bequeme Hose und einen ausgeleierten Pullover aus meerblauem Mohair. Die Depression frisst sich in ihre Wohnung, unaufhaltsam wie Sand in ein Ferienhaus, das zu nah an den Strand gebaut worden ist. Sie muss einen Weg finden, mit Manni klarzukommen. Sie muss mit Martin sprechen. Sie schneidet die Pizza in Achtel, streut Pfeffer und Oregano darüber und isst die Stücke aus der Hand, den Ellbogen auf die Tischplatte gestützt, die Füße auf einen Stuhl gelegt. Als sie fertig gegessen hat, öffnet sie eine Flasche Reissdorf-Kölsch und trägt sie hinüber ins Wohnzimmer. Sie setzt sich auf ihren Lieblingsplatz auf der Fensterbank, die Beine gekreuzt, eine Decke über den Knien, trinkt und raucht. Über ihrer Dachterrasse stehen nur wenige Sterne, sie glitzern nicht, wirken wie Andeutungen. Über dem Schnellbachtal kann man bestimmt die Milchstraße sehen, aber weder ihre Beziehung zu

Martin noch den blonden Toten kann das retten. Ich werde herausfinden, was mit dir geschehen ist, verspricht sie ihm stumm.

Neben dem Sofa liegt noch Martins zerlesene Wochenendlektüre, Frankfurter Rundschau, TAZ und Handelsblatt. Hätte er nicht wenigstens seinen Müll wegräumen können? *Du schaltest mich aus für deine Toten, an, aus, an, aus – wie eine gottverdammte Lampe*, hat er geschrien. *Ich will verdammt noch mal mehr als Sex und ein paar weinselige Abende. Ich will ein Leben mit dir. Liebe, Kinder, lachen, weinen, gemeinsam alt werden. Das volle Programm.* Aber das ist mehr, als sie ihm geben kann. »Traurigkeit«, sagt sie zu ihrem Spiegelbild in der Scheibe, »was soll ich damit? Martin ist fort, das habe ich so gewollt. Ich kann jetzt nicht um ihn weinen.«

Judith presst die Stirn an die kühle Fensterscheibe, wie sie es als Mädchen getan hat, wenn ihre Brüder nebenan die Zimmertür versperrten, eingeigelt in ihrer Zweisamkeit wie in einem warmen, seidigen Kokon. Wieder befällt sie das Gefühl aus dem Traum, intensiv und dringlich. Gefahr, die sie nur ahnen kann. Morgen wird sie die Ermittlungen in die Hand nehmen. Morgen wird sie einen Weg finden, mit Manni klarzukommen. Sie drückt die Zigarette aus und dreht sogleich eine neue, obwohl ihre Lunge schon schmerzt.

❋❋❋

Nachts sprechen sie niemals, mit niemandem, und das ist gut so. Die Menschen reden zu viel und verlieren darüber jedes Gefühl für die wahre Beschaffenheit der Welt. Sinnentleertes Geplapper, denkt Vedanja. Kein Wunder, dass es so viele Zwiste und Kriege gibt, wenn die Menschen das Schweigen nicht pflegen. Er verneigt sich vor dem Buddha in der Empfangshalle und prüft, ob seine Blumen genügend Wasser haben, um durch die Nacht zu kommen. Er betritt das Büro und vergewissert sich, dass alle Computer ausgeschaltet sind. Er schließt die Tür sorgfältig ab und schiebt den Schlüssel in die Hosentasche. Man muss vorsichtig sein. Vor ein paar Wochen hat er, als er von seinem nächtlichen Kontrollrundgang wieder ins Haus gekommen ist, Laura dabei überrascht, wie sie versuchte, von Karolas Rechner aus ins Internet zu gehen. Beinahe hat es so ausgesehen, als ob sie weinte, aber als er sie ansprach, hat sie sofort wieder diese altkluge Selbstherrlichkeit an den Tag gelegt, zu der nur Teenager fähig sind. Stocksteif hat sie sich in seinen Armen gemacht und als er trotzdem nicht aufgab, hat sie ihn mit ihrem Holzclog auf den Zeh getreten.

Vedanja nimmt seine Draußenlatschen aus dem Regal und zieht die Haustür hinter sich zu. Es wird eine Lösung geben, es gibt für alles eine Lösung, wenn man nur vertraut und auf den richtigen Moment wartet. Er braucht keine Taschenlampe, um sich auf dem Gelände des Sonnenhofs zurechtzufinden. Nur in wenigen Gästezimmern brennt noch Licht. Vedanja läuft zum Schnellbach, schöpft sich das kalte Wasser ins Gesicht, trinkt ein paar Schlucke in langen Zügen. Es schmeckt nach Kalk, Metall und Sand. Zuhause, denkt er. Er watet durch den Bach und wandert zu den Schafställen. Er überprüft Shivas Tempel, ein achteckiges Holzgebäude, das sie ein wenig oberhalb des Sonnenhofs in den Hang gebaut haben. Eine leichte Böe trägt die melodischen Akkorde der Bambuswindspiele in die Nacht. Er steht und lauscht und fühlt sich beschenkt.

*Achte bitte ein bisschen auf meine Tochter*, hat Lauras Mutter, die schöne Hannah Nungesser, zu ihm gesagt, als sie ihre Tochter im Sommer herbrachte. *Ich weiß, dass sie zur Zeit sehr unzugänglich und schwierig ist, aber das heißt nicht, dass sie niemanden braucht.* Laura habe es schwer gehabt in den letzten Jahren, vor allem aber in den letzten Monaten. Sie müsse auftanken, brauche Abstand und Ordnung. *Mach dir bitte keine Sorgen, Hanna*, hat er gesagt und sich darüber gewundert, dass er nicht fragte, warum ein siebzehnjähriges Mädchen so dringend Abstand von seiner Schule, seinen Freunden und vor allem von seiner Mutter braucht. Irgendetwas in Hannas reservierter Höflichkeit hatte ihm signalisiert, dass solche Fragen nicht erwünscht waren und ohnehin unbeantwortet bleiben würden. Kommt Zeit, kommt Rat, hat er gedacht. Laura wird sich einleben und sich öffnen.

Ein Irrtum, wie er jetzt weiß. Was weißt du schon, Rotschopf, scheint ihr Blick zu sagen, wenn sie sich überhaupt dazu bequemt, ihn anzusehen. Meistens starrt sie einfach haarscharf an ihm vorbei, wenn er mit ihr spricht, antwortet möglichst einsilbig und nur dann, wenn es sich gar nicht vermeiden lässt. Unwillkürlich sieht er zu ihrem Zimmer hinauf. Ihr Fenster ist dunkel und doch ist er plötzlich sicher, dass sich jemand dahinter bewegt. Vielleicht ist sie aufgestanden und sieht ihn hier stehen. Er weicht in den Schatten des Tempels zurück. Alter, unverbesserlicher Narr.

❋❋❋

Die B 55 ist leer, der Asphalt schimmert bläulich im Licht des Mondes. Diana fährt im Schritttempo und schaltet das Fernlicht ein, als sie die Stelle erreicht, die der Anrufer ihr beschrieben hat. Ronja winselt auf dem Rücksitz. Die Hahndoppelflinte liegt geladen auf dem Beifahrersitz, auch wenn das verboten ist, auch wenn sie nur ihr Jagdmesser brauchen wird, um einen verletzten Rehbock zu erlösen. Sie fährt zwei Kilometer weit, die Augen konzentriert auf den rechten Seitenstreifen und den Straßengraben gerichtet. Es gibt nicht die geringste Spur eines angefahrenen Tiers, überhaupt nichts, was auf einen Unfall hinweist. Sie wendet und fährt wieder zurück Richtung Oberbach, die Aufmerksamkeit nun auf die andere Seite der Landstraße gerichtet. Auch nichts. Kurz bevor die ersten Häuser auftauchen, lenkt sie ihren Jeep in einen Forstweg und stellt den Motor ab. Sie ist jetzt überhaupt nicht mehr müde, sondern wütend. Irgendjemand spielt ein böses Spiel mit ihr und auf einmal erscheint es ihr absolut lebensnotwendig, dass sie sich davon nicht unterkriegen lässt. Und dafür muss sie hundertprozentig sicherstellen, dass es hier wirklich keinen Unfall gegeben hat. Vielleicht hat sich der Rehbock ja noch ein paar Meter weit in den Wald schleppen können. Sie steckt die Taschenlampe aus dem Handschuhfach in ihre Jackentasche und springt aus dem Wagen.

»Komm Mädchen. Fuß!« Ronja bellt und wirbelt um die eigene Achse, jeder Zentimeter pure Energie, genährt aus jugendlichem Übermut.

»Fuß!« Diana hängt sich die Flinte über die Schulter und vergewissert sich, dass das Jagdmesser griffbereit an ihrem Gürtel steckt. Mit festen Schritten läuft sie am Straßenrand der B 55 entlang, Ronja ist ein Schatten dicht an ihrer Seite. Wenn es irgendwo ein verletztes Tier gibt, wird die Hündin es wittern und anschlagen. Nach etwa einer Viertelstunde überqueren sie die Straße, und gerade als Diana sicher ist, dass der nächtliche Anruf wirklich ein makabrer Scherz war, gibt Ronja plötzlich Laut, die Schnauze erhoben, die Ohren aufgestellt. Diana fühlt, wie ihr Puls erneut beschleunigt. Sie lauscht angestrengt, kann aber nichts hören. Im nächsten Moment trabt die Hündin Richtung Wald.

»Fuß, Mädchen.« Dianas Befehl ist ein Flüstern.

Offenbar hat Ronja tatsächlich Witterung aufgenommen, denn sie führt Diana zielstrebig durch den Straßengraben und dann in einem komplizierten Zick-Zack-Kurs zwischen den hochgewachsenen Fichten. Diana hat Mühe zu folgen, denn das Gelände fällt hier steil zum Schnellbachtal hin ab. Die vertrockneten Äste des Unterholzes reißen an ihrem Parka und verfangen sich immer wieder in ihrem Pferdeschwanz. Mit einer ungeduldigen Bewegung streift sie das Haargummi ab und dreht die Haare zu einem Knoten. Besser. Allmählich gewöhnen sich ihre Augen an die Dunkelheit, so dass sie sich orientieren kann. Sehe ich diesen Hangbestand auch endlich mal, ermuntert sie sich stumm. Er steht auf ihrer Besichtigungsliste für das Revier ganz oben, denn nach allem, was sie den Unterlagen des alten Hesse entnommen hat, muss er dringend durchforstet werden. Gleich wenn sie bei Kürten fertig ist, wird sie das in Angriff nehmen, die alten Fichten stehen wirklich viel zu dicht. Offenbar hat es ihr Vorgänger in seinen letzten Dienstjahren sehr ruhig angehen lassen.

Ronja hält plötzlich inne und blafft.

»Still! Na los, Mädchen, zeig mir, was da ist, führ mich hin.« Die Hündin winselt, bewegt sich aber nicht. Sie muss sich wirklich noch mehr Zeit für Ronjas Ausbildung nehmen. So werden sie die Jagdeignungspüfung nie bestehen.

»Na, was ist? Los, Ronja!« Die kleine Hündin schlägt an und setzt sich abrupt in Bewegung. Na also. Irgendwo dort unten im Dunkel ist der Rehbock, dessen Witterung sie aufgenommen hat. Ich nehme sie besser an die Leine, entscheidet Diana, aber es ist zu spät. Ihre Hand greift ins Leere, die Hündin sprintet los und ist verschwunden. Eine Weile kann Diana noch das Klimpern der Hundesteuermarke am Halsband hören, Rascheln und eifriges Schnobern. Dann etwas wie ein freudiges Kläffen und es wird still.

»Ronja?«

Diana steht und wartet. Vergebens. Irgendwo dort unten im Tal muss Ronja sein. Sie zieht die Hundepfeife aus der Jackentasche und pfeift.

Kein Bellen. Nicht das leiseste Knistern. Kein Hund.

Diana hastet los und verknackst sich beinahe den Fuß dabei. Himmel! Jetzt benimm dich nicht wie eine Anfängerin. Sie zerrt die Taschenlampe aus der Jackentasche. Baumstämme springen sie an, die harzige Rinde auf einmal plastisch und schimmernd, dafür wirkt die Schwärze außerhalb des Lichtkegels nun bodenlos. Wohin ist Ronja gelaufen? Den Berg hinunter, so viel hat sie gesehen. Wieder stolpert sie. Der Boden ist uneben, Wurzeln beulen aus seiner Oberfläche hervor wie Krampfadern. Sie entdeckt einen Bachlauf und läuft darauf zu. Hier, in der Senke an seinem Ufer, kommt sie besser voran. Der aufgeweichte Boden saugt mit leisem Schmatzen an ihren Gummistiefeln.

Sie läuft, so schnell sie kann, und benutzt immer wieder die Hundepfeife, der die Hündin sonst augenblicklich gehorcht. Farne und Gräser durchnässen Dianas Hosenbeine, Brombeerranken reißen an ihrer Jacke, sie bemerkt es kaum. Wie lange braucht sie ins Tal? Sie will nicht innehalten, um auf ihre Armbanduhr zu sehen, sie will Ronja finden.

Sie erreicht die Talsohle und hält inne. Kein Hecheln, kein Rascheln eifriger Hundepfoten im Laub, nicht das kleinste Lebenszeichen. Diana steht reglos. Erneut ruft sie den Namen der Hündin, aber ihre Stimme trägt nicht, als ob der Wald näher an sie heranrückt, sie umzingelt und alles, was von ihr ausgeht, abfängt und dämpft. Die Bäume haben Augen, denkt sie. Irgendetwas sitzt zwischen den Stämmen und starrt mich an. Das ist natürlich vollkommen lächerlich. Sie versucht ihren

Atem zu kontrollieren, der auf einmal viel zu heftig aus ihren Lungen drängt, viel zu laut für die dunkle Stille, die sie umfängt.

Der Wald beobachtet mich, er lauscht, er wartet. Das Gefühl lässt sich nicht ignorieren. Als ob etwas gestorben ist, denkt sie. Als ob *jemand* gestorben ist. Zu viel Dunkelheit. Zu viel Stille. Eine pulsierende Stille wie in Afrika, wenn die Frauen ihre Trauer herausgeschrien haben und sie endlich aushalten können. Eine ungeschminkte Trauer, die niemand mit Plattitüden überspielt, die ja doch nichts helfen im Angesicht des Todes. Im Angesicht des Todes, hämt ihr Über-Ich. Jetzt werd mal bloß nicht melodramatisch. Es hilft nichts, Panik springt sie an, ein wildes, unbezähmbares Tier. Etwas starrt mich an. Jemand ist hier. Sie nimmt die Taschenlampe in die linke Hand, greift mit der rechten nach der Flinte. Umklammert sie. Richtet den Lichtkegel entschlossen zwischen die Baumstämme. Nichts ist dort zu sehen, was auch nur im Entferntesten bedrohlich wäre. Nichts hat hier Augen, niemand ist hier und beobachtet mich, versucht sie sich zu beruhigen. Aber es hilft nichts. Ihr Herz jagt, die Bilder des Morgens überfallen sie erneut, roh und ungefiltert, viel zu nah. Wie die Sonne auf den Hochsitz schien und unbarmherzig jedes Detail beleuchtete. Wie die Krähen in die Kanzel geflogen sind, wie in ein gigantisches Vogelfutterhäuschen. Wie sie in der toten Eiche saßen und darauf warteten, dass sie weiterfressen konnten. Wie zerstört der Körper des Toten war. Wie blond seine Haare. Blond wie ihre eigenen. Wie weit bin ich eigentlich vom Erlengrund entfernt? Zwei Kilometer, drei? Wo ist Ronja? Sie wird doch nicht etwa dorthin ... aber das wäre ja vollkommen absurd. Ich hatte sie ja nicht einmal dabei, heute Morgen.

Nein, Ronja kann nicht einfach verschwunden sein. Es muss eine Erklärung geben, es gibt für alles eine Erklärung. Diana zwingt sich, nachzudenken. Vielleicht scheut Ronja ja vor dem Licht der Taschenlampe zurück. Sie schaltet sie aus, steht, die Hahndoppelflinte fest in beiden Händen, und horcht, wie der Wald um sie herum allmählich aus der Stille erwacht. So ist es natürlich gar nicht, denkt sie. Wir lassen uns nur immer wieder von unseren beschränkten Wahrnehmungsfähigkeiten täuschen. Gib uns Licht und wir können nicht mehr hören. Gib uns Musik und wir sehen, was wir fühlen, nicht das, was wirklich vorhanden ist. Der Bach zu ihren Füßen plätschert, die Stämme der Fichten knarzen. Vorsichtig tastet sie sich weiter am Bachlauf entlang. Jeder ihrer Schritte klingt wie eine Explosion.

Es dauert drei Stunden, bis sie bereit ist, sich einzugestehen, dass alles Suchen und Rufen und Pfeifen nach Ronja sinnlos ist. Weit nach Mitternacht kämpft sie sich zurück zu ihrem Wagen. Das Ortsschild von Oberbach reflektiert im Licht der Autoscheinwerfer, als sie ohne Ronja zurück zum Forsthaus fährt. Das höhnische Zwinkern eines bösen gelben Auges.

❋❋❋

Er kommt zu ihr in der Tiefe der Nacht. Drängt sich unter ihre Bettdecke, drängt sich an sie. Sie rollt sich auf die Seite, nimmt seinen festen glatten Körper in die Arme, der nach Wald riecht, ein wenig nach Gras und nach Moschus. Sie liegen eine Weile still und atmen im Gleichtakt. Sie denkt an *ihn*. Nicht, will sie sagen, nicht schon wieder, das ist nicht recht. Aber jetzt macht sich der Zeigefinger des anderen auf die Reise über ihren Körper. Gleitet über Taille und Arm, kreist um ihren Bauchnabel, umschmeichelt ihre Hüftknochen, zeichnet die Konturen ihrer Oberschenkel nach. Rauf und runter, rauf und runter, bis sie gar nicht mehr denken kann.

»Als Kind hatte ich immer das Gefühl, dass mir die Dinge entgleiten.« Seine Stimme ist nur ein warmer Hauch an ihrem Ohr. Rauf und runter gleitet sein Zeigefinger, unendlich lockend, unendlich sanft. Rauf und runter. Sie schmiegt sich dichter an ihn. Es ist so anstrengend zu sprechen. Sie will nicht sprechen. Sprechen ist Verrat. Andi ist nicht da, aber der andere ist zu ihr gekommen, er ist bei ihr, nur das zählt.

»Es gab keine Sicherheit, weißt du.« In seiner Stimme schwingt jetzt ein Unterton, dunkel und konzentriert wie Kaffeesatz.

»Warum?« Es ist so schwer, die Bedeutung seiner Worte zu verstehen, weil sein Zeigefinger jetzt zu ihren Brüsten kriecht und sie ganz zappelig macht. Sie versucht, seine Hand einzufangen, aber er lässt es nicht zu.

»Vier Kinder«, murmelt er an ihrem Hals. »Drei Väter. Keiner ist geblieben.«

»Mein Vater ist auch weg.« Sie schafft es immer noch nicht zu sagen, tot.

»Ich weiß«, murmelt er. »Ich weiß.«

Tot, tot, tot. Sie will nicht darüber nachdenken, nicht darüber sprechen. Sie tastet nach seinem Penis und reibt ihn, bis ihr Geliebter nicht mehr von seinen Wunden spricht, sondern sie gewähren lässt und den Namen sagt, den er ihr gegeben hat, als sie sich zum ersten Mal liebten. Parawati. Sie windet sich aus seinem Griff und legt sich auf ihn. Andi hat immer ihren richtigen Namen gesagt. Sie bewegt sich schneller und beginnt zu vergessen. Auch als ihre Körper sich wieder beruhigt haben, lässt sie Jey nicht los. Im Wald sei ein Toter gefunden worden, haben die Polizisten vorhin nach der Meditation gesagt. Morgen werden sie wiederkommen und alle befragen. Aber morgen ist morgen, und jetzt, hier, gibt es keinen Tod. Der Mann neben ihr beginnt wieder zu sprechen, aber sie verschließt seine Lippen mit einem Kuss.

»Nicht mehr reden, bitte. Ich bin so müde.«

Als sie erwacht, ist es noch immer dunkel, aber er ist fort. Unwirklich wie ein Traum erscheint ihr nun die Erinnerung an ihre nächtliche Liebe. Ist er überhaupt bei ihr gewesen? Sie will seinen Namen rufen, dagegen protestieren, dass er sie allein lässt, wie ihr Vater, wie Andi, wie alle Männer, die sie je geliebt hat, aber sie wird einfach nicht wach genug dafür.

## Montag, 27. Oktober

Sie erwacht mit einem Ruck. Sie liegt allein in ihrem Bett. Wieviel Uhr ist es? 7.15 Uhr. Viel zu spät. Sie zieht Unterwäsche, Jeans und Sweatshirt an, die in einem wilden Knäuel auf dem Boden liegen. Duschen wollte sie eigentlich, frische Sachen anziehen, aber dafür bleibt jetzt keine Zeit. Sie fährt in ihre Clogs und greift im Hinausrennen ein Paar Wollsocken aus der Kommode. Ihre Blase drückt und sie hat einen unangenehm pelzigen Geschmack im Mund, aber sie zwingt sich, nicht daran zu denken, sondern rennt über die nasse Wiese zum Haupthaus. Vielleicht kann sie sich hineinschleichen, ohne dass jemand es merkt. Sie öffnet die Tür zum Meditationsraum und schlüpft in den Saal. Beate und Heiner sitzen im Lotussitz auf der Empore, die Augen geschlossen, die Gesichter entspannt. Laura lässt sich mit angehaltenem Atem in den Schneidersitz sinken. Ihr Herz klopft wild, sie schließt die Augen. Anandoham, anandoham. Sie riecht ihren Armschweiß, fühlt, wie das T-Shirt unter den Achseln klebt. Hoffentlich merkt das keiner.

Ein Gong ertönt, das Licht geht an, ganz langsam kommt Bewegung in die Knienden, ein behutsames Strecken und Dehnen. Laura öffnet die Augen und sieht sich um. Direkt neben ihr kniet Vedanja. Mist, Mist, Mist, warum hat sie nicht aufgepasst und sich ausgerechnet neben ihn gesetzt. Er lehnt sich zu ihr herüber, fasst sie am Arm.

»Wir müssen reden, komm bitte gleich in mein Zimmer.«

Ich hab keinen Bock, mit dir zu reden, will sie sagen, traut sich aber nicht. Sie unterdrückt den Impuls, Vedanjas Berührung von ihrem Arm zu wischen. Glibberhände, Schneckenhände. Glibsch, glibsch. Sie versteht nicht, warum ihre Mutter so große Stücke auf Vedanja hält und ihr immer wieder nahe legt, sich ihm anzuvertrauen. Die ist einfach froh, dass sie dich los ist, flüstert diese bittere Stimme in ihr, die in den letzten Monaten ein ständiger Gast in Lauras Kopf geworden ist. Die will bloß ihre Ruhe haben und deshalb guckt sie gar nicht richtig, wie Vedanja wirklich ist. Die sieht bloß, dass das der pädagogische Leiter vom Sonnenhof ist, der Vertrauensmann, ha, ha, ein Bruder ihrer besten Freundin, und das ist ihr genug. Die glaubt, Vertrauen ist was, was man einfach so auf Befehl vom einen auf den anderen übertragen kann, aber so ist es nicht. In Wirklichkeit bist du ihr ganz egal, in Wirklichkeit will deine Mutter doch nur mit ihrem neuen Macker bumsen und dabei nicht dauernd durch dich daran erinnert werden, dass sie immer noch mit deinem Vater verheiratet ist, zischt die Stimme.

»... also müssen wir heute Mittag noch einmal hier zusammenkommen und der Polizei ein paar Fragen beantworten«, sagt Beate. »Es tut uns wirklich Leid, dass eure Seminare auf diese Weise unterbrochen werden, aber ich fürchte, das lässt sich einfach nicht ändern.«

Der Tote im Wald! Mit einem Ruck ist Laura wieder in der Gegenwart. Wo haben sie den noch gefunden, was hat Beate gerade gesagt – auf einem Hochsitz? Stopp, Laura, befiehlt sie sich. Stopp! Das hat überhaupt nichts zu bedeuten. Das hat überhaupt nichts mit dir zu tun.

»Okay, Leute, heute Vormittag machen wir weiter wie gewohnt. Yoga ist also hier im Saal, die Ayurveda-Leute treffen sich in einer Viertelstunde in der Bibliothek ...«

Laura steht auf und einen Moment lang wird ihr schwarz vor Augen. Vedanja ist augenblicklich neben ihr und legt den Arm um sie.

»Du siehst blass aus, kleine Laura.«

»Es geht schon.« Sie spannt ihre Schultern an und wünscht sich Igelstacheln. Lass mich sofort los, Glibberfinger – warum schafft sie es nicht, das laut zu sagen?

»Komm, wir holen uns einen Tee, setzen uns in mein Büro

und quatschen ein bisschen.« Quatschen, das soll wohl cool klingen. Ekelhaft, wie er sich anbiedert. Vedanja scheint ihre Abwehr nicht zu bemerken.

»Ich hab versprochen, dass ich in der Werkstatt helfe, bevor ich mich um die Schafe kümmere.«

Sie wartet seine Antwort nicht ab, sondern drückt sich an ihm vorbei und rennt die Treppe hinauf.

❉❉❉

Die Luft sticht kühl und scharf in ihre Lungen, aber davon lässt sie sich nicht aufhalten. Nach etwa einem Kilometer findet sie ihren Rhythmus. Jetzt ist sie eine perfekte Maschine, geschmeidig, ausdauernd, trittsicher. Muskeln und Sehnen in perfekter Harmonie. Ihr Hirn arbeitet in einem halbbewussten Zustand, der wahrnimmt, was um sie ist, und doch die Gedanken fliegen lässt. Ohne ihr Tempo zu verlangsamen streift sie das Sweatshirt über den Kopf und bindet es um die Hüften. Ronja stiebt vor ihr her, verschwindet im Unterholz und holt mit fliegenden Ohren wieder auf. Einen Moment lang droht die Erinnerung an die letzte Nacht Diana erneut zu überwältigen. Diese plötzliche Gewissheit, dass Ronja tot ist. Dass etwas im Wald sie beobachtet, ja, sie verfolgt. Und dann saß Ronja, als sie nach ihrer stundenlangen, panischen Suche im Wald zurück ins Forsthaus gekommen ist, friedlich und unversehrt auf der Fußmatte. Diana beschleunigt ihr Tempo. Warum hat sie sich im Wald so gehen lassen, statt von selbst auf die Idee zu kommen, dass die Hündin nach Hause gelaufen sein könnte? Sie springt über eine Pfütze. Sie muss cool bleiben, darf nicht zulassen, dass dieser Tote vom Hochsitz ihr Leben durcheinander wirft. Sie wird nicht hysterisch werden.

Ein paar verspätete Stare tanzen im weißen Himmel über dem Tal, als wollten sie Schwung holen für die Reise, die ihnen bevorsteht. Die lange Reise nach Afrika, die sie, Diana, nicht mehr machen wird. Aber hier in Deutschland wird sie sich die Bewegungsfreiheit nicht nehmen lassen. Ich bin ein freier Mensch, sagt sie sich. Dies ist mein Revier. Ich werde am Erlengrund vorbeilaufen und dann durchs Schnellbachtal zurück, am Sonnenhof vorbei. Ich werde mich von einem Toten nicht einschüchtern lassen, von einem anonymen Anrufer nicht und auch nicht von der Polizei. Eine Last scheint sich mit diesem Entschluss von ihren Schultern zu heben. Natürlich ist es vollkommen absurd, zu denken, dass der Wald sie in der letzten Nacht beobachtet hat. Sie steigert ihr Tempo noch etwas und genießt ihre Kraft, bis der glitschige Morast am Rand des Erlengrunds sie zum Anhalten zwingt. Der Hochsitz scheint so nah wie gestern, doch von den Krähen ist nichts mehr zu sehen. Zwei Polizeiautos parken am Rande der Lichtung.

Unwillkürlich weicht sie zurück ins Unterholz. Warum ist sie hierher gelaufen? Hier hat sie nichts verloren. Sie nimmt die Hündin fest an die Leine und läuft hinter dem Gestrüpp am Rande der Lichtung entlang, bis sie auf den alten Reitweg stößt, der parallel zum Fahrweg ins Schnellbachtal führt. Nach einigen hundert Metern wird der Boden fester und sie findet ihr Lauftempo wieder, genießt die fliegende Leichtigkeit eines guten Trainings, lässt den Erlengrund weit hinter sich zurück. Nach etwa 20 Minuten hat sie die Talsohle erreicht, rechts von ihr beginnt das Gelände allmählich in Richtung der B 55 anzusteigen. Sie hört ein Auto fahren, dann noch eines.

Es ist Zeit, die Nachtgespenster endgültig zu vertreiben. Schon bald entdeckt sie den Bachlauf, an dem sie sich gestern Nacht orientiert hat. Es gibt überhaupt keine Zweifel, überdeutlich sind ihre Fußspuren im Matsch zu erkennen und sie folgt ihnen bergan. Immer wieder sieht sie sich aufmerksam um, entdeckt aber nichts außer den harzigen, schuppigen Stämmen eines überalterten Fichtenbestands, der seine Wurzeln tapfer in den steilen Hang gräbt. Wahrscheinlich war ich gestern einfach überreizt, denkt sie. Das wäre ja auch kein Wunder. Erst finde ich diese schreckliche Leiche, dann läuft mir auch noch mein Hund davon. Sie packt Ronjas Leine fester. Etwas sitzt zwischen den Ästen und starrt mich an. Wieder ist da dieses Gefühl. Sie verbietet es sich.

Als sie schon beinahe an der B 55 angekommen ist, tritt ihr rechter Fuß auf etwas Hartes. Es gibt nicht nach, knackt nicht wie ein Ast. Klein, länglich, glatt. Sie tritt einen Schritt zur

Seite und sieht auf den Boden. Ein Handy, halb unter braunem Farn verborgen. Nass und verdreckt. Es steckt in einer Schutztasche aus durchsichtigem Plastik und sieht aus, als ob es schon eine ganze Weile dort läge. Sie hockt sich hin und nimmt es in die Hand. Kein sehr teures Gerät, ein Siemens, sie hat selbst einmal so eines gehabt. Die Menschen sind Schweine, denkt sie frustriert. Nirgendwo ist der Wald vor ihnen sicher. Überall hinterlassen sie ihre Spuren. Sie mustert die Fundstelle auf der Suche nach einer Handtasche, einer Brieftasche, irgendetwas, was zu dem Handy gehören könnte. An einer Brombeerranke hängt etwas Violettes, sie greift danach, lässt es sofort wieder los. Nur ein verschlissener Stofffetzen. Sie hebt das Handy auf und zieht es aus der Schutzhülle. Es wirkt erstaunlich unversehrt. Ein Siemens S 35, anthrazitfarben. Sie drückt auf ein paar Tasten, aber es funktioniert nicht. Natürlich nicht, wer weiß, wie lange es hier gelegen hat. Die Schutzhülle ist ganz blind und bemoost. Sie dreht das Handy herum. Auf die Rückseite hat jemand ein verschnörkeltes Zeichen gemalt. Darunter steht etwas, in handgemalten Goldbuchstaben. Vielleicht ein Name. »DARSHAN'S«.

※※※

Dort, wo bis vor kurzem noch die Gebäude der chemischen Fabrik gestanden haben, schiebt sich ein Bagger durch den nassen Sand. Nur den alten Wasserturm haben sie stehen lassen, er wirkt nackt und deplatziert. Lange ist seine Backsteinsilhouette das Wahrzeichen einer Fabrik gewesen, die dem Stadtteil Kalk Identität gegeben hat, nun ist sie das Denkmal einer in Trümmer gesprengten Ära, in der Männer mit schmutziger Arbeit solides Geld verdienten. Kalk hat die höchste Arbeitslosenquote Kölns. Irgendjemand hat neulich in der Kantine erzählt, dass auf dem alten Fabrikgelände ein Shoppingcenter gebaut wird. Judith lehnt an der Fensterfront des Besprechungszimmers im Polizeipräsidium und beobachtet, wie der Bagger seine Stahlschaufeln in die Fundamente der Werkhallen gräbt. Ihr Kaffee schmeckt bitter und ölig, als wäre er über Nacht auf der Wärmeplatte vergessen worden, was vermutlich der Fall ist. Sie sehnt sich intensiv nach einer anständigen Tasse Milchkaffee. Ihr Kopf fühlt sich an, als hätten die Bagger vom Fabrikgelände über Nacht darin gewütet. Sie hat eindeutig zuwenig geschlafen und zu viel Bier getrunken.

»Manni hat eure Sache beim Morgenmeeting sehr gut vertreten.« Axel Millstätt klatscht einen Stapel Tatortfotos auf den Tisch. »Er ist jetzt schon wieder ins Bergische gefahren, will dort zusammen mit den Kollegen von der Kriminalwache Leute befragen. Karin und Klaus sind sowieso längst im Einsatz. Nur du kommst erst um acht Uhr und siehst trotzdem völlig übernächtigt aus. Verdammt noch mal, Judith, so geht das nicht.«

»Ich war in der Rechtsmedizin.«

»Davon hat Manni aber nichts gewusst.«

»Ich wusste ja auch nicht, dass du uns heute morgen hier sehen wolltest.« Sie kommt sich vor wie ein Schulmädchen.

»Mensch, Judith, was ist mit dir los? Du arbeitest doch nicht seit gestern hier. Ihr berichtet an mich, selbstverständlich erwarte ich euch da beim Morgenmeeting. Beide! Nicht einmal dein Handy war eingeschaltet. Gestern nicht, heute morgen nicht.«

»Im Schnellbachtal ist kein Empfang. Und heute Morgen hab' ich vergessen, mein Handy anzumachen. Sowie ich deine Nachricht gehört hab, bin ich gekommen, obwohl Müller noch lange nicht fertig ist mit der Obduktion. Tut mir wirklich Leid.«

Millstätt seufzt und sieht dabei ein bisschen aus wie ein Gummitier, aus dem jemand plötzlich die Luft herauslässt.

»Ich erspare es uns, dir noch einmal zu erläutern, wie wichtig es ist, dass du dich zusammenreißt. Geh jetzt in Gottes Namen wieder zu Müller. Aber ruf Manni vorher an und besprich dich mit ihm. Ihr seid ein Team! Morgen früh möchte ich dann einen Bericht hören. Von Manni und dir. Zusammen.«

Das Rechtsmedizinische Institut ist ein mehrstöckiger 70er-Jahre-Klotz mit Waschbetonfassade, unmittelbar neben Kölns ältestem Friedhof, wo stoische Jugendstilengel ihre Flügel über den Gräbern ausbreiten, als ob es den Stadtverkehr, der rund um die Uhr hinter den Friedhofsmauern lärmt, nicht gäbe. Karl-Heinz Müllers Bronzeteint, für den er während seines Urlaubs auf den Bahamas sicher ordentlich geschwitzt hat, wirkt im Kunstlicht des Obduktionssaals unnatürlich wie Theaterschminke. Ein Schwall faulige Luft hängt im Raum. Karl-Heinz Müller ist in Topform. Er pfeift *Ma Baker* und hantiert mit Röhrchen, Messern und Säge wie ein Jongleur.

»Manni war gerade auch schon da – warum kommt ihr nicht einfach zusammen, dann muss ich nicht alles zweimal sagen.«

Bevor Judith eine Erwiderung einfällt, redet er schon weiter. »Schon gut. Soweit ich das beurteilen kann, starb er an mehreren Ladungen Schrot. Auf dem Hochsitz, so wie wir ihn gefunden haben. Die Schüsse sind aus zehn bis 20 Meter Entfernung abgegeben worden, vom Boden aus. Haben ihn in Kopf und Brust getroffen und das dürfte auch die Todesursache gewesen sein. Keine frischen Knochenbrüche, nichts, was auf Strangulation hinweist. Wir lassen noch ein paar Tests machen, ob er Medikamente, Drogen oder Alkohol im Körper hatte, aber ich bezweifle das. Die Schrotkugeln haben einen Durchmesser von 3,5 Millimetern. Was er zuletzt gegessen hatte, wissen allein die Krähen. Von seinem Magen ist nicht allzuviel übrig.« Müller streift seine Handschuhe ab, knüllt sie zusammen und tätschelt Judiths Arm. »Kopf hoch Mädchen, irgendwas werden wir schon noch finden.«

Müller kriegt väterliche Anwandlungen, wie soll ich damit nun wieder umgehen? Judith entscheidet sich, es einfach zu ignorieren. Es kostet sowieso schon genug Kraft, ihren Atem unter Kontrolle zu halten. Irgendetwas an dem Toten rührt sie an, weit mehr, als es gesund ist. Will ihr in die Knie fahren, sie zu Boden bringen. Sie strafft die Schultern, verlagert das Gewicht vom rechten auf den linken Fuß.

»Wie lange ist er schon tot?«

»Schwer zu sagen. Mit Krähen hatte ich noch nie das Vergnügen, zumal nicht in dieser extremen Form, Arme und Beine sind einigermaßen intakt, aber von den Wunden im Kopf- und Bauchbereich ausgehend haben wir Madenfraß, wenn auch nicht sehr viel, war ja schon ziemlich kalt in den letzten Wochen. Wie gesagt, zehn Tage vielleicht, sieben mindestens.«

Judith will protestieren, aber er kommt ihr zuvor. »Ich schicke ein paar Proben zu unserem verehrten Fliegen-Doc, dem Kollegen Benecke. Nächste Woche wissen wir dann mehr.«

»Verrat mir wenigstens, wie alt unser Kandidat war. Und was dir sonst noch aufgefallen ist. Alles, was mir bei einer Personenbeschreibung hilft.«

Müller seufzt und wirft seine Handschuhe in den Abfalleimer. »Kein aufmunterndes, privates Wort für einen fleißigen, müden Junggesellen. Nicht einmal ein Schulterklopfen. Nichts als Forderungen.«

»Das Leben ist hart.«

Judith versucht ein Lächeln, das misslingt. Schnell dreht sie sich eine Zigarette. Warum, verdammt noch mal, fangen ihre Finger an zu zittern. »Bitte, Karl-Heinz, mir ist heute überhaupt nicht nach Späßen zumute. Irgend etwas ist dir doch bestimmt aufgefallen.«

Müller, nun wieder ganz Kavalier, mustert sie scharf, kramt ein goldenes Feuerzeug aus der Hosentasche und gibt ihr Feuer. Sich selbst zündet er eine Davidoff an. Einer seiner beiden Assistenten steckt die Gläschen mit den Proben in Styroporkästchen und hüstelt demonstrativ. Müller scheint das nicht zu bemerken, er wirft noch einen langen Blick auf den Toten, dann wendet er seine Aufmerksamkeit Judith zu.

»Fakten also, weil du es bist. 1,85 groß, Schuhgröße 44, Gewicht 83 Kilo. Was noch übrig ist, jedenfalls. Fast kein Fett, viele Muskeln. Könnte sein, dass er Sportler war. Auf jeden Fall Nichtraucher und gut trainiert.« Er inhaliert tief. »Gott, was würde unsereins für so eine Lunge geben!« Er mustert seine Zigarette, schnickt die Asche in den Abfluss auf dem Boden und setzt sich in Bewegung in Richtung seines Büros. »Ja also, wie gesagt, ein durchtrainierter Bursche. Mehrere alte Knochenbrüche, einer war ein komplizierter Schienbeinbruch, typische Snowboarder-Verletzung. Meniskusoperation am linken Knie. Die Schultergelenkpfanne hat auch mal was abgekriegt – passiert ebenfalls oft beim Snowboarden.« Er hält einen Moment inne. »Könnte natürlich auch ein Motorradunfall gewesen sein. Oder was ganz anderes. Kaffee?«

»Danke, mit Milch. Ein sportlicher Typ also. Was ist dir noch aufgefallen?«

»Karies hatte er, aber gut behandelt, alles mit Gold. Sieht aus wie deutsche Wertarbeit, also arm war er wohl nicht.«

»War er Deutscher?«

»Ja, davon gehe ich aus, und wenn das nicht, dann hat er zumindest lange hier gelebt oder in Mittel- oder Nordeuropa oder in Amiland. Irgendwo, wo es fähige Zahnärzte gibt. Soll ich die Goldfüllungen analysieren lassen?«

»Ja, bitte! Im Moment klammern wir uns an jeden Strohhalm.«

»Röntgenaufnahme der Zähne hab ich dir schon machen lassen.«

»Prima. Danke.«

»Von seinem Gesicht haben die Vögel leider nicht so viel übrig gelassen. Aber ich vermute, dass er wenig Falten hatte.« Müller wird ernst.

»Über 30, würde ich sagen, nicht älter als 40. Genauer geht es momentan nicht. Aber ich persönlich würde so auf Mitte 30 tippen. Er hatte wenig Körperbehaarung für einen Mann. Aber alles Natur, nix abrasiert. Kein Schmuck, keine Tätowierungen. Wir haben versucht, seine Fingerabdrücke zu nehmen. Das Labor analysiert auch seinen DNA-Code, vielleicht habt ihr ja Glück, und es passt zu irgendwas, was ihr findet.«

»Was hatte er für Augen?«

»Das musst du die Krähen fragen. Er war blond, vielleicht waren seine Augen also hell. Blau.« Müller seufzt und tritt seine Zigarette aus. »Aber seine Augenbrauen waren ziemlich dunkel, also nagele mich bloß nicht fest darauf. Blau, grün, grau, braun – möglich ist wirklich alles.«

»Noch irgendwas?«

Erst sieht es so aus, als ob der Rechtsmediziner nicht antworten wolle. Dann gibt er sich einen Ruck. »In sehr gutem Zustand sind seine Finger ja nicht, aber ich bin relativ sicher, dass er am rechten Ringfinger längere Zeit einen Ring getragen hat. Eine kleine, kaum noch wahrnehmbare Druckstelle an der Unterseite. Der Ring war vermutlich aus Gold oder Platin, denn Oxidierungen, wie sie zum Beispiel durch Silber hervorgerufen werden, habe ich nicht gefunden. Vielleicht ein Ehering.« Er seufzt. »Diese Krähen – das Loch im Dach hat ihnen ihr Festmahl vermutlich noch erleichtert. Und der Schuss ins Gesicht. Der Täter wollte nicht nur töten, der wollte sichergehen, dass wir sein Opfer nicht identifizieren können, wenn du mich fragst. Kleidung oder Schmuck habt ihr ja immer noch nicht gefunden, oder?«

Judith schüttelt den Kopf.

»Ich bin natürlich noch nicht fertig mit der Untersuchung, aber bis jetzt habe ich keinerlei Faserspuren in den Schusswunden gefunden.«

»Er war also nackt, als er erschossen wurde?«

»Ja, so sieht es aus. Aber er ist nicht nackt auf diesen Hochsitz geklettert, da geh ich jede Wette ein. Er muss zumindest Schuhe getragen haben, die Fußsohlen sind nämlich relativ gut erhalten. Wenn er barfuß durch den Wald gelaufen wäre, dann gäbe es auch Spuren davon an seinen Fußsohlen – Dreck, Verletzungen, du weißt schon.«

❋❋❋

Um zehn Uhr bringt der Briefträger die Post. Sie hört das Klappern der Briefklappe, dann das leise Rascheln, mit dem die Briefe im Flur aufs Parkett fallen. Was soll ich damit, denkt Juliane Wengert. Andreas ist nie ein großer Briefeschreiber gewesen, eher ein Mann der wortlosen Gesten. Eine Umarmung, die in leidenschaftlichem Sex auf einer öffentlichen Toilette oder in einem Gebüsch enden konnte. Ein ganzer Bund roter Rosen, die er aus einer Laune heraus einem dieser Inder abkaufte, die sich Nachts durch die Gassen der Altstadt drücken, ewig geduckt, ewig lächelnd. Die wenigen schriftlichen Mitteilungen, die Juliane Wengert von ihrem Ehemann erhalten hat, sind hastig gekritzelte Momentaufnahmen auf kitschigen Ansichtspostkarten, meist ohne Anrede. *Nervensägen!!!! Aber das Bier ist auch hier nach dem deutschen Reinheitsgebot gebraut. Warte bloß, bis ich wieder da bin ...* – die Botschaft von einer Klassenfahrt in die Rhön. Oder *Ahoi, meine Seemannsbraut, miss you, A.* – von einer Wochenendtour mit Freunden nach Hamburg. Wie komisch, dass ich diese Texte auswendig kann, denkt Juliane Wengert, während sie sich in ihren seidenen Hausmantel hüllt. Kühler, fließender Stoff, eine Liebkosung auf der nackten Haut, ein Geschenk von Andreas zu ihrem 40. Geburtstag. So feudal hat sie sich immer gefühlt, wenn sie den Morgenmantel überstreifte. So kostbar. So schön.

Und jetzt? Steifbeinig geht sie in die Diele, ihr Kopf ist schwer, der Körper über Nacht gealtert. Sie muss nicht in den Spiegel schauen, um zu wissen, dass sie grauenhaft aussieht. Nicht einmal Nachtcreme hat sie benutzt, bevor sie, die leere Rotweinflasche umklammernd wie die Hände eines Geliebten, irgendwann eingeschlafen ist. Im Flur hält sie inne und sieht trotzdem in den Spiegel. Eine Angewohnheit. Eine schlechte Angewohnheit. Auf ihrer linken Wange entdeckt sie ein geplatztes Äderchen, zwischen den Augenbrauen und in den Mundwinkeln tiefe Falten, die Wimperntusche ist verschmiert. Mitesser an den Nasenflügeln. Grauenhaft sieht sie aus. Eine alternde Frau. Wann hat ihre Haut die Spannkraft verloren? Man sagt, dass man über den Wolken schneller altert und sie hat längst aufgehört die Flugmeilen zu zählen, die sie Jahr für Jahr zurücklegt.

Sie bückt sich und hebt die Post auf. Fühlt, wie ihre Brüste sich unter der schwarzen Seide bewegen. Hängebrüste. An dem Kindchen, mit dem sie Andreas auf dem roten Ledersofa erwischt hat, hat natürlich nichts gehangen. Wie Andreas die Kleine angesehen und die Hände um ihre spitzen ... Sie versucht, das Bild zu verdrängen. Vorbei, vorbei, vorbei. Da, wo das Ledersofa gestanden hatte – ihr Lieblingssofa – steht jetzt ein neues von Ligne Roset, mit weißem Bezug. Als ob eine einmal verlorene Unschuld je durch irgendetwas zurückzuholen wäre. Mechanisch blättert sie durch die Post. Kreditkartenrechnungen. Eine Ansichtspostkarte aus Toronto von ihrer Freundin Anne. Der Vertrag für ihren nächsten Job in Brüssel. Der Werbeprospekt eines Pizzaservices, geschmacklos, in schreienden Farben.

Sie wirft die Post auf den Küchentisch, setzt Kaffeewasser auf. Noch drei Tage bis zum Ende der Herbstferien, sie sollte wirklich die Polizei verständigen. Als ich aus Rom zurückkam, war mein Mann immer noch nicht da, hört sie sich sagen. Aber was soll die Polizei schon darauf erwidern? Andreas hat schließlich Herbstferien. Und wenn sie erst feststellen, dass er zehn Jahre jünger ist als sie, werden sie sie sowieso für eine liebeskranke, klimakterische Hysterikerin halten. Sie werden sie verdächtigen und die Presse wird davon Wind bekommen, ihre Kunden und dann ... Nein, dieser Schmach wird sie sich nicht aussetzen, jedenfalls nicht, solange es sich irgendwie vermeiden lässt. Sie gießt den Kaffee in eine Tasse und nimmt ihn mit hinauf ins Schlafzimmer. Schwarzer Kaffee am Morgen – schon ihre Großmutter hat geschworen, dass dies das beste Mittel für einen frischen Teint sei. Sie trinkt in kleinen Schlucken, aber es hilft nichts. Das Gesicht, das ihr aus dem Kosmetikspiegel entgegenblickt, sieht immer noch gespenstisch aus. Wieder tritt ihr das Wasser in die Augen, aber sie drückt die Finger in die Augenwinkel, drängt es mit aller Macht zurück.

»Bitte«, flüstert sie, »bitte.«

Sie holt sich noch eine Tasse Kaffee aus der Küche und isst zwei Scheiben Knäckebrot und ein Joghurt mit Kokosnussgeschmack. Danach fühlt sie sich so weit gefestigt, dass sie einen weiteren Tag ohne ihren Mann in Angriff nehmen kann, und greift zum Telefon. Nach exakt 47 Sekunden hat sie ihren Frisör davon überzeugt, dass er sich noch am selben Tag zwei Stunden Zeit für sie nimmt.

❋❋❋

Judith trifft Manni und Hans in Oberbach, im »Supergrill Rosi's«. Ein Automat spuckt Cappuccino in braungeriffelte Plastikbecher, offensichtlich aus der gleichen Düse wie heiße Brühe, Zitronentee und Kakao. Der Milchschaum sieht unnatürlich glänzend aus. Trotzdem ist das Getränk eine definitive Verbesserung zu dem Kaffee im Präsidium. Sie bestellen Currywurst mit Fritten und sehen zu, wie die dauergewellte Küchenchefin die Fritteuse bedient. Zwei Männer in Gummistiefeln kommen herein und ordern das Tagesgericht – Erbseneintopf mit Einlage.

»'n Bier dazu, Jungs?« Rosis Gesicht glänzt so rosig, wie es ihr Name verheißt. Sie schiebt die Teller in die Mikrowelle und flirtet mit ihren Gästen. Abgeklärt und routiniert. Eine Frau, die den Glauben an die Liebe schon vor vielen Jahren begraben hat.

»Morgen früh will Millstätt uns im Präsidium sehen.« Judith weiß nicht, wie sie das Gespräch sonst eröffnen soll.

»*Ich* war heute morgen da.«

Na toll, du Streber. »Und, was gab's?«

»Nix Besonderes. Verstärkung können wir uns abschminken – die anderen rotieren immer noch wegen des Jennifer-Mords.«

»Auf uns könnt ihr jedenfalls zählen!« Hans Edling hat den Dialog aufmerksam verfolgt. Offenbar fühlt er sich dazu berufen, zwischen Judith und Manni zu vermitteln.

»Karl-Heinz Müller geht davon aus, dass das Opfer sich erst auf dem Hochsitz ausgezogen hat.« Judith beschließt, mit offenen Karten zu spielen.

»Vielleicht hatte er ein Rendezvous?« Manni trinkt einen Schluck von seiner Cola. »Ein Paar will ungestört sein und trifft sich auf einem Hochsitz? Macht man so was hier bei euch im Bergischen, Hans?«

»Ausgeschlossen ist es nicht. Aber immerhin ist schon Oktober, ziemlich frisch also – und der Erlengrund ist nicht gerade leicht erreichbar.«

»Aber wenn er sich für eine schnelle Nummer ausgezogen hatte, wie ging es weiter?«, fragt Judith. »Seine Gespielin sagt plötzlich ›warte mal, Schatz‹, klettert nach unten und ballert los? Ziemlich unwahrscheinlich, oder?«

»Vielleicht hat der Täter ein Liebespaar überrascht?«, sagt Edling.

»Aber die Ks sind sicher, dass sich das Opfer allein auf dem Hochsitz befand, als die Schüsse fielen.« Judith zieht sich noch einen Kaffee.

»Er könnte in eine Falle gelockt worden sein.« Manni starrt auf das Etikett der klebrigen Ketschupflasche, als gebe es Aufschluss über den Tathergang. »Der Täter zwingt ihn, auf den Hochsitz zu klettern, droht, zu schießen, wenn er sich nicht auszieht. Dann muss er seine Klamotten nach unten schmeißen, steht also in der Türöffnung – und bietet so eine wunderbare Zielscheibe.«

»Und vorher hat er Teile des Hochsitz-Dachs entfernt. Gut möglich. Aber dann wäre das definitiv keine Tat im Affekt, obwohl der Täter mehrfach abgedrückt hat. Und wo ist das Motiv?«

»Hass? Oder der Täter hat ganz einfach Glück gehabt, dass er so wenig Spuren hinterlassen hat.«

»Ziemlich viel Glück.«

Manni zuckt mit den Schultern. »Karin und Klaus haben ein paar Zigarettenkippen unter der Bank gefunden.«

»Von denen wir nicht wissen, ob sie überhaupt was mit dem Mord zu tun haben. Müller sagt, das Opfer war Nichtraucher. Und selbst wenn das Labor Speichelreste und Bruchteile von Fingerabdrücken analysieren kann, was wollen wir damit dann machen? Die Gesamtbevölkerung des Schnellbachtals auf Übereinstimmung testen lassen?«

Rosi bringt ihre Teller und sie beginnen zu essen. Die Pommes frites schmecken wie Pappmaché. Judith steht auf und holt einen Salzstreuer.

»Wir müssen rausfinden, wer das Opfer ist«, sagt sie. »Sonst kommen wir nicht weiter.«

»Es würde mich wundern, wenn es ein Einheimischer wäre, hier im Bergischen verschwindet man nicht unbemerkt.« Hans Edling spricht mit vollem Mund.

»Irgendeinen Bezug muss es geben.« Judith denkt wieder an ihren Traum. Dieses Gefühl, dass etwas in diesem Tal wartet. Dass die Lösung hier irgendwo schlummert und es nur darauf ankommt, die Hinweise richtig zu verstehen. Noch etwas anderes nagt in ihrem Unterbewusstsein, etwas, das noch weniger greifbar ist. Das Gefühl, irgendetwas vergessen zu haben, oder übersehen. Hör mit den Selbstzweifeln auf, Judith, reiß dich zusammen. »Wald, nichts als Wald gibt es rund um den Erlengrund. Keine Straße. Da kommt man nicht zufällig hin. Es muss einfach eine Verbindung zwischen dem Opfer und dem Tatort geben«, wiederholt sie leise. Die beiden Männer antworten nicht, sind in ihre eigenen Gedanken versunken.

Auf dem Parkplatz der Grillstube verabschiedet sich Hans

Edling, er fährt wieder zum Erlengrund. Manni und Judith lenken ihre Autos zum Sonnenhof. Das Schnellbachtal wirkt heute schon beinahe vertraut. Ein junges Mädchen mit braunen Rastazöpfen treibt eine Herde Schafe auf eine Koppel, zwei Männer jäten Unkraut. Von den Gästen ist nichts zu sehen.

Der kahlköpfige Junge begrüßt sie am Empfang und führt sie zwei steile Holzstiegen hinauf in einen Saal mit Dielenboden. Auf Regalen neben der Eingangstür liegen Kissen, Decken und Matten. Der Dachstuhl mit den dunkel polierten Fachwerkbalken wölbt sich über ihnen wie eine Kathedrale. Auch hier gibt es eine Art Altar mit bronzenen Fabelfiguren und einem Buddha. Schalen mit Reis, Räucherstäbchen und Blütenblättern dienen vermutlich als Opfergaben. Etwa 20 Menschen in Jogginghosen sitzen auf dem Boden und hören augenblicklich auf zu sprechen, als Judith und Manni eintreten. Der Saal muss so groß sein wie die Grundfläche des Hauses, denn in alle vier Wände sind großflächige Fenster geschnitten, an deren Seiten Grünzeug rankt. Es ist ein genialer architektonischer Kunstgriff, denn auf diese Weise wirken die baumbestandenen Hänge draußen zum Greifen nah, beinahe als befände man sich in einem Baumhaus.

»Die anderen kommen gleich«, sagt der kahlgeschorene Junge und hockt sich auf den Boden.

Draußen beginnt es zu nieseln. Es muss schön sein, sich allein in diesem Saal auf den Boden zu legen und einfach nur ins Grüne zu schauen, denkt Judith. Nichts tun müssen. Nichts fühlen. Die Pommes frites haben sich in ihrem Magen zu einem schweren Klumpen verdichtet. Sie muss dringend mal wieder einkaufen gehen und sich für die Mittagspause Brote mitnehmen. Warmes, fettiges Essen macht sie unweigerlich viel zu träge. Die Tür öffnet sich und zehn weitere Personen, inklusive Heiner und Beate von Stetten, betreten den Saal. Kurze Zeit später wird die Tür nochmals einen Spalt aufgeschoben und das Mädchen mit den braunen Rastazöpfen schlängelt sich herein, dicht gefolgt von Kermit, dem Rothaarigen. Etwas an den beiden erregt Judiths Aufmerksamkeit. Beinahe sieht es so aus, als würde Kermit erwarten, dass das Mädchen jede Sekunde kehrtmachen und weglaufen wolle. Er ist zu sehr auf die Kleine fixiert, auch wenn er sie nicht berührt, denkt Judith. Sie versucht, den Blick des Mädchens einzufangen. Erfolglos. Die Kleine lässt sich ganz hinten auf den Boden sinken und beginnt an einer ihrer verfilzten Haarsträhnen zu drehen, so dass ihr Gesicht verborgen wird. Kermit setzt sich neben sie. Wie ein Wachhund.

Manni blättert in der Liste, die Beate von Stetten ihnen am Vorabend ausgehändigt hat, und überprüft die Personalien. 17 Menschen leben fest im Sonnenhof, hinzu kommen in dieser Woche 21 Gäste, von denen keiner bereits in der letzten oder vorletzten Woche im Schnellbachtal war. Wir werden die Listen nehmen und alle Gäste der letzten Wochen anrufen müssen, überlegt Judith.

»Kennt jemand den Erlengrund?«

Kopfschütteln bei den Gästen, Nicken bei den Bewohnern.

»War jemand in den letzten zwei Wochen dort?«

Kopfschütteln. Nicht in letzter Zeit. Schließlich habe es in den vergangenen zwei Wochen beinahe ununterbrochen geregnet.

»Kennt jemand einen etwa 35-jährigen Mann mit blonden, schulterlangen Haaren, der im Schnellbachtal lebt oder sogar im Sonnenhof zu Gast war?«

Noch mehr Kopfschütteln.

»Aber es wäre doch immerhin möglich, dass ein früherer Gast oder der Begleiter oder Bekannte eines Gastes ...?«

»Ja, möglich wäre das.« Heiner von Stetten hat eine dunkle, sonore Stimme, die den Saal mühelos ausfüllt. »Möglich, ja, aber nicht sehr wahrscheinlich.«

»Warum?«, fragt Manni.

»Warum?«

»Warum ist es nicht sehr wahrscheinlich.«

»Weil wir die Menschen kennen, die hier ein und aus gehen.«

»Auch deren Begleiter und Freunde?«

»Natürlich nicht, aber ...« Schweigen.

»Besitzt jemand von Ihnen einen Jagdschein? Ein Gewehr?« Judith beschließt, in die Offensive zu gehen.

»Dies ist ein Aschram.«

»Heißt das Ja oder Nein?«

Jetzt sieht Heiner von Stetten zum ersten Mal ein ganz klein wenig verärgert aus. »Nein, natürlich. Der Yoga-Weg lässt sich mit Gewalt nicht vereinbaren.«

»Nun, immerhin leben Sie auf dem Land, da haben viele Leute einen Jagdschein.«

»Wir nicht.« Sehr kühl. Sehr entschieden.

»Wir überprüfen das natürlich.«

»Tun Sie, was Sie tun müssen, Judith«, Heiner von Stetten steht auf und sieht ihr in die Augen, »tun Sie das. Wenn Sie weiter keine Fragen haben ...«

Sie sind entlassen. So fühlt es sich jedenfalls an. Kermit, der Rothaarige, begleitet sie auf den Parkplatz. Als ob er sicherstellen wolle, dass wir auch wirklich fahren, denkt Judith. In seinem Blick liegt etwas, das sie als Schadenfreude interpretiert.

»Vielleicht komm ich mal auf eine Yogastunde vorbei«, sagt sie, um ihn ein bisschen zu ärgern. Aber wenn das gelingt, lässt er es sich nicht anmerken. Er deutet eine Verbeugung an, hält ihr die Autotür auf und lächelt.

❋❋❋

»Was haben Sie gemacht, bevor Sie hier das Forstrevier übernommen haben?«

Die Kommissarin hat heute ein nervöses Zucken unter dem linken Auge. Immer wieder drückt sie ihren Zeigefinger auf die Stelle, aber das hilft natürlich nichts. Sie sieht fürchterlich aus, das Haar ungekämmt, die Haut blass, so dass die Sommersprossen noch auffälliger hervorstechen, die rotgeränderten Augen strahlen etwas beinahe Fanatisches aus. Das Gelenk ihres Zeigefingers ist gelblich verfärbt vom Nikotin ihrer stinkenden, selbstgedrehten Zigaretten.

»Ich war in Afrika.« Diana wartet auf das übliche ›Oh, in Afrika‹-Geschrei, aber die Kommissarin reagiert kaum.

»Warum?«, fragt sie einfach.

»Weil ich da einen Job bekommen hab.«

»Erzählen Sie mir davon.«

»Was hat das mit dem Toten auf dem Hochsitz zu tun?«

»Vielleicht nichts. Aber das kann ich erst beurteilen, wenn ich mehr darüber weiß.«

»Ich muss Ihnen nichts über mein Privatleben erzählen.«

Die Kommissarin seufzt. »Nein, das müssen Sie nicht. Aber es wäre nett, wenn Sie als Zeugin die Ermittlungsarbeiten unterstützen würden.« Sie hüstelt. »Mein Tag fing heute Morgen um sieben in der Rechtsmedizin an, danach habe ich Zeugen vernommen und mehrere Stunden im strömenden Regen mit den Kollegen von der Spurensicherung den Wald durchkämmt. Jetzt ist es 19 Uhr und ich bin müde. Und Sie haben sicher auch einen langen Tag hinter sich. Sie sind doch auch Staatsbeamtin? Kennen Sie das nicht? All diese Eingaben und Vorladungen und Anträge, dieses ganze Hin und Her – und im Endeffekt geht es dann oft nur um Nichtigkeiten. So viel vergeudete Energie. Haben Sie davon nicht auch manchmal genug?«

»Genau deshalb bin ich ja nach Afrika gegangen, als ich die Chance hatte.« Mist, sie ist der Kommissarin voll auf den Leim gegangen. Aber was kann es schon schaden, wenn sie dieser hartnäckigen Judith Krieger davon erzählt? Anders gibt sie wohl doch keine Ruhe.

»Es war ein Entwicklungshilfeprojekt. *Nature – Nurture*, eine amerikanische Privatinitiative, die mittlerweile auch von Deutschland aus agiert.«

»Was haben Sie gemacht?«

»Ich war in Kenia und Tansania, hab versucht, den Leuten dort wieder ein Gefühl für ihren Wald zu geben, wenn Sie so wollen. Wald ist in Afrika sehr negativ besetzt. Ein Wohnort der bösen Geister. Die Bäume leben, Voodoo und so weiter.« Wald, der sie anstarrt, ein Flüstern. Baumstämme, die näher rücken. Das Gefühl der letzten Nacht ist einen Moment lang wieder da. Sie schiebt es entschlossen beiseite. »Außerdem gilt es in Afrika heute als rückständig, im Einklang mit dem Wald zu leben. Es passt einfach nicht zu all diesen fantastischen Plastik- und Einwegprodukten, die unsere globalisierte Weltgemeinschaft bis in den letzten Winkel der Erde spuckt. Also meiden die Leute den Wald oder holzen ihn ab, sie setzen stattdessen auf Monokulturen und wundern sich dann, dass ihre

Böden unfruchtbar werden und sie von dem bisschen Geld, das sie auf den Plantagen verdienen, nicht satt werden. Mal ganz davon abgesehen, dass die Familienoberhäupter viel lieber den Verdienst in der Stadt verprassen, statt Nahrung für ihre Frauen und Kinder zu kaufen.«

»Und Sie wollten das ändern?«

»Es war mein Job, den Leuten klar zu machen, dass sie den Wald brauchen, ja. Dass sie ihn nachhaltig nutzen können, wie ihre Vorfahren, und dann nicht mehr hungern müssen, weil er ihnen genug Früchte und Brennholz und Wild gibt, wenn sie nur ihre verdammten Vorurteile überwinden.«

»Mir war gar nicht bewusst, dass es in Afrika so viel Wald gibt.«

»Die meisten Menschen denken bei Afrika nur an Steppen mit Löwen und Elefanten.«

»Wie haben Sie sich verständigt?«

»Ich kann Kisuaheli.«

»Beeindruckend.«

»Das ist nicht so schwer.«

»Und, hat es funktioniert?«

»Was meinen Sie?«

»War Ihre Arbeit ein Erfolg?«

Diana erinnert sich an die Kindernutten in Mombasa. Den unaufhaltsamen Strom übergewichtiger weißer Touristen, die ihre Lebensart als Standard einfordern, egal, wo sie hinreisen, und so auch den ärmlichsten, staubigsten Bauernbuben im hintersten Winkel der Welt mit ihrer Maßlosigkeit infizieren. Tägliche Duschen, Mehrgangmenüs selbst auf einer Safari im tiefsten Busch, technisches Equipment, um jede erdenkliche Laune zu befriedigen. Willige Frauen mit mageren Taillen und strammen Brüsten. Sie denkt an das Glück, als sie mit Kate und Jo-Jo vor der Hütte die Abendsonne über den frisch beackerten Feldern betrachtete und Maisbrei löffelte. Die Stille. Robs Leidenschaft für das Projekt und wie sie ihn dann eines Tages mit Kates Tochter fand. Sie zwingt sich, der Kommissarin einen Moment lang in die Augen zu sehen.

»Mehr oder weniger. Zumindest in meinen drei Dörfern würde ich sagen, ja.«

»Und weshalb sind Sie nach Deutschland zurückgekommen?«

Er hatte nicht einmal ein Kondom benutzt, die miese kleine Ratte. *Das Mädchen ist doch erst 15, Diana, sie hatte bestimmt kein Aids. Und ich habe ihr auch nichts angehängt, ich habe aufgepasst. Mein Gott, sie wollte es doch auch, jetzt spiel hier nicht den Moralapostel!*

»Ich fand einfach, drei Jahre Afrika waren genug.«

»Drei Jahre waren Sie dort. Das ist lange.«

»Es kam mir nicht so lange vor.«

»Keine Probleme, sich wieder einzugewöhnen?«

Diana steht auf und geht zum Fenster.

»Es regnet hier mehr.« Sie merkt selbst, wie lahm das klingt. Der Wald ist hier nicht so gefährlich, will sie hinzufügen, denkt aber an den Toten vom Erlengrund und lässt es bei dem Klischee vom Wetter bewenden.

»Und wie lebt es sich hier im Schnellbachtal?«

»Gut.«

»Ist es nicht ziemlich einsam?«

»Ich mag es so.«

Ja, denkt Diana. Das stimmt wirklich. Eine Wohltat ist es. Die Ruhe. Abgeschiedenheit. Anders würde ich es wahrscheinlich nicht aushalten. Die Rückkehr nach Deutschland war ein Schock gewesen. Kaum war sie durch die Passkontrolle des Düsseldorfer Flughafens getreten, fiel das Land sie schon an, mit seiner Kälte und den unzufriedenen Menschen, die tausendmal mehr besaßen als die meisten Völker und trotzdem ein flackerndes Ich, Ich, Ich in den Augen hatten und in den verkniffenen Mundwinkeln. Selbst die sprichwörtlich rheinischen Frohnaturen waren ihr befremdlich vorgekommen mit ihrem aufgesetzten Individualismus. Ihre Eltern hatten sie vorsichtig in die Arme genommen und auf die Wangen geküsst, ihre Schwester hatte sie kaum eines Blickes gewürdigt. Tamara war jetzt 15 Jahre alt, ein ungelenkes, dürres Mädchen, das in seiner gestärkten weißen Bluse wie ein Klon von Kohls früherer Frauenministerin Claudia Nolte wirkte. Kaum hatte Wilhelm Westermann Dianas Gepäck im Kofferraum des Mercedes verstaut, rutschte Tamara auf den

Rücksitz und begann, mit den Fingern in die Luft zu trommeln.

*Tamara hat am Samstag ein wichtiges Konzert,* erklärte ihre Mutter.

*Wabenzi,* sagte Diana. *In Kenia heißen die Weißen Wabenzi – von Mercedes Benz, ist das nicht treffend?*

*Sehr treffend. Sag deiner großen Schwester, wo du am Samstag spielst, Tamara.*

*Im Gürzenich.* Die feingliedrigen Finger hörten nicht auf, Partituren in die Luft zu hämmern.

*Wow,* sagte Diana, *das klingt wichtig.*

*Es ist die Landesmeisterschaft von* Jugend musiziert. *Tamara hat in diesem Jahr die allerbesten Chancen.*

*Und was spielst du?*

*Schubert, Moments musicaux und Liszt.*

*Wow,* sagte Diana wieder.

Sie hatte darauf gewartet, dass ihre Familie sie fragte, was sie in den vergangenen drei Jahren erlebt hatte und warum sie nun auf einmal aus Afrika zurückgekommen war, um als Revierförsterin im Bergischen Land zu arbeiten. Aber eine halbe Stunde später, als der Mercedes in die Garage neben der schmucken Villa in Köln-Rodenkirchen glitt, wartete sie immer noch.

*Um sieben gibt es Essen, du kannst dich also vorher noch in Ruhe frisch machen.* Der Blick ihrer Mutter heftete sich für einen Moment an Dianas staubige Jeans. Wortlos schulterte Diana ihren Rucksack und folgte ihrem Vater in ihr altes Kinderzimmer. Er stellte die beiden Koffer akkurat nebeneinander vor das Fenster und sah seine älteste Tochter zum ersten Mal richtig an.

*Es ist gut, dass du wieder in Deutschland bist. Deine Mutter ist im Moment sehr angespannt, Tamara steht kurz vor dem großen Durchbruch, wahrscheinlich bekommt sie sogar einen Plattenvertrag, aber sie braucht deine Mutter noch sehr.*

*Ich werde nicht wieder hier wohnen. Am Wochenende kann ich schon nach Unterbach ins Forsthaus ziehen.*

*Es ist gut, dass du wieder in Deutschland bist,* wiederholte ihr Vater. *Vom Bergischen Land nach Köln ist es nicht sehr weit.*

»Ich glaube, Sie hören mir gar nicht zu«, sagt die Kommissarin.

»Entschuldigung, Sie haben Recht. Was haben Sie gerade gesagt?«

»Ist Ihnen jemals aufgefallen, dass der Hochsitz von jemand anderem benutzt wird als von Ihnen?«

»Ich weiß nicht. Wahrscheinlich. Sicher wird er das. Spaziergänger können da raufklettern, zum Beispiel. Das ist zwar verboten, weil ein Hochsitz eine jagdliche Einrichtung ist, aber man kann es nicht verhindern. Vielleicht benutzt ihn auch einer der Männer aus dem Dorf, die die Erlaubnis haben, dieses Revier zu bejagen.«

»Ich brauche eine Liste mit den Namen.«

»Die hab ich drüben im Büro, ich hole sie.« Diana steht auf. Die Anrufe, denkt sie, während sie die Liste kopiert. Kann es da einen Zusammenhang geben? Aber das ist allein ihre Sache und außerdem hat keiner sie je zum Hochsitz geleitet. Laura fällt ihr ein. Hat die nicht irgendwann erzählt, dass sie manchmal zum Erlengrund geht, wenn sie nachdenken will? Laura und weiß Gott wer noch. Als sie zurück in die Küche kommt, sitzt die Kommissarin immer noch am Tisch und studiert ihre sommersprossigen Hände.

»Es gibt einen schönen Fußweg vom Sonnenhof zum Erlengrund«, sagt Diana. »Vielleicht fragen Sie dort mal nach.«

»Sie denken an jemand Bestimmtes?«

»Nein, wie kommen Sie darauf?«

Die Kommissarin runzelt die Stirn. »Ist es so?«

»Nein.«

»Sicher?«

Die Kommissarin drückt wieder mit ihrem gelben Zeigefinger unter dem linken Auge herum. Sie sieht wirklich ziemlich müde aus. Trotzdem ist sie verdammt hartnäckig.

»Ich denke an niemand Bestimmtes«, sagt Diana Westermann.

»Und Sie selbst benutzen diesen Hochsitz regelmäßig?«

»Das habe ich doch alles schon mehrfach gesagt.«

Die Kommissarin steht auf. In ihren irritierend türkisgrauen Augen spiegeln sich Misstrauen und mühsam unterdrückter Ärger.

»Also gut, warten wir auf das Ergebnis der Spurensicherung. Das dauert immer ein paar Tage, leider.«

»Ich bin sicher, dass Sie sich vergeblich bemühen.«

»Sie haben nicht vor, in nächster Zeit zu verreisen?«

Diana schüttelt den Kopf.

»Bis bald«, sagt die Kommissarin. »Ich finde selbst hinaus.«

❈❈❈

# Mittwoch, 29. Oktober

Manfred Korzilius arbeitet präzise wie ein Schweizer Uhrwerk. Er hat überhaupt keine Lust, sich zum Deppen zu machen und in diesem öden Unterbach von Haustür zu Haustür zu gehen und zu fragen, ob auch wirklich niemand einen blonden Mann vermisst. Aber erfolgreiche Ermittlungsarbeit, so haben es die Dozenten an der Polizeischule gesagt, so steht es in jedem seiner Lehrbücher und so wird sein Chef nicht müde zu behaupten, besteht vor allem und zuallererst aus sorgfältiger Routine. Zusammen mit Hans Edling hat Manni einen Plan angefertigt und jeden, aber wirklich jeden Waldparkplatz markiert und vor Ort persönlich nach einem Fahrzeug, das Opfer oder Täter benutzt haben könnten, abgesucht. In allen umliegenden Ortschaften haben sie Fahndungsanzeigen aufgegeben und ausgehängt. Aber die Menschen sind komisch. Man kann sich nicht darauf verlassen, dass sie zur Polizei kommen und freiwillig mit ihrem Wissen herausrücken. Und deshalb muss man sie persönlich befragen.

Klingeln, Ausweis vorzeigen, erklären, zuhören, neugierige Fragen abwimmeln und dann wieder einen Haken auf die Liste machen, und weiter zum nächsten Haus. Manni trabt mit federnden Schritten bergan. Die Jacke ist ihm inzwischen viel zu warm, aber wenn er sie auszieht, hat er die Hände nicht frei. Außerdem könnte sein Funkgerät rausfallen. Seine Verbindung zu Hans Edling, der in Oberbach dieselbe Arbeit verrichtet wie er. Manni lässt seinen Atem in einem kontrollierten, langen Zug aus den Lungen strömen. Das Bergische Land macht seinem

Namen alle Ehre, die meisten Häuser sind in irgendeinen Hang gebaut. Er nimmt die nächste Eingangstreppe in Angriff. Er fühlt sich topfit. Die Krieger mit ihren ewigen Zigaretten, wenn sie sich für diese Routinearbeit überhaupt interessieren würde, hätte sicher schon längst schlappgemacht. Hoffentlich kümmert sie sich wenigstens um die bundesweiten Vermisstenanzeigen. Manni kontrolliert seine Liste. Gute Arbeit, Kollege. Noch zwei Straßen und ein Bauernhof, dann kann er Unterbach abhaken und hat aus seiner Hypothese, dass das Opfer nicht von hier stammt, eine Gewissheit gemacht. Nicht, dass er ernsthaft mit einem anderen Ergebnis gerechnet hätte. Schließlich hat der Bursche auf dem Hochsitz zwei Wochen vor sich hin gegammelt und absolut niemandem hier hat etwas gefehlt. Es kann sich also nicht um einen Einheimischen handeln. Man verschwindet nicht einfach unbemerkt aus einem 1000-Seelen-Kaff. Und somit sinkt auch die Wahrscheinlichkeit, dass der Täter aus dem Schnellbachtal stammt. Die meisten Morde sind schließlich Beziehungstaten.

Noch ein Haus und noch eines. Und wieder kein Ergebnis. Ob die Krieger wohl etwas rausfindet? Sehr motiviert wirkt sie nicht, am Morgen ist sie schon wieder zu spät zum Meeting im Präsidium gekommen und trotzdem hat sie es irgendwie hingekriegt, dass es so wirkt, als leite sie die Ermittlungen. Einen Moment lang fühlt Manni sich frustriert. Ich mache hier den Laufburschenjob, denkt er, und was soll das schon bringen. Selbst wenn der Mörder hier in Unterbach leben würde – er wird Manni bestimmt nicht die Tür öffnen und sagen, *hey, ja, jetzt, wo sie fragen – meine Frau vermisst ihren Liebhaber, und übrigens, ich war's*. Es ist nicht fair, dass Axel Millstätt die Krieger so protegiert. Es stinkt ihm, dass die Krieger sich nicht an die Regeln hält, da ist sich Manni sicher, und trotzdem lässt er sie gewähren. Früher, als Manni noch bei der Sitte in Essen Dienst schob, soll die Krieger ein echter Knaller gewesen sein, heißt es im Präsidium. Killerinstinkt und so. Jetzt kommt sie ihm die meiste Zeit abwesend vor, zu hochnäsig, mit ihm zu reden, und die ausgehungerte Art, mit der sie an ihren stinkenden, selbstgedrehten Zigaretten saugt, geht ihm auf die Nerven. Nach dem ersten gemeinsamen Tag mit ihr hat er Axel Millstätt darum gebeten, wieder in die Soko Jennifer versetzt zu werden. Aber Millstätt war unnachgiebig. *Ich habe Rossmann gefragt, wen er entbehren kann, und er hat dich genannt. – Was soll das heißen, Rossmann kann mich entbehren? Ich habe doch wie der Teufel ermittelt, genauso wie alle anderen? – Reg dich ab, Manni, einer musste nun mal abgezogen werden und außerdem finde ich, dass du und die Krieger ein gutes Team abgebt. – Aber sie ist ... – Es ist entschieden, Manni. Und außerdem: Die Ermittlungen zu zweit bieten dir eine Menge Bewegungsspielraum. Zeig, was du kannst, und das wird sich mit Sicherheit in deiner nächsten Beurteilung wiederfinden.*

Der Gedanke an eine baldige Beförderung gibt Manni neuen Elan. Bewegungsspielraum, ja, weiß Gott, den hat er. Denn mehr und mehr scheint sich die Krieger in die Überzeugung zu verrennen, dass das Opfer vom Sonnenhof stammt. Brütet kettenrauchend in ihrem Büro und telefoniert sich durch die Adresslisten, die sie im Sonnenhof einkassiert haben. Will einfach nicht einsehen, dass sie sich da in etwas verrennt. Soll sie doch. Manni trabt zum nächsten Haus, vergleicht den Namen auf seiner Liste mit dem auf dem Klingelschild und drückt auf den Messingknopf. Die Frau, die ihm öffnet, hat einen rosa geblümten Nylonkittel an und hält einen Staubwedel in der Hand.

»Frau Petra Weißgerber?«

»Ja?«

»Kriminalpolizei. Korzilius mein Name. Entschuldigen Sie die Störung, aber wir benötigen Ihre Mithilfe. Kennen Sie einen jungen, blondhaarigen Mann, der seit etwa zwei Wochen verschwunden sein müsste?«

»Der Tote im Wald?« Sie sieht ihn mit runden braunen Kuhaugen an, die nicht so recht zu ihren strohblonden Dauerwellen passen. Er nötigt sich ein ermunterndes Lächeln ab.

»Blonde, lange Haare. Vermutlich um die 30 Jahre alt.«

»Nein, ich wüsste nicht, wer das sein soll.« Sie lächelt nun ebenfalls, reflexartig höflich wie die meisten Frauen.

»Ist Ihnen sonst irgendetwas aufgefallen, was mit dem Mord in Zusammenhang stehen könnte?«

Sie kaut auf ihrer Unterlippe, was ihr Gesicht noch kuhäugiger aussehen lässt.

»Ich weiß nicht, was sollte das denn sein?«

Himmel!

»Das kann ich Ihnen leider nicht sagen. Es könnte alles sein. Alles, was Ihnen in den letzten Wochen außergewöhnlich vorgekommen ist.«

Sie steht und kaut auf ihrer Unterlippe. Öffnet den Mund, schließt ihn wieder. Sieht ihn hilfesuchend an. Lächelt. Holt Luft, öffnet den Mund. Genug. Manni strafft die Schultern.

»Na, auf jeden Fall vielen Dank für Ihre Mithilfe. Und entschuldigen Sie die Störung.«

»Aber ...«

Etwas in diesem Aber lässt ihn zögern.

»Ja?«

»Marc. Mein Sohn. Er ist 16, er kommt viel rum im Tal. Mit seinem Fahrrad. Vielleicht sollten sie mal mit dem sprechen. Wenn es etwas zu bemerken gibt, weiß er es.«

❈❈❈

Gegen 17 Uhr kämpft sich die Sonne für ein paar Minuten durch die Wolken. Vedanja hockt auf der Veranda und spielt mit den jungen Katzen. Ein kleiner Tigerkater wird übermütig. Fängt Vedanjas Zeigefinger mit seinen Vorderpfoten ein und schnappt mit seinen spitzen Milchzähnen danach. Schade eigentlich, dass die Herbstkätzchen meistens den Winter nicht überleben. Vom Haus her ertönt der Gong. Bald ist es Zeit für die Abendmeditation. Vedanja packt den Minikater am Nackenfell und setzt ihn zu seinen Geschwistern. Soll er Spaß haben, solange es geht. Vedanja ist schon fast beim Haus, als der dunkelgrüne Geländewagen auf den Parkplatz fährt. Eine Frau mit blondem Pferdeschwanz steigt aus und winkt. Sie trägt grüne Jeans, einen Parka und kniehohe, matschige Gummistiefel. Die Försterin. Er hat sie schon ein paar Mal mit Laura in der Schreinerwerkstatt gesehen. Sie läuft direkt auf ihn zu, mit gleichmäßigen, schnellen Schritten, wie eine trainierte Läuferin.

»Können Sie sich das bitte mal ansehen?« Sie streckt ihm etwas entgegen.

»Ich habe dieses Handy im Wald gefunden. Erst dachte ich, es könnte dem Toten gehören. Aber es lag ganz woanders. Kennen Sie diese Zeichen? Kann es sein, dass das Gerät jemanden vom Sonnenhof gehört? Ich bin nicht sicher, aber ich glaube, ich habe einen ähnlichen Schriftzug schon einmal hier am Haus gesehen und – Sie vermissen doch niemanden von hier, oder?«

Ihre Augen leuchten moosgrün. Wie passend zu ihrem Beruf, denkt er. Er nimmt das Mobiltelefon in die Hand, betrachtet den goldenen Schriftzug. DARSHAN'S. Er fühlt, wie sein Puls beschleunigt. Ganz ruhig, Alter, ganz ruhig. Einatmen. Ausatmen.

»Nein, wir vermissen niemanden. – Das ist das OM.«

»Das OM?«

»Ja, ein Sanskrit-Zeichen. Das älteste Wort der Welt. Das ursprünglichste aller Mantren.« Die Worte geben ihm Kraft. Die Försterin sieht aus, als reiche ihr diese Erklärung nicht.

»Ursprünglich hieß es AUM.« Er malt einen Kreis in die Luft. »A U M. Drei Buchstaben, die alles umfassen. Der Anfang von allem. Das Ende. Dreifaltigkeit. Vergangenheit – Gegenwart – Zukunft. Schöpfung – Erhaltung – Zerstörung. Die ganze Welt, das ganze Universum, alle Veränderungen, wirklich alles, wenn du so willst.«

Der Gong ertönt zum zweiten Mal.

»Wo hast du das Handy denn gefunden?«

Sie macht eine vage Handbewegung. »Im Wald, in der Nähe von der B 55.«

»Also nicht ...« Er weiß nicht, wie er das fragen soll.

»Nein, natürlich nicht da, wo sie den Toten fanden, sonst hätte ich es der Polizei gegeben.«

Er umfasst das Handy fester.

»Ich nehme es am besten mit in unser Büro.«

»Wissen Sie denn, wem es gehört? Gibt es bei Ihnen jemand, der Darshan heißt?«

Die Erinnerung ist eine Welle, die über ihm zusammenzuschlagen droht. Darshan. Wie sie ihn immer angesehen hat. Einen Moment lang ist er wieder 13, und im Schlafsaal der Jugendherberge drehen sie ihm die Arme auf den Rücken, so lange, bis ihm egal ist, dass sie ihm die Pyjamahose runterziehen und lachen. *Fuchspimmel, Fuchspimmel! Schlapp wie ein toter Fisch.* Aber sie, sie hatte nicht gelacht.

»Darshan, ja. Eine Darshan hat hier mal ein paar Monate gelebt.«

»Jetzt nicht mehr?«

»Nein.«

»Haben Sie denn eine Adresse von ihr?«

»Nein. Wieso?«

»Na, weil sie ihr Handy bestimmt vermisst. Sie wissen nicht, wo sie jetzt ist?«

»Die Leute hier kommen und gehen, weißt du.« In seiner Schläfe pocht etwas. Sie hatte nicht gelacht, aber sie hatte ihn auch nicht begehrt. »Darshan war eine typische Aussteigerin. Kam eines Tages mit ihrem Rucksack hier an, blieb ein bisschen, dann zog sie weiter. Irgendjemand hatte ihr Geld geschickt. Sie wollte nach Indien.« Er sieht den Frankfurter Flughafen vor sich. Geschniegelte, reisefiebrige Menschen und mittendrin Darshan mit den blonden Zöpfen, in ihrem violetten Samtkleid und den schwarzen Doc-Martin-Schnürstiefeln. Ja, so muss es gewesen sein. Die Welle bricht und rollt weg. Er schaut der Försterin direkt in die Augen und lächelt.

»Es kann aber auch jemand anderem gehören.«

»Aber ihr Name steht doch darauf.«

»Darshan ist eine indische Heilige. Viele Yogis nehmen ihren Namen an, quasi als Künstlername. Vielleicht will der Besitzer des Handys einfach nur seiner Verehrung von Darshan Ausdruck verleihen.«

»Vielleicht hat jemand diese Darshan mal telefonieren gesehen?«

Vedanja schüttelt den Kopf. »Die Benutzung von Handys ist im Sonnenhof verboten, außerdem gibt es hier ja gar keinen Empfang. Vielleicht gehört das Handy auch einem Gast, der den Verlust noch nicht bemerkt hat.« Er deutet zum Haupthaus. »Ich frage rum. Und wenn Darshan sich meldet, frage ich auch sie.«

Die Försterin sieht aus, als ob sie ihm das Handy am liebsten wieder wegnehmen wolle.

»Ich muss dann. Vielen Dank, dass du gekommen bist. Und wenn du mal eine Yogastunde brauchst – jederzeit.«

Er hat die Terrasse schon beinahe überquert, als sich die Welle erneut hinter ihm auftürmt.

»Grüßen Sie diese Darshan, wenn sie sich meldet«, ruft die Försterin.

## Freitag, 31. Oktober

Die Nacht gehört den Bildern. Wieder reitet Judith Krieger auf dem weißen Pferd. Wieder bringt es sie in das Tal, dann in den engen, dunkelbraunen Raum. Wieder weiß sie, dass Patrick sie gerufen hat, dass sie ihn erreichen muss, retten muss. Irgendwo ist er, ihr Kollege, ihr Freund. Sie kann ihn fühlen. Aber sie kann sich nicht bewegen, kann nicht sprechen, nur seinen Namen flüstern. So viel Hoffnung in ihrer Stimme. So viel Sehnsucht. Wieder entdeckt sie das Handy auf der Fensterbank, wieder robbt sie unendlich langsam darauf zu, wieder katapultieren ihre Finger diese letzte Rettung hinaus in die Bodenlosigkeit.

Ihr Schrei weckt sie auf und sie liegt mit rasendem Herzschlag unter dem Federbett, das viel zu warm und schwer ist. Es ist stickig in ihrem Schlafzimmer, die Digitalziffern ihres Weckers zeigen 4.14 Uhr. Nackt stolpert sie ins Badezimmer und stellt sich unter die Dusche. Steht an die Fliesen gelehnt und lässt das Wasser über sich spülen, bis ihr kalt wird, hüllt sich dann in ihren Bademantel und geht ins Wohnzimmer. Sitzt auf der Fensterbank und raucht. Auf einmal sehnt sie sich nach Martin. Sie haben nicht mehr miteinander gesprochen, seit ihrem Streit am Wochenende, nach dem er mitten in der Nacht gegangen ist. Morgen rufe ich ihn an, denkt Judith. Morgen oder spätestens am Sonntag. Bestimmt ist sein Ärger bis dahin verflogen. Es war doch gut mit uns, im letzten Jahr. Er muss doch einsehen, dass ich jetzt noch kein Kind will. Dass wir kein Kind brauchen, um glücklich zu sein. Und auch keine Ehe.

Er weiß doch, wie unberechenbar mein Job ist. Bestimmt haben wir noch eine Chance.

Es ist zu spät, um wieder ins Bett zu gehen. Sie schließt die Augen und sieht den Erlengrund vor sich. Die Lösung des Falls ist dort. Irgendetwas Wichtiges hat sie übersehen, sie ist sicher, dass es so ist.

Als sie um sieben Uhr das Polizeipräsidium betritt, fühlt sie sich bereits so erschöpft, als läge der Tag hinter ihr. Manni hingegen sieht unerträglich ausgeschlafen aus. Axel Millstätts Schokoladenaugen fixieren sie.

»Keine Erfolge?«

Judith schüttelt den Kopf.

»Die Försterin ist raus«, sagt Manni im selben Moment. »Die Ks haben sich mal wieder selbst übertroffen und aus dem Matsch auf der Lichtung tatsächlich die Reste einer Patronenhülse gepult, ziemlich aufgeweicht zwar, aber exakt dort, von wo der Täter geschossen haben muss.«

Warum erfährt sie das erst jetzt? Judith hofft inständig, dass Millstätt ihr ihre Überraschung nicht anmerkt.

»Kaliber 16/70, Marke Rottweil Jagd«, sagt Manni zufrieden. »Der Hersteller hat bestätigt, dass die Bleikügelchen bei diesem Typ einen Durchmesser von 3,5 Millimetern haben, das passt also. Genaueres lässt sich bei Schrot einfach nicht sagen. Aber die Simson-Doppelflinte der Försterin hat definitiv Kaliber zwölf. Die Hülse kann also nicht von ihr stammen.«

»Prima, Manni, und sonst?«

»Ich habe nachher ein Date mit einem Marc Weißgerber aus Unterbach. Ein 16-Jähriger. Seine Mutter sagt, dass er vielleicht was gesehen haben könnte, was uns weiterhilft. Ansonsten haben Hans Edling und ich alle Haushalte in Unter- und Oberbach abgeklappert. Der Tote stammt nicht aus der näheren Umgebung des Tatorts.«

»Prima. Und du, Judith?«

»Keiner vom Sonnenhof wird vermisst, das habe ich überprüft. Trotzdem glaube ich, dass wir weiter dort suchen müssen. Oder bei der Försterin. Irgendetwas stimmt da nicht, das spüre ich einfach.«

Manni will etwas sagen, aber Millstätt kommt ihm zuvor.

»Dein Gefühl in allen Ehren, Judith, aber für den Moment schlage ich vor, dass ihr euch strikt an die Fakten haltet. Irgendwelche Ergebnisse mit den Vermisstenanzeigen?«

Sie schüttelt den Kopf.

»Du hast das Röntgenbild an die *Zahnärztlichen Mitteilungen* gegeben?«

Der Umschlag, den Karl-Heinz Müller ihr in der Rechtsmedizin gegeben hat. Sie hat ihn in ihr Postausgangskörbchen auf dem Schreibtisch gelegt, aber sie hat die Adresse von den *Zahnärztlichen Mitteilungen* nicht zur Hand gehabt. Der verdammte Umschlag ist immer noch unadressiert. Sie fühlt wie ihr die Röte ins Gesicht steigt.

»Ja, klar.« Sie zwingt sich, Millstätts Schokoladenblick auszuhalten. Gleich nach diesem Meeting wird sie ihren Fehler korrigieren und keiner wird es merken. Wie erbärmlich, dass wir als Mordkommission überhaupt Annoncen in einem Käseblatt wie den *Zahnärztlichen Mitteilungen* schalten müssen, denkt sie. Es ist ein Wunder, dass es tatsächlich hin und wieder einen Zahnarzt gibt, der das Gebiss eines Patienten wiedererkennt und sich bei uns meldet. Aber was sollen wir sonst tun? Ein bundeseinheitliches Computersystem mit den Daten aller Vermissten und unbekannten Toten gibt es nur in den Fernsehkrimis. Einen Moment sieht es so aus, als ob Millstätt sie ins Kreuzverhör nehmen wolle, dann steht er einfach auf. Das Morgenmeeting ist beendet. An der Tür dreht er sich noch einmal um.

»Ihr seid ein Team, also verhaltet euch auch so. Schaut euch diesen Zeugen Marc Weißgerber gleich zusammen an. Ich habe keine Lust, nochmal mitzubekommen, dass der eine von euch erst im Morgenmeeting erfährt, was der andere tut. Ab sofort möchte ich einen gemeinsamen Bericht von euch hören. Keine Alleingänge mehr. Ist das klar?«

Millstätt verschwindet im Flur, lässt sie in seinem Büro zurück. Wie die sprichwörtlich begossenen Pudel, denkt Judith. Sie überlegt, was sie sagen soll, aber ihr fällt nichts ein. Früher hätte sie es gewusst.

»Also dann. Ich schlage vor, dass wir mit einem Auto fahren.« Manni steht auf. »Mal sehen, was uns unser famoser Fuhrpark heute bietet.«

»Ich muss noch schnell etwas in meinem Büro ...«

»Um neun bin ich mit diesem Weißgerber verabredet. Und vorher müssen wir noch Hans Edling briefen.« Manni steht schon im Flur.

»Ich beeil mich ja. Wenn du nicht warten willst, kann ich ja nachkommen.«

»Lass uns zusammen fahren.«

Judith will widersprechen, prallt aber beinahe gegen Axel Millstätt, der eben mit einer Tasse Kaffee und seiner Tagespost wieder sein Büro betreten will.

»Kommst du?« Manni geht zum Aufzug. Sie fühlt Millstätts Blick. Es gibt keine Ausrede, sie sitzt in der Falle. Muss die Zahnarzt-Postille eben noch ein paar Stunden warten. Judith zieht ihren Mantel über und hastet an ihrem Chef vorbei.

»Ja doch.«

❉❉❉

Marc Weißgerber ist blass, picklig und nervös. Er trägt eine dieser Jeans, deren Hosenboden irgendwo in den Kniekehlen hängt. Er kann nicht stillsitzen, tritt unentwegt mit seinen Puma-Sportschuhen gegen die Stuhlbeine. Die braunen Kuhaugen, mit denen er hartnäckig seine knubbeligen Finger fixiert, hat er eindeutig von seiner Mutter, aber seine Haare sind dunkler als ihre. Zwischen Nase und Oberlippe kultiviert er einen dünnen Flaum. Ich habe damals genauso albern ausgesehen, denkt Manni Korzilius, und in die Augen hab ich auch niemandem geschaut. Das muss gar nichts heißen. Erwachsenwerden ist nun mal verdammt schwer. Mann werden, ha, ha. Petra Weißgerber umkreist den Küchentisch wie ein Nachtfalter die Glühbirne. Rückt Tassen und Untertassen zurecht. Einen Teller mit Gebäck. Schenkt Kaffee ein. Lächelt zu viel. Sie weiß etwas. Sie weiß, dass ihr Sohn etwas weiß. Marc weiß etwas, denkt Manni. Er schaut herüber zu Judith und bildet sich ein, dass auch sie es sieht. Jedenfalls sieht sie endlich etwas wacher aus. Manni löffelt Zucker in seinen Kaffee und rührt. Man muss den Jungen langsam kommen lassen, wenn man ihn einengt, wird man gar nichts erfahren. Er legt den Löffel auf die geblümte Untertasse.

»Du bist also viel im Wald unterwegs.«

»Mmh, weiß nicht. Manchmal vielleicht. Mit dem Bike und so.«

»Deinem Mountainbike?«

»Ja.« Sein Blick irrt über den Tisch, huscht wieder zurück auf seine Hände. »Oder mit der Maschine. Nur da, wo's erlaubt ist natürlich.«

»Marc hat zu seinem 16. Geburtstag eine Enduro bekommen. Die Jungs üben manchmal zusammen Motocross. Das ist alles ganz legal.«

»Wir sind nicht von der Verkehrswacht.« Manni lächelt Marc an. »Ich hatte ein Mokick, als ich so alt war wie du. Wir haben uns im Wald Sprungschanzen gebaut. Das war nicht legal.«

»Ehrlich, Mann?«

»Wenn ich es dir sage.«

Er fühlt, wie Marc sich ein bisschen entspannt. Gut so, lass ihn reden, warm werden. Sie fachsimpeln eine Weile darüber, wie man den perfekten Absprung hinkriegt. Die Turnschuhe schlagen nicht mehr ganz so heftig gegen die Stuhlbeine. Zugriff, beschließt Manni.

»Und im Wald hast du was gesehen, was uns weiterhelfen könnte?«

»Hm, nö, weiß nicht.«

»Hast du jemanden beobachtet, jemanden, den du nicht kanntest vielleicht?«

»Nein, bestimmt nicht.«

»Marc«, sagt Petra Weißgerber. »Wir haben doch drüber gesprochen. Du musst es dem Kommissar sagen, wenn ihr was gesehen habt.«

Kommissar, denkt Manni. Das klingt, verdammt noch mal, richtig gut.

»Weißt du, wo wir den Toten gefunden haben?«

»Hm, ja, am Erlengrund. Alle reden ja davon.«

»Warst du mal da, in letzter Zeit?«

»Nein, nein, bestimmt nicht.«

»Wenn ich rausfinde, dass du lügst, kann das unangenehm für dich werden, Marc.«

»Ich war nicht da, bestimmt nicht, Mann!«

»Aber?«

Die Schultern des Jungen sacken ein Stück nach vorn.

»Wir werden auch mit deinen Kumpels reden, Marc.«

»Scheiße, Mann, ich hab niemanden gesehen, ehrlich.«

»Ganz sicher?«

»Nur dieses Motorrad.«

»Dieses Motorrad?«

»Ja, Mann, eine richtig geile BMW. In der Scheune vom alten Bielstein. Aber die gehört dem Bielstein nicht, und auch sonst niemandem hier. Das sieht man schon am Kennzeichen.«

Bingo! Manni fühlt, wie ihm heiß wird. Er sieht Besorgnis in Petra Weißgerbers Gesicht, ihr Sohn ist noch ein Stück weiter in sich zusammengesackt, seine Pickel leuchten jetzt noch etwas mehr auf der blassen Haut. Manni steht auf und lächelt beruhigend.

»Nur eine BMW also. Na, die möchte ich mir gern mal anschauen.«

※※※

»Du musst an den Meditationen teilnehmen«, sagt Vedanja.

»Ich weiß.« Laura sieht ihn nicht an.

»Jedes Mal. Pünktlich.«

»Ich weiß.«

»Du bist aber vorhin schon wieder zu spät gekommen.«

»Ich hab verschlafen.«

»Das ist keine Entschuldigung.«

»Mein Wecker hat gesponnen. Die Batterie war leer.«

»Das hast du das letzte Mal auch gesagt.«

»Tut mir Leid.«

Das reicht nicht, das reicht bei weitem nicht. Was soll er tun, wenn Heiner Laura wieder heimschickt? Wie wird er dann dastehen, wie soll er das Lauras Mutter erklären? Er wird wie ein Versager dastehen. Das kann er auf keinen Fall zulassen.

»Ich hab eine neue Batterie eingesetzt. Es kommt nicht wieder vor.«

Offenbar wirkt sein Schweigen einschüchternd. Den Trick muss er sich merken.

»Schau mir mal in die Augen.«

Widerwillig gehorcht sie. Sie hat schöne Augen. Getüpfelter Bernstein, sonnensatter Honig. Gold. Feingeschwungene Augenbrauen, seidige Wimpern. Vedanja erinnert sich an die letzte Nacht. Wie ein liebeskranker Kater hat er zu ihrem Fenster hochgestarrt. In der Ferne hört er Gelächter.

»Und jetzt?« Laura spricht betont gelangweilt, ihr Blick ist längst wieder fortgelaufen.

»Wir lassen es dabei, Laura, dieses eine Mal noch. Ich glaube deinem Versprechen. Aber wenn du das nächste Mal fehlst, muss ich mit Heiner und Beate sprechen und dann wird es unangenehm für dich.«

»Kann ich jetzt gehen?«

Vedanja trinkt von seinem Tee und mustert sie. Ihre langen hellbraunen Haare werden immer verfilzter. Sie hat die unzähligen Zöpfe und Strähnen mit einem blauen Tuch aus der Stirn gebunden und knibbelt an ihrer Nagelhaut. Er muss ihr Vertrauen gewinnen, das kann doch nicht so schwer sein.

»Morgen fahr ich rüber nach Kürten, einkaufen. Willst du mitkommen?«

Etwas wie Hoffnung in ihren Augen. »Ja.«

»Um neun Uhr am Parkplatz?«

»Mhm.«

Wie soll er bloß zu ihr durchdringen?

»Ist sonst alles in Ordnung? Wie gefällt es dir denn im Landwirtschaftsteam?«

»Viel besser als in der Küche!«

Zum ersten Mal eine spontane Reaktion. Vedanja lächelt.

»Gut, dann belassen wir es dabei, du bleibst bei deinen Schafen.«

Laura nickt und Vedanja wünscht sich wieder einmal etwas mehr Dankbarkeit. Es war schließlich nicht leicht, Heiner und Beate davon zu überzeugen, dass Laura entgegen aller Regeln ihren Job wechseln darf. Warum ist das eigentlich jedes Mal so eine große Affäre, überlegt er nicht zum ersten Mal. Und viel interessanter: Warum fügen wir uns alle und bleiben tagein, tagaus bei der Tätigkeit, die uns Heiner und Beate irgendwann einmal zugeteilt haben? Der Mensch neigt zur Trägheit, denkt Vedanja resigniert. Er lechzt nach Ritualen und Überschaubarkeiten, selbst wenn er in einer Aussteigerkommune haust. Die meisten Menschen taugen nicht zur Rebellion. Ein Bild blitzt in seinem Kopf auf. Hellblonde Gretchenzöpfe und dieses herzhafte Lachen, das sich über jede unsinnige Norm erhob. Unmerklich schüttelt er sich. An *sie* will er jetzt auf keinen Fall denken.

»Ich muss jetzt wirklich gehen, wir ernten heute Kartoffeln.« Laura unterbricht seine Gedanken, indem sie aufsteht.

»Ich hab dich neulich mittags aus dem Schafstall kommen sehen, du sahst richtig glücklich aus.«

Ein letzter Versuch, sie aufzuhalten. Vergebens. Laura hastet zur Tür, als ob das Büro in Flammen stünde. Vedanja bleibt zurück, mit einem schalen Geschmack auf der Zunge. Enttäuschung ist das vielleicht. Er versteht nicht, was jetzt schon wieder schief gegangen ist.

❊❊❊

Die Scheune von Bauer Bielstein liegt einsam neben einem Feldweg in einer Talsenke, umgeben von Koppeln, die verwahrlost aussehen. Kalter Ostwind drückt ihnen Nieselregen in die Gesichter, als sie aus dem Vectra klettern, den Manni im Polizei-Fuhrpark ergattert hat. Stur wie einer seiner Ochsen sei der alte Bielstein, sagt Petra Weißgerber. Habe seit seinem Schlaganfall nur noch ein paar Stück Vieh, direkt an seinem Haus in Unterbach, weigere sich aber, sein Land zu verpachten.

»Ich glaube, das würde für ihn bedeuten, dass er die Hoffnung aufgibt, je wieder richtig laufen zu können«, sagt sie leise, »der arme Mann.«

»Ein ideales Versteck also«, erwidert Manni und wirft Marc, der sich noch etwas tiefer in seine Jeansjacke duckt, einen Blick zu. »Na, dann schau'n wir mal.«

Judith fühlt sich einmal mehr, als befinde sie sich unter einer Glasglocke. Ist das die Scheune aus meinem Traum?, fragt sie sich. Hat Manni tatsächlich den Schlüssel zur Lösung dieses Falls gefunden? Aber wenn es so ist, kann sie es nicht fühlen. Der falsche Ort, sagt ihr Instinkt, aber das hier ist Mannis Show, und welche Ergebnisse kann sie schon vorweisen, ihm zu widersprechen? Manni und sie haben seitdem sie das Präsidium in Köln verlassen haben kaum miteinander gesprochen. Es scheint ihm zu gefallen, dass sie ihm die Gesprächsführung und Initiative überlässt und bis jetzt macht er seine Sache tadellos.

Der Weg zum Scheunentor ist geschottert. Nicht gut, denkt Judith. Wer will da noch Spuren finden? Manni streift Handschuhe über.

»Bitte nichts berühren«, sagt er zu den Weißgerbers.

Das Scheunentor ist nur mit einem hölzernen Riegel gesichert. Die Fenster sind blind vom Dreck. Drinnen liegen ein paar graue Strohballen, Seile, Drähte, Benzinkanister, schmutzige Lappen und leere Bierdosen. Zigarettenkippen auf dem Boden. Das Motorrad steht hinter einem rostigen Tankanhänger. Jemand hat eine Plane darüber geworfen.

»Warst du das?« Manni dreht sich zu Marc um. »Hast du die Plane über das Motorrad geworfen?«

»Olli.«

»Olli. Ein Kumpel von dir, nehme ich an?«

Marc nickt. Er hat riesige Füße, denkt Judith. Bestimmt Schuhgröße 46. Der Boden ist staubig, man sieht ein Gewirr von Fuß- und Reifenspuren darauf. Offenbar ist das Motorrad öfter hin und her geschoben worden.

»Wer war denn noch hier, außer dir und Olli?« Manni schafft es, seine Stimme vollkommen neutral klingen zu lassen.

»Kevin. Steffen. Toby. Boris einmal.«

»Ist das hier so eine Art Treffpunkt von euch?«

»Hm, nö, eigentlich nicht.«

»Und das hier?« Judith deutet auf die Bierdosen. »Sind die nicht von euch?«

Überrascht sieht der Junge sie an. Wahrscheinlich hat er geglaubt, sie sei nur so eine Art Assistentin. Manni wirft ihr einen verärgerten Blick zu. Okay, okay, denkt sie. Du hast ja Recht. Du bist dran.

»Also?« Manni wendet sich wieder an Marc.

»In letzter Zeit warn wir hier, wegen dem Motorrad.«

Zufällig hätten sie das Motorrad entdeckt, erzählt er widerstrebend. Am 18. Oktober, einem Samstag. Sie waren mit den Mountainbikes unterwegs und wollten sich unterstellen, weil es so schüttete. »Das Schloss hatte schon jemand aufgebrochen, das warn wir nicht, ehrlich, Mann.« Also seien sie einfach reinspaziert und hätten sofort das Motorrad gesehen. Der Zündschlüssel steckte noch. »Irre, Mann, diese geile BMW in dieser ollen Scheune vom Bielstein, wo's reinregnet und nie jemand hingeht und rundrum nur matschige Feldwege und so, aber die Maschine war super tipptopp poliert und der Tank auch noch fast voll.« Klar seien sie am nächsten Tag wiedergekommen, und am übernächsten Tag und so weiter. Sie hatten schließlich Schulferien.

»Aber doch nicht, um das Motorrad nur anzugucken, oder?« Manni zieht die Plane von der BMW. Schwarz und neu und groß sieht sie aus. Und tatsächlich blank poliert. Der Zündschlüssel steckt. Manni dreht ihn vorsichtig im Schloss, studiert die Tankanzeige.

»Voll ist der Tank nicht gerade.«

»Marc, du bist doch nicht etwa auf diesem Motorrad – ohne Führerschein?« Petra Weißgerber packt ihren Sohn am Ärmel, als wäre er soeben im Begriff, sich auf die BMW zu schwingen.

»Marc?« Manni versucht, die Aufmerksamkeit des Jungen wieder zu gewinnen.

»Hm, ja, nö, nicht direkt. Nur mal 'n bisschen um die Wiese.« Und zu seiner Mutter. »Alle ham das schließlich gemacht, da war überhaupt nix dabei.«

»Und danach habt ihr das Motorrad immer geputzt?«

»Ja, Mann, klar, wir wussten ja nicht, wann der, dem es gehört, zurückkommt.«

❄❄❄

»Darf ich heute Nachmittag auf Ronja aufpassen?«

Diana fährt zusammen. Wie aus dem Boden gewachsen steht Laura in ihrem Büro, und Ronja, die Verräterin, hat kein bisschen angeschlagen, sondern drückt sich schwanzwedelnd an ihre Seite.

»Darf ich? Ronja hat auch Lust auf einen Spaziergang, das merke ich genau.«

»Wie bist du hier hereingekommen?« Dianas Herz pumpt Stakkatofolgen.

»Die Terrassentür war offen.«

»Du hättest trotzdem klingeln können. Du hast mich erschreckt.«

»Oh, tut mir Leid, das wollte ich nicht.«

Laura geht in die Hocke und krault Ronjas Schlappohren. »Ronja ist so süß!« Sie wirft ihre verfilzte Mähne in den Nacken, schiebt ihr Stirnband ein Stück aus der Stirn und sieht zu Diana auf, die Hände immer noch in Ronjas Fell vergraben.

»Nur für einen Spaziergang, ja? Weil ich heute Nachmittag frei habe. Wenn du sowieso Büroarbeit machst, brauchst du sie doch gar nicht, oder?«

»Woher willst du das wissen? Außerdem bin ich gleich fertig hier im Büro und gehe dann ins Gelände, Bäume auszeichnen. Da wollte ich Ronja mitnehmen.«

Sie sieht die Enttäuschung in Lauras Gesicht und unterdrückt einen Fluch. Hört es denn nie auf? Muss sie wirklich für immer die große Schwester sein? Laura ist zwei Jahre älter als Tamara und viel selbstständiger. Aber die Hartnäckigkeit, mit der sie für ihre Interessen eintritt, ist dieselbe. *Lies mir vor, hol mich ab, spiel mit mir vierhändig, erklär mir die Welt* – seitdem Tamara auf die Welt gekommen war, hatte sie Forderungen gestellt, die die 14 Jahre ältere Diana erfüllte. Missmutig erst, doch später, als Tamara die Musik entdeckte, zunehmend bereitwilliger. Ich habe für mein schlechtes Gewissen damit bezahlt, dass ich Tamara zu Diensten war, denkt Diana nicht zum ersten Mal. Mein schlechtes Gewissen, weil ich es in Wahrheit nicht ertragen habe, Mutter zu enttäuschen. Unsere schrecklich dünne, schrecklich gepflegte, hypersensible Mutter, deren Traum es ist, dass ihre Tochter das erreicht, was ihr selbst misslang: eine Karriere als Pianistin. Solange sie denken kann, musste Diana die Finger über Klaviertasten krümmen, zerrissen zwischen der eigenen Liebe zur Musik, den Wünschen der Mutter und der niemals zu tilgenden Sehnsucht, allein zu sein, weit weg, draußen in den Wäldern, die sie damals nur aus der Ferne kannte. Diana, die Jagdgöttin. Hüterin der Wälder, Tiere und Kinder. Nach dem Abitur hat sie ihrer Sehnsucht endlich nachgegeben und Forstwirtschaft studiert. Wie oft und theatralisch hat die Mutter seitdem bedauert, dass sie ihre Erstgeborene ausgerechnet nach der Urgroßmutter genannt hatte. Als ob ein Name tatsächlich ein Omen sei. Als ob ein anderer Name Diana zu einer anderen Tochter hätte machen können.

Tamara hingegen hatte die Musik für sich selbst erobert, kaum dass sie laufen konnte, und schon bald war klar, dass ihr Talent Dianas bei weitem überflügeln würde. Trotzdem war es nicht leicht, die Mutter davon zu überzeugen, dass ausgerechnet die jüngere Tochter, deren Zeugung nichts als ein Unfall inmitten einer lieblosen Ehe war, die wahre Hoffnungsträgerin war. *Spiel mit mir vierhändig, Dia.* Während Diana Laura in die Augen schaut, ist Tamara einen Moment lang ganz nah. Ich habe sie nicht um ihrer selbst willen unterstützt, sondern um frei zu sein, denkt Diana. Aber sie hat trotzdem geglaubt, dass ich auf ihrer Seite bin. Erst als ich nach Afrika ging, ist sie aufgewacht. Abrupt steht sie auf.

»Ich muss jetzt Bäume auszeichnen und möchte Ronja gern dabeihaben. Wenn du willst, kannst du ja mitkommen.«

Diana parkt ihren Jeep an derselben Stelle wie in der Nacht, als Ronja ihr davongelaufen ist. Sie steckt zwei Farbsprühdosen in die Parkatasche, eine weitere gibt sie Laura, die Ronja an der Leine hält und glücklich aussieht. Denk nicht an die Schatten, ermahnt sich Diana stumm. Der Wald hat keine Augen. Schau genau hin, dies hier ist einfach nur Wald. Sie wendet sich an Laura.

»Du kannst mir also helfen. Diese Fichten hier im Hang stehen viel zu dicht. Wir müssen entscheiden, welche Bäume gefällt werden sollen. Etwa ein Fünftel des Bestands muss weg, damit die anderen besser wachsen können. Immer wenn zwei Fichten sehr dicht aneinander stehen, nehme ich eine raus. Ich versuche, möglichst die zu entfernen, die krumm gewachsen ist, die eine Doppelspitze hat oder deren Rinde Verletzungen aufweist. Alle Bäume, die gefällt werden müssen, bekommen ein Zeichen, das darfst du machen. Mach etwa in Augenhöhe zwei rote Punkte.«

Zuerst ist Laura zögerlich, will immer wieder diskutieren, ob der Baum auch wirklich gefällt werden muss, bevor sie das Zeichen für die Waldarbeiter sprüht. Aber nach etwa einer Stunde erkennt sie, worauf es ankommt, und ist wirklich eine Hilfe. Leichter Nieselregen beginnt zu fallen, aber das scheint das Mädchen nicht zu stören. *Irgendwo lauert etwas und starrt mich an. Wieder dieses Gefühl.* Widerwillig muss sich Diana eingestehen, dass sie froh ist, nicht allein zu sein. *Etwas beobachtet mich, wartet auf mich.* Sie schiebt das Gefühl beiseite. *Bald schon wird sie ihre Waldarbeiter hierhin schicken. Sie werden diesen Hang durchforsten und dabei wird sich endgültig herausstellen, dass nichts in diesem Bestand auch nur im Geringsten ungewöhnlich ist.* Lauras Lachen schallt ins Tal. Ein ausgelassenes Lachen, das Ronja gilt, die durchs Unterholz tobt und Hundeschätze apportiert: eine alte Sandale, die Plastikhülle eines Grablichts, eine Colaflasche, Teppichreste. *Die Menschen sind Schweine*, denkt Diana einmal mehr. *Manchmal komme ich mir im Wald vor wie die Müllabfuhr.* Aber sie bringt es nicht übers Herz, das Glück des Mädchens zu zerstören, indem sie sich über Umweltsünder ereifert.

»Wirf alles auf einen Haufen«, ruft sie ihr zu. »Wenn wir fahren, packen wir das in eine Tüte und nehmen es mit.«

Später machen sie im Schutz einer Eiche unten im Tal eine Pause und trinken Tee aus Dianas Thermoskanne.

»Ich glaube, ich will auch Försterin werden«, sagt Laura.

»Dann musst du aber Abitur machen.«

»Kann ich doch. Nächstes Jahr, wenn ich 18 bin, kann ich alles machen, was ich will.«

»Warum lebst du eigentlich hier im Sonnenhof, statt zur Schule zu gehen?«

Lauras Gesicht verdüstert sich. Sie hört auf, Ronja zu kraulen, pult stattdessen ein Päckchen Tabak aus der Hosentasche und dreht sich eine Zigarette.

»Versprichst du, dass du es niemandem erzählst?«

»Wenn dir das wichtig ist. Klar.«

»Meine Mutter will mich los sein«, sagt Laura heftig. »Sie

hat einen neuen Freund. Sie will Papa für tot erklären lassen. Aber das lasse ich nicht zu. Wir haben uns nur noch gestritten. Einmal hab ich sogar eine Flasche Rotwein durchs Wohnzimmer geschmissen, mitten auf ihren allerliebsten Berberteppich. Da hat sie dann zum ersten Mal den Vorschlag mit dem Sonnenhof gemacht. Dieser Vedanja, der hier auf mich aufpassen soll, ist der Bruder ihrer besten Freundin.« Sie zuckt mit den Schultern. »Auf die Schule hatte ich damals eh keinen Bock mehr. Und auf den Typen von meiner Mutter schon gar nicht.«

»Sie will deinen Vater für tot erklären lassen, warum das denn?«

»Er war Geologe – ist Geologe, meine ich. Er hat Wasser gesucht, in Afrika. Wahrscheinlich ist er mit einem Flugzeug über der Sahara abgestürzt, aber sie haben ihn nie gefunden. Also kann es doch sein, dass er noch lebt, irgendwo bei einem Wüstenstamm. Er weiß schließlich, wie man in der Wüste überlebt.«

»Wie lange ist er schon verschwunden?«

»Fünf Jahre, drei Monate und elf Tage.« Laura drückt ihre Zigarette aus, steckt die Kippe in ihre Jackentasche und wirft ihre braunen Rastasträhnen in den Nacken.

»Wenn ich 18 bin suche ich ihn. Erzähl mir von Afrika, Diana.«

»Erzähl mir von deinem Vater.«

❋❋❋

Als sie Bonn erreichen, wird es schon dunkel. Im Schaufenster einer Bäckerei blinkt eine Kürbislichterkette, der Drogeriemarkt daneben preist Schminksets für den »perfekten Horror« an. Halloween, denkt Judith. Der gigantische Werbefeldzug der Industrie hat sich also ausgezahlt, die Deutschen haben das amerikanische Fest übernommen, Kürbisse und Totenköpfe, wohin man blickt. Ein Anlass mehr, sich in Kneipen aneinander zu drängen und sich zu besaufen. Manni lenkt den Wagen in eine Allee mit schmucken Jugendstilhäusern. Ein Windstoß drückt nasses Laub an die Windschutzscheibe.

»Nach 50 Metern rechts abbiegen«, schnurrt die Stimme des Autopilot-Systems.

In der Hölderlinstraße beschützen schmiedeeiserne Jugendstilzäune adrette Vorgärten. Die Straßenlaternen wirken historisch. Manni bremst vor einer hellgelb getünchten, zweistöckigen Villa mit Erkern und pfeift leise durch die Zähne.

»Nicht schlecht für einen Sportlehrer!«

»Wengert« ist in das Namensschild unter der dezenten Gegensprechanlage aus Edelstahl am Torpfosten graviert.

»Vielleicht hat er geerbt«, sagt Judith.

»Oder seine Frau hat Schotter.«

»Auch möglich.«

»Oder seine Frau wollte seinen Schotter«, Manni grinst anzüglich und legt zwei Zeigefinger an seine Schläfe, »und dann – peng! Ciao, Schatzi.«

Es hat nicht lange gedauert, bis sie den Halter des Motorrads in der Scheune von Bauer Bielstein als Andreas Wengert aus Bonn identifiziert haben. Keine Vorstrafen, eine Vermisstenmeldung liegt der örtlichen Polizei nicht vor. Er sei verreist, sie könne ihn leider nicht erreichen, hat seine Ehefrau am Telefon gesagt. Kühl und reserviert hat ihre Stimme geklungen. Nicht beunruhigt. Montag beginne die Schule wieder – sie sei sicher, bis dahin sei Andreas wieder da. Ob sie nicht so lange warten könnten? Leider nicht, hat Judith erwidert. Das Foto, das die Meldebehörde gefaxt hat, zeigt einen Mann mit ovalem Gesicht und blondem schulterlangem Haar. Körpergröße ein Meter fünfundachtzig, geboren am 1. Juni 1970.

Die Frau, die ihnen die Tür öffnet, sieht so teuer aus wie ihre Villa. Unvermittelt kommt Judith sich vor, als sei sie in eine Folge aus *Derrick* geraten. Die Frau streckt eine schmale, gepflegte Hand mit perlmuttfarben lackierten Nägeln aus.

»Juliane Wengert. Sie sind die Herrschaften von der Polizei, nehme ich an?«

Sie ist schön, denkt Judith, während sie Juliane Wengert durch eine hohe Diele mit Weichholzantiquitäten in ein Wohnzimmer folgen, das ebenso wie seine Besitzerin das Abbild aus einem Hochglanzmagazin zu sein scheint. Alterslos, makellos, denkt Judith und hat das Gefühl zu frieren. Auch Juliane Wengert scheint diese Kälte zu spüren, denn sie geht mit schnellen Schritten zum Kamin, bückt sich und schiebt ein paar Holzscheite in die Glut. Sie bewegt sich mit einer nachlässigen Anmut, die sehr weiblich und sinnlich wirkt. Sie trägt seidige schwarze Hosen mit Schlag, eine weiße Seidenkreppbluse und einen dunkelroten Paschminaschal um die Schultern. Ihr ebenmäßiges, dezent geschminktes Gesicht mit den hohen Wangenknochen verrät nichts von den Gefühlen, die sie aller Wahrscheinlichkeit nach trotzdem hat. Oder sie empfindet wirklich nichts, denkt Judith, vielleicht ist sie gar nicht echt, sondern nur Hülle, ein schöner Schein. Juliane Wengerts Haare sind ebenso blond und schulterlang wie die des Toten vom Hochsitz, der vermutlich ihr Ehemann ist. Sie trägt sie offen, scheinbar unfrisiert, aber etwas an der Art, wie sie schimmern und in seidigen Wellen ihr Gesicht umschmeicheln macht klar, dass dieser Effekt weit mehr gekostet hat, als Judith für einen ihrer seltenen Frisörbesuche bezahlt. Schlecht gekleidet, zottelhaarig und zu dick kommt sie sich in Juliane Wengerts Gegenwart vor. Sie sehnt sich intensiv nach einer Zigarette.

»Ein schönes Haus«, sagt Manni neben ihr.

»Danke«, Juliane Wengert deutet auf die Couchgruppe, »nehmen Sie doch Platz. Darf ich Ihnen etwas anbieten? Ich habe gerade Tee gekocht. Oder ein Mineralwasser vielleicht?«

Das Teegeschirr steht schon auf dem gläsernen Couchtisch bereit, Milchkännchen, mehrere Gefäße mit verschiedenen Zuckersorten, Zitronenschlitze in einer silbernen Presse, eine Kanne auf einem Stövchen und Schokoladengebäck. In der Mitte des Arrangements thront eine hohe Vase mit weißen Lilien, selbstverständlich ist auch sie aus dem passenden, erkennbar teuren Porzellan gefertigt.

»Wir nehmen gern einen Tee«, hört Judith sich sagen. Das weiße Sofa ist bequem und sie verspürt das absurde Bedürfnis, sich einfach in die Rückenpolster sinken zu lassen, die leichte, orangefarbene Kaschmirdecke, die neben ihr auf dem Boden liegt, über sich zu ziehen und die Augen zu schließen. Egal, was sie morgens anzieht, ihr wird einfach nicht richtig warm und ihr Schlafdefizit ist immens. Merkwürdig gedämpft und abgeschnitten kommt sie sich vor, als ob ihr Körper in einer Art Sparmodus festgefroren sei. Mein Herz friert auch, hat sie vorhin auf der Toilette der Autobahnraststätte gedacht und sich erschreckt, wie blass und verschlossen das Gesicht aussah, das ihr aus dem Spiegel entgegenblickte. Kieselsteinaugen, blank vor Müdigkeit. In den ersten Jahren bei der Mordkommission ist sie manchmal regelrecht erstaunt gewesen, dass die Toten sie nicht bis in den Schlaf verfolgten. Sie hat sich ängstlich gefragt, ob sie zu hartherzig ist. Wie das verlorene Paradies erscheint ihr das jetzt. Der Schlaf ist einmal mein Verbündeter gewesen, denkt sie. Zuverlässig, jede Nacht – meine Rettung aus einer Welt, in der die Menschen einander Dinge antun, allein aus einem einzigen Grund: Weil es möglich ist.

»Das Haus gehört Ihnen?« Manni hat auf der vordersten Kante des Sofas Platz genommen und sieht kein bisschen müde aus. Jeder Zentimeter seines schlaksigen Körpers scheint zum Sprung bereit zu sein.

»Warum fragen Sie? Hat das irgendetwas mit dem Motorrad meines Mannes zu tun?«

»Nein, ich habe nur laut nachgedacht.« Manni schafft es, seine Lüge mit unverbindlicher Freundlichkeit vorzubringen. »Ein schönes Haus, wie gesagt. Ihr Eigentum, nehme ich an. Dies ist doch keine Gegend, in der man mietet?«

»Nein, soweit ich weiß, eher nicht«, sagt Juliane Wengert und träufelt Zitrone in ihren Tee.

Judith starrt in ihre Tasse, während Manni und Juliane Belanglosigkeiten über Wohnlagen und Grundstückspreise in Bonn austauschen. Juliane Wengert hat die Stimme einer ausgebildeten Nachrichtensprecherin: Akzentfrei, angenehm melodiös und unaufgeregt. Der Tee in Judiths Tasse schimmert golden. Er hat ein feines rauchiges Aroma, erlesen wie Juliane Wengert selbst, erlesen wie alles in dieser Villa. Aber etwas stimmt trotzdem nicht, denkt Judith. Etwas fehlt. Mehr und mehr beschleicht sie das Gefühl, einer sorgfältig geplanten Theaterinszenierung beizuwohnen. Sie hebt den Kopf und versucht, in Juliane Wengerts graublauen Augen zu erkennen, was es sein könnte, das sie so geschickt kaschiert. Genau im selben Moment hat offenbar auch Manni beschlossen, dass es nun Zeit ist, zur Sache zu kommen.

»Ihr Mann, Frau Wengert«, sagt er. »Sie wissen also nicht, wo er sich aufhält?«

»Das sagte ich doch bereits.«

»Ist das nicht etwas, ähm, ungewöhnlich?«

»Er hat Herbstferien.«

»Ist er verreist?«

Verengen sich Juliane Wengerts Augen für den Bruchteil einer Sekunde? Zittert ihre Hand, mit der sie sich jetzt eine ihrer glänzenden blonden Haarsträhnen aus dem Gesicht schiebt, ein ganz klein wenig? Judith ist sich nicht sicher.

»Verreist, mit seinem Motorrad. Auch das habe ich Ihnen doch schon gesagt.«

»Und Sie haben keine Ahnung, wohin?«

»Motorradtouren sind ein Hobby meines Mannes, das ich nicht mit ihm teile. Wir führen eine Ehe, die solche Freiräume zulässt. Mein Mann genießt es von Zeit zu Zeit, allein mit seiner BMW unterwegs zu sein – ohne ein festes Ziel. Ich gönne ihm das und wüsste nicht, was es mir bringen würde, wenn ich seine Route kontrolliere. Wenn er zurück ist, wird er mir alles erzählen. Außerdem war ich in letzter Zeit selbst kaum zu Hause.«

»Hat Ihr Mann ein Handy, über das sie ihn erreichen könnten?«

»Sicher hat er ein Handy, aber das ist nicht angeschaltet.«

»Sie haben also probiert, ihn zu erreichen?«

»Gleich nachdem Sie angerufen haben, ja, denn offenbar ist es Ihnen ja sehr eilig. Ich kann es gern noch einmal versuchen.« Juliane Wengert steht auf, geht mit graziösen Schritten zu einem silberfarbenen Designtelefon, wählt und lauscht in den Hörer. »Nur die Mobilbox.« Sie legt den Hörer zurück. »Hören Sie, ich bin sicher, dass Andreas sich meldet, sobald er meine Nachricht hört.«

Sie ist nicht neugierig, denkt Judith. Sie beantwortet Mannis Fragen, sie versucht uns auf Distanz zu halten – aber sie ist nicht wirklich verwundert, dass wir uns so für ihren Mann interessieren.

»Frau Wengert, wann haben Sie zum letzten Mal mit Ihrem Mann gesprochen?« Mannis Stimme klingt ebenso höflich distanziert wie die von Juliane Wengert. Wieder muss sich Judith eingestehen, dass ihr Kollege geschickter vorgeht, als sie ihm das noch vor wenigen Tagen zugetraut hätte.

»Am letzten Schultag vor den Herbstferien.«

»Vor zwei Wochen also?«

Juliane Wengert denkt kurz nach. »Heute ist Freitag. Ja, exakt vor zwei Wochen.«

»Erzählen Sie uns, was an diesem Tag geschah.«

»Was geschah?«

»Ihr Mann hat sich von Ihnen verabschiedet, mit dem Ziel, zwei Wochen mit seinem Motorrad zu verreisen, ohne Ihnen zu sagen, wohin, war das so?«

Juliane Wengert nickt. »Ja.«

»Wie haben Sie sich verabschiedet?«

»Er kam aus der Schule, hat seine Motorradkoffer gepackt und ist am frühen Nachmittag losgefahren. Die genaue Uhrzeit weiß ich nicht mehr, ich war in meinem Arbeitszimmer und habe mich auf eine Tagung vorbereitet.«

»Entschuldigen Sie, aber das klingt in meinen Ohren ungeheuer nüchtern für den Abschied eines Ehepaars vor einer zweiwöchigen Trennung.«

»Ich wusste ja nicht, dass er ...« Juliane Wengert zuckt zusammen wie ein ertapptes Kind, setzt sich eine Spur aufrechter in ihrem Sessel zurecht. Sie räuspert sich. Als sie wieder zu sprechen beginnt, hat ihre Stimme erstmals einen leicht gereizten Unterton. »Ich glaube nicht, dass ich emotionale Details aus meiner Ehe mit Ihnen erörtern muss – zumal Sie mir immer noch nicht gesagt haben, was Sie eigentlich von meinem Mann wollen.«

»Frau Wengert.« Auch Manni versucht, sich aufrechter hinzusetzen, hat allerdings auf dem weichen Sofa kaum eine Chance. Es sieht albern aus, wie seine Knie aus den niedrigen Polstern über den Teetisch ragen, denkt Judith, lenkt ihre Aufmerksamkeit aber sogleich wieder auf Juliane Wengerts Gesicht.

»Wir haben das Motorrad Ihres Mannes in einer Scheune im Bergischen Land gefunden«, sagt Manni.

»Im Bergischen Land?« Juliane Wengert sieht ehrlich erstaunt aus. »Wo denn da?«

»In der Nähe von Unterbach.«

»Unterbach«, murmelt Juliane Wengert.

»Kennen Sie Unterbach?«

Juliane Wengert schüttelt den Kopf. »Unterbach«, wiederholt sie leise. Es klingt erstaunt.

»Ihr Mann ist nicht auf einer Motorradtour, Frau Wengert. Jedenfalls steht sein Motorrad seit zwei Wochen in dieser Scheune. Wir befürchten, dass Ihrem Mann etwas zugestoßen ist.«

»Zugestoßen?«

»Leider ja. Oder haben Sie doch eine Idee, wo wir Ihren Mann erreichen können?«

Sehr langsam, wie in Zeitlupe, hebt Juliane Wengert eine ihrer gepflegten, schmalen Hände und hält sie vor ihren Mund, als ob sie sich am Sprechen hindern wolle. Wie ein Kind, das etwas Ungezogenes gesagt hat. Nur dass der Ausdruck in ihren Augen so gar nicht kindlich ist. Gleich, jeden Moment wird ihre makellose Fassade zerbrechen, denkt Judith. Auf einmal tut ihr Juliane Wengert Leid. Niemand hat das verdient, was jetzt für sie beginnen wird: Das Leben nach dem unwiederbringlichen Verlust eines geliebten Menschen, ein Albtraum, aus dem es kein Erwachen gibt.

»Frau Wengert, wo ist Ihr Mann?« Manni spricht jetzt etwas lauter, bemüht, zu Juliane Wengert durchzudringen. Aber sie scheint ihn gar nicht zu hören. Sie presst ihre Hand nur noch fester auf die Lippen, ihre graublauen Augen fixieren die Lilien, vielleicht auch etwas ganz anderes, das weit dahinter liegt, unerreichbar für Manni und Judith.

»Frau Wengert?«

»Entschuldigen Sie mich für einen Moment.« Die Antwort ist nur geflüstert, klingt aber wie ein Schrei. Im nächsten Moment, schneller, als Manni oder Judith reagieren können, springt Juliane Wengert auf und stößt dabei ihre Teetasse um, die mit lautem Klirren auf dem Parkett zerbricht. Ohne sich darum zu kümmern, läuft sie aus dem Wohnzimmer. Ihr Paschminaschal weht hinter ihr her wie eine blutrote Fahne. Die Flügeltür fällt hinter ihr ins Schloss. Wie zwei Kinder, die mitten in ihrer Lieblingsfernsehsendung mit einem Bildausfall konfrontiert sind, sitzen Manni und Judith nebeneinander auf dem Sofa, zu überrascht, um etwas zu unternehmen. Im Kamin zerbirst ein Holzscheit, Funken stieben. Irgendwo im Haus fällt eine weitere Tür ins Schloss.

»Sie hat Angst.« Judith ist plötzlich sicher, dass es so ist. Sie tritt ans Fenster und späht auf die Straße. Es ist dunkel und hat wieder zu regnen begonnen. Die Straße ist leer.

»Quatsch, die will uns verarschen.« Manni eilt durch die Flügeltür ins Eingangsportal mit der Holztreppe und dem schön gedrechselten Geländer.

»Frau Wengert?«

Keine Antwort. Es ist, als ob das Haus Mannis Ruf verschluckt, einfach absorbiert in die dunkle Gediegenheit seiner hohen Räume.

»Vielleicht will sie abhauen. Los komm!« Ohne sich umzusehen, ob Judith ihm folgt, hastet Manni an der Holztreppe vorbei in den hinteren Teil des Hauses. Aber Judith ist plötzlich sicher, dass Juliane Wengert ins Obergeschoss gerannt ist. Sie kann ihre Präsenz beinahe fühlen.

Die Holzstufen knarren unter ihren Tritten. Die Treppe führt ins Dunkel. Oben ist ein Geräusch. Atemzüge, eine Art Keuchen, wie in ihrem Traum. Etwas drückt ihr die Brust zusammen, sie schwitzt und friert zugleich. Irgendwann in allernächster Zukunft muss sie wirklich aufhören zu rauchen. Sie macht ein paar Schritte in den Flur, hält dann inne, steht einen Moment ganz ruhig, bemüht, sich zu orientieren. Sie ist sicher, dass sie etwas gehört hat. Sie hält den Atem an. Kein Laut mehr. Nur Stille. Und Angst. Eine bekannte Angst. Das Gefühl, zu spät zu kommen.

Mit der rechten Hand ertastet Judith einen hölzernen Türrahmen, rechts daneben einen Lichtschalter. Sie drückt darauf. Augenblicklich erstrahlt der Flur in gelblichem Licht. Der Flur ist leer. Wie eine Schlafwandlerin öffnet Judith die Türen. Die vorletzte führt in ein Schlafzimmer. Die eine Hälfte des Bettes ist zerwühlt, ein orientalisch-golddurchwirkter Überwurf ist auf den Boden gerutscht. In der Wand neben einem Jugendstil-Schminktisch mit geschliffenem, dreigeteiltem Spiegel ist eine weitere Tür. Ohne nachzudenken hastet Judith darauf zu, stolpert über etwas, gewinnt in allerletzter Sekunde das Gleichgewicht zurück.

Von unten hört sie ein Poltern, eilige Schritte, Manni, der ihren Namen ruft. Aber sie kann nicht auf ihren Kollegen warten, darf nicht auf ihn warten, denn das Leben ist fragil und es gibt zu viele Arten, es zu zerstören. Und jetzt, hier, in diesem Moment, hat sie ihre Chance. Wenn sie nur schnell genug ist, kann sie Juliane Wengert davor bewahren, eine Dummheit zu machen, sich etwas anzutun. Sie drückt die Porzellanklinke herunter, beinahe erstaunt, dass die Tür sich öffnen lässt.

Dunkelheit. Fieberhaft tasten Judiths Finger den Türrahmen ab. Was wird sie sehen, wenn sie den verdammten Lichtschalter gefunden hat? Blut? Juliane Wengert mit brechenden Augen, weil der Vorsprung, den sie sich errannt hat, genügte, sich den Magen mit Gift voll zu pumpen, sich die Pulsadern aufzuschneiden, sich ...?

Ein Schatten bewegt sich auf dem Boden. Keucht. Ohne nachzudenken springt Judith los und greift zu. Seidige Haare unter ihren Fingern, die Schulterknochen unter der dünnen Bluse zart wie das Skelett eines Vogels.

»Was tun Sie hier? Was haben Sie genommen? Schnell, sagen Sie es mir!«

»Bitte«, Juliane Wengert japst. »Lassen Sie mich los!«

»Was haben Sie genommen?« Das Blut rauscht in Judiths Ohren. Irgendwo muss ein Lichtschalter sein. Sie richtet sich auf, reißt Juliane Wengert mit sich, so dass sie in einer grotesken Umarmung hin und her schwanken, wie zwei ungeübte Tangotänzer. »Was haben Sie genommen?« Wieder und wieder schreit Judith ihre Frage, schreit und schüttelt Juliane Wengert, die sich steif macht und etwas zu sagen versucht.

Dann, nach einem Moment, der sich wie eine kleine Ewigkeit anfühlt, wird der Raum von hellem Licht geflutet. Eine Tür fliegt auf – vom Flur aus, realisiert Judith –, Manni springt mit vorgestreckter Pistole neben eine riesige Eckbadewanne.

»Loslassen. Sofort!« Etwas in seiner Stimme veranlasst Judith, ihren Griff um Juliane Wengerts Schultern tatsächlich zu lockern.

»Sie stirbt«, schreit sie. Sie will noch mehr sagen, will sagen, dass Manni ihr helfen muss, Juliane Wengert zu retten, dass er einen Krankenwagen rufen muss, aber Juliane Wengert kommt ihr zuvor.

»Unsinn!« Sie schüttelt Judiths Griff ab und wendet sich an Manni, als wäre Judith überhaupt nicht da. »Bitte entschuldigen Sie, dass ich offenbar für Verwirrung gesorgt habe. Aber mir war schlecht.« Sie nickt vielsagend zur Toilettenschüssel. »Eine leichte Magenverstimmung, die ich aus Rom mitgebracht habe. Ich hatte ganz sicher nicht vor, mir etwas anzutun, auch wenn Ihre Kollegin das zu glauben scheint.«

❀❀❀

Es gibt keinen Zufall. Alles ist vorbestimmt, miteinander verwoben, man kann sein Schicksal nicht ändern, kann es nur annehmen, sich fügen. Diana Westermann denkt an diese unerschütterliche Überzeugung der Zulu, während sie den Deckel des Klaviers in ihrem Wohnzimmer aufklappt. Wie oft hat sie versucht, Verantwortung, Eigenmacht, Ehrgeiz als Werte gegen diese afrikanische, jede Initiative schon im Ansatz lähmende Schicksalsergebenheit ins Feld zu führen. Hin und wieder sogar mit Erfolg, gerade wenn es um kleine Dinge ging. Doch am Ende hat sie immer wieder vor dem SCHICKSAL kapitulieren müssen. Sie schlägt ein paar Tasten an, dann eine schnelle Folge von Dur- und Moll-Akkorden, angenehm überrascht vom vollen Klang. Offenbar hat der alte Hesse das Klavier regelmäßig stimmen lassen. Es ist ein voluminöses schwarzes Schimmel-Piano mit gedrechselten Füßen und Kerzenhaltern aus Messing, die man hin und her schwenken kann, um die Noten optimal zu beleuchten. Wie alles im Forsthaus – Möbel, Geschirr, die Flinte – hat sie auch das Klavier vom alten Hesse übernommen. Ist es wirklich Zufall, dass er mir auch ein Klavier hinterlassen hat, fragt sie sich jetzt zum ersten Mal. Oder ist es SCHICKSAL?

Sie hat seit Jahren nicht Klavier gespielt – hat sich die Sehnsucht danach in Afrika verboten. Irgendeinen Preis muss schließlich jeder bezahlen, und ihrer war es, als Enfant terrible ihrer Familie dem Klavierspielen zu entsagen, die Rolle der

Musikerin ein für alle Male freizugeben, für ihre Schwester Tamara. Ein vergleichsweise niedriger Preis für die Freiheit, mehrere tausend Kilometer entfernt von der weinerlichen Anklammerung und unerbittlichen Ichbezogenheit ihrer Mutter zu leben. Dennoch – auch hier im Schnellbachtal hat Diana sich bislang an ihr stummes Versprechen gehalten. Hat versucht, das Klavier vom alten Hesse einfach als eine Art nutzloses Möbelstück zu betrachten, mit dessen Existenz man sich arrangiert wie in einem Hotelzimmer.

Das Telefon beginnt zu klingeln, und Diana fühlt, wie ihr Herz unwillkürlich schneller schlägt. Nein, sagt sie sich, ich werde nicht drangehen, heute Abend nicht. Egal, was für ein Notfall das sein mag, ich bin nicht da – wer kann das schon überprüfen. Der Anrufbeantworter springt an und sie entspannt sich wieder. Sie rückt die lederbezogene Sitzbank so zurecht, dass sie sich bequem an das Klavier setzen kann. Kaum etwas hat ihr Amtsvorgänger in sein neues Leben in Kanada mitnehmen wollen und ihr hat es gepasst, dass sie sich um nichts kümmern musste. Bettwäsche, Handtücher und eine Teekanne hat sie neu angeschafft, ein paar afrikanische Decken über die Sofas gebreitet, ihren CD-Player aufgestellt. Die Einrichtung ist nicht schön, aber funktional. Und worauf sonst kommt es letztendlich an? Die Welt ist viel zu sehr auf Konsum ausgerichtet, die einen haben nichts, die anderen haben alles und nehmen sich das Recht, immer noch mehr zu wollen, nur um immer noch mehr wegzuschmeißen. Es besteht kein Grund, bei diesem Raubbau mitzumachen. Doch vielleicht ist es ebenso verschwenderisch, das, was das Leben – das SCHICKSAL – einem präsentiert, zu ignorieren, überlegt Diana jetzt, während ihre Finger längst für sie entschieden haben und über die Tasten gleiten, Tonfolgen und Akkorde anschlagen, die sich in der Stille des Forsthauses zu lange verdrängten, lange vermissten Melodien verbinden, aufwühlend und tröstlich zugleich.

Diana hat keine Vorstellung davon, wie viel Zeit vergangen ist, seit sie zu spielen begonnen hat, als das Telefon erneut zu klingeln beginnt. Sie hält inne, die Hände über den Tasten schwebend. Wieder springt der Anrufbeantworter an, aber wer auch immer sie zu erreichen versucht, hat offenbar kein Interesse daran, eine Nachricht zu hinterlassen. Beim Gedanken daran, erneut irgendwo hingelotst zu werden, überkommt sie das Bedürfnis zu schreien. Mit einem angeblich tollwütigen Fuchs hatte es angefangen, irgendwann im Spätsommer. Dann kam das verendende Wildschwein, das sie nicht finden konnte. Dann wieder ein Fuchs, danach ein paar Hinweise auf Wilderer, die sich ebenfalls nicht bestätigen ließen. Dann geschah eine Weile nichts, nur hin und wieder gab es einen dieser Anrufe, bei denen sich niemand meldete. Zuerst hat sie sich keine Gedanken darüber gemacht, doch in letzter Zeit haben sich diese Anrufe gehäuft. Und dann kamen auch wieder mehr Meldungen über vorgebliche Missstände in ihrem Revier. Immer nach Feierabend und immer anonym. Vorgestern Nacht war es der angeblich angefahrene Rehbock an der B 55. Letzte Nacht ein umgestürzter Baum, der den Fahrweg zum Erlengrund versperre. Aber da war sie schon klüger und ist gar nicht hingefahren und der nächste Morgen hat ihr Recht gegeben – weit und breit war nichts zu sehen von einem umgestürzten Baum, alles war in bester Ordnung. Wer hasst mich, wer will mir das Leben schwer machen?, überlegt sie fieberhaft. Oh ja, sie weiß nur zu gut, dass nicht jeder im Forstamt mit ihr einverstanden ist und dass auch die alteingesessenen Jäger aus den Dörfern Probleme mit ihr haben, weil sie es mit den Abschussquoten und den Genehmigungen Brennholz zu schlagen viel genauer nimmt als Alfred Hesse. Aber rechtfertigt das gleich diesen Telefonterror?

Ronja hebt den Kopf und sieht sie an, als könne sie Dianas Sorgen spüren.

»Wir gehen heute einfach nicht mehr an das böse Telefon, sollen die doch mit sich allein Räuber und Gendarm spielen«, verspricht Diana der Hündin. Es klingt halbherzig, aber zumindest Ronja ist das egal. Sie gähnt herzhaft und rollt sich wieder auf dem Teppich zusammen. Im selben Moment beginnt Dianas Handy zu klingeln und Ronjas Kopf ruckt erneut nach oben. Aufmerksam mustert sie ihre Herrin.

»Guck nicht so, von Handy hab ich nichts gesagt.«

Diana steht auf. »Rufnummer unbekannt«, sagt das Handy-

Display. Vielleicht ist es ihre Freundin Sabine, die immer noch einen Analoganschluss hat. Bestimmt ist es Sabine. Sabine, Dianas Studienfreundin, die seit fünf Jahren ein Forstrevier in der Nähe von Aschaffenburg leitet.

»Westermann, hallo?«

Schweigen, so ein Schweigen, das eigentlich ein Lauschen ist, eine beinahe knisternde Aufmerksamkeit. Ein kalter Schauer kriecht Diana den Rücken herauf. Schutzlos kommt sie sich vor. Beobachtet. Ausgeliefert. Es ist ein beinahe körperliches Gefühl. Wer auch immer der Anrufer ist, er ist ganz nah, denkt sie und versucht in ihrem nächtlichen Garten etwas zu erkennen.

»Hallo? Wer ist denn da?«

Stille. Warum schafft sie es nicht, die Verbindung zu unterbrechen? Dann plötzlich schweres Atmen und eine merkwürdig körperlose Männerstimme, eine Art Zischen.

»Verschwinde von hier, du Schlampe!«

»Wer sind Sie, was wollen Sie von mir, verdammt noch mal?«

Aber statt einer Antwort wird die Verbindung unterbrochen – wie all die Male zuvor. Dianas Hände zittern, als sie das Handy aufs Klavier legt. Sie fühlt, wie sich unter ihren Achseln übelriechender Angstschweiß bildet. Sie hat sich nie darum gekümmert, die Scharniere der alten Holzklappläden zu ölen. Es gibt ja keine Nachbarn, die Zufahrt zum Forsthaus ist kein öffentlicher Fahrweg – vor wem also sollte sie abends die Läden verschließen? Jetzt bereut sie diese unbekümmerte Nachlässigkeit. Ronja beginnt unruhig im Wohnzimmer auf und ab zu traben, den Kopf erhoben, die Ohren aufgestellt. Reagiert sie auf meine Angst oder hört sie tatsächlich etwas da draußen?, fragt sich Diana. Aber sicherlich würde sie dann anschlagen. Oder nicht? Das Licht des Wohnzimmers fällt auf die Wiese direkt am Haus. Dahinter liegen Garten und Wald wie eine schwarze Wand. Wenn jemand dort steht, ich könnte ihn nicht sehen.

Auf einmal muss sie an den Toten vom Hochsitz denken. *Ihrem* Hochsitz. Hat er seinen Mörder kommen sehen, war es Nacht? Konnte er ihn im Dunkel erkennen, bevor der erste Schuss gefallen ist? Und der Mörder – wusste er, wen er erschoss, oder glaubte er das nur zu wissen, als er auf die Gestalt mit den schulterlangen blonden Haaren zielte. Was, wenn dieser Mord ein schrecklicher Irrtum war, wenn in Wirklichkeit sie das Opfer sein sollte?

Er sieht mich, wer auch immer ER ist, er kann mich sehen. Panik wäscht durch Dianas Körper, eine heiße Welle, die sie in die Knie zu zwingen droht. Jetzt, hier in diesem Moment, kann jemand auf sie anlegen, ohne dass sie es auch nur bemerken würde. Sie ist ein perfektes Ziel, perfekt ausgeleuchtet, hier in ihrem Wohnzimmer. ER könnte sie erschießen.

Sie hat das kaum beherrschbare Bedürfnis, sich auf den Boden zu werfen und zu schreien. Aber wer würde sie hören? Tu etwas, befiehlt sie sich. Der Lichtschalter ist auf der gegenüberliegenden Seite des Wohnzimmers, neben der Tür zum Flur. Unendlich weit weg. Sie macht einen Schritt darauf zu, stolpert, so weich sind ihre Knie. Fängt sich wieder. Noch ein Schritt. Und noch ein Schritt. Die Beine wollen sie nicht tragen, sie gibt nach, fällt auf die Knie, krabbelt auf dem Boden weiter.

Als sie den Lichtschalter erreicht hat und das Wohnzimmer ins schützende Dunkel taucht, ist sie schweißgebadet und zittert so stark, dass sie auf dem Boden sitzen bleibt. Augenblicklich ist Ronja bei ihr und beschnuppert ihr Gesicht. Diana lehnt den Rücken an die Wand, nimmt die Hündin und drückt sie an ihre Brust, das warme, seidige Fell und das stetige Pochen ihres Herzens eine einzige Beruhigung.

»Still, Ronja, ganz still.«

Lange sitzen sie so da, wie lange, vermag Diana später nicht zu sagen. Erst als sie sicher ist, dass ihre Beine sie wieder tragen, gibt sie Ronja frei. Im Dunkeln tastet sie sich durch den Flur in ihr Schlafzimmer, wo sie, ohne Licht zu machen, die Flinte vom alten Hesse unter dem Bett hervornestelt und entsichert. Das Gewehr schussbereit unter den Arm geklemmt schleicht sie ins Obergeschoss und geht dort systematisch von Fenster zu Fenster, als wäre das Forsthaus eine Festung, die es zu verteidigen gilt. Es hat zu regnen aufgehört und ein silbriger Dreiviertelmond gibt genug Licht, dass sie Details erkennen kann: Die Gartenbank vor der Küche. Den Holztisch auf der Wiese, die Spaliere für die Bohnen im Gemüsebeet, die Forsythiensträucher und den Flieder. Noch weiter hinten im Garten die Obstbäume und schließlich den Jägerzaun, an dem im Sommer Fingerhut, Malven und Wicken blühen. Aber sosehr sie sich auch anstrengt, sie kann nichts Ungewöhnliches erkennen. Wer auch immer sie beobachtet hat – wenn überhaupt jemand sie beobachtet hat – ist nicht mehr da. Oder er hat sich in den Wald zurückgezogen.

❊❊❊

Er hat es gewusst, von Anfang an gewusst, dass er sich auf Kriminalhauptkommissarin Judith Krieger nicht verlassen kann. Manni knirscht mit den Zähnen, als er hinter seiner Kollegin und Juliane Wengert zurück ins Wohnzimmer geht. Warum müssen Frauen sich in ihre Gefühle immer so hineinsteigern? Warum müssen sie immer so hysterisch werden? Obwohl, die Wengert scheint eher eine von der unterkühlten Sorte zu sein. Die ganze Situation oben im Badezimmer war ihr sichtlich peinlich, und trotzdem hat sie Haltung bewahrt. *Es wäre nett, wenn Sie mich einen Moment allein ließen,* hat sie gesagt, nachdem er seine Pistole weggesteckt hatte und die Krieger endlich kapierte, dass sie sich soeben grandios lächerlich gemacht hatte. Die Wengert hat das natürlich auch bemerkt und sich entsprechend hoheitlich benommen. Hat ihnen die Badezimmertür vor der Nase zugemacht und drinnen, den Geräuschen nach zu urteilen, in aller Ruhe das vollgekotzte Klo geputzt, sich Hände und Gesicht gewaschen und gegurgelt. Als sie mit frischem Make-up wieder in den Flur trat, lächelte sie. Kalt wie eine Hundeschnauze.

Diese ganze Situation läuft völlig aus dem Ruder, denkt Manni grimmig. Es ist immer heikel, mit Angehörigen zu sprechen, solange deren Verhältnis zu einem Mordopfer noch nicht hundertprozentig feststeht. Taktieren muss man da – so viele Informationen wie möglich herausbekommen, so wenig wie möglich vom Ermittlungsstand preisgeben – denn nichts kann peinlicher sein, als wenn man eine Todesnachricht überbringt und sich dann herausstellt, dass der vermeintlich ermordete

Ehemann in Wirklichkeit mit seiner Geliebten Ferien in der Südsee macht. Außerdem gehört zum Taktieren, dass man sich, Herrgott noch mal, beherrscht. Dass man cool bleibt, damit man die Kontrolle über die Situation behält. Und genau das können sie jetzt nach Judith Kriegers Auftritt vergessen. Er persönlich hat keine Sekunde geglaubt, dass die Wengert sich was antun wollte. Kann sein, dass sie wirklich eine Magen-Darm-Grippe hat. Kann sein, dass sie vor lauter Stress gekotzt hat oder bulimisch ist. Auf jeden Fall wollte sie Zeit gewinnen, da ist er sicher. Also Angriff, beschließt Manni. Miss Marmor knacken.

»Sie erlauben, dass ich aus der Küche einen Lappen hole?« Juliane Wengert bückt sich, kaum dass sie das Wohnzimmer wieder betreten haben, und sammelt die zerbrochenen Porzellanstücke ihrer Tasse auf. Ihre Stimme klingt vollkommen neutral. Manni beobachtet aufmerksam, wie sie eine neue Tasse auf den Glastisch stellt und mit einem weißen, steifgebügelten Leinentuch die Teepfütze wegwischt. Danach dreht sie das Handtuch zu einer unordentlichen Wurst und weiß offensichtlich nicht, was sie damit machen soll. Ist das doch ein Zeichen von Angst? Beunruhigung? Bloß kein Mitleid, denkt Manni. Alles nur Schauspielerei, und dafür kann es nur einen Grund geben, nämlich dass Miss Marmor sehr genau weiß, wo sich ihr Mann befindet und in welchem Zustand, weil sie ihn nämlich selbst um die Ecke gebracht hat. Aber wenn sie meint, wir müssen noch ein bisschen spielen, dann spielen wir eben.

»Setzen Sie sich und trinken Sie noch einen Tee.« Es gefällt ihm, dass in seiner Stimme eine natürliche Autorität mitschwingt. Er sieht kurz zur Krieger herüber, die sich soeben wieder auf das weiße Nobelsofa sinken lässt. Die himbeerfarbenen Flecken auf ihren Wangen verblassen nur langsam und sie weicht seinem Blick aus. Endlich ist sie mal an ihre Grenzen gekommen und kann ihre Fehler nicht mehr kaschieren.

»Also Frau Wengert, *Sie* haben in den letzten zwei Wochen keinerlei Lebenszeichen von Ihrem Mann erhalten und *wir* können definitiv ausschließen, dass er in dieser Zeit mit seinem Motorrad unterwegs war«, nimmt er seine Befragung wieder auf.

»Ja, aber warum sollte er seine BMW in einer Scheune in – wie heißt dieser Ort noch gleich?«

»Unterbach.«

»Ja, also in Unterbach parken?«

»Das wollen wir von Ihnen wissen.«

»Ich weiß es wirklich nicht. Sind Sie sicher, dass es das Motorrad meines Mannes ist, von dem Sie sprechen?«

Jede normale Frau würde sich nicht nach dem Motorrad, sondern nach seinem Besitzer erkundigen, denkt Manni. Er hat auf einmal das Gefühl, dass sie Juliane Wengert schon seit Stunden verhören. Wieder und wieder lässt sie sie an ihrer höflich beherrschten Fassade abprallen. Sie ist wie eine Fata Morgana, denkt er böse, Kilometer um Kilometer kann man sie nicht packen, aber irgendwann kommt man doch zur Quelle. Leidenschaftslos betet er das KFZ-Kennzeichen herunter und reicht Miss Marmor zum Beweis ein Foto über die Lilien, deren süßlicher Geruch sich immer penetranter über sie zu legen scheint.

»Frau Wengert, haben Sie ein aktuelles Foto von Ihrem Mann?« Es ist die Krieger, die das fragt, offenbar hat sie auch genug von der Scharade. Überrascht zieht Juliane Wengert die Augenbrauen hoch, steht aber auf und holt ein in Edelstahl gerahmtes Foto aus einem Vitrinenschrank. Sie mustert es einen Moment lang, bevor sie es der Krieger gibt. Ihre Hand zittert dabei, das ist nicht zu übersehen. Mit schnellen Schritten kehrt sie zurück zu ihrem Sessel, setzt sich und krallt sich wieder an dem nassen, zerknautschten Leinentuch fest.

Kollegial hält die Krieger das Foto so, dass sie und Manni es gemeinsam betrachten können. Bingo, denkt Manni. Das ist unser Mann, no doubt. Das Foto ist besser als das von der Meldebehörde. Er fühlt, wie seine Kopfhaut prickelt. Ein sportlicher Typ – auch das passt perfekt. Blonde schulterlange Haare, schmale Hüften, braungebrannt, lässig stützt er die Ellbogen auf den Tank seiner BMW, die Andeutung eines spöttischen Grinsens im Mundwinkel und diesen gewissen Ausdruck von Lonesome-Cowboy in den Augen, auf den Frauen fliegen. Natürlich muss Müller noch ein paar Tests machen, irgendeine Haarsträhne von Andreas Wengert wird sich in dieser Villa ja wohl finden, auch Zahnarzt und Hausarzt wird es geben, die ihnen behilflich sein können, denn eine Identifikation durch Miss Marmor ist schlecht möglich, dazu ist der Leichnam zu entstellt. Obwohl es natürlich spannend wäre, ihre Reaktion zu sehen, wenn man sie mit den sterblichen Überresten ihres Mannes konfrontiert. Aber eins nach dem anderen, ermahnt er sich im Geiste. Er schaut die Krieger an, die ihm zunickt. Bingo, Bingo, Bingo, sie glaubt es also auch. Und damit wäre dann auch bewiesen, dass er Recht hatte mit seiner These, dass Opfer und Täter nicht aus dem Schnellbachtal stammen müssen, auch wenn dort der Tatort ist. Leute, die ein Verbrechen begehen wollen, gehen schließlich oft in den Wald, weil sie sich da unbeobachtet fühlen, das ist eine Binsenweisheit von der Polizeischule. Nun gilt es nur noch, den genauen Tathergang zu klären und Miss Marmor als Täterin zu überführen. Bestimmt gibt es Nachbarn, die dabei helfen können. Freunde der Familie. Kollegen. Er räuspert sich.

»Frau Wengert, es sieht tatsächlich so aus, als ob Ihr Mann tot sei.«

Jetzt bekommt die Marmorfassade ein paar feine Risse. Die Augen weiten sich, die Mundwinkel zucken.

»Tot«, echot Juliane Wengert und zieht den roten Schal mechanisch enger um ihre Schultern.

»Tot«, wiederholt Manni.

»Aber das kann doch nicht sein, aber warum denn, wenn er doch gar nicht mit dem Motorrad unterwegs war ...« Juliane Wengerts Stimme wird immer leiser und ihr Kopf bewegt sich hin und her, hin und her, als könne sie sich durch diese stumme Verneinung vor den Worten schützen. Aber dazu ist es jetzt zu spät, denkt Manni böse. Die Schonzeit ist vorbei.

»Es handelt sich bei dem Todesfall, den wir untersuchen, nicht um einen Unfall«, erklärt er. »Es handelt sich um Mord.«

Ganz langsam sammelt sich in Miss Marmors Augenwinkeln das Wasser. Nein, nein, nein, sagt ihre Kopfbewegung immer noch, aber das hilft ihr nichts, sie kann den Tatsachen nicht entkommen. Trotzdem beginnt sie nicht zu weinen, sondern starrt Manni unverwandt an.

»Wir ermitteln in einem Mordfall«, sagt Manni. »Wir sind beinahe sicher, dass es sich bei dem Opfer um Ihren Ehemann handelt, auch wenn eine endgültige Identifizierung des Leichnams noch aussteht. Und dabei brauchen wir Ihre Hilfe. Können Sie uns die Telefonnummer des Zahnarztes geben, bei dem Ihr Mann in Behandlung war? Und sicher gibt es hier im Haus persönliche Dinge, die er benutzt hat – eine Haarbürste zum Beispiel –, die Sie uns zur Verfügung stellen können. Oder haben Sie doch eine Idee, wo sich Ihr Mann aufhält?«

Juliane Wengert steht auf. »Ich will ihn sehen«, sagt sie. »Ihn identifizieren, so heißt das doch bei Ihnen, nicht wahr? Damit ich sicher bin, dass es auch Andreas ist, von dem Sie sprechen.«

»Ich fürchte, das wird nicht möglich sein.« Auch Manni steht auf. »Das Opfer ist, äh, ziemlich entstellt. Kein schöner Anblick, verstehen Sie. Sie würden Ihren Mann gar nicht erkennen.«

Langsam, ganz langsam löst sich nun doch aus Julia Wengerts rechtem Augenwinkel eine Träne. Augenblicklich hebt sie das Leinentuch, das sie immer noch in ihren schlanken Fingern knetet, und tupft die Träne weg.

»Ich will ihn sehen«, wiederholt sie störrisch.

»Bitte, seien Sie doch vernünftig.«

»Vernünftig!« Juliane Wengert stößt ein missvergnügtes Lachen aus. »Sie kommen hierher und sagen solche schrecklichen Dinge und dann wollen Sie mich daran hindern, meinen Mann zu sehen, und fordern stattdessen, dass ich vernünftig bin? Das ist wirklich stark.«

Sie läuft mit festen Schritten zum Telefon und drückt ein paar Tasten.

»Albrecht, wie gut, dass ich dich gleich dran habe«, sagt sie in den Hörer. »Bist du noch in der Kanzlei? – Das habe ich gehofft.«

Sie hebt die rechte Hand, eine herrische Geste, die Manni Einhalt gebieten soll.

»Albrecht, ich brauche deine Hilfe«, sagt sie in den Hörer. »Es ist sehr dringend. Bitte, kannst du sofort zu mir kommen? Es geht um Andreas.«

❈❈❈

Er hat keine Gelegenheit gefunden, mit Laura zu sprechen, seitdem die Bullen am Nachmittag ihren Auftritt hatten. Er hat keine Ahnung, was Laura danach gemacht hat. Was ist los mit ihr? Warum versteckt sie sich vor ihm? Wie vom Erdboden verschluckt ist sie gewesen, erst bei der Abendmeditation hat er sie wiedergesehen. Und jetzt, kaum dass das letzte Om verklungen ist, ist sie ihm schon wieder entwischt. Sein Puls schlägt hart in der Ader an seiner Schläfe, als er aus dem Haus hastet. Wo ist Laura hingelaufen? Das Tal, in das der Sonnenhof gebettet liegt, ist dunkel. Nichts bewegt sich, nur der verdammte Bach rauscht und erinnert ihn daran, dass er pinkeln muss. Laura, Laura, Laura, wo bist du, wiederholt er in seinem Kopf, betet es wie ein Mantra. Blass hat sie ausgesehen, beinahe transparent. Für den Bruchteil einer Sekunde hat er sie berühren können, vor der Meditation, und ihren Hüftknochen unter der Cordjeans gespürt. Diese feine Erhebung, die ihn erregt, weil er so genau weiß, wie es sich anfühlt, wenn man die Hand fester darum legt. Er weiß, dass er Laura wild machen kann, wenn er ihre Hüftknochen umfasst. Dass sie es liebt. Aber heute hat sie sich von seiner Berührung weggeduckt wie eine kranke Katze. Nicht das winzigste Lächeln hat sie für ihn übrig gehabt. Weit von ihm entfernt und ohne ihm einen dieser Blicke zuzuwerfen, die sein Begehren normalerweise nur noch mehr steigern, hat sie sich auf ihr Kissen gehockt. Er läuft mit großen Schritten über die nasse Wiese, hält immer wieder inne und sieht sich um, ein Tier, das nach seinen Gefährten wittert. Das Fenster ihres Zimmers und die Werkstatt sind dunkel, der Schafstall ist leer. Vor Shivas Tempel bimmelt das Windspiel träge in einer Brise, als wolle es ihn verhöhnen. Wo, verdammt noch mal, ist Laura hingerannt? Warum weicht sie ihm aus? Etwas presst seine Brust zusammen, schmerzlich beinahe. Bitte, sie darf nicht verschwinden, sie nicht. Er zwingt sich, ruhig zu atmen. Denk nach, Mann, denk nach. Weit kann sie nicht gekommen sein. Er beginnt zu laufen.

※※※

Ruckartig und ohne zu blinken lenkt Manni den Vectra auf die Überholspur, was einen Fahrer hinter ihnen dazu veranlasst, ausgiebig die Lichthupe zu betätigen.

»Ja, ja, ja.« Manni winkt zur Entschuldigung und gibt Vollgas. Der Vectra schießt vorwärts, dicht an einem LKW vorbei, den blinkenden Hintermann unmittelbar hinter sich. Verstohlen zieht Judith ihren rechten Fuß ein Stück zu sich heran und schließt die Augen. Sie ist noch nie eine gute Beifahrerin gewesen, aber wenn sie weiter so hektisch auf dem Bodenblech herumtritt, wird sie sich vor Manni noch eine Blöße geben, und das muss nun wirklich nicht sein.

»Du bist dir sehr sicher, dass Juliane Wengert die Täterin ist.«

»Beziehungstaten – Geld oder Liebe, darauf läuft es doch fast immer hinaus.«

»Na, Geld kann es diesmal nicht sein. Die Villa gehört ihr, sie haben Gütertrennung vereinbart, eine teure Lebensversicherung hatte Andreas Wengert nicht.«

»Sagt dieser Lackaffe Tornow.«

»Er ist Anwalt. Du glaubst doch nicht im Ernst, er riskiert seine Zulassung, indem er eine Falschaussage macht, die wir ihm mit Leichtigkeit nachweisen können.«

»Also Liebe. Oder er ist nicht vollständig informiert.« Ohne das Tempo zu verlangsamen zieht Manni zurück auf die rechte Fahrspur. Die Rücklichter eines weiteren LKW, der weit vor ihnen fährt, kommen mit beängstigender Geschwindigkeit näher. Der Drängler, der sie so eifrig mit der Lichthupe traktiert hat, entdeckt nun offenbar seine pädagogische Ader. Er zieht neben den Vectra, genau so weit, dass er direkt neben ihnen fährt, drosselt dann aber das Tempo, so dass Manni nicht wieder zurück auf die linke Spur wechseln kann. Mit Tempo 180 jagen sie auf die Rücklichter des LKW zu.

»Brems doch! Bist du verrückt!« Judith kann sich nicht mehr beherrschen und schreit. Manni ignoriert ihren neuerlichen Gefühlsausbruch mit der milden Nachsicht eines Siegers und tritt endlich auf die Bremse.

»Keine Angst, ich hab alles im Griff.«

Der Drängler winkt und gibt Gas.

»Warum fährst du eigentlich so aggressiv?«

»Wieso aggressiv? Der hat mir doch mit voller Absicht die Spur blockiert. Mal sehen, ob wir ihn einholen und sein Kennzeichen notieren können.« Manni gibt wieder Gas und schwenkt nach links, kommt aber nicht weit, denn gnädigerweise wird die linke Spur vor ihnen nun von einem klapprigen Polo blockiert, der sich Zentimeter für Zentimeter an einem weiteren LKW vorbeizuschieben versucht. Weit vor ihnen verschwinden die Rücklichter des Dränglers hinter einer Kurve. Judith schickt ein kleines Dankgebet zum Himmel.

»Fuck you! Na, dann eben nicht.« Den Wagen mit zwei Fingern seiner linken Hand lenkend, beginnt Manni in seinen Jackentaschen herumzukramen, wird fündig und schiebt sich eines seiner unvermeidlichen Fisherman's-Friends-Dragees zwischen die Zähne. Er wirft Judith einen Blick zu. »Also, was hältst du von Liebe als Motiv?«

»Ich spekuliere nicht gern. Zum jetzigen Zeitpunkt wissen wir nichts über die Ehe von Juliane Wengert.«

»Stimmt nicht. Wir wissen eine ganze Menge. Zum Beispiel, dass sie zwei Wochen lang nichts von ihrem Mann gehört hat und das nicht ungewöhnlich findet. Dass sie zuerst nach seinem Motorrad fragt und dann nach ihm. Außerdem ist sie zehn Jahre älter als er.«

»Was soll das denn heißen?«

»Komm schon, Judith. Unsere Miss Marmor ist wohlhabend und sieht, zugegeben, ziemlich gut aus. Also schnappt sie sich einen jüngeren Mann – einen Sportlehrer mit knackigem Body. Aber vielleicht hatte der es satt, ihr kleines Spielzeug zu sein, und hat sich zum Ausgleich was anderes gesucht. Und seine Frau kriegt das raus, und als sie ihn nicht zurückbekommen kann, knallt sie ihn ab.«

»Und warum sollte sie das ausgerechnet im Schnellbachtal tun?«

»Warum nicht dort? Von Bonn aus kann man das in einer knappen Stunde erreichen, es ist einsam da. Teufel, das werden wir schon noch rausfinden.«

»Wir müssen das rausfinden. Ich bin sicher, dass der Tatort nicht zufällig gewählt ist. Das Opfer muss eine Verbindung zum Schnellbachtal gehabt haben. Mehr noch, der Täter will uns etwas damit sagen. So, wie das alles arrangiert worden ist, auf einem Hochsitz mit Loch im Dach. Außerdem: Kannst du dir wirklich vorstellen, wie die geschniegelte Juliane Wengert mit einer Schrotflinte im Anschlag im Wald auf ihren Mann wartet? Nein, ich glaube nicht, dass sie das getan hat.«

»Du willst einfach nicht, dass sie es getan hat.«

Sie erreichen die Autobahnausfahrt Köln-Kalk und Manni drosselt endlich das Tempo. Vor ihnen ragt das Polizeipräsidium wie eine Festung aus dem Brachland, zu dem die Bagger die chemische Fabrik eingeebnet haben. Die Spitze der Funkantenne auf dem Flachdach des Präsidiums glimmt rot, ein wachsames Auge. Judiths Fuß fühlt sich beinahe taub an, so sehr hat sie auf der Beifahrerseite das Bodenblech malträtiert. Sie unterdrückt einen Seufzer.

»Das hat doch nichts mit wollen zu tun.«

»Ein Alibi für die Tatzeit scheint Frau Wengert jedenfalls nicht zu haben. Wer kann schon kontrollieren, ob sie an dem Wochenende wirklich in ihrer Villa gehockt und gearbeitet hat?« Manni grinst wie ein Kater, der den Sahnetopf gefunden hat. Dank seiner Hartnäckigkeit haben sie das Motorrad entdeckt, er ist derjenige, der die Vernehmung mit Juliane Wengert einigermaßen gerettet hat, es ist nur noch eine Frage von Stunden, bis Karl-Heinz Müller die Röntgenaufnahmen von Andreas Wengerts Zahnarzt mit denen des Toten verglichen haben wird. Und die Wahrscheinlichkeit, dass sie nicht identisch sind, ist minimal.

»Lass uns einfach in alle Richtungen ermitteln, okay?« Sie stellen den Dienstwagen ab und verabschieden sich vor dem Parkhaus des Polizeipräsidiums. Judith ist froh, einer weiteren Diskussion fürs Erste entkommen zu können. Doch sobald die Rücklichter von Mannis GTI verschwunden sind, ist dieses nagende Gefühl wieder da. Das Gefühl, dass sie etwas übersehen hat. Irgendetwas Wichtiges hat sie am Tatort nicht beachtet, irgendeinen Fehler hat sie gemacht, sie ist sicher, dass es so ist.

❉❉❉

Diana Westermann steht unter der Dusche, sie benutzt geradezu verschwenderisch viel Duschgel. Zweimal seift sie ihren Körper von oben bis unten ein, um den Geruch der Angst loszuwerden. Viel sorgfältiger als sonst hat sie die dichten dunkelblauen Vorhänge vor das Badezimmerfenster gezogen, bevor sie das Licht anschaltete und sich auszog. Die Doppelhahnflinte liegt auf dem Waschbecken, Talisman und Beruhigung zugleich. Sie zwingt sich, ihr Haar trockenzuföhnen und sich einzucremen, bemüht, die Ruhelosigkeit zu bekämpfen, die ihre Panik hinterlassen hat. Was soll sie tun? An Schlaf ist nicht zu denken. Sie könnte Ronja in den Garten lassen und dann draußen ums Haus gehen und alle Holzläden verschließen, zur Not kann sie die eingerosteten Scharniere mit Olivenöl gefügig machen. Sie könnte ein Feuer im Kamin machen. Eine Flasche Wein öffnen und endlich ihre Briefschulden begleichen. Sie könnte wieder Klavier spielen. Sie zieht saubere Jeans und ein T-Shirt an und schlägt versuchsweise ein paar Tasten an. Aber die Melodien, über die sie sich vorhin noch so gefreut hat, erscheinen ihr nun langweilig und stümperhaft, ihre Finger sind viel zu steif. Und eigentlich achtet sie sowieso nicht auf die Musik, weil sie viel zu sehr damit beschäftigt ist, alle Sinne nach draußen zu konzentrieren.

Es hilft nichts, sie muss etwas tun. Angriff ist die beste Verteidigung, mit dieser Haltung hat sie in Afrika das Alleinleben gemeistert. Die Flinte in den Händen geht Diana zur Verandatür. Breitbeinig wie ein Bure steht sie auf den Holzstufen und späht in ihren Garten. Ronja drängt sich an ihr vorbei und springt in übermütigen Sätzen zum Zaun und wieder zurück. Weit und breit ist nichts von einem Feind zu sehen, trotzdem fühlt Diana sich unangenehm entblößt. Sie bezwingt den Impuls, zurück ins Haus zu flüchten. Dies hier ist ihr Grundstück, ihr Garten. Sie kann hier stehen, wann immer und wie lange sie will. Sie wird sich nicht von einer irrationalen Angst die Freiheit nehmen lassen.

»Ich mache mich lächerlich«, sagt Diana zu ihrer Hündin. »Lächerlich, hörst du. Wahrscheinlich bin ich einfach zu viel allein. Dein Frauchen wird gaga, bloß weil irgendjemand ein paar Mal hier angerufen hat. Komm schon, Ronja, tu etwas dagegen.«

Schwanzwedelnd kommt Ronja zu ihr gerannt. Unwillkürlich muss Diana lächeln. Sie kniet nieder und liebkost Ronjas Schlappohren. Aber die Leichtigkeit verfliegt ebenso schnell, wie sie gekommen ist. Alles in ihr schreit nach Flucht.

Diana hebt den Kopf und starrt zum Wald hinüber. Bewegt sich dort jemand? Dort drüben am Hang, dort in Richtung zur B 55, wo Ronja vorgestern Nacht verschwunden ist? Wo sie am nächsten Tag das Handy gefunden hat? Für den Bruchteil einer Sekunde ist sie überzeugt, dass da etwas ist. Eine Bewegung, das Aufblitzen einer Taschenlampe vielleicht. Reiß dich zusammen, Diana, du siehst Gespenster. Das Handy. Vielleicht hat es doch etwas mit dem Mord zu tun. Was, wenn es dem Toten gehörte? Oder seinem Mörder? Ich hätte es dieser Kommissarin geben sollen, denkt sie frustriert. Warum bin ich stattdessen damit zum Sonnenhof gefahren? Bloß wegen dieses Zeichens, Om. Und wegen des Namens. Darshan. Je länger sie darüber nachdenkt, desto sicherer ist sie, dass sie diese Darshan sogar schon einmal gesehen hat. Eine flüchtige Erinnerung. Eine junge Frau mit blonden Zöpfen, weiten Röcken und einem Gesicht, das Widerstände einfach weglacht.

Aber wie komisch dieser Vedanja herumgedruckst hat, wie er das Handy an sich gerissen hat und nicht mehr hergeben wollte. Was weiß er über diese Darshan, das er lieber für sich behalten möchte? Was hat er zu verbergen? Ronja hat genug vom Garten, sie drängt sich an Diana vorbei zurück ins Wohnzimmer. Diana folgt ihr. Morgen fahre ich zum Sonnenhof und rede noch mal mit diesem Vedanja, beschließt sie. Ich bitte ihn, mir das Handy zurückzugeben, wenn er diese Darshan noch nicht erreicht hat. Oder die Polizei zu informieren. Und wenn er das nicht tut, mach ich das.

Wieder glaubt sie, in dem schwarzen Waldhang ein Licht zu sehen. Das ist zu viel – sie muss hier raus. Was sie braucht, ist Abwechslung, die Geborgenheit in der Anonymität einer überfüllten Kneipe, ein paar steife Drinks und laute Musik. Vielleicht einen Mann, mit dem sie für eine Nacht vergessen kann. Die Erkenntnis ist eine Befreiung. Sie kann etwas tun, sie kann diese Geister verscheuchen, die sich so hartnäckig bei ihr einzunisten drohen. Zumindest kann sie ihnen für eine Nacht entkommen. Ganz hinten in ihrem Kleiderschrank findet Diana ein knielanges Batikkleid mit schmaler Taille, tiefem Dekolleté und weiten Ärmeln, das sie über die Jeans zieht, ein Seidentuch, das sie zum Stirnband macht, und die afrikanischen Armreifen mit den Perlen. Sie mustert ihr Spiegelbild kritisch. Ihr Outfit entspricht vielleicht nicht gerade der gängigen Mode, aber für das, was sie vorhat, wird es genügen. Sie schiebt mehrere Kondome, Führerschein, Personalausweis und zwei 50-Euro-Scheine in die Hosentasche.

Als sie im Auto sitzt, zwingt sie sich, nicht in den Rückspiegel zu sehen, sondern ihre Aufmerksamkeit ausschließlich auf den holprigen Fahrweg zu richten, der im Lichtkegel der Autoscheinwerfer auf sie zuzugleiten scheint. Sie hat Ronjas Winseln ignoriert und das Forsthaus sorgfältig abgeschlossen. Es ist das erste Mal, dass sie die Hündin über Nacht allein im Forsthaus lässt, aber es ist zu spät, sie zu Laura auf den Sonnenhof zu bringen und außerdem war Ronja gerade erst ausgiebig im Garten und morgen früh wird Diana pünktlich zu ihrer gewohnten Joggingrunde wieder da sein. Im Handschuhfach findet sie eine alte Musikkassette aus den 80ern, die aus irgendeinem Grund diverse Umzüge und Lebensphasen überdauert hat, ohne jemals zu leiern oder Bandsalat zu produzieren. »Goin' out tonight«, singt Chi Coltrane. Wie passend, denkt Diana und dreht die Lautstärke hoch. Die B 55 taucht vor ihr auf, leer und dunkel. Auf einmal fühlt sich Diana leicht. Sie lenkt den Jeep auf die Landstraße und fasst das Lenkrad fester. Wie die Pilotin eines Raumschiffs kommt sie sich vor. Sie schaltet in den fünften Gang. Chis rauchiger Soul katapultiert den Jeep durch die Nacht.

❊❊❊

Etwas ist anders in ihrer Wohnung. Judith steht in ihrem unaufgeräumten Wohnzimmer und sieht sich um, den Ledermantel, den sie gewohnheitsmäßig abgestreift hat, als sie den Flur betrat, hält sie noch in der Hand. Martin, denkt sie und merkt, wie ihr heiß wird. War er hier und hat auf sie gewartet? Hat sie wieder einmal eine Verabredung vergessen? Sie hat ihn immer noch nicht angerufen, nie schien die Zeit richtig dafür, und wenn doch, hat sie nicht gewusst, was sie ihm sagen soll. Ich vermisse dich, lass uns weitermachen wie bisher? Welchen Sinn hat es, das zu sagen? Das will er nicht, das hat er unmissverständlich klar gemacht, am letzten Wochenende. Und er ist weiß Gott nicht der erste Lebenspartner einer Polizistin, der das Handtuch wirft. Sie will nicht darüber nachdenken, dass es um etwas anderes geht als das. Zeitlupenartig langsam hängt sie den Mantel an die Garderobe. Wie oft ist sie niedergeschlagen heimgekommen und dann war er da für sie. Sie sehnt sich plötzlich intensiv nach ihren nächtlichen Gesprächen in der Küche, nach Martins Pastasoßen mit Chili, Knoblauch und Sardinen, dem Moment nach dem Essen, wenn sich Rotwein, Knoblauch, Tabak und der Espresso auf ihrer Zunge vermischen und sie in seinen Augen lesen kann, dass sie sich endlich entspannt. Sie sehnt sich nach seinen Händen. Ja, auch nach seinen Händen.

Sie öffnet die Küchentür und schaltet das Licht ein. Trotz der ungespülten Teller und Töpfe, der zerlesenen Zeitung, der Kaffeekanne und der Milchtüte, die sie offenbar vergessen hat, in den Kühlschrank zu räumen, sieht sie den Brief augenblicklich. Es ist ein einfacher weißer Umschlag. »Judith« steht darauf, in Druckbuchstaben. Jeder ihrer Schritte dröhnt in ihren Ohren. Sie nimmt den Brief in die Hand, er ist schwer, zwei Schlüssel sind darin, mit einem Edelstahl-Anhänger. »J«. Ihre Schlüssel.

»*Liebe Judith*«, hat Martin geschrieben. »*Bitte entschuldige, dass ich dir deine Schlüssel nicht persönlich wiedergebe. Du wolltest mich anrufen, hattest du gesagt. Jetzt ist wieder eine Woche vergangen und ich will nicht länger warten. Du kennst mich, ich bin für klare Verhältnisse.*

*Ich bin nicht böse auf dich, bitte glaub mir das. Aber ich sehe, dass du nicht aus deiner Haut heraus kannst und ich nicht aus meiner, auch wenn ich gehofft habe, dass wir das schaffen würden. Wahrscheinlich sollten wir uns das nicht vorwerfen. Wir haben es probiert, es hat nicht funktioniert. Punkt. Und wahrscheinlich hast du Recht, zwischen uns ist wirklich alles gesagt. Ich will also meine Argumente hier nicht wiederholen, du kennst sie genauso gut wie ich.*

*Hier sind deine Wohnungsschlüssel. Du kannst mir meine einfach mit der Post schicken. Bitte pass auf dich auf. Ich drücke dir die Daumen für alles. Und vor allen Dingen wünsche ich dir, dass du glücklich wirst. Das tue ich wirklich. Martin«*

Später vermag Judith nicht mehr zu sagen, woher diese unbändige, rotglühende Wut kommt, die sie durch die nächsten Stunden peitscht. Wie im Rausch bewegt sie sich durch die Zimmer und *Nirvana* schreit dazu. Als sie wieder zu sich kommt, ist ihre Wohnung bis in den hintersten Winkel aufgeräumt und blankgeputzt. Welche Spuren auch immer Martin hinterlassen hat, sie hat sie vernichtet. Sie hat die Bettwäsche abgezogen und mit wütenden Fausthieben in die Waschmaschine gestopft. Sie hat die Seife, die sie gemeinsam benutzt haben, weggeschmissen und sein Lieblingshandtuch ebenso. Um seine Zahnbürste, seinen Wecker, die Rasiersachen, Deo, Aftershave und seine Wäsche zum Wechseln musste sie sich nicht kümmern, die hatte er schon selbst entfernt. Aber die CDs, die er ihr geschenkt hat, konnte sie zerbrechen. Das Sommerkleid, das sie gekauft hatte, weil es ihm so gut an ihr gefiel, in einen Müllbeutel treten, zusammen mit den letzten Seiten seiner Zeitungen, seinen teuren Küchenmessern, der Gewürzmühle und der Parmesanreibe aus Edelstahl. Sie lässt sich keine Zeit nachzudenken, bringt jede Mülltüte, die sie gefüllt hat, sofort in den Container unten im Hof.

Bleiben noch Martins Briefe und diese unendlich sehnsüchtige, unendlich aussichtslose Liebesgeschichte, die er ihr zum Valentinstag geschenkt hat, Christoph Meckels »Licht«. Judith öffnet eine weitere Flasche Bier, ist es die dritte oder vierte, seit sie nach Hause gekommen ist? Sie kann es nicht sagen, und die Zigaretten, die ihre Lungen zerfressen, kann sie ohnehin nicht mehr zählen. Systematisch, eine weitere Selbstgedrehte im Mundwinkel, reißt sie Buch und Briefe in kleine Fetzen und lässt sie in die blank gewienerte Edelstahlspüle fallen. Ohne innezuhalten füllt sie zwei Töpfe mit Wasser. Ihre Hände sind ganz ruhig, als sie aus Martins Abschiedsbrief eine Lunte dreht, sie anzündet und damit die papierenen Überbleibsel ihrer Beziehung in Brand setzt. Es dauert lange, bis auch die letzten

Fetzen zu feiner schwarzer Asche geworden sind, die sich im Wasser auflösen und im Abfluss herunterspülen lässt.

Als sie die Spüle wieder blank gescheuert hat, fühlt Judith, was sie lange vermisst hat: Frieden. Zwei Jahre und ein Monat sind vergangen, seit ihr bester Freund und Kollege bei einem Einsatz erschossen wurde, in dem er sie vertreten hat. Anderthalb Jahre lang hat Martin versucht, sich in ihr Leben zu drängen, sie herauszulösen aus dieser Distanz, mit der sie sich seit Patricks Tod mehr umhüllt denn je. Zuerst hat Martin geglaubt, Patrick und sie seien ein Paar gewesen, dann, dass sie sich das zumindest gewünscht hätte. Alle glauben das, weil sie nicht aufhören kann, ihn zu vermissen. Aber so war es nicht, so ist es nicht. *Sie fühlen sich schuldig, weil er Sie vertreten hat in jener verhängnisvollen Nacht. Natürlich tun Sie das, jeder würde das tun. Lassen Sie uns darüber sprechen*, hat der Psychologe gesagt, zu dem Millstätt und der Polizeiarzt sie genötigt haben. Aber sie hat nicht darüber sprechen wollen, ist einfach aufgestanden und hat den nikolausbärtigen Psychoheini in seinem abgewetzten Sessel sitzen lassen. Zu den verabredeten Folgeterminen ist sie gar nicht erst hingegangen.

Vielleicht fühlt sie sich tatsächlich schuldig. Wie sonst ist ihr idiotisches Verhalten gegenüber Juliane Wengert zu verstehen? Und all diese nächtlichen Alpträume, in denen sie wieder und wieder zu spät kommt, egal, wie sehr sie sich auch anstrengt. Doch selbst wenn es so ist, denkt sie trotzig, was sollte es nutzen, darüber zu reden? Schuld und die daraus folgenden Konsequenzen – das ist etwas, womit, in der einen oder anderen Form, jeder zurechtkommen muss. Damit muss man leben. Damit kann man leben. Ganz anders verhält es sich mit dem Verlust eines Freundes.

Sie hatte Patrick in einer Jura-Vorlesung an der Uni kennen gelernt. Sie waren 21, ganz am Anfang, beide neu in Köln, beide kompromisslos in ihrem Streben nach Gerechtigkeit. Aber das war es nicht allein. Aus irgendeinem Grund, den sie bis heute nicht erklären kann, hat Patrick von Anfang an etwas in ihr berührt, und umgekehrt war es genauso. Mit Patrick war es leicht, ihrer Kindheit, dieser nicht enden wollenden Periode von Schulwechseln und dem konstanten Gefühl, nicht dazuzugehören, auch komische Seiten abzugewinnen. Wie er, der Bergarbeitersohn aus Hückelhoven, der trotz aller Widerstände seiner Umgebung neben der Lehre unter Tage noch das Abendgymnasium besucht hatte, hatte auch Judith gelernt, ihre Verletzlichkeit mit Zynismus zu kaschieren. Doch wenn sie zusammen waren, hatten sie das nicht nötig. Sie konnten vollkommen ernsthaft und aufrichtig über Einsamkeit, Musik, Sex, Träume, Ängste, Peinlichkeiten und Politik sprechen. Dann wieder ergötzten sie sich an ihrem schwarzen Humor. Standen ketterauchend und Kölsch trinkend in irgendeiner Kneipe und zogen über ihre Kommilitonen her, die ja so unendlich kindisch waren, im Vergleich zu ihnen selbst.

Außerdem war Patrick einer der wenigen Männer, der sich für Judiths leidenschaftliches Engagement im Frauenhaus interessierte und sich nicht bedroht fühlte, wenn sie in langen Monologen gegen selbstgefällige Machos wütete, gegen Frauenhasser und Frauenschläger, gegen die Ungerechtigkeiten des Paragraphen 218. Und gegen Frauen, die gar nicht merkten, wie sehr sie sich erniedrigten, wenn sie ihr Verhalten und ihr Outfit jenen Normen unterwarfen, die Werbung und Medien ihnen als »Weiblichkeit« vorgaukelten. Und Patrick hörte nicht nur zu: Er verstand ihre Wut und teilte sie.

Ein paar Mal waren sie schließlich miteinander ins Bett gegangen, weil ihnen das zunächst als einzig logische Konsequenz ihrer Innigkeit erschien. Es war eine angenehme Erfahrung – beinahe spielerisch, sehr vertraut und natürlich –, aber sie merkten schnell, dass es darum gar nicht wirklich ging in ihrer Freundschaft, und mit einer Weitsicht, die ihr Alter bei weitem überstieg, beschlossen sie, ihre Freundschaft nicht durch weitere erotische Versuche auf die Probe zu stellen, sondern sie einfach zu leben.

Und so hatten sie es gehalten. Gemeinsam hatten sie sich durch die Klausuren ins Hauptstudium gebüffelt, hatten sich beieinander ausgeweint über diverse Liebschaften, sich füreinander gefreut, wenn es gut lief. Sie waren zu Pfingsten mit Patricks VW-Bus an die Nordsee gefahren, mal zu zweit, mal zu viert. Im siebten Semester hatte Patrick dann das Jurastudium geschmissen, um zur Polizei zu gehen. Er war überzeugt, dort mehr für die Gesellschaft tun zu können als in einer Anwaltskanzlei. Zeitgleich hatten sie in Köln ihr Examen gemacht, Judith an der Uni, Patrick an der Fachhochschule für öffentliche Verwaltung. Sie hatten sich nicht mehr so oft gesehen in dieser Zeit, aber das war nicht wichtig, denn wenn sie sich trafen, war sofort die alte Verbundenheit wieder da. Zwei Jahre später folgte Judith Patrick dann zur Kriminalpolizei, frustriert von ihrem Rechtsreferendariat am Amtsgericht. Es folgten weitere Jahre, in denen sie sich nur selten sahen, Judith arbeitete bei der Sitte, Patrick bei der Drogenfahndung in Düsseldorf. Und dann waren sie Kollegen geworden: Im Kriminalkommissariat 11 in Köln, jener Abteilung des Polizeipräsidiums, die bei der Bevölkerung Mordkommission und im Amtsjargon Leichensachbearbeitung heißt.

Damit hatte wieder eine neue Phase ihrer Freundschaft begonnen. Wie in den ersten Jahren sahen sie sich nun täglich, manchmal arbeiteten sie sogar in einem Team. Zuerst machten die Kollegen hin und wieder anzügliche Bemerkungen, aber das legte sich bald. Irgendwann wurde Patrick zum stellvertretenden Teamleiter befördert, aber auch das änderte nichts an ihrer Freundschaft. Sie dachten, sie hätten das Leben im Griff. Obwohl ihr Beruf sie täglich mit dem Tod konfrontierte, glaubten sie, sie selbst seien immun dagegen. Manchmal gingen sie nach der Arbeit in die Kneipe, gelegentlich mit ihren Kollegen. Selbst Judith fühlte sich im KK 11 dazugehörig, verbunden, geborgen. Sie achtete nicht auf Überstunden. Sie arbeitete gründlich und verließ sich auf ihre Intuition, so wie sie es während ihres Studiums als Nachtwächterin im Frauenhaus gelernt hatte – und der Erfolg gab ihr Recht. Axel Millstätt, im Präsidium ohnehin bekannt als Frauenförderer, wurde auf sie aufmerksam, die Beförderung schien nur noch eine Frage der Zeit zu sein. Alles war perfekt. Bis zu jenem Sonntagabend, als Judith Bereitschaft hatte und mit den ersten Symptomen einer Grippe kämpfte.

Es war reiner Zufall, dass sie genau in jenem Moment, als ihr Diensthandy klingelte, in Patricks Wohnung stand. Sie hatte mit ihm und seiner Freundin Kaffee getrunken. Wäre der Anruf nur fünf Minuten später gekommen – wie oft hatte sie das gedacht. Aber so war es nicht. Gerade wollte sie sich verabschieden und hielt schon die Jacke in der Hand, als sie das Gespräch entgegennahm, zuhörte und unwillig stöhnte.

*Das war's dann mit dem Erkältungsbad. Irgendein Irrer hat seine Schwiegereltern erschossen, jetzt bedroht er Frau und Kinder. Sieht so aus, als gäbe das eine scheißlange und scheißkalte Nacht.*

*Lass mich das übernehmen, du siehst wirklich fertig aus.*

*Quatsch, ich nehm' ein Aspirin, das geht schon. Lass du mal lieber Sylvia nicht allein.*

*Sylvia will sowieso nachher noch eine Freundin treffen, mach dir darüber keine Sorgen. Komm schon, Judith, ich übernehme heute für dich – und dafür machst du meine Schicht am ersten Advent. Da hat Sylvias Mutter Geburtstag.*

*Wenn das so ist – okay, danke, gerne. Mir geht es wirklich nicht besonders gut.*

Worte, achtlos dahingesagt. Wie oft hat sie sich seitdem gewünscht, sie zurücknehmen zu können. Doch so funktioniert das Leben nicht. Sie hatte Patrick zum Abschied noch nicht einmal richtig umarmt, weil sie ihn nicht anstecken wollte. War frierend zu ihrem Auto geeilt und hatte sich selbst bemitleidet, weil ihr der Hals wehtat.

Zwei Stunden später wurde Patrick erschossen, während sie in der Badewanne lag. Sein Tod hat eine Lücke in ihr Leben gerissen, eine klaffende Wunde, die einfach nicht aufhören will zu eitern. Nur manchmal, wenn sie mit Martin in ihrer Küche gesessen hat, auf der Dachterrasse oder im Sommer unten am Rhein, wenn sie sich an ihn lehnte und sein Lachen an ihrem Rücken vibrierte, hat es sich so angefühlt, als könne diese Wunde doch verheilen. Im nächsten Moment hat sie sich dann jedesmal furchtbar erschreckt. Weil das Leben zu fragil ist für etwas so Fundamentales wie Glück.

Sorgfältig löst Judith Martins Hauschlüssel von ihrem Schlüsselbund und steckt ihn in einen wattierten Umschlag. Bereits während ihrer Grundschulzeit hatte sie gelernt, eine gewisse Distanz zu wahren, damit der Abschied nicht so wehtut. Viele Jahre später hat sie für Patrick eine Ausnahme gemacht, ohne auch nur darüber nachzudenken. Hätte sie das nicht getan – niemals hätte sein Tod dieses Loch in ihr Leben reißen können. Sie klebt den Umschlag zu und adressiert ihn, zündet sich eine Zigarette an. Eine letzte, verspricht sie sich, und dazu ein letztes Bier. Sie muss versuchen zu schlafen, damit sie sich am nächsten Tag auf ihre Arbeit konzentrieren kann. Ihre letzte Chance. Sie legt den Briefumschlag auf die Kommode im Flur, damit sie ihn am Morgen nicht vergisst. Die Freundschaft mit Patrick war ein Experiment in Sachen Nähe, das gescheitert ist. Niemand kann von ihr erwarten, es zu wiederholen.

❊❊❊

In Köln stellt Diana den Jeep auf einen Parkplatz in der Nähe der Universitätsmensa. Der Geruch von Gyros, Pommes frites, Alkohol, Benzin und Parfüm hängt über den Straßen des »Kwatier Lateng«. Ein fetter, übersättigter Geruch, so gegensätzlich zum Aroma Afrikas: dem trockenen Lehm, dem Raubtierdung, dem Duft von Holzkohlerauch und Milch, den die Zulu-Frauen auf den Märkten hinter sich herziehen wie einen Schleier. Das »Groove« ist ein schummriger Keller auf der Kyffhäuserstraße. 23 Uhr ist noch früh für das studentische Szenevolk, das hier verkehrt, aber bald wird es voll sein. Ein schmalhüftiger Rothaariger mit Tatoos auf den nackten, mageren Oberarmen und einem schweren Silberring in Form eines Totenkopfes legt Vinylplatten auf, Projektoren werfen psychedelische Kringel in Orangetönen an die Wände. Schwarzlicht lässt die BH-Träger der Barmädchen wie Neon leuchten. Ein paar junge Männer am Tresen trinken Flaschenbier und beobachten sie. Ihr Haar ist ähnlich zurechtgegelt wie das von Silberjacke, dem Polizisten. An ihn will Diana nun wirklich nicht erinnert werden. Bedacht darauf, Abstand zu halten, ordert sie einen Caipirinha.

Sie trinkt selten Alkohol und der erste bitterherbe Schluck schießt ihr direkt von der Kehle in den Kopf. Gut. Sie lässt das zerstoßene Eis im Glas klirren und schlendert an der Theke und den Geljungs vorbei in den Hinterraum, wo eine metallene Bodenplatte als Tanzfläche dient. Der rothaarige DJ hat offenbar ein Faible für Oldies, er zerrt den Regler hoch, ein metallischer, künstlicher Sound, irgendetwas, das wie Kraftwerk klingt. Dann *Tainted Love* in einer Technoversion. Ein paar Studentinnen mit schwarz geränderten Kajalaugen beginnen zu tanzen. Mit geschlossenen Lidern lassen sie ihre Hüften kreisen und saugen hin und wieder hungrig an ihren Zigaretten, was die mechanischen Bewegungen ihrer fleischlosen gepiercten Bäuche auf eine groteske Art jeder Sinnlichkeit beraubt. Ein dunkelhaariger Typ mit Pferdeschwanz, Cargo-Jeans und einem eng anliegenden schwarzen T-Shirt scheint zum selben Schluss wie Diana zu kommen. Er wendet seine Aufmerksamkeit von der Tanzfläche ab. Für eine Sekunde treffen seine Augen ihre und sie liest darin so etwas wie Neugier, dann lässt er den Blick weiterschweifen und nimmt einen langen Schluck von seinem Flaschenbier. Am anderen Ende der Tanzfläche winkt ihr jemand zu und Diana erkennt Jens, einen alten Klassenkameraden. Langsam schlendert sie zu ihm hinüber und fühlt dabei den Blick des Dunkelhaarigen auf ihrem Rücken, ein angenehmes Kribbeln. Sie lehnt sich an die Wand und tauscht mit Jens die obligatorischen Nettigkeiten aus, auch ihn hält sie auf Abstand.

Der dunkelhaarige Typ sieht jetzt ganz ungeniert herüber, vielleicht steht er ja auf Frauen, die er nicht haben kann, auf jeden Fall scheint ihm der kleine Wettkampf um Dianas Aufmerksamkeit zu gefallen. Sie lässt Jens vom zehnjährigen Abijubiläum schwatzen, das sie verpasst hat, sagt ihm aber wohlweislich nicht, wo sie zu dieser Zeit gelebt hat, weil er dann bestimmt alles ganz genau wissen will. Sie tut so, als ob sie das, was Jens erzählt, einigermaßen interessiert, nippt an ihrem Drink und wirft dem anderen Typen hin und wieder einen Blick zu. Sie kann durch den Raum fühlen, wie sie von Minute zu Minute interessanter für ihn wird. Schließlich nimmt er seinen Ellbogen von dem kleinen Bartisch, an dem er lehnt, und zieht mit dem Fuß einen soeben frei gewordenen Barhocker neben sich, eine Geste, die Diana als Einladung interpretiert. Sie nickt Jens ein Wir-sehen-uns-gleich-noch zu und unterdrückt ein Lächeln, während sie sich an den tanzenden Studentinnen vorbeischlängelt.

»Darf ich?«

»Ich bitte darum.« Er spricht hochdeutsch. Gut. Der DJ legt irgendwas mit einem satten afrikanischen Beat auf. Diana setzt sich auf dem Hocker zurecht und lässt den Turnschuhfuß im Takt wippen. Der Dunkelhaarige mustert sie.

»Ich hab dich hier noch nie gesehen. Du bist nicht von hier, oder?«

»Ja und nein.«

»Aha.« Er grinst. Er hat schöne weiße Zähne. »Und was heißt das?«

»Willst du die kurze oder die lange Fassung?«

»Lohnt sich die extended version?«

»Kommt drauf an, was du magst.« Sie nimmt den Strohhalm zwischen die Zähne und saugt den letzten Schluck Caipirinha aus ihrem Glas. »Die Langfassung ist ein bisschen wild.«

»Wild klingt gut.« Er lehnt sich vor, berührt spielerisch den Ärmel ihres Kleides. »Passt zu deinem Outfit.«

Sie lacht ihn an. »Und du, wohnst du hier?«

»Gleich um die Ecke, am Rathenauplatz.«

»Allein?«

»In einer WG. Warum, ist das wichtig?«

Sie zuckt die Schultern. Es ist ein bisschen früh, ihm zu sagen, dass sie die Nacht mit ihm verbringen will. Extended version sozusagen, volles Programm. Aber erst einmal hat sie Lust zu tanzen. Und mit ihm zu flirten. Und sie will einen zweiten Drink. Als könne er ihre Gedanken lesen, hält er seine Flasche hoch und schüttelt sie. Leer. Er steht auf, greift nach ihrem Glas. Er ist groß, bestimmt einen Kopf größer als sie. Der DJ schiebt den Regler noch ein bisschen weiter nach oben. Wieder ist da dieses Gefühl, dass sie in einem Raumschiff sitzt. Sie lehnt sich an die raue Wand. Das Forsthaus, der Wald und ihre Angst entschwinden in eine weit entfernte Galaxis. Der Dunkelhaarige sieht sie an.

»Was trinkst du? Caipi?«

Gute Kinderstube hat er auch noch, denkt Diana und nickt ihm zu. »Perfekt.«

❋❋❋

# Samstag, 1. November

Es ist ein Albtraum, ein Albtraum. So hat sie sich den Moment nicht vorgestellt, in dem die Polizei sie damit konfrontiert, dass Andreas sie unwiederbringlich verlassen hat. Diese Kommissarin sieht aus, als habe sie in ihren Klamotten geschlafen und könnte jeden Moment wieder einen hysterischen Anfall bekommen. Ihr Kollege mit der albernen Frisur belauert sie mit kaum verhohlener Feindseligkeit. Als handle es sich um ein blutiges Messer, hat er gestern Abend Andreas' Haarbürste in eine Plastiktüte fallen lassen, während seine herbeigerufenen Kollegen die Oberflächen in Andreas' Arbeitszimmer mit allerlei Pülverchen bestreuten, um Fingerabdrücke zu nehmen.

Juliane Wengert rückt ein Stückchen näher zu Albrecht Tornow, froh, dass er da ist, dieser langjährige Freund und Berater ihrer Familie. Sie fröstelt, sie hat nicht geschlafen in dieser Nacht, nachdem Albrecht diese scheußlich indiskreten Polizisten endlich hinauskomplimentiert hatte.

Sie hat nicht geschlafen, hat nicht schlafen wollen, hat nur im Dunkeln vor dem Kamin gesessen und versucht, einen Sinn in allem zu finden. Aber natürlich gibt es keinen Sinn. Als Albrecht dann um neun Uhr wiederkam, unmittelbar vor den Kripobeamten, und diesen Ausdruck im Gesicht hatte, brauchte er gar nichts zu sagen. Der Tote ist Andreas, und das Einzige, was sie fühlt, ist ein mildes Erstaunen, dass die Polizei das tatsächlich über Nacht festgestellt hat, wo man doch vom öffentlichen Dienst ganz anderes gewohnt ist. Später wird Zeit sein, über das nachzudenken, was die Polizei herausgefunden haben will. Im Moment kommt es darauf an, Haltung zu bewahren.

»Es tut uns sehr Leid, Frau Wengert, aber anhand des Röntgenbildes von Ihrem Zahnarzt konnten wir den Toten nun eindeutig als Ihren Mann identifizieren.« Die Kommissarin hat eine säuerliche Fahne. Angewidert konzentriert sich Juliane Wengert auf ihre weißen Lilien.

»Frau Wengert, hatte Ihr Mann Ärger in der Schule? Hatte er irgendwelche Feinde?«

»Haben Sie nicht doch eine Idee, was Ihr Mann im Bergischen Land gewollt haben könnte? Hat er sich dort vielleicht mit jemandem getroffen, hat er jemanden besucht?«

»Frau Wengert, wie war Ihre Ehe? Waren Sie glücklich? Hatten Sie Probleme?«

»Entschuldigen Sie, aber wir müssen leider so direkt fragen: Hat Ihr Mann Sie betrogen?«

»Wollte Ihr Mann sich womöglich von Ihnen trennen, oder Sie sich von ihm?«

Verbissen schüttelt sie den Kopf. Probleme! Oh, nein, sie wird ihnen nichts von diesem kleinen Flittchen erzählen, mit dem sie Andreas auf dem Sofa erwischt hat. Eine Minderjährige, eine seiner Schülerinnen! Ohne jedes Schamgefühl. Rotzfrech hat sie Juliane angesehen an jenem fürchterlichen Abend, als sie früher von einer Tagung heimgekommen ist. *Sie haben mir überhaupt nichts vorzuschreiben! Ich liebe Ihren Mann, und er liebt mich auch!* Den Zahn hatte sie der Kleinen immerhin schnell gezogen und Andreas hat es nicht gewagt zu widersprechen. Natürlich musste er die Affäre augenblicklich beenden – bevor etwas davon an die Öffentlichkeit dringen konnte. Bevor sie ihn aus ihrem Haus jagen würde und aus ihrem gemeinsamen Leben, dessen Luxus, wie sie sehr wohl weiß, er zu schätzen weiß – wohlwissend, dass er allein von seinem Gehalt einen ähnlichen Standard niemals finanzieren könnte. Außer sich vor Wut ist sie gewesen, nicht nur vor Eifersucht, auch deshalb, weil er nicht nur seinen guten Ruf, sondern auch ihren zu ruinieren drohte. Eine Schülerin! Wie wird sie dastehen, wenn der Skandal bekannt wird? Die alternde Ehefrau eines Schürzenjägers, der auch vor seinen

Schutzbefohlenen nicht Halt macht? Wie abgrundtief würdelos das ist.

Nächtelang hat sie sich den Kopf darüber zerbrochen, was sie tun soll. Ihre Ruhe war dahin. Die Lösung war schließlich ein unendlich peinliches Gespräch mit der Mutter des Mädchens, das Andreas und sie gemeinsam durchstanden. Das Mädchen wurde von der Schule genommen. Nichts würde an die Öffentlichkeit dringen, hatten sie vereinbart. Auch das kleine Luder hatte schließlich versprochen dichtzuhalten. Danach hatte Andreas sie, Juliane, angefleht, ihm zu verzeihen. *Ein einmaliger, bedauerlicher Ausrutscher. Bitte, Juliane, sei doch vernünftig, ich liebe dich.*

Was sollte sie tun? Sie hat versucht, ihm zu glauben, aber es ist ihr nicht gelungen. Zu viel hat sie schon gesehen, sie, zu deren Beruf es gehört, durch die Welt zu jetten. Trotzdem ist sie nicht so schnell bereit gewesen, Andreas aufzugeben. Etwas in ihr wollte ihn nicht loslassen. Und so dehnten sich Wochen zu Monaten, in denen Juliane mehr und mehr zu einer Gefangenen ihres Misstrauens wurde, ein Schatten ihres früheren Selbst, ein Opfer ihrer Eifersucht.

Und dann hat er sie verlassen. Ist mit seinem geliebten Motorrad aus der Einfahrt gefahren, dass der Kies nur so spritzte, und sie hat gewusst, dass sie ihn nicht mehr wiedersehen wird. Gewusst, gefühlt, geahnt – was auch immer. Jetzt ist er tot, sagt die Polizei, und zumindest ein Gutes hat dieser Tod: Er kann nicht mehr sagen, dass er sie betrogen hat, dass er sie verlassen wollte, dass er sie schon verlassen hat. Niemand wird das erfahren, denn dass dieses kleine Flittchen es wagt, den Mund aufzumachen, wird seine Mutter schon zu verhindern wissen. Sonst gibt es andere Wege, die Kleine zum Schweigen zu bringen. Juliane Wengert gibt sich einen Ruck, setzt sich gerade hin. Sie ist eine Witwe. Sie hat ein Recht, um ihren Mann zu trauern, und niemand kann sie zwingen, sein Andenken zu besudeln, indem sie von einer Affäre berichtet, die längst der Vergangenheit angehört. Sie räuspert sich.

»Meine Ehe war intakt, Sie bemühen sich vergeblich. Und jetzt möchte ich meinen Mann sehen. Bitte. «

Die Polizisten wechseln einen bedeutungsvollen Blick. Albrecht legt seine Hand beschwörend auf die ihre. Sie hat seit Ewigkeiten keine Handcreme benutzt. Ein Fehler. Ihre Haut ist trocken und schuppt sich. Reptilhaut.

»Bitte, Juliane, tu dir das nicht an.« Albrecht bettelt regelrecht. »Du musst Andreas nicht identifizieren, es besteht kein Zweifel, dass er es ist. Der Abgleich der Zähne ist eindeutig.«

»Ich will ihn sehen«, wiederholt Juliane Wengert scharf. Albrecht weiß nicht, was sie Andreas schuldig ist, und es geht ihn auch nichts an. Sie bezahlt ihn dafür, dass er ihre Interessen vertritt, nicht dafür, dass er sie hinterfragt.

»Wenn Sie darauf bestehen, dann fahren wir selbstverständlich.« Der Kommissar mit der albernen Frisur steht auf. Auch Albrecht erhebt sich und bietet Juliane den Arm an. Er macht Anstalten, ihr nochmals ins Gewissen zu reden, beherrscht sich jedoch.

Aber als sie eine halbe Stunde später durch die neonbeleuchteten Gänge des Rechtsmedizinischen Instituts am Melatenfriedhof gehen, ist Juliane Wengert auf einmal selbst nicht mehr so sicher, dass es eine gute Idee war, ihren Willen durchzusetzen. Sie hakt sich bei Albrecht unter. Ein Zurück gibt es nicht mehr, ohne dass sie ihr Gesicht verliert, und auch wenn sie fürchterliche Angst vor dem hat, was auf sie zukommt, ist der Wunsch, der Wahrheit ins Gesicht zu sehen, immer noch stärker. Denn wie, wenn sie sich nicht mit eigenen Augen davon überzeugt hat, kann sie je sicher sein, dass es sich bei dem Toten wirklich um Andreas handelt?

Ein braun gebrannter, gedrungen muskulöser Mann in weißem Kittel drückt seine Zigarette in einem winzigen, silbernen Aschenbecher aus, lässt den Deckel zuschnappen und tritt auf sie zu. Nie zuvor hat sie sich Gedanken darüber gemacht, wie ein Leichenarzt aussieht – aber ganz sicher hätte sie nicht so einen Tausendsassa mit sinnlichen Lippen erwartet, der teure italienische Schuhe trägt und durchdringend nach einem herben Aftershave mit Moschusnote duftet.

»Karl-Heinz Müller«, sagt er und hält ihre Hand eine Millisekunde länger als nötig. »Sie müssen jetzt sehr stark sein – sind Sie wirklich sicher, dass Sie Ihren Mann sehen wollen?«

All das passiert mir nicht wirklich, denkt Juliane Wengert

und nickt. Auf einmal muss sie an das kleine, herzförmige Muttermal an der Innenseite von Andreas' linkem Oberschenkel denken. *Mein Herz*, hat sie gealbert und es geküsst, damals in Las Vegas, als sie es entdeckt hat. *Versuch nie, dich vor mir zu verstecken, denn daran werde ich dich immer wieder erkennen.* – *Na, wenn das so ist, lasse ich es am besten in meinen Pass eintragen*, hatte er geantwortet und sie auf den Mund geküsst. *Unveränderliche Kennzeichen: Das Herz meiner Frau.* Aber natürlich war das nur ein Scherz gewesen und natürlich hat er auch auf das echte Herz in Julianes Brust keine Rücksicht genommen.

Es ist sehr kalt in dem Raum, in den Karl-Heinz Müller sie führt, und augenblicklich weiß Juliane Wengert, warum er so viel Aftershave benutzt. Der Geruch, der von der Metallbahre aufsteigt, ist widerlicher als alles, was sie sich je hätte träumen lassen. Ungerührt, ja beinahe liebevoll ergreift der Leichenarzt das grüne Tuch, das den Körper auf der Bahre bedeckt, und schlägt es zurück.

»Atmen Sie nicht durch die Nase« sagt er – mehr hört sie nicht. Der Gestank in Verbindung mit der rohen, augenlosen Fleischmasse unter Andreas' schöner blonder Löwenmähne, in die sie so gern ihre Finger gewühlt hat, gibt ihr den Rest. So hat sie sich das letzte Wiedersehen nicht vorgestellt. Fort, nur fort will sie. Sie dreht sich um und flieht, erreicht den Flur – so viele Türen, so grelles Licht, aber keine Toilette, wo soll sie bloß hin? Und dann kann sie gar nichts mehr denken, sie verliert das Gleichgewicht, fällt auf den kalten Boden und erbricht in einem krampfartigen Schwall den wirklich allerletzten Rest ihres Mageninhalts mitten auf das hellgraue Linoleum.

Das Nächste, was sie wahrnimmt, ist Albrecht Tornows sonore Stimme. Sie blinzelt. Er steht neben ihr, allerdings in gebührendem Abstand zu der stinkenden, demütigenden Pfütze, in der sie liegt.

»Ich denke, für heute haben Sie meine Mandantin wirklich genug strapaziert«, sagt er und schafft es, dass das so klingt, als seien Julianes Zusammenbruch und ihre Anwesenheit in der Rechtsmedizin ein Ansinnen der Polizei, nicht ihr eigener Wunsch gewesen. Gut so, er holt mich hier raus, er wird mich beschützen, denkt Juliane. Dann erlaubt sie sich, wieder ohnmächtig zu werden.

❋❋❋

»Laura, Laura, Laura – was ist nur mit dir los?«

Zum Glück konzentriert sich Vedanja auf den Verkehr, während er das fragt. Seine Finger ruhen auf dem Lenkrad, breit und weiß und unbehaart. Glibberfinger. Schnell wendet Laura den Blick ab. Es ist ein grauer Morgen. Die Straße nach Kürten ist kurvig und ganz offensichtlich sind sie nicht die Einzigen, die am Samstagmorgen etwas zu erledigen haben.

»Meinst du nicht, du könntest allmählich ein ganz klein bisschen Vertrauen zu mir haben?«

»Tu ich doch«, sagt Laura und merkt selbst, wie lahm das klingt. »Mir geht's doch gut.«

Das ist eine glatte Lüge. Eine schreckliche Angst hat von ihr Besitz ergriffen, seitdem diese Kommissarin den Toten vom Erlengrund beschrieben hat. Eine Panik, die ihr die Kehle zuschnürt.

»Aber irgendetwas hast du doch, das merke ich. Seitdem gestern die Polizei da war, bist du wie verwandelt.«

»Das stimmt doch gar nicht.«

»Hast du was gesehen, das die Polizei wissen muss? Auf der Lichtung vielleicht? Da gehst du doch öfter hin?«

Heftig schüttelt Laura den Kopf. Die Lichtung, der Erlengrund. Warum mussten sie den Toten ausgerechnet dort finden? Und dann die Beschreibung: blonde schulterlange Haare, etwa 30 Jahre alt. Wie Andi. Aber es darf nicht Andi sein, kann nicht Andi sein, denn was hätte er dort getan, ohne sie? Oder hat sie am Ende ein Rendezvous mit ihm versäumt? Hat er auf dem Hochsitz auf sie gewartet? Aber nein, das kann nicht sein, denn bei ihrem letzten Treffen vor vier Wochen hat er nicht sagen können, wann sie sich wiedersehen, sosehr sie ihn auch darum gebeten hatte.

*Wenn meine Frau dahinter kommt, dass wir uns immer noch sehen, bin ich geliefert, bitte versteh doch, Laura. Wir müssen warten, bis du 18 bist, dann kann uns keiner mehr was.*

*Aber du liebst mich doch?*
*Natürlich tue ich das, oh, du weißt doch, wie sehr.*
Er wollte sie wieder an sich ziehen, aber sie hatte sich steif gemacht. *Sag erst, dass wir zusammenbleiben!*
*Ja, ja, ja, natürlich tun wir das, meine süße Laura, natürlich tun wir das.*
Da erst hat sie sich in seine Arme ziehen lassen und er hatte sie auf seinen Schoß gesetzt und gehalten, als wolle er sie nie mehr loslassen und jeder Gedanke an Jey war erloschen und alles war gut gewesen, dort oben in ihrem Liebesnest in den Bäumen, weit entfernt von der Welt. *Ich melde mich,* hat er zum Abschied gesagt. *Ganz bestimmt tue ich das, wir sehen uns bald wieder, ich lasse mir was einfallen, denn hier auf dem Hochsitz wird es allmählich zu kalt.* Aber er hat nicht Wort gehalten. Sosehr sie auch wartete, nichts hat sie seitdem von ihm gehört. Dabei ist sie beinahe jeden Tag auf den Berg geklettert, um die Mailbox von ihrem Handy abzufragen. Keine SMS von Andi. Warum also sollte er vor zwei Wochen auf der Lichtung gewesen sein? Das ergibt absolut keinen Sinn, es muss ein irrsinniger Zufall sein. Jemand, der ihm ähnlich sieht, ist dort erschossen worden, aber nicht Andi, nicht ihr Andi.

Sie erreichen Kürten und Vedanja parkt den VW-Bus in einer Seitenstraße. Er will den Arm um sie legen, als sie zum Marktplatz laufen, aber sie duckt sich weg.

»Was hast du vor, kleine Laura?«

»Ich bin nicht klein!«

»Entschuldige.« Seine blassen Lippen verziehen sich zu einem amüsierten Grinsen. »Also, was hast du vor? Hilfst du mir beim Einkaufen?«

»Ich denke, ich hab heute frei!«

»Natürlich, ja, hast du. War ja nur ein Vorschlag.«

Auf der gegenüberliegenden Seite des Marktplatzes sieht sie einen Drogeriemarkt.

»Ich geh erst mal Batterien kaufen und so. Und dann will ich einfach 'n bisschen rumlaufen und gucken.«

Irgendwo in diesem Kaff muss es ein Internet-Café geben. Vielleicht hat Andi eine E-Mail geschickt. Der Gedanke daran gibt ihr Energie. Ja, so muss es sein. Sie hat seit Ewigkeiten ihre E-Mails nicht abfragen können. Aber erst muss sie Vedanja loswerden. Sie unterdrückt den Impuls, einfach wegzurennen, und lächelt ihn an.

»Meine Mutter hat mir Geld geschickt. Vielleicht kauf ich mir CDs oder 'ne neue Jeans.«

Bevor er etwas entgegnen kann, winkt sie ihm übertrieben enthusiastisch zu. »Tschüss dann, bis später.«

»Um ein Uhr hier am Bus«, ruft er ihr nach.

Sie winkt noch einmal, bejahend. Zwingt sich, ganz langsam hinüber zur Schlecker-Filiale zu schlendern. Tut so, als ob sie sich für die Auslagen der Marktstände interessiert. Sie ist sicher, dass Vedanja sie nicht aus den Augen lässt. Wie kann sie ihn abschütteln?

Im Schlecker kommt ihr der Zufall zu Hilfe. Der Laden ist sehr voll und die Luft stickig und abgestanden. Ein paar Kundinnen beschweren sich lautstark darüber.

»Entschuldigen Sie, unsere Klimaanlage spinnt mal wieder!« Eine sichtlich gestresste Verkäuferin hastet durch den Laden, öffnet eine Tür und keilt sie fest. Dahinter liegt kein Verkaufsraum, sondern eine Art Lager. Aber das Beste ist, dass die Verkäuferin jetzt noch eine weitere Tür an der Rückseite öffnet, offenbar den Liefereingang der Filiale. Ein Schwall kalte Luft weht in den Drogeriemarkt. Schritt für Schritt nähert sich Laura der rettenden Tür – scheinbar ganz versunken in die Auswahl des richtigen Shampoos. Jetzt hastet die Verkäuferin an ihr vorbei zurück in die Filiale.

»Shirin! Shirin, wo bist du? Du musst dich hier an den Hinterausgang stellen!« Mit einem unterdrückten Fluch verschwindet die Verkäuferin hinter einer Regalreihe mit Windeln. »Wo zum Kuckuck steckt dieses Mädchen immer, wenn man sie braucht?«

Laura hat nicht die Absicht, das herauszufinden. Über der Tür hängt schräg ein Spiegel und sie kann darin deutlich erkennen, wie Vedanja den Laden betritt und sich suchend umsieht. Hastig stopft sie Nagellack, Kajalstift, Batterien, Haartönung und Deoroller in die Taschen ihres Parkas, lässt ihr leeres Einkaufskörbchen auf den Boden fallen und rennt. Sie rennt schnell und so lange, bis sie die empörten Schreie aus dem Drogeriemarkt nicht mehr hört und sicher sein kann, dass ihr niemand folgt.

※※※

Die Juicy-Fruit-Kaugummis rhythmisch mit den Zähnen bearbeitend, schlüpfen die Spurensicherer Karin und Klaus vor dem Eingangsportal der Wengertschen Villa in ihre weißen Overalls und die Überschuhe. Als sie wenig später im Flur der Villa ihre Koffer arrangieren, drängt Manni sich an ihnen vorbei zurück auf die Straße, wahrscheinlich weil er Millstätt in Empfang nehmen will. Judith geht in die Küche und beobachtet durchs Fenster, wie ihr Kollege auf dem Bürgersteig im grauen Nieselregen von einem Bein aufs andere tritt. Ihr Kopf fühlt sich an wie flüssiges Blei, ihr Bauch revoltiert gegen die zwei Aspirin, die sie statt eines Frühstücks zu sich genommen hat. Es gibt keinen Grund, sich zu Manni in die Kälte zu stellen, der tatsächlich noch ein wenig selbstzufriedener aussieht als am Vorabend. Lustlos öffnet sie den Wengertschen Kühlschrank. Er enthält ein angebrochenes Paket Diätmargarine der Marke »Du darfst«, drei Flaschen Grauburgunder, eine Flasche Aquavit Linie, ein sehr schrumpeliges Stück Ingwer, mehrere Möhren, Äpfel und Zitronen, deren Verfall nur unwesentlich weniger weit fortgeschritten ist, Scheibletten und Putenbrustaufschnitt, ebenfalls von »Du darfst«, ein angebrochenes Glas Himbeermarmelade derselben Marke, mehrere Dosen Cola light, zwei Liter Volvic-Wasser, ein Päckchen Jacobs-Kaffee »Krönung light« und zwei Stapel Joghurtbecher von Weihenstephan, der linke mit Kokos-, der rechte mit Vanillegeschmack. Nichts wirklich Nahrhaftes, kein Wunder, dass Juliane Wengert Magenprobleme hat. Im Gefrierfach befinden sich mehrere Plastiktabletts mit Eiswürfeln und Kühlkompressen für Stirn und Augen.

Systematisch öffnet Judith die anderen Schränke und findet neben teurem Geschirr, Pfannen, Töpfen und Küchengeräten Schokoladenkekse, Gewürze, Nudeln, Reis, mehrere Pakete Knäckebrot, einen Stapel »Du darfst«-Fertiggerichte für die Mikrowelle und vier kleine Dosen chinesische Bi-Huhn-Suppe.

Nur beim Tee scheint Juliane Wengert Wert auf Frische zu legen: Mehrere Porzellangefäße sind sorgfältig beschriftet, ihr Inhalt ist erlesen, kein billiger Beuteltee. Nachdenklich lässt Judith den Blick über die dunkelpolierten Walnussoberflächen schweifen. Wenn sie es nicht besser wüsste, würde sie jede Wette eingehen, dass dies die Küche einer alleinstehenden Frau ist. Schwer vorstellbar, dass der athletische Andreas Wengert abends zusammen mit seiner Ehefrau »Diät-Hühnerfrikassee mit Risi-Pisi« in der Mikrowelle erhitzt und zum Nachtisch Vanillejoghurt gelöffelt hat.

Millstätt und Manni erklimmen gerade die steinernen Eingangsstufen, Juliane Wengerts Anwalt Albrecht Tornow ist ihnen dicht auf den Fersen. Seine Lippen sind zu einem misslaunigen Strich gepresst, seine spitze Nase, die unter dem braunen Prinz-Eisenherz-Haarschnitt heraussticht, und die stelzenden Bewegungen seiner langen dünnen Beine verleihen ihm die Aura eines Afghanen-Rüden, den es vom Siegertreppchen der Hundezüchtermesse unversehens in den Morast eines Kuhstalls verschlagen hat. Fehlt nur noch die Schleife, denkt Judith böse, gesellt sich aber mit neutralem Gesichtsausdruck zu ihren Kollegen, die sich im Eingangsbereich um Axel Millstätt scharen.

»Herr Tornow darf also dabei sein, während ihr euch hier umseht«, verkündet ihr Chef. Wie immer, wenn er ohne Flipchart, Tafel oder Overheadprojektor sprechen muss, verschränkt er die Arme hinter dem Rücken und wippt auf den Fußballen. »Seine Mandantin ist einstweilen bei einer Verwandten untergekommen und nicht in der Verfassung, weitere Fragen zu beantworten. Sie möchte aber bei den Ermittlungen behilflich sein. Deshalb haben wir ihre ausdrückliche Erlaubnis, uns hier umzusehen – auch wenn die Villa bekannterweise nicht der Tatort ist.«

Klaus lässt dezent eine Kaugummiblase zerbersten und Millstätt mustert ihn irritiert. Albrecht Tornow nutzt die Chance und ergreift das Wort.

»Ich möchte betonen, dass diese Erlaubnis meiner Mandantin keineswegs eine Selbstverständlichkeit ist. Aber da sie unschuldig ist, hat sie nichts zu verbergen. Sie verlässt sich darauf, dass Sie mit ihrem Hab und Gut pfleglich umgehen und äußerste Diskretion wahren, da es sich um ihre Intimsphäre handelt. Bedenken Sie bitte, dass ihr Verlust schon groß genug ist.«

»Gleich fang ich an zu heulen«, flüstert Manni. »Wahrscheinlich hat sie in den letzten zwei Wochen nix anderes getan, als Beweise zu vernichten.«

Karin zwinkert ihm zu. »Irgendwas vergessen sie immer.«

»Gibt es Diskussionsbedarf?«, fragt Millstätt schneidend. Niemand erwidert etwas.

»Gut. Ich habe Herrn Tornow also zugesichert, dass ihr euch zu benehmen wisst. Haltet euch bitte daran. Ich muss jetzt los – Schulfest. Meine Frau besteht darauf, dass ich diesmal dabei bin. Manni, Judith, morgen früh um acht erwarte ich euren Bericht.«

Als ob eine Hausdurchsuchung jemals die Intimsphäre wahren könnte, denkt Judith zwei Stunden später resigniert, während sie die Wäschekommode der Wengerts inspiziert. Seine Unterhosen, ihre Seidendessous. Seine Socken, ihre Strümpfe. Jede Sorte in einer Extraschublade, alles schön nach Farben sortiert. Wenn dies eine Derrick-Folge wäre, würde sie zwischen der Wäsche todsicher Liebesbriefe oder einen Revolver finden. Aber dies ist die Wirklichkeit und es ist eine der vielen hässlichen Fratzen jedes Verbrechens, dass nicht nur das Opfer, das nackt auf dem Sektionstisch der Rechtsmedizin liegt, seine Geheimnisse preisgeben muss, sondern dass auch alle, die mit ihm zu tun hatten, plötzlich gezwungen sind, wildfremden Kriminalbeamten Aspekte ihres Lebens zu offenbaren, die sie unter normalen Umständen sogar vor ihren engsten Freunden verbergen würden. Und all das im Namen der Gerechtigkeit, all das für dieses irrwitzige Fünkchen Hoffnung, dass am Ende dieses zermürbenden Seelenstriptease ein Täter ermittelt wurde, den man für all das Leid, für all den Verlust verantwortlich machen kann.

Aber empfindet Juliane Wengert den Tod ihres Ehemanns tatsächlich als Verlust? Mehr und mehr beginnt Judith dies zu bezweifeln.

»Schau mal hier«, ruft Manni von nebenan. »Fürs Wandern

sind die Wengerts wahrlich gut ausgerüstet!« Er hebt eines von mehreren Paaren teurer Wanderschuhe hoch und begutachtet die Sohlen. »Größe 38, und sieh mal an, richtig schöner Waldboden in den Ritzen. Würde mich nicht erstaunen, wenn der zum Tatort passt.«

»Meinst du nicht, dann hätte Juliane Wengert ihre Schuhe geputzt?«

»You never know«. Manni schiebt die Stiefel in eine Beweismitteltüte und beginnt systematisch, Jackentaschen zu durchwühlen. Er pfeift leise durch die Zähne, als er nach einer Weile aus einer roten Outdoor-Herrenjacke eine Wanderkarte hervorzieht. »Das schöne Bergische Land, schau an, schau an.«

»Komm schon, Manni. Alle Kölner fahren zum Wandern ständig ins Bergische.«

»Mag sein. Aber schau mal, wie die Karte geknickt ist – im Zentrum ist eindeutig das Schnellbachtal.«

»Tatsächlich. Aber beweist das, dass Juliane Wengert die Täterin ist? Vorläufig bedeutet das doch nur, dass Andreas Wengert das Schnellbachtal kannte. Der Größe nach zu urteilen ist das eindeutig seine Jacke.«

»Vielleicht hat sie die Karte ja auch in seine Jacke gesteckt.«

»Das ist doch Quatsch – warum sollte sie das tun? Und überhaupt – warum hängt Andreas Wengerts Jacke mit der Karte hier im Schrank, wenn er sie doch benutzt hat, um den Erlengrund zu finden? Und wo sind seine Motorradsachen, die er auf jeden Fall mit ins Schnellbachtal genommen haben muss?«

»Warum verteidigst du Miss Marmor eigentlich dauernd? Ich dachte, du bist dafür, dass wir in alle Richtungen ermitteln?«

»Du hast Recht. Und deshalb nehme ich jetzt Fotos von den Wengerts mit und fahre noch mal zu diesem Aschram. Mal sehen, ob das die Erinnerung dieser Yogis auffrischt.«

»Ich glaube nicht, dass Millstätt das gut finden würde.«

»Millstätt will, dass wir bis morgen Ergebnisse vorweisen. Da ist es nur gut, wenn wir uns aufteilen.«

❃❃❃

Es ist Mittag, als Diana ihren Jeep ins Tal zum Sonnenhof lenkt. Ihr frisch gewaschenes Haar hat sie zu einem Knoten hochgesteckt, sie hat sogar Make-up aufgelegt. Auf dem Beifahrersitz steht ihre Reisetasche, darin befinden sich ein Paar schwarze Lackledersandalen mit Absatz, ihr schwarzes, bügelfreies Standard-Abendkleid von H&M und eine Seidenstola, deren schimmerndes Grün genau zu ihren Augen passt. Diana muss nicht in den Rückspiegel schauen, um zu wissen, dass sie großartig aussehen wird. Die Nacht mit Tom – so hatte der Dunkelhaarige aus dem *Groove* sich ihr schließlich vorgestellt – hat sie elektrisiert. Obwohl sie kaum mehr als zwei Stunden geschlafen hat, fühlt sie sich so gut wie lange nicht mehr. Um acht hat sie Tom selig schlummernd zurückgelassen – später, als sie wollte, aber immerhin noch rechtzeitig, um zu verhindern, dass Ronja ihr Morgengeschäft im Flur des Forsthauses erledigte. Zum Dank hat sie ihre gemeinsame Joggingrunde auf eineinhalb Stunden ausgedehnt und danach immer noch genug Energie gehabt, ihren Haushalt zu erledigen und die Gemüsebeete im Garten winterfest zu machen. Vollkommen entspannt und unbeobachtet hat sie sich dabei gefühlt, und abgesehen von ihrer Mutter, die sie zum elften Mal in dieser Woche daran erinnerte, nur ja pünktlich zu Tamaras Konzert zu kommen, hat niemand sie mit Anrufen malträtiert.

Sie erreicht den Parkplatz des Sonnenhofs, nimmt Ronja an die Leine und springt aus dem Wagen. Vedanja ist nirgends zu sehen, auch sonst wirkt das Gehöft wie ausgestorben. An der Rezeption sitzt ein Mädchen mit braunen Knopfaugen. Auf ihren Wangen blühen eitrige Pickel, vor ihr liegt ein Ayurveda-Buch.

»Hallo, ich suche Vedanja.«

»Hab ich heute noch nicht gesehen.«

»Aber sonst ist er doch eigentlich immer hier?«

Das Mädchen zuckt uninteressiert mit den Schultern. »Kann sein, dass er in der Stadt ist. Keine Ahnung, ehrlich.«

»Und Laura?«

»Vielleicht bei den Schafen? Oder in der Schreinerwerkstatt, da ist sie öfter.«

Die Schreinerwerkstatt ist eine alte Fachwerkscheune, die abseits des Hauptgebäudes direkt am Schnellbach liegt. Im ausgebauten Dachboden befinden sich ein paar Gästezimmer. Unten in der Werkstatt riecht es nach Holz und Leinöl. Ben, der Schreiner, legt den Lappen, mit dem er soeben eine Meditationsbank poliert hat, auf die Werkbank und beugt sich zu Ronja hinunter, die sich wie ein Derwisch um die eigene Achse dreht.

»Na, wen haben wir denn da? Welch hoher Besuch in unserer bescheidenen Werkstatt! Die Oberförsterin persönlich. Und in solch charmanter Begleitung.« Er geht in die Hocke und krault Ronja ausgiebig hinter den Ohren.

»Wie geht's, wie steht's? Alles im grünen Bereich?«

»Alles bestens.«

»Wirklich? Das hört man selten von jenen unerlösten Seelen, die außerhalb unseres bescheidenen Aschrams leben müssen.« Er richtet sich auf und mustert Diana interessiert. Er hat eine eigentümliche Art, den Kopf zu neigen, Mit seinen strubbeligen dunklen Haaren erinnert er sie an ein vorwitziges Vogeljunges.

»Ich suche Laura. An der Rezeption sagte man mir, sie sei vielleicht hier.«

»Nein, hier ist sie nicht.«

»Weißt du, wo sie steckt?«

»Nein.« Plötzlich reagiert der Schreiner so wachsam, wie alle vom Sonnenhof, wenn sie das Gefühl haben, dass man sie ausfragen will. »Warum? Was willst du denn von ihr?«

»Wir haben verabredet, dass sie auf Ronja aufpasst. Wenn sie das nicht tut, sitze ich in der Klemme. Denn da, wo ich hin muss, kann ich Ronja unmöglich mitnehmen.«

»Ihr seid ziemlich oft zusammen, Laura und du.« Eine Feststellung, keine Frage.

»Ja, sie besucht mich oft. Das ist doch nicht verboten, oder?«

»Solange sie hier ihre Arbeit erledigt.«

»Tut sie das denn nicht?«

»Doch, doch, natürlich tut sie das.«

»Na dann ist ja alles in Ordnung. Weißt du wirklich nicht, wo sie sein könnte?«

»Sie kommt bestimmt bald wieder. Lass Ronja doch einfach hier bei mir. Wenn Laura kommt, kann sie übernehmen.«

»Ich weiß nicht.«

»Ronja kennt mich doch inzwischen, Laura ist sowieso oft mit ihr hier. Was hast du denn so Wichtiges vor?«

»Meine kleine Schwester gibt ein Konzert in Köln. Wenn ich nicht mindestens bis morgen Nachmittag dabei bin, das Ereignis würdige und beim Bewirten der Ehrengäste helfe, verzeiht meine Mutter mir das niemals.«

»Ja, ja, die Mütter!«

Diana drückt ihm Ronjas Leine in die Hand. »Also, wenn du wirklich auf Ronja aufpassen würdest. Vielen Dank, Ben.«

»Kein Problem, Laura kommt bestimmt bald.«

»Eigentlich wollte ich auch noch was mit Vedanja besprechen. Aber wo der steckt, weißt du wohl auch nicht?«

»Nein. Was willst du von ihm?«

»Ach, es ist nur – ich hab ihm vor ein paar Tagen ein Handy gegeben, das ich im Wald gefunden habe. Darshan stand darauf. Ich wollte mal wissen, ob er diese Darshan inzwischen erreicht hat.«

Bens Augen verengen sich. »Darshan?«

»Ja. Er hat gesagt, eine Darshan hätte mal hier gelebt.«

»Stimmt, aber sie ist jetzt in Indien.«

»Das hat er auch gesagt, aber er war sich nicht ganz sicher. Er wollte versuchen, sie zu erreichen.«

»Na, dann hat er das bestimmt auch getan.« Ben geht zur Werkbank und gießt Leinöl auf den Lappen. »Sorry, ich muss hier weitermachen. Der Laden brummt zur Zeit, wir haben richtig viele Bestellungen. Nächste Woche brauche ich Buchenholz – lässt sich das machen?«

»Klar, kein Problem.«

Sie handeln Preis und Liefermodalitäten aus und danach gibt es keinen Grund mehr, weiter in der Werkstatt zu bleiben.

»Ich stelle die Dosen mit Ronjas Futter hier auf den Tisch«, sagt Diana schließlich und streichelt die Hündin zum Abschied.

»Mach dir keine Sorgen, wir passen gut auf Ronja auf.«

»Ja, ich weiß.«

Trotzdem kommt es Diana so vor, als habe sich ein Schatten über diesen Tag gelegt, der so perfekt begonnen hatte. Es sieht Laura überhaupt nicht ähnlich, dass sie eine Verabredung versäumt, bei der es um Ronja geht. Und was Vedanja und das Handy angeht, hat Ben ihre Zweifel nicht zerstreuen können. Immer noch hat Diana das Gefühl, dass sie es eigentlich der Polizei hätte geben müssen. Morgen, wenn ich zurückkomme, rede ich mit Vedanja, beruhigt sie sich. Bestimmt klärt sich dann alles auf. Und jetzt muss ich erst einmal meine Familie überstehen.

❊❊❊

Heiner von Stetten trägt heute eine orangefarbene Pluderhose und ein rotes Kapuzensweatshirt, das über seinem Bauch spannt. Er thront im Schneidersitz auf einem violetten Meditationskissen vor einem niedrigen indischen Teetisch, auf dem er Tarotkarten ausgebreitet hat, die er mit gerunzelter Stirn studiert.

Nachdem das picklige Mädchen vom Empfang Judith bei ihm abgeliefert hat, streift er sie mit einem flüchtigen Blick, wendet seine Aufmerksamkeit dann aber sofort wieder den Karten zu. Mehr denn je sieht er wie ein Buddha aus.

»Setzen Sie sich, setzen Sie sich. Gerade habe ich mich gefragt, was die Königin der Schwerter mir sagen will, die heute so hartnäckig obenauf liegt – und jetzt habe ich meine Antwort.« Er nimmt eine der Karten vom Tisch und reicht sie Judith herüber. »Wie immer ist es ganz einfach. Die Königin der Schwerter, die Kämpferin für Wahrheit und Gerechtigkeit. Wer sonst könnte damit gemeint sein als Sie, Judith.«

Die Königin der Schwerter schwebt mit nacktem Oberkörper auf einem Wolkensitz im Himmel. In der rechten Hand hält sie ein Schwert, in der linken einen abgeschlagenen, bärtigen Kopf. Judith gibt ihm die Karte zurück.

»Sehr schmeichelhaft. Aber ganz so blutrünstig bin ich nicht.«

»Oh, die Königin der Schwerter ist nicht blutrünstig. Crowleys Symbolik ist nur sehr plakativ. Die Königin der Schwerter regiert das Element Luft, das steht für den Intellekt. Was diese Königin mit ihrem Schwert vernichtet, ist die Falschheit. Sie hält eine Maske in der Hand. All diese Verstellungen, hinter denen die Menschen sich so gern verstecken, sind ihr zuwider. Sie ist die Maskenzerreißerin.«

»Interessant.«

»Ja, nicht wahr. Aber die Königin der Schwerter ist nicht nur unerbittlich, wenn sie die Falschheit vernichtet. Sie ist auch nackt, sehen Sie. Und auf dem Kristallstern über ihrem Haupt schwebt ein Kinderkopf. Wissen Sie, was das bedeutet, Judith?«

»Keine Ahnung.«

»Das ist ein Symbol für Unschuld. Nur weil die Königin der Schwerter sich selbst entblößt und ihre eigene kindliche Unschuld bewahrt, kann sie die Wahrheit erkennen und die Masken der anderen zerreißen.«

Heiner von Stetten hebt den Kopf und mustert Judith kritisch.

»So ist es doch immer. Alles hat seine zwei Seiten. Ich überführe andere der Lüge, weil ich mich selber zeige, wie ich wirklich bin. Dabei ist gerade dieser zweite Teil so schwer, nicht wahr?«

Judith weiß nicht, was sie darauf entgegnen soll. Sie fühlt sich unbehaglich unter Heiner von Stettens Blick. Gereizt bemerkt sie, wie ihre Wangen zu brennen beginnen.

»Ja, ja, natürlich ist das schwer.« Heiner von Stetten spricht jetzt sehr leise. »Wer wüsste das besser als Sie, Judith?«

»Es geht hier nicht um mich.«

»Oh, ich glaube, da irren Sie sich. Es geht absolut um Sie. Sie quälen sich, etwas quält Sie, das habe ich gleich gesehen. Und heute ist es sogar noch deutlicher.« Mit einer schnellen Bewegung schiebt Heiner von Stetten die Tarotkarten zusammen und hält sie Judith hin. »Ich glaube, Sie brauchen sehr dringend Hilfe. Ziehen Sie eine Karte.«

Judith ignoriert den Stapel und legt die Farbkopie, die sie von Andreas Wengerts Foto gemacht hat, auf den Tisch. Zwei Stunden lang hat sie die schon in Unterbach rumgezeigt. Hat sie Marc Weißgerber, dem Motorradhelden, unter die Nase gehalten, Egbert Wiehl und seiner verdrießlichen Frau, hat Abzüge davon in der Kneipe »Zur Linde« und im Truckstopp »Rosi's« ins Fenster geheftet. *Die Kriminalpolizei bittet um*

*Mithilfe*. Bislang will niemand Andreas oder Juliane Wengert gesehen haben.

»Herr von Stetten, ich habe weder Zeit für ein Kartenspiel noch Interesse daran und ich komme durchaus gut allein zurecht. Wie Sie sich vielleicht erinnern, ermittle ich in einem Mordfall. Kennen Sie diesen Mann?«

»Ist das der Tote? Nein, ich kenne ihn nicht.«

»Sind Sie sicher?«

»Ich habe diesen Mann noch nie gesehen.« Er legt den Tarotkartenstapel auf das Foto. »Na los, trauen Sie sich. Nehmen Sie eine Karte.«

»Und diese Frau?« Judith reicht ihm ein Porträt von Juliane Wengert. Er betrachtet es und schüttelt den Kopf.

»Eine schöne Frau. Aber leider – auch sie ist mir noch nie begegnet. Was ist mit ihr? Ist sie auch tot?«

»Möglicherweise war sie am Tatort«, sagt Judith ausweichend. Heiner von Stetten betrachtet sie aufmerksam.

»Die Täterin?«

»Das kann ich nicht sagen. Ich möchte diese Fotos jetzt gern Ihren Mitarbeitern und Gästen zeigen.«

Ein kleines Lächeln umspielt Heiner von Stettens Lippen. »Ganz die Königin der Schwerter. Keine Gnade. Immer geradewegs auf das Ziel zu.«

»Es wird bedeutend zeitaufwändiger für alle Beteiligten, wenn ich die Bewohner des Sonnenhofs als Zeugen aufs Polizeirevier vorladen muss.«

»In zehn Minuten enden die Nachmittagskurse und dann können Sie von mir aus fragen, wen und was Sie wollen. Aber solange müssen Sie sich noch gedulden. Also, wie ist es?« Er hebt die Tarotkarten vom Tisch, mischt sie und hält sie Judith erneut hin, immer noch lächelnd.

»Na los, trauen Sie sich. Die Wartelisten für unsere Tarotkurse sind lang – und Sie bekommen sogar eine Gratisdeutung von mir.«

Sie macht keine Anstalten, die Karten entgegenzunehmen.

»Ich hätte gedacht, dass Sie mutiger sind, Schwertkönigin.«

»Ach, geben Sie schon her.«

Sie kann sich selbst nicht erklären, warum sie ihm nachgibt.

Wenn er ihr Einlenken als eigenen Sieg verbucht, lässt er es sich zumindest nicht anmerken.

»Mischen Sie die Karten, schließen Sie die Augen, atmen Sie tief. Ein und aus, ein und aus. So ist es gut.«

Heiner von Stettens Stimme hat jetzt etwas Schmeichelndes, Eindringliches, dem sie sich nur schwer entziehen kann. So also leitet er diesen Aschram, denkt Judith. Mit der Macht des Verführers. Natürlich tut er das, schließlich ist er Psychologe. Er ist gefährlich, aber ich werde mich nicht von ihm blenden lassen, ich nicht. Mehr denn je hat sie das Gefühl, dass sie die Lösung dieses Falles hier im Schnellbachtal finden wird, wenn sie nur durchhält, wenn sie nur hartnäckig genug ist. Hinter Heiner von Stettens freundlicher Fassade spürt sie etwas anderes. Sie weiß, dass es ihm gar nicht gefallen wird, wenn sie tatsächlich beginnt, Masken herunterzureißen, vor allem, wenn sie dabei ihm und seinen Eleven zu nahe kommt.

»Jetzt breiten Sie die Karten mit der linken Hand zu einem Fächer aus. Lassen Sie sich Zeit. Gut. Und nun ziehen Sie Ihre Karte. Wählen Sie mit geschlossenen Augen. Vertrauen Sie. Nehmen Sie die Karte, zu der Ihre Hand Sie führt.«

Wie albern, alle Karten fühlen sich gleich an, denkt Judith, während sie eine der Karten hochhebt.

»Sehr gut. Woran haben Sie gedacht?«

»An meine Ermittlungen.«

»An Ihre Ermittlungen. Natürlich.« Sie hört Belustigung in seiner Stimme und öffnet die Augen. Sein Gesichtsausdruck ist vollkommen neutral. »Und, was für eine Antwort gibt Ihnen das Tarot?«

Sie dreht die Karte um und beißt sich auf die Unterlippe. Gedämpftes Violett und trübes Grün, fünf dunkle, verbogene Schwerter.

»Niederlage.« Sie wirft die Karte auf den Tisch und steht auf. »Genug gespielt. Ich denke, die zehn Minuten sind um.«

»Interessieren Sie sich denn nicht für die Deutung?«

»Niederlage. Das ist doch wohl eindeutig genug.« Sie geht zur Tür. Mit einer erstaunlich behänden Bewegung erhebt sich Heiner von Stetten und holt sie ein.

»Oh nein, so eindeutig ist das nicht. Alles hat zwei Seiten.

Die Niederlage besteht vor allem aus der Furcht vor der Niederlage. Und zwar in einer wichtigen Beziehung, in einer Herzensangelegenheit. Die Venus steht bei dieser Karte im Wassermann, das heißt, das Herz ist durcheinander und verängstigt, es ...«

»Danke, Herr von Stetten, das reicht mir für heute. Jetzt möchte ich wirklich meine Arbeit machen.«

Doch diese Arbeit gestaltet sich einmal mehr als mühsames Auf-der-Stelle-Treten. Auch die Fotos helfen nicht. Es ist nicht anders als in Unterbach. Niemand im Aschram will Andreas Wengert oder seine Ehefrau gekannt oder gesehen haben. Nach einem, wie sie hofft, überzeugenden Plädoyer für die Unterstützung polizeilicher Ermittlungstätigkeit bleibt Judith nichts anderes übrig, als die Versammlung im Yoga-Raum zu beenden, die Fotos der Wengerts und ihre Visitenkarte an eine Korkpinnwand im Speisesaal zu heften und darauf zu vertrauen, dass irgendein Zeuge sich bei ihr melden wird. Vielleicht möchte ihr ja jemand sein Wissen lieber unter vier Augen mitteilen. Außerdem fehlen einige der Aschram-Bewohner. Der rothaarige Kermit zum Beispiel. Und auch dieses Mädchen mit den braunen Rastalocken, das er bei ihrem letzten Besuch so argwöhnisch bewacht hat.

»Ich werde natürlich jeden Hinweis absolut vertraulich behandeln«, betont Judith zum Abschied noch einmal und versucht, nicht an die Botschaft der Tarot-Karte zu denken. Es hilft nicht. Sie fühlt sich mit jeder Faser ihres Körpers so, als habe sie eine Niederlage erlitten. Noch eine Niederlage. Die Zeit, als sie auf der Siegerseite des Lebens stand, scheint unendlich lange zurückzuliegen und ihre Stimmung, bessert sich nicht im Geringsten, als ihr eine Viertelstunde später auch nach mehrmaligem Klingeln niemand die Haustür des Forsthauses öffnet. Es wird schon dunkel und feiner Nieselregen hüllt sie ein wie ein feinmaschiges Netz. Nirgendwo im Forsthaus brennt Licht und der Schuppen, der als Garage dient, ist leer. Trotzdem kommt es ihr so vor, als würde irgendwo in diesem Haus jemand stehen und sie beobachten. Oder ist es nur der Wald, der sie irritiert, weil er so still ist und sich auf das Forsthaus zuzuschieben scheint?

Im schwindenden Tageslicht lenkt sie ihren Wagen den matschigen Forstweg hinunter zum Erlengrund. Jeden Quadratzentimeter der Lichtung haben sie in der vergangenen Woche mehrfach abgesucht, schwören Karin und Klaus. Verwertbare Spuren außer der leeren Patronenhülse haben sie trotzdem nicht gefunden, und eine große Hilfe ist die auch nicht. Ein absolut gängiges Fabrikat, passend für jede stinknormale Kaliber-16-Schrotflinte. Also haben die Ks das Absperrband aufgerollt und ihre Sachen gepackt, um sich neuen Ermittlungen zu widmen. Wer weiß, was sie inzwischen in der Wengertschen Villa entdeckt haben. Judith stellt den Motor ab und dreht sich eine Zigarette. Sie lehnt sich an die Motorhaube und raucht in tiefen Zügen, froh, dass die Bäume sie vor dem Nieselregen schützen. Der Hochsitz auf der gegenüberliegenden Seite der Lichtung ist nur noch schemenhaft zu erkennen. Was hat Andreas Wengert dazu veranlasst, dort hinaufzuklettern? Hat Manni Recht und er hatte sich dort mit seinem Mörder verabredet, und wenn ja, warum? Es gibt keinen Parkplatz für Wanderer in der Nähe, die Forstwege sind mit Schranken versperrt, aber mit seinem Motorrad konnte er die natürlich umfahren. Gesetzt den Fall, dass er das getan hat, hat er seine BMW vermutlich ungefähr dort abgestellt, wo Judith jetzt steht. Dann ist er über die Lichtung gelaufen und auf den Hochsitz geklettert, wo er sich – vermutlich auf Befehl seines Mörders – auszog. Wieder glaubt sie einen Moment lang die Angst Andreas Wengerts beinahe physisch zu fühlen. Die Wucht der Schüsse habe ihn vom Eingang des Hochsitzes auf die Sitzbank katapultiert, steht im Abschlussbericht. Es ist nicht sicher von wo oder wie der Täter zur Lichtung gekommen ist, relativ wahrscheinlich ist nur, dass er die BMW von Andreas Wengert nach der Tat in die Scheune gefahren hat, wo Marc Weißgerber und seine Freunde dafür sorgten, dass keine der Spuren, die der Täter möglicherweise hinterlassen hatte, erhalten blieb. Auch von den Brettern aus dem Dach des Hochsitzes und von der Kleidung des Toten fehlt jede Spur.

Judith tritt ihre Zigarette aus und holt eine Taschenlampe aus dem Kofferraum. Von der Mitte des Erlengrunds aus betrachtet, ist der Wald nur undurchdringliche Schwärze. Einen

Moment lang glaubt sie, etwas Helles im Unterholz zu sehen, ein Gesicht, doch als sie den Lichtkegel ihrer Taschenlampe darauf richtet, ist dort lediglich nasses Gestrüpp. Der Hochsitz hat immer noch ein Loch im Dach. Sie klettert hinauf und fühlt, wie der Nieselregen auf ihrem Gesicht kleine, kalte Perlen bildet. Irgendetwas hat sie übersehen, irgendetwas ist hier, sie muss sich nur konzentrieren, dann kann sie es greifen. Sie zwingt sich, in der Dunkelheit auf der Holzbank zu sitzen und diesen Ort und das Geheimnis, das er birgt, auf sich wirken zu lassen, bis ihr das Haar in nassen Strähnen an der Kopfhaut klebt.

## Sonntag, 2. November

»Wo ist Manni?«

Es ist Sonntagmorgen, 8.00 Uhr, die Bagger zu Füßen des Polizeipräsidiums haben ihre Schaufeln im Sand vergraben und halten ausnahmsweise still. Die Räume des KK 11 sind leer. Nur Millstätt sitzt hinter seinem Schreibtisch. Mit rotgeränderten Augen mustert er den rabenschwarzen Inhalt seines Kaffeebechers. Sie haben ihm den Becher nebst Kaffeemaschine zu seinem 50. Geburtstag geschenkt. »Unser Chef hat immer Recht« steht darauf.

»Manni ist schon in Bonn.« Millstätt wirft zwei Stück Würfelzucker in seinen Becher und rührt konzentriert.

»Und unsere Besprechung?«

»Mach die Tür zu und setz dich, Judith. Auch einen Kaffee?«

»Gern.«

Umständlich schenkt Millstätt ihr ein, sinkt wieder auf seinen Bürosessel und beginnt einen Stapel Akten von der rechten auf die linke Seite seines Schreibtischs zu schichten. Entgegen seiner sonstigen Gewohnheit sieht er Judith nicht an. Sie trinkt einen Schluck Kaffee und verbrennt sich die Zunge. Die Hitze explodiert in ihrem Magen und sie fühlt, wie sie zu schwitzen beginnt.

»Du hast gestern Nachmittag versucht, mich zu erreichen. Tut mir Leid, ich war im Schnellbachtal und hatte mal wieder keinen Empfang. Du weißt doch, wie das im Bergischen ist, reine Glückssache. Als ich deine Nachricht bekam, habe ich mich sofort gemeldet, aber da war nur noch deine Mobilbox und Manni habe ich auch nicht mehr gekriegt ...«

Millstätt unterbricht sie mit einer ungeduldigen Handbewegung.

»Es tut mir wirklich Leid. Was hat Manni denn herausgefunden, dass ihr mich so dringend brauchtet?«

»Darum musst du dich nicht mehr kümmern.«

Millstätts Kaffee ist viel zu stark. Sie fühlt, wie ihr Herz in harten Schlägen gegen ihre Rippen donnert, ihr Kopf beginnt zu glühen.

»Wie meinst du das?«

»Ich empfehle dir dringend, dich bis auf weiteres dienstfrei zu melden, Judith.«

»Aber ...«

»Glaub mir, es fällt mir nicht leicht, dir das nahe zu legen, du weißt, dass ich dir nun wirklich sehr lange vieles nachgesehen habe. Aber dass du dich ohne jeden Grund und wiederholt meinen Anweisungen widersetzt, das kann ich nicht hinnehmen.«

»Aber ich bin doch hier. Und ich dachte, wenn Manni und ich uns aufteilen, kommen wir schneller voran. Ich glaube eben nach wie vor, dass wir im Schnellbachtal ...«

»Dass du Juliane Wengert für unschuldig hältst, hast du ja eindrücklich demonstriert.«

Millstätts Schokoladenblick saugt sich an ihr fest. Sie fühlt, wie sich die Röte in ihrem Gesicht vertieft. Manni hat Millstätt also von ihrem peinlichen Auftritt in Juliane Wengerts Badezimmer erzählt. Natürlich hat er das, der kleine Speichellecker – wie konnte sie auch nur eine Sekunde hoffen, dass er schweigen würde. Sie schafft es nicht, Millstätts Blick standzuhalten, und betrachtet resigniert ihre Hände. Die Fingerkuppen sind gelb vom Nikotin. Ihr rechter Zeigefingernagel hat einen Trauerrand.

»Aber dein Einsatz als Jeanne d'Arc der Hauptverdächtigen hat nichts, aber auch gar nichts mit professioneller Ermittlungsarbeit zu tun, und das weißt du selbst sehr genau. Ganz davon abgesehen – nein, lass mich jetzt ausreden – ganz davon abgesehen war meine Anweisung an euch mehr als deutlich:

Ihr solltet als Team ermitteln – und dazu gehört, dass du dich, wenn du schon Alleingänge unternimmst, zumindest mit deinem Partner absprichst und dich regelmäßig bei ihm meldest.«

Millstätt wühlt in seinem Ablagekörbchen.

»Den Brief an die *Zahnärztlichen Mitteilungen* hast du im Übrigen auch nie abgeschickt, obwohl du das behauptet hast.« Er klatscht den unadressierten Umschlag vor Judith auf den Schreibtisch. »Gibt es sonst noch irgendetwas, was du versäumt oder gar herausgefunden hast?«

Judith schüttelt den Kopf. »Nein. Aber ich glaube ...«

»Dein Glaube interessiert mich nicht.«

Millstätt steht auf und sieht auf einmal sehr erschöpft und wesentlich älter aus als sonst.

»Ich verzichte vorerst noch auf offizielle Schritte – unter der Bedingung, dass du dich endlich wegen dieser Geschichte mit Patrick in psychologische Behandlung begibst und bis auf weiteres freiwillig Urlaub nimmst.«

»Aber ...«

»Bitte, Judith, du weißt, dass ich dich jederzeit auf irgendeine Kriminalwache versetzen lassen kann, aber das ist nicht mein Interesse, also zwing mich nicht, mit Dienstanweisungen zu arbeiten. Sag mir bis Freitag Bescheid, wie du dich entscheidest. Und bevor du gleich dieses Gebäude verlässt, gib mir deine Dienstwaffe und den Ausweis.«

»Und wer soll jetzt für mich weiter ermitteln?«

»So, wie es aussieht, kommt Manni gut voran und im Bergischen hat er ja noch diesen Hans Edling. Ab morgen erhält er außerdem unseren Neuen zur Unterstützung, obwohl das eigentlich gar nicht mehr nötig ist.«

»Aber ...«

»Es ist nur noch eine Frage der Zeit, bis wir Juliane Wengert verhaften. Sie hat für das fragliche Wochenende kein Alibi, sie hat einen Motorradführerschein – und eine Nachbarin schwört, dass ihr Ehemann ein Verhältnis hatte.«

Judith fühlt etwas Nasses auf ihren brennenden Wangen. Sie wischt mit dem Ärmel darüber, aber das hilft nicht. Tränen. Noch nie hat sie im Präsidium die Fassung verloren, aber nun, ungläubig, zeitverzögert, wie durch eine Watteschicht, bemerkt sie, dass sie weint. Lautlose Rinnsale, die einfach nicht versiegen wollen, die ihren Hals herunterkriechen und sich langsam, aber sicher in ihren Pullover saugen wie der Regen im Wald am Abend zuvor.

»Geh jetzt nach Hause, Mädchen.« Das Mitleid in Millstätts Stimme bringt sie dazu, sich zusammenzureißen, aufzustehen und das KK 11 zu verlassen, diesen Ort, von dem sie so lange geglaubt hat, dass sie dorthin gehört, ja, dass ihre Anwesenheit dort etwas Großes ist, etwas, auf das sie stolz sein kann, für das es sich lohnt, mit ihrer ganzen Energie zu kämpfen, weil es ihrem Leben einen Sinn gibt.

## II. Teil

# Freier Fall

## 15. Mai, Duisburg-Rheinhausen

»Darshan, please«, sagte die Stimme. Die Frau lag auf der Couch, hatte sich mühsam auf die Ellbogen gehievt, um das Telefon zu erreichen, das auf dem Beistelltisch aus rotem Kunststoff stand. Sie wusste nicht, wie spät es war. Im ersten Moment, als das Klingeln sie weckte, wusste sie nicht einmal, wer sie war und wo sie sich befand. Sie wollte einfach nur, dass der Lärm aufhörte, und streckte die Hand nach seiner Quelle aus. Sie ließ sich zurück in die viel zu weichen Polster sinken und stöhnte. Ihr Rücken schrie und ihr Kopf war ein pulsender Schmerz. Die einzige Lichtquelle im Raum war der Schein der Straßenlaterne, aber das reichte ihr völlig, um sich zu vergewissern, dass sie zu Hause war, dass sie auf ihrem Sofa weggedämmert war, anstatt ins Bett zu gehen, dass sich wieder nichts geändert hatte.

»Darshan, please.« Erst jetzt drang die Bedeutung dieser Worte in ihr Bewusstsein. Sie fühlte, wie ihre Hand, die den Telefonhörer hielt, ganz kalt und feucht wurde, und packte unwillkürlich fester zu.

»Sie heißt Maria.« War dieses erbärmliche Krächzen, das in ihrem Kopf widerzuhallen schien, tatsächlich ihre Stimme? Versoffene alte Kuh, dachte sie und fragte sich, warum sie den Hörer nicht einfach auf die Gabel legte und weiter ihren Rausch ausschlief.

»Darshan, please.« Es war eine Männerstimme, die dies zum dritten Mal wiederholte, registrierte sie jetzt. Die Stimme klang dünn und irgendwie blechern, wie von weit her. Erst jetzt nahm sie das Rauschen wahr, die Echos anderer Gespräche, die durch den Äther trieben, Gesprächsfetzen. Flickschusterei, dachte sie. Man müsste mal eine Patchworkdecke daraus machen. Nähen. Das konnte ich einmal richtig gut. Alles war einmal richtig gut, ich weiß nicht, was geschehen ist, das Leben ist einfach nicht fair.

»Darshan not come. To India. We waiting. Where is Darshan, please.«

Indien. Ein Teil ihres Verstands registrierte erst jetzt, dass der Mann Englisch sprach, mit einem schweren, exotischen Akzent. Indien, was will meine Tochter in Indien, überlegte sie.

»You her mother«, sagte die Stimme jetzt, als könne der Sprecher ihre Gedanken lesen. Es klang anklagend, als ob sie etwas versäumt habe, als ob es eine Gefahr gäbe. Sie fühlte, wie ihr der Schweiß in kleinen Bächen aus den Achseln lief. Mit der freien Hand tastete sie neben dem Sofa herum, bis sie die Flasche Kirschlikör fand. Sie legte sich den Hörer auf die Brust, um die Flasche aufzuschrauben, und trank einen Schluck. Die Stimme kroch aus dem Hörer in ihren Pullover und verlor sich dort zu einem gedämpften Quäken. Geschieht ihm recht, dachte sie. Mich einfach so aufzuwecken. Die Flasche war viel zu schnell leer und sie ließ sie auf den Teppich rollen. Ihre Hände zitterten jetzt. Irgendwann gestern Abend hatte sie doch noch einen zweiten Wein geöffnet? Sie entdeckte die Flasche auf dem gläsernen Couchtisch und schüttelte sie. Noch halb voll. Sie trank in langen Schlucken, bis sie sich besser fühlte.

Wie viel Zeit war vergangen? Der Hörer war ihr von der Brust gerutscht und baumelte jetzt in der Luft, aber sie konnte hören, dass die fremde Stimme immer noch sprach. Was bildete dieser Mann sich eigentlich ein, sie mitten in der Nacht zu stören? Sie angelte nach dem Hörer und hielt ihn wieder an ihr Ohr.

»Hello! Hello? Darshan please!«

»Sie heißt Maria«, wiederholte sie und war erstaunt, wie fest ihre Stimme auf einmal klang. »Sie heißt Maria und sie ist nicht hier. Ich habe sie seit zwei Jahren nicht gesehen, also hören Sie auf, mich zu belästigen.«

*Der Mann begann etwas zu sagen, aber sie hatte jetzt wirklich genug von ihm. Schwerfällig robbte sie ans Ende des Sofas, langte über die Armlehne und presste den Hörer auf die Gabel. Ihre Blase meldete sich und mit einem Seufzer schob sie sich auf die Füße und schlurfte ins Bad. Auf dem Weg zurück zur Couch holte sie sich die Bettdecke aus dem Schlafzimmer. Sie trank die Weinflasche leer und kroch unter das Federbett. Es roch muffig, nach zu viel Einsamkeit und Schweiß und nach dem süßlichen Montana-Parfum, das Werner ihr mal zum Valentinstag geschenkt hatte, damals, als sie noch glücklich waren. Beim Einschlafen lobte sie sich für ihre Geistesgegenwart, den Telefonstecker aus der Wand gezogen zu haben. Der wird mich nicht mehr stören, dachte sie, und das gab ihr zum ersten Mal seit langem ein Gefühl von Macht.*

## Mittwoch, 5. November

Er hat es freundlich versucht. Hat geschrien. Er hat es mit Behauptungen versucht. Mit Argumenten. Mit Warten. Er hat alle Fakten heruntergeleiert, wieder und wieder, wie ein Muezzin, der zum Morgengebet ruft. Es hilft nichts. Juliane Wengert sitzt kerzengerade auf ihrem Stuhl, fixiert einen Punkt in der Luft, knapp neben Mannis linkem Ohrläppchen, und schweigt. Sogar ihr Anwalt, dieser Lackaffe mit den braunen Stirnfransen, sieht inzwischen etwas angestrengt aus.

»Ihr Mann hatte eine Geliebte. Mehrere Zeugen haben das bestätigt. Wollte er sich von Ihnen trennen?«

Schweigen.

»Er wollte sich von Ihnen trennen und da sind Sie ausgerastet, stimmt's?«

Schweigen.

»War es so?«

Kopfschütteln.

»Wie war es dann?«

Schweigen.

»Sagen Sie endlich, mit wem Ihr Mann ein Verhältnis hatte.«

»Bitte, Juliane, wenn du etwas weißt, was der Polizei weiterhilft, musst du es sagen«, meldet sich Albrecht Tornow zu Wort. Juliane Wengert wendet den Kopf und mustert ihn wie ein lästiges Insekt.

»Wenn dir nichts Besseres einfällt, als mir in den Rücken zu fallen, werde ich dich feuern. Ich habe Andreas nicht umgebracht. Mehr habe ich dazu nicht zu sagen.«

Wut funkelt in Albrecht Tornows Augen, aber er beherrscht sich.

»Bitte, Juliane.« Ein Appell. Mit verkniffenen Lippen, aber immerhin.

Schweigen.

»Sie haben vorgestern versucht, sich ins Ausland abzusetzen.« Manni beschließt, seinen neuesten Trumpf auszuspielen. »Warum haben Sie das getan? Sie wussten doch, dass Sie sich zu unserer Verfügung halten müssen.«

»Sag es ihm, Albrecht.« Hartnäckig starrt Juliane Wengert ein weiteres Loch in die Luft.

»Wie ich schon wiederholt sagte, war meine Mandantin mit ihrem PKW auf dem Weg nach Brüssel, als Ihre Kollegen meinten, sie mitten auf der Landstraße verhaften zu müssen wie eine Schwerverbrecherin. Dabei wollte Frau Wengert in Brüssel lediglich ihren Beruf ausüben. Sie hatte den Auftrag, während einer EU-Konferenz zu dolmetschen. Darüber gibt es schriftliche Unterlagen.«

»Sie wollte arbeiten, obwohl ihr Hausarzt sie für absolut vernehmungsunfähig erklärt hat?«

»Wie gesagt, sie arbeitet für das Europäische Parlament, sie wollte diesen wichtigen Kunden nicht verlieren und hatte gehofft, durch ihre Arbeit auf andere Gedanken zu kommen. Per Mobiltelefon wäre sie doch jederzeit für Sie erreichbar gewesen.«

»Das bezweifele ich.«

»Weil Sie voreingenommen sind.«

»Weil wir gründlich ermitteln.« Jetzt ist es wichtig, vollkommen cool zu bleiben und Miss Marmor und ihren Anwalt ganz genau zu beobachten. Sehr bedächtig legt Manni ein Blatt Papier auf den Tisch und unterdrückt ein Grinsen. Erst vor zwei Stunden hat er dieses Fax bekommen. Weil er den richtigen Riecher hatte und mit tatkräftiger Unterstützung des Anfängers so lange nicht locker gelassen hat, bis alle Fluggesellschaften in Brüssel in ihren Computern überprüft hatten, ob er richtig liegt mit seinem Verdacht. Er schiebt die Buchungsbestätigung der Air Jamaica in die Mitte des Tischs.

»Auf Jamaika wäre es mit der Erreichbarkeit für die Polizei

weniger gut bestellt gewesen, und das auf unbegrenzte Zeit. Dies ist ein Open-Return-Ticket. Abflug ab Brüssel am 7. November, ausgestellt auf Sie, Frau Wengert.«

Jetzt hat es diesem Albrecht Tornow die Sprache verschlagen. Fassungslos linst er unter seinen Ponyfransen hervor, bald auf die Buchungsbestätigung, bald auf Miss Marmor. Die wiederum wird auf einmal eine Spur rosig um die Nase. Ihre Blicke hetzen durch den Raum.

»Aber um Himmels willen, diese Buchung hatte ich ganz vergessen. Ich habe sie schon vor Wochen gemacht.«

Manni lehnt sich zurück und verschränkt die Arme vor der Brust. Juliane Wengert ist eine verdammt schlechte Lügnerin. Wirklich eine nette Abwechslung, dass es nun einmal an ihm ist, zu schweigen und sie zappeln zu lassen.

»Ich wollte dort Urlaub machen.« Ihre Gesichtsfarbe wird noch eine Spur dunkler. »Das müssen Sie mir glauben.«

»Urlaub. Open Return!«

»Ja, warum denn nicht. Ich wusste einfach nicht, wie lange ich mir freinehmen konnte, als ich den Flug gebucht habe.«

»Sie haben am 13. Oktober gebucht. Da war Ihr Mann schon tot.«

»Sie hören mir nicht zu. Das wusste ich doch nicht. Ich habe meinen Mann nicht umgebracht. – Albrecht, tu doch was.«

Albrecht Tornow räuspert sich. »Ich beantrage eine Pause in dieser Vernehmung. Ich möchte mich mit meiner Mandantin besprechen. Außerdem ist es doch verständlich, dass Frau Wengert in den letzten Tagen mit anderen Dingen beschäftigt war, als daran zu denken, eine Urlaubsreise zu stornieren, die sie mit Sicherheit nicht mehr antreten wollte.«

Manni sieht ihn an. Tornow blufft gut, das muss man ihm lassen. Aber nicht gut genug. Er könnte schwören, dass der Anwalt Juliane Wengert genauso wenig glaubt wie er selbst. Sollen sie sich seinetwegen in die Haare kriegen – vielleicht sieht Miss Marmor dann endlich ein, dass sie von ihrem hohen Ross herabsteigen muss.

»Also gut, besprechen Sie sich ruhig mit Ihrer Mandantin. Und machen Sie ihr endlich klar, dass es an der Zeit ist, die

Karten auf den Tisch zu legen.« Äußerst zufrieden mit sich und der Welt macht er sich auf den Weg in sein Büro.

Bevor Manni ins KK 11 versetzt worden ist, hat er geglaubt, das neu gebaute Kölner Polizeipräsidium sei modern und funktional und die Arbeit darin komfortabel. Seine Mutter guckt jeden Sonntag Tatort und ist noch heute dieser Ansicht und er bringt es nicht übers Herz, ihr diese Illusion zu nehmen. Und so sitzen sie immer sonntags, wenn Manni noch in Rheindorf ist und der Tatort in Köln spielt, gemeinsam vor dem Fernseher, weil seine Mutter überzeugt davon ist, dass ihr Sohn über ein ähnlich gläsern-effizientes Reich herrscht, wie die beiden Kommissare und ihre Assistentin mit den rattenscharfen Miniröcken und Dekolletees, die zu allem Überfluss auch noch im Handumdrehen jede Information aus dem Internet auf ihren schicken Flatscreen-Monitor zaubert. *Ja, ja, die Technik, so macht Ihr das auch, nicht wahr, Manni,* pflegt seine Mutter dann zu sagen, und wenn die Drehbuchautoren es nicht gar so doll getrieben haben, nickt er und lächelt sie an. *Ja, so ähnlich, Mama.* Er verzeiht sich diese Flunkereien großzügig, denn schließlich – viel gibt es im Leben seiner Mutter nicht, worüber sie sich freuen kann, seit sein Vater durch einen Schlaganfall an den Rollstuhl gefesselt ist und Frau und Sohn mehr als deutlich spüren lässt, wie sehr er leidet und wie sehr er es bereut, die besten Jahre seines Lebens als Fernfahrer auf der Straße zugebracht zu haben, um ein Eigenheim zu finanzieren, das er nun nicht mehr genießen kann.

Wunsch und Wirklichkeit liegen eben nicht unbedingt nah beieinander, denkt Manni, während er mit energischen Sportlerschritten über den nadelfilzgrauen Flur in sein Büro federt. Dass ihm im richtigen KK 11 keine langbeinige Assistentin mit prallen Titten zur Seite steht, das ist ja noch einigermaßen okay, Dienst ist schließlich Dienst. Dass es aber immer noch nicht möglich ist, vom eigenen PC auf dem Schreibtisch ins Internet zu gehen, das ist ein Skandal, auf den der eine oder andere Kollege schon mal die örtliche Presse ansetzen möchte. Nur weil das Image der Polizei dadurch nachhaltig lächerlich gemacht würde, halten sie letztendlich doch dicht, und so muss sich die Kölner Mordkommission auch im 21. Jahrhundert mit all ihren Anfragen an die virtuelle Welt bedingungslos den Launen und Fähigkeiten ihres Kollegen Stefan Safranzki unterwerfen, der sich selbst als Stabsstelle Computer bezeichnet und den sie deshalb abteilungsintern Staco-Steff oder auch Stasi-Staco nennen.

Manni wirft sich auf seinen Bürostuhl und wählt Safranzkis Nummer. Besetzt. Wie immer. Und schnell persönlich vorbeischauen geht auch nicht, weil es Safranzki irgendwie gelungen ist, sein monitorbewehrtes Reich in ein fensterloses, dafür aber ruhiges und geräumiges Büro im Nebenhaus zu verlagern. Manni rollt 65 Zentimeter rückwärts, bis der Aktenschrank in seinem Rücken ihn bremst, wippt zurück, dass die Lehne quietscht, und stemmt die Füße auf die Schreibtischkante. *Das sind ja die reinsten Verschläge*, hat einer der Besucher gesagt, den die Presseabteilungsfuzzis beim Tag der offenen Tür durchs Haus geführt haben, und ist mit dieser Beschreibung der Wahrheit ziemlich nahe gekommen. Nichts ist zu spüren von der luftigen Transparenz, die die glasüberdachte Eingangshalle verspricht und die seine Mutter auch hier in den oberen Stockwerken vermutet. Stattdessen teilen sich immer zwei Kollegen ein Büro, das so schmal geschnitten ist, dass die Schreibtische einander direkt gegenüber stehen müssen. Und weil jeder Kollege bemüht ist, sich ein kleines bisschen Individualität an den Arbeitsplatz zu holen, gibt es einen unausgesprochenen Wettkampf darin, wer die Wand in seiner Bürohälfte am besten zupflastern kann.

Manni drückt die Wahlwiederholung und starrt geistesabwesend auf die Collage hinter dem Schreibtisch seines Kollegen Holger Kühn, der vermutlich wieder in Sachen Jennifer-Mord unterwegs ist. Es gibt dort, in zahlreichen Varianten, nur zwei Motive, die Holger Kühns Hobbys repräsentieren: Surfen in Holland und die Boxerzucht, die er mit seiner Lebensgefährtin betreibt. An seinem ersten Arbeitstag hat Manni vorgeschlagen, dass es doch besser wäre, wenn er die Wand hinter Holger und Holger die hinter Manni dekorieren würde, weil dann Holger seine Hunde und er, Manni, seine Vereinswimpel und Fußballpokale anschauen könne, ohne den Kopf dazu um 180 Grad zu drehen. Aber Holger hat nichts davon wissen wollen und inzwischen hat sich Manni an die traurig-triefäugigen, plattnasigen Hundegesichter gewöhnt, die ihn während all seiner Ermittlungen beobachten.

Endlich erwischt er bei Staco-Steff ein Freizeichen, aber nun hält der es offenbar nicht für nötig, ans Telefon zu gehen. Resigniert schaut Manni auf seine Armbanduhr. Mittagspause. Er weiß aus Erfahrung, dass Safranzki es damit sehr genau nimmt. Immerhin gibt es ein hausinternes Computer-Mail-System, also tippt Manni das Aktenzeichen der »Soko Erlengrund« und die Frage »Hast du schon die Mailbox der PCs von Andreas und Juliane Wengert geknackt?« in ein Formular und schickt es los, in der Hoffnung, dass Safranzki seinen Antrag bald lesen und beantworten wird. Und was nun? Der Grübelei darüber wird Manni vorerst enthoben, denn Ralf, der Anfänger, steckt seine Nase zur Tür herein und will wissen, was er als Nächstes tun soll.

»Hast du die Listen fertig?«

Statt zu antworten schiebt Ralf auch den Rest seines mageren Körpers in Mannis Büro und drückt ihm eine Pappmappe in die Hand. Manni blättert. Zwei ordentliche Computerausdrucke tragen die Überschrift »Lehrerkollegium Schiller-Gymnasium Bonn«, drei weitere Seiten listen akribisch auf, wann Andreas Wengert welche Schulklasse der Stufen neun bis 13 in Sport und Englisch unterrichtet hat. Flüchtig überlegt Manni, ob er auch die achten Klassen nach der geheimnisvollen Geliebten des Andreas Wengert durchkämmen müsste, schließlich sind die Girlies heute frühreif. Andererseits haben sie mit einer Befragung des 43-köpfigen Lehrerkollegiums und der etwa 250 in Frage kommenden Schülerinnen vorerst genug zu tun – zumal es nicht einmal sicher ist, dass Andreas Wengerts Gespielin überhaupt vom Schiller-Gymnasium stammt. Die Direktorin jedenfalls will nichts von einem Skandal um ihren jungen, dynamischen, hochgeschätzten und allseits beliebten Sportlehrer wissen. Am Gartenzaun der Wengertschen Villa künden bergeweise schlappe Blumen, aufgeweichte Kuscheltiere, Gedichte und Fotos davon, dass die Direktorin mit ihrer Einschätzung Recht haben könnte. Die Frage ist, was genau »beliebt« im Einzelfall bedeutet.

Manni faltet die Listen auf Hosentaschenformat und steckt sie in die Gesäßtasche seiner Jeans. Es wird auf Fleißarbeit hinauslaufen, wieder einmal, und er will lieber gar nicht daran denken, dass es ja auch noch jede Menge ehemalige Schülerinnen und andere junge Frauen gibt, die als Geliebte in Frage kommen. Zwei der Wengertschen Nachbarn hat er noch nicht erwischt und an der Schule haben sie noch nicht einmal richtig angefangen, ihre Fragen zu stellen. Aber Geduld und Sorgfalt haben ihm in diesem Fall bislang schon mehrfach Erfolg beschert und Judith Krieger mit ihren ewigen Querschüssen und dem penetranten Beharren darauf, dass sie die Lösung im Schnellbachtal suchen müssen, ist kaltgestellt. Nach nur einem Jahr im KK 11 ist Manni quasi, wenn auch inoffiziell, zum Soko-Leiter aufgestiegen. Millstätt vertraut ihm und wird das ganz sicher in die Beurteilung für die nächste Beförderungsrunde einfließen lassen. Manni beschließt, dass er sich und dem Anfänger in Anbetracht dieser Tatsache durchaus ein Mittagessen in der Kantine gönnen kann, bevor sie weiterschuften. Die Kantine stand zum Glück trotz der desolaten Landesfinanzen nicht auf dem 4-Millionen-Euro-Streichplan für den Neubau des Präsidiums – im Gegensatz zum Kellertrakt mit Schießstand oder den Internet-Zugängen. Manni steht auf und schlüpft in seine Fliegerjacke.

»Gute Arbeit, Ralf. Gehen wir essen. Und dann fahren wir nach Bonn.«

❋❋❋

*Count your blessings*, hat Kate immer gesagt, mit ihrer dunklen Stimme, deren latente Heiserkeit sie mit ihrer Kindheit begründete: *I've cried too much, Diana.* Warum sie so viel weinte, hat Kate nie verraten, zutiefst davon überzeugt, dass es eine heilige Pflicht der Menschen sei, nach vorn zu blicken. *Count your blessings* – sieh das Gute in allem, was das SCHICKSAL dir gibt. Nicht, dass das Schicksal es besonders gut mit Kate gemeint hätte. Nach und nach war es Diana gelungen, die wichtigsten Eckpunkte in Erfahrung zu bringen: Eltern, die zu früh gestorben waren, ein Mann, der auf Nimmerwiedersehen verschwand, nachdem er das Wenige, was Kate besaß, verspielt hatte. Aber, *count your blessings*, immerhin hatte er ihr eine wunderbare Tochter geschenkt: Mary-Ann. Und selbst nachdem Rob, Dianas Boss, diese Mary-Ann geschwängert hatte, blieb Kate optimistisch: Das, was er und Diana im Auftrag des *Nature-Nurture*-Entwicklungshilfeprojekts ins Dorf M'Bele gebracht haben, war schließlich gut. Und immerhin hatte Rob kein Aids.

*Count your blessings*, denkt Diana, als sie nach einem langen Arbeitstag den dünnen Luftpostbriefumschlag mit den exotischen Briefmarken aus ihrem Briefkasten nimmt. *Baby Belinda is wonderful*, schreibt Kate in ihren eckigen Druckbuchstaben. *We are very happy. We are teaching Jo-Jo to write. Next year Mary-Ann be going to school in Mombasa. Thank you so much! Come visit us soon!* Kate hat einen dünnen Armreif aus Elefantenhaar beigelegt, einen Glücksbringer. Diana streift ihn über ihr Handgelenk. Ja, auch sie hat allen Grund, aufs Glück zu setzen. Immer noch zehrt sie von ihrem nächtlichen Ausflug ins Groove und sogar das Wetter ist endlich umgeschlagen, pünktlich zur Holzernte. Ein sonniger, golden leuchtender Herbsttag liegt hinter ihr, mit den Waldarbeitern kommt sie immer besser klar, allmählich scheinen sie zu begreifen, dass sie etwas von ihrem Job versteht, auch wenn sie eine Frau ist und ein paar Jahre in Afrika gelebt hat. Die Durchforstungsmaßnahmen bei Kürten werden sie morgen beenden können, plangemäß.

Und sie hat ihre Jagdgewehre wiederbekommen. Offenbar ist der Fall so gut wie gelöst. Sogar eine Verhaftung hat es schon gegeben. »Falsches Kaliber«, hat dieser alberne Kommissar mit der Silberjacke und der gegelten Igelfrisur gesagt, als er gestern Nachmittag ihre Gewehre zurückbrachte. Es war ihm deutlich anzusehen, dass er ursprünglich mit einem anderen Ergebnis gerechnet hatte, und natürlich hielt er es nicht für nötig, sich für seinen Fehler zu entschuldigen. Ob sie noch eine weitere Waffe habe? Eine Kaliber-16-Schrotflinte vielleicht?, hat er stattdessen gefragt. Hesses Flinte hat Kaliber 16, aber da die ja nicht die Tatwaffe sein kann, hat sie einfach nur den Kopf geschüttelt. Und auch von den Anrufen und von ihrem

Verdacht, dass womöglich sie das Opfer hätte sein sollen, hat sie nichts erzählt. Sie hat keinerlei Bedürfnis, sich lächerlich zu machen. Und schließlich, was könnte sie schon erzählen? Ihr Telefon ist seit dem Wochenende friedlich geblieben, ihre Panik erscheint ihr im Rückblick unangemessen, ja ein bisschen peinlich. Vermutlich war sie einfach überreizt, nachdem sie den Toten gefunden hatte. Sehr wahrscheinlich wollte jemand sie mit den Anrufen einfach ein bisschen ärgern, Schuljungen vielleicht. Und was das Handy aus dem Wald angeht, hat ihr Vedanja noch einmal versichert, dass es wirklich dieser Darshan gehört und dass er es an sie schicken wird.

Diana duscht, füttert Ronja, brät Kartoffeln zum Abendbrot und kocht eine große Kanne Rooibostee mit Vanillearoma. Sie ist ziemlich sicher, dass sie am Ende dieser Ernteperiode ziemlich gut dastehen wird, mit den Festmetern Buche und Fichte, die sie gemacht hat. Sie geht in ihr Büro und checkt die Zahlen, die die anderen Kollegen bisher ans Forstamt gemeldet haben, im Computer. Wirklich, sie ist ziemlich gut. Aber ihr elektronisches Postfach ist leer. Also hat Ariane Solowski, die Forstamtssekretärin, den Inspektionsbericht immer noch nicht getippt. Dabei liegt das Band, das Diana besprochen hat, jetzt seit zwei Wochen auf ihrem Schreibtisch. Die männlichen Kollegen bedient Ariane Solowski weitaus schneller.

Das Telefon klingelt genau in dem Moment, als Diana den Computer ausgeschaltet und das Licht in ihrem Büro gelöscht hat. Mit der Hand auf dem Hörer steht sie und wartet darauf, dass ihr Anrufbeantworter anspringt. »Hier ist die Revierförsterei Schnellbachtal, Diana Westermann ...« Munter und kompetent klingt das. Aber der Anrufer ist offenbar anderer Meinung. Noch bevor die Ansage endet, legt er auf.

❋❋❋

Die Gesichter der Menschen sind stumpf. Arbeitsgesichter, denkt Judith. Verwischte Wimperntusche, zerknitterte Hemden. Ein Hauch von Aftershave hängt in der stickigen Luft des Zugabteils, blasse Erinnerung an einen Morgen, der vielleicht so etwas wie Hoffnung barg. Ein Teenager mit kurzrasiertem

Schädel drängelt sich zu einem Fensterplatz durch. Kaum wird der Sitz ihm gegenüber frei, stemmt er seine Turnschuhe auf die Polster. Aus seinem Walkman wummern Bässe. Die junge Frau neben ihm streift ihn mit einem scheuen Blick, starrt dann sofort wieder in das Taschenbuch, das auf ihrem Schoß liegt. Um ihren Mund haben sich Linien gegraben.

»Kein Benehmen«, sagt eine andere Frau und nickt zu dem Kurzrasierten herüber. Sagt es leise und zu niemand Bestimmtem und trotzdem liest Judith Zustimmung in den Gesichtern der anderen Pendler, doch niemand sagt etwas. Und auch sie selbst presst die Stirn ans Fenster und schweigt. Felder gleiten vorbei. In den Fenstern von Gewächshäusern gleißt fahlgelbes Nachmittagslicht. An guten Tagen sieht Judith in ihren Mitmenschen vor allem das Bemühen. Gerade Frauen rühren sie an solchen Tagen an, ihre hartnäckigen Versuche, dem Leben mit Hilfe von Nagellack, Lippenstift oder einem bunten Seidenhalstuch wenigstens ein bisschen Farbe einzuhauchen.

Aber heute ist kein guter Tag, und wenn sie ehrlich ist, hat sie schon lange keinen guten Tag mehr gehabt. Und feige ist sie außerdem, kein bisschen besser als die anderen im Zug. Wir lassen uns von einem Teenager tyrannisieren, denkt sie. Wir nennen das Toleranz, aber in Wirklichkeit ist es Haltungslosigkeit. Steh jetzt auf und sag dem Jungen, dass er seine Stiefel runternehmen und die Musik leiser drehen soll, befiehlt sie sich. *Na los.* Aber ihr Körper gehorcht ihr nicht und in ihrer Hosentasche, dort, wo sie normalerweise ihren Dienstausweis trägt, brennt ein Loch. Millstätt hat ihr ihre Identität geraubt. Oder die Autorität. Vielleicht auch beides.

Bleierne Tage liegen hinter ihr, vergangen, ohne dass sie einen klaren Gedanken gefasst hätte, seit Millstätt sie beurlaubt hat. Wie tief kann man sinken, fragt sie sich jetzt zum wiederholten Mal. Vorhin hat sie mit Helena, die den Kiosk gegenüber von Judiths Wohnung betreibt, Ouzo getrunken. Mitten am Nachmittag, und dabei wollte sie eigentlich nur Tabak kaufen. Und dann waren plötzlich zwei Stunden um, und sie war angetrunken und es war allerhöchste Zeit, nach Bonn zu fahren. Zu Dr. Margret Zinn, der Schwester ihres Vaters. Margret Zinn – *sag doch Margret, Judith* – ist Psychologin. Keine Person, die Judith unter normalen Umständen besuchen würde. Aber morgen ist Freitag und Millstätts Ultimatum läuft aus, sie muss etwas tun. Der Zug hält und neue, müde Gesichter werden in den Gang geschoben. Judith sehnt sich nach ihrem alten, klapprigen Passat. Doch Helenas Ouzo brennt in ihrem leeren Magen und so viel Selbsterhaltungstrieb hat sie immerhin noch, dass sie nicht auch noch einen Führerscheinentzug provoziert.

Dr. Margret Zinn ist definitiv ein Profi. Lächelnd kommt sie ihr vom Empfang ihrer Praxis aus entgegen, und einen Moment lang sieht es sogar so aus, als wolle sie sie umarmen. Unwillkürlich hält Judith den Atem an. Aber schon ist der Moment möglicher Intimität verflogen und allenfalls ein leichtes Zucken ihrer Lider verrät, dass die Psychologin Judiths Abwehr registriert hat. Doch was auch immer sie daraus schließt, sie lässt es sich nicht anmerken. Immer noch lächelnd ergreift sie Judiths Hand. Ihr Händedruck ist sanft und flüchtig, der Flügelschlag eines Schmetterlings. Als wäre ich ein wildes Tier, denkt Judith, ein wildes Tier, das man beruhigen muss, zähmen.

»Judith, wann haben wir uns eigentlich das letzte Mal gesehen? Bei Wolfgangs 65., nicht wahr?«

»Vor drei Jahren, ja. – Du hast hier ja gar keine Couch.«

»Für meine Zwecke genügen Sessel. Ich bin Psychotherapeutin, nicht Psychoanalytikerin.«

»Ist das nicht dasselbe?«

»Oh nein, bei weitem nicht. Als Psychotherapeutin geht es mir vor allem ums Jetzt und wie man es verändern kann, die Kollegen Analytiker konzentrieren sich hingegen mehr auf die Durchleuchtung der Vergangenheit.« Dr. Margret Zinn setzt sich auf einen der gelben Ledersessel in ihrem Behandlungszimmer und lädt Judith mit einer Handbewegung ein, es ihr gleichzutun. Sie sieht gut aus in ihrem blauen Hosenanzug, energisch und ziemlich jung, obwohl sie inzwischen 60 sein muss.

»Aber sicher bist du nicht gekommen, um mit mir über die

verschiedenen Glaubensrichtungen meiner Zunft zu philosophieren? Du hast am Telefon gesagt, es sei dringend. Also, was führt dich zu mir?«

»Ich brauche ein Attest.«

Judith beeilt sich weiterzusprechen, bevor Margret Zinn sie unterbrechen kann.

»Also nicht direkt ein Attest. Eher eine Bestätigung. Eine Bestätigung, dass ich bei dir in therapeutischer Behandlung bin. Nur eine Bestätigung, verstehst du. Ich will nicht wirklich deine Zeit in Anspruch nehmen.«

»Aha. Und wofür brauchst du diese ›Bestätigung‹?«

»Mein Chef will die haben.«

»Dein Chef. Warum?«

»Er glaubt ... es ist ...« Was soll sie sagen? All die schönen Formulierungen, die sie sich in den letzten Tagen für diesen Moment zurechtgelegt hat, scheinen nicht zu passen.

»Ich brauche ein paar Wochen Pause.«

»Und warum kommst du ausgerechnet zu mir?«

»Du bist die einzige Psychologin, die ich kenne. Wir sind Verwandte. Du kannst doch ein Attest ausstellen, oder?«

»Sicher. Aber erst einmal möchte ich verstehen, warum ich das tun soll.«

»Mein Chef ... Der Polizeiarzt glaubt, dass ich Hilfe brauche, psychologische Hilfe. Aber so ist es nicht.«

Ein unverwandter himmelblauer Blick.

»Wirklich nicht. Es ist nur – ich brauche eine Pause.«

»Also soll ich dir helfen zu lügen?«

»Du sollst mir helfen.«

»Ich soll vortäuschen, dass du meine Patientin bist. Das ist nicht gerade ehrlich und entspricht auch nicht meinem Berufskodex.«

Judith springt auf. »Herrgott, du bist meine Tante – oder hast du das vergessen?«

Es ist so still, dass das leise Ticken der alten Tischuhr auf Margret Zinns Schreibtisch überdeutlich zu hören ist. Margret Zinn seufzt.

»Ich habe nicht gesagt, dass ich dir nicht helfen werde. Ich habe nur präzisiert, was du von mir willst. – Setz dich bitte wieder.« Sehr leise sagt die Psychologin diesen letzten Satz. Zögernd lässt sich Judith wieder auf die Sesselkante sinken.

»Ich muss verstehen, um was es geht, wenn ich dir ein Attest ausstellen soll, Judith.«

Judith nickt. »Okay.«

»Also, was ist los?«

Der Tod eines Kollegen, die nie enden wollende Belastung, zu viele Überstunden, ein paar Flüchtigkeitsfehler, ein wohlmeinender Chef, der Judith unterstützen will. Ein überfürsorglicher Polizeiarzt. Und die Lösung: Ein Attest zur Beruhigung der Gemüter, ein Attest, das Judith einfach ein paar Wochen Zeit gibt durchzuatmen – je länger Judith redet, desto plausibler klingt es. Als sie ihren Monolog beendet hat, hat sie das erste Mal seit Tagen das Gefühl, dass sie noch eine Chance hat, ja dass sie diese Chance verdient hat.

»Er stand dir nahe, dieser Kollege?«

»Er war ein Freund.«

»Oh, wie traurig, Judith.«

»Ja.«

»Als Mädchen hast du dir so sehr einen Freund gewünscht, aber aus irgendeinem Grund warst du immer ziemlich allein, nicht wahr? Deine Brüder lebten ja in ihrer eigenen Welt. Und dann die Umzüge.«

»Das ist lange her.«

»Ja, natürlich.« Immer noch dieser unverwandte Blick. Judith presst die Lippen zusammen. Auf einmal wird ihr bewusst, dass ihr Atem vermutlich nach Ouzo riecht.

»Also gut, Judith. Ich schreibe dir deine Bestätigung. Ein Attest für die nächsten zwei Wochen.«

»Das hilft mir wirklich sehr.«

»Aber falls dein Chef möchte, dass du darüber hinaus noch eine Psychotherapie machst, kann ich das nicht vortäuschen. Du müsstest dann tatsächlich entsprechende Termine wahrnehmen.«

»Danke, Margret.« Judith bringt ein Lächeln zustande. Zwei Wochen sind eine lange Zeit. Fürs Erste ist sie gerettet.

❊❊❊

Wo soll sie hin? Was soll sie tun? Laura weiß es nicht. Wieder einmal ist ihre Welt zusammengestürzt, wie betäubt geht sie ihren Aufgaben nach. Hockt bei den Meditationen stumm auf ihrem Kissen, nimmt am Yoga-Unterricht teil, versteckt sich so gut es geht vor Vedanjas aufdringlichen Blicken, füttert die Schafe und treibt sie auf die Weide, hilft in der Schreinerwerkstatt, führt mittags den Löffel mit Dal zum Mund, obwohl sie keinen Appetit hat und sowieso nichts schmeckt, ebenso gut könnte sie einen Brei aus Pappmaché löffeln. Andi ist tot. Das Foto, das die Polizei am Samstag in den Speisesaal gehängt hat, hat Lauras schreckliche Ahnung in Gewissheit verwandelt. Laura kennt dieses Foto nur zu genau. Sie weiß, dass es in der Vitrine in Andis Wohnzimmer stand, dass sie es in der Hand gehalten und um einen Abzug gebettelt hatte, *bitte Andi, nur damit ich dich angucken kann, wenn ich abends einschlafe, ich zeige es auch bestimmt niemandem.* Da hatte er sie an sich gezogen und ihr ins Ohr gepustet und geflüstert *ich schau, was ich machen kann, Süße,* aber aus irgendeinem Grund, den sie nun nie erfahren wird, hat er das dann nicht geschafft.

Und sie ist schuld daran. Sie hat ihn totgeliebt. Totgeliebt, weil sie wieder und wieder seit jenem schrecklichen Nachmittag, als seine schrecklich coole, schrecklich arrogante Frau Andi und sie beim Vögeln im Wohnzimmer überrascht hatte, darauf bestanden hat, dass sie sich trotzdem weiter treffen. Nein, sie war nicht bereit, bis zu ihrem 18. Geburtstag zu warten. Sie hat sich damit abgefunden, dass sie bis dahin im Sonnenhof leben wird und nichts verraten darf. Andi zuliebe, nicht etwa ihrer Mutter, die so getan hat, als sei sie ehrlich entsetzt und wolle ihr helfen und lasse Laura nur ungern gehen. Sie hat versucht, sich zu arrangieren, hat sogar die Affäre mit Jey begonnen, teils aus Trotz und verletzter Eitelkeit, dass Andi sich nicht öffentlich zu ihr bekennen wollte, teils weil er wieder und wieder die Vorzüge der freien Liebe gepredigt hat. Und trotzdem haben Andi und sie sich weiterhin gesehen. Sie wollte es so und hat seine Angst vor seiner Frau nicht ernst genommen. Ein bisschen hat sie sogar darauf spekuliert, dass alles rauskommt, schließlich hat Andi oft genug gesagt, dass er seine Frau nicht mehr liebt. Was hatte er also zu verlieren? Was hatte sie, Laura, zu verlieren? Auf ihre alte Schule wollte sie sowieso nicht zurück und Andi würde bestimmt locker eine andere Stelle finden, falls das überhaupt nötig würde. Schließlich ist er einfach ein toller Lehrer.

War, korrigiert sie sich stumm. War, war, war. Andi ist tot. Und du bist schuld daran. Die Polizei hat auch ein Foto von Andis Frau im Sonnenhof gelassen. Das hängt jetzt neben Andi im Speisesaal, und jedes Mal wenn sie dort langgehen muss, versucht Laura daran vorbeizugucken, weil sie das nicht aushält: Andi neben dieser scheinheiligen Kuh mit ihrem Porzellanteint. Andi neben seiner Mörderin. Im ersten Moment hat sie gedacht, dass sie die Polizei anrufen muss, sagen, dass Andi bestimmt in eine Falle getappt ist. Dass er sich vor seiner Frau gefürchtet hat, weil sie kalt und böse ist. Aber dann hat sie nachgedacht und eingesehen, dass ihr nichts anderes bleibt, als zu schweigen. Denn wie soll sie von Andis Frau sprechen, ohne zu offenbaren, dass sie, Laura, der Grund ist, warum er ins Schnellbachtal kam – mit Ausnahme dieses allerletzten Mals? Sie hat Andi versprochen, dass sie ihr Verhältnis geheim halten wird, und jetzt, wo er tot ist, ihretwegen tot ist, darf sie dieses Versprechen erst recht nicht brechen. Was sonst kann sie schon noch für ihn tun?

Am schlimmsten sind die Nächte. Wenn die Dunkelheit kommt und es nichts mehr zu tun gibt und sie vor dem Schweigen im Aschram in ihr Zimmer unter die Kopfhörer ihres Walkmans flüchtet. Wenn Jey sich zu ihr schleicht und sie so merkwürdig ansieht und sie ihm nicht sagen kann, wie traurig sie ist und warum. Zuerst war das mit Jey nur ein Spiel, ein verbotener Tanz mit dem Feuer, den sie einfach ohne nachzudenken genossen hat. Tantra. Sehr erwachsen, sehr cool ist sie sich vorgekommen. Es hat gut getan, nicht immer nur darauf zu warten, dass Andi ihr endlich eine SMS schickt. Seit es den anderen Mann in ihrem Leben gab, hat sie sich nicht mehr so gefürchtet vor den Momenten, wenn sie den Berg zum Forsthaus hinaufgestiegen ist, nur um festzustellen, dass Andi ihr wieder nicht geschrieben hatte. Sie hat sich nicht mehr so sehr mit der Frage rumgequält, ob Andi sie womöglich doch nicht liebt oder ob er eine andere hat. Bei Jey hat sie sich so eine Frage nie stellen müssen. So sicher, so zielstrebig, so bedingungslos ist er. *Laura, meine Göttin.* Warum hat Andi sie nicht so begehrt? Oder hat er das, und sie hat es einfach nicht gemerkt? Immerhin, das Begehren des anderen hat ihr etwas Wichtiges gezeigt: Wer begehrt wird, hat Macht. Und je mehr er sie begehrt hat, desto stärker hat sie sich gefühlt. Auch Andi hat das schließlich gemerkt.

Laura klettert aus ihrem Zimmerfenster auf das flache Vordach, setzt sich an die Hauswand und dreht eine Zigarette. Natürlich hat sie Jey nicht erzählt, dass sie Andi noch trifft. Und jetzt wird sie es ihm erst recht nicht mehr sagen. Ihr Vater ist verschwunden. Andi ist tot. Ihre Mutter interessiert sich sowieso nur für ihren neuen Typen. Sie muss sich anstrengen, sie darf Jey nicht auch noch verlieren.

»Laura?«

Seine Stimme. Sie drückt die Zigarette aus und steht auf.

»Ich bin hier.«

»Komm rein.« Er streckt den Arm aus, hilft ihr durchs Fenster.

»Schau, was ich gekauft habe. Massageöl.«

Er hält ihr ein Fläschchen hin. Sie nimmt es, dreht den Deckel auf.

»Mmh, wonach riecht das?«

»Sandelholz. Der Duft der Zärtlichkeit. Zieh dich aus.«

Ihr Herz beginnt zu rasen. »Ich weiß nicht. Ich bin schon so müde.«

»Das ist Massageöl, Laura. Ich will dich massieren. Ich hab nicht gesagt, dass ich mit dir ficken will.«

Sie zuckt zusammen. Warum redet er so? Warum klingt seine Stimme auf einmal so hart? Aber im nächsten Moment ist die Spannung verflogen. Er nimmt sie in die Arme, streichelt ihr Haar, vergräbt sein Gesicht an ihrem Hals.

»Laura, meine Göttliche. Seit Tagen bist du schon so abweisend. Magst du mich nicht mehr? Hab ich dir irgendwas getan?«

Vorsichtig krault sie seinen Nacken. »Nein. Entschuldige bitte, Jey. Es ist nur ...«, was soll sie sagen, »es ist nur, manchmal fühle ich mich so allein, weißt du, manchmal vermisse ich meine Mutter.«

Er zieht ihr das Sweatshirt aus, das T-Shirt, macht sich an ihren Jeans zu schaffen.

»Es ist ja auch wirklich gemein, dass sie dich hierhin abgeschoben hat, Laura. Und trotzdem: Ich bin froh darüber.«

Er zieht ihr die Jeans von den Hüften. Wie eine Puppe lässt sie ihn gewähren. »Meine Mutter war eine Hure«, sagt er. Und wieder klingt seine Stimme hart. »Eine Hure. Als ich klein war, hat sie es nur am Telefon getrieben.« Er hebt die Stimme. »Ja, ja, gib's mir, ja, komm spritz mich voll. Aaah!« Er kniet sich hin, hilft Laura aus den Jeans. »Du weißt schon, diese superbilligen Klischee-Porno-Nummern. Sie hat sich in der Küche eingeschlossen und gekocht oder gebügelt, wenn sie diese Telefonate führte, und es hat lange gebraucht, bis ich überhaupt verstanden hab, was sie da tat. Später hat sie dann auch Freier mit heimgebracht. Einmal hab ich sie überrascht, auf dem Küchentisch. Es war ihr nicht mal peinlich.«

»Wie schrecklich.«

»Ist lange vorbei. Weißt du, man muss sein Leben selbst in die Hand nehmen. Es bringt nichts, sich immer nur an seinen Alten abzuarbeiten, zu wünschen, dass sie irgendwas anders gemacht hätten, zu hoffen, dass sie sich ändern.«

Oder dass sie wiederkommen, ergänzt Laura stumm. Vielleicht hat er Recht. Sie muss endlich aufhören, auf ihren Vater zu warten. Und sie kann sehr gut ohne ihre Mutter leben. In ein paar Monaten wird sie 18. Volljährig. Erwachsen.

»Leg dich auf den Bauch, Laura.«

Sie gehorcht, vergräbt den Kopf im Kissen. Er braucht nicht zu sehen, dass sie weint.

Seine Finger streichen über ihr Rückgrat, liebkosen ihre Muskeln, die Schultern, den Po, die Beine. Der Duft von Sandelholz hüllt sie ein. Süß und weich und tröstlich. Sie weiß nicht, wie viel Zeit vergangen ist, als sie sich schließlich auf den Rücken dreht. Sie öffnet die Augen nicht. Seine Hände und der Duft des Öls tragen sie fort in eine Welt, die vollständig ist, in der Verlust ersetzt ist durch Geborgenheit. Seine Finger umkreisen jetzt ihre Hüftknochen, wandern zum Bauchnabel, beinahe bis zu den Brüsten. Laura öffnet die Augen.

»Schlaf mit mir«, flüstert sie.

## Donnerstag, 6. November

»Sie haben uns nicht gesagt, dass Sie eine Jagdhütte im Bergischen Land besitzen.«

»Ich besitze keine Jagdhütte.«

Manni Korzilius unterdrückt einen Seufzer. Wie viele Vernehmungen dieser Art hat er in den letzten Tagen schon geführt? Zu viele. Und was noch schlimmer ist: Mit äußerst magerem Ergebnis. Für einen Augenblick sieht er überdeutlich vor sich, wie er den zerkratzten Resopaltisch des Vernehmungsraums zur Seite tritt, Juliane Wengert packt und ohrfeigt, damit ihre makellos geschminkte Fassade endlich zerbricht. Was ist mit dieser Frau nur los? Warum kann sie nicht einsehen, dass sie verloren hat? Oder – sollte sie dann doch irgendetwas wissen, was zu ihrer Entlastung beiträgt – zumindest für sich argumentieren? Aber es ist wie Armdrücken – keinen Zentimeter gibt Juliane Wengert freiwillig nach. Selbst ihr Anwalt sieht zuweilen verzweifelt aus. Und jetzt steht die nächste Runde an: Behaupten, leugnen, widerlegen, leugnen, beweisen – ein unendlich zähes und mühseliges Vorwärtstasten. Aber wenn sie es so will, denkt er müde. Er jedenfalls hat nicht vor aufzugeben. Mit einem kalten Lächeln wirft er einen Schlüsselbund auf den Tisch und genießt, wie sich die Augen der Wengert im Wiedererkennen weiten.

»Ich brauche Ihnen wohl nicht zu erklären, dass dieser Schlüsselbund aus ihrer Villa stammt – und dass die Schlüssel zu einer Jagdhütte im Bergischen passen.«

»Ein Ferienhaus, keine Jagdhütte. Das Ferienhaus meines Onkels.«

»Ferienhaus, von mir aus. Aber ein Ferienhaus, zu dem Sie jederzeit Zutritt hatten. Und in dem es mehrere Jagdgewehre gibt.«

»Und?«

»Ich vermute, dass eines dieser Jagdgewehre fehlt, eine Schrotflinte, Kaliber 16. Haben Sie eine Idee, wo die sein könnte?«

»Ich habe keine Ahnung. Ich habe dieses Haus von meinem Onkel geerbt, aber es ist schon eine Weile her, dass ich zuletzt dort war.«

»Ah, ja?«

Ein schneller Seitenblick zu ihrem Anwalt. »Andreas hat die Hütte manchmal benutzt, glaube ich, als Stützpunkt für seine Motorradtouren.«

»Warum haben Sie uns das nicht gesagt?«

»Ich habe nicht daran gedacht.«

»Ihr Mann wird ermordet, wenige Kilometer entfernt von ihrer Jagdhütte, und Sie haben nicht daran gedacht, die Existenz dieser Hütte zu erwähnen? Was haben Sie eigentlich noch alles vergessen?«

Schweigen.

»Sie besitzen einen Jagdschein.«

»Eine Art Jugendsünde. Ist das etwa der Grund, dass Sie mich hier festhalten?«

»Ich will Ihnen sagen, warum Sie das verschwiegen haben. Weil Sie Ihren Mann erschossen haben. Sie wollten ein Jagdwochenende in ihrer Hütte verbringen, aber etwas lief schief. Da haben Sie ihn gezwungen, auf den Hochsitz zu klettern – mit dem Motorrad sind Sie dorthin gefahren, einen Motorradführerschein haben Sie ja auch, und von der Jagdhütte zum Tatort sind es nur 13 Kilometer – und als Ihr Mann auf dem Hochsitz im Schnellbachtal war, haben Sie ihn dann erschossen. Anschließend haben Sie die Tatwaffe verschwinden lassen und das Motorrad versteckt.«

»Das sind doch alles Unterstellungen. Meine Mandantin war ...«

»Ja, ja, ich weiß, an ihrem Schreibtisch und hat eine Konferenz vorbereitet. Aber dafür gibt es keinen Beweis – oder haben Sie inzwischen einen Zeugen?«

Jetzt kneifen sie beide die Lippen zusammen, Juliane Wengert und ihr arroganter Rechtsverdreher.

Der Anwalt fasst sich als erster. »Wie kommen Sie eigentlich darauf, zu behaupten, dass die Tatwaffe aus dem Ferienhaus meiner Mandantin stammt?«

»Im Waffenschrank gibt es Lücken.«

Albrecht Tornow schnaubt. »Juliane, wie viele Gewehre waren in dem Schrank, als du das letzte Mal in der Hütte warst?«

»Ich weiß es nicht genau, zwei oder drei – ja drei, glaube ich. Mein Onkel war ein Waffennarr, aber einige seiner Gewehre habe ich nach seinem Tod an seine Freunde verschenkt und verkauft.«

»Gut. Das lässt sich ja sicher rekonstruieren, falls Kommissar Korzilius das wünscht.« Der Anwalt macht keinen Hehl daraus, dass ihm dies eine persönliche Freude sein wird. Mit übertriebener Beflissenheit wendet er sich Manni zu.

»Um dieses Prozedere etwas zu vereinfachen, könnten Sie uns vielleicht sagen, wie viele Gewehre Sie in Frau Wengerts Ferienhaus vorgefunden haben?«

»Drei.« Es kostet Manni einiges an Überwindung, nicht die Beherrschung zu verlieren. »Aber natürlich heißt das gar nichts. Es kann ja durchaus sein, dass Frau Wengert sich mal wieder nicht korrekt erinnern kann.«

»Oder dass jemand anderes ein Gewehr entwendet hat.« Manni erwidert nichts und Albrecht Tornow nickt zufrieden. Er weiß, dass dieser Punkt an ihn geht.

Manni steht auf. Zu schade, dass die Bodenproben von Juliane Wengerts Wanderschuhen nicht vom Tatort stammen. Aber irgendetwas werden sie noch finden, das weiß er einfach, und der Tag ist noch lang. Vielleicht ist Staco-Steff ja heute wieder von der Grippe genesen und knackt die Wengertschen Mailboxen. Schülerinnen gilt es zu befragen. Lehrerinnen. Noch immer haben sie nicht herausgefunden, mit wem Andreas Wengert seine Frau betrogen hat. Aber eine der Nachbarinnen schwört, dass das der Fall war – und dass Juliane

Wengert es wusste. *Der Streit war nicht zu überhören. Und Frau Wengert hatte ja Recht. Schließlich sind die jungen Dinger da jedes Mal ein- und aus gegangen, kaum dass sie verreist war.* Bislang hat Manni nur ein paar Schülerinnen gefunden, die zu Lerntreffs bei Andreas Wengert daheim gewesen sein wollen. Alles ganz harmlos, schwören die. Ein toller Lehrer, der sich um seine Schülerinnen mehr kümmerte als die meisten seiner Kollegen. Trotzdem ist Manni sicher, dass es nur eine Frage der Zeit ist, bis sie ein Mädchen gefunden haben, das die Aussage der Nachbarin bestätigen kann. Mit langen Schritten geht er zur Tür des Vernehmungszimmers.

»Wir sprechen später weiter.«

❈❈❈

»Wenn du jemandem versprochen hättest, ein Geheimnis zu bewahren, würdest du dich dann an dieses Versprechen halten, Diana?«

»Ja natürlich.«

»Immer?«

»Ich denke schon.«

»Und wenn etwas passiert?«

Diana legt noch ein Holzscheit in den Kamin. Über den Sommer hat sie vergessen, wie ungemütlich nasskalt ein Tag in einem deutschen Wald sein kann, wie zugig ein altes Fachwerkhaus mit Fenstern, die den modernen Wärmedämmverordnungen in keiner Weise entsprechen. Vergessen oder verdrängt, was auch immer. Jetzt ist der November da und damit unweigerlich die nagende Sehnsucht nach Wärme und Licht, nach Afrika. Denk nicht daran, ermahnt sie sich. Schau lieber, dass du dein Leben hier in den Griff bekommst. Sie setzt sich wieder neben Laura auf die durchgesessene Couchgarnitur, die ihr der alte Hesse hinterlassen hat, und antwortet dem Mädchen scheinbar beiläufig, weil eine innere Stimme ihr sagt, dass das wichtig ist, damit Laura weiterredet. Irgendetwas belastet das Mädchen schwer. Aber allen Versuchen, sie auszufragen, weicht Laura beharrlich aus.

»Was soll denn passieren?«

Laura zieht die Schultern hoch und kuschelt sich tiefer unter die Wolldecke, ihre durchnässten Jeans hat sie auf einen Stuhl vor dem Kamin zum Trocknen gehängt. »Weiß nicht. Irgendwas, was wichtig ist. Wirklich richtig wichtig, weißt du.«
Sie überlegt angestrengt. »Also, wenn du vielleicht jemand anderem sehr helfen könntest, wenn du das Geheimnis verrätst, so was, mein ich.«

»Dann hättest du ja immer noch ein Versprechen gegeben und müsstest zuerst mit dem reden, dem du das Versprechen gegeben hast.«

»Und wenn das nicht geht?«

»Ich nehme an, dann müsstest du abwägen, was wichtiger ist, deine Loyalität oder deine Hilfe.«

»Hmm.«

»Was ist eigentlich los, worüber reden wir hier, Laura?«

»Nichts, gar nichts. Ich spinn nur so rum. Kann ich heute Nacht hier bleiben? Bitte, Diana, draußen ist so olles Wetter und hier bei dir ist es so schön.«

»Werden sie dich im Sonnenhof nicht vermissen?«

»Ich hab Bescheid gesagt, dass ich bei dir bin, und morgen früh zur Meditation bin ich ja wieder da.«

Laura springt auf und kniet sich neben Ronja auf den Teppich. »Bitte, Diana. Ronja will auch, dass ich bleibe, das merke ich ganz genau.«

Verräterin, denkt Diana amüsiert, denn tatsächlich klopft Ronjas Schwanz Triolen auf den Boden, als wolle sie Lauras Wunsch Nachdruck verleihen.

»Du müsstest mit dieser alten Couch hier vorlieb nehmen.«

»Super!«

Wenn Laura lächelt, sieht sie kindlich aus. Oder ist dieses unbeschwerte Strahlen nicht sowieso eigentlich der angemessene Gesichtsausdruck für eine Siebzehnjährige? Vielleicht wirkt Laura normalerweise viel zu erwachsen und viel zu traurig für ihr Alter? Wie meine Schwester, denkt Diana. Meine kleine Tamara, deren Heldin ich war, bis ich sie für meinen eigenen Traum im Stich gelassen habe. Und jetzt ist sie auf dem besten Weg, bei *Jugend musiziert* zu gewinnen, ein Star zu werden, aber sie lächelt nicht und vermeidet es, mich an ihrem Leben Anteil nehmen zu lassen, vermeidet es, mir in die Augen zu sehen. Auf einmal sehnt Diana sich ganz unerträglich danach, die Zeit zurückdrehen zu können, noch einmal Tamaras pummelige Kinderhand zu halten, ihr die Welt zu erklären, sie zu beschützen, vor welchem Ungemach auch immer. Sie wendet sich Laura zu. Betrachtet ihre glühenden Wangen, die schlanken nackten Beine und die feingliedrigen Hände, die Ronjas Fell zerwühlen. Warum sollte sie dieses Mädchen, das nun mal einen Narren an ihr gefressen hat und jede Minute seiner Freizeit mit ihr und ihrem Hund verbringen will, zurückweisen? Davon abgesehen ist die Aussicht auf eine Nacht, die sie nicht alleine verbringen muss, durchaus attraktiv.

»Also gut. Aber morgen früh um sechs steh ich auf – und dann ist es Zeit für dich, zu verschwinden.«

## Freitag, 7. November

Etwas rüttelt an ihrer Schulter. Diana versucht, es zu ignorieren. Im Traum hat sie alles richtig gemacht. Tamara beschützt, Kates Tochter vor Robs rücksichtsloser Gier bewahrt, Tom ihre Handynummer aufgeschrieben, bevor sie sich davongestohlen hat ...

»Ronja ist weg. Bitte, Diana, wach auf.«

Der Traum zerfetzt in rapide verblassende Bilder, mit einem Ruck setzt Diana sich auf, ihr Herz reagiert schneller als ihr Verstand und beginnt zu rasen, alarmiert blinzelt sie in die Dunkelheit. Der Regen prasselt nicht mehr ans Fenster, der Sturm hat sich gelegt.

»Laura?«

»Ja.« Ein Wispern, das die Panik nicht verbergen kann.

»Ich hab sie in den Garten gelassen und auf einmal war sie weg.«

Ganz ruhig, Diana, ganz ruhig. »Der Garten ist eingezäunt, da kann sie nicht raus.«

»Aber ich seh sie nicht. Und ich hab gerufen, aber sie kommt nicht. Ich wollte nachschauen, aber ich trau mich nicht allein in den Garten. Irgendwas ist da unheimlich.«

Der Wald hat Augen, Laura merkt das also auch. Jetzt reiß dich bloß zusammen. Dianas Gedanken überschlagen sich.

»Ich seh nach.« Das klingt weit mutiger, als sie sich fühlt. Sie streift Jeans und Pulli über, langt Hesses Schrotflinte unter dem Bett hervor. Tritt, die zähneklappernde Laura dicht hinter sich, ans Fenster. Dunkelheit steht ums Haus. Nichts bewegt sich im Garten.

»Wann hast du Ronja rausgelassen?«

»Vielleicht vor zehn Minuten. Ich hab nicht auf die Uhr geschaut. Sie hat mich geweckt, weil sie an der Terrassentür kratzte. Ich hab gedacht, sie muss mal, und hab ihr aufgemacht. Und dann war sie plötzlich weg.« Lauras Stimme zittert.

»Sie muss nachts nicht.« Diana läuft die Treppe hinunter. Sie muss Ronja suchen. Neben der Verandatür hängt die Taschenlampe, sie schiebt sie in die Hosentasche.

»Da! Da drüben am Hang!« Laura packt Dianas Arm.

»Was? Wo?« Dianas Stimme klingt heiser, sie kann ihren Herzschlag auf der Zunge fühlen.

»Da war was, ein Licht.«

»Bist du sicher? Ich seh nichts.«

»Jetzt ist es weg. Vielleicht hab ich mich getäuscht.«

»Wahrscheinlich. Ronja hat doch außerdem keine Laterne.« Ein mühseliger Versuch, die Anspannung zu lindern. Entschlossen ruft Diana nach der Hündin. Keine Reaktion. Zögernd tritt sie auf die Veranda, die Flinte unter den rechten Ellbogen geklemmt, den Finger am Abzug. Dies ist ein weiteres Kapitel in einem immer absurderen Cowboy-und-Indianer-Spiel mit unbekanntem Gegner, und sie ist nicht bereit, klein beizugeben.

»Bleib hier im Wohnzimmer, Laura.«

»Aber ...«

»Tu's, einfach, ja.«

Wenn sie die Außenbeleuchtung am Haus einschaltet, kann sie sich schneller orientieren, doch wer oder was auch immer dort draußen sein mag, wird dann auch sie sehen. Falls jemand da ist. Schritt für Schritt, immer wieder nach ihrer Hündin rufend und pfeifend, tastet sich Diana in den dunklen Garten vor.

Ganz hinten, neben dem Komposthaufen, ist etwas. Ein kleiner Hügel am Zaun, der nicht dorthin gehört.

»Ronja?« Diana stolpert darauf zu.

Aber der Hügel besteht aus Holzstücken. Jemand hat ein Loch in den Jägerzaun gesägt. Sabotage. Ein perfektes, vom

Haus aus nicht einsehbares Schlupfloch für Schwarzwild und Hasen ist so entstanden. Ein Ausgang für Ronja.

»Wahrscheinlich jagt sie irgendeinem Tier hinterher und kommt bald wieder zurück.« Diana gießt Rooibos-Tee in zwei Becher und schiebt einen zu Laura hinüber, die wie ein Häufchen Elend am Küchentisch kauert.

»Trink.«

»Und wenn jemand sie gestohlen hat?«

»Wer sollte sie denn stehlen? Außerdem hätte sie angeschlagen, wenn jemand Fremdes aufs Grundstück gekommen wäre.« Das hätte sie doch, beruhigt sich Diana. Das hätte sie doch.

»Es gibt diese Leute, die Tierversuche machen wollen.«

»Hundefänger. Aber die schneiden keine Löcher in fremde Zäune, das ist denen viel zu gefährlich.«

»Warum hab ich sie bloß rausgelassen?«

Ja, warum hast du das? »Passiert ist passiert, mach dir nicht so viele Sorgen. Neulich ist Ronja auch abgehauen und dann von selbst wiedergekommen. Wir können nichts tun, außer weiterzuschlafen.«

Aber drei Stunden später, als der Wecker klingelt, ist die Hündin immer noch nicht aufgetaucht. Still und übernächtigt fährt Diana eine blasse und verweinte Laura zurück zum Sonnenhof. Auch dort keine Spur von Ronja.

»Ich hatte gehofft, sie wäre hier«, sagt Laura leise zum Abschied. »Ich mach mir solche Vorwürfe.«

»Geh jetzt zu eurer Meditation, damit du keinen Ärger kriegst.«

Später kann Diana nicht mehr sagen, warum sie den Jeep nicht direkt zurück zum Forsthaus lenkt, sondern den Umweg über den Erlengrund macht. Ist es Hoffnung? Instinkt? Der Versuch, Dämonen zu bekämpfen, indem sie ihnen geradewegs in die Arme läuft? Sie denkt nicht darüber nach, handelt einfach, mit einer emotionslosen Entschlossenheit, die keinen Raum lässt für ein Zögern. Im Strahl der Autoscheinwerfer wirkt der Erlengrund unwirklich. Diana steigt aus.

»Ronja?«

Ein Winseln, aber nicht das Trappeln flinker Hundepfoten

im nassen Laub. Irgendwo fiept eine Feldmaus, am Himmel steht ein grünliches Band Morgenlicht zwischen den Wolken. Diana läuft los, dorthin, wo sie das Winseln vermutet, geradewegs über die Lichtung zum Hochsitz.

Das Winseln kommt von oben.

Nicht wieder diese Leiter. Nicht wieder den Blick auf etwas, was ich nicht ertragen kann. Aber Dianas Körper hat schon für sie entschieden und sie klettert hinauf. Und oben ist Ronja. Festgebunden, unversehrt und überglücklich, ihre Herrin zu sehen. Diana probiert gar nicht erst, ob ihre Beine sie tragen. Sie lässt sich neben Ronja auf den Boden sinken.

Es riecht nach frisch geschnittenem Holz. Vorgestern haben die Waldarbeiter das neue Dach und die Sitzbank fertig gestellt. Nichts erinnert mehr an den Toten. Ganz allmählich kriecht die Dämmerung durch die Schießscharten, so dass Einzelheiten sichtbar werden. Astlöcher. Die Botschaften an den Holzwänden. Diana beginnt zu lesen. »L & A« in einem Herz. »Betty, ich liebe dich.«; »Meli was here.« Daten und Initialen, belanglose Nettigkeiten. Aber direkt über der Sitzbank steht noch etwas anderes, in dunkelroten Druckbuchstaben. Etwas, das ihr noch nie aufgefallen ist und das ihren Puls unwillkürlich beschleunigt, auch wenn es sicher nicht an sie gerichtet ist. »ICH KRIEG DICH, DU SCHLAMPE.«

❉❉❉

Wenn sie schläft, fällt Judith ins Bodenlose. Der Wald ist kahl. Bleichgefrorenes Gras zerbricht lautlos unter den Hufen des weißen Pferdes, das nicht mehr ihr Freund ist, sie nicht mehr auf seinem Rücken duldet, sondern für immer, so scheint es, vor ihr flieht. Irgendwo höhnt eine Stimme *Niederlage*. Um sieben Uhr wacht sie auf, obwohl ihr Wecker nicht geklingelt hat, und stellt sich unter die Dusche. Eine innere Uhr treibt sie aus dem Bett, vielleicht auch der verzweifelte Versuch, ihrem Traum ein Ende zu bereiten. Sie sitzt rauchend und Milchkaffee trinkend auf der Wohnzimmerfensterbank und sieht zu, wie zwei fette Tauben auf dem gegenüberliegenden Dach umeinander herumtrippeln, als ihr Handy *Spread your wings* fiedelt.

»Frau Krieger?«
»Ja?«
»Diana Westermann hier. Die Försterin aus dem Schnellbachtal. Ich habe versucht, Sie im Präsidium zu erreichen, aber man sagte mir, Sie seien nicht da.«
»Ich habe Urlaub.« Leerlauf würde es besser treffen. Leerlauf, Ödnis, no way out. Endlose Minuten, die sich zu bleiernen Tagen aufaddieren, ein einziger Fluch. Nie hat sich freie Zeit so sinnlos angefühlt.
»Ach so.«
Etwas an der Art, wie die Försterin dies sagt, lässt Judith aufhorchen.
»Warum wollen Sie mich denn sprechen?«
Diana Westermann stößt einen Laut aus, der sich mit etwas gutem Willen als Lachen interpretieren lässt.
»Entschuldigen Sie, ich bin ein bisschen durcheinander. Ich weiß nicht genau, ob ich Gespenster sehe – aber da sind diese Anrufe. Seit längerem schon. Und letzte Nacht ist mein Hund plötzlich verschwunden. Das hat wahrscheinlich gar nichts mit diesem Mord zu tun. Aber ich fühle mich bedroht. Mit Ihrem Kollegen komme ich, ehrlich gesagt, nicht so gut klar, deshalb wollte ich gerne mit Ihnen sprechen.«
*Ich bin raus aus dem Fall. Mein Kollege Manfred Korzilius kann Ihnen aber sicher eine andere Beamtin vermitteln, wenn Sie das wünschen.* Judith bringt es nicht über sich, das zu sagen. Stattdessen durchsucht sie einen Stapel unbezahlter Rechnungen und Zeitungen, die sich auf dem Küchentisch über einem aufgerissenen Paket bröseligen Toastbrots zu einem unästhetischen Haufen türmen, nach ihrem Füller und dem Notizbuch, das Mobiltelefon fest ans Ohr gepresst.
»... zuerst habe ich gedacht, ich bilde mir das nur ein. Das ist alles ziemlich verwirrend. Am liebsten würde ich persönlich mit Ihnen sprechen.«
»Gut. Jetzt gleich?«
»Haben Sie nicht Urlaub?«
»Lassen Sie das meine Sorge sein. In etwa einer Stunde bin ich bei Ihnen.«

Diana Westermanns Augen leuchten beinahe unnatürlich hell, in einem transparenten Grasgrün, als sie Judith die Tür des Forsthauses öffnet und sie in eine geräumige Küche mit Weichholzantiquitäten und einem Spülbecken aus Stein führt. Auf ihren hohen Wangenknochen liegen dunkle Schatten. Nichts ist an diesem Morgen mehr von der ungeduldigen Arroganz zu spüren, die sie bei den früheren Vernehmungen an den Tag gelegt hat. Ungefragt erzählt sie von anonymen nächtlichen Anrufen und dem Gefühl, dass jemand im Wald sie beobachtet, ja belauert. Sie berichtet von ihrem Hund, der verschwindet und wieder auftaucht und wie sie ihn am Morgen auf dem Hochsitz am Erlengrund gefunden hat.

»Ronja kann doch nicht alleine die Leiter raufklettern. Und dann dieses Loch in meinem Gartenzaun.«

»Aber Ihr Hund war vollkommen unversehrt.«

»Soweit ich das feststellen kann, ja.«

»Frau Westermann, haben Sie Feinde?«

Die Försterin reißt die Augen auf. »Feinde«, wiederholt sie, als höre sie dieses Wort zum ersten Mal.

»Ein Exfreund vielleicht, ein Nachbar, jemand, mit dem Sie auf der Arbeit Probleme haben, jemand aus Ihrer Familie?«

»Nein, ich glaube nicht. Sicher, nicht jeder hier ist über meine Anwesenheit glücklich ...«

»Nein?«

»Auf der Arbeit, meine ich. Es gibt nicht mehr so viele Stellen für Revierleiter. Eigentlich sollte jemand anderes meinen Posten bekommen. Ein Mann mit Familie. Nicht eine alleinstehende Frau, die als Hauptreferenz ein Entwicklungshilfeprojekt in Afrika vorweisen kann.«

»Warum haben Sie den Job denn bekommen? Frauenquote?«

»Nein.« Diana Westermann schüttelt heftig den Kopf. »Was für ein grässliches Wort übrigens für eine diskriminierende Einrichtung.«

»Ein unschönes, aber nichtsdestotrotz funktionierendes Mittel, unschöne Zustände ein wenig zu verändern.« Himmel, Judith, reiß dich zusammen, du willst doch jetzt nicht über Frauenpolitik diskutieren.

»Die Kolleginnen, die ich kenne, haben eher Probleme durch die Quote. Ständig müssen sie nachweisen, dass sie trotzdem was draufhaben.«

»Und Sie?«

»Ich komm schon klar.« Jetzt ist die alte Arroganz wieder da. Judith lässt die Försterin ins Leere laufen, sieht sie einfach an und wartet.

»Natürlich muss ich mich anstrengen, beweisen, dass ich was von meinem Job verstehe – vermutlich mehr, als ich das als Mann müsste.«

»Warum haben Sie den Job denn bekommen?«

»Ich war qualifiziert.« Das klingt merkwürdig lahm.

»Und wie ist Ihr Verhältnis zu Ihren Kollegen?«

»Ich bin ja erst seit Februar hier, da kann man nicht so viel erwarten. Die anderen kennen sich schon seit Jahren. Also erfahre ich nicht immer alles so schnell, wie ich das sollte, die Jungs gehen abends schon mal ohne mich in die Kneipe und unsere Sekretärin bemüht sich, meine Briefe möglichst lange liegen zu lassen.«

»Das klingt nicht gerade nach einem kollegialen Arbeitsklima.« Das klingt, ehrlich gesagt, nach ziemlich viel Einsamkeit, wenn nicht nach Mobbing. Gut möglich, dass dies auch anonyme Anrufe und das Kidnapping eines Hundes beinhaltet.

»Das wird sich schon noch ändern«, sagt Diana Westermann. »In Afrika hatte ich ganz andere Anfangsschwierigkeiten.«

»Was ist mit dem Kollegen, der eigentlich Ihren Job bekommen sollte?

»Der hat inzwischen eine andere Stelle gefunden.«

»Und die Leute aus Unterbach, mit denen Sie zu tun haben. Holzhändler, Schützenverein und so weiter?«

»Mein Vorgänger, Alfred Hesse, war hier natürlich eine Art Institution, da fällt mir nicht jeder gleich um den Hals.«

Die Försterin hört abrupt auf zu sprechen und streicht sich eine blonde Haarsträhne hinters Ohr. Wieder hat Judith das Gefühl, dass sie etwas verschweigt, aus welchem Grund auch immer.

»Bleibt der Sonnenhof«, sagt sie, bemüht, sich ihre Ungeduld nicht anmerken zu lassen. »Da gibt es doch dieses Mädchen, das auf Ihren Hund aufpasst, und diesen Schreiner ...«

»... dem ich hin und wieder Holz liefere, ja. Aber wenn ich hier im Schnellbachtal jemanden als Freunde bezeichnen würde, dann sind das Laura und Ben.«

So kommen wir nicht weiter, denkt Judith.

»Seit wann fühlen Sie sich bedroht?«

»Ich weiß es nicht genau. Seit dem Sommer. Ja, irgendwann im August fing das an.«

»Also mehr als zwei Monate vor dem Tötungsdelikt, in dem wir ermitteln.« Von wegen »wir«.

»Das spricht doch eigentlich dafür, dass da kein Zusammenhang besteht, nicht wahr?« Eifrig, beinahe flehentlich klingt das.

»Es sieht so aus, ja. Auch wenn wir im Moment nichts definitiv ausschließen können.«

Natürlich ist das nicht die Antwort, die Diana Westermann hören will, sie sieht unzufrieden aus, beißt sich auf die Unterlippe. Was will sie eigentlich von mir, überlegt Judith. Am Telefon klang sie so beunruhigt, aber seit ich da bin, gibt sie sich alle Mühe, das, was sie ängstigt, herunterzuspielen.

Die Försterin räuspert sich. »Wer tut so etwas? Einen Hund entführen? Jemanden mit Anrufen terrorisieren?«

»Ich weiß es nicht. Oft sind es verschmähte Liebhaber. Es kann auch ein Jungenstreich sein. Oder tatsächlich eine Drohung. Es gibt keine Regel. Sie können bei der Telekom eine Rufermittlung beantragen, die Kosten dafür müssen Sie allerdings selbst tragen. Vielleicht können Sie auch eine Weile woanders übernachten, wenn Sie sich hier in diesem einsamen Haus unsicher fühlen?«

»›Geh nicht allein in den Wald‹ – darauf läuft es hinaus, nicht wahr? Aber das können Sie vergessen, ich kann jetzt im Herbst unmöglich Urlaub nehmen. Und ein Antrag bei der Telekom, das ist doch wohl nicht Ihr Ernst?«

»Ich fürchte, zum jetzigen Zeitpunkt doch.«

Eine unbehagliche Stille tritt ein.

»Haben Sie wirklich keine Ahnung, wer dahinter stecken könnte?«

Die Försterin schüttelt den Kopf.

»Ehrlich gesagt habe ich das Gefühl, dass das nicht stimmt.«

Diana Westermann verschränkt die Arme vor ihrem Bauch und starrt demonstrativ an Judith vorbei aus dem Fenster. Für eine Weile ist das Ticken der Küchenwanduhr das einzige Geräusch in der Küche.

»Da ist noch etwas anderes«, sagt die Försterin schließlich. »Wahrscheinlich ist es ganz und gar bedeutungslos und hat nichts mit diesen Anrufen zu tun, oder mit dem Mord.«

»Ja?«

»Ich habe ein Handy im Wald gefunden. Es sah so aus, als hätte es schon eine ganze Weile dort gelegen. Ich habe es im Sonnenhof abgegeben, weil dieser Name draufstand. ›Darshan‹. Aber seitdem überlege ich, ob es ein Fehler war, es nicht Ihnen zu geben.«

»Wo haben Sie dieses Handy gefunden? Doch nicht am Erlengrund?«

»Nein, natürlich nicht. Kommen Sie, ich zeige Ihnen die Stelle.«

Zwanzig Minuten später rutscht Judith zwischen nassen Fichten hinter der Försterin einen Steilhang herunter. Rechts plätschert etwas, ein Bach vermutlich, der jedoch unter allerlei dornigem Gezweig und fetten Farnen verborgen ist. Es nieselt unaufhörlich. Behände wie ein Äffchen springt Diana Westermann mit ihren Gummistiefeln über knotige Baumwurzeln und bemooste Äste. Judith hat keine Chance, mit ihr mitzuhalten. Sie fühlt, wie sich die Nässe in ihre Turnschuhe saugt und die Hosenbeine heraufkriecht. Ein Ast peitscht ihr ins Gesicht, sie stolpert und unterdrückt einen Fluch.

»Hier ist es.« Die Försterin geht abrupt in die Hocke und zeigt auf etwas. Ein verblichener violetter Stofffetzen, der neben dem Bachlauf im Brombeergestrüpp hängt.

»Hier an diesem Hang ist Ronja das erste Mal verloren gegangen. Als ich am nächsten Morgen nochmal herkam, bin ich zufällig auf das Handy getreten und dann habe ich diesen Stofffetzen gesehen.«

Judith sieht sich um. Nichts als nasse Bäume und Gestrüpp. Oben auf der B 55 dröhnt ein Lastwagenmotor.

»Jemand kann von der Straße hier heruntergeklettert sein, vielleicht um Brombeeren zu pflücken, oder um zu pinkeln.«

Die Försterin zieht eine Landkarte aus der Tasche ihres Parkas. »Ja, das habe ich auch erst gedacht.«

»Aber?«

Diana Westermann hält Judith die Landkarte hin. »Wir stehen ziemlich genau hier, sehen Sie, etwas oberhalb des Schnellbachtals. Da ist der Bach und hier die B 55, wo wir gerade geparkt haben. Der nächste Wander- und Reitweg verläuft hier, westlich, gute zwei Kilometer entfernt. Und dort sind die Fahrwege zum Sonnenhof, zum Forsthaus und zum Erlengrund. Bis dahin sind es etwa drei Kilometer.«

Es ist zu nass, um eine Zigarette zu drehen. Judith zündet sich eine Benson & Hedges an und inhaliert tief. Sie beginnt zu ahnen, worauf die Försterin hinauswill.

»Vielleicht kam jemand von der Straße und hat eine Abkürzung ins Schnellbachtal gesucht? Der Bach bietet immerhin eine gewisse Orientierung.«

»Der Bach führt mehr oder weniger direkt zum Erlengrund, wenn man ein bisschen klettert«, sagt Diana Westermann. »Das habe ich heute Morgen erst erkannt, als ich mir diese Karte angesehen habe, weil ich dieses Gebiet hier nächste Woche durchforsten lassen will.«

»Der Besitzer des Handys könnte also der Täter sein.« Judith fühlt, wie ihr zum ersten Mal seit Tagen warm wird. Das ist, was sie so verzweifelt gesucht hat: eine Spur. Ein Grund, die Ermittlungen neu aufzurollen. Vom Schnellbachtal aus aufzurollen, wie sie es von Anfang an tun wollte.

»Täterin«, sagt Diana Westermann in ihre Gedanken hinein. »Darshan ist vermutlich eine Frau. Eine Frau, die einmal im Sonnenhof gelebt hat.«

»Ich muss mit ihr reden. Und ich brauche dieses Handy.«

»Im Sonnenhof sagen sie mir, sie wüssten nicht, wo Darshan ist. Ich wollte deshalb das Handy zurückhaben – aber sie geben es mir nicht. Vielleicht haben Sie ja mehr Glück als ich.«

❋❋❋

Den ganzen Tag ist es Laura gelungen, ihm aus dem Weg zu gehen. Sie hat sich weggeduckt wie eine wilde Katze, hat sich zwischen den anderen versteckt und so getan, als sei sie beschäftigt. Erst als es dunkel wird, bekommt er sie allein zu fassen. Es regnet, niemand lässt sich draußen blicken, nur sie will offenbar über die Wiese laufen, zu ihren geliebten Schafen. Er stellt sich ihr in den Weg, packt wortlos ihren Arm und zerrt sie die Treppe hinauf in sein Zimmer. Sie sieht fürchterlich aus. Ihre Augen sind verweint, das Gesicht fleckig, die Haut um ihre Fingernägel aufgerissen und blutig. Merkwürdig leblos, mit hängenden Schultern, steht sie vor ihm, eine kaputte Marionette.

»Ronja ist wieder da. Quietschfidel. Das soll ich dir von deiner Försterin ausrichten.«

»Ehrlich? Seit wann?« Endlich sieht Laura ihn an.

»Weiß ich nicht. Sie hat mittags angerufen und mich gebeten, dir das zu sagen. Aber du warst ja heute schwer zu kriegen.«

»Ja. Tut mir Leid.«

»Hier, du bist ganz nass.« Er wirft ihr ein Handtuch zu und schließt die Tür ab, während sie sich gehorsam die Haare trocknet. Er will sie haben, besitzen, glücklich machen, jetzt gleich. Er zündet Kerzen an, zieht die Vorhänge zu, löscht das Deckenlicht.

»Letzte Nacht habe ich dich vermisst.«

»Ich war bei Diana. Sie weiß so viel über den Wald. Und über Afrika.«

Er nimmt Lauras Hände, streicht ganz vorsichtig Ringelblumensalbe auf die geschundenen Fingerkuppen. Fühlt, wie sie sich ein bisschen entspannt.

»Ich glaube, ich will Försterin werden.«

Etwas verknotet sich in seinem Magen, ballt sich zusammen zu eiserner Härte, wie eine Faust.

»Nächstes Jahr, wenn ich 18 bin, könnte ich in Wipperführt oder Kürten aufs Gymnasium gehen und doch noch Abitur machen.«

»Ich dachte, du willst hier wohnen bleiben, mit mir, und Schreinerin werden.« Er spricht viel lauter, als er will.

Beunruhigt sieht sie ihn an. »Ich könnte doch auch hier wohnen, wenn ich zur Schule gehe.«

»Und dann? Während des Studiums?«

»Wenn wir uns wirklich lieben, dann schaffen wir das. Bestimmt schaffen wir das. Außerdem haben Studenten doch immer lange Semesterferien ...«

Die Faust tobt in seinen Eingeweiden. Unsere Liebe ist stark genug, warte auf mich, ich werde dich immer lieben – es ist wie ein verdammt mieses Déjà-Vu. Wie ein Idiot hat er damals auf Anna gewartet, seine erste Liebe, seinen Lichtengel, seinen Ausweg aus dem freudlosen Leben in der engen Wohnung, in der seine Mutter fremde Männer vögelte und die Halbgeschwister sich um die Fernbedienung des Fernsehers prügelten, sobald sie aus der Schule heimkamen. Wie ein Besessener hat er in der Lehre malocht und vor jedem Wochenende sein kleines WG-Zimmer für sie gewienert. Für Anna, seinen Engel. Bis sie eines Samstags nicht mehr zu ihm kam und am darauf folgenden auch nicht und auch nicht mehr in den Ferien, weil sie in ihrem feinen Internat Besseres zu tun hatte und schließlich irgend so einen reichen Typen kennen lernte. Ihr Vater erklärte ihm, als er nicht lockerließ, als er einfach nicht glauben wollte, dass Anna, seine Anna, ihn wirklich ernsthaft verlassen könnte, dass der Neue einer positiven Zukunft seiner Tochter nicht so im Weg stehen würde wie ein kleiner pickeliger Lehrling aus einfachsten Verhältnissen.

»... und vielleicht könnte ich auch ein Praktikum bei Diana machen und dann hätte ich auch einen Hund und wir könnten zusammen mit meinem Hund spazieren gehen und mit Ronja, die magst du doch auch, und ...«

Wie viel Zeit ist vergangen? Ihm wird bewusst, dass Laura schon seit einer ganzen Weile redet und immer noch weiterplappert wie ein Kind, das Angst hat, dass, sobald es schweigt, etwas Fürchterliches passiert. Und etwas Fürchterliches kann ja auch passieren, wenn man aufhört, sich zu lieben oder mit der Liebe spielt. Er packt Lauras Handgelenke, und wegen der Art, wie sie erschrocken die Augen aufreißt, taucht für Sekunden ein anderes Gesicht vor ihm auf. Ein Gesicht, das ihn angelacht hat, bis ... Schnell zieht er Laura an sich, liebkost sie, streichelt sie, flüstert ihr all die Namen ins Haar, die er für sie erfunden hat. Seine Königin, seine Göttin, die ihm das Schicksal geschickt hat, noch einmal geschickt hat. Nein, er kann nicht zulassen, dass er sie verliert. Nicht sie. Nicht auch noch sie.

»Du erzählst deiner Försterin doch nichts von uns?«, fragt er, als sie sich geliebt haben. Er hat sie doch noch glücklich gemacht und jetzt sind sie wieder nah miteinander, so nah, wie es richtig ist. Er küsst sie sanft auf den Hals, genießt, wie ihre Hand in seinem Brusthaar spielt.

»Bist du verrückt? Natürlich erzähle ich Diana nichts von uns. Niemandem. Versprochen ist versprochen.«

»Und von Andreas?«

Stille, als ob sie aufhört zu atmen. »Nein.«

Etwas Heißes, Feuchtes auf seiner Haut.

»Du hast ihn geliebt.«

»Ich weiß nicht. Nein.«

»Warum weinst du dann?«

»Ich wein doch gar nicht.« Sie presst sich dichter an ihn. »Ich wüsste nur gern, warum Andi überhaupt auf diesem Hochsitz war. Was er da wollte.«

Er hört nicht auf, sie zu liebkosen.

»Ich wünschte, ich wüsste das«, flüstert sie, schon halb im Schlaf.

Oh nein, da täuschst du dich, kleine Laura. Ich bin sicher, das willst du nicht wissen. Er liegt ganz still und starrt an die Zimmerdecke, wo die Kerzen Schatten tanzen lassen.

❉❉❉

Sie wacht davon auf, dass die Tür leise ins Schloss gezogen wird. Schlaftrunken dreht sie sich auf die Seite und tastet neben sich. Er ist fort. Warum lässt er sie nachts so oft allein, wo er doch sonst nicht genug von ihr bekommen kann? Vielleicht ist er nur zur Toilette gegangen. Laura liegt in der Dunkelheit und zählt ihre Atemzüge. Er kommt nicht zurück. Wo ist er hingegangen, mitten in der Nacht? Sie schlüpft in ihre Fleecejacke und öffnet das Fenster. Es hat aufgehört zu regnen, die kühle Nachtluft riecht würzig nach Erde und Laub. Alles ist still. Die Erinnerung kommt plötzlich: Sie hat vergessen, noch einmal nach den beiden kranken Schafen zu sehen. Sie hätte ihnen noch einmal die Tropfen geben müssen. Warum ist sie so unzuverlässig, warum hat sie sich ablenken lassen?

Im Stall ist es warm und kuschelig. Sie atmet den süßen Geruch von Heu und Tier, versorgt die beiden Patienten, froh, dass sie unter ihrer Nachlässigkeit offenbar nicht gelitten haben. Aus der Nische neben dem Fenster holt sie die Blechdose, die sie als Aschenbecher benutzt, setzt sich neben Fridolin, den altersschwachen Leithammel, auf einen Strohballen und raucht, sorgfältig darauf achtend, dass von der Asche nichts auf die Spreu fällt. Wo mag er sein, ihr geheimer, nächtlicher Freund? Warum bleibt er nicht bei ihr? Er will sie doch nicht auch verlassen?

Ob sie Andi geliebt habe, wollte er wissen. Sie hat sich nicht getraut, die Wahrheit zu sagen. Warum nicht? Warum ist sie so eine verdammte, feige Verräterin, warum lässt sie alle im Stich? Nicht einmal auf Ronja kann sie aufpassen oder auf die Schafe. Sie fühlt, wie ihr wieder die Tränen in die Augen steigen. Anfangs hat Andi sie geliebt, und sie ihn. Dann hat seine Frau alles kaputtgemacht. Wie ein lästiges Hündchen, das um die Aufmerksamkeit seines Herrn betteln muss, hat sich Laura seitdem gefühlt. Und sie hat gebettelt. Um ein paar Stunden Liebe alle paar Wochen, auf einem zugigen Hochsitz im Wald. Geschieht ihm recht, wenn ich mit einem anderen vögele, hat sie schließlich gedacht. Und irgendwann, bald, war sie gar nicht mehr so sicher, ob sie Andi noch liebte. Trotzdem hat sie immer noch jeden Tag darauf gewartet, von ihm zu hören. Heimlich, damit der andere es nicht merkt, damit sie ihn nicht verletzt. Vielleicht hat ihre Mutter ja doch Recht, wenn sie sagt, dass Andreas nur ein Vaterersatz war, ein Vaterersatz, nach dem sie süchtig war. Jeden Tag hat sie ihre SMS abgefragt, seit sie im Sonnenhof lebte. Wie kann es sein, dass er auf dem Hochsitz saß, ihrem Treffpunkt, ohne dass sie davon wusste?

Sie kontrolliert ein letztes Mal, ob im Stall alles in Ordnung ist und zieht die Tür hinter sich zu. Die Gebäude des Sonnenhofs sind immer noch dunkel, aber aus den Fenstern von Shivas Tempel fällt gedämpftes orangefarbenes Licht. Lauras Herz macht einen Sprung. Da also ist er. Reiß nicht einfach die Tür auf, ermahnt sie sich stumm, vielleicht meditiert er ja. Leise betritt sie das Podest, das um den achteckigen Holzbau herumgebaut worden ist. Ein Geräusch dringt durchs Fenster, das Keuchen eines Mannes. Lauras Herz hämmert so sehr, dass sie Angst hat, man könne es im Tempel hören. Die Stoffrollos sind heruntergelassen. Sie nimmt all ihren Mut zusammen und schleicht von Fenster zu Fenster, bis sie eine kleine Lücke findet, einen schmalen Spalt zwischen Rollo und Fensterbank. Ganz vorsichtig geht Laura in die Hocke. Heiner von Stetten und die neue Yogalehrerin. Wenn das die fiese Beate wüsste. Oder ist die immer so verkniffen, weil sie es weiß? Der große Heiner von Stetten mit seinen ewigen Vorträgen über das Wesen der Liebe und seinen Ermahnungen, sie müsse in sich gehen, vertrauen lernen, Selbstlosigkeit, Achtsamkeit. Wie lächerlich das alles ist. Auf einmal merkt sie, dass sie friert.

Sie zittert immer noch, als sie wieder ins Bett kriecht. Jey ist immer noch fort, aber die Erleichterung, dass nicht *er* es ist, den sie im Tempel gesehen hat, hüllt sie ein, wärmender als jede Umarmung. Ihre Eltern, Andi, Heiner von Stetten – auf niemanden ist Verlass. Aber *er* ist anders. *Er* liebt sie wirklich. Und Diana ist ihre Freundin. Mit einem Lächeln auf den Lippen schläft sie ein.

※※※

Was würde Martin sagen, was würde er mir raten, überlegt Judith, während sie ihren Passat zurück nach Köln lenkt. Es ist das erste Mal, seit sie seinen Abschiedsbrief gefunden hat, dass sie sich gestattet, an ihn zu denken, ja, sich nach ihm zu sehnen. Sie sieht ihn vor sich, schmerzlich vertraut und nah. Am Morgen hat sie wieder vergessen, den Briefumschlag mit seinem Hausschlüssel mitzunehmen, um ihn endlich frankieren zu lassen und abzuschicken. Und jetzt hat die Post schon wieder geschlossen. Folge deinem Gefühl, würde Martin vermutlich sagen, aber nicht im Alleingang. Eine Sowohl-als-auch-Antwort, typisch für ihn. Würde er verstehen, warum sie sich heute gegen alle Vorschriften verhalten hat? Sie kann es ja selbst kaum begreifen. Sie weiß, dass sie Diana Westermann nicht hätte treffen dürfen, dass sie sich erst recht nicht von ihr durch den Wald hätte führen lassen dürfen. Sie hat es trotzdem getan. Und jetzt, was soll sie tun?

In Köln-Kalk fährt sie von der Autobahn ab und parkt neben der Garage des Polizeipräsidiums, einem doppelstöckigen vergitterten Kasten. Mannis privater Stolz, sein schwarzer Golf GTI, steht auf seinem Stammplatz, direkt gegenüber dem Rolltor. Judith schaltet den Motor aus. Über zwei Stunden ist sie auf dem nassen Waldboden herumgerutscht in der Hoffnung, irgendetwas zu entdecken, was zu diesem Handy gehören könnte, das Diana Westermann gefunden haben will. Aber Fehlanzeige, nichts, nada. Sie ist ziemlich sicher, dass die beiden Ks zum selben Ergebnis kommen würden.

Sie schaltet das Leselicht ein und mustert die Plastiktüte mit dem verblichenen Fetzen violetten Samts. Die Försterin glaubte sich zu erinnern, ein paar Mal eine junge, blonde Frau im Wald und in der Sonnenhof-Werkstatt getroffen zu haben, die ein violettes Samtkleid getragen hatte. *Sie hat laut und gern gelacht. Ich glaube, das war diese Darshan*, hat die Försterin gesagt. Irgendwann sei diese Frau dann nicht mehr da gewesen, was die Försterin nicht weiter verwundert hatte. Schließlich herrsche auf dem Sonnenhof ein ständiges Kommen und Gehen.

Judith schaltet die Innenraumbeleuchtung wieder aus und starrt auf das Polizeipräsidium. In den meisten Fenstern sind die Lichter bereits erloschen, nur im Stockwerk des KK 11 nicht. Was soll sie Manni sagen? Schick noch mal die Ks mit den Hunden los? Wohin, zu welchem Zweck?, wird er sie fragen. Und sie wird ihm nur eine Antwort geben können: Ich habe das Gefühl, dass sie etwas finden werden. Was denn, wird er fragen. Von dem Stofffetzen haben Sonne und Regen mit Sicherheit jede Geruchsspur gewaschen, das Handy ist verschwunden. Eine Moosschicht habe sich schon auf der Schutzhülle gebildet, hat die Försterin gesagt. Was dafür spricht, dass es schon lange vor dem Mord im Wald lag – und vermutlich nichts damit zu tun hat. Falls dieses Handy überhaupt existiert. Doch warum sollte die Försterin es erfunden haben? Weil sie von etwas anderem ablenken oder sich wichtig machen will, sagt der imaginierte Manni in Judiths Kopf. Und sie kann das noch nicht einmal mit Sicherheit ausschließen. Sie hat ja selbst das Gefühl, dass die Försterin nicht ehrlich ist.

Judith will sich gerade eine weitere Zigarette drehen, als sie Manni sieht. Er trabt im Laufschritt durch den Nieselregen, seinen albernen Aktenkoffer unter den Arm geklemmt, den neuen Kollegen auf den Fersen wie einen treuen Dackel. Judith steigt aus.

»Manni!«

Er stoppt so heftig, dass der Neue um ein Haar auf ihn prallt.

»Judith.« Er verbirgt seine Überraschung geschickt.

»Mir ist noch etwas eingefallen, das vielleicht wichtig sein könnte.« Sie zieht eine Kopie der Landkarte, die sie im Forstbüro gemacht hat, aus ihrer Jackentasche. »Vielleicht ist der Täter von hier gekommen, dieser Bach führt direkt von der Straße zum Tatort. Diese Zeugin, Diana Westermann, hat mich heute angerufen. Sie hat vor einiger Zeit ein Handy gefunden, ungefähr hier. Deshalb bin ich auf diese Idee gekommen.«

»Sie soll das Handy zu Hans Edling bringen. Wieso ruft sie nicht im Präsidium an, wenn sie was zu sagen hat?«

»Das hatte sie wohl, aber sie wollte mit mir sprechen.«

»Hast du ihr nicht gesagt, dass sie sich an mich wenden soll?«

»Herrgott, Manni, sie wollte mit mir sprechen, und jetzt sage ich dir, was sie mir erzählt hat.«

»Millstätt sagt, dass du definitiv raus bist aus dem Fall.«

»Entschuldigung, ich hatte einen Moment lang vergessen, wie gut du dich neuerdings mit Millstätt verstehst. Am besten rufst du ihn direkt an und bittest ihn, mich ein für alle Male zu suspendieren.«

Der Neue guckt, als wünsche er sich weit weg. Der Regen wird stärker. Mannis Finger spielen Klavier auf seinem Koffer.

»Ich verpfeife keine Kollegen.«

»Ach nein?«

»Nein.« Manni nickt dem Neuen zu. »Komm!«

»Ich dachte, das, was ich zu sagen habe, wäre interessant für euch. Wo ihr doch bestimmt umfassend in alle Richtungen ermittelt.« Es gelingt Judith nicht, den Sarkasmus aus ihrer Stimme herauszuhalten.

Manni seufzt. »Also, was hat die Försterin gesagt?«

»Sie hat das Handy im Sonnenhof abgegeben, angeblich gehört es einer jungen Frau, die dort einmal gewohnt hat.«

»Name?«

»Darshan.«

»Ist das ein Vor- oder Nachname?«

»Das müsste man noch ermitteln.« Judith fühlt, wie ihr die Hitze ins Gesicht steigt. Verdammt, verdammt, verdammt. Sie weiß nichts. Sie macht sich lächerlich. Warum kann sie nicht lockerlassen? Warum ist sie überhaupt hergekommen?

»Im Sonnenhof«, fügt sie hinzu.

Manni dreht sich zu dem Neuen um. »Ruf morgen im Sonnenhof an und lass dir Namen und Adresse geben, damit unsere Kollegin hier ruhig schlafen kann.«

»Vielleicht wäre es besser, dort persönlich hinzufahren ...«

»Hast du eigentlich eine Ahnung, wo wir mit unseren Ermittlungen stehen?«

Judith schüttelt den Kopf. Zu ihrem Entsetzen merkt sie, dass ihr Tränen in die Augen steigen.

»Wir sind so dicht dran.« Manni markiert mit Daumen und Zeigefinger einen Spalt von wenigen Millimetern. »Und jetzt entschuldige uns bitte. Es ist nur noch eine Frage von Stunden, bis wir wissen, mit wem Andreas Wengert seine Frau betrogen hat, und wenn wir das erstmal wissen ... Komm, wir sind schon zu spät dran.« Der letzte Satz gilt seinem Kollegen.

Der Regen wird dichter, als die beiden im Parkhaus verschwinden. Wenn der Neue überhaupt im Sonnenhof anruft, wird er sich abwimmeln lassen. Und Manni wird sie bei nächster Gelegenheit bei Millstätt anschwärzen, egal, wie großkotzig er behauptet, dies sei unter seiner Würde. Wer außer ihm sollte Millstätt schließlich von ihrem Ausraster gegenüber Juliane Wengert berichtet haben? Großartig, Judith, das hast du wirklich super hingekriegt! Am besten räumst du gleich morgen deine letzten persönlichen Dinge aus deinem Schreibtisch im Präsidium.

※※※

Tanja Palm, die 47. Schülerin des Bonner Schiller-Gymnasiums, die sie befragen, sitzt zwischen ihren Eltern in einem makellosen Wohnzimmer auf einem Rattansofa mit dicken Polstern. Es ist das perfekte Bild einer perfekten Kleinfamilie, die soeben einem Werbespot entstiegen sein könnte. Manni versucht sich zu erinnern, wie es war, in die zwölfte Klasse zu gehen. Was er gemacht hat, was ihm damals wichtig war. Die Vorstellung, er hätte ein Verhältnis mit einer seiner Lehrerinnen anfangen wollen, ist absurd, aber das ist natürlich etwas anderes, weil Jungs in den allermeisten Fällen nun einmal auf jüngere Mädchen stehen. Er versucht sich an seine Klassenkameradinnen zu erinnern. Für irgendeinen Lehrer haben sie immer geschwärmt, klar, und auf den Schulpartys waren die älteren Jungs und die Sitzenbleiber immer interessanter als er und seine gleichaltrigen Kumpels. Den Frust darüber haben sie auf den Partys hinter lautstarken Rüpeleien verborgen und mit Apfelkorn betäubt. Er mustert die 18-Jährige, die ihm gegenübersitzt. Hübsch ist sie ohne Frage, mit ihren Rehaugen, den dunklen Ponyfransen und den runden Brüsten, die sich unter einem knappen, mit rosa Strasssteinchen besetzten T-Shirt abzeichnen. Und gleich wird sie ihm alles sagen, was er noch wissen muss, um Juliane Wengert endgültig überführen zu können.

Und das haben sie sich wirklich redlich verdient, schließlich haben sie in den letzten Tagen mehr als genug unergiebige Vernehmungen mit Schülerinnen geführt. Bis sie am Nachmittag endlich auf die Richtige trafen. Ein etwas dickliches Mädchen, die typische Außenseiterin, die schwor, sie habe Tanja Palm, die allseits beliebte Sprecherin der Jahrgangsstufe zwölf, dabei beobachtet, wie sie mit Andreas Wengert herumknutschte. Manni räuspert sich und wirft einen schnellen Blick auf den Anfänger, der den Kuli angriffslustig über dem Notizbuch schweben lässt. Was für ein Fortschritt, dass er neuerdings jemanden an seiner Seite hat, der dies für ihn erledigt.

»Also, Tanja, euren Sport- und Englischlehrer, Andreas Wengert, fandet ihr alle richtig klasse, stimmt's?«

Die Andeutung eines Nickens.

»Aber für dich war er mehr als nur ein Lehrer?«

Jetzt strömen Tränen aus den runden Rehaugen. »Er war so süß!«

Warum glauben junge Frauen nur immer, dass ›süß‹ ein Adjektiv ist, mit dem sich Männer gern beschreiben lassen? »Ihr hattet was miteinander, nicht wahr?«

Noch mehr Tränen. Hoffentlich halten die Eltern den Mund, denkt Manni. Aber die scheinen ziemlich cool zu sein. Die Mutter legt tröstend einen dünnen Arm um ihr einziges Kind, der Vater reicht ein gebügeltes weißes Taschentuch. Schöne, heile Margarine-Welt.

»Also Tanja – ich darf doch du sagen? –, du weißt, dass jemand Andreas Wengert umgebracht hat, und du willst doch sicher, dass der Täter bestraft wird?« *Oder die Täterin.* »Du kannst uns dabei sehr helfen, indem du alles erzählst, was du weißt, ja?«

Schluchzen.

»Ihr hattet etwas miteinander, das hat uns eine Schülerin erzählt. Sie hat euch zusammen gesehen.«

»Wir wollten das niemandem sagen. Wer hat uns denn gesehen? Wir haben so aufgepasst!«

Manni unterdrückt einen Seufzer. »Bestimmt würde dein Lehrer wünschen, dass du der Polizei hilfst. Also, seit wann wart ihr zusammen?«

Es ist eine vollkommen durchschnittliche und klischeebeladene Teenieromanze, die Tanja Palm unter noch mehr Tränen hervorstammelt. Wie süß Andreas Wengert war, wie lieb, wie er sie immer angesehen hat, mit diesem besonderen Blick, als das neue Schuljahr begonnen hatte, wie gut sie miteinander reden konnten, über wirklich alles, wie er unter seiner Frau gelitten hat, die immer nur ihren Job im Kopf hatte und ihn insgeheim verachtete, weil er nicht so reich war wie sie. Wie anständig er war. Nie hätte er sie zu etwas gedrängt, aber was sollten sie tun, es war nun einmal Liebe, von beiden Seiten. Seit September hatten sie sich dann hin und wieder nachmittags in der Turnhalle getroffen.

»Und wenn seine Frau verreist war, hat er dich zu sich nach Hause eingeladen.«

»Nein, nie. Wir haben uns immer nur in der Schule getroffen.«

»Komm, Mädchen, denk noch mal nach. Ihr seid gesehen worden.«

»Aber das kann nicht sein. Ich war nicht da. Bestimmt nicht. Ich wollte ja, aber Andi hat gesagt, das ist zu gefährlich.«

Und dabei bleibt Tanja, so sehr Manni auch bohrt. Auch die Möglichkeit, dass Juliane Wengert von dem Verhältnis gewusst habe, bestreitet sie energisch.

»Nun gut.« Manni steht auf. Er war so sicher, dass diese Vernehmung der entscheidende Durchbruch sein würde, und nun treten sie doch wieder auf der Stelle. Aber nicht mehr lange. Er deutet auf ein Foto von Tanja, das auf der Fensterbank steht. »Ich würde das gern mitnehmen.«

Tanjas Vater schenkt Manni ein schmallippiges Lächeln. »Um die Aussage meiner Tochter zu widerlegen, nehme ich an?«

»Um sie zu überprüfen.«

»Nur zu, nehmen Sie das Foto! Sie werden sehen, dass meine Tochter nicht lügt.«

❄❄❄

Es ist eine Nacht für Manfred Mann's Earth Band, Judiths ganz persönliche Zuckerwassermusik, seit sie 14 ist. Unzählige Nachmittage und Abende hat sie als Teenager mit den Nachbarskindern auf dem Teppich gelegen und die Musik gehört, mit heruntergezogenen Rollos, Räucherstäbchen, Tropfkerzen und aromatisiertem Tee. Wenn sie Manfred Mann hörten, war Judith glücklich, beinahe schwebend in einer wortlosen Geborgenheit. Wenn sie Manfred Mann hörten, waren die Fragen nach dem Sinn des Lebens, die ihr niemand beantworten konnte, für einen Moment vergessen. Kurz vor ihrem 17. Geburtstag zog ihre Familie dann in eine andere Stadt, weil ihr Vater wieder einmal versetzt worden war. Sie hat ihre Freunde von damals nie wieder gesehen, aber Manfred Mann's *Watch*, die sie ihr zum Abschied schenkten, besitzt sie heute noch. Und auch all die anderen Alben, die sie an diese kurze Periode in ihrer Kindheit erinnern, in der sie glücklich war. Manfred Mann's *Messin*, *Roaring Silence* und *Angel Station*, Supertramp, Tangerine Dream, Queen.

*Warum lebst du so rückwärtsgewandt? Du konservierst die 70er Jahre wie einen Schatz*, hatte Martin erstaunt ausgerufen, als er zum ersten Mal ihre alten LPs betrachtete.

*Es ist ein Schatz*, hatte sie erwidert. *Die einzige Konstante in meinem Leben.* Sie musste an Patrick denken, als sie das sagte, an all die Umzüge in ihrem Leben, all die Freunde und Liebhaber, die gekommen und wieder gegangen waren. Sie hatte nicht bedacht, dass auch ihr Beruf zu einer Konstante geworden war, die sie dringend brauchte, um die Fragen nach dem Sinn in Schach zu halten. Sie hatte ihren Beruf als Selbstverständlichkeit verbucht und nicht daran gedacht, dass ein Leben ohne ihn unerträglich wäre.

Vielleicht sind Manni und der Neue tatsächlich dabei, die Akte »Erlengrund« erfolgreich zu schließen. Vielleicht hat Axel Millstätt Recht und ihr Instinkt funktioniert wirklich nicht mehr, sie braucht eine Pause, ärztliche Hilfe. Aber sie kann das nicht glauben. Alles in ihr schreit, dass Juliane Wengert nicht die Täterin ist, dass der Schlüssel zu diesem Fall – und womöglich der Täter – im Sonnenhof zu finden ist. Und es gibt nur eine einzige Möglichkeit, wie sie Millstätt davon überzeugen und sich rehabilitieren kann: Sie muss es beweisen, alles auf eine Karte setzen. Und zwar allein.

## Samstag, 8. November

»Warum lassen Sie mich nicht endlich in Ruhe?«

Acht Uhr morgens, ein Tag, an dem es nicht hell werden will, und schon wieder ein Verhör. Juliane Wengert fährt sich mit den Fingern durchs Haar. Es fühlt sich strohig an, das Wasser im Gefängnis ist einfach zu hart, sie verträgt es nicht. Zu Hause wird es im Keller automatisch enthärtet, aber hier – ihre Haut altert mit jedem Tag, egal wie viel Lotion sie darauf verteilt. Und vor ihr steht Albrecht Tornow und glotzt, als sei er das Kaninchen und sie die Schlange.

»Du musst mir noch mehr von meiner Gesichtscreme besorgen und eine Kur für mein Haar, ich hab es aufgeschrieben, hier.« Sie schiebt ihm den Zettel zu, den sie in einer weiteren durchwachten Nacht angefertigt hat. »Und bitte auch noch eine Packung Vitamintabletten. Und Baldriparan forte.«

»Ich kann dich nicht verteidigen, wenn du nicht einmal mir vertraust!« Albrecht ignoriert den Zettel, versucht, ihren Blick einzufangen. »Mein Gott, begreifst du denn nicht, Juliane? Das hier ist nicht ein weiterer eurer gern und oft zelebrierten Kämpfe. Andreas ist tot, ermordet, und die Hauptverdächtige bist du.«

»Glaub mir, das weiß ich. Aber deshalb würde ich die Zeit hier trotzdem gern einigermaßen stilvoll überstehen. Da es dir ja nicht zu gelingen scheint, mich hier rauszuholen.«

»Wenn ich dich hier rausholen soll, musst du mir vertrauen.«

»Heißt das, ich soll etwas gestehen, was ich nicht getan

habe? Ich habe Andreas nicht umgebracht, wie oft muss ich das denn noch sagen.«

Unwillig schüttelt Albrecht Tornow den Kopf. »Das ist zu wenig, Juliane.« Er blättert in seinen Akten. »Du hast versucht, dich ins Ausland abzusetzen, du hast kein Alibi für die Tatzeit, du besitzt eine Jagdhütte in der Nähe des Tatortes, es gibt diese Nachbarin, die schwört, es hätte einen handfesten Ehekrach um eine Schülerin gegeben, mit der Andreas dich betrogen hat, und wer weiß, was die Polizei als Nächstes herausfindet. Und zu alldem sagst du nichts, weder mir, deinem Anwalt und Freund, noch der Polizei.«

Als wäre dies ein Stichwort, fliegt die Tür des Vernehmungszimmers auf und die beiden Kripobeamten hasten auf quietschenden Gummisohlen herein. Wenn es nicht so würdelos wäre, könnte man es direkt spannend finden, denkt Juliane Wengert. Inzwischen hat sie gelernt, die Zeichen zu deuten. Je beiläufiger und unbeteiligter dieser Manfred Korzilius mit seinem Bübchencharme dreinschaut, desto siegesgewisser ist er, desto vernichtender ist seiner Meinung das, was er im nächsten Moment an vermeintlichen Indizien gegen sie vortragen wird. Sie lehnt sich zurück und zieht die rechte Augenbraue ein ganz klein wenig hoch. Sie wird einen Teufel tun, ihm das Spielfeld zu überlassen oder klein beizugeben. Sie versucht, nicht daran zu denken, dass diese beiden jungen Kerle sich vermutlich feixend über ihre Wäscheschublade hergemacht haben, während sie in einer schäbigen muffigen Zelle zur Untätigkeit verdammt war. Sie wird neue Wäsche kaufen, sobald sie die Gelegenheit dazu bekommt.

»Ihr Mann hatte ein Verhältnis mit einer Schülerin.«

»Nein!« Ihre Stimme ist rau und zu laut. Es kann nicht sein! Sie hat schließlich selbst dafür gesorgt, dass das Mädchen verschwindet. Warum macht dieser Bubi-Kommissar dann aber so ein Pokerface? Sie fühlt, wie ihr eine Hitzewelle ins Gesicht steigt. Bitte, bitte, bitte, fleht sie innerlich, ohne zu wissen, was sie eigentlich will oder wer ihr helfen soll.

»Es gibt Zeugen. Das Mädchen selbst hat es bestätigt.« Alle drei Männer beobachten sie aufmerksam.

»Das Mädchen?« Sogar sie selbst kann die Angst in ihrer Stimme hören.

Der Bubi-Kommissar lächelt und schiebt ein Porträt im edlen Holzrahmen zu ihr hinüber. »Eine Schülerin Ihres Mannes. Tanja Palm.«

Das ist nicht die, mit der sie Andreas erwischt hat. Das muss ein schrecklicher Irrtum sein. Eine Falle. Oder noch eine Wahrheit, die sie nicht kennen, nicht ertragen will. Sie kann nicht aufhören, das Mädchengesicht anzustarren.

»Frau Wengert? War es nicht so, dass Sie Ihrem Mann heftige Szenen gemacht haben, weil er Sie mit Tanja Palm betrogen hat?«

»Nein!«

»Frau Wengert, das ist doch lächerlich. Tanja Palm hatte eine Affäre mit Ihrem Mann, Ihre Auseinandersetzungen darüber waren bis in die Nachbarhäuser zu hören. Und weil Ihr Mann die Affäre nicht aufgeben wollte, haben Sie ihn umgebracht.«

»Nein, nein, nein!« Es kann nicht sein, es darf nicht sein. Diese Tanja muss eine Erfindung der Polizei sein. Er hatte ihr doch versprochen, dass es nicht wieder vorkommt. Und schon gar nicht mit einer Schülerin.

Sie deutet auf das Foto. »Wie alt ist sie?«

»18.«

Wenigstens können sie seinen Namen nicht posthum wegen Verführung Minderjähriger in den Dreck ziehen. Aber trotzdem, die Schande! Wie soll sie in Bonn wohnen bleiben, wenn erst einmal bekannt wird, dass ihr Mann sich an seinen Schülerinnen vergriffen hat? Was wird ihre Familie sagen, die diese Ehe ohnehin niemals gebilligt hat? Wie soll sie arbeiten, einkaufen gehen, leben? Und wie soll sie verkraften, dass sie Andreas nicht einmal mehr zur Rede stellen, anschreien, aus dem Haus jagen kann? Sein erneuter Betrug wird sie – das sieht sie plötzlich mit glasklarer Hellsichtigkeit – für immer an ihn binden, ihr ganzes Leben, und ihre Gefühle dominieren. Sein erneuter Betrug ist noch grausamer als sein Tod, raubt er ihr doch die Möglichkeit zu trauern. Es gibt keine Chance mehr, irgendetwas zu bereinigen, gerade zu rücken, wieder gutzumachen. Andreas ist endgültig, unwiderruflich, für immer verloren für sie und wird sie doch niemals in Frieden lassen. Warum hat er ihr das angetan?

»Wollen Sie uns nicht endlich sagen, wie es gewesen ist?« Die Stimme des Kommissars schmeichelt.

Etwas zieht sie nach unten, in eine Tiefe, die sie niemals erkunden wollte. Sie kann sich nicht dagegen wehren. Ihre Stirn schlägt hart auf die schrundige Resopal-Tischplatte. Jemand ruft ihren Namen. Eine Hand gräbt sich in ihre Schulter und reißt sie hoch. Sie macht sich schwer, lässt sich fallen, dass das Reißen beinahe unerträglich wird, ein heißes Messer, das in ihren Oberarm fährt. Aber das ist gut, damit kann sie umgehen. Dieser Schmerz geht vorbei. Sie beginnt zu schreien.

❋❋❋

Kermit, der Rothaarige, führt Judith zu Heiner von Stetten und gibt sich dabei keine Mühe zu verhehlen, dass ihm ihr erneuter Besuch im Sonnenhof missfällt. Heiner von Stetten selbst sitzt an diesem Morgen an seinem Schreibtisch, offenbar vertieft in wichtige buchhalterische Angelegenheiten. Jedenfalls lässt er sich nicht stören, als sie durch die offene Tür in sein Zimmer treten, ungerührt tippt er mit seinen kräftigen Wurstfingern Zahlenkolonnen in eine Rechenmaschine. Er trägt ein weißes tunikaartiges Gewand. Auf seiner Nasenspitze balanciert eine Nickelbrille, die vermutlich an Gandhi erinnern soll. Die Terrassentür steht offen, ein kalter Lufthauch verweht den Duft des Räucherwerks, das auf dem Altar vor dem Buddha vor sich hin glimmt. Die Sauerstoffpumpe des Aquariums brummt leise, davon abgesehen ist das Klackern der Rechnertastatur das einzige Geräusch. Endlich scheint Heiner von Stetten mit dem Ergebnis seiner Rechnerei zufrieden zu sein. Er wirft die Brille auf den Schreibtisch, stößt sich von der Tischkante ab, rollt mit dem Stuhl ein Stück rückwärts und breitet die Arme aus.

»Die Schwertkönigin! Ich war sicher, dass Sie wieder kommen.« Er nickt Kermit zu, der angesichts dieser Begrüßung erstaunt die wasserblauen Glubschaugen aufreißt. »Danke, Vedanja. Wenn du bitte dafür sorgst, dass wir nicht gestört werden.«

Leise schnappt die Tür ins Schloss. »Setzen Sie sich.« Heiner von Stetten steuert leichtfüßig auf die Sitzkissen zu und lässt sich auf seinem Stammplatz nieder, mit dem Rücken zur Wand. Judith bleibt nichts anderes übrig, als sich ihm gegenüberzusetzen. Ohne Lehne, fast augenblicklich beginnen ihre Schultern zu schmerzen. Heiner von Stetten sieht sie unverwandt an. Wieder hat sie das unbehagliche Gefühl, dass er mehr von ihr sieht, als sie zeigen will.

»Also, Judith, was kann ich für Sie tun?«

»Die Niederlage.« Judith räuspert sich. »Ich kann nicht aufhören, daran zu denken. Sie haben gesagt, ich bräuchte dringend Hilfe. Vielleicht haben Sie Recht.«

Statt ihr zu antworten bedient sich ihr Gegenüber einer ihrer eigenen Lieblingstechniken: Er wartet. Judith schiebt das Attest, das ihre Tante für sie geschrieben hat, über den niedrigen Marokkotisch.

»Ich bin krankgeschrieben. Ich bin heute nicht als Kommissarin, sondern als Privatperson hier. Ich würde gern für eine Weile hier im Sonnenhof bleiben, um mich zu erholen.«

Heiner von Stetten nimmt das Attest. »Depression«, murmelt er. »Die dunkle Aura.« Es klingt, als spräche er zu sich selbst.

»Ich habe vor einiger Zeit meinen besten Freund verloren.«

Er sieht sie an. »Niederlage. Die Spitzen der fünf Schwerter treffen sich in der Mitte und blockieren einander, die Klingen sind verbogen, unbrauchbar. Alles ist dunkel. Wie ich schon sagte, besteht die Niederlage aus der Furcht vor der Niederlage. In diesem Falle, weil die Venus im Spiel ist, geht es vor allem um die Furcht, eine neue Beziehung einzugehen, sich einzulassen, wie es so schön heißt. Sind Sie sicher, Judith, dass sie für Ihren verstorbenen Freund nur freundschaftliche Gefühle empfunden haben?«

»Er wurde im Dienst erschossen, als er mich vertreten hat.«

»Das beantwortet meine Frage nicht.«

»Ich habe ihn geliebt. Wie einen Bruder. Nein, mehr. Anders. Aber nicht wie einen Liebhaber.« Warum ist sie so ehrlich? Ihre Worte scheinen von den Wänden widerzuhallen, dröhnen in ihren Ohren.

»Schuld«, sagt Heiner von Stetten, gerade in dem Moment, als Judith sicher ist, den Nachhall ihrer eigenen Worte nicht mehr aushalten zu können. »Und Unschuld. Damit sind wir wieder bei der Königin der Schwerter. Sie reißt die Masken herunter, um zurück zur kindlichen Unschuld zu gelangen. Sie ist gnadenlos gerecht und gnadenlos objektiv. Wussten Sie, dass Ihr Freund erschossen werden würde, als er Sie vertrat? Wollten Sie das?«

»Natürlich nicht.«

»Also trifft Sie keine Schuld.«

Judith will widersprechen, aber der Sonnenhofleiter kommt ihr zuvor.

»Aber das ist schwer auszuhalten, nicht wahr? Noch schwerer, als sein Tod. Weil es deutlich macht, dass Sie keine Kontrolle haben. Über das, was geschehen ist. Über das, was noch geschehen wird.«

»So einfach ist das nicht.«

»Vielleicht doch.«

Alles in ihr schreit nach Flucht. Wie kann es passieren, dass dieser windige Psychologe mit seiner Begeisterung für Tarotkarten sie so schnell aus der Fassung bringt? Sie darf das nicht geschehen lassen, sie muss sich beherrschen, konzentrieren, wenn sie etwas erreichen will.

Seine Stimme klingt sanft, beinahe gütig, als er wieder zu sprechen beginnt.

»Wie alt sind Sie, Judith?«

»38.«

Er nickt. »Viel zu jung, um aufzugeben. In der Meditation üben wir, das Leben hinzunehmen – auch wenn wir es nicht verstehen können. Glauben Sie, Sie können sich darauf einlassen?«

»Ich würde es probieren.«

Heiner von Stetten scheint ihre Worte sorgfältig abzuwägen, wie ein Orakel in Buddhagestalt thront er auf dem orangefarbenen Kissen und sieht sie an, ohne eine Miene zu verziehen.

Dann, plötzlich, scheint er zu einem Entschluss zu kommen. Er springt auf. »Warten Sie, ich hole meine Frau.«

Beate von Stetten sieht an diesem Morgen noch ungesünder aus, als Judith sie in Erinnerung hat. Um ihren schmallippigen Mund haben sich tiefe Furchen gegraben, Schatten liegen unter ihren kleinen Knopfaugen, die Judith misstrauisch mustern, der Haaransatz entlang ihres Scheitels sticht weiß aus dem tomatenfarbenen Hennarot hervor. Mit einer blassen Hand zieht sie ein flusiges, vermutlich handgestricktes Umhängetuch aus violetter Wolle enger um ihren mageren Leib, bevor sie zu sprechen beginnt.

»In den letzten Tagen gab es für uns und unsere Gäste einige Unruhe durch Ihre Verdächtigungen und Befragungen. Jetzt wollen Sie hier plötzlich einziehen, um zu meditieren. Wer sagt uns, dass Sie in Wirklichkeit nicht herumschnüffeln wollen?«

Kluges Mädchen. Offenbar funktioniert die Rollenverteilung der von Stettens so, dass sie die Böse gibt. Judith zwingt sich, Beate von Stettens Blick standzuhalten, und deutet auf das Attest. »Ich bin raus aus dem Fall. Davon abgesehen sind meine Kollegen in dieser Minute dabei, die Ermittlungen abzuschließen. Es gab bereits eine Verhaftung.«

»Ah ja?«

»Ich kann und darf im Moment nicht mehr dazu sagen. Jedenfalls gehen meine Kollegen nicht mehr von einem Zusammenhang mit dem Sonnenhof aus.« Das ist nicht einmal gelogen.

»Tatsächlich? Erst vor einer halben Stunde hat ein Kollege von Ihnen angerufen und sich nach einer unserer früheren Mitbewohnerinnen erkundigt.«

»Es ging doch sicher nur um eine Routinefrage.« Judith fühlt, wie sie rot wird.

»Das hoffe ich. Ich habe Ihrem Kollegen jedenfalls erklärt, dass sich die fragliche Person seit Mai in Indien aufhält.« Beate von Stetten streift ihren Mann mit einem feindseligen Blick.

»Und, war er mit dieser Auskunft zufrieden?«

»Wie gesagt, ich hoffe es. Ich habe ihm die Adressen mehrerer Aschrams gefaxt. Sie hat er übrigens mit keinem Wort erwähnt.«

»Er weiß nicht, dass ich hier bin, niemand weiß das, und ich wäre sehr froh, wenn das auch so bliebe. Ich möchte meine Privatsphäre schützen. Es wird so viel getratscht im Präsidium.«

»Warum suchen Sie dann gerade bei uns Hilfe?«

»Na ja, die Ermittlungen sind doch abgeschlossen. Und der Sonnenhof ist ... Ich kann das schlecht erklären. Dieses Tal hier, dieser Hof – er scheint so entlegen. Er hat eine Atmosphäre, die mich anspricht – eine bestimmte Aura.« Judith sucht einen Moment lang Heiner von Stettens Blick. »Es ist mehr so ein Gefühl, eine Intuition, dass ich hier das finden könnte, was ich suche, eine Antwort auf meine Fragen.« Wieder nicht gelogen.

Beate von Stetten verzieht ihre Lippen zu einem freudlosen Lächeln. »Mein Mann kann schlecht nein sagen.« Erneut bedenkt sie ihren Partner mit einem bitterbösen Blick. »Er neigt dazu, es auf einen Versuch ankommen zu lassen und Sie aufzunehmen.«

»Das wäre wirklich schön.«

Beate von Stettens Stimme klingt seltsam monoton, als sie zu sprechen beginnt. »Also gut. 65 Euro pro Tag für Übernachtung und Verpflegung. Sie bekommen ein Einzelzimmer in einem der Nebengebäude, wo unsere Dauergäste wohnen. Das Bad ist über den Flur. Der Sonnenhof ist ein Aschram, das heißt, Sie müssen sich an unsere Regeln halten: kein Alkohol, kein Nikotin, kein Fleisch, kein Zucker. Kein Handy. Die Teilnahme an den Meditationen ist verbindlich, zwischen 23 Uhr und 6 Uhr schweigen wir. Falls Sie therapeutische Sitzungen bei meinem Mann oder Reikibehandlungen bei mir wünschen, kostet das extra. Die Yogastunden sind gratis.«

»In Ordnung.« Nicht rauchen – um Himmels willen. Augenblicklich fühlt Judith, wie ihr Herzschlag sich beschleunigt, jede ihrer Zellen schreit nach Nikotin.

»Ich hole Vedanja, er wird ...« – Beate von Stetten zögert einen Moment – »... dir alles zeigen.«

Sobald seine Frau den Raum verlassen hat, macht Heiner von Stetten eine winzige katzengeschmeidige Bewegung mit den Schultern, so als wolle er die schlechte Stimmung abstreifen. Tatsächlich entspannt sich die Atmosphäre merklich.

»Also, herzlich willkommen, Judith. Hier im Aschram sagen wir du zueinander.«

»Danke, dass ich hier sein darf.«

»Vedanja ist unser pädagogischer Leiter, bei ihm bist du in guten Händen, du kannst dich mit allen Fragen an ihn wenden.«

»Können wir einen Termin für eine therapeutische Sitzung vereinbaren?« Judith hofft, dass sich ihr Unwille angesichts dieser Vorstellung nicht in ihrem Gesicht spiegelt. Ihre Sehnsucht nach einer Zigarette wird mit jeder Sekunde dringlicher. Sie fühlt, wie sie zu schwitzen beginnt. Aber wenn sie Heiner von Stetten zu fassen bekommen will, muss sie ihn in dem Glauben lassen, sie brauche wirklich seine Hilfe.

Der Psychologe lächelt, offenbar bemerkt er ihren Gefühlszustand nicht. Wahrscheinlich schmeichelt ihre Bitte um eine Einzelstunde seinem Ego.

»Die Schwertkönigin. Immer geradewegs aufs Ziel zu.« Er geht zu seinem Schreibtisch und blättert in einem Tischkalender. »Also gut, heute Abend um acht.«

Im selben Moment schwingt die Tür geräuschlos auf und der rothaarige Kermit blickt auf Judith herab. Beate von Stetten hat vermutlich nicht gerade Werbung für sie gemacht, denn seine wasserblauen Augen taxieren sie wie ein lästiges Insekt. Sie steht auf und lächelt ihn an, mechanisch streckt er die Hand aus. Sie ist schlapp und feucht, doch Judith schafft es, immer weiter zu lächeln.

»Hallo, Vedanja, Heiner sagt, dass du mich rumführst? Das ist nett.«

※※※

Die Nachbarin der Wengerts sieht aus, als sei sie permanent erstaunt, was überhaupt nicht zu der nörglerisch-rechthaberischen Art passt, mit der sie die Worte zwischen ihren weißen Pferdezähnen hervorpresst. Aus dem Vernehmungsprotokoll der letzten Woche weiß Manni, dass sie 56 Jahre alt ist, aber genauso gut könnte sie zehn Jahre älter oder jünger sein – ihr Teint ist unter einer dicken Schicht Make-up begraben. »Nein, ich irre mich ganz sicher nicht«, sagt sie bestimmt. »Ich habe ein gutes Gedächtnis für Personen. Das ist nicht das Mädchen, das ich gesehen habe.«

»Aber Sie haben gesagt, ein Mädchen mit dunklen langen Haaren.« Manni ist noch nicht bereit, sich geschlagen zu geben. Wie oft hat er schon erlebt, dass Zeugen sich irren. Aber die Nachbarin der Wengerts scheint sich ihrer Sache ganz sicher zu sein. Beinahe anklagend deutet sie mit ihrem goldberingten, blutrot lackierten Zeigefinger auf das Foto von Tanja Palm, das der Anfänger ihr geduldig vor die Nase hält.

»Aber doch nicht *so* dunkel. Und die Augen waren hell – nein, das ist sie *bestimmt* nicht.«

»Also hellbraune Haare, helle Augen – können Sie uns noch mehr über das Mädchen sagen, das Sie mit Andreas Wengert gesehen haben?«

»Das ist ja schon ein paar Monate her, seit sie das letzte Mal hier war. Das Haar trug sie lang und offen, sie ging ihm ungefähr bis zur Schulter. Jung sah sie aus. Und irgendwie nicht so brav wie diese hier.« Der rote Fingernagel schnippt an das Glas. »Wenn Sie mich fragen, sie hatte was Aufreizendes, Ordinäres an sich, und das hat zu ihm gepasst. Eine Schande ist es, dass Juliane diesen Kerl geheiratet hat. Niveaulos. Einen Sportlehrer, der sich an Schülerinnen vergreift. Alle hier in der Straße haben sich von Anfang an gefragt, was sie an ihm findet.«

»Die Liebe geht manchmal sonderbare Wege.« Zu seinem eigenen Erstaunen verspürt Manni das Bedürfnis, seine Hauptverdächtige in Schutz zu nehmen. Vielleicht, weil er Miss Marmor nicht zutraut, dass sie ihren Zusammenbruch vom Morgen gespielt hat. Egal, ob sie ihren Mann nun umgebracht hat oder nicht – erst jetzt scheint sie die Tragweite der Ereignisse wirklich begriffen zu haben. Nun liegt sie im Krankenhaus und ist bis auf weiteres nicht mehr vernehmungsfähig. Und seine letzte Hoffnung, die Ermittlungen schnell abzuschließen, hat diese goldbehängte Lady hier soeben gründlich zerschlagen. Alles deutet darauf hin, dass Tanja Palm nicht die einzige jugendliche Gespielin war, die sich Andreas Wengert geleistet hat. Es sieht so aus, als müssten sie ihre ermüdende Suche fortsetzen.

»Wann haben Sie dieses Mädchen eigentlich zuletzt hier gesehen?«

Die Nachbarin runzelt die Stirn, wodurch sich das Dauerstaunen in ihrem Gesicht noch verstärkt. Diese Frau ist so stark geliftet, dass ihre Augen unnatürlich weit aufgerissen sind, realisiert Manni verspätet. Was will man in einer Gegend wie dieser auch sonst erwarten? Heute Nachmittag geht sie wahrscheinlich Golfspielen mit einem Privatlehrer und betrinkt sich anschließend mit Cocktails oder hat einen Termin zum Fettabsaugen, während ihr Mann mit irgendwelchen Geschäftspartnern Austern schlürft und sich zum Dessert Edelhuren bestellt. Kein Wunder, dass sie so hämisch über die Eheprobleme der Wengerts spricht.

»Das ist schon eine ganze Weile her, dass ich die gesehen habe.« Ihre Antwort holt ihn zurück auf die von kniehohen Buxbaumrabatten begrenzte, weißgekieste Auffahrt. »Seit Juli definitiv nicht mehr – dann ist es wohl aufgeflogen. Jedenfalls haben die Wengerts seitdem so viel gestritten. Im Sommer stehen die Fenster ja auf, da war das leider nicht zu überhören.«

»Vielen Dank. Sie haben uns sehr geholfen.«

»Man tut, was man kann.« Juliane Wengerts Nachbarin lächelt gnädig. »Dies hier ist eine anständige Wohngegend und wir wollen alle, dass es so bleibt.«

Schon wieder alle. Manni verspürt nicht die geringste Lust zu fragen, wer damit gemeint ist.

»Die im Sonnenhof sagen, sie hätten kein Handy, das die Försterin abgegeben hat«, referiert der Anfänger, während sie zurück zum Präsidium in Köln fahren. »Außerdem sagt die Chefin, dass diese Darshan, der es angeblich gehören soll, seit Monaten in Indien ist. Wo, wusste sie auch nicht genau, in irgend so 'nem Aschram, was auch immer das eigentlich genau ist. Sie wollte mir ein paar Adressen faxen. Soll ich der Sache nachgehen?«

Manni überholt einen Mercedes, der mit Tempo 140 auf der Mittelspur herumtrödelt.

»Erst mal nicht. Wir müssen uns die anderen Schülerinnen vornehmen und vor allem Tanja Palms Gedächtnis nach einer möglichen Vorgängerin durchforsten, die Wengert gepoppt hat. Und zuallererst müssen wir Staco-Steff nochmal auf die Füße treten. Wenn er die Mailboxen der Wengerts nicht heute noch knackt, hetze ich Millstätt auf ihn, das schwöre ich.«

»Es ist Samstagnachmittag«, sagt der Anfänger.

Manni flucht.

※※※

*Ich krieg dich, du Schlampe.* Diana treibt den Holzpflock mit harten Schlägen in den Boden. Den ganzen Tag hat sie den Hangbestand an der B 55 zum Durchforsten ausgezeichnet und dabei das unbehagliche Gefühl, dass sie beobachtet wird, ignoriert. Vielleicht hätte sie der Kommissarin von der Krakelei auf dem Hochsitz erzählen sollen. Aber als Judith Krieger ihr in der Küche gegenübersaß und sie mit ihren traurigen, türkisgeränderten Augen fixierte, hat sie der Mut verlassen. Wer sagt ihr, dass sie dieser Kommissarin vertrauen kann? Dass sie das, was Diana zu sagen hat, nicht doch irgendwann gegen sie verwenden wird? Und dann diese Empfehlung, woanders zu übernachten und den Wald zu meiden. Ihren Arbeitsplatz! Das Allerletzte! Ich bin ein freier Mensch, denkt Diana trotzig und nagelt Maschendraht an den Pflock, damit das Schlupfloch im Gartenzaun wieder dicht ist. Ich lasse mich nicht einschüchtern.

Die Dunkelheit kommt jetzt schnell, der Waldrand verschwimmt zu einer konturlosen Masse. Der Wald hat Augen, er sieht mich an. Wieder dieses Gefühl. Schnell verschließt Diana die Garage und läuft durch den Garten zurück zur Veranda. Jemand steht dort. Laura.

»Himmel, hast du mich erschreckt! Was machst du denn schon wieder hier?«

Laura zuckt zusammen und augenblicklich bereut Diana, dass sie sie so angefahren hat. Das Mädchen kann schließlich nichts dafür, dass sie nervös und müde ist.

»Das ist jetzt keine so gute Zeit für einen Besuch, ich bin schlagkaputt und hungrig.« Und ich will nicht schon wieder die Gesellschaft einer heimatlosen 17-Jährigen, die sich in meinen Hund verliebt hat.

»Ich kann dir was kochen, während du duschst. Ich kann super Spaghetti!« Laura setzt sich auf die Treppe und streichelt Ronja.

Spaghetti. Der Preis dafür ist, dass sie sich um Laura kümmern muss. Etwas belastet das Mädchen. Aber sie ist nicht ihre Mutter oder ihre große Schwester, sie ist nicht zuständig. Außerdem ist Samstag. Es war ein Fehler, dass sie sich vor einer Woche fortgeschlichen hat, ohne Tom ihre Telefonnummer zu hinterlassen. Vielleicht ist es noch nicht zu spät, diesen Fehler wieder gutzumachen.

»Diese Kommissarin ist bei uns eingezogen.« Es ist nicht klar, ob Laura das zu Ronja oder Diana sagt.

»Eingezogen? Du meinst, sie ermittelt bei euch?«

Laura schüttelt den Kopf. »Sie sagt, der Fall ist abgeschlossen, seine Frau war's. Jetzt hat sie Urlaub und will meditieren. Heiner hat gesagt, wir sollen sie wie eine von uns behandeln. Sie brauche vor allem Ruhe.« Laura verzieht das Gesicht. »Sie hat das Zimmer direkt neben meinem und guckt mich immer so komisch an. Und Yoga kann sie gar nicht.«

Der Fall ist abgeschlossen. Es hat nichts mit ihr zu tun. Niemand beobachtet sie. Ronjas Verschwinden war wirklich nur der makabre Scherz von irgendwelchen Dorfjungs.

»Soll ich jetzt Spaghetti kochen?«

»Ich habe keine Zeit, Laura.«

»Och.«

Diana unterdrückt einen Fluch. Warum verursacht diese kleine Silbe bei ihr sofort zentnerschwere Schuldgefühle?

»Du kannst Ronja über Nacht haben, wenn du willst.« Sie spricht schnell, bevor sie es sich anders überlegen kann. Außerdem ist es eine gute Lösung, ins Kölner Nachtleben will sie die Hündin nicht mitnehmen.

»Ehrlich? Danke, Diana.« Aber Laura lächelt nicht, als sie Ronja anleint und sich verabschiedet.

Diana sieht den beiden nach. Zwei schmale Schatten, die im Wald verschwinden. Hör endlich auf, dich verantwortlich zu fühlen.

Nachdem sie geduscht und gegessen hat, fühlt sie sich bedeutend besser. Sie spült das Geschirr und räumt es weg, verriegelt die Holzläden und improvisiert eine schnelle, angriffslustige Melodie auf dem Klavier.

Im Schlafzimmer zieht sie ein enges schwarzes T-Shirt und die weite, verwaschene Bundeswehrhose an, die sie mit einem breiten abgewetzten Ledergürtel auf Hüfthöhe zusammenzieht. Sie wählt ein dunkelgrünes Stirnband und den Silberschmuck, den sie in Algier gekauft hat. Einer der feinziselierten Armreife fällt ihr aus der Hand und rollt unters Bett. Diana stellt die Nachttischlampe auf den Boden und kniet sich hin. Der Armreif liegt ganz hinten an der Wand. Sie rutscht halb unters Bett und streckt die Hand aus. Etwas streift ihr durchs Haar – reflexartig fasst sie danach. Ein Lederriemen.

Ihr Herz reagiert schneller als ihr Hirn, mit harten, hämmernden Schlägen. Alfred Hesses Hahndoppelflinte ist weg. Ungläubig leuchtet Diana mit der Lampe unter das Bett. Sie irrt sich nicht. Schlaff und leer baumeln die Lederriemen herunter, die der alte Hesse mit seinen arthritischen Fingern einst so sorgfältig geknüpft hatte. Jemand war in ihrem Haus und sie hat es nicht gemerkt. Jemand hat ihr Gewehr gestohlen. Wer? Laura, ist ihr erster Gedanke. Als sie bei mir geschlafen hat, in der Nacht als Ronja verschwunden ist. Aber morgens hat sie das Mädchen zum Sonnenhof gefahren. Das hätte sie ja wohl bemerkt, wenn Laura eine Flinte im Arm gehalten hätte. Dennoch: Laura wusste von der Waffe. Vor ein paar Wochen hat sie ihr sogar mal gezeigt, wie man schießt, weil das Mädchen gar so sehr darum gebeten hat. Doch warum sollte Laura die Flinte klauen? Und wenn ja – ist das der Grund, warum sie seit Tagen so herumdruckst? Was um Himmels willen hat sie vor? Diana öffnet die Schublade ihres Nachttischs und schüttelt die Packung mit den Patronen. Sind es weniger geworden? Sie kann es nicht sagen. Auch die Reservepackung ist halb leer. Hatte Alfred Hesse nicht gesagt, die sei ganz neu?

Vielleicht sieht sie Gespenster. Vielleicht hat sie selber die Flinte unten eingeschlossen und das vergessen. Diana hastet die Treppe hinunter, zum Waffenschrank. Das Schloss ist unversehrt, sie öffnet es mit dem kleinen Schlüssel, den sie immer am Schlüsselbund bei sich trägt. Ihre anderen Gewehre sind noch da, auch die Munition dafür. Aber nicht die Flinte vom alten Hesse. *Ich krieg dich, du Schlampe.* Wenn Laura nicht diejenige ist, die die Flinte gestohlen hat, heißt das, dass sich jemand Zutritt zu ihrem Haus verschafft hat. Beim Gedanken daran krampft sich Dianas Magen zusammen. Wann hat sie Hesses Flinte zum letzten Mal in der Hand gehabt? Was ist, wenn jemand ihre Waffe benutzen will, um sie gegen sie zu richten? Was ist, wenn jemand mit dieser Flinte schon einmal einen Mord begangen hat? Wenn sie die Tatwaffe ist? Kaliber 16. Warum hat sie der Polizei nichts von der Flinte erzählt? Jetzt ist es zu spät. Wenn sie den Verlust jetzt meldet, macht sie sich nicht nur lächerlich, sondern auch verdächtig. Und außerdem ist der Fall ja sowieso abgeschlossen. Oder?

Die Stille des alten Hauses scheint aus allen Ecken und Winkeln auf sie zuzuschleichen, will sie niederdrücken, lähmen, fertig machen. Sie muss hier raus, und zwar schnell. Sie lädt ihre Mauser, schließt die anderen Waffen sorgfältig wieder ein. Dann löscht sie das Licht und bleibt so lange im ersten Stock am Fenster stehen, bis sie sicher ist, dass niemand dort draußen auf sie lauert. Der Motor heult auf, als sie den Wagen auf den Fahrweg jagt. Erst als sie die Bundesstraße erreicht hat, hört sie auf zu zittern. Morgen wird sie wissen, was zu tun ist, morgen wird sie ihr Haus gründlich nach den Spuren eines Einbrechers untersuchen – und nach Alfred Hesses Flinte. Vielleicht schlafwandelt sie ja neuerdings. Vielleicht hat sie sie einfach verlegt. Aber jetzt muss sie raus, nach Köln, zu Tom. Sie sehnt sich wirklich unbeschreiblich nach einem Caipirinha.

❋❋❋

Judiths Lungen fühlen sich zu groß an, unnatürlich groß, und das nicht, weil sie außer Atem ist. Neun Stunden ohne Zigarette. Sie versucht, sich auf das zu konzentrieren, was Heiner von Stetten sagt, eine monotone Litanei fremder, kehliger Silben. Sanskrit. Sie könnte die Übersetzung in dem violetten Büchlein nachlesen, das Kermit ihr am Morgen mit säuerlicher Miene überreicht hat, als er ihr ihr Zimmer zeigte. Sie bringt die Energie nicht auf. Stunde um Stunde müssen sie im Aschram auf Miniatursitzkissen auf dem Fußboden hocken. Judiths

Schultern schmerzen und das Gefühl pulsierender Leere in ihren Lungen wird von Minute zu Minute stärker. Gleich wenn die letzte Meditation des Tages beendet ist, wird sie in den Wald fliehen, endlich allein sein, und rauchen. Es wird ein Fest der Freude sein. Sie hofft inständig, dass sie danach wieder klar denken kann. Der erste Tag im Aschram hat sie apathisch gemacht, vielleicht ist auch ihre erste therapeutische Sitzung bei Heiner von Stetten daran schuld. Gehirnwäsche, denkt sie grimmig, wahrscheinlich ist es das. *Patrick ist tot, du lebst.* Gebetsmühlenartig hat der Sonnenhofleiter das wiederholt und sie gefragt, wie sich das für sie anfühlt, bis sie am liebsten nur noch geschrien hätte. Aber diese Blöße hat sie sich natürlich nicht gegeben, darf sie sich auch in Zukunft nicht geben, wenn sie im Sonnenhof etwas erreichen will. Stattdessen hat sie versucht, das Gespräch auf den Sonnenhof zu lenken, seine Bewohner und mögliche Konflikte. Erfolglos. Zwar reagiert Heiner von Stetten nicht so feindselig auf ihre vorsichtigen Fragen wie seine Frau oder der rothaarige Vedanja, trotzdem hat er sich nichts entlocken lassen, was sie auch nur ein bisschen weiterbringt. Alle im Sonnenhof sind Meister im höflichen Schweigen. Der Einzige, der offenbar gern ein Schwätzchen hält und ihr einigermaßen offen und gut gelaunt begegnet, ist der Schreiner Ben, vermutlich, weil er in seiner Werkstatt nicht ganz so strengen Regeln unterliegt. Doch als sie versucht hat, das Gespräch auf eine mögliche Verbindung des Sonnenhofs mit dem toten Andreas Wengert und auf seine ehemalige Mitbewohnerin Darshan zu lenken, hat auch er gemauert.

Nebelschleier kriechen aus dem Bachbett, als sie eine Stunde später die Sonnenhofgebäude hinter sich lässt. Sie folgt einem Trampelpfad an den Ställen vorbei, genießt die feuchte Nachtluft, ein Streicheln in ihrem Gesicht. Der Trampelpfad endet vor einem Stapel Baumstämme, sie klettert halb hinauf und findet einen perfekten Sitzplatz. Der erste Zug tut beinahe weh, scheint in ihrer Lunge zu explodieren. Als sie die dritte Zigarette ausgedrückt hat, sind unten im Tal alle Lichter erloschen, die Gebäude schwimmen in dichtem Nebel wie eine Herde träger Schatten, so friedlich und still, dass es unvorstellbar scheint, dort könnte ein Mörder leben.

Zu Anfang ihrer Karriere im KK11 hat Judith insgeheim geglaubt, dass man sehen können müsste, wozu Menschen fähig sind, durch ein verräterisches Zucken im Mundwinkel etwa oder eine gewisse Leere im Blick. Die Erkenntnis, wie vollkommen normal – wie menschlich – ein Mörder wirken kann, war ein Schock. Der zweifache Familienvater, der Patrick erschossen hat, war vor der Tat niemals polizeilich aufgefallen. Ein friedlicher Typ, der mit Vorliebe karierte Hemden trug und sich einmal im Monat beim Frisör Dauerwellen legen ließ. In seiner Freizeit sammelte er Ansichtskarten vom Kölner Dom und engagierte sich als Schatzmeister im Anglerverein »Hecht 1851 e.V.«. Er trank gern Malzbier. Eines Tages hatte sein Arbeitgeber Kurzarbeit angeordnet und plötzlich verrannte sich der Mann in die Idee, dass seine Frau ihn betrog. Als die sich gegen seinen Argwohn nicht mehr anders zu helfen wusste, drohte sie, vorübergehend zu ihren Eltern zu ziehen. Einen Tag später erhielt er die betriebsbedingte Kündigung, klaute seinem besten Freund die Pistole, erschoss seine Schwiegereltern und nahm Frau und Kinder als Geiseln. Eine Nachbarin alarmierte die Polizei. Als die ersten Beamten eintrafen, eröffnete der Mann das Feuer aus dem Klofenster. Patrick war sofort tot.

Es ist nach Mitternacht, als Judith auf Socken in Heiner von Stettens Büro schleicht. Der Duft nach Räucherwerk liegt noch in der Luft. Das grünliche Licht des Aquariums ist die einzige Lichtquelle im Raum, die Fische reißen im stummen Protest die Mäuler auf. Judith streift die Latexhandschuhe über. Wenn jemand sie entdeckt, hat sie ihre letzte Chance vertan, aber wenn sie nichts riskiert, ist sie sowieso geliefert. Bemüht, kein Geräusch zu verursachen, tastet sie sich zur Fensterfront vor und zieht die schweren, bodenlangen Vorhänge zu. Erst jetzt wagt sie es, den schmalen Lichtkegel ihrer Taschenlampe über den Schreibtisch gleiten zu lassen. Er ist tadellos aufgeräumt, die Tabellen, an denen Heiner von Stetten am Morgen so eifrig herumgerechnet hat, sind verschwunden, nur die Rechenmaschine, eine grüne Bibliothekslampe mit Bronzefuß, drei faustgroße Halbedelsteine und der Computermonitor stehen auf der blank gewienerten Holzoberfläche. In einem Tischkalender sind akribisch alle Kursangebote, Therapiesitzungen und Vortragstermine notiert, doch keinerlei persönliche Daten. Keiner der Namen sagt Judith etwas. Während sie den Computer hochfahren lässt, öffnet sie die Holztüren des Schreibtischs und blättert im Eiltempo durch mehrere Ordner. Auch hier Fehlanzeige, keine Finanzpläne oder Teilnehmerlisten, nur Vorträge über Yoga und Meditation. Ein Kästchen auf dem PC-Monitor fordert sie auf, ihr Passwort einzugeben. Sie probiert es mit »Beate«, »Buddha«, »Yoga« und »Sonnenhof« – ohne Erfolg.

Nacheinander zieht sie alle Schubladen auf: Stifte, Locher, Briefumschläge, Schere – unspektakuläres Büromaterial, mehrere Packungen Tempotaschentücher, diverse Tarotsets, Räucherstäbchen. Das einzig Interessante ist ein Holzkasten mit Schlüsseln, offenbar das Reservelager für alle Eventualitäten. Sie steckt den Schlüssel mit dem Etikett »Hauptbüro« in ihre Hosentasche. Am Nachmittag hat sie vorgegeben, ein Buch verlegt zu haben, in der Hoffnung, so das Gespräch auf das Handy lenken zu können, das Diana Westermann im Sonnenhof abgegeben haben will. Vergebens. Immerhin hat sie so erfahren, dass es in einem der Regale einen Weidenkorb gibt, in dem alle Fundsachen aufbewahrt werden. Sie hält einen Moment inne und lauscht, bevor sie die Treppe hinaufschleicht und das Büro aufschließt. In diesem Raum gibt es keine Vorhänge. Sie schirmt den Lichtkegel der Taschenlampe mit ihrer Hand ab, erreicht tastend das Regal mit den Fundsachen, stößt sich den Oberschenkel heftig an einem der Schreibtische. Es tut höllisch weh, sie unterdrückt einen Fluch. Auf dem Boden kniend untersucht sie den Fundsachenkorb und schirmt dabei das Licht mit ihrem Körper vom Fenster ab. Haargummis, Bücher, ein Handtuch, eine Turnhose, zwei T-Shirts, ein Ohrring, ein Walkman und – ihr Herz macht einen Satz – ein Handy. Aber es ist silbern, nirgendwo ist auch nur die kleinste Spur eines Namenszuges zu entdecken. Zu früh gefreut.

Was nun? Die Adress- und Personendaten der Sonnenhofgäste werden im Computer verwaltet, das weiß sie vom Einchecken, aber vielleicht gibt es Personalakten von Mitarbeitern. Sie öffnet Schränke und Schubladen auf der Suche nach einer dieser guten alten Hängeregistraturen, die den Ermittlern in den wenigen, unrealistischen Kriminalromanen, die sie als Studentin gelesen hat, immer so sehr weitergeholfen haben. Wieder Fehlanzeige, dies ist schließlich das richtige Leben und es ist bereits halb zwei. Der Computer in Heiner von Stettens Büro fällt ihr siedendheiß ein. Nicht ausgeschaltet! Sie schickt den Lichtkegel über die hohen Holzregale. Korrespondenzen – es muss Ordner geben, in denen Briefe, die per Post kommen, abgelegt werden. Wieder öffnet sie den Aktenschrank. Sie blättert mehrere Jahrgänge »Briefe N – Z« durch. Nichts. Keine Spur von Andreas oder Juliane Wengert. Willkürlich versucht sie es unter »D«. Keinerlei Hinweis auf eine Darshan – was hat sie auch erwartet. Sie weiß ja nicht einmal einen Nachnamen. Geschweige denn, ob es Darshan überhaupt gibt.

Das Gefühl von Gefahr ist auf einmal so unmittelbar, dass sie die Taschenlampe ausschaltet und hastig die Schranktür zustößt. Eines der Fenster im gegenüberliegenden Gebäude ist jetzt erleuchtet. Auf Zehenspitzen hastet Judith zur Tür. Das Knirschen des Schlüssels im Schloss scheint tausendfach von den Wänden widerzuhallen, die Holztreppe knarrt unerträglich laut. Im selben Moment, in dem sie Heiner von Stettens Arbeitszimmer erreicht, hört sie, wie oben die Eingangstür an der Rezeption geöffnet wird.

Sie hat keine Zeit mehr, den Computer ordentlich herunterzufahren. Sie reißt den Netzstecker heraus, ihre Hand zittert so sehr, dass sie es erst im dritten Versuch schafft, den Stecker wieder einzustöpseln. Vom Flur fällt jetzt ein schmaler Lichtstrahl unter der Zimmertür durch. Judith wirft den Büroschlüssel zurück in das Kästchen, drückt die Schublade zu. Schritte auf der Treppe. Eilige Schritte, und es gibt kein Versteck in Heiner von Stettens Büro. Sie reißt den Vorhang zur Seite, will die gläserne Tür in den Garten öffnen – vergebens, der Hebel lässt sich nicht bewegen. Ihr bleibt gerade noch Zeit, sich hinter den Vorhang an die Wand zu stellen, als die Tür aufgestoßen wird. Wenn nicht gerade alles auf dem Spiel stünde, müsste sie über sich selbst lachen. So viel zum Thema ›unrealistischer Kriminalroman‹.

»Heiner?« Vedanyas Stimme. Im nächsten Moment geht das Deckenlicht an. Eins, zwei, drei Schritte. Stille. Ein Geräusch, wie ein Schnuppern. »Ks, ks, ks«, ein Fingernagel, der an die gläserne Aquariumswand schnippt. Dann, nach unerträglich langen Sekunden, plötzlich wieder Dunkelheit, das leise Quietschen der sich schließenden Tür. Es hat funktioniert, sie kann es fast nicht glauben. Trotzdem wagt sie kaum zu atmen, während auf dem Flur weitere Türen geöffnet und wieder geschlossen werden. Lange nachdem die Haustür wieder ins Schloss gefallen ist, schleicht sie zurück in ihr Zimmer.

## Sonntag, 9. November

Als sie erwacht, ist es immer noch dunkel. Benommen von viel zu wenig Schlaf tastet Judith nach ihrem Wecker. Fünf Uhr. Die Gardinen flattern träge in einem Luftzug, der einen Hauch von – sie schnuppert ungläubig – Zigarettenrauch in ihr Zimmer trägt. Ohne Licht zu machen öffnet sie das Fenster und lehnt sich hinaus. Eine Gestalt sitzt am Ende des Vordachs. Judith kneift die Augen zusammen. Jetzt dreht die Gestalt den Kopf ein wenig, die Zigarettenglut erleuchtet schwach ihr Profil. Laura, das Mädchen mit den verfilzten Rastalocken. Unverhoffte Chancen soll man nutzen. Judith zieht sich an und schwingt sich aufs Vordach. Das Mädchen schreit leise auf, als Judith sie an der Schulter berührt.

»Hallo, Laura, guten Morgen, darf ich?«

Das Mädchen starrt sie sprachlos an, als sei sie eine Erscheinung, nestelt schließlich zwei winzige Kopfhörer aus seinen Ohren. Judith nimmt die Geste als Einladung und setzt sich neben Laura auf das klamme Holz. Es ist ein perfekter Platz für eine heimliche Zigarette. Das Vordach liegt vom Haupthaus abgewandt, auch wer unten entlanggeht, sieht nicht, dass hier oben jemand sitzt.

»Hast du mal Feuer?« Ein uralter Trick, ein internationaler Code, mit dem Raucher sich verbünden in ihrem Verlangen nach Nikotin. Und es klappt auch diesmal, gehorsam kramt Laura ein Einwegfeuerzeug aus der Jacke und hält es Judith hin.

»Danke.« Judith inhaliert, scheinbar völlig auf das Rauchen konzentriert. »Das ist ein cooler Platz hier.« Sagen Jugendliche heutzutage überhaupt noch cool, wenn sie etwas gut finden? Sie zieht erneut an ihrer Zigarette, als gäbe es nichts Wichtigeres.

»Man darf hier im Aschram eigentlich nicht rauchen.«

»Mhm.« Noch ein Zug. »Warum eigentlich nicht?«

»Wegen der Schwingungen und so. Heiner sagt, dass alle Gifte die Atmosphäre verunreinigen und unseren Weg zum Göttlichen blockieren. Weil sie die Energiemeridiane im Körper verschließen.«

»Und warum rauchst du dann?«

»Weiß nicht. Ich mag's einfach. Und solange es keiner merkt.«

»Ich verrate dich bestimmt nicht.« Im Stockfinsteren sitzen sie nebeneinander. Und vielleicht ist das sogar gut. Vielleicht gehört Laura zu jenen Menschen, die die gesichtslose Anonymität eines Telefongesprächs oder Internet-Chats brauchen, um sich zu öffnen. Wenn sie überhaupt etwas zu sagen hat. Aber davon ist Judith überzeugt. Es liegt an der Art, wie Laura sich im Aschram herumdrückt, an dieser Mischung aus Trotz und Verlorenheit, die sie ausstrahlt. Und natürlich liegt es auch daran, dass der rothaarige Kermit das Mädchen so aggressiv bewacht. Laura macht eine Bewegung, als wolle sie aufstehen. Automatisch legt Judith ihr die Hand aufs Knie, fühlt, wie Laura augenblicklich erstarrt, ein wildes Tier, das sich tot stellt. Sie nimmt die Hand wieder fort.

»Entschuldige.«

»Ich bin manchmal gern allein.« Das klingt wie eine Kampfansage.

»Das kann ich gut verstehen. Ich will mich hier auch nicht dauerhaft auf deinem Platz breit machen. Aber ich bin wach geworden und hatte schreckliche Lust zu rauchen. Dann sah ich dich da sitzen ...«

»Ist schon okay.« Der Tonfall straft Lauras Worte Lügen.

»Das nächste Mal gehe ich in den Wald, damit ich dich hier nicht störe.«

»In den Wald? Wohin denn da?«

»Keine Ahnung, irgendwohin. Ich bin auch manchmal gern allein. Allerdings fänd ich es auch nicht schlimm, wenn wir hin und wieder hier zusammen eine rauchen. Ich finde dich nämlich sympathisch.« Und das entspricht der Wahrheit. »Ich glaube, wir rauchen sogar dieselbe Marke. Drum light, richtig?«

»War es seine Frau?« Die Frage kommt abrupt, als habe Laura innerlich lange mit sich gerungen und wolle die Sache nun so schnell wie möglich hinter sich bringen.

»Vieles spricht dafür, ja.«

Jetzt bedauert Judith, dass sie Lauras Gesicht nicht erkennen kann. Ganz still sitzt sie wieder da, als wäre sie plötzlich eingefroren.

»Alles in Ordnung, Laura?«

Keine Antwort.

»Weißt du etwas über die Sache? Kann ich dir irgendwie helfen? Ich würde dir gerne helfen, wenn du Hilfe brauchst.«

»Nein.« Laura springt auf. Tritt auf etwas, das knirschend zerbricht. »Scheiße, meine CD.« Hastig stopft sie die zerbrochene Hülle in ihre Jackentasche.

Judith wartet, bis Laura in ihr Zimmer geklettert ist, das Fenster hinter sich geschlossen und die Vorhänge zugezogen hat. Dann untersucht sie das Vordach systematisch mit der Taschenlampe. Was sie findet, lässt sie blitzschnell hellwach werden: zwei hauchdünn gedrehte Zigarettenkippen, wie sie sie unter der Sitzbank des Hochsitzes am Erlengrund gefunden hat. Und mehrere transparente Plastiksplitter.

Schlagartig ist die Erinnerung wieder da. Hans Edling hat gerufen, dass Millstätt sie sprechen wolle, gerade als sie genau so einen Plastiksplitter am Tatort in der Hand hielt. Und dann? Sie hat diesen Plastiksplitter danach nicht mehr gesehen, die beiden Ks haben in ihrem Bericht nichts davon erwähnt. Es gibt nur eine Erklärung dafür. Sie muss den Splitter in ihre Manteltasche gesteckt und dann vergessen haben. Einmal mehr hat sie versagt.

Unterschlagung von Beweismaterial. Das Gefühl aus ihrem Traum droht ihr die Luft zu nehmen. Der Sturz ins Bodenlose, das fliehende Pferd, etwas, das ihre Kehle zusammenschnürt, dass sie nicht einmal schreien kann. *Niederlage* – dieses höhnische Flüstern in der Luft. Wenn sie den Splitter vom Tatort noch findet, kann sie ihn nachreichen, zusammen mit dem violetten Stofffetzen, den die Försterin ihr gezeigt hat. Sie wird sich dadurch endgültig lächerlich machen. Doch wenn sie beweisen will, dass es eine Verbindung zum Sonnenhof gibt – das Mädchen Laura –, muss sie ihre neuen Fundstücke zu den beiden Ks bringen. Leider wird sie so auch offenbaren, dass sie immer noch ermittelt, sich also Millstätts Anordnung einmal mehr widersetzt. Andererseits: Wenn sie auch das neue Beweismaterial unterschlägt, hat sie sowieso jede Berechtigung verwirkt, sich Kommissarin zu nennen.

Es ist aussichtslos, sie kann nicht gewinnen. Das Gefühl, keine Luft mehr zu bekommen, wird stärker und der Tag hat noch nicht einmal richtig begonnen.

※※※

Sonntagnachmittags gibt es Kaffee und Kuchen vom guten Villeroy-und-Boch-Wildrosen-Service im Wohnzimmer, das ist ein Ritual – egal, wie oft der Vater auch betonen mag, dass das unnötig ist. Aber den Kuchen isst er trotzdem, zwei Stück mit Sahne, ohne eine Miene zu verziehen. Als sie fertig sind, hilft Manni seiner Mutter, das Kaffeeservice und die Reste des Apfelkuchens in die Küche zu tragen und das Abendbrot vorzubereiten. Auch das ist ein Ritual. Vom Wohnzimmer wabert jetzt der beißende Qualm der HB-Zigaretten herüber. Sein Vater soll nicht rauchen, sagt der Arzt, aber sonntags macht er eine Ausnahme. Sonntags und wenn Fußball im Fernsehen kommt. Ein Flirt mit dem Tod. Manni wirft seiner Mutter einen schnellen Blick zu. Auch sie muss den Qualm riechen, tut aber so, als sei alles in Ordnung, dabei weiß Manni genau, dass sie sich vor jeder Zigarette fürchtet, die ihr Mann raucht. Manchmal hat Manni das Gefühl, sein Vater sei schon tot. Kein einziges Wort sagt er, als Manni von seinem neuesten beruflichen Erfolg berichtet, ein Schweigen, das seine Mutter wie immer durch zu viel und zu lautes Gerede über die Neuigkeiten aus Rheindorf wettzumachen versucht.

»Und stell dir vor, die arme Liese, das hat sie wirklich nicht verdient. Erst die Scheidung ihrer Tochter, der ganze Krieg um das Haus und jetzt diese unselige Geschichte mit der Enkelin.«

»Was für eine unselige Geschichte denn?«

»Die Kleine ist schwanger, aber das soll keiner wissen. Sie haben sie weggeschickt. Dabei reden alle sowieso von nichts anderem.«

»Ein uneheliches Kind? Das ist doch heute nicht mehr so schlimm, Mama.«

»Wenn die Mutter gerade mal 14 ist?«

Genau in diesem Moment hat Manni eine Eingebung: Sie werden das Mädchen, das sie suchen, nicht an der Schule finden. Sie müssen unter den ehemaligen Schülerinnen suchen, nicht unter den Abiturientinnen. Irgendwo gibt es vermutlich ein Mädchen, das von der Schule genommen wurde, weil es etwas mit seinem Lehrer hatte. Es ist das erste Mal, dass Manni eine seiner Ideen als Eingebung bezeichnen würde, und deshalb schaut er auf die Uhr. 17.08 Uhr. Er legt das Geschirrhandtuch aus der Hand.

»Was meinst du mit weggeschickt, Mama?«

»Na, weg eben. Irgendwohin, wo sie das Kind kriegen kann. Für eine Abtreibung war es zu spät, sie wollen es zur Adoption freigeben. Was für eine schreckliche Geschichte.«

Die Direktorin wird ihm weiterhelfen können. Sie muss ihm weiterhelfen. Die Auskunft verbindet ihn direkt weiter. Ein Anrufbeantworter, Himmelarschundzwirn. Er bittet um Rückruf. Dringend. Eine geschwängerte Minderjährige – da tun sich ganz neue Dimensionen auf. Die Ehefrau bleibt natürlich verdächtig, weil für sie eine solche Manifestation des Betrugs noch schwerer zu ertragen sein dürfte als eine simple Affäre. Aber noch ganz andere Motive fallen ihm nun ein: Eltern, die sich rächen wollen. Möglicherweise hatte das Mädchen auch einen Freund, der es dem offensichtlich potenten Nebenbuhler richtig heimzahlen will. Manni geht hinaus in den Garten, um diese Möglichkeiten am Telefon ausführlich mit dem Anfänger zu diskutieren. Sie beschließen, sich am nächsten Morgen bereits um sieben Uhr vor der Schule zu treffen. Als nächstes ruft Manni Tanja Palm an, die jedoch zu seiner neuen Theorie nichts Erhellendes zu sagen weiß. Wieder einmal ist er dazu verdammt zu warten.

❦❦❦

»Erzähl mir von deinem Freund, Judith.«

Es riecht intensiv nach Weihrauch, draußen wird es dunkel. Außer dem Aquarium sind ein paar Kerzen die einzige Lichtquelle im Raum. Sie kann Heiner von Stettens Gesichtszüge nicht genau erkennen, weil er mit dem Rücken zu seinen Fischen sitzt. Ihr Gesicht muss hingegen vom Licht des Aquariums gut ausgeleuchtet sein, ein klarer Vorteil für ihn. Schweiß läuft ihr die Schläfen herunter, ihr Mund ist trocken, ihre Lunge schmerzt.

»Du musst atmen, Judith.« Die Stimme Heiner von Stettens schmeichelt. »Schließ die Augen und atme, ein und aus und ein und aus. So ist es gut.«

Sie hat den Plastiksplitter vom Tatort schließlich im Saum ihres Mantels gefunden. Nach dem Mittagessen hat sie Laura mit dem Schreiner in den Wald gehen sehen. Das Mädchen führte den Hund der Försterin an der Leine und sah ausnahmsweise einigermaßen glücklich aus. Judith hat die Zeit genutzt, sich gründlich in Lauras Zimmer umzusehen, das unmittelbar neben ihrem eigenen liegt. Aus mehreren CD-Hüllen waren Ecken herausgebrochen. Sie hat so lange probiert, bis sie den Splitter vom Tatort passgenau in eine der Lücken fügen konnte. Sarah Connor – *Green Eyed Soul*, was immer das mit dem Tathergang zu tun hat.

»Dein Freund, wie hieß er gleich?« Verschwommen nimmt sie Heiner von Stettens Stimme wahr.

»Patrick.« Sie antwortet automatisch, ohne nachzudenken.

»Patrick. Erzähl mir von Patrick, Judith.«

»Er war so fröhlich.« Sie kann den kalten Schweiß unter ihren Achseln riechen und presst die Arme an ihren Körper. »So zuversichtlich. So – lebendig. Er hat so gern gelebt.«

Heiner von Stetten erwidert nichts und es ist, als ob Judiths Worte von den Wänden auf sie zurückgeworfen würden, immer lauter, immer quälender. Abrupt öffnet sie die Augen. Heiner von Stetten sieht sie unverwandt an. Hypnotisiert er sie etwa? Sie fühlt sich plötzlich unendlich müde. Keines der Gästezimmer im Sonnenhof ist abschließbar. Sie hat die Beweisstücke beim Ersatzreifen im Kofferraum ihres Wagens verstaut und hofft inständig, dass niemand auf die Idee kommt, den Wagen aufzubrechen.

»Du lebst, Patrick ist tot.«

»Das sagtest du bereits mehrfach, ja.«

»Ein schweres Erbe«, sagt der Sonnenhofleiter. Wie viel Zeit ist vergangen, seit dieser Seelenstriptease begonnen hat? Judith weiß es nicht. Sie schafft es nicht, die Gesprächsführung an sich zu reißen, es ist, als ob alle Kraft aus ihr herausgeflossen sei seit sie in Heiner von Stettens Zimmer Platz genommen hat. Vielleicht verbrennt er ja auf seinem Altar ein Opiat. Ihm scheint es allerdings nichts auszumachen. Rund und wach und selbstzufrieden sieht er aus. Er fächert einen Stapel Tarotkarten in der Hand, nimmt eine, mustert sie kurz und hält sie ihr hin.

»Ich möchte, dass wir uns mit dem Thema Schuld beschäftigen.«

Es ist lächerlich. Sie will aufspringen, gehen. Sie sieht die Karte an. ›Der Gehängte‹, na wunderbar.

»Erhängen – das klingt nach einer gerechten Strafe, wenn wir schon von Schuld sprechen.« Erhängen. Auch eine Möglichkeit, diesem Elend ein Ende zu bereiten. Ihre Dienstwaffe besitzt sie schließlich nicht mehr.

Lächelt Heiner von Stetten? Sie kann es nicht erkennen.

»Nicht Er-hängen, Judith. Hängen. Loslassen. Der Gehängte ist ein Symbol für die Hingabe.«

Hingabe, großartig. »Ah ja?«

»Bauch und Füße befinden sich über dem Kopf, der Gehängte betrachtet die Welt also aus umgekehrter Perspektive. So wächst er über sein Ego hinaus – ein erster Schritt auf dem Weg zur Befreiung von destruktiven und eingrenzenden Lebensmustern.«

»Die Trauer um einen Freund ist wohl kaum ein Lebensmuster.«

»Dich selbst für etwas verantwortlich zu machen, woran dich keine Schuld trifft. Deinen Körper mit Giften zu malträtieren. Das sind schlechte Angewohnheiten, die es zu überwinden gilt.«

Bla, bla, bla. »Indem ich meditiere? Ihre – deine Frau sieht übrigens auch nicht gerade sehr gesund aus.«

»Beate. In jedem Leben, auch in jeder Beziehung, gibt es gute und weniger gute Zeiten. War Patrick verheiratet?«

»Er hatte eine Freundin.« Wieder hat er sie aus der Reserve gelockt. Warum hat sie Sylvia erwähnt? Judiths Lunge schreit nach Nikotin. Noch etwas anderes empfindet sie auf einmal: Wut. Eine unbändige Lust, den selbstgefälligen Heiner von Stetten an seinem albernen Baumwollkittel zu packen und seinen Kopf ins Aquarium zu tauchen, bis er um Gnade fleht.

»Wie geht es Patricks ...« – eine kleine Kunstpause – »... anderer Freundin?«

»Ich weiß es nicht.«

Im Aquarium entsteht Unruhe. Ein kleiner, rot-blau gestreifter Fisch flieht vor einem größeren, schwarzen zwischen schleimige Algen.

»Du weißt es nicht.«

»Wir haben den Kontakt verloren.«

»Warum?«

»Ich weiß nicht, was es bringen soll, darüber zu sprechen. Warum habt ihr Probleme, Beate und du? In eurem Prospekt steht, dieser Aschram hier sei die Erfüllung eures Lebenstraums.«

»Du weichst aus, Schwertkönigin. Warum beantwortest du meine Frage nicht?«

Sie hatte sich fest vorgenommen, für Sylvia da zu sein, sie hatte es Patrick ins offene Grab hinein versprochen, ein stummer Schwur, überwältigt von Schmerz. Aber sie hat es nicht geschafft. Keinen von Sylvias Anrufen hat sie beantwortet, sie hat seine Eltern nicht besucht und auch nicht seine Freunde. Weil man nichts geben kann, wenn man leer ist. Nichts geben und auch nichts nehmen, weil man Verlust nicht lindern kann. Nichts macht so einsam wie Trauer, hat einmal irgendjemand gesagt. Erst durch Patricks Tod hat Judith begriffen, wie wahr das ist.

»Du bist zu egoistisch. Du gönnst Patricks Freundin ihren Teil der Trauer nicht.«

»Was soll das denn heißen? Natürlich tue ich das.«

»Nein, das glaube ich nicht, das glaube ich ganz und gar nicht, Judith. Aber darüber sprechen wir in der nächsten Sitzung.«

Geschmeidig wie eine Raubkatze gleitet Heiner von Stetten aus dem Schneidersitz auf seine breiten, nackten Füße und öffnet die Tür.

»Bis morgen, Schwertkönigin, bis morgen, schlaf schön.«

## Montag, 10. November

Nichts deutet darauf hin, dass an diesem Tag irgendetwas nicht nach Plan laufen könnte. Um halb sechs kommt Diana im Forsthaus an. Sie kocht Tee und schmiert sich Brote, schlüpft in ihre Arbeitskleidung und packt das Kartenmaterial und die Utensilien zusammen, die sie zum Holzvermessen braucht. Während sie in ihrem Jeep hinunter zum Sonnenhof fährt, um Ronja abzuholen, pfeift sie 50er-Jahre-Schlager. Sie ist unschlagbar, unverletzlich, in den Lüften, verliebt. Das lange Wochenende mit Tom liegt wie ein Schutzschild zwischen ihr und ihren Ängsten der vergangenen Wochen. Und Ronja geht es gut, sie dreht sich wie ein Derwisch vor Freude, ihre Herrin zu sehen. Ein feiner Nieselregen fällt, das Morgengrauen hängt wie eine Ahnung über dem Tal.

»Sag Laura viele Grüße und tausend Dank fürs Aufpassen.«

»Klar, mach ich.« Ben nickt ihr zu und mustert sie prüfend. »Hattest du ein schönes Wochenende? Alles in Ordnung oben im Forsthaus?«

»Wunderbar!« Sie lässt Ronja auf die Rückbank springen. »Tschüss, bis später. Ich muss los, bin schon spät dran.«

Sie warten schon auf sie, unterhalb des Hangbestands an der B 55, zwei der erfahrensten Waldarbeiter, die die Fällarbeiten von Hand erledigen werden. Zwei Gesellen und ein Azubi mit Motorsägen, die die Fichten zum Abtransport bereitmachen sollen, und zwei Waldarbeiter mit den Rückepferden Bolek und Lolek, aus deren Nüstern der Atem in weißen Dampfwolken stiebt. Diana füttert die beiden Kaltblüter mit Fallobst aus ihrem Garten, während sie den Männern die Markierungen für die erste Rückegasse zeigt und erklärt, von wo nach wo sie sich vorarbeiten sollen. Um zehn wird Jo mit der Rückemaschine kommen, um die Stämme zu der nächsten Forstschneise zu schleppen, die für die schweren Holztransporter befahrbar ist. Den Harvester können sie hier an diesem Steilhang nicht nutzen.

Sie setzen ihre Schutzhelme auf und machen sich an die Arbeit. In den vergangenen Wochen, seit die Holzernte begonnen hat, sind sie zu einem Team zusammengewachsen. Zum ersten Mal seit Diana die Revierförsterei im Schnellbachtal übernommen hat, fühlt sie sich wirklich wohl, anerkannt, dazugehörig. Auch das Gefühl, dass etwas an diesem Waldstück bedrohlich sein könnte, ist verschwunden. Gestern Nachmittag war sie mit Tom im Zoo, obwohl sie das eigentlich hasst, wilde Tiere im Käfig. Aber es war schön, ihm ein Stück von Afrika zu zeigen. Und er hat sie nicht mit offenem Mund angestarrt, sondern vernünftige Fragen gestellt. Er war ehrlich interessiert, so sehr, dass sie ihm später im Café sogar von Robs Affäre mit Kates Tochter erzählt hat. Und wieder hat er genau richtig reagiert, und dann haben sie auf einmal über Beziehungen gesprochen, über Männer und Frauen und Musik und Träume. *Es ist wie Sex, mit dir zu sprechen*, hat er gesagt und damit genau das ausgedrückt, was Diana fühlte.

Langsam aber stetig arbeiten sich die Männer von der Schneise, die sie schon in der letzten Woche ins Tal geschlagen haben, den Hang hinauf. Stamm um Stamm schleppen die dampfenden Kaltblüter zur Rückemaschine hinunter, dirigiert von den lauten Befehlen ihrer Führer, die sie an der langen Leine halten, stoisch, auch wenn die Motorsägen noch so laut kreischen und die Ketten, an denen die Stämme befestigt werden, rasseln. Es ist so laut, dass Diana zuerst nicht merkt, wie anders das Rufen sich auf einmal anhört. Erst als die Sägen nach und nach verstummen registriert sie es, und im nächsten Moment ist einer der Männer auch schon bei ihr. Er sieht längst nicht so rotwangig und robust aus, wie eben noch. Schwer atmend lehnt er sich an eine Fichte.

»Ich glaube, den Rest des Tages können wir vergessen, Chef.

Dahinten in einem der Bombenkrater liegt eine Leiche. Und wie es aussieht, schon ziemlich lange.«

※※※

»Die kleine Nungesser«, sagt die Schuldirektorin, »wie konnte ich die nur vergessen? Kurz vor Ende des Schuljahres hat ihre Mutter sie plötzlich abgemeldet, ohne ersichtlichen Grund. Ich wollte sie überreden, das nicht zu tun, die Kleine hatte einiges mitgemacht, ihr Vater ist verschollen. Außerdem war sie eine gute Schülerin, aber die Mutter ließ einfach nicht mit sich reden. Wie hieß das Mädchen doch gleich mit Vornamen? Warten Sie, gleich habe ich ihre Adresse. Komisch, wieso steht die denn nicht in der Kartei?«

Manni und der Anfänger tauschen einen Blick aus. Eine ehemalige Schülerin, deren Karteikarte verschwunden ist. Das klingt viel versprechend und könnte erklären, warum sie die bislang nicht finden konnten. Immer hektischer wühlt die Rektorin in den Akten, ruft die Sekretärin zu Hilfe. Ohne Erfolg.

»Ich verstehe nicht, wie das passieren kann. Es gibt wirklich für jede Schülerin eine Akte. Ihr Klassenlehrer war Andreas Wengert.« Die Rektorin hält inne. »Oh Gott, Sie glauben doch nicht etwa, dass da ein Zusammenhang besteht?«

»Wir glauben gar nichts, wir müssen nur einfach alles überprüfen.«

Das scheint die Rektorin zu erleichtern. »Ich kann das Mädchen beim besten Willen nicht in der Kartei finden. Aber ich weiß, sie wohnte in der Schillerstraße, ja, in der Schillerstraße, über einem Blumenladen, ich war nämlich selbst dort, um die Mutter zu bitten, ihren Entschluss nochmals zu überdenken. Eine intelligente Schülerin. Himmel, wie hieß sie noch gleich? Anna, Sarah, Lara – oder so ähnlich. Verweint sah sie aus, als ich da war, daran erinnere ich mich noch gut.«

»Wie alt?«

»17, denke ich. Frühreif war sie, ein ernstes Mädchen. Sie wäre jetzt in der zwölften Klasse.«

»Und die Mutter hat wirklich keinen Grund genannt, warum sie ihre Tochter von der Schule nehmen wollte? War sie vielleicht schwanger?«

»Nicht dass ich wüsste, nein. Obwohl das natürlich eine Erklärung wäre ...« Traurig schüttelt die Rektorin den Kopf.

»Frau Nungesser ist verreist.«

Wieder einmal müssen sie mit einer Nachbarin vorlieb nehmen. Warten und mit Nachbarinnen sprechen. Es scheint, als seien das die Leitmotive bei diesen Ermittlungen. Macht aber nichts, denkt Manni, wir kommen doch voran. Seine Eingebung hat ihn nicht getrogen, das macht ihn richtig high.

»Wir suchen eigentlich die Tochter.«

»Oh, die wohnt hier nicht mehr, das arme Mädchen.«

»Wieso ›armes Mädchen‹?«, erkundigt sich der Anfänger.

»Na, ja, ich will ja nicht schlecht über meine Nachbarn reden, aber die Kleine musste wirklich einiges verkraften. Erst verschwindet der Vater auf Nimmerwiedersehen, dann plötzlich, nach jahrelanger Trauer, hat die Mutter einen neuen Freund. Und dann die Schwangerschaft.«

»Das Mädchen ist also schwanger.« Bingo, bingo, bingo.

»Das Mädchen auch? Um Gottes willen! Sind Sie da sicher?«

»Sie haben doch gerade gesagt, dass das Mädchen schwanger ist.«

Die Nachbarin schüttelt energisch den Kopf. »Das Mädchen doch nicht. Die Mutter! Von ihrem neuen Freund. Im Sommer, als sie die Kleine weggeschickt hat, hat man es natürlich noch nicht gesehen, aber jetzt schon. Ich will ja nichts Negatives über meine Nachbarin sagen, eine wirklich nette Frau, aber wenn man jetzt so darüber nachdenkt, dann sieht es schon ein bisschen so aus, als habe sie ihre Tochter aus erster Ehe tatsächlich weggeschickt, um ungestört eine neue Familie gründen zu können.«

»Weggeschickt« – genau das hat Mannis Mutter auch gesagt, als sie über ihre Nachbarschaft Rapport erstattete.

»Wissen Sie, wo sie jetzt ist?«

Die Frau schüttelt bedauernd den Kopf. »Ich habe keine Ahnung.«

Natürlich nicht. Nichts in diesem Fall ist einfach. Sie hinterlassen eine Nachricht auf der Mailbox des Mobiltelefons von Hannah Nungesser und schieben eine weitere unter der Wohnungstür durch.

»Sie muss doch eine Freundin gehabt haben, die etwas weiß. Mädchen in diesem Alter haben immer eine beste Freundin, der sie sich anvertrauen«, bemerkt der Anfänger altklug, obwohl er nicht so aussieht, als ob er sich mit Mädchen besonders gut auskennt. Aber wer weiß, vielleicht hat er eine Schwester.

Das Klingeln seines Handys enthebt Manni einer Antwort, er nimmt das Gespräch an, ohne aufs Display zu achten. Staco-Steff, na endlich, also hat Millstätt den doch noch auf Trab gebracht. Manni hört wortlos zu, was der Kollege zu sagen hat, und beendet das Gespräch mit einem forschen »Tschö«. Erst dann ballt er die Hand zur Boris-Becker-Faust und grinst den Anfänger an.

»Bestimmt hat unser Mädchen eine beste Freundin, und die darfst du jetzt gleich persönlich an der Schule ausfindig machen und interviewen.«

»Und du?«

»Ich fahr nach Köln und mach ein Lesepäuschen. Unser Staco-Steff hat nämlich endlich die Mailboxen der Wengerts geknackt. Also dann: Viel Glück bei deinem ersten Alleingang im Gelände. Halt dich an James.«

»James?« Der Anfänger guckt ratlos drein. Manni gibt ihm einen aufmunternden Klaps auf die magere Schulter.

»Hart, aber herzlich. Charmant, aber unnachgiebig. Und wenn du was rausfindest, ruf mich an.«

❦❦❦

Der Jeep der Försterin rast auf sie zu, als Judith gerade ihren Kornblumen-Malventee in den Schnellbach kippt. Egal, wie oft sie es versucht, sie bringt dieses Biogebräu einfach nicht runter. Und Koffein, das sie wirklich dringend bräuchte, steht im Sonnenhof natürlich auf der No-No-Liste. Diana Westermann bremst, dass der Schlamm nur so spritzt. Ihre Augen sind beinahe so rund wie die aufgeblendeten Autoscheinwerfer. Sie scheint außer Atem zu sein, lehnt sich über den Beifahrersitz und stößt die Wagentür auf.

»Gut, dass ich Sie gleich treffe, Sie müssen mitkommen, schnell! Sie müssen … wir haben … an der B 55 … ich glaube, wir haben noch einen Toten gefunden!«

Der Ort, zu dem die Försterin Judith führt, ist ein modriges, stinkendes Loch, das im tiefen Schatten liegt.

»Ein alter Bombenkrater«, sagt Diana Westermann, noch immer außer Atem. »Aus dem Zweiten Weltkrieg. Das Bergische Land ist voll davon. Die Engländer haben hier über den Wäldern immer alles abgeworfen, was sie über Köln nicht losgeworden sind.«

Ein Bombenkrater. Judith denkt an die beiden Ks, an Spürhunde und Froschmänner. Der Morast auf dem Grund ist von undurchsichtigem Schwarz. Ein perfektes Versteck für Dinge, die man verschwinden lassen will.

»Nicht alle sind so tief und nicht in allen steht so viel Wasser wie in dem hier. Viele Krater erkennt man gar nicht mehr«, erläutert die Försterin neben ihr. Der Krater, an dem sie stehen, ist jedenfalls deutlich auszumachen. Er hat einen Durchmesser von etwa fünf Metern, bis zur Oberfläche der modderigen Wasseroberfläche sind es von ihrem Standort aus vielleicht zwei Meter. Außer der frisch geschlagenen Schneise im Tal ist kein Fuß- oder Fahrweg in der Nähe. Die Stelle, an der die Försterin das Handy gefunden haben will, liegt einige hundert Meter entfernt. Ohne die Forstarbeiten hätte dieser Krater sein schauriges Geheimnis vermutlich noch lange nicht preisgegeben.

»Unser Azubi musste mal austreten«, sagt Diana Westermann. »Er fand es wohl lustig, in den Krater zu pinkeln. Dann glaubte er auf einmal eine Hand zu sehen. Also hat er mit einem Ast ein bisschen rumgestochert und dann … das sehen Sie ja selbst.«

In der Tat, denkt Judith. Ein skelettierter Unterarm ragt aus dem schwarzen Morast, beinahe sieht es so aus, als wollten die bleichen Finger auf sie zeigen.

Sie hätten die Waldarbeiten sofort abgebrochen und Judith zu Hilfe geholt, berichtet Diana Westermann stockend. Was so weit korrekt war, bis auf die Tatsache, dass Judith gar nicht hier sein darf. Das Spiel ist aus, denkt sie. Ich bin raus. Karl-Heinz Müller wird alle seine Lieblingshits pfeifen, er wird seine helle Freude daran haben, herauszufinden, wie viele Monate dieser Kandidat – oder ist es eine Kandidatin? – schon in dem Modder begraben ist. Die beiden Ks werden etliche Pakete Kaugummis brauchen. Manni wird doch noch im Schnellbachtal ermitteln müssen. Nur ich, ich bin raus. Sie wundert sich, dass sie bei dem Gedanken nichts empfindet, nicht die Atemnot aus dem Traum, nicht die Verzweiflung. Nur eine seltsam distanzierte Schicksalsergebenheit.

Diana Westermann taumelt kurz, fängt sich aber sofort wieder und lehnt sich an einen harzigen Baum. Sie sieht jetzt sehr blass aus, offenbar erleidet sie gerade einen verspäteten Schock.

»Kommen Sie. Sie müssen hier weg. Sie dürfen da nicht länger hingucken.« Judith packt die Försterin, die auf einmal sehr viel jünger aussieht als 28, am Arm und führt sie den Hang hinunter zu der Stelle, wo die Waldarbeiter auf einem Baumstamm sitzen und sie gespannt beobachten.

»Kann jemand Frau Westermann bitte etwas zu trinken besorgen? Und hat jemand ein Handy?« Warum hat sie ihr eigenes Handy nicht dabei, warum hält sie sich so brav an die Regeln des Sonnenhofs? Mehrere Männer ziehen Mobiltelefone aus Jacken- und Hosentaschen, doch keines davon hat Empfang.

»Hat jemand was zu schreiben?« Judith spricht sehr laut und sehr schnell, damit sie es sich nicht anders überlegen kann. Sie nimmt den Notizblock und den Stift, den einer der Männer ihr reicht, und kritzelt Mannis Namen und Handynummer darauf.

»Hier.« Sie drückt den Zettel dem älteren Mann in die Hand, der ihr seriös erscheint. »Bitte nehmen Sie den Jeep von Frau Westermann und fahren Sie auf dem schnellsten Weg irgendwohin, von wo Sie telefonieren können. Rufen Sie diese Nummer an und bitten Sie meinen Kollegen, sofort zum Sonnenhof zu kommen. Berichten Sie ihm, wie Sie die Leiche gefunden haben. Warten Sie danach am Sonnenhof auf ihn und bringen Sie ihn hierher. Und sagen Sie bitte, dass ich zufällig vor Ort war und dass er die ganze Mannschaft brauchen wird. Können Sie sich das merken? Kann ich mich auf Sie verlassen?«

»Die ganze Mannschaft?« Der Mann klettert bereits in den Jeep.

»Er weiß dann schon Bescheid.«

Sie weigert sich, die Fragen der Männer zu beantworten, während sie warten. »Sie müssen mit meinen Kollegen sprechen, ich bin nicht zuständig«, erklärt sie ein ums andere Mal. Sie schnorrt sich eine Zigarette und eine Tasse Kaffee. Beides schmeckt nach nichts.

Nach einer kleinen Ewigkeit kommt der Jeep zurück. Manni sitzt auf dem Beifahrersitz. Wut und Fassungslosigkeit spiegeln sich auf seinem Gesicht, sobald er sie entdeckt.

»Ich bin raus«, sagt sie statt einer Begrüßung. »Ich habe hier nur noch den Tatort gesichert. Ja, ich hatte mich im Sonnenhof einquartiert, um auf eigene Faust zu ermitteln, aber jetzt fahre ich nach Köln und halte mich raus. Du kannst dich drauf verlassen.«

»Du schuldest mir definitiv noch einige Erklärungen.« Seine Stimme klingt mühsam beherrscht.

»Wann immer du willst. Ich bin in meiner Wohnung und sonst hast du ja auch meine Handynummer.«

Wenn Manni ihre Anwesenheit am Tatort ins Protokoll schreibt, ist sie endgültig erledigt, aber darauf hat sie keinen Einfluss mehr. Ihre Zukunft liegt in seinen Händen, ausgerechnet in Mannis Händen. Sie verabschiedet sich nicht, als sie den Sonnenhof erreicht hat. Steigt nur in ihren Passat und gibt Gas. Sich hingeben, sich ausliefern, sich hängen lassen. Es ist genau das, was Heiner von Stettens Tarotkarte empfiehlt. Wenn er wüsste, wie konsequent sie sich daran hält, würde er frohlocken. Als sie die Autobahn erreicht, beginnt sie zu lachen. Selbst für ihre eigenen Ohren klingt es viel zu bitter.

## III. Teil

# Licht

Jeden Tag einen kleinen Extrajob erledigen, ein kleines bisschen mehr Leistung bringen, als erwartet wird – mit dieser Strategie ist Kriminalkommissar zur Anstellung Ralf Meuser bislang gut gefahren und er hat nicht vor, nachzulassen. Natürlich weiß er, dass er für die Kollegen im KK11 bislang trotzdem nur »der Anfänger« ist, eine Art williger Laufbursche, den sie nicht für voll nehmen. Aber damit kann er leben, vorerst zumindest, denn immerhin ist er dank seiner Strategie genau dort gelandet, wo er immer hinwollte, in der Mordkommission. Früher, in der Schule, haben sie ihn »Mäuserich« genannt. Das hat richtig wehgetan.

Der Telefonshop befindet sich direkt gegenüber dem Schillergymnasium, wo er in einer Viertelstunde, wenn die Pause beginnt, das Mädchen interviewen wird, das angeblich die beste Freundin der verschwundenen Laura Nungesser ist. Er blättert in seinem Ringbuch, bis er die Seite mit den Telefonnummern gefunden hat. Nur eine ist noch offen, die anderen elf hat er bereits abgehakt. Er überträgt die Nummer auf einen Notizzettel und legt ihn vor den dunkelhäutigen Telefonshop-Besitzer auf die Theke.

»Ein Gespräch nach Indien, bitte.«

Die Zelle ist so winzig, dass ihm nichts anders übrig bleibt, als sich auf den niedrigen Drehschemel zu setzen und das Ringbuch auf den Knien zu balancieren, wenn er etwas mitschreiben will. Das Wandtelefon beginnt zu klingeln. Er nimmt den Hörer und lauscht auf das Zirpen und Rauschen und das entfernte Surren eines Freizeichens. Er fährt zusammen, als diese Geräuschkulisse abrupt von einer Männerstimme unterbrochen wird, die etwas vollkommen Unverständliches in sein Ohr sprudelt. Im nächsten Moment hat er sich wieder im Griff, es ist schließlich sein zwölftes Telefonat nach Indien. Die Sonnenhof-Tante hat ihm drei Telefonnummern indischer Aschrams gegeben, aber als ihm dort niemand helfen konnte, hat er sich einen Abend zu Hause am Computer die Mühe gemacht, noch weitere Aschrams in der Nähe von Mumbay zu recherchieren. Es ist erstaunlich, wie viele es gibt, die offenbar auf eine westliche Klientel abzielen. Früher rannten die Leute in die Kirche, heute gilt das als verschroben. Dafür ist es hip, um den Globus zu jetten, um dann unter Anleitung orangegewandeter, kahlköpfiger Mönche wochenlang zu fasten, zu meditieren, zu turnen und zu chanten, was auch immer das sein mag.

»Do you speak English?« Er bemüht sich laut und deutlich zu sprechen. Statt einer Antwort klackt es in der Leitung, wieder ertönt das sphärische Sirren und gerade, als er überlegt, ob sie ihn wohl aus der Leitung geschmissen haben, meldet sich eine neue Männerstimme.

»Yes please, how may I help you?«

»I'm looking for a young woman from Germany. Her name ist Darshan. Darshan Maria Klein.«

»Darshan?« Trotz des Echos und des Rauschens in der Leitung hört er etwas im Tonfall des Mannes, das ihn aufhorchen lässt. Er beeilt sich zu erklären, wer er ist, warum er anruft, dass es um eine Routineermittlung geht, die nichtsdestotrotz keinen Aufschub duldet.

»I would sincerely like to help you«, sagt der Mann am anderen Ende der Welt, als Ralf Meuser seine Ausführungen beendet hat.

Ja, eine Darshan sei im Aschram angemeldet gewesen, mindestens ein Jahr habe sie bleiben wollen. Natürlich könne er sich erinnern. Eine interessante junge Frau, man habe schon vorab per E-Mail korrespondiert, ein Mitarbeiter habe sie sogar vom Flughafen abholen wollen. »We care about our guests«, mehrmals wiederholt der Inder diesen Satz, beinahe beschwörend. Doch dann sei Darshan einfach nicht gekommen.

»Why?« Unwillkürlich schreit Ralf Meuser seine Frage in den Hörer.

»We don't know«, erwidert der Inder höflich. »I'm very sorry, but we really don't know.«

❉❉❉

Binnen einer Stunde sind alle da, doch bis sie ihre Arbeit aufnehmen können, vergehen noch weitere zwei Stunden. Weil man vom Sonnenhof aus nur mit einem Allrad-Geländewagen zum Tatort durchkommen kann, parken sie weit oberhalb, an der B 55. Was bedeutet, dass sie ihr Gerät zu Fuß den Steilhang hinunterschleppen müssen. Schließlich erinnert das Gerenne und Gewusel rund um den Bombenkrater doch noch an die Geschäftigkeit eines Ameisenhaufens, ganz so, wie es sich für die ersten Stunden einer Ermittlung gehört. Beamte wickeln Absperrband um Baumstämme, während andere jedes Blatt auf dem Boden herumdrehen. Hans Edling nimmt die Personalien der Waldarbeiter auf. Karl-Heinz Müller pfeift ununterbrochen seine nervtötenden Schlager, während er die beiden Ks nicht aus den Augen lässt. Die Spurensicherer besprechen soeben letzte Details mit den beiden Froschmännern, die das Opfer bergen sollen. Danach werden sie die trübe, stinkende Brühe trotzdem Liter für Liter absaugen und durchfiltern müssen, was einige Zeit in Anspruch nehmen dürfte. Von der schlammigen Wasseroberfläche bis zum festen Grund sind es etwa 1,80 Meter.

»Wenn wir Glück haben, holen sie unseren neuen Kunden wenigstens in einem Stück mit raus.« Karl-Heinz Müller zündet sich eine seiner unvermeidlichen Davidoffs an und streift Asche in einen verschließbaren silbernen Taschenaschenbecher, den er für solche Fälle stets parat hat. »Vielleicht haben wir ja Glück. Dieses Loch sieht mir nach verdammt wenig Sauerstoff aus. In der Regel wirkt das konservierend.«

»Die Hand ist aber nicht sehr konserviert«, sagt Manni.

»Beginnende Skelettierung an Gesicht, Händen und Unterschenkeln – das muss nicht heißen, dass der Rest des Körpers im gleichen Zustand ist«, widerspricht der Rechtsmediziner, ohne den Blick von den Froschmännern zu wenden.

Wie lange mag dieser Krater schon als Grab dienen? Gibt es einen Zusammenhang zwischen dieser Leiche und dem toten Andreas Wengert? Es wäre absurd, wenn es nicht so ist, denkt Manni und zerbeißt ein Fisherman's Friend. Was hat die Krieger neulich behauptet, als sie ihn auf dem Parkplatz abgefangen hat? Es gebe so eine Art Abkürzung über einen Steilhang von der Bundesstraße zum Erlengrund, ein Handy hatte die Försterin dort angeblich gefunden. Soweit er sich erinnert, müsste das ungefähr hier gewesen sein. Er drängt die Gedanken an die Krieger und ihren Instinkt, der sie offenbar wieder einmal nicht getrogen hat, beiseite. Wichtig ist, dass er Schritt für Schritt vorgeht. Vielleicht hilft ihm ja auch die E-Mail-Korrespondenz der Wengerts weiter. Viel davon hatte er noch nicht gelesen, als der Anruf des Waldarbeiters ihn hierher beorderte, aber der Tag ist noch jung und erst einmal müssen sie die Bergungsarbeiten hinter sich bringen.

Die Froschmänner gleiten jetzt wieder in den Modder, einer taucht unter, während der Größere offenbar mit den Füßen Halt auf dem Boden findet. Zentimeter für Zentimeter holen sie den Körper aus seinem dunkelfeuchten Grab. Und tatsächlich scheint Karl-Heinz Müller Recht zu behalten – die Schultern der Leiche kommen zum Vorschein, offenbar macht sie keine Anstalten, in Stücke zu zerfallen. Manni hört, wie der Rechtsmediziner neben ihm geräuschvoll die Luft ausstößt und dann wieder scharf einatmet. Die Froschmänner kämpfen jetzt mit etwas, was sich auf dem Rücken der Leiche befindet: ein prall gefüllter roter Reiserucksack. Er scheint schwer zu sein, jedenfalls haben sie Mühe, ihn vom Rücken zu lösen und nach oben zu reichen. Endlich gelingt es ihnen, und wenig später können sie auch die Leiche auf die Plane hieven, die Karl-Heinz Müller am Kraterrand ausgebreitet hat. Eine Frau. Sie trägt ein tailliertes wadenlanges violettes Samtkleid und Doc-Martin-Stiefel, zwei geflochtene schmuddelig blonde Gretchenzöpfe ruhen auf ihrer Brust, leere Augenhöhlen starren aus dem knochigen Gesicht in den Himmel.

»Steine«, sinniert Klaus, der inzwischen den Rucksack geöffnet hat, »jemand hat ihr gottverdammte Steine in den Rucksack gesteckt, damit sie unten bleibt.«

»War sie da schon tot?«, fragt Manni unwillkürlich.

Der Rechtsmediziner wirft ihm einen seiner finstersten Blicke zu. »Kann ich noch nicht sagen, und frag jetzt bloß nicht, wie lange sie schon hier drin liegt. Fast alles ist möglich. Monate wahrscheinlich.«

Manni starrt auf die Tote zu seinen Füßen. Um ihren Hals hängt ein Lederriemen mit einem verschnörkelten Zeichen aus Silber. Vermutlich war sie einmal hübsch. Hübsch und jung und hoffnungsvoll. Wer packt einer jungen Frau Feldsteine in einen Rucksack, gurtet ihr dieses tödliche Gewicht an den schmalen Leib und versenkt sie in einem Krater voller Schlamm? Eine gehörnte Ehefrau? Auch wenn Manni keinerlei Sympathien für Juliane Wengert hegt, erscheint ihm das schwer vorstellbar.

Laura Nungesser, denkt er. Vor einer Viertelstunde ist auch Ralf, der Anfänger, am Tatort eingetroffen. Völlig außer Atem und erwartungsvoll wie ein Kind vor der Weihnachtsbescherung. Es ist ihm tatsächlich gelungen, eine Freundin der Schulabgängerin Nungesser zu finden. Diese Freundin hat ausgesagt, dass Laura den Lehrer Andreas Wengert quasi fanatisch verehrte. Er sei wie ihr Vater, hatte sie geschwärmt. Von einer Affäre der beiden wollte die Freundin jedoch nichts wissen, und sie hatte auch keine Ahnung, warum Laura plötzlich von der Schule abgegangen war oder wo sie sich seitdem aufhielt. Hatte sich Laura irgendwie verändert, bevor sie verschwand, wollte der Anfänger wissen. Sie sei *irgendwie selbstbewusster* geworden und habe mit einem ominösen Freund angegeben, dessen Identität sie um keinen Preis verraten wollte. Niemand hätte das sonderlich ernst genommen. Sie dachten alle, Laura wolle sich wichtig machen.

*Andererseits kann das auch wieder nicht stimmen*, beendete die Schülerin ihren Bericht. *Denn eigentlich wusste sie plötzlich verdammt viel darüber, wie man es macht.* Der Anfänger hatte darauf verzichtet, sie über Details auszufragen. Leider hat er auch kein Foto von Laura besorgt.

Manni schiebt sich noch ein Pfefferminz in den Mund. Ist diese Laura Nungesser das Mädchen, das sie suchen? Ist sie der Schlüssel zu diesem Fall? Ist sie die Tote, die vor ihm liegt?

Hat Juliane Wengert erst sie und später ihren Ehemann hier in den Wald gelockt und ermordet? Die Freundin von Andreas Wengert sei *ein junges Ding mit langen dunklen Haaren*, hatte die Nachbarin der Wengerts ausgesagt. Manni geht neben Karl-Heinz Müller in die Hocke.

»Kannst du sagen, ob sie sich die Haare färbte?«

Der Rechtsmediziner knurrt vor sich hin, beugt sich dann aber mit Vergrößerungsglas und Leuchte über den Haaransatz der Toten.

»Sieht nicht so aus.«

Es ist nicht fair. Seit Tagen ermittelt Manni, was das Zeug hält. Millstätt ist voll und ganz einverstanden mit allem, was er tut, und trotzdem wird jeder mühsam erkämpfte Erfolg sofort durch ein noch größeres Problem zunichte gemacht.

Die blonde Försterin sitzt einsam in ihrem Jeep und starrt ins Leere. Manni geht zu ihr hin und klopft an die Scheibe. Wie in Zeitlupe dreht sie den Kopf und lässt, als er nicht aufhört, ans Glas zu trommeln, das Fenster herunter.

»Laura Nungesser«, sagt er. »Sagt Ihnen dieser Name etwas?«

»Laura? Ist ihr etwas passiert? Ist sie – aber nein, das kann ja nicht sein, ich habe sie ja heute morgen noch gesehen.« Die Försterin spricht leise, wie zu sich selbst.

»Sie kennen das Mädchen? Laura Nungesser?«

Aufreizend langsam wendet sie sich ihm zu. »Was wollen Sie von ihr?«

»Ich muss sie dringend sprechen, ich muss wissen, wo sie ist.«

»Im Sonnenhof, sie lebt im Sonnenhof.« Die Försterin sieht aus, als ob sie gleich die Beherrschung verliert und zu weinen beginnt. Verspätet registriert Manni, dass sie offenbar unter Schock steht. Ihre Lippen sind ganz farblos, die Pupillen klein und starr. Er hält ihr seine Fisherman's Friends hin.

»Hier, nehmen Sie eins, wir bringen Sie gleich heim. Vorerst habe ich nur noch eine Frage.«

Die Försterin nickt wie in Trance. Manni wedelt mit der Pfefferminz-Tüte. Sie nimmt ihn nicht wahr.

»Frau Westermann, hören Sie mich? Haben Sie irgendeine

Idee, wer die Tote sein könnte, die hier heute morgen gefunden wurde? Eine Frau mit blonden Zöpfen, sie trug ein violettes Kleid.«

»Darshan.«

Jetzt beginnt sie wirklich zu weinen, und weinende Frauen erinnern ihn an seine Mutter und deren ewig wiederkehrende Auseinandersetzungen mit seinem Vater, und das macht ihn hilflos. Er unterdrückt einen Fluch und macht sich auf die Suche nach jemandem, der die Försterin nach Hause fahren kann.

# Dienstag, 11. November

Der Tag ist gerade mal vier Minuten alt, als Manni seinen GTI in eine Smart-fähige Parklücke vor dem Mietshaus manövriert, in dem Judith Krieger wohnt. Er ist hungrig wie ein Bär im Frühling, ebenso gereizt und seine Augen brennen wie nach einer durchzechten Nacht. Im Sonnenhof haben sie ihn eiskalt abblitzen lassen, ohne auch nur mit der Wimper zu zucken. Dabei war er so siegesgewiss, als er dieser Laura Nungesser endlich gegenüberstand. Aber nix da, Fehlanzeige. Keinen Piep hat die Göre gesagt und dieser bleichhäutige Rotschopf, der sich als pädagogischer Leiter ausgibt, hat ihm freundlich erklärt, dass Laura minderjährig ist und deshalb ohne Anwesenheit ihrer Mutter keine Aussage machen wird, Punkt. Schade nur, dass sich Mutter Nungesser mit ihrem Liebhaber irgendwo in der Toskana aalt und bislang auf keine der Nachrichten reagiert hat, die Manni ihr aufs Handy gesprochen hat. Schade auch, dass die Sonnenhöfler ebenfalls wenig hilfreich in Sachen Darshan Maria Klein waren, bei der es sich aller Wahrscheinlichkeit nach um das Opfer aus der Schlammgrube handelt.

Immerhin haben sie ihr Dauerlächeln eingestellt, als er ihnen die Fakten des Tages darlegte. Schlauer ist er jetzt trotzdem nicht. Ja, eine Darshan habe mal bei ihnen gewohnt, und ja, sie habe blonde Zöpfe gehabt und oft ein violettes Samtkleid getragen, hat der Chef vom Sonnenhof bestätigt und bedauernd den Kahlkopf geschüttelt. Sie habe nach Indien gewollt. Am 6. Mai habe man im Aschram eine Abschiedsfeier für sie veranstaltet, ja, sicher, dafür gebe es eine Reihe von Zeugen. Man sei davon ausgegangen, dass sie am 7. Mai nach Indien geflogen sei. Dass und warum sie da nicht angekommen ist, sei leider nicht nachzuvollziehen. Und eine Adresse der Eltern hätten sie auch nicht, leider, leider sei die Akte verschwunden.

Manni knallt die Autotür zu. Es ist ihm nicht gelungen, diese Eso-Freaks zu knacken. Im Präsidium hat er mit dem Anfänger dann noch den Wengertschen E-Mail-Verkehr der vergangenen zwei Jahre analysiert, aber auch das hat seine Laune nicht verbessert. Nichts, aber auch gar nichts haben sie gefunden, um seine Hauptverdächtige Juliane Wengert zu belasten. Und was den untreuen Gatten angeht: Es gibt ein paar himmelschreiend kitschige Korrespondenzen mit einer die-lau@web.de, die ihre emotionalen Ergüsse mit L. unterzeichnet. Unglaublich, was manche Männer mit sich machen lassen, damit sie eine Nummer schieben dürfen. Es müsste mit dem Teufel zugehen, wenn diese L. nicht Laura Nungesser ist. Aber was hilft ihm das, wenn sie nichts sagt? Und wie passt das zweite Opfer ins Bild? In dem indischen Aschram, den der Anfänger ausfindig gemacht hat, meldet sich niemand, und bis sie alle vom Alter her in Frage kommenden Maria Kleins der Republik überprüft haben, dürfte es ein Weilchen dauern.

Viel länger als nötig drückt Manni auf den Klingelknopf der Krieger. Es ist jetzt allerhöchste Zeit, dass seine Kollegin Teamarbeit leistet und ihre Karten auf den Tisch legt, auf ihren Schönheitsschlaf kann er jetzt keine Rücksicht nehmen. Es dauert lange, bis sich die in Ungnade gefallene Miss Superhirn vom KK11 über die Gegensprechanlage meldet. Als sie ihm im fünften Stock die Wohnungstür öffnet, erschrickt er. Sie sieht fürchterlich aus. Alt, jedenfalls viel älter als 38, mit ihren rotgeränderten Augen und zerwühlten Haaren. In der linken Hand hält sie eine Kölschflasche. Zigarettenqualm wabert hinter ihr in den Flur, eine Oldie-Rockband lärmt, dass man kaum sein eigenes Wort versteht.

»Komm rein.« Sie macht eine unbestimmte Geste mit der Bierflasche. Wenn sie überrascht ist, dass er mitten in der Nacht vor ihrer Tür steht, lässt sie es sich zumindest nicht anmerken.

Vielleicht ist sie betrunken, überlegt Manni, obwohl sie ihn ohne das leiseste Schwanken über die Holzdielen eines schmalen Flurs führt. Das Wohnzimmer ist der Hammer, richtig, richtig cool, mit breiter Fensterfront auf eine Dachterrasse, die so perfekt versteckt über der Stadt schwebt, dass man darauf vermutlich nackt in der Sonne liegen kann. Einen Moment lang versucht er sich die Krieger unbekleidet auf einem Handtuch vorzustellen, wie sie genießerisch lächelnd an einem Fruchtcocktail nippt. Vergiss es. Manni wendet seine Aufmerksamkeit wieder dem Wohnzimmer zu. Es ist bestimmt 40 Quadratmeter groß und angenehm sparsam möbliert. Über einem gigantischen blutroten Sofa hängen geschmackvolle Schwarz-Weiß-Fotografien einer südlichen Landschaft im Gegenlicht. Auf einem antiken Sekretär stapeln sich Papierberge, vor der Stereoanlage liegen CDs, Kassetten und etliche Vinylplatten in heiligem Chaos auf dem Parkett. Zielstrebig steuert die Krieger auf die breite Fensterbank zu, wo neben einigen Sitzkissen in einem übervollen Aschenbecher eine Kippe qualmt. Sie saugt hungrig daran und spült mit einem großen Schluck Bier direkt aus der Flasche nach.

»Auch eins? Oder bist du noch im Dienst?«

Es ist beinahe wie Lippenlesen, weil sich das Gitarrensolo aus der Stereoanlage soeben in ungeahnte Höhen wimmert. Entschlossen kniet sich Manni vor den Verstärker und schaltet ihn aus. Die Platte dreht sich trotzdem weiter. Er schiebt den Tonarm in die Ruheposition, hebt die LP vom Plattenteller. *Solar Fire* – auf dem Cover explodiert das Universum. Von der Fensterbank kommt kein Laut. Er schaut zur Krieger hinüber.

»Wir müssen wissen, was du im Sonnenhof herausgefunden hast.«

»Wir?«

»Ich.«

»Heißt das, du hast Millstätt nichts gesagt?«

»Ich verpfeife keine Kollegen.« Er verkneift sich den Hinweis, dass er ihr das schon einmal gesagt hat. Auf dem Boden Liegende soll man nicht treten, das ist im Leben wie im Karatetraining. Nicht umsonst hat er den ersten Dan. Er beschließt, ihr stattdessen was zum Nachdenken zu geben. »Von deinem Zusammenstoß mit Juliane Wengert wusste Millstätt übrigens, weil ihr Anwalt sich über dich beschwert hat.«

Lange sagt sie nichts, und als sie zu sprechen beginnt, ist ihre Stimme so leise, dass er den Anfang des Satzes nicht mitbekommt.

»... es einfach nicht mehr aus. Die Alpträume. Die Erinnerung an Patrick, bei jedem Schritt, den ich im Präsidium mache. Den Druck, den ich mir selbst mache, trotzdem gute Arbeit zu leisten. Die Selbstvorwürfe, weil es eigentlich mein Einsatz war.«

Er will sie unterbrechen, ihr sagen, dass es darum jetzt nicht geht, dass niemand, wirklich niemand im KK11 ihr die Schuld gibt, aber mit jedem Wort gewinnt ihre Stimme an Kraft.

»Ich will dich damit nicht belasten, keine Sorge. Damit muss ich selbst klarkommen. Ich möchte nur, dass du weißt, dass ich dir in dieser Erlengrund-Geschichte von Anfang an keine Chance gegeben habe. Nicht, weil du etwas falsch gemacht hättest, sondern nur, weil du nicht Patrick bist. Weil ich mit allem hadere, seitdem.«

Sie versucht ein Lachen, was gründlich misslingt.

»Ich weiß, das klingt entsetzlich banal, aber je länger ich nachdenke, desto mehr komme ich zu dem Schluss, dass es letztendlich immer auf solche ganz einfachen Wahrheiten hinausläuft, quasi auf die Basics. Die Frage nach dem Sinn des Lebens, die Angst vor dem Tod, das Scheitern an den Antworten darauf. Und wie wir damit umgehen.«

Sie setzt sich endlich aufrecht hin und zum allerersten Mal bekommt er einen Eindruck davon, wie sie früher gewesen sein muss, vor dieser Sache mit Patrick. Geradeheraus, klar, souverän. Eine Top-Kollegin. Ein perfekter Kumpel. Sie blickt ihm direkt in die Augen.

»Danke, Manni, dass du mich nicht bei Millstätt verpfiffen hast. Die Möglichkeit, dass ich zurückkommen kann, bedeutet mir viel, sehr viel. Und ich weiß, verdammt noch mal, sehr gut, dass ich das nicht verdient habe.«

Er will irgendetwas Beschwichtigendes sagen, abwiegeln, aber ihm fällt nichts ein. Plötzlich ist es ihm peinlich, wie er sie wegen des Rauchens angemacht hat und wie er bei Millstätt darum gebeten hat, ohne sie ermitteln zu dürfen. Er räuspert sich.

»Ist schon okay. Ich war auch nicht immer nett.«

Die Andeutung eines Lächelns spielt in ihren Mundwinkeln, immer noch schaut sie ihn an. Dann drückt sie energisch ihre Zigarette aus und steht auf.

»Komm, gehen wir in die Küche und brainstormen. Aber vorher brauch ich einen Milchkaffee und was zu essen.«

Wie auf Kommando beginnt sein Magen zu knurren. Vorsichtig grinsen sie sich an.

Die Pizza, die das Pizzataxi 25 Minuten später abliefert, ist göttlich, in flüssigem Käse schwimmende Peperoni, Zwiebeln und Salami, die eiskalte Literflasche Cola ist ein Lebenselixier. Judith Krieger hat sich für Oliven, Sardellen und Kapern als Belag entschieden und trinkt konsequent Milchkaffee. Sie essen mit den Fingern, direkt aus dem Karton. Keiner von ihnen spricht dabei, aber es ist ein angenehmes, einvernehmliches Schweigen.

»Du bist also sicher, dass Laura ein Verhältnis mit Andreas Wengert hatte und dass sie eine Schülerin von ihm war?«, fragt Judith, als sie ihr nächtliches Mahl beendet und den Küchentisch freigeräumt haben.

»Zumindest das letztere hat die Direktorin bestätigt. Und was die Liebe angeht ...« Manni beschließt, mit offenen Karten zu spielen, und legt die Ausdrucke der E-Mails vor sie auf den Tisch. Judith Krieger studiert sie mit gerunzelter Stirn.

»›Liebster Andi, ich weiß, dass ich dich nicht drängen darf, dass ich Geduld haben muss. Aber du fehlst mir so. Ich will dich anfassen, überall küssen. Ich will mit dir reden, stundenlang, wie früher. Wenn du bei mir bist, ist alles gut. Liebst du mich noch, denkst du noch an deine kleine L.‹ – Meine Güte! Das klingt nicht gerade nach einer glücklichen Beziehung, sondern eher danach, als ob er aussteigen wollte.«

»Sie müssen sich trotzdem noch getroffen haben, als Laura schon im Sonnenhof war.« Manni nimmt eine andere E-Mail und liest vor: »›3. September. Seit du bei mir warst, schwebe ich auf einer rosa Wolke. Oh, bitte, bitte, bitte komm bald wieder und mach alles, was du mit mir gemacht hast, noch einmal. Ich verspreche dir auch, ich verspreche es wirklich, dass ich dann keine Fragen mehr über deine Frau stelle.‹«

Unwillig schüttelt Judith den Kopf. »So viel blinde Sehnsucht. Und vermutlich war er das gar nicht wert. Ich bin übrigens sicher, dass sie ihre Rendezvous auf dem Hochsitz hatten, wo er erschossen wurde.« Sie legt mehrere Butterbrottüten aus durchsichtigem Plastik auf den Tisch.

»Das hier ist ein Plastiksplitter, den ich am Tatort versehentlich eingesteckt und dann lange vergessen habe. Er passt exakt zu einer CD-Hülle, die ich in Laura Nungessers Zimmer entdeckt habe. Und dies hier sind zwei Zigarettenkippen von ihr. Jede Wette, dass Tabaksorte und Speichel identisch mit den Spuren sind, die die Ks am Tatort sichergestellt haben. Und das hier hat mir die Försterin gezeigt. Ein Stofffetzen, den sie in den Brombeeren im Wald fand – angeblich neben der Stelle, wo dieses Handy lag – und nicht weit weg von dem Bombenkrater, in dem unser zweites Opfer lag.«

Manni starrt sie an, sprachlos. Bevor er sich wieder gefasst hat, spricht sie schon weiter.

»Ja, ich weiß, Beweismaterial. Ich will mich gar nicht rausreden, ich dürfte das nicht haben. Bitte glaub mir, dass ich das auf keinen Fall unterschlagen wollte.«

»Und jetzt darf ich das für dich abliefern.« Manni ist ganz und gar nicht sicher, ob er Lust hat, der Krieger diesen Gefallen zu tun. Er tippt auf die Tüte mit den Zigarettenkippen. »Das hier ist vor Gericht nicht verwendbar. Du hattest keinen Durchsuchungsbeschluss, warst nicht einmal im Dienst.«

»Du wolltest wissen, was ich im Sonnenhof herausgefunden habe. Jetzt weißt du es.«

Sie hat Recht, und inzwischen ist es beinahe zwei Uhr morgens. Er hat plötzlich keine Lust mehr, mit ihr zu streiten, das Ganze ist sowieso schon verfahren genug und er braucht Erfolge. Er seufzt. »Es hilft natürlich trotzdem, wenn wir dadurch mit Sicherheit wissen, dass Laura Nungesser ihren Lehrer auf dem Hochsitz am Erlengrund getroffen hat.«

»Ich glaube aber nicht, dass sie ihn getötet hat.«

Er dreht die Tüte mit dem violetten Stofffetzen hin und her. Verblichener Samt, ausgefranste Enden. Irgendwo am Saum vom Kleid des toten Mädchens aus dem Schlammloch werden sie ein passendes Loch finden, da ist er sicher.

»Darshan,« sagt er. »Bürgerlicher Name: Maria Klein. Lebte im Sonnenhof bis Anfang Mai, wollte von dort in einen indischen Aschram fliegen, wo sie nicht ankam. Sie hatte lange blonde Haare und trug sehr häufig ein Kleid aus violettem Samt. Wie das tote Mädchen, das wir heute morgen gefunden haben. Ich denke, wir können davon ausgehen, dass diese Tote Darshan ist, auch wenn wir sie noch nicht endgültig identifiziert haben. Aber welchen Zusammenhang gibt es zwischen ihr, Laura Nungesser und Andreas Wengert?«

Er zählt das, was er sich überlegt hat, an den Fingern ab. »Alle drei waren im Schnellbachtal. Beide Mädchen lebten beziehungsweise leben noch im Sonnenhof. Aber heißt das auch, dass alle drei sich kannten? Und selbst wenn es so ist, wer könnte ein Interesse daran haben, erst Darshan Maria Klein und dann Andreas Wengert zu töten?«

Judith Krieger blättert in den E-Mails. »Die erste E-Mail von Laura stammt vom 16. April. Diese Darshan wurde aller Wahrscheinlichkeit nach Anfang Mai getötet. Seit wann lebt Laura im Sonnenhof?«

»Seit dem ersten Juli.«

»Vermutlich sind sich Darshan und Laura also nie begegnet.«

»Es sei denn, Andreas Wengert hat sie miteinander bekannt gemacht.«

»Aber wo? Und warum?«

»Keine Ahnung. Aber gesetzt den Fall, Andreas Wengert hatte eine Affäre mit dieser Darshan. Wer hätte dann ein Motiv für den Mord an ihr?«

Ohne auch nur einmal auf ihre Hände zu schauen, dreht sich Judith Krieger eine Zigarette und zum ersten Mal stört es ihn nicht. Sie öffnet das Fenster, bevor sie die perfekt gedrehte Zigarette anzündet und seine Frage beantwortet.

»Juliane Wengert aus Eifersucht. Laura Nungesser aus demselben Grund.«

Er nickt. »Oder Andreas Wengert selbst. Vielleicht hat diese Darshan ja gedroht, die Liaison bei seiner Frau zu verpetzen. Immerhin gehört der das Vermögen und sie haben einen Ehevertrag. Im Falle einer Scheidung hätte er nicht viel zu erwarten gehabt. Also hat er Darshan kaltgestellt und sich eine jüngere, fügsamere Freundin gesucht – Laura.«

»Und wer hat ihn dann Monate später getötet?«

»Juliane Wengert aus Eifersucht. Wir wissen ja, dass er außer mit Laura auch noch eine Affäre mit Tanja Palm hatte.«

»Netter Kerl. Aber wäre es für die Wengert nicht logischer gewesen, wiederum die Nebenbuhlerin umzubringen?«

»Vielleicht war sie zu dem Schluss gekommen, dass ihr Mann sie immer wieder betrügen würde. Oder Andreas Wengert hat Darshan doch getötet – und wurde dann selbst zum Opfer, weil jemand Darshan rächen wollte.«

Nachdenklich betrachtet Judith Krieger die Glut ihrer Zigarette. »Ehrlich gesagt, ich kann mir nicht vorstellen, dass wir zwei verschiedene Täter suchen. Und es fällt mir auch schwer, zu glauben, dass es sich um eine Täterin handelt.«

»Weil Frauen nicht so brutal sind, meinst du?«

»Es braucht auf jeden Fall Kraft und Kaltblütigkeit, eine Frau mit einem Wanderrucksack voller Feldsteine in einem Krater zu versenken. Und im Fall Andreas Wengert konnte der Täter Motorrad fahren, er hatte ein Gewehr und konnte damit umgehen ...«

»So schwer ist das nicht.« Trotzdem muss er ihr Recht geben. Der modus operandi ist nicht weiblich. Was heißt, dass er sich vermutlich wirklich bald bei Miss Marmor entschuldigen darf. Manni drängt den Gedanken beiseite, nimmt ein leeres Blatt Papier und malt ein Kreuz darauf.

»Mr. X – der große Unbekannte. Das Bindeglied zwischen beiden Opfern. Vielleicht liebt Mr. X Laura und hat seinen Nebenbuhler Wengert beseitigt.«

»Wo wäre dann das Motiv für den Mord an Darshan?«

Entnervt wirft Manni den Filzstift auf den Tisch. »Stimmt, das ergibt keinen Sinn.«

Judith Krieger tippt auf das Kreuz, das er gemalt hat, als sie wieder zu sprechen beginnt. »Das Schnellbachtal. Ich glaube nach wie vor, dass es kein Zufall ist, dass sich die Morde gerade dort ereignet haben. Man müsste sich im Inneren des Sonnenhofs umsehen. Laura, dieser rothaarige Vedanja, Heiner und Beate von Stetten – ich bin sicher, sie wissen viel mehr, als sie der Polizei jemals sagen werden. Und auch die Försterin verschweigt etwas.«

Darauf also läuft es hinaus. Die Krieger will das, was sie begonnen hat, fortsetzen und er soll seinen Segen dazu geben. Manni merkt, wie sich alles in ihm dagegen sträubt. Kriminalhauptkommissarin Krieger sieht ihm direkt in die Augen, als sie weiterspricht.

»Ein Deal, Manni, ein Deal. Lass mich zurück in den Sonnenhof gehen und versuchen, ob ich etwas herausfinden kann. Das hätte auch den Vorteil, dass du und der Neue euch auf all die anderen Fäden konzentrieren könntet.«

»Super. Und wenn du was rausfindest, bin ich der Arsch.«

»Quatsch! Wenn ich was rausfinde, sage ich dir sofort Bescheid und dann kannst du mit diesen Informationen den Fall lösen und die Lorbeeren dafür einheimsen. Finde ich nichts raus, hast du nichts verloren.«

»Und Millstätt?«

»Er muss es ja nicht erfahren. Vorerst ermitteln die Kollegen ja nicht im Sonnenhof, sondern am Tatort. Und wenn Millstätt doch von mir erfährt, übernehme ich natürlich die volle Verantwortung für mein eigenmächtiges Handeln. Das können wir gerne vorab schriftlich festhalten, falls du mir nicht vertraust.«

Es kann nicht gut gehen. Schon als Manni eine halbe Stunde später seine Wohnungstür aufschließt, kann er nicht mehr begreifen, warum er sich trotzdem darauf eingelassen hat.

❦❦❦

Drei Stunden Schlaf und kein einziger Alptraum. Judith fühlt tatsächlich so etwas wie Zuversicht, als sie um acht Uhr morgens an die Tür des Forsthauses klopft.

»Die Toten«, sagt die Försterin statt einer Begrüßung. »Sie hatten blonde Haare. Lange blonde Haare. Wie ich. Ist das ein

Zufall? Ich meine – halten Sie es für möglich, dass diese Morde ein Irrtum waren. Dass eigentlich ich das Opfer hätte sein sollen?«

»Warum sollte jemand Sie umbringen wollen?«

Die hellgrünen Augen der Försterin scheinen durch Judith hindurchzusehen, sie spricht einfach weiter, als hätte sie ihre Frage gar nicht gehört.

»Ich muss immer wieder an den Toten auf dem Hochsitz denken, ich kann diesen Anblick einfach nicht vergessen. Seitdem denke ich immer wieder, das hätte ich sein sollen. Wer auch immer dafür verantwortlich ist, hat es auf mich abgesehen.«

Die Einrichtung von Diana Westermanns Wohnzimmer ist eine Beleidigung für jeden Anhänger moderner Wohnkultur. Über dem Kamin hängen ein Hirschgeweih, allerlei undefinierbare verstaubte Gerätschaften aus Holz und ein leichtes Jagdgewehr, eine Couchgruppe ist mit Afrikadecken dekoriert. Es gibt eine düstere Eichenanrichte, einen Schaukelstuhl mit einem grausam karierten Kissen und ein mächtiges Klavier, vor dem die Försterin Halt macht. Sie wirkt immer noch weit weg.

»Das ist meine Freundin Kate.« Die Försterin deutet auf ein gerahmtes Foto, das sie selbst und eine afrikanische Frau vor einer Lehmhütte zeigt. »Und das sind Kates Tochter, Mary-Ann, und Kates Pflegesohn Jo-Jo. Und das«, sie nimmt ein anderes Bild in die Hand, »das ist Mary-Ann mit ihrer Tochter Belinda.«

Ein hübsches schwarzes Mädchen hält einen hellhäutigeren Säugling im Arm und lächelt. Die Försterin poliert den silbernen Rahmen behutsam mit dem Ärmel, bevor sie ihn wieder aufs Klavier stellt.

»Mary-Ann sieht noch sehr jung aus«, bemerkt Judith.

»Sie war gerade 15, als mein Boss sie geschwängert hat.«

»Ihr Boss?«

»Mein Boss in Afrika. Robert Walter. Der große, edle Rob. Ein Gutmensch wie aus dem Bilderbuch. Der Leiter der Entwicklungshilfeorganisation *Nature-Nurture*, für die ich in Afrika war. Ich habe ihn bewundert, die Art, wie er sein Leben vollkommen in den Dienst anderer stellt. Bis zu jenem Tag, an dem ich ihn mit Kates Tochter erwischte. Zuerst haben wir gehofft, dass Mary-Ann nicht schwanger ist. Vergebens natürlich.« Sie stößt ein bitteres Lachen aus. »Dann dachten wir – nun, immerhin hatte er kein Aids und auf jeden Fall würde er für den Unterhalt aufkommen. Aber was glauben Sie wohl – das Dreckschwein hat einfach geleugnet, der Vater zu sein. Also hab ich dafür gesorgt, dass er sich das anders überlegt.« Den Blick auf das Foto von Mary-Ann und Belinda gerichtet, spricht sie weiter. »Vaterschaftstests, Gerichtsurteile zu Gunsten der Mutter – so was können Sie in Kenia vergessen, das wusste er so gut wie ich. Aber der Skandal, wenn ich ihn in Deutschland bloßstellen würde! Die Einbußen bei den Spenden! Also haben er und ich, seine ehemals hoch geschätzte Lieblingsmitarbeiterin, eine Vereinbarung getroffen: Er bezahlt Belindas Unterhalt und noch dazu genug Geld, dass Mary-Ann und Jo-Jo in die Schule gehen können und Kate in M'Bele das fortführen kann, was sie und ich gemeinsam aufgebaut haben. Mir besorgt er einen Job in Deutschland. Und dafür halte ich dicht.«

»Sie haben ihn also erpresst.«

»Bevor Rob nach Afrika ging, hatte er eine Professur in Forstwirtschaft. Ich wusste, dass er immer noch gute Kontakte zu vielen Forstämtern hat. Ich habe mich nicht dafür interessiert, wie er mir diese Stelle hier besorgt hat. Ich war einfach nur froh, dass ich wegkonnte, denn alles, wofür er und ich uns in Afrika drei Jahre lang eingesetzt hatten, hatte er zerstört.«

»Nur das Schicksal von Kate und ihrer Familie, das wollten Sie nicht ruhen lassen.«

»Das müssen Sie doch verstehen.«

»Sie glauben also, dass dieser Rob Sie ermorden will, damit die Erpressung ein Ende hat? Ist er denn wieder in Deutschland?«

»Ich weiß es nicht. Vor ein paar Wochen hat Kate so etwas angedeutet. Angeblich wolle Rob sich aus dem operativen Geschäft vor Ort zurückziehen, aber sicher bin ich nicht. Er zahlt die vereinbarte Summe auf ein Konto in Mombasa. Vielleicht hat er ja auch jemanden geschickt.«

»Ein gedungener Mörder? Glauben Sie das wirklich?«

Wie zum Schutz verschränkt die Försterin die Arme vor dem Bauch.

»Es lässt sich sicher überprüfen, wo sich Robert Walter seitdem aufgehalten hat.«

»Der Wald hat Augen – das sagen die Afrikaner, aber ich habe das immer für Aberglauben gehalten.« Diana Westermann spricht leise, als rede sie mit sich selbst. »Waldgeister – was für ein Quatsch. Aber seit ich hier bin, bin ich nicht mehr so sicher. Irgendetwas da draußen starrt mich an. Zuerst habe ich versucht, das zu ignorieren. Es ging nicht.«

»Ich vermute stark, dass dieses ›etwas‹ ein Jemand ist. Vielleicht tatsächlich dieser Rob oder jemand, den er geschickt hat. Vermutlich aber eher jemand aus dem Schnellbachtal. Wie sieht es mit Ihren Kollegen hier aus? Sie haben erwähnt, dass Sie hier nicht sonderlich beliebt sind. Und Sie haben anonyme Anrufe erhalten.«

»Ronja«, die Försterin spricht einfach weiter, als hätte sie Judiths Frage gar nicht gehört, »Ronja schlägt einfach nicht an, egal wie sehr ich mich beobachtet fühle. Wenn es ein Mensch wäre, der mich beobachtet, dann müsste Ronja doch anschlagen. Und dann ihr Verschwinden. Das ist so unheimlich. Auf dem Hochsitz, wo ich sie an dem Morgen gefunden habe, steht plötzlich ›Ich krieg dich, du Schlampe.‹ Meinen Sie, dass diese Botschaft mir gilt?«

»Ich glaube jedenfalls nicht, dass afrikanische Waldgeister solche Botschaften hinterlassen. Warum haben Sie bei unserem letzten Gespräch nichts davon gesagt?«

»Ich hatte gehofft, es habe nichts mit mir zu tun.«

»Und warum haben Sie Ihre Meinung geändert?«

»Weil ich Angst habe. Bitte, Sie müssen mir helfen.«

»Das versuche ich.« Judiths Gedanken überschlagen sich, ihr Füller kratzt auf dem Papier. Die Angst der Försterin wirkt echt. Aber ist es wahrscheinlich, dass jemand, der sie ermorden will, gleich zweimal das falsche Opfer trifft? Das wäre eine gewaltige, bösartige Perfidie des Schicksals, die jede auf Logik basierende Ermittlung völlig ad absurdum führen würde.

»Da ist noch etwas, was ich Ihnen sagen muss.«

»Ja?«

»Damals, als Ihr Kollege meine Gewehre mitgenommen hat, habe ich ihm nicht alle Waffen ausgehändigt. Ich habe von meinem Vorgänger, Alfred Hesse, neben dem Inventar des Hauses noch eine alte Hahndoppelflinte übernommen. Er hat sie unter seinem Bett verwahrt, für alle Fälle. Ich habe das so belassen, aber das habe ich Ihrem Kollegen nicht gesagt.«

»Eine Schrotflinte? Welches Kaliber?«

»16.«

»Ich muss diese Waffe jetzt natürlich mitnehmen.«

Die Försterin setzt sich in ihren Schaukelstuhl, zieht die Beine hoch und umklammert sie. »Sie ist nicht mehr da. Am Freitagabend habe ich es bemerkt. Ich habe überall gesucht. Sie ist wirklich fort.«

Die Tatwaffe, denkt Judith. Oder ist diese ganze Geschichte nur eine Erfindung von Diana Westermann, weil in Wirklichkeit sie die Täterin ist? Doch warum sollte sie dann die Aufmerksamkeit der Polizei auf eine Waffe lenken, die sie bislang aus den Ermittlungen herausgehalten hat? All das ergibt keinen Sinn. Judith versucht, sich den Ärger, der in ihr aufsteigt, nicht anmerken zu lassen. Wenn Diana Westermann schon früher ehrlich gewesen wäre, läge die Tatwaffe jetzt wahrscheinlich im Labor.

»Wann haben Sie die Waffe das letzte Mal gesehen?«

»Ich weiß nicht genau, vor ein paar Tagen.«

»Aber definitiv nach dem Mord an Andreas Wengert?«

Die Försterin nickt. »Ich glaube, jemand hat damit geschossen. Und Munition fehlt auch.«

»Marke?«

»Nichts Besonderes. Ich kann gern die Packung holen.«

Die Patronen sind aus dunkelbrauner Pappe, Typ Rottweil Jagd, genau wie die Hülse, die die beiden Ks am Tatort gefunden haben. Judith schiebt die Packung in eine Plastiktüte und sieht der Försterin in die Augen. »Wer weiß von dieser Flinte außer Ihnen und Ihrem Vorgänger?«

»Niemand.« Die Art, wie Diana Westermann erstarrt, straft sie Lügen, und diesmal ist Judith nicht gewillt, sie zu schonen.

»Sie machen sich strafbar, wenn Sie jetzt nicht die Wahrheit sagen.«

Die Försterin schlingt die Arme fester um ihre Knie. Der Schaukelstuhl quietscht leise.

»Ich kann nicht.«

»Doch, Sie können. Zwei Menschen sind vielleicht mit dieser Waffe erschossen worden. Und vielleicht ist das noch nicht das Ende.«

»Aber es kann nicht sein ...«

»Wer?«

Diana Westermann seufzt. »Laura.«

»Laura Nungesser? Das Mädchen vom Sonnenhof? Sie weiß von der Flinte?«

Endlich hört die Försterin mit dem mechanischen Gewippe auf und sieht Judith an. »Ja. Aber ich kann nicht glauben ... Laura ist bestimmt keine Mörderin.« Sie bricht ab und verbirgt ihr Gesicht in den Händen. »O Gott.«

Laura ist am Tatort gewesen, Laura war eine Schülerin von Andreas Wengert, Laura wusste von der Flinte. Trotzdem muss Judith der Försterin zustimmen. Auch ihr fällt es schwer zu glauben, dass dieses 17-jährige Mädchen eine kaltblütige Doppelmörderin sein soll. Sie ruft Manni an und informiert ihn über ihr Gespräch mit Diana Westermann. Sie reden höflich miteinander, zurückhaltend und doch beinahe so effektiv wie ein eingespieltes Team. Manni wird veranlassen, dass sich die beiden Ks um die Drohung auf dem Hochsitz kümmern, der Anfänger wird Diana Westermanns afrikanischen Chef ausfindig machen, sobald er auf der Jagd nach der Familie von Darshan Maria Klein eine Pause hat. Sie werden das Forsthaus durchsuchen und die Patronen ins Labor schicken. Judith selbst wird versuchen, im Sonnenhof vorwärts zu kommen. Sie hört Mannis Stimme deutlich an, dass er nicht glücklich darüber ist. Er kann jederzeit beschließen, nicht mehr mitzuspielen, das weiß sie, und sie könnte es ihm nicht einmal verdenken. Sie verscheucht den Gedanken daran, was Millstätt tun wird, wenn er von ihrem illegalen Alleingang erfährt, bevor sie Erfolge vorweisen können.

Sie zündet eine Zigarette an und gibt Gas. So gerne möchte

sie zuversichtlich sein, aber die Angst der Försterin und Mannis Unbehagen kleben an ihr wie Schatten. Sie steuert ihren Passat um die letzte Kurve vor dem Schnellbachtal und der Sonnenhof liegt vor ihr, still und seltsam verschlossen, obwohl die Morgenmeditation längst beendet sein muss. Judiths innere Unruhe nimmt zu. Wer ist Täter, wer ist Opfer? Nichts erscheint klar in diesem Fall. Das Einzige, was Judith plötzlich weiß, ist, dass sie schnell sein muss. Nicht nur, um sich selbst zu retten, sondern auch, weil dort in diesem malerischen Gehöft aller Wahrscheinlichkeit nach ein Mörder lebt, der wieder zuschlagen wird, wenn sie ihn nicht stoppt.

❊❊❊

»Schädelbruch«, sagt Karl-Heinz Müller und streicht beinahe liebevoll über die blonden Zöpfe der Toten. »Armes Kind.«

Manni versucht, nicht allzu genau hinzugucken, als der Rechtsmediziner sich nach dieser ungewohnt emotionalen Geste wieder an den Überresten der inneren Organe zu schaffen macht. Obduktionen sind mit Sicherheit der unerfreulichste Part des Polizistendaseins, nicht einmal seine Fisherman's können ihn in solchen Momenten retten. Manni setzt sich auf einen unbenutzten Seziertisch, nicht ohne vorher zu kontrollieren, ob dessen metallene Oberfläche sauber ist.

»Also könnte unsere Kandidatin hier ohne Fremdeinwirkung gestorben sein? Einfach unglücklich gestürzt, und adieu?«

Karl-Heinz Müller schnaubt in seine Gesichtsmaske und macht sich an dem halbskelettierten Brustkorb zu schaffen. »Ihr Rucksack wog dank der Steine 41 Kilo. Ziemlich unwahrscheinlich, dass dieses zierliche Mädchen damit durch den Wald marschiert ist.«

Daran hätte er auch selbst denken können. Manni bemüht sich, sich seinen Ärger darüber nicht anmerken zu lassen. Der Rechtsmediziner kann schließlich nichts dafür, dass er mit seinen Gedanken immer noch bei dem Pakt ist, den er wider alle Vernunft mit Judith Krieger geschlossen hat.

»Hast Recht, Karl-Heinz«, sagt er versöhnlich. »Aber es gibt definitiv keine Schusswunden? Sie ist gestürzt und dann hat ihr einfach jemand den Rucksack aufgesetzt und sie in den Krater geschmissen?«

»Kann auch sein, dass dieser Jemand schon bei dem Sturz nachgeholfen hat. Aber das werden wir wohl nie mit absoluter Sicherheit sagen können.«

Manni denkt an den violetten Stoff und das Handy. Der Fetzen passt exakt ins Kleid der Toten. Die beiden Ks haben ihn entgegengenommen, ohne dumme Fragen zu stellen. Im Augenblick kriechen sie wahrscheinlich um den Fundort herum, den die Krieger markiert hat. Aber Karl-Heinz Müller hat Recht: Die Chance, dass sie noch irgendwelche brauchbaren Spuren finden, ist gleich null. Zwischen vier und acht Monaten hat die Tote auf dem Grund des Schlammlochs gelegen – genauere Angaben will der Rechtsmediziner erst machen, wenn das Labor den Sauerstoffgehalt des Schlamms analysiert hat.

»Der Krater liegt unterhalb eines Steilhangs.« Manni beschließt, Karl-Heinz Müller an seinen Überlegungen teilhaben zu lassen. Außerdem, das weiß er aus Erfahrung, ist professionelle Fachsimpelei das beste Mittel gegen die latent lauernde Übelkeit während einer Obduktion. »Vielleicht ist sie vor ihrem Mörder geflohen. Oder es war ein Unfall. Sie stürzt, schlägt mit dem Kopf unglücklich auf, ihr Begleiter gerät in Panik, aus Angst, dass er des Mordes bezichtigt wird. Also lässt er ihre Leiche verschwinden und hofft, dass sie niemals gefunden wird.«

Karl-Heinz Müller richtet sich auf. In seinen Augen glaubt Manni etwas zu lesen, was für den sonst so fröhlichen Rechtsmediziner absolut untypisch ist: Betroffenheit. »Ich fürchte, so war es nicht.«

»Sondern?«

»Sie hat einen Schädelbruch erlitten, wahrscheinlich ist sie mit der Schläfe an einen Baumstamm geknallt, es gibt entsprechende Einblutungen im Gehirn. Sie konnte sich mit dieser Verletzung nicht mehr bewegen, aller Wahrscheinlichkeit nach war sie bewusstlos. Aber das heißt nicht, dass sie nicht mehr gelebt hat.«

Karl-Heinz Müller zieht den Mundschutz herunter und zündet sich eine Davidoff an. »Weiß der Himmel, was ihr noch alles widerfahren ist, bis sie endlich sterben durfte. Viel werde ich nicht mehr beweisen können. Aber ein bisschen brauchbares Lungengewebe gibt es noch, und darin habe ich Diatomeen gefunden.«

»Dia ...?«

»Kieselalgen.«

»Sie hat also noch geatmet, als sie in das Schlammloch geworfen wurde?«

Karl-Heinz Müller stößt zwei Rauchsäulen aus den Nasenlöchern. »Herrgott, wer tut so etwas? Eine Schwerverletzte ertränken wie eine neugeborene Katze? Wie viel Hass gehört dazu? Ich bin nicht einmal sicher, ob ich die Antwort wissen will. Es gibt wirklich Tage, da frage ich mich, warum ich diesen Scheißjob eigentlich mache.«

»Ich weiß genau, was du meinst.« Beim Gedanken an das grauenhafte Lebensende des blonden Mädchens wird Manni noch eine Spur flauer im Magen. Karl-Heinz Müller wirft seine Zigarette auf den Steinfußboden, streift den Plastiküberzieher mit einer lässig-routinierten Handbewegung vom Fuß und zerstampft die qualmende Kippe mit dem Absatz.

»Tschö, Karl-Heinz, ich muss los. Lass mich wissen, wenn du noch was findest, ja?« Manni beschließt, Juliane Wengert mit den neuesten Erkenntnissen zu konfrontieren, auch wenn er immer weniger glaubt, dass sie die Täterin ist. Doch etwas weiß sie, und das muss sie jetzt preisgeben.

»Schau du lieber zu, dass du den Täter findest.« Der Rechtsmediziner wendet ihm brüsk den Rücken zu und macht sich wieder an die Arbeit.

❈❈❈

Es ist wie ein Déjà-vu. Als Judith auf dem Sonnenhof-Parkplatz aus ihrem Passat steigt, steht der rothaarige Kermit vor ihr wie ein aus dem Boden gewachsener Wachhund. Obwohl ein eisiger Wind weht und die Temperaturen nur wenig über dem Gefrierpunkt liegen, trägt er immer noch Plastiklatschen an den nackten, bläulichen Füßen. Doch anders als bei ihrer ersten Begegnung lächelt er nicht, und auch Judith verspürt wenig Lust auf höfliches Geplänkel.

»Vedanja, hallo.« Scheinbar beiläufig nickt sie ihm zu.

»Wir dachten, du seist abgereist, wegen ...«. Er macht eine Kopfbewegung zum Wald hin, offenbar um Worte verlegen.

»Das dachte ich auch. Aber es hat sich herausgestellt, dass ich nach wie vor Urlaub habe. Also bin ich zurückgekommen.«

Immer noch versperrt er ihr den Weg zu der Holztreppe, die hinauf zum Haupteingang führt. Am liebsten würde er ihr wahrscheinlich den Zutritt zum Sonnenhof ein für alle Male verbieten und sie zum Teufel jagen.

»Ich hoffe, das ist in Ordnung? Wenn ihr den Seminarbetrieb eingestellt habt, fahre ich natürlich wieder.«

»Haben wir nicht.«

»Ich könnte gut verstehen, wenn ihr erst mal allein sein wollt, wo es doch so aussieht, als ob die Tote eine von euch gewesen ist. Was für ein schreckliches Gefühl muss das sein. Darshan hieß sie, nicht wahr?«

Sie sieht, wie sich seine Augen für den Bruchteil einer Sekunde weiten.

»Darshan«, wiederholt sie. »Mein aufrichtiges Beileid. Sie stand dir nahe, oder?«

»Ist das hier jetzt doch ein Verhör?«

»Nein, ich wollte nur nett sein. Ich habe vor einiger Zeit selbst einen guten Freund verloren, ich weiß, wie weh das tut. Du hast dich doch um Darshans Handy gekümmert, oder? Deshalb dachte ich, dass du ihr nahe standst.«

Jetzt hat sie ihn da, wo sie ihn haben will – in der Zwickmühle. Er muss auf ihre Anteilnahme eingehen, muss ihr antworten, wenn er sich nicht verdächtig machen will, und das weiß er. Seine Glupschaugen funkeln vor mühsam unterdrückter Wut.

»Die Försterin hat mir das Handy gegeben. Und ich hab's zu unseren Fundsachen getan, weil ich keine Adresse von Darshan gefunden habe.«

»Aber ich dachte, ihr wart befreundet.«

»Wer sagt das?«

»Ich weiß nicht. Ich meine, irgendjemand hier hätte das gesagt.«

»Ich hab sie gemocht, ja. Und dann ist sie nach Indien gefahren. Das ist alles.« Die Wut in seinen Augen straft seine Worte Lügen.

»Aber du weißt nicht wohin, und das Handy ist einfach verschwunden.«

»Irgendjemand hat's ihr wohl geschickt. Oder jemand hat es geklaut. Was weiß ich.«

»Geklaut? Kommt so was öfter vor hier im Sonnenhof?«

Jetzt gelingt es ihm kaum noch, seine Wut zu verbergen. »Nein. Und wenn wir glauben, dass das eine Angelegenheit für die Polizei ist, melden wir uns.« Abrupt dreht er sich um. »Ich schlage vor, dass ich dich jetzt zu Heiner bringe. Er soll entscheiden, ob du hier wieder wohnen kannst.«

Mit langen Schritten erklimmt er die Holztreppe, ohne sich darum zu kümmern, ob sie ihm folgt. Judith lächelt. Es sieht beinahe aus, als laufe er weg, doch das wird ihm nichts nützen. Sie ist sicher, dass Heiner von Stetten sie nicht wegschicken wird, selbst wenn er die Morde eigenhändig begangen hätte, denn er weiß genauso gut wie sie, dass das einem Schuldeingeständnis gleichkäme. Sie zieht ihre Schuhe aus, bevor sie die Eingangshalle des Sonnenhofs betritt, und verneigt sich drinnen vor dem golden lächelnden Buddha. Das Spiel hat begonnen und sie hofft inständig, dass diesmal sie diejenige ist, die die Regeln diktiert.

❊❊❊

Manni ist klar, dass ihm nicht viel Zeit bleibt, Juliane Wengert dazu zu bringen, endlich auszuspucken, was sie weiß. Der Polizeimeister, den sie als Wache vor der Tür des Krankenzimmers postiert haben, hat zum Glück keine Einwände gegen Mannis Besuch, sondern trabt dankbar in die Cafeteria. Aber die Stationsärztin ist knallhart. Eine Viertelstunde hat sie ihm gewährt, und das auch nur, weil er ihr weisgemacht hat, es gehe praktisch um Leben und Tod. Um ihm klar zu machen, dass er sich benehmen muss, haben sie eine Lernschwester vor die Tür des Krankenzimmers postiert. Vermutlich presst sie ihr Ohr an die Tür, in der Hoffnung, mitzubekommen, was in dem

Zimmer mit den abgestoßenen, uringelb getünchten Wänden vor sich geht. Er hofft, dass Juliane Wengert nicht wieder zu schreien anfängt, weil sie ihn dann direkt wieder hinausschmeißen werden. Aber es sieht nicht danach aus, vermutlich ist sie mit Beruhigungsmitteln vollgepumpt. Miss Marmor, denkt er, heute macht sie diesem Namen wirklich alle Ehre, so blass, wie sie ist. Mühsam wendet sie den Kopf und sieht ihn an.

»Mein Anwalt ist nicht hier.«

»Ich bin gleich wieder weg. Wir brauchen keinen Anwalt.« Er weiß, dass das eine Lüge ist, doch darauf kommt es jetzt nicht an. Er zieht sich einen Stuhl ans Bett.

»Ich bin nicht hier, weil ich Sie verdächtigen will, sondern weil ich Ihre Hilfe brauche. Bitte hören Sie mir einfach einen Moment zu.«

Sie sagt nichts, was er als Zustimmung nimmt.

»Ein Mord an einem Mädchen ist geschehen«, sagt er. »Vor einigen Monaten schon, aber unweit der Stelle, an der auch Ihr Mann getötet wurde. Sie müssen sich das vorstellen. Ein junges Mädchen mit blonden Zöpfen, das nach Indien wollte. Aber irgendetwas geht schief. Sie stürzt in diesem einsamen Wald einen Steilhang hinunter, vielleicht stößt sie auch jemand, wir wissen es nicht. Auf jeden Fall schlägt sie mit dem Kopf auf – Schädelbruch. Aber sie ist nicht tot, nur schwer verletzt, vielleicht bewusstlos, vielleicht bekommt sie auch noch etwas mit.« Er senkt seine Stimme zu einem Flüstern. »Sie müssen sich ihre Angst vorstellen, ihre Schmerzen, ihren Horror, als sie merkt, dass sie nicht fliehen kann. Und dann ist da dieser Mann – wir glauben zumindest, dass nur ein Mann zu so etwas fähig ist. Vielleicht vergewaltigt er sie. Vielleicht quält er sie. Auch das wissen wir nicht. Aber was wir mit Sicherheit wissen, ist, dass er sie schließlich tötet, indem er ihren Rucksack mit Steinen füllt und sie in einem schlammigen Loch ertränkt. Und die ganze Zeit kann sie sich nicht wehren.«

Juliane Wengert starrt ihn an, als sei er ein Gespenst. Aus ihren Augenwinkeln fließen unaufhörlich Tränen.

»Es muss einen Zusammenhang zwischen diesem grausamen Mord an dem blonden Mädchen und dem Mord an Ihrem

Mann geben.« Manni versucht, alle ihm mögliche Überzeugungskraft in seine Stimme zu legen. »Und wir müssen diesen Zusammenhang wirklich sehr, sehr dringend herausfinden, damit nicht noch ein Mord geschieht.«

»Ich verstehe nicht, wie ich dabei helfen kann.«

»Das blonde Mädchen hieß Darshan Maria Klein.« Manni beschließt, dass es legitim ist, dies zu behaupten, auch wenn der Anfänger noch immer keine Angehörigen ermitteln konnte. »Sagt Ihnen dieser Name etwas? Hat Ihr Mann diesen Namen einmal erwähnt? Oder kann er ihr begegnet sein? War er vielleicht mal in diesem Seminarzentrum Sonnenhof im Schnellbachtal?«

»Nein.« Die Antwort kommt so leise, dass er sie kaum verstehen kann. Trotzdem ist er überzeugt, dass Juliane Wengert diesmal die Wahrheit sagt, dass er zu ihr durchgedrungen ist. Etwas in der Art, wie sie ihn ansieht, ist anders. Aufmerksamer. Offenbar hat sie das ewige Mauern aufgegeben und lässt das, was er sagt, endlich an sich heran.

»Und Diana Westermann? Sagt Ihnen dieser Name etwas?«

Plötzlich sieht sie aus wie ein kleines Mädchen. »Ich kenne diese Namen nicht, wirklich nicht. Aber was heißt das schon? Was weiß ich schon? Was weiß ich schon über meinen Mann?«

Sie hält inne und wird noch eine Spur blasser. »Warum fragen Sie mich eigentlich nach diesem toten Mädchen? Sie glauben doch nicht, dass Andreas sie umgebracht hat?«

»Uns interessiert vor allem, ob Sie das glauben.«

»Niemals, nein, niemals hätte Andreas das getan.«

»Warum sind Sie so sicher? Gerade haben Sie noch gesagt, dass Sie gar nicht mehr einschätzen können, was Sie eigentlich über Ihren Mann wissen.«

»Weil er …«, sie starrt ihn an, offenbar nach Worten suchend, während erneut die Tränen aus ihren Augen strömen. »… weil er das nicht fertig gebracht hätte. Betrug – ja. Aber Mord? Das hätte er einfach nicht gebracht, verstehen Sie. Weil er zu weich war. Zu feige. Vielleicht hätte er das Mädchen gestoßen, aus Wut oder unabsichtlich. Aber in so einem Falle wäre es seine Art gewesen, sie dann einfach liegen zu lassen und zu hoffen, dass sie von selbst stirbt.« Ihre Stimme gewinnt an Kraft, während sie spricht. »Ja, so hätte er das gemacht. Vielleicht wäre er sogar zu mir gekommen, damit ich ihm helfe, mit den Konsequenzen seines Handelns weiterzuleben.«

»Und? Hätten Sie ihm geholfen?«

Hilflos schüttelt sie den Kopf. »Ich weiß es nicht. Er ist ja auch nicht gekommen.«

Wortlos hält Manni ihr das Foto von Laura Nungesser hin, das der Anfänger schließlich doch noch organisiert hat. Ein leicht verwackelter Schnappschuss, aber er tut seinen Dienst. Er sieht, dass Miss Marmor das Mädchen augenblicklich erkennt.

»Laura Nungesser, eine Schülerin von Andreas«, flüstert sie.

»Ihr Mann hatte ein Verhältnis mit ihr?«

Sie nickt, gequält.

»Warum haben Sie das nicht früher gesagt?«

»Ich wollte nicht, dass es herauskommt. Eine minderjährige Schülerin! Diese Schande, wenn es die Nachbarn erfahren oder meine Familie.«

»Laura lebt im Sonnenhof.«

Juliane Wengert sieht ehrlich überrascht aus. »Da also hat sie sie hingeschickt.«

»Sie?«

»Lauras Mutter.«

Einen Moment lang sagt keiner von beiden etwas, und in dieser Stille scheint Juliane Wengert endlich zu erkennen, was sie zuvor nicht wahrhaben wollte. Sie hält die Hand vor den Mund und starrt Manni an.

»Deshalb also war Andreas auf dem Hochsitz. Weil er sie immer weiter gesehen hat. Also war alles umsonst.«

»Was war umsonst?«

Wie Sturzbäche schießen die Tränen aus Juliane Wengerts Augen, die inzwischen ganz rot und verschwollen sind. Die Frau schluchzt jetzt so heftig, dass er sie kaum verstehen kann.

»Also hat sie mich auch belogen! Sie hat mir versprochen, dass sie Laura von der Schule nimmt und dafür sorgt, dass sie Andreas vergisst. Und Andreas hat geschworen, dass es ein Ausrutscher war. Ein Ausrutscher!« Juliane Wengert schreit das Wort jetzt heraus, wirft sich auf die Seite und beginnt, die Matratze mit den Fäusten zu bearbeiten. »Ein verdammter Ausrutscher!« Die Fäuste fliegen hoch zu ihrem Gesicht, boxen und schlagen auf die Wangen, auf die Stirn, auf den Mund, so schnell, dass es Manni nicht gelingt, sie einzufangen. »Blöde Kuh!«, schreit Juliane Wengert. »Ich bin so eine blöde Kuh! Ein Ausrutscher – warum habe ich das nur geglaubt! Warum lasse ich mich von allen belügen?«

Die Tür zum Krankenzimmer fliegt auf und die Lernschwester stürzt herein, dicht gefolgt von der Stationsärztin, die Manni mit einem vernichtenden Blick vom Stuhl scheucht. Mit langen Schritten lässt er das Krankenzimmer hinter sich. Es ist zwecklos zu warten, bis Juliane Wengert wieder vernehmungsfähig ist. Nur ihre Schreie kann er nicht so schnell loswerden, sie gellen in seinem Kopf, auch als sich die Aufzugtüren schon hinter ihm geschlossen haben und er sein Handy wieder einschaltet, das augenblicklich zu klingeln beginnt.

※※※

»Wir wollen an unsere ehemalige Gefährtin Darshan denken und ihr positive Energie und Kraft dorthin schicken, wo sie jetzt ist«, sagt Beate von Stetten salbungsvoll und stellt eine Kerze neben einen leeren Teller mitten auf den langen Holztisch im Speisesaal. Schweigend bilden sie einen Kreis und halten sich an den Händen, während Beate von Stetten Mantras zu singen beginnt. Ihre Stimme ist wohltönend und kräftig, ein überraschender Widerspruch zu ihrer verhärmten, mageren Gestalt. Heiner von Stetten und die Kommissarin sind nicht zum Mittagessen gekommen und das erfüllt Laura mit Unbehagen. Was ist, wenn die Kommissarin doch hier ist, um zu ermitteln? Wenn die beiden jetzt über sie reden? Sie mag es nicht, wie diese Kommissarin sie ansieht – trotz ihres Nennmich-doch-Judith-komm-wir-rauchen-eine-Zigarette-Getues. Ihre Augen sehen viel zu viel, gleichzeitig liegt etwas darin, etwas Dunkles, Trauriges, zu dem sich Laura hingezogen fühlt. Nicht so hingezogen wie zu Diana, die lustig ist, spannend, ein guter Kumpel, die beste Freundin, sondern anders, gefährlich.

*Wir nehmen Judith für eine Weile bei uns auf. Sie hat einen schmerzlichen Verlust erlitten und möchte bei uns Kraft tanken*, hat Heiner von Stetten gesagt. Vielleicht beobachtet die Kommissarin Laura also gar nicht. Vielleicht will sie wirklich nur meditieren. Obwohl sie auch beim Meditieren nicht aufhört, in den Gesichtern der anderen zu forschen. Jedesmal, wenn Laura bei der Meditation die Augen öffnet, kann sie das sehen.

Sie singen dreimal das Om und die anderen beginnen zu essen. Laura stochert in ihrem Salat herum und überlegt, wie es ist, wenn man tot ist. Beate hat gesagt, dass man beim Sterben aus seinem Körper herausschwebt und noch eine Weile unsichtbar auf der Welt bleibt, um Abschied zu nehmen, und dass Seelen, die auf ein großes Chaos zurückblicken, manchmal nicht loslassen können, sondern in einer Art Halbwelt gefangen sind, unerreichbar für die Lebenden wie auch für die Toten. Unwillkürlich schaut Laura zur Decke hoch. Vielleicht ist diese Darshan hier oben und vielleicht ist auch Andi hier irgendwo ganz nah bei ihr und sie sieht ihn bloß nicht. Vielleicht kann er nicht loslassen, bis sein Mörder gefunden wurde. Vielleicht versucht er sogar, sich bei ihr zu entschuldigen. Sie kann immer noch nicht glauben, dass dieser superdynamische Kommissar Recht hat und dass Andi wirklich etwas mit diesem verhätschelten Püppchen Tanja angefangen hat. Und wenn schon, denkt sie trotzig. Sie hat schließlich auch einen Geliebten. Und außerdem bringt es nichts, über das zu grübeln, was vorbei ist. Die Vergangenheit ist gefährlich, sagt ihr Geliebter immer. Besser man lässt sie ruhen, weil man sie sowieso nicht ändern kann.

Sie sieht zu ihm herüber. Zu Jey, der nun nicht mehr der andere für sie ist, sondern der Einzige. Er redet mit Beate, ist scheinbar völlig in dieses Gespräch vertieft, aber Laura lässt sich davon nicht täuschen. Sie weiß, dass er sie trotzdem wahrnimmt, immer ist das so, seit sie zum ersten Mal miteinander geschlafen haben, und einen Moment lang macht ihr das Angst. Warum vertraut er ihr nicht? Sie hat Andi doch wirklich nur noch ganz zu Anfang ihrer Beziehung mit Jey getroffen. Neulich, als sie von den Schafen in ihr Zimmer kam, saß er an ihrem Schreibtisch, und sie hätte in dem Moment schwören können, dass er in ihrem Tagebuch gelesen hat, aber wahrscheinlich hat sie sich das doch nur eingebildet. Trotzdem wagt sie es seitdem nicht mehr, etwas über Andi in ihr Tagebuch zu schreiben. Der Salat schmeckt nicht, sie schiebt ihren Teller beiseite. Natürlich vertraut Jey ihr, er hat einfach nur Angst, weil er sie liebt und sie nicht verlieren will. Dabei muss er sich wirklich keine Sorgen machen, sie hat ihre Lektion gelernt. Sie wird über Andi schweigen, wie sie es ihm versprochen hat, sie wird ihn nie mehr wiedersehen und sie wird auch ihre neue Liebe zu Jey nicht verraten. Weil sie stark ist und erwachsen und allein auf sich aufpassen kann. Niemand kann sie zwingen, etwas zu sagen, wenn sie das nicht will.

Vedanja setzt sich neben sie und legt den Arm um ihre Schultern.

»Alles in Ordnung? Du isst ja gar nichts. Deine Mutter kommt heute Abend, Laura, um dir beizustehen. Aus Italien.«

Sie macht sich steif unter seiner Hand, fühlt Jeys wachsamen Blick, wünscht sich weit weg.

»Ich will sie nicht sehen.«

»Ich fürchte, das geht nicht, Laura.« Vedanja klingt beinahe belustigt. »Der Kommissar wird sie herbringen, sobald ihre Maschine aus Florenz gelandet ist. Damit sie bei dir ist, wenn die Polizei ihre Fragen stellt.«

»Ich weiß nichts. Ich brauche sie nicht.«

»Trotzdem, kleine Laura, trotzdem. Es ist besser so.«

»Nenn mich nicht so! Ich bin nicht klein!« Sie reißt sich los und rennt aus dem Speisesaal, über die Wiese zu ihren Schafen, die sie anglotzen und nichts anderes von ihr fordern als frische Spreu, Wasser und Futter.

❋❋❋

Auf Mannis Schreibtisch türmen sich Zettel und Akten mit ungeklärten Fragen, Tischtelefon und Handy klingeln scheinbar unaufhörlich, und ihm gegenüber, auf Holger Kühns Arbeitsplatz, hockt der Anfänger und telefoniert ebenfalls, als gelte es sein Leben. Was ja gewissermaßen auch stimmt. Schließlich hängt seine berufliche Zukunft im KK11 genauso an einem Ermittlungserfolg wie Mannis. Da tut es nichts zur Sache, dass der überwiegende Teil der Bewohner Kölns seit 11.11 Uhr aus kostümierten, schunkelnden und johlenden Betrunkenen zu bestehen scheint, die den Auftakt der Karnevalssession feiern.

»Sie sind also ganz sicher, dass Andreas Wengert eine junge Frau namens Darshan Maria Klein niemals erwähnt hat?«, fragt der Anfänger in den Telefonhörer, während seine dünnen, dunkelbehaarten Finger einen weiteren Namen von einer Liste streichen. Hinter ihm glotzen Holger Kühns plattnasige, triefäugige Boxer so melancholisch von der Wand, als sei der Fall Erlengrund schon zum Teufel gegangen. Wütend zerbeißt Manni ein Fisherman's. Soeben hat ihn Millstätt darüber informiert, dass Juliane Wengert, die einzige Verdächtige mit einem halbwegs plausiblen Motiv, die sie bislang vorweisen konnten, nach Hause gehen darf, sobald sie wieder bei Kräften ist. Was also bleibt ihnen, 16 Tage nach Ermittlungsbeginn? Sie haben kein Motiv, keine heiße Spur, nicht einmal eine Verbindung zwischen den beiden Opfern. Der Anfänger verdrückt sich zum Kaffeeholen und Manni wählt wieder mal die Handynummer von Judith Krieger und muss sich wieder mal anhören, wie ihm eine monotone Frauenstimme erklärt, dass dieser Teilnehmer vorübergehend nicht erreichbar sei. Entnervt wirft er das Handy auf einen Aktenstapel und flucht wild, weil es in einer Pappschale mit Resten von kalten Pommes frites landet. Wenn die Krieger schon illegal herumschnüffelt, warum muss sie das ausgerechnet in einem Funkloch tun? Er wischt das Fett von seinem Handy und verbietet sich, darüber nachzudenken, was passieren wird, wenn Millstätt von dem Deal erfährt, zu dem Manni sich von der einstigen KK11-Star-Ermittlerin hat überreden lassen. Wenn Millstätt will, kann er einen mit wenigen Worten und Blicken vernichten, einen Vorgeschmack darauf hat Manni bereits bekommen. Und erstmals beginnt er zu ahnen, wie taff die Krieger mal gewesen sein muss, dass Millstätt trotz seines Perfektionswahns beinahe zwei Jahre lang schützend die Hand über sie gehalten hat, obwohl sie nicht mehr richtig bei der Sache war.

Für Manni hegt der KK11-Leiter offenbar weniger Sympathien. Oder Juliane Wengerts Anwalt, dieser aufgeblasene Schaumschläger, hat ihm mehr zugesetzt, als Millstätt zugeben will. Keine Stunde nachdem Manni Juliane Wengert hysterisch tobend in der Obhut des Krankenhauspersonals zurückgelassen hatte, stand ihr Anwalt bei Millstätt auf der Matte, um sich über Mannis ungerechtfertigte und brutale Verhörmethode zu beschweren. Jetzt ist Millstätt mehr als stocksauer und verlangt *endlich handfeste Ergebnisse, und zwar schnell.* Was ja durchaus in Mannis Sinne ist, schließlich hat sein Chef Recht: Irgendwo rennt ein extrem brutaler Killer frei herum, und was wird passieren, wenn der sich durch ihr ganzes Gefische im Trüben in die Enge getrieben fühlt und erneut zuschlägt, bevor sie auch nur eine Ahnung haben, wer er ist? Die Konsequenzen sind nicht ausdenkbar, und nur weil die Journalistenfuzzis sich immer noch an den aus ihrer Sicht schleichenden Ermittlungen in Sachen Jennifer-Mord festgebissen haben, hat die Soko Erlengrund überhaupt noch eine Gnadenfrist. Aber lange wird es nicht mehr dauern, bis irgendwie durchsickert, dass die Kölner Kripo offenbar nicht nur einen Mädchenmörder gewähren lässt, sondern auch unfähig ist, einen irren Killer im Bergischen Land zu fassen.

Manni nickt dem Anfänger zu, der einen Becher Kaffee vor ihm abstellt und schon wieder zum Telefonhörer greift, bevor sein dünner Hintern Holger Kühns Bürostuhl berührt. Ralf kann ja nichts dafür, dass sie nicht weiterkommen. Und immerhin können sie inzwischen mit Sicherheit sagen, dass es sich bei der Toten aus dem Schlammloch tatsächlich um die 22-jährige Maria Klein, genannt Darshan, handelt. Ihre Mutter, eine versoffene Schlampe, die in einer heruntergekommenen Stahlarbeiterwohnung in Duisburg-Rheinhausen lebt, hat das am Mittag bestätigt – viel mehr aber auch nicht. Offenbar hat sie seit zwei Jahren keinen Kontakt mehr zu ihrer einzigen Tochter gehabt, was Manni aus Sicht der Tochter durchaus verstehen kann. Die Mischung aus süßlichem Parfum, ungewaschener Kleidung, ranzigem Fett und Alkohol, die in der Wohnung hing, war kaum zu ertragen und das hilflose Gejammer der Bewohnerin ebenfalls. Ohne Punkt und Komma hat sie vor sich hin gebrabbelt. Bereits mit 16 sei ihre Maria auf die schiefe

Bahn geraten, habe die Schule abgebrochen, auf der Straße gelebt, war einfach nicht zu bändigen, völlig außer Kontrolle. Ihre Schuld war das nicht! Was sollte sie, die Mutter, denn tun, wo der Mann doch auch über alle Berge war? Und dann dieser furchtbare Name: Darshan. Als ob sie eine verdammte Ausländerin sei. Wusste die Mutter, dass ihre Tochter auf dem Weg nach Indien war, hatte Manni gefragt. Da war mal ein Anruf aus Übersee, wann genau, das wusste sie nicht mehr, nur dass es Nacht war und warm. Sie hatten die wehklagende Frau in der Obhut einer türkischen Nachbarin gelassen, nachdem sie ihr die Adressen von Zahnarzt, Hausarzt und Darshans Vater – Erzeuger, hat Frau Klein verächtlich hervorgestoßen – entlockt hatten. Der Vater war dann überraschenderweise vom Tod seiner Tochter sichtlich erschüttert, obwohl er sie und seine Frau seit über zehn Jahren nicht mehr gesehen hat.

Der Anfänger hebt die Hand, um Mannis Aufmerksamkeit zu erlangen, und beginnt im nächsten Moment, Englisch zu sprechen. Es ist ein Segen, dass er das ziemlich perfekt beherrscht. Bevor er sich für eine Karriere bei der Polizei entschied, hat er ein paar Semester Anglistik studiert und sogar eine Weile in London gelebt. Seine guten Englischkenntnisse waren ihm auch bei seinen Recherchen in Kenia sehr nützlich. Ja, er zahle Unterhalt an eine Afrikanerin, die behaupte, von ihm ein Kind bekommen zu haben, hat Diana Westermanns Ex-Chef Robert Walter bereitwillig ausgesagt. Aus Großzügigkeit. Von einer Erpressung durch Diana Westermann wollte er jedoch partout nichts wissen und in Deutschland sei er seit Weihnachten nicht mehr gewesen. Eine Aussage, die diverse Mitarbeiter wie auch die Kenianische Botschaft, die für Einreiseformalitäten zuständig ist, bestätigt haben. Wenigstens können sie also die ohnehin völlig abwegige Idee, dass eigentlich die Försterin das Mordopfer hätte sein sollen, ad acta legen.

Frauen und ihre allzu lebhafte Phantasie, denkt Manni, während er sich über den Schreibtisch lehnt und auf die Lautsprechertaste von Holger Kühns Telefon drückt, damit er hören kann, was irgendein indischer Guru am anderen Ende der Welt auf die Fragen antwortet, die der Anfänger in seinem gestochenen Oxford-Englisch vorträgt. Tagelang haben sie in dem Aschram niemanden erreicht, der Englisch spricht, nun haben sie endlich Glück. Am achten Mai habe Darshan in Mumbay landen sollen, sagt der Inder. Man habe sie abholen wollen, aber sie sei nicht gekommen. Der Mann kann ihnen sogar die Flugnummer nennen und erklärt, dass ein Mitarbeiter mehrfach versucht hätte, Darshans Verbleib in Deutschland herauszufinden, unter anderem durch Anrufe bei ihrer Mutter und im Sonnenhof.

»Woher hatten Sie die Nummern?«, will der Anfänger wissen.

Von Darshan natürlich, erwidert der Inder verwundert. Offenbar hatte es vor Darshans Entschluss, in den Aschram zu reisen, eine rege E-Mail-Korrespondenz gegeben.

»Wir prüfen sehr genau, wen wir einladen, mit uns zu leben.« Außerdem habe Darshan vorab 2000 Euro für ihren Aufenthalt bezahlt, natürlich habe man also nachgeforscht, als sie einfach nicht gekommen sei. Mit wem er im Sonnenhof gesprochen habe, fragt der Anfänger. Ein Mann sei es gewesen – doch an einen Namen könne sich sein Mitarbeiter leider nicht erinnern. Wäre ja auch zu schön gewesen. Der Anfänger beendet das Telefongespräch und sieht Manni an.

»Soll ich das Datum von der British Airways bestätigen lassen?«

»Ja, und lass die auch checken, ob sie rausfinden können, warum sie den Flug nicht angetreten hat.«

»Ich dachte, das wäre klar, weil sie da nämlich tot war.«

»Witzbold! Aber vielleicht hat sie den Flug ja vorher umgebucht oder storniert oder so was.« Manni drückt die Kurzwahltaste, die ihn mit dem Rechtsmediziner verbindet. Besetzt.

»Am 6. Mai lebte sie noch, dafür gibt es Zeugen. Wenn der siebte Mai als Todesdatum hinkommt, können wir endlich Alibis überprüfen.«

Der Anfänger nippt an seinem Kaffee. »Es wäre schon interessant, herauszufinden, mit wem dieser Inder im Sonnenhof telefoniert hat.«

»Und noch interessanter ist, woher eine Aussteigerin, die seit ihrem 16. Lebensjahr auf der Straße lebte, das Geld für einen Flug nach Indien plus weitere 2000 Euro hatte.«

Mannis Armbanduhr beginnt zu piepsen und erinnert ihn daran, dass sie Hannah Nungesser am Flughafen abholen müssen. Er springt auf.

»Komm, Ralf, sonst verpassen wir die Nungesser. Hoffentlich kriegt ihre Tochter die Zähne auseinander, wenn ihre Mama an ihrer Seite ist.«

»Und wann klären wir das im Aschram ab?«

»Immer eins nach dem anderen. Der Tag ist noch lang.« Was eine glatte Lüge ist, normalerweise hätten sie jetzt schon Feierabend, normalerweise würde er sich spätestens jetzt mit seinen Jungs aus Rheindorf ins Karnevalsgetümmel stürzen. Mannis Handy beginnt zu vibrieren, das Signal dafür, dass Karl-Heinz Müller nun endlich aufgelegt hat. Augenblicklich drückt Manni auf Wiederwahl, froh, dem Anfänger nicht erklären zu müssen, warum sie nicht direkt in den Sonnenhof fahren. Manni hofft inständig, dass die Krieger sich an ihre Verabredung hält und um 23 Uhr in Rosi's Schnellimbiss auf ihn wartet, damit er sie warnen kann. Denn morgen früh werden sie den Sonnenhof filzen und dann muss sie von dort verschwunden sein.

❋❋❋

»Ich frage mich wirklich, warum Beate es sich zur persönlichen Aufgabe gemacht hat, jede Meditation und jede Mahlzeit in eine Trauerzeremonie für Darshan zu verwandeln!« Die leise Frauenstimme durchbricht die lähmende Stille, die im Sonnenhof normalerweise nach der Abendmeditation beginnt. Judith, die soeben auf Lauras geheimen Sitzplatz auf dem Vordach ein Zigarette anzünden wollte, hält wie elektrisiert inne. Es ist dunkel und sie sitzt ganz nah an der Hauswand. Sie hofft inständig, dass wer auch immer dort unten steht sie nicht bemerkt und noch eine Weile weiterspricht, damit sie auf diese Weise endlich einen Einblick in das bekommt, was sich zwischen den Bewohnern des Aschrams wirklich abspielt. Und es scheint so, als habe sie Glück.

»Meinst du etwa, wir sollten ihren Tod einfach übergehen?« Der zweite Sprecher ist männlich, er spricht schnell, beinahe aggressiv, mit leichtem hessischem Akzent. Ben, der Schreiner, erkennt Judith und drückt sich noch ein bisschen enger an die Wand.

»Nein, natürlich nicht, klar müssen wir um Darshan trauern«, beschwichtigt die Frauenstimme. »Aber Beate ist doch nun wirklich diejenige, die am wenigsten Grund hat, sich dabei aus dem Fenster zu lehnen.«

»Wer sollte denn deiner Meinung nach dafür sorgen, dass wir nicht einfach zur Tagesordnung übergehen?«

»Vielleicht Vedanja, die beiden waren doch befreundet. Oder Heiner selbst.«

Judith kann die Sprecherin immer noch nicht identifizieren, aber die Art, wie sie über die anderen spricht, legt nahe, dass sie keine Kursteilnehmerin, sondern eine jener 17 Menschen ist, die fest im Aschram leben. Etwa 150 Euro im Monat zahlt ihnen Heiner von Stetten dafür, Kost und Logis sind natürlich frei, auch eine Krankenversicherung finanziert der Psychologe. Im Gegenzug wird Mithilfe in der Landwirtschaft, in der Werkstatt, im Haus und in der Küche erwartet. Einige Aschrambewohner haben noch nicht einmal ein Einzelzimmer. Es kann also nicht sein, dass das Zusammenleben im Sonnenhof so konfliktfrei ist, wie Heiner von Stetten, seine Frau, der rothaarige Kermit und alle anderen das behaupten, die Judith vorsichtig befragt, sobald sich zwischen Yogastunden, Schweigeritualen und Meditationen eine Gelegenheit dazu ergibt. Die Menschen sind nun einmal nicht so friedlich, wie sie es gerne wären. Liebe, Begehren, enttäuschte Hoffnungen und Missverständnisse – das Zusammenleben gleicht einem Minenfeld, das umso gefährlicher wird, je enger man miteinander leben muss. Und daran können auch Biofood, Mantras, Tarot-Orakel und ein skurriler Kosmos voller indischer Heiliger und Buddhas nichts ändern.

»Beate ist nun einmal so, du kennst sie doch. Die Übermama. Immer fühlt sie sich für alles verantwortlich. Vielleicht hat sie ja Darshan gegenüber ein schlechtes Gewissen«, sagt der Schreiner.

»Ein schlechtes Gewissen? Weil Darshan ihren Mann verführt hat?«

»Wer sagt, dass sie ihn verführt hat?«

»Niemand. Ich hatte einfach den Eindruck, dass da was lief. Weil Beate doch nie gut auf Darshan zu sprechen war und sonst ist sie doch immer total freundlich mit allen. Und dann hat sie so furchtbar abgenommen. Na ja, wie auch immer. Ich muss jetzt für Vedanja das Büro abschließen, weil er mit Laura zur Polizei gefahren ist.«

»Weißt du, wann sie zurückkommen?«

»Keine Ahnung. Schlaf gut, Ben.«

»Ja, du auch, Petra.«

Petra also, das picklige Mädchen vom Empfang. Ein leises Knirschen auf dem Kiesweg signalisiert, dass sie ihr Vorhaben unverzüglich in die Tat umsetzt und zurück zum Haupthaus läuft. Erst als in der gut 50 Meter entfernten Werkstatt das Licht angeht und die Gestalt des Schreiners im Inneren verschwindet, klettert Judith zurück in ihr Zimmer. Heiner von Stetten hatte also vielleicht etwas mit Darshan, seine verhärmte Frau wusste das und tut trotzdem so, als trauere sie um eine geliebte Tochter. Und Vedanja verschweigt, dass er mit Darshan befreundet war. Judith kann ihre nächste Therapiesitzung beim Leiter des Aschrams kaum erwarten.

❊❊❊

Sie haben entschieden, Laura Nungesser in der Polizeiwache von Hans Edling zu vernehmen. Christoph Brandes, dieser rothaarige Kasper, den sie im Sonnenhof Vedanja nennen und als pädagogischen Leiter bezeichnen, hat das Mädchen in einem violetten VW-Bus hergebracht und wartet jetzt wie ein treuer Wachhund im Nebenzimmer. Die Mutter, Hannah Nungesser, ist eine aparte Brünette, der man ihre 41 Jahre nicht ansieht, was wohl zum Teil daran liegen mag, dass sie ganz offensichtlich schwanger ist.

»Ende fünfter Monat«, hat sie am Flughafen verlegen gemurmelt, als sie Mannis Blick bemerkte, »das lässt sich nun nicht mehr verbergen. Hören Sie, meine Tochter weiß noch nichts von meinem – Zustand. Dürfte ich wohl vorab allein mit ihr sprechen? Bitte?«

Zehn Minuten haben sie ihr für die Offenbarung der frohen Botschaft gewährt, sie sind ja keine Unmenschen. Nun sitzen ihnen die beiden Frauen in dem altmodisch möblierten Polizeigebäude gegenüber, unverkennbar Mutter und Tochter – und doch meilenweit voneinander entfernt, was Kleidung und Körpersprache angeht. Beinahe flehend sieht Hannah ihre Tochter an. Doch die hat sich völlig in sich verkrochen, was ihre vor der Brust verschränkten Arme überdeutlich demonstrieren. Nun denn. Hans Edling hat jetzt offenbar das richtige Programm in seinem Computer gefunden, um die Vernehmung zu protokollieren, er nickt Manni zu.

»Kann ich rauchen?« Der kurze Seitenblick, den Laura ihrer Mutter zuwirft, ist provozierend und feindselig, doch die reagiert nur mit einem hilflosen Lächeln.

Der Anfänger schiebt einen Aschenbecher zu dem Mädchen herüber. Trotzig schüttelt Laura ihre offensichtlich ungekämmten Haare in den Nacken, dreht eine hauchdünne Zigarette und inhaliert tief. Manni nimmt eine der E-Mails, die er in der Nacht mit der Krieger in ihrer Küche gelesen hat. Es kommt ihm so vor, als sei dies viel länger her als 17 Stunden, und einen Moment lang kann er sich nicht mehr erinnern, ob und wann er danach überhaupt geschlafen hat. Aber darauf kommt es jetzt nicht an. Er reißt sich zusammen und liest vor: »*13. August. Liebster Andi, ich weiß, dass ich dich nicht drängen darf, dass ich Geduld haben muss. Aber du fehlst mir so ...*« Er sieht, wie sich die Augen des Mädchens erschrocken weiten, wie ihre Mutter noch ein bisschen schuldbewusster in sich zusammensinkt, beschließt aber, die beiden jetzt und hier richtig weich zu kochen und nimmt den nächsten Ausdruck zur Hand. »Dein Bitten wurde offenbar erhört, Laura.« Wieder liest er vor: »*3. September. Seit du bei mir warst, schwebe ich auf einer rosa Wolke. Oh bitte, bitte, bitte komm bald wieder ...*« Er wirft den Ausdruck auf den Tisch. »Und so geht es weiter, bis du ihm schließlich am 5. Oktober geschrieben hast: *Liebster Andi, es ist etwas passiert und ich muss dich dringend sehen. Bitte komm am Samstagabend um neun zu unserer gewohnten Stelle, alles andere erkläre ich dir dann. Laura.*«

»Das hab ich nicht geschrieben!«

Ungerührt spricht er weiter. »Samstagabend, das war der 10. Oktober. Der Tag, an dem dein Lehrer auf dem Hochsitz im Wald erschossen wurde. Dieser Hochsitz am Erlengrund war doch euer geheimer Treffpunkt, nicht wahr? Jedenfalls haben wir dort Zigarettenkippen gefunden und ich bin sehr sicher, dass es die gleichen sind wie die, die du gerade hier im Aschenbecher ausgedrückt hast. Unser Labor kann natürlich einen DNA-Test machen und der lügt nicht.«

Der Anfänger reagiert prompt und schiebt den Aschenbecher außer Reichweite des Mädchens, was dies mit flackernden Augen beobachtet.

»Wir haben auf dem Hochsitz auch die Splitter einer CD-Hülle gefunden, Laura«, sagt Manni. »Wenn wir deine Fingerabdrücke nehmen und deine CDs durchsuchen, was meinst du wohl, finden wir dann eine Übereinstimmung?«

Die CD-Hülle hat ihm die Krieger auch noch besorgt, aber das muss er ja im Moment nicht sagen. Er ist ziemlich stolz, wie es ihm gelingt, Judith Kriegers illegale Schnüffelei zu verbergen und sich dabei dennoch das von ihr erworbene Wissen zu Nutze zu machen, und ganz offensichtlich erfüllt seine Finte ihren Zweck. Das Entsetzen in den schönen Bernsteinaugen des Mädchens ist echt, und prompt beginnt sie zu weinen. Manni unterdrückt einen Seufzer. Müssen denn in diesem verdammten Fall wirklich alle dauernd flennen?

»Sie glauben doch nicht, dass meine Tochter ...? Es ist vielleicht doch besser, wenn wir einen Anwalt kontaktieren«, sagt Hannah Nungesser, sichtlich bemüht, Haltung zu bewahren. Sie versucht, ihrer Tochter ein Päckchen Tempotaschentücher in die Hand zu drücken, doch die wedelt mit ihrer Hand, als gelte es eine Schmeißfliege zu vertreiben.

»Selbstverständlich ist es Ihr Recht, einen Anwalt hinzuzuziehen«, sagt Manni. »Allerdings würde dies doch eine erhebliche Verzögerung mit sich bringen, die ich gern vermeiden würde. Wir betrachten Ihre Tochter ja nicht als Verdächtige, sondern als Zeugin. Es geht uns also lediglich darum, zu erfahren, was sie weiß, damit wir den Täter möglichst schnell überführen können.«

Während Hannah Nungesser offenbar noch nicht sicher ist,

wie sie reagieren soll, zieht ihre Tochter plötzlich ausgiebig die Nase hoch und beginnt zu sprechen.

»Ja, ich hab Andi ein paarmal auf dem Hochsitz getroffen. Aber nicht am 10. Oktober, ganz ehrlich nicht. Und dieser letzte Brief, den Sie vorgelesen haben, der ist auch nicht von mir.«

»Dein Name steht aber drunter.«

»Eben.« Wieder zieht sie geräuschvoll die Nase hoch und ignoriert die Taschentücher, die ihre Mutter ihr erneut hinhält. »Ich hab meine Mails an Andi immer nur mit ›L‹ unterschrieben, wegen seiner Frau.«

Ein toller Trick, denkt Manni, blättert aber gottergeben durch die Mails. Sie hat Recht. Er vergleicht die Absender und unterdrückt einen Fluch. Warum hat das bis jetzt noch niemand gemerkt? Die letzte E-Mail hat sogar einen anderen Absender: *dielau@gmx.de* statt *dielau@web.de* wie die anderen, die wirklich alle nur mit »L« unterzeichnet sind. Er tippt mit dem Finger auf die letzte E-Mail und sieht den Anfänger an.

»Schau zu, dass du Staco-Steff erreichst. Der soll ermitteln, wo und auf wen diese gmx-Adresse registriert ist. Und lass dich bloß nicht abwimmeln, droh ihm mit Millstätt. Und bring Laura vorher einen neuen Aschenbecher, ja.«

Er sieht das Mädchen an. »Also gut, Laura. Du hattest also eine Affäre mit deinem Lehrer. Seit wann?«

»3. April.« Sie starrt auf ihre zerbissenen Fingerkuppen. »Seit unserer Klassenfahrt ins Allgäu.«

Manni nickt, das kann hinkommen, die erste Mail, die sie auf Andreas Wengerts Computer gefunden haben, stammt vom 16. April. Das, was Laura Nungesser stockend von ihrem Verhältnis erzählt, klingt beinahe wie eine Wiederholung des Berichts von Tanja Palm, mit dem Unterschied, dass Andreas Wengert den Kontakt mit Laura offenbar leichtsinniger organisierte. Jedenfalls, berichtet Laura Nungesser nach einem schnellen Seitenblick zu ihrer Mutter, sei sie oft bei ihm zu Hause gewesen, auch über Nacht, wenn seine Frau auf Reisen war. Überhaupt sei Juliane Wengert an allem schuld. Eines Tages ist sie früher von einer ihrer Dienstreisen heimgekommen und hat Laura und Andreas erwischt und danach ist alles den Bach runtergegangen.

»Frau Wengert war verständlicherweise außer sich«, schaltet sich Hannah Nungesser ein. »Und ich war gleichermaßen entsetzt. Er war schließlich Lauras Lehrer, eine Vertrauensperson.«

Nach langen Gesprächen mit den Wengerts entschied die Mutter, dass es die beste Lösung in Lauras Interesse war, keinen Skandal zu verursachen, sondern ihre Tochter von der Schule zu nehmen. Zumal Laura selbst immer wieder betonte, dass sie die Lernerei für das Abitur sinnlos fand, und lieber eine Schreinerlehre machen wollte. Hannah Nungessers beste Freundin hat dann als Zwischenlösung ein freiwilliges soziales Jahr im Sonnenhof vorgeschlagen, wo ihr Bruder Vedanja, arbeitete. Danach wollten sie entscheiden, ob Laura doch noch das Abitur machen oder eine Lehre beginnen werde. Laura war einverstanden gewesen.

»Ich konnte ja nicht ahnen, dass diese unselige Affäre noch weitergeht«, schließt Hannah Nungesser ihren Bericht. »Und dass Herr Wengert dann auch noch ums Leben kommt.«

»Er wurde erschossen«, präzisiert Manni. Die meisten Menschen neigen dazu, vor dem Tod die Augen zu verschließen oder ihn sich zumindest schönzureden, und wenn er etwas im KK11 gelernt hat, dann ist es, dass Zeugen weitaus williger aussagen, wenn man ihnen diese kleinen Fluchten vermiest.

»Wir suchen übrigens immer noch nach der Tatwaffe«, fährt er fort. Was durchaus wörtlich gemeint ist, den ganzen Tag haben die Ks das Forsthaus auf den Kopf gestellt. Sicher ist sicher, auch wenn Diana Westermann ihre Aufmerksamkeit freiwillig auf die Flinte gelenkt hat und offenbar keinerlei Motiv für den Mord an Andreas Wengert hat.

»Es könnte sein, dass die Tatwaffe aus dem Forsthaus stammt«, sagt Manni und sieht Laura an.

»Diana hat bestimmt nichts damit zu tun!«

»Aber sie sagt, dass ihre alte Hahndoppelflinte fehlt. Und du bist die Einzige, die wusste, wo sie die verwahrt.«

Neue Tränenströme kullern. »Aber ich hab sie nicht weggenommen und nie, nie, nie hätte ich Andi umgebracht!«

Und dabei bleibt Laura, sosehr sie auch bohren und fragen. Ja, sie hat Andi geliebt. Nein, niemand hat von ihren Treffen im Wald gewusst, nein, Andi ist nie im Sonnenhof gewesen, eine Darshan kennt sie nicht und ein Gewehr hat sie nicht gestohlen – Punkt. Um 23.14 Uhr bleibt ihnen nichts anderes übrig, als die Vernehmung zu beenden und Laura, die sich weigert, mit ihrer Mutter zu sprechen, in die Obhut des Rothaarigen zu geben, der sie zurück zum Sonnenhof fährt.

»Ich hab unseren Staco-Kollegen nicht mehr erwischt«, sagt der Anfänger und tütet Lauras Zigarettenkippen ein. Manni schiebt das Protokoll der Vernehmung in seine Aktentasche.

»Also kümmern wir uns morgen drum. Bringst du Frau Nungesser nach Hause?«

Manni wartet, bis die Schlusslichter des Autos verschwunden sind, bevor er seinen Wagen startet und in Richtung »Rosi's« lenkt. Hoffentlich wartet die Krieger wie verabredet auf ihn. Die Erkenntnis, dass ein Durchbruch immer noch in weiter Ferne liegt und dass das Verhör mit Laura Nungesser ohne die illegale Mitarbeit der Krieger noch viel unergiebiger gewesen wäre, stimmt ihn nicht froh.

※※※

Als die Lichtkegel des VW-Busses die vertrauten Schemen des Sonnenhofs erfassen, kommt es Laura so vor, als seien sie eine Ewigkeit unterwegs gewesen. Die Fingerkuppe ihres linken Zeigefingers blutet, so heftig hat sie an der Nagelhaut gerissen. Geschieht ihr recht. Sie ist eine Null. Wieder einmal hat sie versagt. Sie hat ihr Versprechen nicht gehalten und Andi verraten. Vedanja stellt den Motor ab und dreht sich zu ihr um.

»Deine Mutter hat ein Recht auf ein eigenes Leben, Laura. Aber ganz bestimmt will sie dich nicht verletzen. Sie liebt dich.«

Laura bringt ein Geräusch hervor, das verächtlich klingen soll. Vedanja versucht den Arm um sie zu legen. Sie muss hier raus, möglichst unauffällig tastet sie im Dunkeln nach dem Türgriff. Zu spät erinnert sie sich, dass der kaputt ist, dass man die Beifahrertür des Busses nur von außen öffnen kann.

Sie ertastet den Griff, zieht trotzdem daran. Nichts. Ihr Herz beginnt zu rasen.

»Laura, Laura, Laura – warum machst du es uns so schwer?« Vedanja rückt noch ein Stückchen näher an sie heran. Sein Atem riecht sauer. Will er sie etwa küssen? Vergewaltigen? Oder einfach nur dazu zwingen, ihm zu erzählen, was sie der Polizei gesagt hat? Kaum hatten sie die Polizeiwache verlassen, hat er versucht, sie auszuhorchen, angeblich, weil das für den Aschram wichtig sei. Wen die Polizei verdächtige, was sie über Darshan gesagt hätten und so weiter und so fort. Die ganze Fahrt ging das so. Als ob sie das wüsste.

»Lass mich los.« Sie hört selbst, wie schlapp das klingt. Vedanja rückt noch ein Stückchen näher, legt den Arm um sie, versucht, sie zu sich zu drehen, zu sich zu ziehen, und Laura hat auf einmal keine Kraft mehr, ihm etwas entgegenzusetzen, ja nicht einmal die Kraft zu schreien. Soll er mit ihr machen, was er will, es ist sowieso alles kaputt. Das Gesicht ihrer Mutter taucht vor ihr auf, der unterwürfige Blick, mit dem sie um Lauras Verständnis gebettelt hat. Verständnis dafür, dass sie Lauras Vater betrogen hat, die erstgeborene Tochter abgeschoben, Lauras Familie einfach ausgelöscht hat, um eine neue zu gründen.

Laura fühlt Tränen auf ihren Wangen, eine Hand in ihrem Haar, Finger, die den Tränenspuren folgen. Ihre Finger, seine Finger – sie vermag es nicht zu sagen, und einen Moment lang wäscht noch einmal Panik durch ihren Körper, der Gedanke an Flucht. Aber ihr Körper ist zu schwer und eigentlich ist es auch egal, was mit ihr passiert.

»Laura, Kleine, du bist ja ganz kalt«, flüstert eine körperlose Stimme. Dann plötzlich gleißt helles Licht durch den Bus, ein Schwall kalte Luft dringt herein und eine Männerstimme sagt: »Vedanja, verflucht, was ist hier los, was ist mit ihr?« Und dann hebt jemand sie hoch und trägt sie durch die Nacht.

Später träumt sie, dass etwas Heißes auf ihr Gesicht tropft. Mühsam öffnet Laura die Augen, sieht weiches Kerzenlicht, ihr vertrautes Zimmer und Jeys Gesicht über ihr. Weint er? Um sie? Es ist unendlich schwer, die Lippen zu bewegen, erst im dritten Versuch gelingt es ihr, sie flüstert seinen Namen. Augenblicklich zieht er sie fest in seine Arme, presst sein Gesicht in ihre Haare.

»Laura, meine Göttliche, ich hatte solche Angst.«

»Warum?« Das Wort brennt in ihrer Kehle wie Feuer. Lange antwortet er nicht und sie fühlt, wie die Erschöpfung sie wieder zurück in die Bewusstlosigkeit zieht.

»Ich hatte Angst, dass du uns verraten hast«, flüstert er, als sie schon beinahe eingeschlafen ist. Und es ist etwas in seiner Stimme, das Laura mit einer eiskalten Panik erfüllt.

## Mittwoch, 12. November

Mit fast einer Stunde Verspätung schiebt sich Manni kurz nach Mitternacht durch die Tür vom »Supergrill Rosi's«. Hungrig mustert er die erkalteten Reste auf Judiths Teller.

»Ist die Küche noch auf?«

»Ja, bis zwei Uhr morgens, wegen der Fernfahrer. Die Autobahn ist nicht weit und *Rosi's* ist wohl so eine Art Geheimtipp. Sagt Rosi.« Judith registriert mit Befriedigung, wie ruhig ihre Stimme klingt. Wie cool. Die Warterei auf Manni hat sie mürbe gemacht. Wenn er sie hängen lässt – wo steht sie dann? Aber sie wird einen Teufel tun, ihm ihre Ängste zu zeigen, er hat sie schon genug in der Hand.

Die Wirtin macht Anstalten, eine Speisekarte zu bringen, aber Manni winkt ab. »Für mich eine Currywurst mit Fritten. Und eine große Cola.«

Einen Moment lang sind beide verlegen. Schlafmangel und die pausenlose Anspannung, die jede heiße Phase in einer Ermittlung mit sich bringt, verstärken die Tatsache, dass sie kein eingespieltes Team sind. Judith bringt eine Art Grinsen zu Stande. »Currywurst hatte ich auch. Nach einem biodynamischen Tag im Aschram war das der Himmel.«

Manni knotet seine langen Beine um den Barhocker, ohne eine Miene zu verziehen. »Und? Was hat er gebracht, dein Tag im Aschram?«

Ja, das kann man sich wirklich fragen, denn was von dem, was sie zufällig gehört hat, kann sie schon beweisen? Mannis rechtes Knie wippt in einem Rhythmus, den nur er hören kann. Er sieht Judith an. »Also nix Genaues weißt du nicht.«

»Ich brauche noch Zeit.« Sie trinkt einen Schluck alkoholfreies Kölsch, das schal schmeckt, und beschließt, noch ein Weilchen zu warten, bis sie eine Zigarette anzündet. Das immerhin fällt ihr wesentlich leichter als noch vor zwei Tagen, offenbar trägt das unfreiwillige Training in Sachen Abstinenz, das sie im Sonnenhof absolviert, erste Früchte.

Rosi stellt einen dampfenden Teller vor Manni auf den Tisch. Die Kohlehydrate scheinen ihn friedlich zu stimmen, denn während er sein Essen herunterschlingt, referiert er bereitwillig den Stand seiner Ermittlungen. »Nachbarn, Kollegen, Schüler, Freunde – niemand in Andreas Wengerts Umfeld will etwas von einer Darshan wissen«, endet er und rammt seine Gabel in das letzte Stück Currywurst. »Null, nada, absolut nichts.«

»Und was sagt seine Frau?«

»Juliane Wengert ist raus. Millstätts Anordnung.« Manni wischt mit den letzten Pommes frites konzentriert eine Ketchuppfütze vom Teller und vermeidet es Judith anzusehen. »Wahrscheinlich hat er Recht, sie ist clean.« Das riecht nach Ärger. Judith beschließt, nicht in offenen Wunden herumzubohren.

»Darshan«, sagt sie stattdessen. »Irgendjemand aus dem Sonnenhof hat ihr Handy verschwinden lassen.«

»Und sie hatte Kohle!«

»Ja, woher? Die meisten Mitarbeiter im Sonnenhof erhalten nur ein Taschengeld, 150 Euro im Monat.«

Manni spült die letzten Pommes mit einem großen Schluck Cola herunter und wischt sich mit dem Handrücken über den Mund.

»150 Euro? Aber das gilt doch nicht für El Jefe, für Heiner von Stetten?«

»Wohl nicht. Er hat vor zehn Jahren mit seiner Frau ein Vermögen in den Aufbau des Aschrams gesteckt. Gut eine halbe Million Euro.«

»Nicht schlecht. Aber andererseits: Wenn er reich ist und Darshan Geld gegeben hat, warum sollte er sie dann umbringen?«

»Keine Ahnung. Vielleicht hat er es ihr ja nicht freiwillig gegeben.«

»Mord wegen 2000 Euro und einem Ticket nach Indien?«

»Vielleicht hat Andreas Wengert ja doch was mit Darshan gehabt. Er gibt ihr Geld, damit sie aus seinem Leben verschwindet. Von Stetten – oder mit wem auch immer sie im Sonnenhof liiert war – kriegt das spitz, will seine Gespielin am Abreisen hindern und im Gerangel stürzt sie unglücklich. Und dann kommt Andreas Wengert Monate später ins Schnellbachtal, wegen dieser Laura, unser Täter erkennt seinen alten Nebenbuhler und tötet auch ihn.«

»Laura«, sagt Manni. »Die weiß viel mehr, als sie sagt. Und sie war am Tatort.«

»Aber ich glaube wirklich nicht, dass sie zu einem Mord fähig ist. Und die physische Kraft ...«

»Ja, ja, schon gut.«

Müde sehen sie sich an.

»Wenn tatsächlich jemand anderes als Laura diese letzte Mail an Andreas Wengert geschickt hat – dann können wir ziemlich sicher sein, dass der Absender unser Täter ist.« Manni angelt in seiner Jackentasche nach seinen Fisherman's. »Morgen früh steh ich bei Staco-Steff auf der Matte, und wenn er nicht rausfindet, auf wen diese gmx-Adresse angemeldet wurde, nehm ich ihm das Büro auseinander.«

»Was hältst du eigentlich von diesem Vedanja? Mir kommt der komisch vor. Liegt vielleicht an der Art, wie er Laura bewacht. Und angeblich hat er was mit Darshan gehabt.«

Manni schaut auf seine Armbanduhr. »Alles ist möglich. Ralf und ich werden ihm und von Stetten nachher gründlich auf den Zahn fühlen. Es wäre gut, wenn du uns dann nicht über den Weg laufen würdest.«

»Mach dir keine Sorgen, ich verdrücke mich. Meinst du, Millstätt gibt dir grünes Licht für einen Durchsuchungsbeschluss?«

»Ich hoffe es, aber wir haben nicht viel in der Hand. Wie soll ich plausibel begründen, dass die Tatwaffe im Sonnenhof ist, wenn schon die Suchaktion im Forsthaus ein Flopp war?«

»Apropos. Was ist eigentlich mit der Försterin?«

»Hat ein wasserdichtes Alibi für den 10. Oktober und war wenig entzückt, dass die Ks ihr Heim untersuchten. Hat auf stur geschaltet, als ich ihr erklärte, dass ihr afrikanischer Ex-Boss sie unmöglich bedrohen kann. Sie schwört weiterhin, dass etwas sie bedroht, weigert sich aber, ihr Haus zu verlassen, und hat angeblich keinen blassen Schimmer, wer ihr was Böses will.«

»Hoffentlich bildet sie sich die Bedrohung wirklich nur ein.«

»Edling will ab und zu mal eine Streife bei ihr vorbeischicken.«

»Mehr ist nicht drin?«

»Niemand zwingt sie, allein in diesem Haus zu hocken.«

»Und diese Drohbotschaft auf dem Hochsitz? Nimmst du die nicht ernst?«

»Wer sagt uns, dass sie wirklich der Försterin gilt? Aber ernst nehmen muss man sie schon. Sie wurde mit Schafsblut geschrieben.«

»Auf dem Sonnenhof gibt es Schafe. Laura ...«

»Wir drehen uns im Kreis.«

»Finde ich nicht. Wir werden immer sicherer, dass die Lösung im Sonnenhof liegt.«

»Was du ja schon immer gesagt hast.«

»Darum geht es doch nicht.«

»Nein?«

»Nein.« Judith wartet darauf, dass Manni sie fragt, worum es denn dann ginge, aber er starrt einfach verstockt auf die blinkenden Halloween-Lichterketten in Rosis Fenster.

»Hast du eigentlich mal die Vorstrafenregister unserer Hauptakteure gecheckt?«, fragt Judith vorsichtig.

Unwillig schiebt Manni seinen Teller beiseite. »Scheiße, nein, wollte ich, ja, hab ich aber noch nicht geschafft.«

»Kann ja passieren. Ich meine, du machst das alles ziemlich gut. Wirklich.« Viel besser, als ich vor ein paar Tagen gedacht hätte, fügt sie in Gedanken hinzu.

»Ein Lob von der großen KHK Krieger? Wow, danke Massa.« Manni wirft einen Zehneuroschein auf den Tisch und springt auf.

»Manni! Bitte! So kommen wir nicht weiter. Denk doch dran, was auf dem Spiel steht.«

»Für dich!«

»Für den Fall. Dieser Täter ist ungeheuer brutal. Was passiert, wenn er wieder zuschlägt?«

Er sieht sie an. »Genau deshalb brauche ich kein Lob, sondern Ergebnisse. Also sei so gut und mach dich morgen früh dünne und vergewissere dich, ob die Luft rein ist, bevor du danach auch nur einen Fuß in den Sonnenhof setzt. Und falls du was rausfindest ...« Abrupt hält er inne und streift seine Fliegerseidenjacke über. »Na ja, du weißt schon. Ruf mich an.«

»Unser Deal steht also noch?«

Manni gibt ein knurrendes Geräusch von sich, das Judith als Zustimmung interpretiert.

❈❈❈

Als Laura erwacht, ist es noch dunkel und Jey ist fort. Ihr Hals brennt wie Feuer, ihre Nase ist verstopft, der Kopf tut weh und die Augen, die ihr aus dem Spiegel über dem Waschbecken entgegenblicken, sind verschwollen und rot. Sie stellt sich unter die heiße Dusche und hofft, dass ihr davon warm wird. Vergebens. Sie zieht zwei Pullover und ihr Fleece, einen dicken Schal und zwei Paar Socken an. Danach ist ihr so schwindelig, dass sie sich eine Weile hinsetzen muss. Anandoham, anandoham, anandoham, leise wiederholt sie ihr Mantra, damit vielleicht doch endlich das passiert, was Heiner und Beate immer behaupten: dass es ihr hilft und Kraft gibt. Denn sie braucht Kraft, viel Kraft. In einer Stunde beginnt die Morgenmeditation, aber vorher will sie noch nach den Schafen sehen, weil sie das gestern Nacht wieder nicht geschafft hat. Und sie will zum Forsthaus hinauflaufen, sie muss zum Forsthaus hinauflaufen und mit Diana sprechen, denn wenn sie das nicht tut, wird sie verrückt. Sie will wissen, warum Diana sie bei der Polizei angeschwärzt hat. Glaubt sie etwa im Ernst, dass sie Dianas Flinte gestohlen hat? Mühsam und zittrig wie eine alte Frau quält sich Laura die Treppe hinunter und hofft inständig, dass niemand sie hört. Ihr Kopf summt und dröhnt jetzt und ihr Hals schmerzt so sehr, dass ihr beim bloßen Gedanken an eine Zigarette übel wird. Ihre Knie fühlen sich an, als könnten die Gelenke plötzlich in alle Richtungen umknicken, wenn sie nicht ganz doll aufpasst. Früher hat ihr ihre Mutter heiße Milch mit Thymianhonig gemacht, wenn sie Halsschmerzen hatte, und geriebene Äpfel in Haferbrei, mit Klecksen aus selbstgemachtem Johannisbeergelee, aber jetzt ist sie erwachsen und hat keine Mutter mehr. Sie weiß, dass sie krank ist, aber sie will nicht krank sein.

Die Luft draußen ist so kalt, dass Lauras Zähne unkontrollierbar aufeinander schlagen, als sie den Schafstall endlich erreicht. Sie stolpert in die vertraute, wohlriechende dunkle Wärme und lässt sich auf einen Strohballen sinken. Es ist wichtig, dass sie nach dem Rechten sieht, die Schafe brauchen sie. Neulich hatte Hartmut, der alte Leithammel, einen tiefen Schnitt am Hinterbein, sie weiß bis heute nicht, woher. Sie rappelt sich wieder hoch, schleppt sich von Box zu Box. Es ist unendlich anstrengend, die Futtertröge zu befüllen, aber sie beißt die klappernden Zähne zusammen und gibt nicht auf, bis alle Tiere versorgt sind. Schweißbäche rinnen über ihre Schläfen und ihr Herz rast, trotzdem friert sie immer noch.

Die Steigung hinauf zum Forsthaus erscheint ihr endlos, nicht zu bewältigen, viel zu steil. Die Dunkelheit, die sie umfängt, ist vollkommen, sobald sie die Lichtung des Schnellbachtals hinter sich gelassen hat. Der Schnellbach murmelt und plätschert, verborgen in der Schwärze. Warum hat sie ihre Taschenlampe vergessen? Der Fahrweg ist kaum zu erkennen, Laura fühlt ihn mehr, als dass sie ihn sieht; zwei ausgefahrene Rinnen unter ihren müden Füßen. Auf einmal muss sie an das denken, was Diana erzählt hat. Dass es manchmal so ist, als habe der Wald Augen und starre sie an. Rote Kreise tanzen vor ihrem Gesicht. Sie schließt die Augen, öffnet sie wieder. Bewegt sich dort etwas? Sie merkt, wie ihr schwindelig wird, will sich an einen Stamm lehnen, dort an den dunklen Umriss, aber auf einmal wagt sie es nicht, die Hand danach auszustrecken, denn was wird sie tun, wenn das, was sie dort zu sehen glaubt, kein knorriger Stamm ist, sondern ein Mensch?

Jemand ist hier und starrt mich an. So intensiv ist dieses Gefühl, dass sie einen kleinen, schmerzhaften Laut ausstößt, wie eine Maus, kurz bevor die Katze sie packt. Wie weit ist es noch zum Forsthaus, wie weit liegt der Sonnenhof hinter ihr, wann wird es endlich, endlich Tag? Obwohl ihre Beine jetzt so heftig zittern, dass sie sich kaum aufrecht halten kann, gelingt es ihr, ein paar stolpernde Schritte vorwärts zu machen. Und dann ist sie plötzlich sicher: Sie ist nicht allein, ein Mensch ist hier, hinter ihr, kommt immer näher, kommt nah, ganz nah.

Etwas an der zielstrebigen, beinahe lautlosen Art, wie dieser Mensch sich auf sie zubewegt, sagt ihr, dass er böse ist. Dass er böse auf sie ist. Und dass er das auf keinen Fall hinnehmen will. Dass er sie bestrafen wird, auch wenn sie nicht weiß, wofür. Sie fällt auf die Knie, schafft es nicht einmal mehr, vorwärts zu krabbeln. Verharrt einfach, starr vor Entsetzen. Wie ein Reh im Scheinwerferlicht, auf einmal fällt ihr ein, wie Diana ihr das beschrieben hat. *Sie können nicht anders, Laura, warum auch immer. Das Licht, das auf sie zukommt, erschreckt sie so sehr, dass sie einfach stehen bleiben.*

Mühsam wendet Laura den Kopf in die Richtung, aus der diese kalte, zielstrebige, schattenhafte Bewegung unaufhaltsam auf sie zurast.

Dunkelheit. Kälte. Ein Lufthauch.

Und dann ist die Bewegung über ihr, reißt sie vom Boden hoch und beginnt zu reden.

»Laura, wo willst du hin? Warum läufst du vor mir weg?«

Sie will schreien, aber ihr Hals tut zu weh. Alles, was sie herausbringt, ist ein Krächzen.

❋❋❋

Hannah Nungesser stellt eine Tasse Milchkaffee vor Judith auf den Couchtisch und schenkt sich selbst ein Glas Kirschsaft ein. Manni hat Recht, die Ähnlichkeit mit Laura ist unübersehbar, wenn auch die Schönheit der Mutter auf eine gepflegte Art erwachsen ist. Gereift, denkt Judith, weniger wild und sportlich und ganz offensichtlich schwanger. Sie zwingt sich, den Blick von Hannah Nungessers Bauch zu wenden, die mit einem entschuldigenden Lächeln die Slipper abstreift und die Füße halb unter sich aufs Polster des Ohrensessels zieht.

»Sie wollen also mit mir über meine Tochter sprechen.« Hannah Nungessers Stimme ist melodisch, mit einem angenehmen Timbre.

»Ja.« Judith räuspert sich. Jetzt, da sie verwirklicht, was sich in den wenigen durchwachten Stunden seit dem nächtlichen Treffen mit Manni von einer vagen Eingebung zu einem handfesten Entschluss entwickelt hat, einen Entschluss, dessen Umsetzung immer wichtiger zu werden schien, ja geradezu lebenswichtig, das einzige Mittel, um endlich ins Herz dieses ganzen verzwickten Falls vorzudringen, um Licht ins Chaos zu bringen ... jetzt weiß sie nicht, wie sie vorgehen soll. Sie fühlt sich leer, ausgebrannt, übermüdet, aber das ist es nicht allein. Ich habe Angst, wird ihr auf einmal klar. Angst vor dem, was Hannah Nungesser sagen wird, wenn ich es denn schaffe, sie überhaupt zum Reden zu bringen.

»Sie lassen Ihre Tochter im Stich.« Es ist das erste, was Judith einfällt, und noch bevor die letzte Silbe verklingt, weiß sie, dass es so nie und nimmer funktionieren kann. Doch vielleicht irrt sie sich, denn Hannah Nungesser reagiert, als habe sie eine solche Anschuldigung erwartet, als habe sie sie schon tausendmal gehört. Geistesabwesend streichelt sie die sanfte Wölbung unter ihren Brüsten.

»Ja, das sieht alles so einfach aus, nicht wahr? Eine junge Witwe kriegt den Hals nicht voll, kurz vor den Wechseljahren gehen die Hormone mit ihr durch, sie verliebt sich, lässt sich schwängern und zu allem Überfluss schiebt sie die Tochter aus erster Ehe auch noch herzlos in einen Aschram ab.«

»War es nicht so?«

»Nein. Aber ich kann wohl nicht erwarten, dass Sie das verstehen.«

»Erklären Sie es mir.«

»Erklären.« Hannah Nungesser starrt eine Weile ins Leere und Judith nutzt die Zeit, sich unauffällig in dem Altbauzimmer umzusehen. Abgeschliffene Holzdielen, Billy-Regale mit Taschenbüchern, ein paar Kunstdrucke und Yucca-Palmen, das Ganze angereichert mit einigen wenigen schicken Designermöbelstücken – die typische Mischung bourgeois gewordener Alt-68er-Sympathisanten. Wieder einmal fällt ihr auf, wie ungeheuer konform die Menschen sich verhalten, obwohl sie in einer Gesellschaft leben, die unbegrenzte Möglichkeiten suggeriert. Hannah Nungesser steht auf und nimmt ein Foto von der Wand, das sie Judith reicht. Vater, Mutter, Kind lachen aus einem Strandkorb. Im ersten Moment glaubt Judith, in der Mutter Laura zu sehen, dann wird ihr klar, dass es eine jüngere Hannah Nungesser ist und Laura das etwa elfjährige Mädchen mit den sandigen Füßen.

»Ich war 23, als ich Robert kennen lernte und ziemlich bald schwanger wurde«, sagt Hannah Nungesser. »Ich wollte Schauspielerin werden, spielte erste kleine Rollen, jobbte in Kneipen, um das Geld für Schauspielstunden zusammenzubekommen. Robert studierte Geologie. Alle haben uns gesagt, lasst das Kind wegmachen, das kriegt ihr nicht hin. Aber wir wollten nicht, haben geheiratet und Laura kam auf die Welt.«

Hannah Nungesser hält kurz inne und tätschelt ihren Bauch. »Zum Glück. Und irgendwie haben wir es geschafft. Irgendwann war Laura aus dem Gröbsten raus und Robert hatte seinen Doktor, verdiente endlich Geld. Und trotz einiger Aufs und Abs liebten wir uns noch. Was die Schauspielerei betraf, war der Zug für mich natürlich abgefahren, aber durch Glück bekam ich ein Engagement als Souffleuse am Bonner Theater, einigermaßen gut bezahlt. Da arbeite ich auch heute noch.«

»Was ging schief?«

»Robert bekam die Chance, für einige Monate in Nordafrika zu kartieren. Ich habe es ihm gegönnt, natürlich. All die Jahre hatte er zurückgesteckt, für die Familie. Nun konnte er sich endlich im Gelände austoben. Er war doch Geologe. Und Laura war schon elf.« Sie starrt einen Moment ins Leere, bevor sie weiterspricht. »Ich konnte ja nicht ahnen, dass er nie mehr zurückkommen würde.«

Als wolle sie sich so in die Realität zurückholen, dreht Hannah Nungesser energisch eine dunkle Haarsträhne um den Zeigefinger, mustert sie einen Moment, bevor sie die Hand wieder auf ihren Bauch sinken lässt und Judith direkt in die Augen sieht.

»Haben Sie schon einmal jemanden verloren, den Sie geliebt haben?«

Das ist es also, was ich gefürchtet habe, was ich gespürt

habe, als ich diese Wohnung betrat, denkt Judith. Das ist der Kern dieser Ermittlungen, das Auge des Taifuns, die Quelle meiner Albträume. Ein Teil von ihr ist noch verwundert, wie sie das hatte ahnen können – irgendetwas in den Augen des Mädchens, eine Art Verlust –, aber die jahrelang geschulte, einst hochgelobte Kommissarin, die sie ebenfalls ist, antwortet schon, erstaunlich klar, erstaunlich ruhig. Reagiert auf den Schmerz, den sie in Hannah Nungessers Augen liest, den auch ihre 17-jährige Tochter in sich trägt. Reagiert darauf mit absoluter Ehrlichkeit, weil eine Ermittlung, die sich dem Ende zuneigt, nichts anderes ist als der intime Dialog mit einem guten Freund. Ein gleichwertiges Geben und Nehmen, in dem es keine Ausflüchte gibt.

»Ich habe meinen besten Freund verloren. Patrick. Er wurde bei einem Einsatz erschossen, als er mich vertrat.«

Hannah Nungesser mustert sie aufmerksam. »Wie entsetzlich für Sie, wie traurig.«

»Es ist schon zwei Jahre her. Aber es tut immer noch sehr weh. Ich mache mir große Vorwürfe.« Judith zwingt sich, Hannah Nungessers Blick nicht auszuweichen. Das Bild des Gehängten taucht vor ihr auf. Heiner von Stettens Worte. Sich ausliefern. Sich hingeben.

»Ja. Natürlich tun Sie das.« Hannah Nungessers Stimme ist jetzt sehr leise, immer noch sieht sie Judith unverwandt an, immer noch hält Judith diesen forschenden Bernsteinaugen stand. Sie tastet sich vor in dem Tunnel, der sie umfängt, sieht noch kein Licht, bewegt sich trotzdem immer weiter, verlässt sich dabei vollkommen auf ihr Gefühl.

»Wie Sie.«

Beinahe unmerklich zuckt Hannah Nungesser zusammen.

»Wie ich.« Sie setzt sich ein winziges bisschen gerader in den Sessel, als ob sie sich innerlich wappnen wolle, für das, was sie als Nächstes sagen möchte.

»Ich habe mir in den vergangenen sechs Jahren sehr oft gewünscht, dass Robert tot ist.«

»Aber er ist doch ...?«

»Tot. Ja. Ich habe ihn vor ein paar Wochen für tot erklären lassen.« Wieder streichelt Hannah Nungesser ihren Bauch.

»Auch das weiß Laura noch nicht, und wenn sie es wüsste, würde sie mich noch mehr hassen, als sie es ohnehin schon tut. Und wer weiß, vielleicht hat sie Recht. Sie sehen also, mit Schuldgefühlen kenne ich mich aus.«

Hannah Nungesser trinkt einen Schluck Kirschsaft, dann konzentriert sie ihren Blick wieder auf Judith.

»Aller Wahrscheinlichkeit nach ist Robert tot – aber einen Beweis dafür gibt es nicht. Vor sechs Jahren ist er in der Sahara verschollen. Das Flugzeug haben sie bis heute nicht gefunden. Am Abend zuvor hatten wir noch telefoniert, Laura und ich sollten ihn besuchen, er wollte uns die Wüste zeigen. Am nächsten Morgen ist er mit seinem Kollegen in diese Piper gestiegen und that's it. Seitdem gibt es nicht die kleinste Spur von ihm.

Und glauben Sie mir, das ist noch schlimmer als ein Tod. Die Hoffnung, die Fragen, das Warten. Irgendwann beginnt man zu trauern und schämt sich doch gleichzeitig dafür, weil man ja vielleicht aufgibt, nicht genug Vertrauen hat, nicht genug betet und glaubt.«

Sie holt tief Luft und sammelt sich einen Augenblick. »Seitdem ist kein Tag vergangen, der nicht von dieser Ungewissheit überschattet war. Und als Tage zu Monaten und Jahren wurden, habe ich mir manchmal gewünscht, Robert wäre tot, habe gehofft, es gäbe irgendein kleines Zeichen, und wenn es nur ein Hemdknopf wäre, damit ich ihn begraben könnte. Damit Laura und ich Abschied nehmen könnten.«

»Laura«, sagt Judith. »Für sie muss es ebenso hart gewesen sein.«

»Härter vielleicht. Sie war ja noch ein Kind, ein Papakind noch dazu. Mein Gott, wie hat sie Robert geliebt. Und kein Abend ist vergangen, an dem sie nicht gebetet hätte, dass ihr Papa wiederkommt. Sie wollte einfach nicht akzeptieren, dass er tot ist und deshalb nicht zurückkommen kann. Sie will das bis heute nicht akzeptieren. Trotzdem kamen wir klar. Roberts Eltern zahlten einen Gutteil des Kredits für diese Wohnung hier ab – Lebensversicherungen, Rentenansprüche etc., auf all das hatten wir ja keinen Zugriff, solange ich Robert nicht offiziell für tot erklären ließ. Ich arbeitete Vollzeit als Souffleuse, Geldsorgen hatten wir also keine. Und Laura war wunderbar. Sehr verletzt, aber sehr tapfer. Sehr selbstständig. Und immer hervorragend in der Schule.«

Hannah Nungesser lächelt. »Jedenfalls bis zur Oberstufe. Oder genauer gesagt, so lange, bis Andreas Wengert in ihr Leben trat.«

»Als Freund?«

»Zunächst als Lehrer. Sport und Englisch. Er war jung, sah gut aus, war lustig. Alle Mädchen waren von ihm begeistert und himmelten ihn an. Ich habe mir überhaupt nichts dabei gedacht, wenn Laura und ihre Freundinnen mir von ihm vorschwärmten. Er ging mit ihnen ins Kino, englischsprachige Filme gucken, lud sie danach in seine Villa ein, um darüber zu diskutieren. Er grillte Würstchen für sie und spielte ihnen was auf der Gitarre vor.«

»Ein echt cooler Typ.«

»Genau. Kennen Sie diesen Film, *Cast Away – Verschollen* mit Tom Hanks?«

»Ich bin nicht sicher.«

»Hanks spielt den einzigen Überlebenden eines Flugzeugcrashs in der Südsee, überlebt ein paar Jahre als Robinson auf einer Insel, wird gerettet und muss feststellen, dass seine Freundin inzwischen mit einem anderen eine Familie gegründet hat.« Hannah Nungesser lacht bitter. »Genau unser Thema also. Und Laura war vollkommen außer sich, als sie den Film gesehen hatte. Sie flippte völlig aus und schrie immer nur, dass ich ihren Vater nie, nie, niemals so verraten dürfe. Damals hatte ich Peter gerade kennen gelernt.« Hannah Nungesser streicht über ihren Bauch. »Himmel, ich war schließlich erst 40, hatte sechs Jahre auf einen Mann gewartet, der aller Wahrscheinlichkeit nach tot ist.«

»Aber Laura sah das anders. Und Andreas Wengert hat sie getröstet.«

Hannah Nungesser nickt. »Wie gesagt, sie war außer sich, verlangte, dass ich mich von Peter trennen soll. Von einem Tag auf den anderen waren wir mitten in einem Krieg. Dabei bin ich sicher, Robert hätte gewollt, dass ich mein Leben weiterlebe, mit allen Konsequenzen. Dass ich liebe. Und auch der arme Kerl in dem Film hat das so vertreten. Hat verstanden, dass seine Freundin nicht ewig auf ihn warten konnte, dass sie nicht aufhören durfte, ihr Leben zu leben. Das ist der Stoff, aus dem im Theater die großen Tragödien sind, man kann einfach nicht gewinnen.«

Sie hält inne und bringt ein zittriges Lächeln zustande. »Keine Ahnung, was nach dem Tod kommt, aber eines weiß ich sicher: Für die, die zurückbleiben, ist es allemal härter – und am allerschwersten ist es, sich zu erlauben, wieder glücklich zu sein.«

Irgendwo in der Wohnung tickt eine Uhr, pulsiert wie ein Herz, als wolle sie mit jedem Schlag die Bedeutung von Hannah Nungessers Worten unterstreichen, als zähle sie einen Countdown für Judiths Antwort. Sie räuspert sich.

»Ja, vielleicht.«

»Patrick war Ihr Freund. Ich bin sicher, er hätte gewollt, dass sie glücklich sind.«

»Ja.« Es tut weh, aber sie hält es aus, hält es tatsächlich aus, weil sie sich im nächsten Moment wieder auf Hannah Nungesser konzentriert, die Judiths Panik zu spüren scheint und hastig weiterspricht.

»Peter hat mir geholfen, die schwierige Zeit mit Laura durchzustehen. Bitte glauben Sie mir, dass ich meine Tochter liebe und niemals fortgeschickt hätte, wenn ich mir auf irgendeine andere Art zu helfen gewusst hätte. Aber sie musste fort aus dem Einflussbereich dieses Wengert ...«

»Was ja nicht geklappt hat.«

Hannah Nungesser seufzt. »Nein. Ich hätte das natürlich wissen müssen, sie nicht unterschätzen dürfen. Sie ist verdammt stur und zielstrebig, wie ihr Vater.«

»Ein junges Mädchen, ganz offensichtlich auf der Suche nach einem Vater also. Hatten Sie keine Angst, dass Laura, weit fort von Ihnen, in diesem Aschram vom Regen in die Traufe kommt?«

Hannah Nungessers Augen weiten sich. »Was wollen Sie damit sagen? Glauben Sie etwa, dass die dort meine Tochter ausnutzen? Das glaube ich einfach nicht. Der Sonnenhof ist keine Sekte, das weiß ich, die sind anständig dort. Ein bisschen New

Age, aber okay. Außerdem hat Christoph, der Bruder meiner besten Freundin, dort ein Auge auf Laura. Wir telefonieren regelmäßig miteinander.«

»Christoph Brandes? Vedanja?«

Hanna Nungesser nickt.

»Sind Sie sicher, dass Sie ihm vertrauen können?

»Sie meinen, dass er Laura verführen würde? Nein, das kann ich mir nicht vorstellen. Andrea, meine Freundin, sagt ...«

»Und wenn doch?«, sagt Judith leise. Hasst sich dafür und weiß doch, dass sie keine andere Möglichkeit hat.

Hilflos schüttelt Hannah Nungesser den Kopf. »Warum fragen Sie das? Ist etwas passiert?«

»Gestern haben meine Kollegen mit Ihrer Tochter gesprochen, aber ich glaube nicht, dass sie alles gesagt hat, was sie weiß. Ich glaube, dass Ihre Tochter etwas verschweigt und dass das, was sie verschweigt, der Schlüssel zur Lösung eines Doppelmordes ist.«

Alarmiert setzt Hannah Nungesser die Füße auf den Boden und lehnt sich vor. »Ist sie in Gefahr?«

»Soweit ich das beurteilen kann, nein.« Auch Judith lehnt sich ein Stück vor, bemüht, Hannah Nungessers Aufmerksamkeit nicht zu verlieren.

»Darshan Maria Klein. Eine junge Frau. Sagt Ihnen dieser Name etwas? Hat Laura ihn mal erwähnt?«

»Nein.«

»Und doch gibt es eine Gemeinsamkeit. Beide Mädchen lebten beziehungsweise leben noch im Sonnenhof. Und beide hatten den Vater verloren. Wer könnte ein Ersatzvater für Laura sein, von Andreas Wengert einmal abgesehen? Vedanja? Heiner von Stetten? Hat Ihre Tochter einmal etwas in der Richtung erwähnt?«

»Ich weiß es nicht.« Hannah Nungessers Stimme klingt gequält. »Ich weiß es wirklich nicht. Laura weigert sich, mit mir zu sprechen, seit sie im Sonnenhof lebt. Fragen Sie Christoph, Vedanja. Alles, was ich in den letzten Monaten über meine Tochter erfahren habe, weiß ich von ihm.«

❀❀❀

Christoph Brandes also ist ihr Mann. Ohne das übliche Gemurre und Gezaudere, ja geradezu diensteifrig, hat sich Staco-Steff gleich als erste Tat des Tages der Herkunft der beiden Laura-E-Mails gewidmet. Und das Ergebnis ist eindeutig: Hinter *dielau@gmx.de* verbirgt sich die Adresse *info@sonnenhof.de*, registriert von Christoph Vedanja Brandes. Während Manni an der Abzweigung zum Sonnenhof auf Hans Edling wartet, tupft er gedankenverloren Clearasil auf zwei fette Pickel, die über Nacht auf Stirn und Kinn erblüht sind. Pickel sind eine Art Berufskrankheit, die Folge von zu wenig Schlaf, zu viel Herumgesitze in verqualmten Räumen und zu viel Fastfood. Als Teenager hat Manni geglaubt, dass diese Pest jenseits der 20 erledigt sei, inzwischen weiß er, dass sich die Probleme eines Mannes nur vervielfältigen. Mehrere seiner Rheindorfer Kumpels sind noch keine 30 und haben nicht nur immer noch Pickel, sondern dazu noch rapide dünner werdendes Haar. Die Mär, dass viel Haarausfall auch viel Potenz bedeutet, tröstet sie nur sehr bedingt.

Das Funkgerät knistert und der Pickel über Mannis Augenbraue beginnt hektisch zu pochen. Millstätt. Der KK11-Leiter ist bestens gelaunt, weil die anderen beim Jennifer-Mord endlich Land sehen, trotzdem macht er Mannis Hoffnung auf einen Durchsuchungsbeschluss für den Sonnenhof zunichte. Vernehmungen verlangt er stattdessen, endlich ein Motiv, das einen plausiblen Zusammenhang zwischen beiden Opfern herstellt. E-Mail hin oder her, da gibt es nichts zu diskutieren, das muss Manni verstehen. Erst die fälschliche Verhaftung Juliane Wengerts, dann die sinnlose Filzerei im Forsthaus – der Staatsanwalt ist eben zögerlich geworden, man muss an die Presse denken, und akute Verdunklungsgefahr besteht ja wohl auch nicht. Schließlich hat der Täter alle Zeit der Welt gehabt, Beweise verschwinden zu lassen oder sich zu verdrücken, da kommt es auf ein paar Stunden mehr auch nicht an, Punkt.

Hans Edling lenkt seinen Wagen hinter ihn und betätigt die Lichthupe, schwungvoll nehmen sie den Serpentinenweg ins Schnellbachtal. Bevor das Gehöft vor ihnen auftaucht, schickt Manni ein schnelles Stoßgebet an den Big Boss im Himmel, dass die Krieger Wort gehalten hat. Aber ihr abgewrackter Passat ist nirgends zu sehen und unter dem verfrorenen Trüppchen Barfüßiger in Sportklamotten, die auf der Wiese unter Anleitung einer dürren Hennaroten ihre Körper in alle möglichen Richtungen recken, ist sie auch nicht. Und so lächelt Manni siegesgewiss, als sie sich kurze Zeit später mit Heiner von Stetten und dem rothaarigen Brandes um einen verschrammten runden Holztisch im Sonnenhof-Büro gruppiert haben.

»Bis jetzt haben Sie immer jegliche Verbindung zwischen dem Sonnenhof und dem Opfer Andreas Wengert geleugnet«, eröffnet er die Vernehmung. »Es gab aber doch eine.«

Heiner von Stetten nickt. »Laura.«

»Abgesehen von Laura.«

Keiner sagt etwas.

Manni wendet sich direkt an Brandes. »Ihr Name ist im Zusammenhang mit den Ermittlungen um den Tod von Darshan Maria Klein gefallen. Die Zeugin Diana Westermann hat Ihnen ein Mobiltelefon ausgehändigt. Es gehörte dieser Darshan. Sie wollten es an sie weiterleiten.«

Brandes mustert ihn aus blassen Augen, ohne mit den farblosen Wimpern zu zucken. »Ich habe ihre Adresse nicht gefunden. Da habe ich das Handy zu den Fundsachen gepackt. Nicht meine Schuld, dass es da nicht mehr ist.«

»Aber Sie waren mit Darshan befreundet.«

»Ich kannte sie.«

»Wie gut kannten Sie sie?«

Die wasserblauen Glupschaugen huschen zur Zimmerdecke und sofort wieder zurück zu Manni.

»So gut wie alle hier.«

»Sie hatten also kein intimes Verhältnis mit ihr?«

»Nein.«

»Und Sie, Herr von Stetten?«

»Dies ist ein Aschram. Wir sind keine 68er-Kommune.«

»Hatten Sie ein Verhältnis mit Darshan?«

»Natürlich nicht, nein.«

»Ich habe aber etwas anderes gehört.«

»Von wem?«

Ja, von wem? Das hat die Krieger leider nicht gesagt.

»Ich bin nicht verpflichtet, meine Quellen offen zu legen«, sagt Manni.

»Die Antwort ist nein«, sagt Heiner von Stetten.

»Eine Falschaussage ist strafbar.«

Der Psychologe kneift die Lippen zusammen. Zeit, einen anderen Trumpf auszuspielen, beschließt Manni.

»Herr Brandes, kannten Sie Andreas Wengert?«

»Wie ich schon sagte, nein.«

»Das ist schwer zu glauben, denn Sie haben ihm am 5. Oktober eine E-Mail geschickt.«

»Eine E-Mail?« Jetzt flattern die farblosen Wimpern doch ein bisschen. Heiner von Stetten wendet den kahlen Kopf und betrachtet seinen pädagogischen Leiter mit offenkundigem Erstaunen.

»Ich habe Andreas Wengert keine E-Mail geschickt«, sagt Brandes.

Manni lächelt. »Herr Brandes, es ist doch sinnlos, wenn Sie etwas leugnen, das wir beweisen können.«

Aber der Beweis ist so überzeugend nicht, wie Brandes und von Stetten schnell und eindrücklich demonstrieren. Weil nämlich die *info@sonnenhof.de-Adresse* theoretisch jedem im Sonnenhof zugänglich ist, der Zugang zum Büro hat. Jeder könnte also in Vedanjas Namen diese Laura-Adresse beantragt und die E-Mail an Andreas Wengert geschickt haben. Und das Gleiche gilt auch für das Darshan-Handy, wenn es das denn überhaupt gegeben hat. Wirklich jeder könnte es gestohlen haben – es gibt einfach keinen Beweis dafür, dass Vedanja schuldig ist, und nein, betont er ein ums andere Mal, er habe nichts mit Darshan gehabt.

»Haben Sie Feinde, Herr Brandes? Jemanden, der es darauf anlegen könnte, den Verdacht auf Sie zu lenken?«

Kopfschütteln.

»Wann haben Sie Darshan zum letzten Mal gesehen?«

Brandes sieht seinen Chef an. »Anfang Mai?« Von Stetten blättert in einem Kalender. »Wie gesagt, am sechsten Mai gab es diese Abschiedszeremonie für sie.«

»Hat jemand sie zum Flughafen nach Frankfurt gefahren – oder zumindest zu einem Bahnhof?«

Kopfschütteln, nein. »Darshan war sehr eigen, sehr auf Unabhängigkeit bedacht«, erklärt von Stetten mit einem feinen, nachsichtigem Lächeln, das Manni rasend macht. »Meistens ist sie per Anhalter gefahren.«

»Ihr Flugticket hat sie in einem Reisebüro in Wipperführt bar bezahlt«, sagt Hans Edling.

»Ja, und weiter?«

»Jemand hat ihr das Geld gegeben.«

»Sie hat gesagt, sie hatte es von einer Tante bekommen.«

»Sie hat keine Tante. Ich möchte gern einen Blick auf Ihre Kontobewegungen werfen.«

»Selbstverständlich, gerne. Haben Sie einen Durchsuchungsbefehl?«

Nur in meinen Träumen. Manni hofft, dass es ihm gelingt, seine Frustration zu verbergen. »Ein Mann aus Indien hat im Sonnenhof angerufen und nach Darshan gefragt. Ein Herr Chakrabarti. Irgendwelche Ideen, mit wem er gesprochen hat?«

Keine Ideen, nein. Beide lächeln wie die Ölgötzen.

»Also gut, befragen wir Laura noch einmal.« Manni merkt, wie gereizt seine Stimme klingt. Er kann es nicht ändern und es ist ihm egal.

»Nicht ohne ihre Mutter.« Die wasserblauen Augen von Christoph Brandes taxieren die Polizisten mit einem Ausdruck milden Mitleids, als seien sie besonders renitente Schüler. »Außerdem ist sie erkrankt.«

Sie stehen schon auf dem Parkplatz, als ein Kleinwagen des KK 11 in halsbrecherischem Tempo vom Serpentinenweg ins Tal brettert und auf sie zujagt. Hinter dem Lenkrad sitzt der Anfänger mit geröteten Wangen und betätigt die Lichthupe wie ein wildgewordener Autobahndrängler. Er hechtet aus dem Auto, schnappt nach Luft und beginnt zu sprechen, noch bevor Manni oder Hans Edling eine Frage stellen können.

»Dein Handy funktioniert nicht und der Scheißfunk auch nicht, Manni, da hab ich einfach Gummi gegeben, was die Kiste hergibt. Christoph Brandes hat eine Vorstrafe wegen gefährlicher Körperverletzung. Hat als junger Mann einen Kommilitonen niedergeschlagen, der ihm die Freundin ausgespannt hat. Also richtig niedergeschlagen, der wär fast krepiert.«

Auf Mannis Gesicht breitet sich ein fettes Grinsen aus. »Weiß Millstätt das schon?«

»Von dem soll ich schöne Grüße sagen und dir das hier geben.« Der Anfänger klappt seinen dürren Leib in den Wagen und taucht nach kurzer Zeit wieder mit einem Papier in der Hand auf, das er Manni entgegenstreckt. Manni faltet es auseinander und merkt, wie das fette Grinsen noch fetter wird. Ein Haftbefehl.

❊❊❊

Es ist dunkel. Die Stille, die sie umfängt, ist wie ein großes Atemanhalten. Sie ist allein. Ihr Kopf tut weh und ihr Hals brennt wie Feuer. Etwas liegt auf ihr, drückt sie nieder. Schwer. Ihre Lippen sind aufgesprungen. Sie leckt mit der Zunge darüber, schmeckt Salz und etwas anderes, bitteres. Auf einmal hat sie unwahrscheinlichen Durst. Also ist sie wohl nicht tot. Aber wo ist sie, was ist mit ihr passiert? Alles, woran sie sich erinnert, ist ein überwältigendes Gefühl von Angst. Die Erinnerung daran verstärkt die quälenden Stiche hinter ihrer Stirn. Jemand hat sie getragen. Jemand hat zu ihr gesprochen, und das hat ihr noch mehr Angst gemacht. Ganz vorsichtig dreht Laura den Kopf zur Seite. Ein Lichtstrahl. Sehr schmal, wie zufällig durch eine Bretterwand gepresst. Jetzt ist er wieder weg. Sie schließt die Augen, wimmert, öffnet sie wieder. Ganz langsam wird die Dunkelheit zu grauen Konturen. Kein Fenster. Enge. Wände, sehr nah, viel zu nah. Eine eckige Erhebung neben ihr, vielleicht eine Bank. Ihr Unterbewusstsein weiß, dass sie schon einmal hier war, aber sie kann sich nicht erinnern, wann. Da ist der Lichtstrahl wieder. Fällt auf etwas, das glänzt. Ein Glas. Wasser, denkt Laura, ganz nah, auf der Bank, und das hilft ihr, sich auf die Seite zu wälzen.

Das Gewicht auf ihr ist weich und gibt nach. Decken, erkennt sie. Sie streckt die Hand nach dem Glas aus und schaudert. Die Luft ist eisig und steht still, als läge sie in einem Sarg. Knarren. Der Lichtstrahl tanzt von dem Glas weg und wieder darauf zu, als ob sich etwas zwischen seinen Ursprung und den Verschlag, in dem Laura liegt, schiebt. Sie erstarrt, horcht angestrengt. Etwas knarrt, etwas rauscht. Es ist kein menschliches Geräusch. Äste, die sich im Wind bewegen, Baumstämme, Wald, denkt Laura. Ich bin im Wald. Niemand hört mich, niemand sieht mich, niemand wird mich finden. Zitternd greift sie nach dem Glas. Es dauert lange, bis sie es erreicht, und zum Trinken muss sie es mit beiden Händen fassen, so schwach ist sie. Das Wasser schmeckt metallisch, bitter wie ihre Lippen. Sie trinkt trotzdem einen großen Schluck. Sofort wird das Glas unerträglich schwer in ihrer Hand. Sie will noch weitertrinken, denn ihr Durst ist noch lange nicht gelöscht, aber ihre Arme brennen jetzt und zittern immer stärker, sie kann das Glas nicht mehr halten, will es zurück auf die Bank stellen, aber stattdessen gleitet es zwischen ihren Fingern durch und zerbricht, und dann geben auch Lauras Arme nach, knicken einfach unter ihr weg, als seien sie aus Gummi. Ich muss hier weg, denkt Laura, ich darf nicht wieder einschlafen, und für einen Moment ist die Panik wieder da, peitscht durch ihren Körper, ein heißer Strom. Dann wird alles schwarz und sie weiß, dass sie verloren hat.

※※※

Sie will mit Laura sprechen, sie muss mit Laura sprechen. Jetzt, nach allem, was sie von Hannah Nungesser erfahren hat, ist sie sicher, dass es ihr gelingt, das Vertrauen des Mädchens zu gewinnen. Und wenn sie Lauras Vertrauen gewonnen hat, kann sie diesen Fall lösen. Judith ruft Manni an, sobald sie sich von Hannah Nungesser verabschiedet hat. Er ist blendend gelaunt und siegesgewiss und bringt sie im Telegrammstil auf den neuesten Stand. Sie haben Vedanja verhaftet und vernehmen ihn in der Polizeiwache von Hans Edling. Vedanja hat eine Vorstrafe wegen schwerer Körperverletzung und ist offenkundig nervös. Es müsste mit dem Teufel zugehen, wenn sie ihn nicht knacken können, sagt Manni.

»Gut«, sagt Judith. »Sehr gut. Eifersucht als Tatmotiv. Das deckt sich einigermaßen mit dem, was Lauras Mutter sagt, und dem, was ich selbst beobachtet habe. Er hatte ein Auge auf Laura und hat diesen Job offenbar sehr ernst genommen. Er hat das Mädchen regelrecht bewacht, wollte etwas von ihr. Vielleicht ist Andreas Wengert ihm in die Quere gekommen, also hat Vedanja ihn ins Schnellbachtal gelockt und getötet – genau dort, wo er und Laura sich heimlich trafen. Aber was ist mit seiner Verbindung zu Darshan?«

»Vielleicht hatte er was mit ihr. Dann wollte sie nach Indien, ihn verlassen – sie haben gestritten und dabei ist sie unglücklich gestürzt«, sagt Manni und sie kann seiner Stimme anhören, dass er die Tragweite seiner Äußerung gerade erst begreift. Das ist es endlich, könnte es sein. Die Verbindung zwischen beiden Opfern. Der Zusammenhang, den sie so lange gesucht haben.

»Ich muss mit Laura sprechen«, sagt Judith. »Sie muss mir sagen, was sie über Vedanja weiß.«

»Sie ist krank, sagen sie. Und ohne La Mamma ist das verboten.«

»Kein offizielles Verhör.«

Schweigen.

»Sie weiß etwas, etwas Entscheidendes. Komm schon, Manni.«

»Aber ich weiß von nix, okay?«

Mehr braucht sie nicht, sie gibt Gas, einen Moment lang zuversichtlich und entschlossen wie früher, eine Siegerin, die ihren Passat über den Asphalt tanzen lässt. Doch als sie den Sonnenhof erreicht hat, ist das Gefühl aus ihrem Albtraum wieder da. Das Entsetzen, zu spät zu kommen. Die atemlose Bedingungslosigkeit, mit der sie einer sich immer mehr beschleunigenden Jagd ausgeliefert ist und trotzdem nicht gewinnen kann. Das Gras im Schnellbachtal ist schon winterlich fahl, schwere Wolken kleben am durchsichtig schwefelgelben Himmel, die Gebäude des Aschrams liegen wie ausgestorben da. Unwirklichkeit, ein aus der Zeitrechnung gefallenes Szenario. Auch das erinnert sie an ihren Traum, und das Gefühl der Dringlichkeit nimmt zu. *Sie passen doch auf Laura auf*, hat Hannah Nungesser zum Abschied gebeten, und ohne zu zögern hat Judith das versprochen. Aber was ist, wenn sie versagt? Was ist, wenn sie das Vertrauen des Mädchens nicht gewinnen kann? Das Wissen, dass mit Vedanja einer der Hauptverdächtigen vorläufig aus dem Verkehr gezogen ist, beruhigt sie nicht, kann sie nicht beruhigen, solange er nicht gestanden hat. Das ist das alte Dilemma: Jeder Ermittlungsfehler gibt dem wahren Täter Zeit, Spuren zu verwischen, zu fliehen oder, schlimmstenfalls, erneut zu töten. Und doch muss man Fehler als notwendiges Übel jeglichen Handelns in Kauf nehmen.

Sie steigt aus und atmet die frische kalte Luft des Tals in gierigen Zügen. Wer, wenn nicht Vedanja, kommt als Täter in Frage? Heiner von Stetten? Hatte er wirklich eine Affäre mit Darshan? Aber selbst wenn das so ist, deutet nichts, was Judith in den letzten Tagen beobachtet hat, darauf hin, dass er auch eine enge Verbindung zu Laura oder Andreas Wengert hatte. Sie läuft auf das Gästehaus zu, in dem Lauras Zimmer ist, aber sie kommt nicht weit. Wie aus dem Boden gewachsen steht Heiner von Stetten vor ihr. Er muss sie gesehen und ihr durch die Gartentür von seinem Zimmer im Haupthaus den Weg abgeschnitten haben.

»Dein Gepäck ist an der Rezeption, Schwertkönigin.«

»Ich möchte gern mit Laura sprechen.«

Der Sonnenhofleiter umfasst ihren Oberarm mit sanftem Druck. »Sie ist krank, Schwertkönigin. Sie will niemanden sehen.«

Judith unterdrückt einen Fluch. Ihre Chance, den Weg gegen den Willen des stämmigen Psychologen fortzusetzen, ist gleich null. »Ich finde, das sollte Laura mir selbst sagen. Ich war bei ihrer Mutter und soll sie grüßen.«

»Du hast kein Recht, hier einzudringen.« Mit sanftem Druck lotst Heiner von Stetten sie in sein Beratungszimmer, wo die Fische wie gewohnt an der Aquariumsscheibe auf und ab schwimmen und ein Räucherstäbchen vor sich hin glimmt. Hier endlich lässt er sie los.

»Ich dachte, ich wäre hier Gast und könnte mich frei bewegen.«

»Als Judith Krieger, ja. Nicht aber als Kommissarin.«

»Ich bin als Judith Krieger hier.«

Der Sonnenhofleiter neigt den kahlen Schädel ein wenig zur Seite, wie ein Adler, bevor er sein Beutetier zerlegt.

»Ich möchte zu Laura.«

»Sie ist krank, Schwertkönigin.«

Das Gefühl, keine Luft zu bekommen, wird stärker. Sie darf nicht nachgeben, darf sich nicht abwimmeln lassen. Aber sie hat keine Dienstmarke, keine Waffe, keine Macht. Der einzige Trick, der ihr einfällt, ist, an Heiner von Stettens Eitelkeit zu appellieren, ihn so zum Reden zu bringen. Ein alter, fader Trick.

»Ich habe Lauras Mutter besucht. Sie sagt, ihre Tochter sei auf der Suche nach einem Vaterersatz. So war sie leichte Beute für einen allseits bewunderten, gut aussehenden Lehrer.«

»Andreas Wengert.«

»Und hier im Sonnenhof? Wer ist hier ihr Vaterersatz? Vedanja? Oder du?«

»Ich dachte, du bist nicht als Kommissarin hier.«

»Ich werde nicht gehen, bevor ich mit Laura gesprochen habe.«

»Warum so stur, Schwertkönigin?« Sein Mund lächelt ein kaltes Lächeln.

»Weil es um die Wahrheit geht.«

»Die Wahrheit?« Jetzt lächelt er nicht mehr, sondern sieht sie aufmerksam an.

»Die Wahrheit dahinter, hinter den Masken. Die Wahrheit, mit der jeder Einzelne leben muss, die Wahrheit, die ich brauche, um ins Innerste dieser Mordermittlung zu gelangen, nämlich zum Motiv des Täters.«

Offenbar scheint ihm das zu gefallen. Er lädt sie mit einer Armbewegung ein, sich zu setzen, aber sie schüttelt den Kopf, denn wenn sie erst wieder mit ihm auf den Bodenkissen hockt, wird er sie in ihre eigenen Abgründe führen und dann wird sie die Kontrolle über dieses Gespräch verlieren, wie all die Male zuvor. Und genau das darf ihr nicht nochmal passieren. Kristallklar blitzt für den Bruchteil einer Sekunde ihr Traumbild auf, die Jagd über die Ebene, tief geduckt auf dem weißen Pferd. Das Pferd ist dein Instinkt, ein Teil deiner selbst, hat Heiner von Stetten in einer ihrer Sitzungen gesagt, und vielleicht hat er damit Recht. Sie sucht seinen Blick und glaubt noch etwas anderes in seinen dunklen Augen zu lesen als belustigte Distanz, vielleicht sogar einen Anflug von Angst.

»Wahrheiten also.« Ihre Stimme füllt den Raum, ruhig und

klar. »Ich muss akzeptieren, dass Patrick tot ist und dass ich daran keine Schuld trage. Das ist es doch, was du mir sagen wolltest, nicht wahr?«

»Unter anderem, ja.«

»Laura muss akzeptieren, dass ihr Vater nicht mehr wiederkommt.«

Ein unmerkliches Nicken.

»Ich frage mich, was Darshans Wahrheit ist. Wer sie wirklich war, hinter dieser fröhlichen, unnahbaren Fassade, die alle als Erstes beschreiben, wenn sie von ihr sprechen. Ich frage mich, wovor Darshan weggelaufen ist. Welche Wahrheit sie nicht sehen wollte.«

Heiner von Stettens Gesicht bleibt vollkommen ruhig. »Wer sagt dir, dass sie vor etwas weggelaufen ist?«

»Ist sie das denn nicht?«

»Ich weiß es nicht.«

»Du hattest ein Verhältnis mit ihr.«

»Das ist ...«

»Es gibt Zeugen.«

Heiner von Stetten kneift die Augen zu schmalen Schlitzen zusammen. »Du brichst unsere Verabredung, Schwertkönigin. Ist das deiner wirklich würdig? Wir haben dich hier aufgenommen, um dir zu helfen. Nun sitzt du hier, drohst mir und beleidigst mich.«

»Darshan ist einen grausamen, schrecklichen Tod gestorben. Einer deiner Mitarbeiter ist deshalb verhaftet worden. Selbst wenn du mit Darshan keine Affäre gehabt hättest, kann dir das doch nicht egal sein.«

Der Sonnenhofleiter schweigt.

»Du bist Psychologe, der Leiter des Aschrams. Du hast mir meine Wahrheiten sehr schnell und sehr direkt vor Augen geführt. Du musst mehr über Darshan und ihre Beziehungen wissen, als du meinen Kollegen gesagt hast.« Sie macht eine kleine Pause. »Ich könnte natürlich verstehen, wenn du nicht gegen deine Frau aussagen willst.«

»Beate hat nichts damit zu tun.«

»Die gehörnte Ehefrau? Wer hätte ein besseres Motiv als sie?«

Er funkelt sie an. Wutentbrannt. »Zum letzten Mal: Du missbrauchst unser Vertrauen, Judith. Ich möchte, dass du jetzt gehst.«

»Nein, das werde ich nicht. Erst will ich wissen, was du über Darshan sagen kannst. Und über Vedanja. Und dann will ich mit Laura sprechen.«

»Du hast kein Recht ...«

»Du hattest ein Verhältnis mit Darshan, deine Frau hat davon erfahren, es gab eine Ehekrise, die immer noch andauert. Und Darshan, die nicht einmal ein Konto besaß, hatte plötzlich Geld genug, um nach Indien zu fliegen. Aber am Tag ihrer Abreise wurde sie ermordet. Sag mir, wen ich verdächtigen soll, wenn nicht dich oder deine Frau?«

Sie kann seine Wut beinahe physisch spüren, eine Welle heißer Energie.

»Ich habe Darshan nicht umgebracht und Beate war es auch nicht.«

»Und Vedanja?«

Heiner von Stetten schweigt.

»Sie hat noch gelebt, als sie in diesem Schlammloch ertränkt wurde, der Rechtsmediziner ist sich sicher«, sagt Judith leise.

»Ich habe ihr das Geld gegeben!« Beate von Stetten tritt durch die Gartentür in das Zimmer, ohne ihren Mann eines Blickes zu würdigen. Sie geht zu dem kleinen Altar mit dem Elefantengott und deutet eine Verneigung an. Dann stellt sie sich mit sehr geradem Rücken vor Judith, eine strenge Mutter, die beschlossen hat, den Launen ihres Kindes nachzugeben. »Aber ich habe sie nicht umgebracht.«

Heiner von Stetten will etwas sagen, aber seine Frau, die auf einmal gar nicht mehr verhuscht, sondern kräftiger wirkt, als Judith dies je für möglich gehalten hätte, bringt ihn mit einer herrischen Handbewegung zum Schweigen.

»Mein Mann ist ein großartiger Psychologe und wunderbarer Yogalehrer. Sehr hellsichtig, sehr spirituell. Er hat nur eine einzige Schwäche: Er kann schlecht nein sagen.« Beate von Stetten mustert Judith mit einem feindseligen Blick. »Deshalb hat er Sie ja auch hier aufgenommen, obwohl doch klar war, dass Sie nur rumspionieren wollten.«

»Ich war verzweifelt, er hat mir wirklich ...«

»Sparen Sie sich die Lobhudelei.« Ein dünnes Lächeln. »Nicht nur zu Ihnen war er zu großzügig, auch zu gewissen jungen Frauen, die keine Grenzen kennen, ihn anhimmelten, ihren großen Guru.«

»Wie Darshan.«

Beate von Stetten nickt. »Darshan. Sie war durch ihre Jugend und das Leben auf der Straße extrem ausgehungert und kompensierte das, indem sie immer noch mehr wollte. Aufmerksamkeit, Sex, Unterricht, Spaß – sie war ganz einfach maßlos. Nicht zu bändigen. Und sehr attraktiv.«

Beate von Stetten streicht sich eine tomatenrote Haarsträhne aus dem Gesicht, bevor sie weiterspricht. »Dieser Aschram hier ist unser Lebenstraum und unser Zuhause. Ein Ort des Friedens und der Meditation, unser Retreat aus einer Welt, die immer mehr durchdreht. Früher, als wir noch in der Stadt lebten, ist Heiner hin und wieder den erotischen Reizen seiner Klientinnen erlegen, und ich habe ihm das verziehen, weil er, wie gesagt, trotz dieser kleinen Schwäche ein wunderbarer Mensch und Lehrer ist. Und meine Geduld hat sich gelohnt. Seit wir hier lebten schien das Thema erledigt zu sein. Bis Darshan zu uns stieß. Sie hatte etwas an sich, das Männer einfach wild macht. Also musste ich handeln, ich konnte doch nicht zulassen, dass sie unseren Lebenstraum zerstört.«

»Also gaben Sie ihr Geld, damit sie verschwindet?«

»Ihr großes Ziel war Indien. Sie war, bei all ihren Schwächen, äußerst spirituell und sehr begabt und ernsthaft, was Yoga anging. Sie hat nicht eine Sekunde gezögert, das Geld genommen und ein Ticket gekauft.«

»Und Sie hatten keine Ahnung, dass sie nie in Indien angekommen ist?«

»Ich hatte keinen Grund, mich darum zu kümmern. Sie war nicht mehr hier. Das hat mir gereicht.«

»Ich hatte keine Ahnung, dass meine Frau dahinter steckt«, sagt Heiner von Stetten. »Darshan hat gesagt, sie hätte das Geld von einer Tante.«

»Und wollten Sie sie von ihrer Indienreise abhalten?«

Der Psychologe schüttelt den Kopf. »So innig war unser Verhältnis nicht. Ich war, ehrlich gesagt, erleichtert, denn Beate hat Recht: Darshan brachte unser Lebensgefüge wirklich ziemlich durcheinander.«

»Und Vedanja? Auch er stand ihr nahe.«

»Mag sein. Aber er ist kein Mörder, auf keinen Fall ist er das.«

»Er hat eine Vorstrafe wegen Körperverletzung.«

»Die längst verjährt ist.«

»Hatte Vedanja ein Verhältnis mit Darshan?«

Heiner von Stetten seufzt. »Ich weiß es nicht. Vielleicht. Aber wenn es so war, konnte das nicht lange gut gehen. Darshan war wirklich sehr ... freizügig, sehr ... leicht. Sie hat viel und gern gelacht und ihre Unabhängigkeit war ihr heilig. Sie nahm sich, was sie brauchte, sie kam, sie ging, in ihrem eigenen Rhythmus. Sie hielt nicht viel von Konventionen oder Treue, daraus hat sie nie einen Hehl gemacht.«

»Und Vedanja? Oder wen hat sie sonst noch ›wild gemacht‹?«

»Vedanja ist jemand, der Sicherheit braucht. Sehr beständig, sehr sensibel. Ich bin sicher, Darshan hat weder ihn noch jemand anderen nah genug an sich herangelassen, als dass sich daraus Liebe oder gar ein Mordmotiv hätte entwickeln können.«

»Das ist doch lächerlich und das sollten Sie als Psychologe wissen. In meinen Augen ist das geradezu ein klassisches Motiv. Ein Mann will mehr von einer Frau, als sie ihm geben möchte. Er bedrängt sie immer mehr, und wenn sie schließlich abhauen will, bringt er sie um. In der Presse steht dann: Familiendrama, Mord aus Eifersucht oder Verzweiflungstat aus Liebe.« Judiths Stimme klingt hart, sie fühlt, wie das Blut in ihren Schläfen pocht. »Als ob Mord und Liebe jemals vereinbar wären.«

»Ich glaube, Vedanja war nicht ihr Typ«, sagt Beate von Stetten.

Rote Haare, käsige Haut, wässrige Glupschaugen – Judith merkt, wie sich ihr Puls beschleunigt. Vedanja ist kein Frauentyp, da hat Beate von Stetten Recht. Aber hat auch er selbst das so gesehen, oder musste Darshan sterben, weil sie ihn verschmähte? Und was ist mit Laura? Ihre Körpersprache schien eindeutig zu signalisieren, dass ihr Vedanjas Aufmerksamkeit lästig war. Auf einmal fühlt sich Judith zu Tode erschöpft. Als hätte sie einen Marathon absolviert, nur um im Ziel festzustellen, dass jemand vergessen hat, die Zeit zu stoppen, so dass sie gleich noch einmal loslaufen muss.

»Wer war denn ‚Darshans Typ'?«, fragt sie im selben Moment, als das Telefon auf Heiner von Stettens Schreibtisch zu klingeln beginnt. Der Psychologe hypnotisiert seine Fische, während er den Hörer ans Ohr presst und zuhört.

»Also gut, Schwertkönigin«, sagt er, als er das Gespräch beendet hat. »Das war Lauras Mutter, die sich Sorgen macht, weil sie an unserer Rezeption erfahren hat, dass Vedanja verhaftet worden ist. Ich habe ihr versprochen, dass ich jetzt sofort nach ihrer Tochter sehen werde.«

Vom Tag ist nur noch ein hellgrüner Lichtstreifen unter grauen Wolkendecken übrig geblieben, als sie auf die Wiese treten, die Fenster des Gästehauses sind dunkle Höhlen. Wieder greift die atemlose Angst aus ihrem Albtraum so heftig nach Judith, dass es wehtut. Heiner von Stetten hingegen hat es nicht eilig. Er summt ein Mantra, während er aufreizend langsam die Holztreppe zum Gästehaus hinaufsteigt, an Lauras Tür klopft, wartet und noch einmal klopft. Endlich drückt er die Klinke herunter und schaltet das Licht an. Das Zimmer ist leer.

»Wo ist sie?« Judith drängt sich an ihm vorbei.

Sichtlich verwirrt schüttelt der Psychologe den Kopf. »Ich verstehe das nicht. Vedanja hat doch gesagt, dass sie krank ist. Dass er ihr noch Tee gebracht hat …«

»Wann war das?«

»Weiß ich nicht mehr. Heute Mittag? Vielleicht ist sie nebenan.« Er beginnt Türen zu öffnen und den Namen des Mädchens zu rufen. Judith packt ihn am Arm.

»Wann haben Sie Laura zum letzten Mal gesehen?«

Er fährt sich mit den Fingern über die Glatze. »Ich weiß es nicht. Gestern. Sie war heute nicht bei der Meditation. Ich dachte einfach …«

»Trommeln Sie sofort Ihre Leute zusammen.« Die Angst ist

heißes Blei in Judiths Magen. Sie müssen den Sonnenhof durchsuchen. Und den Wald. Sie müssen Vedanja zum Reden bringen. Absurderweise fällt ihr ein, dass sie außer einem Croissant den ganzen Tag nichts gegessen hat. Als ob es darum jetzt ginge. Sie reißt ihr Handy aus der Manteltasche und flucht. Kein Empfang. Sie braucht ein Telefon. Sie beginnt zu rennen, stolpert, fängt sich. Heiner von Stetten bleibt ihr dicht auf den Fersen. Sie erreicht sein Büro, reißt den Hörer von der Gabel, ohne die protestierende Beate von Stetten zu beachten.

»Ich will, dass keiner den Sonnenhof verlässt. Ich will, dass sich alle sofort oben im Yogaraum versammeln. Wenn es sein muss, werde ich persönlich jeden Winkel des Aschrams nach Laura durchsuchen.« Sie schreit den von Stettens ihre Befehle entgegen, während sie darauf wartet, dass Manni sich meldet.

Sie ist eine Jägerin, eine Amazone, zielgerichtet und effektiv bis in die kleinste Faser ihres Körpers. Nur ihre Angst lässt sich nicht abschalten. Die dunkle Ahnung, nicht mehr genügend Zeit zu haben, um Laura Nungesser vor einem Mörder zu retten, der keine Gnade kennt.

※※※

Es ist dunkel und sie ist allein. Sie hat einen üblen Geschmack im Mund und in ihrem Kopf hämmert der Schmerz. Die Erinnerung kommt ungebeten, in grellen, gehetzten Bildern, wie im Stroboskoplicht einer Diskothek. Sie ist gerannt. Jemand hat sie getragen und zu ihr gesprochen und sie mit namenloser Panik erfüllt. Jey, ihr Geliebter. Warum? Das nächste Bild ist ein Lichtstrahl, das Flüstern der Bäume, beständiges Knarren. Eine Bank, ein Glas mit bitterem Wasser, das ihr aus der Hand gerutscht ist. Wasser. Durst. Mühsam arbeitet Laura sich unter dem Deckenberg hervor. Sie ertastet etwas Hartes neben sich. Bretter, eine Wand aus Brettern. Sie lehnt sich mit dem Rücken dagegen. Schweiß strömt in Bächen über ihren Körper. Warum ist sie so schwach? Das Bedürfnis, sich einfach wieder auf das Matratzenlager fallen zu lassen und wegzudämmern, ist überwältigend, aber noch größer ist ihre Angst. *Du bist mein, nie mehr lass ich dich los*, hat er geflüstert. *Du entkommst mir nicht.* Aber sie will nicht seine Gefangene sein.

Sie ist ein Maulwurf. Zentimeter für Zentimeter erkunden ihre Hände ihr Gefängnis. Bretterwände, viel zu nah, Bank, Glasscherben und Nässe, eine Hakenleiste, ein Tuch an der Wand, eine Vertiefung dahinter, etwas steht darauf. Eine Kerze. Die Hoffnung auf Licht jagt ihr neue Hitzeschauer durch den Körper. Es dauert ewig, bis sie ihre Kleidung findet, halb vergraben unter den Decken. Kein Feuerzeug, die Taschen ihrer Fleecejacke sind leer. Aber in der Innentasche ihrer Jeans steckt noch ein Streichholzbriefchen – das hat er also nicht gefunden. Lauras Hände zittern so stark, dass es ihr erst im dritten Versuch gelingt, die Kerze zu entzünden.

Augenblicklich erkennt sie, wo sie ist. Jey hat sie schon einmal hierher gebracht, ganz zu Anfang, als ein Gewitter sie im Wald überrascht hatte. Ein alter Hochsitz, den er mit Brettern zum Baumhaus verschlossen hat. Verborgen in der Krone einer Buche, weit weg von allen Wegen. Mein Nest, mein Heiligtum, hat er gesagt. Niemand darf hier sein ohne mich. Er hat das Vorhängeschloss sorgfältig abgesperrt, bevor sie nach ihrer Pause die Leiter wieder heruntergeklettert sind. Damals hat Laura das romantisch gefunden, aufregend, jetzt erfüllt es sie mit Angst. Wenn niemand ohne ihn hier sein darf, warum hat er sie hier allein gelassen? Und was geschieht, wenn er zurückkommt? Oder kommt er nicht zurück und lässt sie hier einfach sterben?

Die Tür gibt keinen Zentimeter nach. Daneben sind Schattenrissbilder an die Wand gemalt. Er. Und eine Frau, lebensgroß im Profil. Sehr schön, sehr schlank, den Kopf in den Nacken geworfen, dass ihre Brüste sich heben und die langen Zöpfe wild über ihren Rücken tanzen. Das ist niemand, das ist nur ein Traum, Laura, hat Jey damals gesagt, als er merkte, dass sie den Blick nicht von der Frau lösen konnte. Laura stellt die Kerze auf den Tisch und steht auf. Sofort springt ihr eigener Schatten neben die Frau. Sie hätte das damals schon erkennen können, warum war sie so naiv? Dieses Wandbild ist kein Traum, er hat es nur malen können, weil die Frau, der der Schatten gehört, hier mit ihm in seinem Heiligtum war. Wer ist diese Frau? Und was ist mit ihr passiert?

Alles in Laura schreit nach Flucht. Sie wirft sich gegen die Tür und verliert das Gleichgewicht, tritt mit der nackten Ferse in eine Scherbe. Es tut höllisch weh und blutet. Stark. Sie reißt das Tuch von der Wand, wickelt es um die Wunde. Beinahe sofort ist es durchweicht. Tränen laufen ihr über die Wangen. Warum hat sie nicht aufgepasst? Warum macht sie immer alles falsch? Plötzlich ist die Erinnerung wieder da an jenen glücklichen Nachmittag im Regen, den sie hier mit Jey verbrachte. Immer wieder musste sie die Augen schließen und dann hat er Dinge für sie herbeigezaubert. Wein, Nüsse, Trockenobst, Räucherstäbchen, Massageöl. Er hat nicht gemerkt, dass sie geschummelt und ihn doch beobachtet hat. Laura fegt die Scherben beiseite und kniet sich auf den Boden. Vorsichtig betastet sie die Seitenwand der Bank und findet die fingerspitzengroße Vertiefung. Sie steckt den Finger hinein, drückt, und die Sitzfläche schwingt auf.

Kein Wein, keine Nahrung, sondern ein Motorradhelm und eine schwarze Lederjacke liegen im Inneren. Andis Helm, Andis Jacke. Warum hat sie ihn betrogen? Warum musste er sterben? Wer hat ihn in ihrem Namen mit einer E-Mail in den Tod gelockt? Zitternd presst Laura die Jacke an ihre Brust.

Es dauert lange, bis sie es wagt, noch einmal ins Innere der Sitzbank zu gucken. Noch etwas liegt darin, etwas, das vielleicht ihre Rettung ist. Ein Handy. Aber sosehr sie es auch probiert, es lässt sich nicht zum Leben erwecken. DARSHAN'S steht auf seiner Rückseite. Eine letzte Botschaft von der Schattenbildfrau, deren Identität Laura im selben Moment – endlich – akzeptiert. Darshan. Lauras Zähne klappern, sie kann nichts dagegen tun. Sie kriecht in Andis Jacke und kauert sich auf das Matratzenlager, so weit entfernt von der Tür als möglich. Sie weiß jetzt, dass sie keine Chance hat. Sie kann nichts tun als warten. Auf ihn, auf Jey, der schwor, dass er sie liebte. Dem sie vertraute, der aber in Wirklichkeit ein Mörder ist.

❊❊❊

Das also ist Judith Krieger in Höchstform, KHK Krieger at her very, very best, denkt Manni, als er vor dem Sonnenhof aus dem Vectra springt. Wie ein Racheengel bewacht sie den Außeneingang des Yogasaals, die braunen Locken lodern um ihren Kopf wie Höllenfeuer, ihr Ledermantel ist ein Panzer. Besser, man stellt sich ihr nicht in den Weg, signalisiert jeder Zentimeter ihres Körpers.

»Durchsuchen!«, bellt sie die Beamten an, die im Korso hinter Manni ins Schnellbachtal gefahren sind. »Jedes Zimmer, jede Ecke, das ganze Gelände. Wir suchen ein Mädchen, Laura Nungesser, 17 Jahre, 1,70 groß, schlank, braune Rastalocken. – Verteilt euch! Schaut zu, dass ihr Handschuhe tragt. Und wenn ihr fertig seid, hier sammeln.«

Sie nickt Manni zu, als sei es die natürlichste Sache der Welt, dass sie das Kommando übernommen hat und ihre Show durchzieht, koste es, was es wolle.

»Soweit ich weiß, sind alle da drin, bis auf Brandes, einen Yogalehrer und diesen Schreiner, Benjamin Roth. Wo Brandes ist, wissen wir ja. Die anderen beiden – keine Ahnung. Uwe Winden, der Yogalehrer, hat heute angeblich seinen freien Tag. Weiß der Himmel, wo und wie er ihn verbringt, hoffentlich bei McDonald's oder im Kino. Der Schreiner liefert wohl Meditationsbänke aus.« Sie stößt zwei Rauchsäulen aus den Nasenlöchern, wie ein wildgewordener Märchendrache. Manni stellt sich vor, wie sie die Aschrambewohner zusammengetrieben hat, ohne Waffe, ohne Legitimation, einfach nur durch diese unglaubliche Energie und Willenskraft, befeuert von ihrer Wut, die aus jeder ihrer Poren zu strömen scheint. Wenn Millstätt sie suspendiert – und was wird ihm anderes übrig bleiben, da sie sich ihm schon wieder widersetzt, auch wenn Manni auf einmal inständig hofft, dass sein Chef ihr das verzeihen wird –, dann legt KHK Krieger jedenfalls soeben eine furiose Abschiedsvorstellung hin. Einen Einsatz, von dem sie im KK11 noch lange reden werden.

Sie wirbelt mit wehender Lockenmähne zum Anfänger herum. »Ich will, dass jeder Einzelne von denen da drinnen aussagt, wann und wo er Laura Nungesser zuletzt gesehen hat und mit wem. Schaffst du das?«

»Ich ...« Unschlüssig sieht der Anfänger Manni an.

»Ja oder nein?« Die Krieger drückt ihre Zigarette am Geländer aus, weitaus fester, als es nötig wäre.

»Ja, schon.«

»Tu, was KHK Krieger sagt, Ralf. Nimm am besten noch zwei von Edlings Leuten zu Hilfe«, rät Manni.

Wieder nickt ihm die Krieger zu wie einem alten Kumpel. »Was ist mit der Hundestaffel? Wer durchsucht Lauras Zimmer?«

»Die beiden Ks müssen gleich da sein.« Im Haus schlagen Türen, in den Nebengebäuden gehen Lichter an und aus, Stiefel knirschen auf den Kieswegen, Gebäudeteile und Büsche leuchten im Strahl von Taschenlampen auf. Manni hat Millstätt nicht gesagt, dass dieser Großeinsatz Judith Krieger zu verdanken ist. Ein verstockter Verdächtiger mit Vorstrafe, ein verschwundenes Mädchen, das hatte gereicht, den KK11-Leiter endlich in Schwung zu bringen. Aber was ist, wenn die Krieger sich irrt, wenn das Mädchen friedlich in irgendeinem Internetcafé hockt oder bei einer Schulfreundin? Wenn sie wieder den Falschen eingebuchtet haben?

»Diese Försterin, wo ist die?« Judith Krieger reißt ihn aus seinen Gedanken. »Jemand soll sie anrufen, nein, am besten fährt gleich einer hin. Die ist doch so dicke mit Laura. Vielleicht weiß sie was, oder das Mädchen ist sogar bei ihr.«

»Guter Punkt.« Manni greift nach seinem Handy. Tot.

»Vergiss das Handy. Dieses ganze Tal ist ein einziges gottverdammtes Funkloch.« Die Krieger zündet sich die nächste Zigarette an, das Päckchen schimmert golden im Licht des Feuerzeugs. Rauchen kann tödlich sein. Seine Kollegin starrt diese Botschaft an, als sehe sie sie zum ersten Mal, dann schiebt sie das Paket wieder in die Manteltasche. Die Taschenlampen unter ihnen schwärmen jetzt weiter ins Tal aus, ein wabernder Trupp lärmender Glühwürmchen. Die Krieger stützt die Arme aufs Geländer und inhaliert tief. Erst jetzt sieht Manni, wie blass sie ist. Ihre Sommersprossen stechen unnatürlich stark hervor, ihre Augen wirken riesig.

»Scheiße, Manni, wir werden sie hier nicht finden.« Sie starrt in die Dunkelheit, er kann nicht sagen wohin.

Er lehnt sich neben ihr ans Geländer. »Wenn die Ks gleich kommen, Judith. Wenn sie dich hier sehen. Du weißt schon. Millstätt ...«

»Ist mir scheißegal«, blafft sie. »Soll er mich rausschmeißen. Aber erst finde ich das Mädchen.«

Er will ihr sagen, dass die Würfel wahrscheinlich längst gefallen sind, dass das Mädchen vielleicht schon tot ist, irgendwo im Wald verscharrt, wie die andere, Darshan. Dass es Wochen dauern kann, bis sie sie finden. Er bringt es nicht über sich, und man soll den Teufel nicht an die Wand malen. Außerdem weiß sie das genauso gut wie er. Unten auf dem Parkplatz kommt noch ein Auto an, ein klappriger Renault 5. Hannah Nungesser springt heraus und rennt auf das Gebäude zu, die Hände schützend über ihren Bauch gelegt.

»Laura! Wo ist sie? Laura!« Ihr hysterisches Geschrei gellt durch die Nacht und jagt Manni einen Schauer über den Rücken. Was auch immer diese Frau in der Erziehung ihrer Tochter falsch gemacht haben mag, sie hat es nicht verdient, nach dem Mann auch noch Laura zu verlieren.

»Scheiße! Die muss hier noch mal angerufen haben und jemand hat geplaudert!« Judith Krieger tritt ihre Zigarette aus und sprintet die Holztreppe hinunter auf den Parkplatz, Hannah Nungesser entgegen. Diesmal muss Manni sich anstrengen, um mit ihr Schritt zu halten.

Unten angekommen bugsiert die Krieger Hannah Nungesser behutsam und dennoch unerbittlich in die Obhut einer Streifenbeamtin. »Ich verspreche Ihnen, wir finden Ihre Tochter«, redet sie auf die Mutter ein. »Ja, ich weiß, wie wichtig das ist. Lassen Sie uns jetzt bitte unsere Arbeit machen.«

Wieder sind Autoscheinwerfer auf dem Serpentinenweg ins Tal zu sehen. Sekunden später rollt der Bus der Spurensicherung in Sicht. Der Anfänger poltert die Treppe runter und rennt auf Manni zu.

»Keiner hat Laura gesehen, seit dieser Vedanja sie gestern Abend zur Vernehmung gefahren hat! Alle haben ihm einfach geglaubt, dass sie krank in ihrem Zimmer liegt!«

Der Bus der Ks kommt immer näher. Manni packt die Krieger an den Schultern. »Ich übernehme jetzt hier. Fahr du zu

Edling auf die Wache und schau, dass du diesen Brandes knackst. Ich komme so schnell wie möglich nach.«

Zu seinem Erstaunen gibt sie widerspruchslos nach und hechtet in ihren Passat. Vielleicht ist ihr Millstätt also doch nicht so egal. Er ist nicht sicher, ob die Ks sie erkennen, will sich keine Gedanken darüber machen, hofft einfach, dass er jedenfalls für den Moment gerettet ist und nicht über Kompetenzen und Suspendierungen diskutieren muss.

Er wirft sich ein Fisherman's ein und gibt dem Anfänger einen Klaps auf die Schulter. »Fahr zum Forsthaus und schau, ob du da was rausfinden kannst, Ralf.«

Der Anfänger nickt und galoppiert los. Weiter hinten schleudert Judiths Passat vom Parkplatz, im selben Moment, in dem die Ks ihren Motor abstellen und aus dem Bus springen. Manni rekapituliert die geographischen Gegebenheiten des Schnellbachtals, während er ihnen entgegeneilt.

❋❋❋

An der Zufahrt zum Sonnenhof stehen Bullen. Er lenkt den Lieferwagen an ihnen vorbei, ohne das Tempo zu verlangsamen, nur seine Hände greifen das Lenkrad unwillkürlich fester. Was ist los, warum stehen die da? Er fühlt, wie sein Puls sich beschleunigt. Ein unangenehmes Vibrieren. So schnell hat er nicht mit ihnen gerechnet. Was hat er falsch gemacht? Es war ein Fehler, dass er sich letzte Nacht nur um Laura gekümmert hat, erkennt er jetzt. Zu spät. Er ballt die rechte Faust und schlägt auf das Armaturenbrett. Laura, meine Göttin, warum tust du mir das an? Liegst in den Armen eines anderen, sagst mir nicht, was du den Bullen erzählt hast, fantasierst dich einfach weg von mir, rennst weg von mir, dass mir nichts anderes übrig bleibt, als dich dorthin zu bringen, wo du uns nicht verraten kannst.

Die Erinnerung an die letzte Nacht schmeckt so bitter wie das Pulver, mit dem er Laura schließlich beruhigt hat. Wollte vor ihm abhauen, die kleine Schlampe. Wollte ihn austricksen und ihn bei ihrer geliebten Försterin verpetzen. Aber er hat sich nicht austricksen lassen. Er hat sie eingefangen und diesmal hat er besser aufgepasst, als bei ... er will den Namen nicht denken, denkt ihn trotzdem. Darshan. Wie sie gelacht hat, ihn ausgelacht. Nur zum Schluss, da hat sie nicht mehr gelacht. Ist gestürzt, als sie vor ihm geflüchtet ist, geradewegs in ihr Verderben gestürzt. Und jetzt haben sie sie gefunden, die Försterin hat sie gefunden. Auch um die hätte er sich kümmern müssen, erkennt er jetzt. Es hat nicht gereicht, sie einzuschüchtern, sie hat sich einfach nicht einschüchtern lassen. Verdammt, verdammt, verdammt, seine Faust bearbeitet das Armaturenbrett. Er hätte dafür sorgen müssen, dass die Bullen die Flinte bei ihr finden, damals, als sie Lauras Sportlehrer entdeckt haben. Es hatte nicht gereicht, die Flinte zurück unter das Bett der Försterin zu hängen. Aber wie hätte er wissen sollen, dass die Bullen so nachlässig sind und nicht richtig suchen?

Adrenalin pumpt durch seinen Körper, während er den Lieferwagen auf einen Waldweg lenkt und den Motor ausschaltet. Er muss herausfinden, was die Bullen im Sonnenhof wollen. Vielleicht ist es noch nicht zu spät. Vielleicht ist noch nicht alles kaputt. Vielleicht muss er Laura nicht auch noch verlieren. Er denkt daran, wie er sie ausgezogen hat, zur Ruhe gebettet hat in seinem Heiligtum. Laura, meine Göttin, du bist so wunderschön. Dann fällt ihm das Wandbild ein, seine Erinnerung an Darshan, von der er sich nicht hatte trennen wollen. Auch das war ein Fehler, erkennt er jetzt. Und ein noch größerer Fehler war es, Laura mit Darshan allein zu lassen, denn was ist, wenn sie aufwacht? Aber sie wird nicht aufwachen, dafür hat er gesorgt, und außerdem ist es Nacht, sie kann das Bild nicht sehen. Diese Hoffnung beschleunigt seinen Puls noch mehr. Er wird ihr noch ein bisschen von dem Pulver geben und dann wird er sie lieben und niemand wird sie dabei stören.

Wieder tauchen die Erinnerungen an Darshan auf, ungebeten und hartnäckig. Ihr schreiender Mund, Augen, in denen keine Liebe mehr ist, keine Lust, nur noch Entsetzen. Er schlägt die Stirn aufs Lenkrad, hart, damit die Bilder verschwinden. Er will nicht daran denken, dass es mit Laura genauso enden kann, dass auch ihre Liebe zu ihm sich in Angst verwandeln kann und was er dann gezwungen sein wird zu tun. Er widersteht der Versuchung, über seine geheime Abkürzung direkt zu

Laura zu fahren. Bald, redet er sich zu. Bald. Aber zuerst muss er herausfinden, was die Bullen im Sonnenhof suchen. Er startet den Motor und wendet den Wagen. Er wird die Schneise am Forsthaus benutzen. Er wird verdammt vorsichtig sein. Und zur Not hat er immer noch die Flinte.

❦❦❦

Andis Motorradjacke hat ein geheimes Fach, innen, direkt am Reißverschluss. Laura weiß nicht, wie viel Zeit vergangen ist, bis sie keine Tränen mehr hat und mit ihren kalten, zitternden Fingern danach sucht. Ohne hinzusehen schiebt sie die Hand in Andis Geheimtasche. Das Futter ist glatt, ein Streicheln. Innendrin sind zwei längliche Gegenstände, der eine flacher, der andere härter. Sie holt sie heraus. Ein Müsliriegel und ein Schweizer Taschenmesser. Andis Notfallpaket. *Motorrad fahren erfordert Konzentration, Laura,* hört sie seine Stimme. *Deshalb der Müsliriegel. Für den Blutzuckerspiegel, falls ich mich mal verfahren habe. Und ein Messer kann man sowieso immer gebrauchen.* Sie isst den Müsliriegel und es ist, als hätte sie noch nie etwas so Nahrhaftes gegessen. Sie kaut jeden Bissen sehr lange und sorgfältig. Als sie fertig ist, hat sie immer noch schrecklichen Durst und sie muss dringend pinkeln, aber ihr ist nicht mehr so schwindlig. Sie untersucht das Taschenmesser, klappt jede Klinge auf. Messer, Korkenzieher, Flaschenöffner, Feile, Schraubenzieher und Säge. Säge!

Die Hoffnung ist pure Energie. Laura will aufspringen, besinnt sich aber und zieht erst ihre Turnschuhe an. Die Wunde an ihrer Ferse hat aufgehört zu bluten, aber sowie sie auftritt, beginnt sie zu schmerzen. Egal. Laura nimmt die Kerze, die schon ziemlich weit heruntergebrannt ist, und begutachtet die Tür. Ein bisschen was hat sie in den letzten Monaten in der Schreinerwerkstatt gelernt, jedenfalls fühlt sie sich längst nicht mehr so hilflos wie früher, bevor sie im Sonnenhof lebte. Also denk nach, Laura! Der Riegel, den Jey damals von außen mit einem Vorhängeschloss gesichert hat, saß etwa hüfthoch. Und richtig, da sind vier Schraubenköpfe und dort noch einmal zwei. Kann es so einfach sein? Wird sie, wenn sie diese Schrauben löst, die Tür öffnen können? Sie versucht sich die genaue Konstruktion in Erinnerung zu rufen, logisch zu denken, räumlich, aber es gelingt ihr nicht.

*Es gibt immer eine Lösung, Laura, man darf nur nicht aufgeben* – die Stimme ihres Vaters. Oder hat Andi das gesagt? Wie lange ist sie eigentlich schon hier, allein, in Jeys Versteck? Wann wird er zurückkommen? Was wird er tun, wenn er merkt, dass sie versucht, sich zu befreien? Er wird mich töten. Die Gewissheit schneidet ihr die Luft ab und ihre Hände beginnen wieder unkontrolliert zu zittern. *Man darf nur nicht aufgeben, Laura.* Plötzlich denkt sie auch an ihre Mutter, was für gemeine Dinge sie zu ihr gesagt hat, bevor die Polizisten sie verhört haben. Auf einmal tut ihr das Leid und sie ist sich gar nicht mehr so sicher, dass ihre Mutter sie wirklich loswerden will. Was wird sie machen, wenn nicht nur Lauras Vater, sondern auch Laura selbst nie wiederkommt? Immer neue Tränen laufen Laura über die Wangen und das Bedürfnis zu pinkeln verursacht ihr schon Krämpfe. Sie muss hier raus und sie muss schnell sein. Schneller als er. Mit fliegenden Fingern packt Laura Andis Taschenmesser und beginnt, die erste Schraube ihres Gefängnisses zu lösen.

❋❋❋

Die Kommissarin Judith Krieger kommt über ihn wie rote Lava.

»Du hättest gern was mit Darshan gehabt, stimmt's? Dafür gibt es Zeugen. Aber sie hat dich abblitzen lassen!«

Vedanja fährt zurück, kann gerade noch vermeiden, dass er sich die Blöße gibt und die Hände schützend vors Gesicht schlägt. Aber er kann nicht verhindern, dass ihre Lavaglut sein Gesicht überströmt, es rot macht. Schwach. Wie damals, in der Schule. Er schafft es nicht, dem Blick der Kommissarin zu begegnen.

»Du warst ihr nicht sexy genug, was?« Sie spuckt das Wort sexy förmlich aus. »Erzähl mir bloß nicht, dass es anders war!«

»Sie war meine Freundin.« Er schämt sich dafür, wie weinerlich seine Stimme klingt, und kann es doch nicht ändern.

»Ach, ja! Dass ich nicht lache, eine attraktive Frau wie sie!«

Sie verhöhnt ihn. Verhöhnt ihn, wie seine Schulkameraden ihn verhöhnt haben, wie ihn Markus verhöhnt hat, als er ihm die Freundin ausspannte, die erste, allererste Freundin. Vedanja stöhnt auf, vergräbt das brennende Gesicht jetzt doch in den Händen. »Darshan war nicht *so* eine Freundin«, flüstert er in seine feuchten Finger. »Nur ein guter Kumpel.«

»Aber du hättest gern mehr gewollt, oder? Richtig mit ihr ficken, hm? Sie besitzen!«

Eine Tür geht auf und wieder zu. Er späht durch seine Finger. Auch das noch. Der andere, junge Kommissar, der ihm schon den ganzen Nachmittag zugesetzt hat. »Richtig mit ihr ficken, wie die anderen auch. Heiner zum Beispiel.« Ungerührt spricht Judith Krieger einfach weiter. »Und als sie dich nicht rangelassen hat, als es ihr zu bunt wurde mit dir, als Darshan nach Indien reisen wollte, ohne dich, da habt ihr euch gestritten und du hast sie gestoßen und da ist sie gestürzt und konnte sich nicht mehr bewegen.«

»Nein!«

»Und da hast du's mit der Angst bekommen und sie ertränkt. Und alles nur, weil sie nicht mit dir ficken wollte!«

»Nein.«

»Nein?«

»Nein!«

»Komm schon, erzähl mir nichts. Ich hab doch gesehen, wie du Laura angegafft hast, wie du kaum die Finger bei dir behalten konntest. Noch so ein schönes junges Mädchen wie Darshan. Und die wollte dich auch nicht haben.«

Sie hat Recht. Darshan war zumindest sein Kumpel, aber Laura hasst ihn, ekelt sich vor ihm. Er fühlt, wie Judith Kriegers Lava sich von seinem Gesicht in sein T-Shirt ergießt. Er ist ein Versager. Ein Zombi. Impotent. Die halbverdrängte Erinnerung an seinen letzten erotischen Versuch löst eine weitere Hitzewelle aus.

»Ich hab mal in einem Frauenhaus gearbeitet.« Unbarmherzig spuckt Judith Krieger ihre hässlichen Worte aus. »Glaub mir, ich hab keinerlei Verständnis für Triebtäter und Frauenhasser. Ich mach dich fertig.«

Sie zündet sich eine Zigarette an, bläst ihm den Rauch direkt ins Gesicht. »Aber wenn du jetzt auspackst, gibt es vielleicht ein paar mildernde Umstände.«

Was soll er auspacken? Es gibt nichts auszupacken, er hat Darshan nicht getötet, er weiß nicht, was diese Polizistin von ihm will, warum sie ihn so quält. Vedanja hebt den Kopf.

»Ich weiß nicht ...«

»Komm mir bloß nicht auf die Tour. Täuschst vor, dass Laura krank ist und in ihrem Zimmer liegt ...« Abrupt wechselt sie den Tonfall, schmeichelt jetzt. »Komm schon, Vedanja, hilf mir, dein Mädchen zu finden. Sag mir, wo Laura ist, und dann lass ich dich in Ruhe.«

»Laura ist weg?« Er schreit. »Aber sie ist krank! Sie hat Fieber!«

»Wo ist sie?«

Die Sorge reißt ihm die Finger aus dem Gesicht. »Im Bett.«

Judith Krieger schüttelt den Kopf, durchbohrt ihn mit ihren seltsamen türkisgeränderten Augen. Auf einmal wird ihm klar, dass sie nicht nur wütend ist, sondern zu Tode erschöpft und besorgt. Die Sommersprossen in ihrem Gesicht sehen aus wie dunkle Schlammspritzer. Seine Gedanken überschlagen sich, er kriegt keine Luft mehr. Laura ist verschwunden, obwohl sie krank ist. Und er, in seinem ewigen Bemühen, zu gefallen, in seiner falsch verstandenen Solidarität zu seinen Mitbewohnern, zu seinem Aschram, hat das zugelassen, weil er sich nicht um sie gekümmert hat. Was soll er Hannah Nungesser sagen? Er sieht Judith Krieger immer weiter an, erkennt, wie sich die Panik, die ihn jetzt ergreift, in ihrem blassen Gesicht widerspiegelt. Als sie wieder zu sprechen beginnt, ist ihre Stimme heiser.

»Wer?«

»Ben.« Das Wort beißt in seiner Kehle.

»Ben? Benjamin Roth? Der Schreiner?«

Vedanja nickt.

»Weißt du, wo er sie hingebracht haben könnte?« Die Kommissarin springt schon auf, während sie diese Frage stellt. Wenn er ihr nur helfen könnte! Er wünscht es so sehr, aber er kann es nicht, weiß es nicht. Judith Krieger streckt ihm die

Hand hin, ohne nachzudenken ergreift er sie. Ihr Händedruck ist fest und angenehm kühl.

»Trotzdem – danke.«

Im nächsten Moment ist er allein.

❄❄❄

Lichter. Rufe. Hundegekläff. Die Bullen sind überall. Was nur bedeuten kann, dass sie Laura suchen. Oder ihn? Vedanja, diese Memme, denkt er. Ich hätte mich um ihn kümmern müssen, hätte nicht zulassen dürfen, dass es so weit kommt und die Bullen ihn verhaften. Bestimmt hat er gesungen, obwohl er mir versprochen hat, das Maul zu halten. Das zumindest war nicht weiter schwer gewesen, ein bisschen Geschwafel, *ja, Vedanja, ich weiß ja, dass ich eigentlich nichts mit ihr hätte anfangen sollen, aber es ist nun mal passiert, wir lieben uns. Und jetzt, wo Laura so krank ist, lass mich doch bitte für sie sorgen, sie braucht das, verrat uns nicht.* Klar hatte Vedanja ihn nicht hängen lassen, schließlich ist er Sozialpädagoge. Und außerdem hatte er ein schlechtes Gewissen, weil er Laura angegrabbelt hat.

Ich hätte ihn erschießen sollen, wie den anderen, Bens Hand krampft sich um die Flinte der Försterin. Wieder sieht er Darshans Gesicht vor sich, unwillkürlich. *Ich fahre nach Indien,* hat sie gesagt. *Allein. Lass mich gehen, Ben, das ist mein Weg.* Und er dachte, sie würde ihn lieben. Idiot, denkt er. Erinnert sich plötzlich an Anna, seine große Liebe, als er 18 war. Auch sie hat ihn verlassen – oder verlassen müssen, wegen ihres Vaters? Er wird es nie erfahren, aber manchmal, wenn er Laura in den Armen hielt, war es wie mit Anna. Ein Geschenk des Schicksals, eine Wiedergutmachung, dachte er, und natürlich hat er dieses Geschenk des Schicksals angenommen und geheiligt.

Und jetzt hat sie es kaputtgemacht. Laura, seine Göttin. Hat nach ihm getreten, wollte vor ihm fliehen. Unten im Tal schwärmen die Lichter noch weiter aus. Wie lange wird es dauern, bis die dort unten sein Versteck gefunden haben, sein Heiligtum? Können die Hunde seine Witterung aufnehmen? Werden sie einfach schnurstracks den Weg zu seinem geheimen Ort finden? Es hat geregnet, fällt ihm ein. Morgens, als er sein Heiligtum mit der schlafenden Laura darin verschlossen hat. Wie lange hat es geregnet? Lange genug? Wie lange muss es regnen, damit seine Spuren verwischt sind?

Er hat keine Chance. Die Erkenntnis durchzuckt seinen Körper wie ein elektrischer Schlag. Noch ist er ihnen überlegen, weil er den Wald kennt, seinen Lieferwagen gut versteckt geparkt hat, sich hier hoch auf diesen Aussichtspunkt geschlichen hat. Aber er hat keine Chance, mit seiner Göttin zu leben. Der Morgen wird kommen, wird noch mehr Bullen ins Tal spucken, und sie werden nicht ruhen, bis sie sein Versteck gefunden haben, bis sie Laura gefunden haben. Ihn. Sie werden nicht ruhen, bis sie alles kaputtgemacht haben. Die dafür nötige Entschlossenheit hat er in den Augen der Kommissarin Judith Krieger gesehen. Eine Kämpferin. Sie wird ihn nicht in Ruhe lassen. Er spuckt aus. Auch sie hat sich an Laura rangeschmissen. Das hätte er unterbinden müssen. Hätte. Zu viel ›hätte‹. Keine Chance.

Er hat wirklich keine Chance. Er setzt sich an einen Baum, klemmt die Flinte zwischen die Knie, presst den Lauf an die Stirn. Nur eine kleine Bewegung mit dem Zeigefinger und er muss nicht mehr an Darshan denken, an das Entsetzen in ihrem Gesicht. Muss nicht mehr mit der Erinnerung an Lauras ersten Freund leben, wie er um sein Leben bettelte und schwor, Laura nie mehr wiederzusehen. Aber warum hätte Ben ihm glauben sollen? Er hat schließlich genau beobachtet, was der Typ ein paar Wochen zuvor mit Laura auf dem Hochsitz getrieben hat, das Schwein. Trotzdem ist es nicht leicht gewesen, den jammernden Mann zu töten. Aber was hätte er sonst tun sollen? Er musste schließlich festhalten, was er liebt.

Er bewegt den Finger am Abzug ein winziges bisschen, lässt wieder los. Der Wind trägt das Geheul von Polizeisirenen über den Berg. Unten verlieren sich ein paar der Lichter im Wald. Irrt er sich, oder bewegen sie sich in Richtung seines Verstecks? Wieder jagt ein Adrenalinstoß durch seinen Körper und diesmal schreckt er ihn aus seiner Erstarrung auf. Vielleicht hat er ja doch noch eine Chance. Vielleicht irrt er sich und Laura liebt ihn nach wie vor, wartet schon auf ihn, will mit ihm leben, mit ihm fliehen. Sie könnten ein Auto aufbrechen und mit etwas Glück in weniger als zwei Stunden in Belgien sein. Ein neues Leben beginnen. Vielleicht in Südfrankreich. Oder in Marokko.

Bestimmt wartet sie schon auf ihn, wie konnte er nur an ihr zweifeln? Er muss sie retten, sie in die Arme nehmen und nie wieder loslassen, notfalls gemeinsam mit ihr sterben. Aber er muss schnell sein. Schneller als die Bullen. Er springt auf, hängt sich die Flinte über die Schulter und beginnt zu laufen.

❋❋❋

Die Schrauben, die den Riegel halten, lassen sich nicht lösen, sosehr sie es auch probiert. Sie muss so dringend pinkeln, sie kann es nicht mehr einhalten. Sie hockt sich in die Ecke und pinkelt in sein Heiligtum. Wenn er das herausfindet, wird er es ihr nie verzeihen, seine Strafe wird furchtbar sein, aber ihre körperliche Erleichterung ist trotzdem riesengroß. Zum Glück versickert der Urin zügig in den Bodenritzen. Die Schrauben sind von außen mit Muttern fixiert, man müsste mit einer Zange dagegenhalten, plötzlich wird ihr das klar. Aber sie hat niemanden da draußen, der das für sie tun könnte. Sie kann nicht raus, sie ist gefangen. Verloren. Sie kann ihm nicht entkommen. Die Kerze beginnt gefährlich zu flackern, ist beinahe ganz heruntergebrannt. Bald wird sie im Dunkeln gefangen sein.

Die Erinnerung an die gespenstische Kälte in seiner Stimme hilft ihr, sich nochmals aufzubäumen, obwohl sie zittert, obwohl der Schmerz in Kopf und Hals um die Wette tobt. Wieder leuchtet sie die Wände ab. Wenn Jeys Versteck früher ein ganz normaler Hochsitz war, dann muss er auch Schießscharten gehabt haben. Schießscharten, Freiheit! Und sie hat Recht. Hier sind die Bretter heller. Und es gibt Schrauben. Und diese Schrauben kann sie aufdrehen!

Wie lange wird die Kerze noch brennen? Wie lange ist es her, dass er gegangen ist? Wann wird er wiederkommen? Die Angst treibt sie an. Jetzt hat sie die letzte Schraube aus dem

Holz gedreht. Sie reißt das Brett heraus und kalte Nachtluft strömt in ihr Gefängnis, lässt sie noch mehr zittern, löscht die Kerze, gibt ihr trotzdem Hoffnung. Laura steckt den Kopf durch die Lücke, sie ist gerade breit genug dafür. Ist er dort unten? Jey? Raschelt da etwa Laub unter seinen Schritten? Lauras Herzschlag ist laut, viel zu laut. Sie wartet, bis sich ihre Augen an die Dunkelheit gewöhnt haben, atemlos. Jetzt ist das Rascheln weg. Der Wald ist still. Niemand da.

Links um die Ecke ist die Leiter. Wenn sie ihren Körper durch die Lücke zwängen und an der Außenseite bis zur Leiter klettern kann, ist sie gerettet. Oder sie kann runterfallen. Wieder hört Laura ein Rascheln. Bitte, bitte lieber Gott, lass das nur ein Tier sein! Sie hat keine andere Wahl, sie hat keine Zeit, sie muss es riskieren. Sie verstaut Darshans Handy gewissenhaft in Andis Geheimfach, zieht die Jacke aus, wirft sie durch die Schießscharte nach draußen und schiebt ihr zitterndes linkes Bein hinterher.

Einen fürchterlichen Moment lang – Sekunden, Minuten, sie weiß es nicht – glaubt sie, dass die Lücke zu eng ist, dass sie in der Schießscharte stecken bleibt, hilflos festgeklemmt wie eine Maus in der Falle. Dann ist sie durch, Splitter zerreißen ihre Handflächen und ihre Wange, sie droht zu fallen, klammert sich fest – und findet mit dem linken Fuß Halt auf einer der Bohlen, die Jeys Heiligtum im Baum fixieren. Ab jetzt ist die Kletterei ein Kinderspiel. Sie erreicht die Leiter und steht kurze Zeit später sicher auf dem Boden, kriecht in die tröstende Wärme von Andis Jacke, kriecht in einen Hauch seines Aftershaves, seinen allerletzten Gruß.

Sie flieht ins Dunkle, stolpert vorwärts, ertastet sich einen Weg zwischen harzigen Stämmen und spitzen Ästen, die nach ihr zu greifen scheinen. Wie weit ist es von Jeys Heiligtum zum Sonnenhof? Eine Viertelstunde? Eine Stunde? Sie kann sich nicht erinnern, verflucht ihre Unachtsamkeit. Wo ist die Straße? Warum hat sie damals nicht auf den Weg geachtet? Aber sie kann sowieso nicht zum Sonnenhof, weil *er* dort ist. Das Gelände wird steiler. Und plötzlich erinnert sie sich. Oben, halb auf dem Berg, ist das Forsthaus, sie sind daran vorbeigekommen, an jenem glücklichen Nachmittag, es war gar nicht weit weg von Jeys Versteck, höchstens eine halbe Stunde. Diana, denkt Laura. Wenn ich erst bei ihr bin, wenn ich es schaffe, das Forsthaus zu finden, dann bin ich in Sicherheit. Irgendwo schreit ein wildes Tier. Laura läuft schneller, obwohl ihre Ferse bei jedem Schritt schmerzt und blutet.

❦❦❦

Sie hat ihn gelinkt, sein Vertrauen missbraucht, sein Heiligtum besudelt. Kleine Schlampe. Hat ihn auch noch beklaut – die Sitzbank ist ein offenes Maul, das ihn verhöhnt. Er leuchtet mit seiner Taschenlampe in jede Ecke. Unter der Decke findet er einen ihrer Pullover, atmet noch einmal ihren Duft. Der Boden ist nass. Er geht auf die Knie und schnuppert. Wasser. Nein, Urin. Noch nicht trocken, also ist es noch nicht lange her, dass sie sich davongemacht hat. Er wirft ihren Pullover zurück auf das Lager. Eine unbändige Wut treibt ihn die Leiter herunter. Wo kann sie sein? Die Tür zu seinem Heiligtum schlägt in einem trägen Windstoß hin und her, es interessiert ihn nicht mehr. Er weiß, dass er nicht zurückkehren wird. Ben hebt den Kopf, wittert, lauscht. Wo kann sie sein? Wie soll er sie finden? Er muss sie finden, sie darf ihm nicht entkommen, nicht sie, nicht auch noch sie.

Diana Westermann. Die Försterin, ihre Freundin. Da kann sie sein, das ist eine Möglichkeit. Mehr als eine Möglichkeit, oft und oft hat er sie da schon beobachtet. Es dauert endlose zehn Minuten, bis er den Lieferwagen wieder erreicht hat. Als er auf der Bundesstraße ist, überlegt er kurz, ob er es riskieren kann, direkt zum Forsthaus zu fahren, oder ob die Bullen sich auch dort postiert haben. Aber er hat keine Zeit zu verlieren, er hat überhaupt nichts mehr zu verlieren. Die Schneise, die den Zufahrtsweg zum Forsthaus kreuzt, fällt ihm ein, so könnte es funktionieren, und den Wagen kann er gerade noch außer Sichtweite vom Haus abstellen. Er tritt fester aufs Gaspedal und der Lieferwagen macht einen Satz. Ich krieg dich, du Schlampe. Der Silberbeschlag der Flinte auf dem Beifahrersitz glänzt im Licht der Armaturen.

❦❦❦

Das Forsthaus ist dunkel. Dunkel und verschlossen. Wo ist Diana? Schläft sie? Ist es Nacht? Laura hat jedes Zeitgefühl verloren. Winzige Sterne sind an den Himmel gefroren, also ist es vielleicht wirklich mitten in der Nacht? Aber warum wacht Diana dann nicht auf, warum hört sie Lauras Läuten nicht? Die Erleichterung, diese unendliche unbeschreibliche Erleichterung, die Laura beim Anblick des Forsthauses empfunden hat, die sie das letzte Stück ihres Irrwegs durch den Wald vorwärts katapultiert hatte, verwandelt sich erneut in Angst. Wieder drückt sie auf die Klingel, länger jetzt, hört im Haus ihren Widerhall. Nichts rührt sich, kein Hundebellen ertönt. Jede Bewegung jagt neue Schweißbäche über ihren Körper und macht ihre Knie weich wie Butter. Der Zweitschlüssel, den Diana sonst immer auf der Veranda verwahrt hat, ist nicht mehr da. Die Garage steht leer. Vielleicht ist es also gar nicht Nacht. Vielleicht kommt Diana gleich heim. Vielleicht gibt es Hoffnung.

Neben der Eingangstür steht ein Korb mit Fallobst. Laura isst einen Apfel, spuckt die fauligen Stellen aus. Es schmeckt eklig, aber der säuerliche Saft lindert ihren schrecklichen Durst. Sie nimmt noch eine Frucht. Der Schweiß läuft ihr immer noch in kleinen Bächen übers Gesicht. Die Kopfhaut unter ihrem Stirnband juckt. Sie reißt es sich aus dem Haar, hängt es über die Türklinke. Gleich, gleich wird sie Dianas Jeep hören, Diana wird aussteigen, Ronja wird aus dem Wagen springen, und dann ist alles gut. Diana wird sie beschützen, sie wird wissen, was zu tun ist. Die Polizei rufen, was auch immer.

Das tiefe Brummen eines Automotors röhrt durch die Nacht, kommt näher. Eine neue Welle der Erleichterung flutet durch Lauras Körper. Sie macht ein paar Schritte zur Auffahrt hin, will Diana entgegengehen, aber bevor der Wagen am Forsthaus angekommen ist, verstummt das Motorengeräusch.

Blinde Panik erstickt Lauras Erleichterung. Wer auch immer dieses Auto lenkt, ist nicht Diana, denn die würde ihren Jeep in die Garage fahren. Er. Jey. Die Gewissheit ist absolut und kalt wie Eis. Jetzt knirschen eilige Schritte auf dem Schotter, der Strahl einer starken Taschenlampe kriecht den Berg herauf, frisst sich durch die Dunkelheit, findet Laura, will sie festhalten. Aber diesmal ist sie kein Reh, diesmal weiß sie, was passiert, wenn sie sich festhalten lässt. Sie rennt los, rennt den Fahrweg zum Sonnenhof hinunter, ins schützende Dunkel des Waldes. Sie rennt um ihr Leben.

***

An der Abfahrt zum Sonnenhof steht ein Polizeiauto mit blinkendem Blaulicht. Diana bremst und lässt das Fenster herunter.

»Was ist los?«

Die Polizistin ist jung, kaum älter als 20, und tritt von einem Bein aufs andere, als ob sie friert. »Wir suchen ein Mädchen aus diesem Seminarzentrum da unten, Laura Nungesser.«

»Laura?« Eben noch war Diana entspannt, jetzt zieht sich alles in ihr zusammen. Laura. Kleine Schwester. Bitte nicht.

»Kennen Sie sie?« Die Polizistin sieht Diana aufmerksam an.

»Ja. Was ist passiert?«

Das Funkgerät im Polizeiauto krächzt einen Schwall Wortsalat ins Auto. Die Polizistin macht eine ungeduldige Handbewegung, mustert das Forstamtsemblem in Dianas Windschutzscheibe und scheint zu dem Schluss zu kommen, dass sie Diana vertrauen kann.

»In diesem Tal sind zwei Morde geschehen. Jetzt ist ein Mädchen verschwunden. Ein Mann ist dringend tatverdächtig und flüchtig.«

»Wer ist tatverdächtig? Jemand aus dem Sonnenhof?«

»Benjamin Roth. Er führt da unten eine Schreinerwerkstatt.«

Sie muss etwas sagen. Aufhören, die Polizistin anzustarren. Es gelingt ihr nicht. Die Polizistin winkt mit dem Arm in Richtung Straße.

»Mehr darf ich nicht sagen. Fahren Sie jetzt bitte weiter, und wenn Ihnen irgendetwas Ungewöhnliches auffällt, rufen Sie uns an.«

Später kann Diana sich nicht erinnern, wie sie sich von der Polizistin verabschiedet hat und ihren Jeep über die Bundesstraße durch Unterbach und schließlich auf die Zufahrt zum Forsthaus gefahren hat. Bilder wirbeln durch ihren Kopf, eine rasende 3D-Multivisions-Show, die sie nicht stoppen kann. Der Hochsitz am Erlengrund, die Krähen. Laura, wie sie sich eine Zigarette dreht und mit Ronja herumtollt. Die Bar in Köln. Tom. Bäume, die Augen haben. Kates Tochter und Rob. Blonde Zöpfe im Schlamm. Tamara. Diana selbst, wie sie durch den Wald rennt und verzweifelt nach Ronja ruft. Das unheimliche, horchende Atmen in ihrem Telefon. Und dabei hatte sie gerade noch geglaubt, das Schlimmste sei vorbei. Zum ersten Mal haben ihre Kollegen sie heute mit ins Wirtshaus genommen. Ein grotesk hässliches Gebinde aus Rosen, Farn und schweinchenrosa Nelken haben sie ihr dort überreicht. Man hatte sie ein bisschen foppen wollen, sie mit ein paar Anrufen durchs Revier gescheucht. Beschämend sei das im Nachhinein, vor allem in Anbetracht der Tatsache, dass sie gleich zwei Leichen gefunden hat. Ob sie ihnen noch eine Chance gibt, haben sie gefragt. Wie nett – im Nachhinein.

Natürlich hat sie nicht nein gesagt. Und mit der Drohbotschaft aus Schafsblut auf ihrem Hochsitz und mit den nächtlichen Anrufen hätten ihre Kollegen nichts zu tun, das haben sie geschworen. Und keiner von ihnen hätte ihren Hund entführt.

Noch mehr Bilder wirbeln aus Dianas Unterbewusstsein: Ben, wie er vor Ronja niederkniet und ihren Bauch krault. Wie die Hündin seine Hände leckt, während Diana ihn nach dem Verbleib des Handys fragt, das sie Vedanja gegeben hat. Wie komisch Ben sie da angesehen hat. Hat die Polizistin Recht? War er es? Ist er in Dianas Haus eingebrochen? Hat er Ronja entführt? Ben? Diana glaubt das Adrenalin förmlich auf ihrer Zunge schmecken zu können, als ihr bewusst wird, dass dies erklärt, warum Ronja nie angeschlagen hat.

Als würde die Hündin im Fond des Wagens Dianas Unruhe spüren, beginnt sie zu bellen und holt Diana zurück in die Gegenwart. Gleich ist sie zu Hause, der Jeep rumpelt schon über die geschotterte Zufahrt. Viel zu schnell, gerade noch kann sie verhindern, dass sie aus der Kurve schleudert. Direkt hinter der Kurve steht ein Lieferwagen. Bens Lieferwagen. Er ist leer, die Ladefläche ragt über den Straßengraben. Die Fahrertür steht offen, als hätte der Fahrer den Wagen in großer

Eile verlassen. Oben liegt das Forsthaus, dunkel und verlassen. Diana angelt die Tasche mit ihrer Mauser hinter dem Sitz hervor und lädt sie durch, bevor sie die letzten 300 Meter zum Haus hinauffährt.

Sie sieht sofort, dass etwas an ihrer Türklinke hängt. Lauras Stirnband. Das Mädchen war also hier. Auf der Eingangsschwelle zwei angebissene Äpfel. Etwas schreit im Wald. Nur ein Tier, versucht Diana sich zu beruhigen. Aber was für ein Tier? So einen Schrei hat sie noch nie gehört. Sie wählt die Notrufnummer der Polizei, während sie Ronja an die Leine nimmt. Der Beamte am anderen Ende der Leitung kann sie nicht mit der Einsatzleitung im Schnellbachtal verbinden, hört sich aber an, was sie zu sagen hat, und verspricht, es umgehend weiterzuleiten. »Bleiben Sie, wo Sie sind, und warten Sie auf uns«, rät er zum Abschied.

Diana hockt sich vor ihre Hündin hin und krault sie. Plötzlich erinnert sie sich daran, wie glücklich Laura gewesen ist, als sie zusammen Bäume ausgezeichnet haben. Auch das tut weh. Wieder ein Schrei, gedämpfter diesmal. Sie weiß, dass es das einzig Vernünftige ist, auf die Polizei zu warten, aber das kann sie nicht. Sie nimmt Lauras Stirnband und hält es Ronja hin.

»Such, Ronja! Such Laura. Bring mich zu Laura.«

Die Hündin bellt und zieht Richtung Wald. Diana hofft inständig, dass sie nicht zu spät kommen werden.

※※※

Offensichtlich hat Manni einen maßstabgerechten, bis ins Detail stimmenden Plan des gesamten Schnellbachtals in seinem Kopf gespeichert, denn er teilt die Suchtrupps so souverän ein, als sei er im Sonnenhof geboren. Ihr gefällt die kumpelhafte Art, mit der Manni die Beamten dirigiert. Jetzt sind fast alle ausgeschwärmt und es ist etwas ruhiger auf dem Parkplatz. Judith schnorrt von Hans Edling eine Tasse Kaffee. Sie braucht eine Pause. Sie kann sich nicht erinnern, wann sie zuletzt geschlafen oder gegessen hat, dennoch fühlt sie weder Hunger noch Müdigkeit. Die Eröffnung, dass der Schreiner vom Sonnenhof vermutlich ein zweifacher Mörder ist, hat im Aschram sprachloses Entsetzen ausgelöst. Niemand kann sich das erklären. Später, wenn dieser Albtraum zu Ende ist, werden sie es trotzdem versuchen, da ist sich Judith sicher. Warum werden manche Menschen zu Mördern und andere nicht? Es gibt keine Erklärung dafür. Aber im Moment ist es dafür sowieso zu früh, jetzt müssen sie erst einmal Benjamin Roth finden. Und Laura. Ein paar der Bewohner vom Sonnenhof glauben, dass der Schreiner im Wald einen Unterschlupf hat. Vielleicht hat er das Mädchen ja dorthin gebracht. Doch wo dieser Unterschlupf sein soll, weiß keiner. Irgendwo im Wald.

Judith setzt sich in ihren Passat und schließt einen Moment lang die Augen. Sie muss sich sammeln. Die Wut, die sie durch die letzten Stunden gepeitscht hat, ist verraucht, die Angst ist geblieben. Die Angst, zu spät zu kommen. Ihr ganz persönlicher Albtraum, ihre Niederlage. Sie öffnet die Augen wieder. Am schlimmsten ist das Warten. Darauf, dass einer der Beamten im Wald eine Spur findet, damit sie wieder handeln können. Wie wird diese Nacht zu Ende gehen? Wie wird ihr eigenes Leben morgen aussehen? Der Gedanke, dass sie sich vermutlich einen neuen Job suchen muss, erscheint ihr im Moment erträglich, solange sie nur Laura Nungesser lebend finden. Judith klopft die letzte Benson & Hedges aus dem Päckchen und zündet sie an, sie hat längst aufgehört, zu zählen, die wievielte Zigarette des Tages das ist. Warten, denkt sie. Das Gegenteil von leben.

Manni wirft sich neben sie auf den Beifahrersitz.

»Fahr!« Der Unterton in seiner Stimme macht sie augenblicklich hellwach.

»Wohin?«

»Die Abkürzung durch den Wald, zum Forsthaus!«

Die Reifen drehen durch, sie nimmt Gas weg, schlittert auf den Weg.

»Was ist passiert?«

»Die Försterin hat angerufen. Sie ist sicher, dass Laura am Forsthaus auf sie gewartet hat. Leider parkt dort auch der Lieferwagen von Benjamin Roth.«

»Aber der Anfänger ist doch da, das hätte er doch bemerken müssen!« Sie schreit.

»Er ist zurückgekommen, weil Diana Westermann nicht da war. Und er schwört, dass er weder Laura noch einen Lieferwagen gesehen hat.«

»Wann?«

»Vor etwa einer Stunde.«

Wald rechts und links, undurchdringlich, dunkel. Der Passat holpert durch ein Schlagloch, schlammiges Wasser spritzt über die Windschutzscheibe.

Eine Stunde.

Viel zu viel Vorsprung für einen Täter, der sich in die Enge getrieben fühlt und ein Mädchen in seiner Gewalt hat. Judith krampft die Finger ums Lenkrad und versucht noch einmal zu beschleunigen. Sofort drehen die Reifen wieder durch.

»Scheiße!« Sie muss den Druck loswerden, diesen wahnsinnigen Druck. Sie werden zu spät kommen. Sie wird Hannah Nungesser über den Tod ihrer Tochter informieren müssen. Sie wird das nicht ertragen können.

Warum hat der Anfänger nicht am Forstamt gewartet? Warum ist sie nicht selbst dorthin gefahren, sie wusste doch, dass die Möglichkeit bestand, Laura dort zu finden? Neben ihr wirft Manni sein Funkgerät mit einem wilden Fluch auf den Rücksitz.

»Scheiß-Analogfunk! Warum müssen wir uns immer noch mit dieser Steinzeittechnologie abgeben?«

Es kommt ihr vor, als kröchen sie den Berg in Zeitlupe hinauf. Sie werden zu spät kommen. Die Männer sind irgendwo im Tal verstreut. Zu Fuß, und sie können sie nicht erreichen. Wieder drehen die Reifen des Passats durch. Lange. Zu lange. Manni steigt aus, versucht zu schieben. Sinnlos. Irgendwo bellt ein hysterischer Hund. Wortlos reißt Judith die Taschenlampe aus dem Handschuhfach und beginnt zu laufen.

※※※

Er hat sie eingeholt. Er hat sie vom rettenden Weg zum Sonnenhof in den Wald gestoßen, hat sie an den Haaren gepackt und vor sich hergetrieben. Sie musste ihm gehorchen, muss ihm immer noch gehorchen, denn tut sie es nicht, wird der Schmerz unerträglich.

Zuerst hat sie geschrien, nie hätte sie gedacht, dass sie solche Laute in sich hat, dass es solche Laute überhaupt gibt. Vielleicht hat sie also gar nicht geschrien, vielleicht hat sie es sich nur eingebildet. Aber der Schmerz war echt. Er hat ihr den Kopf weit in den Nacken gerissen, ihr hart auf den Mund geschlagen.

»Still!« Ein grausam tonloses Zischen. Nichts ist mehr von seiner schönen Stimme geblieben.

Jetzt muss sie nicht mehr laufen, aber das ist noch schlimmer. Auf einer winzigen Lichtung hat er sie zu Boden geschleudert, hat sich auf sie geworfen und sein Atem hat ihr Gesicht verbrannt wie Feuer. Zuerst hat sie gedacht, er wolle mit ihr schlafen. Fast hat sie sich gewünscht, er wolle mit ihr schlafen, weil das bedeutet hätte, dass er ihr noch eine Chance gibt, denn jemanden, mit dem man Liebe macht, erschießt man doch nicht. Aber er wollte nicht mit ihr schlafen, wollte nur sichergehen, dass sie hört, was er ihr zu sagen hat. Dass sie versteht, wie enttäuscht er von ihr ist. Schlampe, Fotze, Hure. Verräterin. Ein endloser Monolog in dieser gespenstischen Stimme, und dass er dabei heult, ängstigt Laura nur noch mehr.

Dann hört er plötzlich auf zu reden, steht auf und greift das Gewehr. Und jetzt kniet sie vor ihm und weint. Sie schluchzt in harten, unkontrollierbaren Stößen, sie fleht und bettelt um ihr Leben, aber es ist, als ob er sie nicht hört.

Jetzt bellt ein Hund. Jey blickt sich um, aber nur einen Moment. Es ist zu spät. Sie entkommt ihm nicht. Jetzt legt er auf sie an und schießt. Angst und Schmerz explodieren in Lauras Kopf. Das Allerletzte, was sie wahrnimmt, ist ein gleißend helles Licht.

# Donnerstag, 13. November

»Sie können gehen. Sie stehen nicht mehr unter Verdacht. Wir haben den Täter gefunden«, erklärt der Polizeibeamte Korzilius, der heute kein Gel im Haar hat und grau im Gesicht ist. Grau wie der Himmel vor dem Fenster des Krankenhauses.

»Wir möchten uns bei Ihnen für die Unannehmlichkeiten entschuldigen, die Ihnen entstanden sind.«

Unannehmlichkeiten. Was für eine Untertreibung, denkt Juliane Wengert. Er hat ihr Haus durchwühlt, sie verhaftet, hat sie tagelang mit seinen Verhören und Unterstellungen gequält. Unannehmlichkeiten! Das Wort ist so absurd unpassend, dass ihr einen Moment lang beinahe zum Lachen zu Mute ist. Aber sie kann nicht lachen

»Wer ist ›wir‹?«, fragt sie stattdessen.

Er wird tatsächlich ein winziges bisschen rot und das macht ihn ihr zum ersten Mal einigermaßen sympathisch.

»Ich«, sagt er. »Ich möchte mich entschuldigen.«

»Wer hat ...« Juliane Wengert zögert, aber er versteht sie auch so.

»Wer der Täter war?«

Sie nickt.

»Ein Schreiner, der im Schnellbachtal gelebt hat. Im Sonnenhof. In diesem Aschram, in den Laura Nungesser von ihrer Mutter geschickt wurde, damit das Mädchen die Affäre mit Ihrem Mann vergisst.«

»Warum hat er Andreas getötet?« Es ist unendlich schwer,

das auszusprechen, aber sie zwingt sich dazu. Sie muss lernen, damit umzugehen, hat die Krankenhauspsychologin gesagt. Den Schmerz annehmen. Juliane Wengert merkt wie ihr wieder die Tränen kommen. Vermutlich hat die Psychologin Recht, aber es tut so weh.

»Soweit wir das bis jetzt rekonstruieren konnten, geschah die Tat aus Eifersucht. Der Täter liebte Laura Nungesser – die sich wiederum mit ihm auf eine Affäre einließ, sich aber zugleich noch heimlich mit Ihrem Mann traf. Der andere kam dahinter, lockte Ihren Mann in Lauras Namen ins Schnellbachtal und brachte ihn um.« Der Kommissar räuspert sich. »Er war sehr besitzergreifend, krankhaft. Einige Monate zuvor hat er bereits seine frühere Freundin umgebracht, Darshan, weil sie ihn verlassen wollte.« Wieder räuspert er sich. Er muss wirklich sehr müde sein, bemerkt sie. Unter seinen Augen liegen tiefe Schatten und er ist unrasiert. Eigentlich sieht er so aus, als hätte er die Nacht durchgemacht. »Es tut mir sehr Leid«, beendet er seinen Bericht.

Einen Moment lang schweigen sie beide, dann fällt ihr noch eine Frage ein.

»Ist er geständig?«

»Leider nicht.« Der Kommissar fährt sich erschöpft mit der Hand durchs Haar. »Er ist tot.«

»Tot?«

Korzilius nickt und sieht noch ein bisschen grauer aus. »Er hatte das Mädchen gekidnappt und wollte sie umbringen. Eine Forstbeamtin, die hinzukam, hat ihn erschossen und so dem Mädchen in letzter Sekunde das Leben gerettet.«

»Meine Güte.«

Der Kommissar nickt abwesend, den Blick aufs Siebengebirge gerichtet, das sich am Horizont über den Rhein erhebt. »Ziemlich dramatisch, ja.«

»Aber ist es denn erwiesen, dass er meinen Mann getötet hat?«

»Ja, da besteht kein Zweifel. Wir haben den Motorradhelm und die Brieftasche Ihres Mannes bei ihm gefunden. In den nächsten Tagen bekommen Sie seine persönlichen Dinge natürlich zurück und auch einen ausführlichen Bericht. Ich wollte

Sie nur schnellstmöglich informieren, dass gegen Sie keinerlei Verdacht mehr besteht.«

Ich kann also gehen, denkt Juliane Wengert, als sie zwei Stunden später vor der Klinik in ein Taxi steigt. Ich bin frei, ich kann gehen. Aber wohin? Tagelang hat sie sich nach ihrer Villa gesehnt, nach ihrer Badewanne, ihrem Bett, nach dem Moment, wenn sie ein Feuer im Kamin entzündet und endlich allein ist.

»Wohin?«, fragt der Taxifahrer. Sie begegnet seinen Augen im Rückspiegel, es sind argwöhnische Schlitze.

Sie muss Todesanzeigen verschicken, Kondolenzschreiben beantworten, eine Beerdigung organisieren. Aber vor allem ist es der Gedanke an das, was sie nicht tun muss, der sie zögern lässt: aufräumen!

Zu Anfang, als Andreas bei ihr eingezogen ist und sie kaum die Finger voneinander lassen konnten, fand sie seine Unordnung charmant. All die Jacken, Schulhefte, Bierflaschen, Sportsocken, Schraubschlüssel, die auf einmal auf ihren Kommoden, Tischen, Böden herumlagen, sogar im Schlafzimmer. Später haben sie sich deswegen gestritten. Und jetzt ist die Vorstellung, dass es in ihrem Haus nie wieder seine Unordnung geben wird, mehr, als sie ertragen kann.

Sie nennt dem Taxifahrer die erste Adresse, die ihr einfällt, die ihres Frisörs. Beruhigt lässt er den Mercedes in den Verkehr gleiten. Aber sie selbst ist nicht ruhig, vielleicht wird sie das nie mehr sein. Sie nimmt ihr Handy und will jemanden anrufen. Aber sie weiß beim besten Willen nicht wen.

# Sonntag, 16. November

Sie kann das Bild nicht vergessen, sie wird es nie mehr vergessen. Kein weißes Pferd. Kein Traum. Die Wirklichkeit. Diana Westermann kniet im Wald und hält Laura im Arm, wiegt sie sanft wie ein Kind. Ihr silbernes Haar verbirgt ihr Gesicht. *Istjagutistjagutistjagut*. Erst als sie sich zu ihr hinunterbeugen und der Hund endlich aufhört zu kläffen, verstehen sie, was sie da unablässig wiederholt. Und dann dauert es immer noch ein paar unerträglich grausame Sekunden, bis sie begreifen, dass nicht das Mädchen tot ist, sondern ihr Peiniger Benjamin Roth.

Sie sind zu spät gekommen, aber Laura lebt. *Ich habe ihn erschossen, er wollte sie töten*, Diana Westermanns Worte sind kaum zu verstehen und sofort verfällt sie wieder in ihren monotonen Singsang. *Istjagutistjagutistjagut*. Erst da erkennt Judith, dass sie diese Botschaft ebenso für sich selbst wiederholt, wie für das Mädchen, das apathisch in ihren Armen hängt.

Ein Moment wie eine Ewigkeit, für immer in Judiths Gedächtnis gebrannt. Ein Moment, der alles in sich birgt: die Angst aus ihren Albträumen. Die Verzweiflung am Sinn des Lebens. Trauer, die niemals aufhört, sondern allenfalls erträglich wird. Und trotzdem Hoffnung. Überlebenswille.

Und dann ist der Moment vorbei, die ersten Kollegen stürmen auf die Lichtung, die Welt dreht sich wieder, Routine folgt. Flutlicht, Sanitäter, Decken, heißer Tee. Die beiden Ks. Karl-Heinz Müller ohne sein übliches Gepfeife. Und schließlich Millstätt, der stumm von Manni zu Judith blickt, die Seite an Seite vor ihm stehen – ein Team, endlich ein Team, das sich wortlos versteht, das zusammengewachsen ist, jetzt, da sie beinahe verloren hätten.

»Gut. Nun gut«, sagt Millstätt. »Wir reden später.« Und das haben sie gemacht.

Das Telefon klingelt und Judith setzt sich mit dem Hörer auf die Fensterbank.

»Laura wird es schaffen, sie spricht wieder, gerade war ich bei ihr im Krankenhaus!« Hannah Nungessers Stimme klingt hell.

»Das freut mich, das freut mich wirklich sehr«, antwortet Judith und hat das Gefühl, als würden die Rosen auf dem Wohnzimmertisch plötzlich zu duften beginnen. Vorgestern hat Hannah Nungesser ihr diesen gigantischen Strauß roter Rosen geschickt. *Danke, dass Sie meine Tochter gerettet haben*, steht auf der Karte, die mit den Rosen zusammen geliefert wurde. *Ich habe Ihre Tochter nicht gerettet, das hat Diana Westermann getan*, hat Judith gesagt. *Ihr habe ich auch Blumen geschickt*, antwortete Hannah Nungesser. *Aber Ihr Verhör ...* Judith hatte das so stehen lassen. Und offenbar war die Frau ihr wirklich dankbar, denn warum sonst sollte sie jetzt ihre Freude mit Judith teilen?

»Diana war auch da mit ihrem neuen Freund Tom.« Hannah Nungesser lacht. »Es war fast so eine Art Familiengipfel. Sie wollen im Forsthaus eine WG gründen, mit Laura. Tom ist Schlagzeuger und Keyboarder, er braucht Platz zum Üben, ohne Nachbarn, sagt er. Diana möchte nicht mehr allein leben und für Laura eine große Schwester sein. Und Laura will wieder zur Schule gehen, damit sie später Forstwirtschaft studieren kann.«

»Gut, das klingt wirklich gut«, erwidert Judith. Sie sagt nicht, *was für eine Illusion*, denn wer weiß, vielleicht wird es ja funktionieren. Ein Leben voller Musik und Hundegebell und Liebe, mitten im Wald. Ein Leben mit Narben. Dianas Prozess wird kommen, und wie auch immer er ausgeht, sie muss damit leben, dass sie getötet hat. Und Laura wird vielleicht nie mehr jemandem vertrauen können. Aber möglicherweise schaffen die drei es ja trotzdem.

Der Tag verliert schon wieder sein Licht, obwohl es gar nicht richtig hell geworden ist. Judith zieht ihren Mantel an und nimmt Hannah Nungessers Rosen aus der Vase. Aus dem grauen Himmel fallen winzige Eissplitter, als sie zwanzig Minuten später den Melatenfriedhof betritt. Zwei alte Frauen in schwarzen Pelzmänteln humpeln an ihr vorbei. Judith hat Schwierigkeiten, sich zu orientieren, vor zwei Jahren, als Patrick hier beerdigt wurde, war es auch November, aber damals strahlte die Sonne völlig unpassend aus einem stahlblauen Himmel.

Endlich findet sie den richtigen Weg, neben der Trauerweide und dem steinernen Engel. Es gibt so viele traurige Jugendstilengel auf den alten Grabstätten des Friedhofs, aber dieser eine hier scheint zu lächeln.

Sie legt die roten Rosen auf Patricks Grab und dreht sich eine Zigarette. Dann noch eine. Immer noch fällt Eis vom Himmel und die Dunkelheit kommt jetzt schnell. Draußen vor den Friedhofsmauern brandet der Verkehr, aber hier ist es still. Wie im Wald, denkt Judith. Stille, die nichts verlangt außer der Fähigkeit, sie auszuhalten. Millstätt hat ihr Zeit gegeben. Zeit, um die sie ihn gebeten hat, vielleicht ein Sabbatjahr. Sie weiß nicht, ob sie je wieder Polizistin sein wird, ob sie das will.

Sie nimmt ihr Handy aus der Jackentasche.

»Martin«, sagt sie, als er sich meldet.

Er antwortet nicht, aber in seinem Schweigen ist etwas, eine Frage an sie.

»Ja«, sagt Judith. »Ja.«

# DANKE

Der Krimiautor und ehemalige Kriminalhauptkommissar Reiner M. Sowa hat die Ermittlungen in diesem Roman begutachtet, die Kölner Kripo und der Rechtsmediziner Dr. Frank Glenewinkel haben viele Fragen beantwortet. Dr. Marion Karmann brachte mir ihre Arbeit in den Wäldern Afrikas nahe, die Försterin Johanna Murgalla führte mich durchs Bergische Land, Friedrich und Irene Schmitz haben mein Wissen über Jagdwaffen enorm erweitert. Gabriele Valerius und viele andere *Sisters in Crime* stehen für inspirierende Fachsimpeleien und Networking im besten Sinne.

Danke, Momo & Torsten, fürs Testlesen. 1000 Dank auch an Anja, Barbara, Birgitt, Christina, Frank, Katrin, Petra und Ulla für Freundschaft und mehr sowie an meine Familie.

Dies ist ein Roman. Alle Figuren, die Geschichte und das Schnellbachtal sind meine Erfindung.

Gisa Klönne

Gisa Klönne

**Unter dem Eis**

Kriminalroman

Ein Jahrhundertsommer lähmt die Menschen in Köln, als ein Junge und sein Hund scheinbar spurlos verschwinden. Während sich die Polizei mit diesem mysteriösen Vermisstenfall quält, sucht Kriminalhauptkommissarin Judith Krieger in Kanada nach ihrer alten Schulfreundin Charlotte. Die Vogelforscherin wollte dort Eistaucher beobachten. Diese rotäugigen Wasservögel tauchen, so ein alter Mythos, zwischen der Welt der Lebenden und jener der Toten hin und her. Und bald geht es auch für Judith um Leben und Tod: Hat der Mann, mit dem sie in der kanadischen Wildnis eine leidenschaftliche Affäre anfängt, Charlotte umgebracht? Dann verschwindet in Köln ein weiterer Junge und für Judith und ihren Kollegen Manni Korzilius beginnt ein Wettlauf mit der Zeit. Ein Wettlauf, der sie mit Vertrauen, Verrat und falsch verstandener Liebe konfrontiert und bald sehr viel persönlicher berührt, als es ihnen lieb ist.

*Lesen Sie auf den nächsten Seiten, wie der Roman beginnt...*

## Sonntag, 24. Juli

Im ersten Moment ist da nur ihre Angst. Sie reißt die Augen auf und nimmt das fahle Frühmorgenlicht wahr, ihr vertrautes Zimmer. Eine Weile liegt sie da und hört dem Balzen und Zetern der Amseln vor ihrem Fenster zu, dann denkt sie an Barabbas und ihr müder Körper verkrampft sich in der Konzentration des Lauschens. Närrisches Weib, bangst um deinen Köter wie andere um einen Mann, schilt sie sich. Doch erst als sie sich davon überzeugt hat, dass das kaum wahrnehmbare heisere Raspeln im Flur Barabbas' Atem ist, findet sie den Mut, sich aufzusetzen.

Der Schmerz schießt ihr in Arme und Schultern, noch bevor ihre Füße die verschlissene Wolle des Webläufers berühren. Reiß dich zusammen, lass dich nicht gehen, am Morgen ist es immer am schlimmsten, aber du weißt, dass du trotzdem aufstehen kannst. Sie presst die Lippen zusammen. Abnutzung und jahrzehntelange Fehlhaltungen, zu viel Arbeit und Anspannung, das ist alles, was die Ärzte dazu sagen. Nehmen Sie *Schmerztabletten*, schonen Sie sich. Ihre wahren Gedanken verstecken sie hinter dem kalten Lächeln der Jugend und scheinheiligen Fragen. *Sie wohnen allein? Wie alt sind Sie, Frau Vogt? 82? Ein großer Garten? Und ein Schäferhund? Wird Ihnen das nicht zu viel? Und dann der Braunkohle-*

*tagebau – das ist doch nicht mehr schön hier in Frimmersdorf.* Sie sind alt, was erwarten Sie, scheren Sie sich zum Teufel, das ist es, was die Ärzte eigentlich sagen wollen, doch diesen Gefallen wird sie ihnen nicht tun.

Die Hitze des heranbrechenden Tages hängt wie eine Ahnung über den Beeten. Ich sollte mich jetzt sofort um die Zucchini und die Bohnen kümmern, die Erdbeeren pflücken, bevor die Amseln sie holen, nachher wird es zu warm sein, denkt sie. Der Kessel summt, sie gießt Bohnenkaffee auf, lässt Butter und Honig auf einer Scheibe Toastbrot verlaufen, füllt Barabbas' Napf mit Wasser und wirft ihm ein paar Hundekuchen zu. Er drängt sich an sie und sie krault seine Ohren, ignoriert den Schmerz, mit dem ihr Körper die leicht gebückte Haltung augenblicklich strafft. Barabbas schlabbert drinnen sein Wasser, sie schlürft am Verandatisch vor der Küche ihren Kaffee. Halb fünf. Falls ein Omen für Unglück in der Luft liegt, bemerkt sie es nicht.

So sollte es immer sein, überlegt sie stattdessen. Anfang, nicht Ende. Ein Tag, so sauber und neu, geschaffen wie für uns allein. Ein paar Amseln fliegen auf und in Barabbas' braunen Augen glimmt Sehnsucht. Wann haben sie den letzten längeren Spaziergang gemacht? Wann hat er über die Felder streifen können? Vorgestern? Vor einer Woche? Sie erinnert sich nicht mehr. Noch ein Fluch des Alters, diese Gedächtnislücken. Man braucht wirklich sehr viel Selbstbewusstsein, um sich nicht unterkriegen zu lassen vom Leben. Je älter man wird, desto mehr. Sie trägt die leere Tasse in die Küche und nimmt den Schäferhund an die Leine, auf einmal selbst ganz beseelt von dem Gedanken an einen ausgedehnten Streifzug. Wird sie die Erdbeeren eben pflücken, wenn sie zurückkommen, und das Gemüse muss bis zum Abend warten.

Sie wählt den Weg durch den Ort, und auch wenn es noch früh ist, löst sie Barabbas' Leine nicht. Solange sie sich korrekt verhält, kann niemand behaupten, dass sie für ein so großes, starkes Tier nicht mehr die Kraft hat und deshalb eine Gefahr für ihre Mitmenschen darstellt, dass der Hund eingeschläfert und sie ins Heim gehört. Am Dorfrand, hinter den Sportplätzen, lässt sie Barabbas laufen. Der Kraftwerkskoloss schläft nicht. Dampf zischt in den Morgenhimmel, die Werkssirene heult, die Förderbänder transportieren Braunkohle, rumpeln und quietschen. Sie wählt den Weg durch den Tunnel, überquert den Fluss, an dem später die Angler sitzen werden. Barabbas hat offensichtlich einen guten Tag, stiebt davon wie ein Welpe. Nach einer Weile verlässt er die Straße und schnürt in ein Wäldchen. Sie folgt ihm langsam, darauf bedacht, nicht zu stolpern. Die Sonne steigt jetzt höher, aber noch brennt sie nicht, der Duft wilder Kamille liegt in der Luft.

Das Aufheulen eines Motors fährt ihr geradewegs ins Herz. Verwirrt dreht sie sich einmal um ihre eigene Achse. Was war das? Wieder heult der Motor auf, ein misstönendes Knattern folgt. Halbstarke, denkt sie, kein Respekt vor irgendwas. Aber schlafen junge Leute sonntags um diese Zeit nicht ihren Rausch aus? Für den Bruchteil einer Sekunde glaubt sie, dass der Verursacher des morgendlichen Lärms direkt auf sie zufährt, noch ein Knattern und ein Lichtblitz, dahinten Richtung Straße. Im nächsten Moment kann sie nichts mehr erkennen und das Motorengeräusch entfernt sich.

Wo ist Barabbas? Plötzlich ergreift die Nachtangst wieder Besitz von ihr. Was wäre ich ohne meinen Hund? Was bleibt mir, wenn er stirbt? Sie ruft nach ihm und entdeckt ihn in einer Kuhle, er wälzt sich selig im Dreck, es wird lange dauern, ihm den Staub aus dem Fell zu bürsten. *Das ganze Haus stinkt nach Hund, gib's doch zu, du schaffst es schon seit Monaten nicht mehr, das Vieh zu baden* – die Stimme ihrer Tochter. Elisabeth Vogt schüttelt den Kopf, obwohl sie ganz genau weiß, dass Erinnerungen sich dadurch nicht vertreiben lassen.

»Barabbas, hierher, komm zu Frauchen!« Ihr Ruf ist das heisere Gekrächz eines alten Weibs.

»Barabbas!«

Jetzt endlich bequemt sich der Schäferhund zu gehorchen, mit wedelnder Rute und beinahe schelmischem Blick. Nie kann sie ihm böse sein, nicht einmal als er sich jetzt ihrem Griff entzieht, um in langen Sätzen dorthin zurückzujagen, wo es geknattert und geblitzt hat. Nun ja, letztendlich ist es ihr gleich, welchen Weg sie nehmen, also folgt sie ihm. Der Boden ist sandig. Dreck rieselt in ihre Birkenstocksandalen, immer wieder muss sie die Füße von Gestrüpp befreien. Sie hört das kehlige Knurren ihres Hundes, bevor sie ihn sieht, und ein Hitzeschauer jagt ihr über den Rücken. Der dickgeflochtene lederne Griff der Hundeleine liegt in ihrer Hand wie ein toter Aal.

»Bara...«, ihre Stimme versagt. In all den 16 Jahren ihres Zusammenlebens hat sie sich nicht vor ihrem Hund gefürchtet, er hat ihr nie einen Grund dafür gegeben. Jetzt aber will sie fliehen, will nicht sehen, was aus ihrem freundlichen Gefährten ein geiferndes Höllentier macht, doch eine Macht, die stärker ist als sie, schiebt sie dennoch zwischen die krüppeligen Bäume.

Zuerst sieht sie nur Barabbas' gekrümmten Rücken. Gesträubtes Fell, angespannte Muskeln, er hat sich in etwas verbissen, reißt daran, und die ganze Zeit grollt in seiner Kehle der Abgrund.

»Barabbas, aus!« Das Entsetzen gibt ihr die Stimme wieder, sie lässt den Ledergriff der Hundeleine auf seinen Rücken niederfahren. Niemals zuvor hat sie ihm mehr als einen leichten Klaps mit der Zeitung gegeben, aber jetzt drischt sie wie von Sinnen auf ihn ein, mit einer Kraft, die sie längst verloren zu haben glaubte, zerrt den Rüden zugleich am Halsband und würgt ihn, bis sein Knurren endlich zum Winseln wird und er sein blutiges Maul öffnet.

Schlaff und zerstört liegt seine Beute im Schmutz. Ein Rauhaardackel. Bilder flimmern vor Elisabeths Augen. Der Junge aus ihrer Straße mit seinem Struppi, beide mit glänzenden Augen. Ihr Enkel, wie er Barabbas umarmt und seine Mutter anbettelt, ihm doch bitte, bitte, bitte einen Hund zu schenken, wenigstens einen kleinen, es muss ja gar kein Schäferhund sein, ein Dackel reicht völlig, und nie, nie, nie will er danach noch ein anderes Geschenk haben, weder zu Weihnachten noch zu Ostern oder zum Geburtstag, und immer wird er mit seinem Hund Gassi gehen, *ich schwöre, Mammi, ich schwöre, bitte, bitte, bitte.*

Sie hält Barabbas weiter im Würgegriff des Halsbands und schließt für ein paar gnädige Momente die Augen. Nein, sie will nicht sehen, was da liegt, sie will nicht hier bleiben, will nicht, kann nicht. Barabbas' Keuchen und das aufdringliche Summen einer grünschillernden Schmeißfliege holen sie zurück in die Wirklichkeit des Wäldchens. Nach Hause, wir müssen nach Hause, hier dürfen wir nicht bleiben, wenn sie uns hier finden und sehen, was Barabbas getan hat, werden sie ihn mir nehmen. Sie klinkt die Leine in sein Halsband und zerrt ihn Schritt für Schritt mit sich. Ihr Rücken schreit vor Schmerz, auf einmal spürt sie das wieder, und auch Barabbas' Energie scheint verbraucht, er duckt sich zitternd an ihre Seite, ein verwirrter alter Hund, wie hat sie ihn nur so verprügeln können. Nach Hause, denkt sie wieder, wir müssen nach Hause, da sind wir sicher, da wird alles wieder gut.

Die Sonne erklimmt den Himmel jetzt viel zu schnell, Elisabeths Kleid klebt an Schenkeln und Rücken, jeder Atemzug tut weh. Niemand wird erfahren, was du getan hast, ich passe auf dich auf, Barabbas, mein Freund, mein Gefährte, sie werden dich nicht einschläfern, das lasse ich nicht zu, verzeih, was ich dir angetan habe.

Verzeih. Verzeih. Mit aller verbliebenen Kraft zwingt sie sich, nichts anderes zu denken als das.

❊❊❊

Die Villa im Kölner Nobelstadtteil Bayenthal liegt apathisch in der Hitze, deren Ursprung die Medien mit rapide nachlassendem Enthusiasmus als Jahrhundertsommer bezeichnen. Sogar die Alleebäume wirken erschöpft. Judith Krieger, auf eigenen Wunsch beurlaubte Kriminalhauptkommissarin, legt den Kopf in den Nacken und starrt durchs geöffnete Faltdach ihrer Ente in den Himmel. Sie sehnt sich danach, den Motor anzulassen, Gas zu geben und das Gesicht so lange in den Fahrtwind zu halten, bis sie einen See erreicht. Wenn sie die Augen schließt, erscheint ihr das Wasser zum Greifen nah. Kühl und beinahe kitschpostkartenartig blaugrün.

Ein dunkler Mercedes hält hinter ihrer Ente. Der Mann, der herausklettert, ist ihr vertraut und doch auch wieder nicht, genau wie das Haus, vor dem sie parkt. Er kommt auf sie zu, in Schritten, die zu klein sind für seinen Körper. Als seien seine Beine zur Fortbewegung gar nicht nötig, als schiebe er sich vielmehr auf Judith zu, ein übergewichtiger, blauäugiger Krebs in heller Freizeitkleidung, dem man den Seitwärtsgang abtrainiert hat. In Judiths Magengegend flattert etwas. Es war ein Fehler, herzukommen, denkt sie. Dies ist meine letzte Urlaubswoche. Ich hätte mich nicht überreden lassen sollen, auch nicht um der alten Zeiten willen, was vorbei ist, ist vorbei.

»Judith Krieger, höchstpersönlich, Gott sei Dank!« Ihr ehemaliger Schulkamerad entblößt Zähne, deren Regulierung einem Kieferorthopäden ein kleines Vermögen eingebracht hätte.

»Berthold Prätorius«, Judith steigt aus und zieht ihre Hand so schnell wie möglich aus seiner feuchtwarmen Begrüßung.

Er strahlt sie an. »Ich wusste, dass du kommst.«

»Da warst du zuversichtlicher als ich.«

Er fährt sich mit der Hand durch die mausbraunen Haarsträhnen, eine nervöse Geste. Früher waren seine Finger wund und tintenfleckig, die Nägel quasi nicht vorhanden. Jetzt verraten nur noch die breiten, fleischigen Fingerspitzen den gefragten EDV-Experten Dr. Berthold Prätorius als einstigen Nagelbeißer und Klassenfreak.

»Bitte, Judith. Ich hab dir doch gesagt, Charlotte ist in Gefahr. Du musst mir helfen.«

Bertholds Anruf war völlig überraschend gekommen. Regelrecht angefleht hatte er Judith, sich mit ihm bei Charlottes Villa zu treffen. Ihre alte Schulkameradin sei seit mehreren Wochen verschwunden, genauer gesagt seit Ende Mai. Kein Urlaub, nein. Charlotte sei immer nur an die Ostsee gefahren, Fischland Darß/Zingst, Pension Storch, Seevögel beobachten, aber da sei sie nicht. Charlotte sei wie vom Erdboden verschluckt, vielleicht sei ihr etwas zugestoßen, aber ihm seien die Hände gebunden, er kenne sich nur mit Computern aus, die Polizei verstehe seine Sorgen nicht und Judith sei doch Kommissarin. Okay, hatte sie schließlich gesagt, *ich schau mir das Haus mal an, rein privat. Vielleicht wissen wir dann mehr.*

Sie mustert ihn, wie er jetzt in seinen Hosentaschen herumfingert, links, rechts, wieder links, bis er endlich mit einem Seufzer einen Schlüssel hervorkramt und vor Judiths Nase baumeln lässt.

»Willst du oder soll ich?«

»Du bist mit Charlotte befreundet, nicht ich.«

Er nickt und steckt den Schlüssel ins Schloss. Die Kühle im Hausflur ist ein Schock auf der Haut, die Luft abgestanden. Tot, denkt Judith, auch wenn nichts auf den unverkennbaren Geruch der Zersetzung eines menschlichen Körpers hindeutet. Es riecht nach Staub, Mottenkugeln und einem Hauch Desinfektionsmittel. Berthold zieht die Haustür ins Schloss, und das Gefühl, ein Mausoleum zu betreten, wird stärker.

»Gibt's hier kein Licht?« Judith tastet an der Wand neben der Haustür nach einem Schalter.

»Die Rollos sind runter, warte.« Berthold schiebt sich an ihr vorbei und öffnet eine Tür, sie findet den Lichtschalter im selben Moment, in dem er die Rollos im Nebenraum hochzieht. Stofftapeten in bleichem Altrosa werden erkennbar, ein klobiger Garderobenschrank, ein Spiegel und eine altmodische Telefonbank.

Berthold Prätorius setzt sich wieder in Bewegung und Judith folgt ihm in ein Wohnzimmer mit schweren Eichenmöbeln. Auch hier ist es halbdunkel, bis Berthold die Rollos hochzieht und den Blick auf einen parkähnlichen, von hohen Nadelbäumen umrahmten Garten freigibt. Licht flutet ihnen entgegen, Sonnenstrahlen, die im ersten Moment nichts Wärmendes an sich haben, sondern die Augen quälen.

»Der Rasen sieht frisch gemäht aus«, sagt Judith.

»Charlotte hat einen Gärtner.«

»Wie bezahlt sie ihn?«

Berthold zuckt die Schultern. »Per Dauerauftrag? Ich habe keine Ahnung.«

Judith sieht sich um. Über dem nietenbeschlagenen Ledersofa hängt ein schweres Ölbild mit Goldrand. Rotbefrackte Reiter, die ihren hysterisch wirkenden Pferden den Kopf in den Nacken reißen, Jagdhunde mit blutigen Lefzen, ein fliehender Hirsch.

»Dieses Haus wirkt nicht gerade jugendlich.«

»Die Einrichtung stammt noch von Charlottes Vater.« Berthold spricht, als wolle er die verschwundene Schulkameradin verteidigen, mit der er, im Gegensatz zu Judith, bis heute in Kontakt geblieben ist. Befreundet, wie er sagt.

»Ist ihr Vater tot?«

»Seit einem Dreivierteljahr, ja.«

»Genug Zeit, was zu ändern.«

»Charlottes Zimmer sind oben. Schau dich doch einfach in Ruhe um. Ich muss leider noch mal weg.« Er sieht sie nicht an.

»Du willst mich hier allein die Leiche suchen lassen?«

Seine rosige Gesichtshaut wird eine Spur blasser, seine fleischige Rechte landet auf seiner Brust. »Hier ist keine Leiche, ich habe schon alles abgesucht, sogar den Keller.«

»Sehr beruhigend.«

»Es geht wie gesagt darum, herauszufinden, wo Charlotte hingefahren sein könnte.«

»Und du hast wirklich keine Idee ...«

»Ich bring dich hoch, aber dann muss ich los. Ein Systemfehler in der Firma, das konnte ich nicht vorhersehen, ohne mich sind die aufgeschmissen.«

»Hattest du nicht gesagt, sonntags hättest du auf jeden Fall frei?«

»Tut mir leid. Für Computer ist das ein Tag wie jeder andere.«

Er führt sie eine Treppe hinauf, weiter hinein in den abgedunkelten Kosmos der Charlotte Simonis. Ein brauner Teppich, der mit Messingstangen über die Stufen gespannt ist, schluckt ihre Schritte. Der Geruch nach Desinfektionsmittel und Mottenkugeln wird stärker, der See, von dem Judith eben noch geträumt hat, erscheint mehr und mehr wie eine Fata Morgana.

»Hier.« Berthold öffnet eine weißlackierte Holztür. Der Raum ist dämmrig, muffig und warm. Judith findet den Lichtschalter und zuckt zurück. Glasige Puppenaugen starren sie an, katapultieren sie in eine Zeit, die sie lieber vergessen wollte. Erinnern sie daran, dass sie etwas wiedergutzumachen hat, obwohl es dafür vermutlich zu spät ist. Im nächsten Moment ergreift Bertholds Sorge um die gemeinsame Schulkameradin Besitz von Judith, schleicht sich in ihren Körper wie ein Gift. Warum hat Charlotte ihre Puppen aufgehoben?

Was sagt das aus über ihr Leben? Etwas zieht in Judiths Bauch und die stickige Hitze in dem Mansardenzimmer macht das nicht besser.

❊❊❊

Schmeißfliegen summen. Eine Grille sägt ihre misstönenden Lockrufe nach einem Partner in den Tag. Unbarmherzig beißt die Sonne in Elisabeths Nacken und Unterarme. Sie stützt sich einen Moment lang auf ihren Spaten und holt Luft. Rotschwarze Kreise tanzen vor ihren Augen. Sie muss wahnsinnig sein, in dieser Hitze ein Grab zu schaufeln. Aber natürlich hat sie gar keine Wahl. Sie hat Barabbas zu Hause eingesperrt, hat sein Protestgewinsel ignoriert, als sie sich mit Spaten und Koffer erneut auf den Weg in die Brachen machte. Sie beginnt wieder zu graben, stellt mit Befriedigung fest, dass das Loch bald tief genug sein wird. Es gibt keinen anderen Weg, denkt sie. Ich muss das hier zu Ende bringen. Barabbas' Sünde vergessen machen.

Der Rauhaardackel liegt neben ihr im Sand. Seine glasigen Augen scheinen sie zu beobachten. Jetzt landet eine Fliege in seinem Augenwinkel. Elisabeth hebt den Spaten und verscheucht sie, aber das Insekt ist hartnäckig. Wieder und wieder kehrt es zurück. Natürlich tut es das, denkt Elisabeth. Es will fressen. Fressen und für seine Brut sorgen, so ist das Leben eben. Die Vorstellung, dass sich alsbald Fliegenmaden an den Dackelaugen gütlich tun werden, lässt ihren Magen revoltieren, obwohl sie auf einem Bauernhof groß geworden ist und weiß Gott nicht zimperlich ist. Sie sticht den Spaten in den Sand und sinkt mit einem Ächzen auf die Knie. Komm, kleiner Hund, bringen wir es hinter uns. Zumindest vor den Fliegen kann ich dich schützen.

Sie öffnet den Deckel des Kinderreisekoffers und nimmt eines der alten Frotteelaken heraus, die ihr als Leichentücher dienen. Sie zieht den Dackel darauf. Er sieht so klein aus, ist aber schwer. Elisabeth schmeckt Magensäure auf der Zunge. Barabbas' Biss ist in dem weichen, strubbeligen Fell kaum noch zu erkennen. Wieder versucht eine grün schillernde Fliege ihr Glück. Schnell hebt Elisabeth den Dackel in seinen rotgrün karierten Sarg. Immer noch sieht er sie an. Aber das ist nicht der Grund, warum Elisabeth auf einmal so unkontrolliert zu zittern beginnt. Dem Dackel fehlt das rechte Ohr. Jemand muss es abgetrennt haben, vor kurzem erst, mit einem Messer, denn an der geraden Schnittfläche klebt Blut.

❃❃❃

Als sein freies Wochenende frühzeitig beendet wird, sitzt Kriminalkommissar Manfred Korzilius im Maybach-Biergarten und überlegt, ob er die katzenäugige Blonde mit dem rosa Fummel, die sich mit ihrer weitaus weniger attraktiven Freundin am Tresen räkelt, ansprechen soll oder nicht. Wenn er sich ranschmeißt, riskiert er einen Korb. Andererseits sehen die beiden so aus, als wären sie für etwas Abwechslung durchaus dankbar. Und wer nichts wagt ... Die Frage ist natürlich immer, ob sich der Einsatz lohnt. Jetzt dreht Miss Katzenauge eine silberne Spange ins Haar und fächert sich mit der Getränkekarte Luft zu. Sehr hübsch. Das Vibrieren von Mannis Handy wird aufdringlicher, fordert, dass er sich jetzt, sofort, darum kümmert. Was soll's, denkt er, als er sein Nokia aufklappt, eigentlich ist es sowieso zu heiß für Sex.

»Tut mir leid, dass ich stören muss«, bellt die Stimme von Thalbach, seinem neuen Chef.

»Ich hab heute keine Bereitschaft.«

»Das weiß ich, aber ich habe eben mit Millstätt gesprochen, und wir sind beide der Meinung, dass du der richtige Mann für diesen Einsatz bist.«

»Aha«, sagt Manni und ärgert sich, dass ihm nichts Intelligenteres einfällt. Wieso, verdammt noch mal, beruft sich Thalbach auf den Leiter der Mordkommission? Steht Manni nun endlich die Rückversetzung ins KK 11 bevor, um die er sich seit Monaten bemüht? Und warum ruft Millstätt dann nicht selbst an?

»Ein Junge ist verschwunden«, verkündet Thalbach mit sonorer Stimme. »In den Aussagen der Eltern gibt es Ungereimtheiten. Einiges deutet darauf hin, dass ein innerfamiliäres Tötungsdelikt vorliegen könnte, da käme deine Erfahrung vom KK 11 ins Spiel. Die Eltern können einfach nicht genau sagen, seit wann ihr Sohn verschwunden ist. Irgendwann am Wochenende, während eines Zeltlagers, das er mit seinem Vater besucht hat, der übrigens nicht der leibliche Vater ist.«

Ausgerechnet jetzt, da klar ist, dass das mit einer heißen Sommernacht nichts werden wird, sieht Miss Cateye zu ihm hinüber, und zwar durchaus nicht uninteressiert. Manni wirft ihr einen langen Blick zu und versucht, sich auf das Telefongespräch zu konzentrieren. Er trinkt einen Schluck Radler und verzieht das Gesicht. Warm und abgestanden, dabei sitzt er gerade einmal zehn Minuten hier. Er schiebt das Glas zur Seite und winkt der Kellnerin.

»Wie alt ist der Junge?«

»Vierzehn.«

»Vielleicht ist er bei seinen Kumpels. Baden. Oder bei seiner Freundin.«

»Das scheint nicht der Fall zu sein. Fahr bitte zu den Eltern und sprich mit ihnen. Verschaff dir einen Eindruck von der Situation.«

»Für wen arbeite ich?«

»Für mich. Vorläufig jedenfalls. Und hoffen wir für diese Familie, dass es dabei bleibt.«

*Und wenn sich rausstellt, dass der Junge tot ist, komme ich dann mit diesem Fall zurück ins KK 11?* Die

Frage brennt Manni förmlich auf der Zunge, aber er stellt sie nicht. Das letzte halbe Jahr hat ihn Vorsicht gelehrt. Gleich nachdem seine erste gemeinsame Ermittlung mit Judith Krieger auf einer Waldlichtung im Bergischen den Bach runtergegangen war, hat Millstätt ihm eröffnet, dass er in die Vermisstenabteilung versetzt wird. Vorübergehend, nur um einen Personalengpass abzufangen. Eine fromme Lüge, die Manni bis heute nicht glaubt. Judith Krieger hat sich beurlauben lassen, um in sich zu gehen und ihre lädierte Psyche zu hätscheln, und er darf derweil Buße bei den Personenfahndern tun, statt Karriere zu machen, so sieht es aus. Eine himmelschreiende Ungerechtigkeit, denn schließlich war es die Krieger, die damals alle Dienstanweisungen ignorierte. Trotzdem darf sie, wenn sie in einer Woche zurückkommt, wieder ins KK 11. Millstätt frisst ihr eben wie eh und je aus der Hand.

»Hast du noch Fragen?« Thalbachs Stimme holt Manni zurück in die Gegenwart. Manni betrachtet sein Radler, das dasteht, als habe es niemals so etwas wie eine Schaumkrone besessen. Warum nicht ein bisschen pokern, wenn sie ihm schon übel mitspielen? Allzu viel Enthusiasmus schuldet er ihnen momentan nicht, und seine Lust, sich quer durch die Stadt zum Fuhrpark des Präsidiums zu quälen, tendiert gegen null.

»Ich sitze im Biergarten und habe Alkohol getrunken.«
»Viel?«
»Na ja, geht so, Radler.«
»Bestell dir einen Espresso und nimm dir ein Taxi.«

Die Kellnerin wird endlich auf ihn aufmerksam und kommt an Mannis Tisch, er lächelt entschuldigend und entwindet ihr wortlos Block und Stift, um die Adresse zu notieren, die Thalbach diktiert.

❖❖❖

Unten fällt die Haustür ins Schloss. Judith kann den Blick nicht von Charlottes Puppensammlung lösen. Es ist, als würden diese starren Kinderimitationen mit den bunten Kleidern sie hypnotisieren, als stehe sie einer glasäugigen Zeitmaschine gegenüber. Sie weiß, dass sie schon einmal in diesem Zimmer gewesen ist, vor Jahrzehnten. Wie alt war sie damals? Vierzehn oder so. Es war ein nassgrauer Tag im Mai, kurz nach Charlottes Geburtstag. Sie und Charlotte sind beinahe gleich alt, Jahrgang 66. »Herzlichen Glückwunsch«, sagt sie laut, um ihr Unbehagen angesichts dieses Kinderzimmers abzuschütteln, das in seiner Vergangenheit erstarrt zu sein scheint wie in Gelatine.

Bei der Geburtstagsfeier hatte Charlottes Mutter Rhabarberkuchen mit Schlagsahne und Kakao serviert. Es hatte Kerzen und Blumen gegeben, Geschenke natürlich, und trotzdem war keine Stimmung aufgekommen. Die anderen Mädchen stießen sich unter dem Tisch an und kicherten. Sie kannten sich schon seit der fünften Klasse, eine eingeschworene Gemeinschaft, nur Charlotte und Judith waren neu, zugezogen, außen vor. Am nächsten Tag auf dem Schulklo belauschte Judith, wie sich die Mitschülerinnen rauchend in einer der Kabinen drängten und über Charlotte lästerten. Über ihre weiße Spitzenbluse und die Puppen. Darüber, dass es kein Eis gegeben hatte, keine Schokoriegel, keine Cola und keine Musik – überhaupt nichts von alldem, was in war. Und natürlich war es nicht bei diesem Getuschel geblieben. In den Wochen nach Charlottes Geburtstagsfeier hörten die Mitschülerinnen einfach auf, mit ihr zu sprechen. Taten so, als existiere sie nicht. Charlotte hatte Judith zu sich eingeladen, hatte sich im Unterricht neben sie gesetzt, ihr auf dem Pausenhof Geheimnisse anvertraut – was Mädchen eben so tun. Judith fand Charlotte ein wenig wunderlich, aber durchaus nicht blöd oder langweilig. Trotzdem hatte sie aufgehört, sich mit ihr zu treffen. Und dann hatte sie sie verraten. Oder etwa nicht?

Judith steigt die Treppe hinunter zurück ins Parterre, füllt in der Küche ein Glas mit Leitungswasser und setzt sich auf die sonnenwarme Steintreppe, die von der Terrasse in den Garten führt. Die Hitze macht ihren Körper schwer und träge und zieht die Gedanken in die Ferne. Ihr ist immer noch flau im Magen. Sie versucht, die Erinnerungen an Charlotte und ihre Puppen beiseite zu drängen und stattdessen an einen blaugrünen Badesee zu denken, an irgendeine harmlose, unkomplizierte, gegenwärtige Sommerphantasie. Es gelingt ihr nicht.

Sie ist nicht lange mit Charlotte und Berthold zur Schule gegangen, zwei Jahre bloß. Dann hatte ihr rastloser Vater schon wieder einen neuen Job, in Bremen diesmal, und so waren sie ein weiteres Mal umgezogen. Judith erinnert sich nicht gerne an jene Zeit, in der sie den Entscheidungen ihrer Eltern ausgeliefert war. Ihr eigentliches Leben, so kommt es ihr immer vor, begann erst mit dem Schulabschluss. Gleich nach dem Abitur ist sie zurück nach Köln gezogen, nicht aus Nostalgie, sondern weil sie an der juristischen Fakultät einen Studienplatz bekommen hatte. Trotzdem war sie vom ersten Tag an entschlossen, Köln zu ihrer Heimat zu machen. Regelrecht berauscht war sie damals von dem Gedanken, nie mehr umziehen zu müssen, wenn sie es nicht wollte; sich ein Leben aufzubauen, einen Freundeskreis, wie es ihr gefiel. Ein Wiedersehen mit alten Kölner Schulkameraden allerdings gehörte nicht zu ihrem Plan, also hatte sie es vermieden.

Judith dreht sich eine Zigarette. Im Grunde genommen weiß sie nichts von ihrer ehemaligen Mitschülerin, und vermutlich ist es nicht nur falsch, sondern auch anmaßend, zu denken, dass ein paar geteilte Erlebnisse als Teenager und ihre eigene unrühmliche Rolle damals irgendeinen Einfluss auf Charlottes Leben gehabt haben könnten – oder gar auf ihr Verschwinden. Aber verschwunden ist Charlotte, so viel steht fest. Jedenfalls scheint niemand sie in den letzten sieben Wochen gesehen zu haben. Judith zündet ihre Zigarette an und genießt das vertraute Prickeln des Nikotins in ihren Lungen. Was ist mit Charlotte passiert? Wie ist ihr Leben verlaufen? Ist es möglich, dass sie hier im Mausoleum ihres Elternhauses glücklich war? Ist ihr Verschwinden die Spätfolge eines verkorksten Lebens – oder ist sie fortgegangen, um ihr Glück zu finden? Und selbst wenn, was bedeutet das schon? Judith zieht an ihrer Zigarette. Wir jagen dem Glück hinterher, unterwerfen uns unserer Sehnsucht danach wie einem nimmersatten Gott. Wir weigern uns zu akzeptieren, dass das Leben auch Fehlschläge hat. Alltag. Unglücke. Eltern und Partner, die uns verraten oder verlassen. Im Grunde ist diese Hatz nach dem Glück nur eine Spielart von Bequemlichkeit. Weil wir uns weigern zu akzeptieren, dass das Leben nicht nur Sonnenseiten hat und dass uns trotzdem nichts anderes übrig bleibt, als immer weiterzuatmen, ob nun gute Zeiten kommen oder schlechte.

Charlotte wollte meine Freundin sein, denkt Judith. Ich habe sie zurückgewiesen. Das ist damals passiert, weiter nichts, Ende der Geschichte, Punkt. Aber aus irgendeinem Grund funktioniert das nicht, und das löst Judith aus ihrer Erstarrung. Sie drückt ihre Zigarette aus und steht auf. Wenn es in dieser verlassenen Villa einen Hinweis auf Charlottes gegenwärtigen Aufenthaltsort gibt, wird sie ihn finden.

❀❀❀

Im Stadtteil Brück stopft Manni die Taxiquittung in die Hosentasche, schiebt sich ein Fisherman's Friend zwischen die Zähne und sieht sich um. Die Doppelhäuser sehen aus wie überall, auch die Vorgärten bieten das übliche Programm. Blümchen und eine Holzbank, manchmal ein Miniaturbaum mit grotesk gestutzten Ästen und dann natürlich dieser ganze Plastikkram, der schon von weitem signalisiert, dass die Bewohner dieser Häuser sich redlich bemühen, etwas für das Einkommen der Rentner von morgen zu tun. Manni steigt über ein rotes Bobbycar, Schaufeln, Eimer und einen schlappen Fußball, die auf dem Zierpflasterweg des Hauses ein hässliches Chaos bilden. Noch bevor er klingeln kann, stößt ein Mann die Eingangstür auf, barfuß und blond. An seinen verwaschenen Jeansbeinen kleben zwei Kleinkinder mit schokoladenverschmierten Mündern.

»Kripo?« Ohne Mannis Dienstausweis zu beachten, packt der Mann das größere Kind an den Schultern. »Geh jetzt bitte mit deiner Schwester ins Wohnzimmer. Papi und Mami wollen allein mit diesem Mann sprechen.«

Ölgötzengleich starren die beiden Rotznasen zu Manni hoch. Der Mann macht eine Bewegung mit den Hüften. »Leander, Marlene – ihr wisst, was wir verabredet haben. Geht jetzt ins Wohnzimmer, sonst war's das mit dem Kinderkanal für die nächsten Wochen und ich steck euch direkt ins Bett.«

Diese Drohung scheint zu wirken, im Zeitlupentempo löst sich die Brut mit den hoffnungsschwangeren Vornamen von den Beinen des Barfüßigen, der ihnen noch einen letzten Stups in die erwünschte Richtung gibt, bevor er sich an Manni wendet.

»Frank Stadler, kommen Sie rein.«

Stadlers Frau, Martina, ist in der Küche. Mit angezogenen Beinen und leerem Blick hockt sie auf einer Eckbank hinter einem grob gezimmerten Holztisch. Ihr kastanienrotes Haar fällt in schimmernden Wellen über ihre Schultern, sie trägt ein hellgrünes Trägerkleid und sieht richtig klasse aus, wenn man von ihren verquollenen

Augen mal absieht. Ihre schlanken Finger umklammern irgendetwas. Als hinge ihr Leben davon ab, den Griff keinen Millimeter zu lockern.

»Sie müssen Jonny finden«, sagt sie statt einer Begrüßung.

Manni nickt und setzt sich ihr gegenüber. Ja, wir werden deinen Jungen finden, denkt er. Früher oder später. Und vielleicht wünschst du dir dann, dass wir es nicht getan hätten, sehnst dich zurück nach der Ungewissheit, die du jetzt nicht auszuhalten glaubst. Stadler schiebt ein leeres Glas vor ihn hin und füllt es mit Wasser aus einer dieser Plastikflaschen, in denen Geizhälse ihr Sprudelwasser selber herstellen. Manni trinkt einen Schluck. Das Wasser ist warm und schmeckt schal. Er stellt das Glas auf den Tisch.

»Sie vermissen also Ihren ältesten Sohn, Jonathan Stadler. Er ist vierzehn ...«

»Röbel«, unterbricht ihn Martina Stadler, »Jonny heißt Röbel mit Nachnamen.«

»Röbel.« Manni lässt den Stift wieder sinken. »Aber Sie beide heißen Stadler?«

»Jonny ist eigentlich der Sohn von Martinas Schwester«, sagt Frank Stadler. »Wir haben ihn zu uns genommen, weil seine Eltern tödlich verunglückt sind.«

»Lass doch jetzt diese alten Geschichten«, Martina Stadlers Stimme ist kaum mehr als ein Flüstern. »Das tut doch nichts zur Sache. Sie sollen Jonny finden, das ist wichtig.«

»Jonathan Röbel, genannt Jonny«, sagt Manni. Martina ist also die leibliche Tante des Jungen und scheint wirklich unter seinem Verschwinden zu leiden. Aber was ist mit ihrem Mann? Sind Stiefväter potentielle Täter? Ist das der Grund, weswegen sein Chef ein innerfamiliäres Gewaltverbrechen in Betracht zieht? Manni mustert Stadler, der sich mit der Rechten über Stirn und Stoppelhaar fährt. Augenblicklich bilden sich an seinem Haaransatz neue Schweißperlen. Er ist noch jung, etwa so alt wie Manni selbst, um die 30, und die beiden Rotznasen haben sichtbar keinen Respekt vor ihm. Aber was heißt das schon? Vielleicht war Stadler auf den pubertierenden Stiefsohn eifersüchtig, betrachtete ihn als einen Konkurrenten in seinem Heim, den es wegzubeißen galt? Einen Moment lang denkt Manni an seinen eigenen Vater. Ist der jemals jung und lustig gewesen? Hat er sich je für seinen einzigen Sohn interessiert? Manni kann sich nicht daran erinnern. Überhaupt ist es viel zu heiß und stickig, um sich auf mehr als eine Sache zu konzentrieren.

»Seit wann lebt Jonathan bei Ihnen?«

»Seit drei Jahren.« Frank Stadler räuspert sich. »Ich weiß schon, was Sie als Nächstes fragen wollen. Ja, es war schwierig, natürlich war es das, was glauben Sie denn? Ein trauernder Junge, wir selbst unter Schock, meine Frau und ihre Schwester standen sich sehr nahe, und unsere Marlene war damals erst ein paar Monate alt.« Wieder wischt er sich mit dem Handrücken über die Stirn. »Es war also schwierig, und zweimal ist Jonny auch abgehauen, im ersten Jahr, wollte sein altes Zuhause noch mal sehen. Aber das ist vorbei, glauben Sie mir. Wir haben das alle zusammen geschafft. Meine Frau hat Recht. Dass er jetzt verschwunden ist, hat nichts mit damals zu tun.«

»Wo ist dieses alte Zuhause denn?«, fragt Manni. Egal was Stadler sagt, natürlich muss man auch den früheren Wohnort des Jungen überprüfen. Rein statistisch gesehen verzeichnet das KK 66 des Kölner Polizeipräsidiums jährlich 2400 Vermisstenanzeigen. Aber die wenigsten Vermissten sind wirklich verschwunden. Jugendliche, gerade wenn sie aus zerrütteten Verhältnissen stammen, kommen und gehen, auch wenn die Eltern natürlich immer schwören, dass alles in Ordnung ist. Aber was wissen die schon von ihren Kindern?

»Jonny lebte früher in der Eifel«, sagt Stadler mit schmalen Lippen. »In Daun, wenn Sie es genau wissen wollen.«

»Ich brauche die Adresse. Und möglichst auch die von früheren Freunden dort.«

»Jonny ist nicht in der Eifel, er wäre dort nicht hingefahren, ohne uns zu informieren«, sagt Stadler mühsam beherrscht. »Sicherheitshalber haben wir trotzdem mit Bekannten in Daun telefoniert. Niemand hat ihn gesehen.«

»Hatten Sie Krach, bevor er verschwand? Hat etwas den Jungen bedrückt?«

»Nein, nichts.« Beide Stadlers schütteln den Kopf.

»Ist er gesund? Intelligent?«

»Warum fragen sie das? Ja.«

»Sportlich?«

Nicken.

»Zuverlässig?«

»Absolut.«

»Aber früher ist er manchmal weggelaufen, das haben Sie selbst gerade gesagt.«

»Herrgott, weil es damals so war. Damals, verstehen Sie, vor drei Jahren. Als er sich hier noch nicht eingelebt hatte. Wenn ich gewusst hätte, dass Sie unsere Ehrlichkeit zum Anlass nehmen wollen, nicht nach dem Jungen zu suchen, hätte ich Ihnen das natürlich verschwiegen.«

Nach allem, was Manni in den letzten Monaten über verschwundene Jugendliche gelernt hat, ist es sehr gut möglich, dass Jonny erneut fortgelaufen ist. Aber vielleicht auch nicht. Manni fühlt kalten Schweiß in seinem Nacken. Was, wenn er die Gefährdung des Jungen falsch einschätzt? Was, wenn der Junge entführt wurde, wenn er irgendwo in einem Erdloch hockt, womöglich verletzt und außer sich vor Angst?

»Seine Taschenlampe.« Martina Stadler schluchzt auf. »Jonnys Taschenlampe lag noch in seinem Bett. Aber das kann doch eigentlich nicht sein, er vergisst sie nie, er kann doch nicht einschlafen ohne seine Taschenlampe.«

Ruhig bleiben, Mann, ruhig bleiben. Manni atmet tief durch. »Kann ich diese Taschenlampe mal sehen?«

Schluchzen.

»Bitte, Martina, zeig sie dem Kommissar.« Behutsam, als fürchte er, sie zu verletzen, langt Frank Stadler über den Tisch und beginnt, die Finger seiner Frau von dem Gegenstand zu lösen, an den sie sich klammert.

»Ich habe Jonnys Bettdecke aufgeschüttelt, da ist sie runtergefallen.« Martina Stadlers Körper bebt jetzt, sie ist kaum zu verstehen. »Ich habe sie sofort aufgehoben und sie funktioniert noch, aber das Glas ist kaputt.«

»Nur ein Sprung. Jonny wird das bestimmt gar nicht bemerken.« Frank Stadler hat die Taschenlampe jetzt erobert und betrachtet sie, bevor er sie vor Manni auf den Tisch stellt.

»Kaputt«, flüstert Martina. »Kaputt. Er hat doch Angst ohne seine Taschenlampe. Warum hast du ihn denn nicht an seine Taschenlampe erinnert?«

»Mensch, Tina, du weißt doch, wie es ist. Die Kleinen haben gequengelt, wir waren spät dran, und Jonny hat geschworen, dass er alles hat.«

»Wann genau war das?«, fragt Manni.

»Was meinen Sie?« Stadler sieht ihn an, als hätte er seine Anwesenheit vorübergehend vergessen.

»Als Sie mit Jonny von hier wegfuhren. Wann war das?«

»Am Samstagvormittag, so um elf. Wir haben die beiden Kleinen zu meiner Mutter nach Bensberg gebracht und sind dann direkt ins Zeltlager gefahren.«

Manni blättert in dem Block, den er der Bedienung im Maybach abgeluchst hat. »Und das Zeltlager war am Rande des Königsforsts, auf dem Gelände eines Clubs, der sich Kölsche Sioux nennt.«

Stadler nickt. »Ja, verdammt. Warum sind da eigentlich nicht längst Suchtrupps im Einsatz?«

»Erst einmal müssen wir uns ein Bild von der Lage verschaffen. Wann haben Sie Jonny zum letzten Mal gesehen?«

Martina Stadler beginnt jetzt, noch heftiger zu weinen.

»Hören Sie«, Manni versucht, Frank Stadlers Aufmerksamkeit zu erlangen, »bitte beantworten Sie meine Frage. Und vielleicht wäre es gut, wenn Ihr Hausarzt ...«

»Jonnys Taschenlampe ist kaputt. Ich habe sie kaputtgemacht! Mein Gott, ich halte das nicht aus!« Martinas Stimme kippt.

»Sag das nicht.« Frank Stadler streichelt die schlanken Finger, die jetzt hölzern und nutzlos wirken, wie die einer Marionette ohne Fäden. »Bitte, Martina, nichts ist kaputt. Und Jonny hat immer noch Dr. D.«

»Wer ist ...« Weiter kommt Manni nicht, denn als sei das letzte D ein Einsatzkommando, stürzen die Rotznasen unter ohrenbetäubendem Geheul in die Küche. »Dee-Dee! Jonny! Dee-Dee! Jonny! Wo ist Dee-Dee?«

Bevor einer der Erwachsenen reagieren kann, krabbeln sie bereits auf die Eckbank und rammen ihrer Mutter die schmierigen Gesichter in Brust und Bauch. Mechanisch beginnt sie, die verstrubbelten Hinterköpfe zu streicheln und beruhigenden Nonsens zu murmeln.

Frank Stadler steht auf und bedeutet Manni mit einer Kopfbewegung, ihm zu folgen. Offenbar hat er es nun aufgegeben, sich den Schweiß von der Stirn zu wischen. Ein feines Rinnsal kriecht an seinem Ohr vorbei Richtung Kinn. Aus dem Wohnzimmer trällert eine penetrante Kinderstimme ein Liedchen von einem Krokodil namens Schnappi. Manni hat das unbehagliche Gefühl, dass ihm in diesem Haus die Luft knapp wird.

»Ich weiß nicht, wann Jonny verschwunden ist«, sagt Stadler leise. »Die Kids leben im Lager nach ihren eigenen Regeln.«

Abrupt dreht er sich um. »Kommen Sie, ich zeige Ihnen Jonnys Zimmer.«

Beinahe sieht es so aus, als würde Stadler vor ihm fliehen. Manni ignoriert sein Bedürfnis nach Sauerstoff und heftet sich an seine Fersen.

»Wer ist Dr. D.?«, wiederholt er, als sie das Kellergeschoss erreicht haben.

Frank Stadler öffnet die Tür zu einem Souterrainzimmer und starrt auf ein Hundekörbchen, das neben einem ordentlich mit dunkelblauer Bettwäsche bezogenen Bett steht.

»Dee-Dee, Dr. D., ist Jonnys Hund, ein Rauhaardackel. Die beiden sind unzertrennlich.«

❀❀❀

© Ullstein Buchverlage GmbH, Berlin 2006

»Ein schwieriger vierter Fall für den kultverdächtigen Ermittler Harry Hole: Psycho-Thriller mit Tiefgang«
*Joy*

Der Osloer Kriminalbeamte Harry Hole jagt einen Bankräuber, der während eines Überfalls scheinbar grundlos eine junge Angestellte erschossen hat. Da wird er selber in einen Mordfall verwickelt: Seine ehemalige Geliebte wird tot aufgefunden, und Harry ist der letzte, der sie lebend sah.

»Eine dichte Story, die durch trockenen Humor besticht und trotzdem menschlich ist.«
*Facts*

»Ein gutgeschriebener skandinavischer Thriller mit hohem Tempo und starken Figuren.«
*Cuxhavener Nachrichten*

**Die Fährte**
Roman
ISBN-13: 978-3-548-25958-1
ISBN-10: 3-548-25958-8

»Daß auch Kriminalromane sorgfältig gearbeitet sein können und keine billige Massenkonfektion sein müssen, beweist die Dänin Gretelise Holm.«
*Der Spiegel*

Eine kleine Insel vor der dänischen Küste. Eine Reihe mysteriöser Todesfälle. Und eine verschworene Inselgemeinschaft mit höchst merkwürdigen Gepflogenheiten.
Kriminalreporterin Karin Sommer kann selbst im Urlaub die Ermittlungen nicht lassen – auf der kleinen Insel Skejø gibt es zu viele offenkundig gut gehütete Geheimnisse …

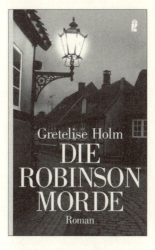

**Die Robinson-Morde**
Roman
ISBN-13: 978-3-548-26272-7
ISBN-10: 3-548-26272-4

# Schwarzer Humor im Münsterland: Privatdetektiv Dieter Nannens erster Fall

Dieter Nannen, Prokurist aus Essen, erbt überraschend einen Bauernhof im tiefsten Münsterland. Leider sind keine agrarökonomischen Erlöse zu erwarten, da sich der Viehbestand auf ein Schwein und mehrere Kaninchen beschränkt. Womit Geld verdienen? Warum nicht als Privatdetektiv? Nannen wird wider Erwarten auch gleich ein Fall übertragen: Er soll die Tochter des Arztes überwachen, die der Schule fernbleibt und auch dem Drogenkonsum nicht abgeneigt zu sein scheint. Als das Mädchen noch am selben Tag tot aufgefunden wird, ahnt Nannen, daß er besser die Finger von dem Auftrag gelassen hätte …

**Schwein gehabt**
Ein Münsterland-Krimi
ISBN-13: 978-3-548-26256-7
ISBN-10: 3-548-26256-2

*»Dieses Buch kann süchtig machen.«*
**tz**

Mysteriöse Kindesentführungen, ein falscher »Onkel« mit einem grünen Stoffpapagei am Rückspiegel seines Autos und ein Verrückter, der im nächtlichen Göteborg hinterrücks junge Männer überfällt: Erneut wird Kommissar Erik Winter mit den finsteren Seiten moderner Verbrechen konfrontiert ... Ein spannender Fall, gut recherchiert, geschickt angelegt und voll von der psychologischen Abgründigkeit, die aus Åke Edwardsons Büchern viel mehr als reine Krimis macht.

Åke Edwardson
**Der Himmel auf Erden**

Roman

ISBN-13: 978-3-548-60413-8
ISBN-10: 3-548-60413-7

List Taschenbuch